1348: In der Finanzmetropole Florenz wütet die Pest, während die Söhne des mächtigen Bankiers Pacino Peruzzi nacheinander ermordet werden. Wittekind Tentronk, den es als Agent des Patriarchen aus Avignon an den Arno verschlagen hat, erkennt zu spät einen blutigen Wettlauf um Geld und Rache, den er nur verlieren kann. Wie in seinem vielbeachteten Roman *Die schwarze Rose* spannt Dirk Schümer einen Bogen in die Gegenwart. Er erzählt von Bankenpleiten und schlimmen Pandemien, aber auch von dem illustren Freundeskreis um den erfolglosen Poeten Boccaccio und Dantes trunksüchtigen Sohn Jacopo.

Dirk Schümer wurde 1962 in Soest geboren und studierte Germanistik, Philosophie und mittelalterliche Geschichte in Hamburg und Paris. Ab Anfang der 1990er Jahre arbeitete er als Redakteur und Kulturkorrespondent der F.A.Z. in Venedig und Wien. Seit November 2014 ist er in gleicher Funktion für die Welt-Gruppe tätig. Zuletzt erschien sein Roman *Die schwarze Rose*.

Dirk Schümer

Die schwarze Lilie

Roman

btb

Der Verlag behält sich die Verwertung der urheberrechtlich geschützten Inhalte dieses Werkes für Zwecke des Text- und Data-Minings nach § 44 b UrhG ausdrücklich vor. Jegliche unbefugte Nutzung ist hiermit ausgeschlossen.

Penguin Random House Verlagsgruppe FSC® N001967

1. Auflage
Genehmigte Taschenbuchausgabe Juni 2025 btb Verlag
in der Penguin Random House Verlagsgruppe GmbH,
Neumarkter Straße 28, 81673 München
Copyright der Originalausgabe © 2023 Paul Zsolnay Verlag Ges. m. b. H., Wien
Karte: Peter Palm
produktsicherheit@penguinrandomhouse.de
(Vorstehende Angaben sind zugleich
Pflichtinformationen nach GPSR)

Covergestaltung: www.sempersmile.de
nach einem Entwurf von ANZINGER UND RASP und unter
Verwendung von Bildmaterial von The Maas Gallery, London /
Bridgeman Images
Druck und Einband: Nørhaven A/S, Viborg
MA · Herstellung: BB
Printed in Denmark
ISBN 978-3-442-77462-3

www.btb-verlag.de
www.facebook.com/penguinbuecher

*Dieses Buch ist den Toten gewidmet,
in deren Träumen wir umherirren.*

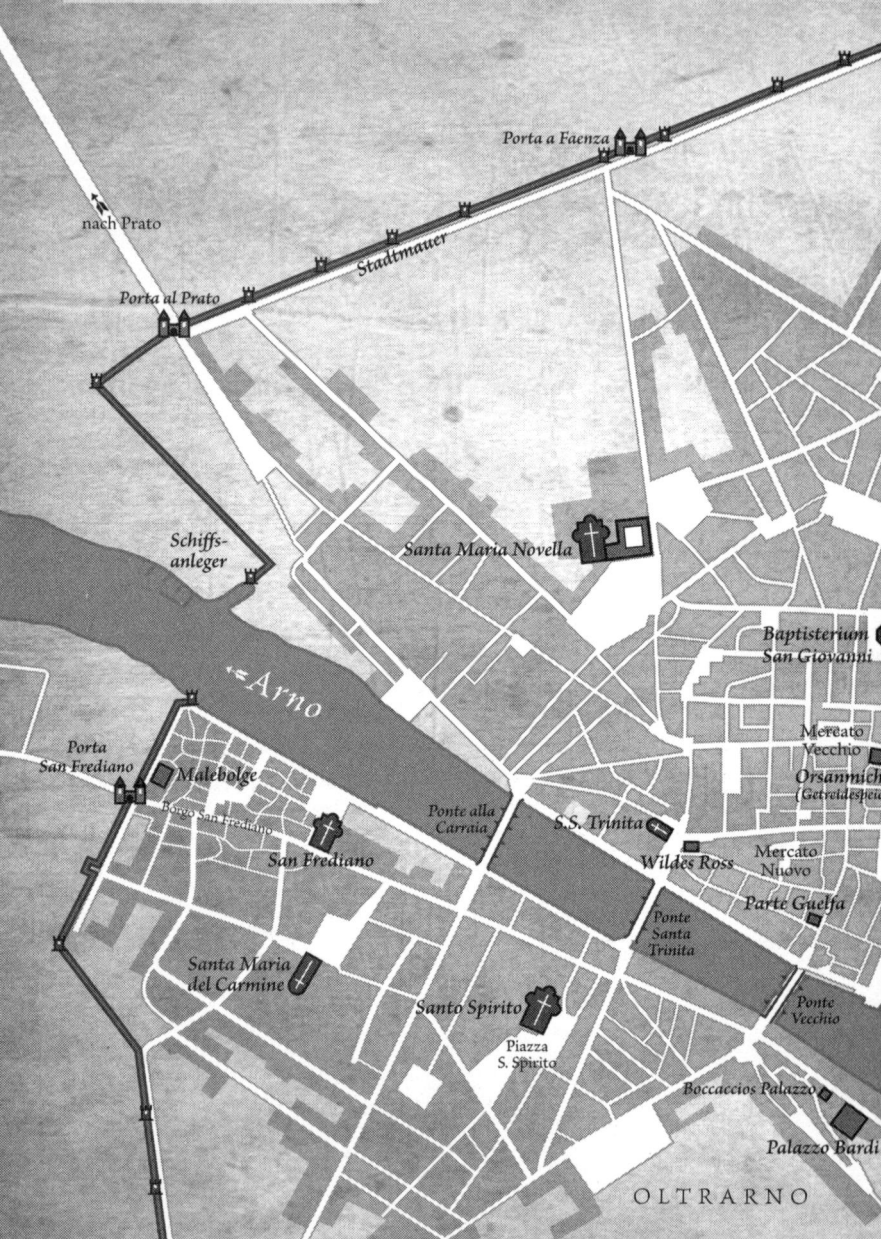

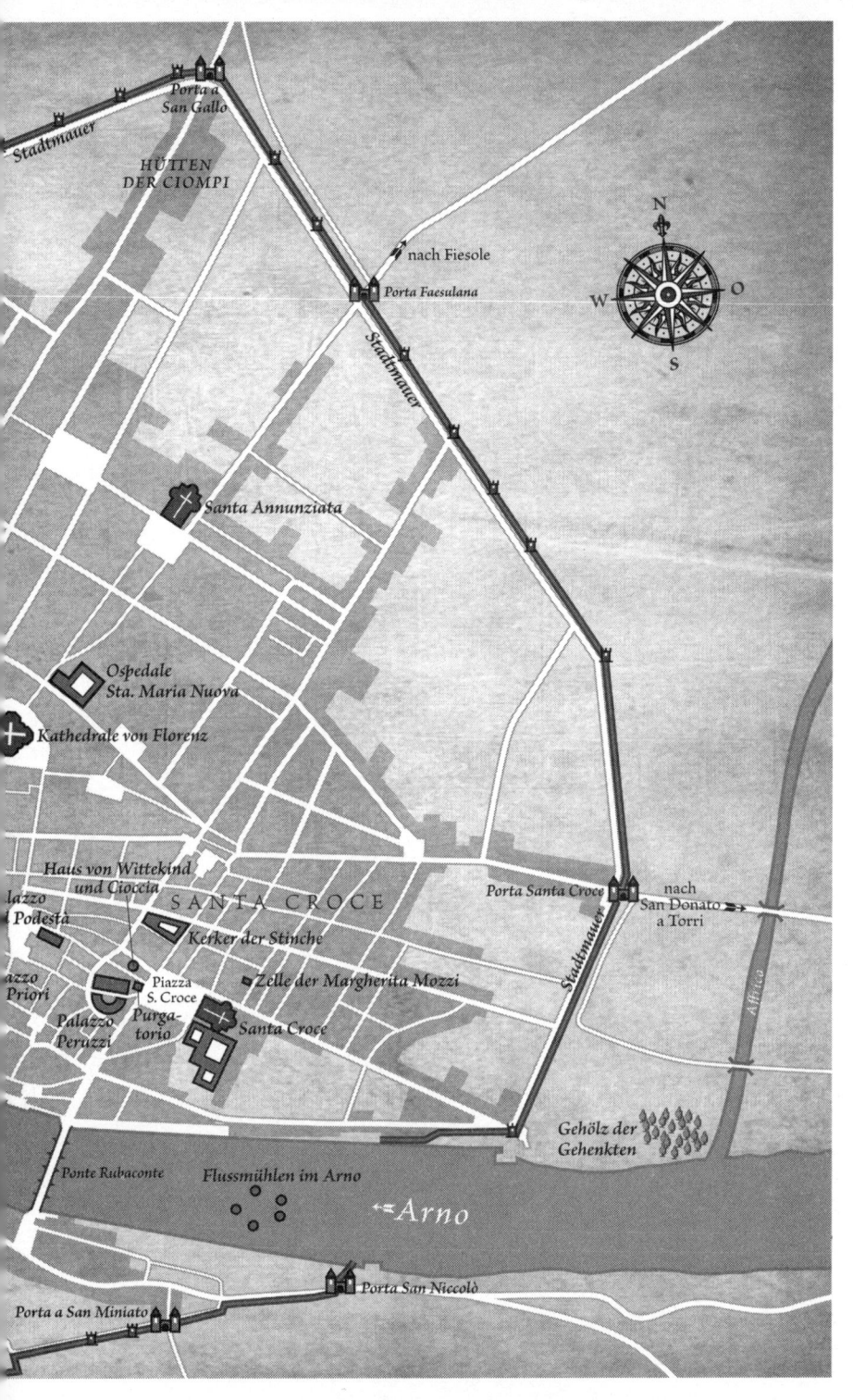

»In meinem Schlaf sah ich eine gotische Stadt inmitten eines Ozeans erstarrter Wogen wie in einem Glasfenster. Ein Meeresarm teilte die Stadt in zwei Teile; das grüne Wasser erstreckte sich bis zu meinen Füßen; es umspülte am gegenüberliegenden Ufer eine orientalische Kirche, dann Häuser, die sich noch im vierzehnten Jahrhundert befanden, so dass zu ihnen zu gehen bedeutet hätte, den Fluss der Zeiten empor zu steigen.«

Marcel Proust, *Auf der Suche nach der verlorenen Zeit*

PROLOG

Spitzes Metall bohrte sich in seine Haut. Es war das Erste, was er spürte. Dann kam der Schmerz. Er riss den Kopf zur Seite und sah eine Hand mit einem Hammer, der einen Nagel durch seine Knochen trieb. Wo war er? Was tat man ihm an? Er wollte schreien. Doch das ging nicht. In seinem Mund steckte ein Knebel und drückte seine Zunge nach unten. Er wollte aufstehen, weglaufen, sich wehren. Doch alles Zerren und Schluchzen nützte nichts. Er lag gefesselt auf einem Balken. Vom Boden aus schaute er in ein altes Gewölbe. Nein!, wollte er schreien. Nein! Aber durch den Knebel kam nur ein Röcheln.

Als ein Nagel in seinen anderen Arm drang und das Blut aus dem Puls schoss, spürte er einen ekligen Metallgeschmack im Mund. Der Schmerz raubte ihm kurz die Besinnung. Während er wieder zu sich kam, zersplitterte ein dritter Nagel seine übereinander gebundenen Fußknöchel. Er konnte es nicht sehen, aber das Krachen seiner Knochen vernahm er genau. Der Schmerz, der jetzt im ganzen Körper von den Beinen bis in seinen Kopf herauf pulsierte, war fürchterlich. Mein Gott, warum hast du mich verlassen? Lass diesen Kelch an mir vorübergehen! Fetzen von Gehörtem und Gelesenem stiegen in ihm auf, doch er konnte nicht mehr denken und nicht mehr beten. Er konnte nicht einmal um sein Leben betteln. An den Händen spürte er warmes Blut, das aus ihm rann und ihm jede Kraft entzog.

Mit einem Ruck richtete sich der Balken auf, und seine Gedärme sackten nach unten, so dass er kaum noch Luft bekam. Sein Kopf sank ihm auf die Brust, sein Herz hämmerte wild, und seine Lungen drohten zu platzen. Er winselte durch die Nase und drehte den Kopf hin und her wie ein wundes Wild. Immer weiter ruckte der Balken in die Senkrechte.

Seine Augen traten aus den Höhlen, seine Arme rissen an den Nägeln, und seine Füße rutschten auf ein Brett, auf dem er etwas Halt fand. Nun erblickte er seinen Henker, der ruhig und kräftig am Seil zog. Schließlich glitt der Balken mit einem Ruck in ein Loch und stand aufrecht. Viel Blut tropfte auf den Boden. Er spürte das Reißen der Knochen in seinen Armen. Man hatte ihn gekreuzigt. Er nahm die letzte Kraft zusammen und schrie all seinen Schmerz und seine Angst in den Knebel, doch es erscholl nur ein Winseln.

Aus dem Halbdunkel tretend, baute sich nun eine Figur in rotem Umhang vor dem Kreuz auf und betrachtete ihn von oben bis unten. Die Figur nickte zufrieden. Wer war das? Er erinnerte sich nicht. Vor seinen Augen verschwamm das Bild. Höllisch rote Feuerzungen flackerten. Noch einmal riss er seine Augen auf. Die Gestalt stand immer noch da und begann jetzt, mit hoher Stimme zu lachen. Er starrte auf den aufgerissenen Mund und begriff mit einem Mal, wer das war. Unmöglich, das konnte nicht sein! Es konnte einfach nicht sein! Doch die Hölle, die ihn umschloss, war Wirklichkeit. Und die einzige Ewigkeit, die ihm jetzt noch blieb, war seine Angst.

Das Lachen hörte nicht mehr auf und schmerzte ihn schlimmer als die Nägel in seinem Körper. Er begriff nun, dass es für ihn keine Gnade und keine Auferstehung gab. Er würde hier am Kreuz sterben. Durch das Schwarze, das vor seinen Augen immer größer wurde, nahm er jetzt nur noch die lachende Fratze wahr. Schrill hallte ihre Stimme durch seinen Kopf, während seine Glieder zuckten und er in einem Feuer aus Schmerz verbrannte.

KAPITEL 1

Florenz, September 1348

Schweißgebadet wachte ich auf. Angst krampfte mir das Herz zusammen, bis ich merkte: Es war alles nur ein böser Traum. Cioccia war fort, und wie so oft in den vergangenen Monaten hatten mich die Totengräber mit ihrem Geschrei geweckt: Leichen! Schafft eure Leichen auf die Straße! War es ein Wunder, wenn mich im allgemeinen Sterben und Verwesen Albträume plagten? Die Schmerzen des Heilands am Kreuz. Die machtlose Ohnmacht der Gottesmutter. Märtyrer, denen die Folterknechte Nägel durch Arme und Beine trieben. Todesqualen, Pein, Hölle. Welche Bedeutung hatten die grausamsten Visionen der Bibel und der Bußpredigten noch gegen das Verrecken der Menschen, in dem wir uns eingerichtet hatten?

Ich schob die Läden auf und blickte nach rechts auf die Straße. Die Totengräber schoben ihren Karren auf die Piazza Santa Croce; drei leblose Körper lagen darauf, nackt, übereinandergeworfen mit Gliedmaßen, die seitlich herabbaumelten. Es war ein vertrauter Anblick. Vor wenigen Wochen erst hatte es noch schlimmer ausgesehen. Da karrten die Totengräber unserer Nachbarschaft jeden Morgen dutzende von Leichen zum Arno, wo sie Massengräber ausgehoben hatten. Als ich einmal vorbeikam, beförderten sie die Körper mit Schwung in die Grube, immer mit etwas Erde und ein paar Händen Kalk dazwischen, genauso wie die Köche Lasagne schichten, nur dass sie statt Käse Erde nahmen. Immer wieder der Fleisch und Erde, Fleisch und Erde.

Seit Monaten herrschte der Tod in den Straßen von Florenz, und leer war es geworden in den Buden und Werkstätten, in den Kirchen und auf den Märkten. Gedränge gab es nur mehr in den Massengräbern, wo sich die raren Lebenden der zahllosen Toten entledigten. Dies war die fürchterlichste Pest, die das Menschengeschlecht seit Anbeginn der Welt mitgemacht hatte.

War es das Ende der Welt? In jedem Land begann das große Sterben, niemand konnte fliehen. Hier in Florenz war inzwischen beinahe jeder Zweite tot, und es war noch nicht vorbei. Unter entsetzlichen Qualen wurden die Kranken dahingerafft, mit Beulen in der Leiste und unter den Armen, mit offenen Wunden und blutigem Husten, schreiend vor Pein und fluchend auf den Schöpfer, der ihnen solche Schmerzen bereitet hatte. Nach spätestens zwei Tagen, wenn die Beulen mit einem Gurgeln aufplatzten, konnten die Todgeweihten nur noch winseln. Und schweißiger Gestank drang ihnen aus Mund und Nase, als hätte das Aas, das sie bald sein würden, bereits seit Tagen in der Sonne gefault.

Ich schüttete aus einem Krug Wasser in die Schüssel und wusch mir den bösen Traum aus den Augen. In wachem Zustand wollte ich keine Sterbenden mehr sehen. Ich wollte leben. Denn noch niemals war ich so glücklich gewesen wie zur Zeit der Pest. Was ich jetzt brauchte, war ein Frühstück. Zum Purgatorio waren es nur ein paar Schritte. Meo, der Wirt, hatte die Schankräume auch während der schlimmsten Tage der Pest nicht dichtgemacht. Er allein wusste, wo er frisches Bier und sauberes Fleisch auftrieb, selbst als die Priori im Sommer die Stadttore verrammeln ließen und allen Wirtsleuten befahlen, die Türen zu schließen. Meo hatte sich nicht daran gehalten und ließ Stammkunden wie mich durch die Hintertür herein. So hatte er die Pest auf seine Weise besiegt: indem er so tat, als sei sie nicht da.

Lästermäuler behaupteten, Meo beziehe seinen Lampredotto aus den Speisekammern der Toten und plündere nachts die verlassenen Weinkeller. Aber auch solche Lästerer kamen ins Purgatorio, weil sie wussten, dass es nirgendwo in Santa Croce günstigeres Essen gab. Und die Gespräche mit Meo gab es umsonst dazu. Ich ging jeden Tag hin, um zu essen, zu trinken, um mir die Zeit zu vertreiben. Vor allem jedoch weil ich an der Piazza hoffen konnte, Cioccia bei der Arbeit zu sehen. Sie hatte es mir verboten, doch an diesem Morgen konnte ich nicht anders, als zu ihrem Gemüsestand an der Ecke zu gehen. Sie war nicht da. Wahrscheinlich kaufte sie gerade frische Ware bei den Booten un-

terlichste Pest, die das Menschengeschlecht seit Anbeginn der Welt mitgemacht hatte.

War es das Ende der Welt? In jedem Land begann das große Sterben, niemand konnte fliehen. Hier in Florenz war inzwischen beinahe jeder Zweite tot, und es war noch nicht vorbei. Unter entsetzlichen Qualen wurden die Kranken dahingerafft, mit Beulen in der Leiste und unter den Armen, mit offenen Wunden und blutigem Husten, schreiend vor Pein und fluchend auf den Schöpfer, der ihnen solche Schmerzen bereitet hatte. Nach spätestens zwei Tagen, wenn die Beulen mit einem Gurgeln aufplatzten, konnten die Todgeweihten nur noch winseln. Und schweißiger Gestank drang ihnen aus Mund und Nase, als hätte das Aas, das sie bald sein würden, bereits seit Tagen in der Sonne gefault.

Ich schüttete aus einem Krug Wasser in die Schüssel und wusch mir den bösen Traum aus den Augen. In wachem Zustand wollte ich keine Sterbenden mehr sehen. Ich wollte leben. Denn noch niemals war ich so glücklich gewesen wie zur Zeit der Pest. Was ich jetzt brauchte, war ein Frühstück. Zum Purgatorio waren es nur ein paar Schritte. Meo, der Wirt, hatte die Schankräume auch während der schlimmsten Tage der Pest nicht dichtgemacht. Er allein wusste, wo er frisches Bier und sauberes Fleisch auftrieb, selbst als die Priori im Sommer die Stadttore verrammeln ließen und allen Wirtsleuten befahlen, die Türen zu schließen. Meo hatte sich nicht daran gehalten und ließ Stammkunden wie mich durch die Hintertür herein. So hatte er die Pest auf seine Weise besiegt: indem er so tat, als sei sie nicht da.

Lästermäuler behaupteten, Meo beziehe seinen Lampredotto aus den Speisekammern der Toten und plündere nachts die verlassenen Weinkeller. Aber auch solche Lästerer kamen ins Purgatorio, weil sie wussten, dass es nirgendwo in Santa Croce günstigeres Essen gab. Und die Gespräche mit Meo gab es umsonst dazu. Ich ging jeden Tag hin, um zu essen, zu trinken, um mir die Zeit zu vertreiben. Vor allem jedoch weil ich an der Piazza hoffen konnte, Cioccia bei der Arbeit zu sehen. Sie hatte es mir verboten, doch an diesem Morgen konnte ich nicht anders, als zu ihrem Gemüsestand an der Ecke zu gehen. Sie war nicht da. Wahrscheinlich kaufte sie gerade frische Ware bei den Booten un-

KAPITEL 1

Florenz, September 1348

Schweißgebadet wachte ich auf. Angst krampfte mir das Herz zusammen, bis ich merkte: Es war alles nur ein böser Traum. Cioccia war fort, und wie so oft in den vergangenen Monaten hatten mich die Totengräber mit ihrem Geschrei geweckt:
Leichen! Schafft eure Leichen auf die Straße!
War es ein Wunder, wenn mich im allgemeinen Sterben und Verwesen Albträume plagten? Die Schmerzen des Heilands am Kreuz. Die machtlose Ohnmacht der Gottesmutter. Märtyrer, denen die Folterknechte Nägel durch Arme und Beine trieben. Todesqualen, Pein, Hölle. Welche Bedeutung hatten die grausamsten Visionen der Bibel und der Bußpredigten noch gegen das Verrecken der Menschen, in dem wir uns eingerichtet hatten?
  Ich schob die Läden auf und blickte nach rechts auf die Straße. Die Totengräber schoben ihren Karren auf die Piazza Santa Croce; drei leblose Körper lagen darauf, nackt, übereinandergeworfen mit Gliedmaßen, die seitlich herabbaumelten. Es war ein vertrauter Anblick. Vor wenigen Wochen erst hatte es noch schlimmer ausgesehen. Da karrten die Totengräber unserer Nachbarschaft jeden Morgen dutzende von Leichen zum Arno, wo sie Massengräber ausgehoben hatten. Als ich einmal vorbeikam, beförderten sie die Körper mit Schwung in die Grube, immer mit etwas Erde und ein paar Händen Kalk dazwischen, genauso wie die Köche Lasagne schichten, nur dass sie statt Käse Erde nahmen. Immer wieder Fleisch und Erde, Fleisch und Erde.
  Seit Monaten herrschte der Tod in den Straßen von Florenz, und leer war es geworden in den Buden und Werkstätten, in den Kirchen und auf den Märkten. Gedränge gab es nur mehr in den Massengräbern, wo sich die raren Lebenden der zahllosen Toten entledigten. Dies war die fürch-

ten am Arno, während der Junge, der ihr seit ein paar Wochen beim Verkauf half, auf den Stand aufpasste.

Ein Rundblick durchs Halbdunkel der Schankstube genügte, um festzustellen, dass an diesem Morgen die Stammgäste versammelt waren.

Nie war ich freudiger begrüßt worden als zu Pestzeiten, nie hatte ich mich meinerseits mehr gefreut, meine Trinkkumpane gesund und munter anzutreffen. Wobei munter vielleicht nicht das richtige Wort war, denn jeder, der mich mit kurzem Wink gegrüßt hatte, saß an diesem Morgen auf seiner Bank schweigend vor einem Becher gewürztem Wein, nahm ab und zu mit heiligem Ernst einen Schluck, um sich Kraft anzutrinken für einen weiteren Tag. Wir hatten wieder eine Nacht überlebt.

Die Ärzte mit ihrer Medizin können dir nicht helfen, hatte Meo schon zu Ostern gesagt, als die Seuche über die Stadt herfiel. Die Pfaffen mit ihren Gebeten können dir auch nicht helfen. Die Priori mit ihren Verboten können es ebenso wenig. Kein Mensch weiß, was die Pest ist und woher sie kommt. Darum trink, Wittekind! Trink viel! Mein Wein ist der einzige Schutz. Und wenn du doch sterben musst, dann stirbst du wenigstens im Rausch.

Den ganzen Sommer über hatte ich mich an Meos Rat gehalten. Arbeiten musste ich nur dann und wann, Geld war kein Problem, und allein zu Hause wäre ich verrückt geworden. Wenn man in diesen Zeiten nicht wenigstens mit anderen Menschen zusammensaß und sich gegenseitig etwas erzählte, dann konnte man sich gleich auf den Karren der Totengräber legen. Wer redet, ist nicht tot, sagte Meo immer. Und wer mit einem Becher in der Hand dem Tod zuprostet, der liebt das Leben. Der Teufel säuft Blut, aber keinen Wein, so sagen wir bei uns in Siena.

Seit ich Cioccia kennengelernt hatte, trank ich weniger. Sie wollte, sagte sie, sich nicht zu einem Säufer ins Bett legen. Du riechst nach Wein aus dem Mund, genau wie früher mein Mann, hatte sie nachts geflüstert, wenn sie heimlich zu mir herüberkam. Das ist widerlich. Würdest du abends mit uns singen und beten, dann wärst du erfüllt von der Gnade der Jungfrau, und du müsstest nicht saufen wie ein Deutscher.

Mein Hinweis, dass ich ein Deutscher war und deswegen gerne trank, machte auf sie keinen Eindruck. Und über die Gnade einer Jungfrau, die ich um keinen Preis mit der wenig jungfräulichen Gnade Cioccias vertauscht hätte, machte ich ihr gegenüber besser keine Witze. Sie war dann imstande, aus meinem Bett aufzustehen und wieder in ihre Kammer hinüberzusteigen. Ich hatte es erlebt.

Cioccias Heilmittel gegen die Pest bestand in ihrer Gemüsesuppe mit viel Knoblauch und Rosmarin, die sie alle zwei Tage in einem großen Topf kochte und an ihre Schützlinge verteilte. Diese Brühe schmeckte wirklich gut. Brav kam dann auch ich, um meine Ration von ihr in Empfang zu nehmen; das gab kein Gerede. Ich war Cioccias Nachbar, ich konnte getrost mit den Kindern und den Armen von Santa Croce aus ihrem Topf essen, solange es tagsüber geschah und in aller Öffentlichkeit. Nachts konnte ich Cioccia für ihre Kochkünste loben und sie mich für meine Enthaltsamkeit beim Trinken. Denn nun roch ich, vor allem wenn ich mir den Mund gespült und meine Zähne mit einem Riechholz geputzt hatte, nur noch nach Cioccias Knoblauch. Mein Morgengebet gegen die Pest, das tägliche Frühstück bei Meo mit Würzwein und Lampredotto, hatte ich mir trotzdem nicht nehmen lassen.

Ins Inferno mit allen Ärzten und Studierten! Merkt ihr denn nicht, wie sie uns betrügen mit ihrer Klugschwätzerei? Brennen sollen sie!

Der Mann, der das rief, gehörte zu den Stammkunden im Purgatorio. Wir alle kannten die Ausbrüche von Jacopo. Lang und mager, steckte der Mann stundenlang seine Adlernase in den Becher und fing dann plötzlich an zu schreien. Trotz der frühen Stunde wirkte er betrunken. Meo brachte mir gerade meinen Napf mit Lampredotto und zog die Brauen hoch. Dann ging er zu Jacopos Bank und legte ihm beschwichtigend den Arm auf die Schulter. Jacopo stieß ihn weg und schrie:

Es sind die Ratten! Merkt ihr es nicht? Die Ratten bringen die Pest, mit ihren spitzen Zähnen, mit ihren roten Augen! Sie sind schuld am großen Sterben. Erst wenn wir alle Ratten töten, wird die Pest verschwinden. Warum glaubt mir denn keiner?

Meo hatte solche Ausbrüche von Wahn schon oft erlebt. Er kannte Jacopo seit ihrer gemeinsamen Jugend in Ravenna, wo ihre Väter einst im Exil gestrandet waren. Beide, Cecco Angiolieri und Dante Alighieri, waren Toscaner und waren zu ihrer Zeit berühmte Dichter gewesen,

Cecco aus Siena, Dante aus Florenz. Ehrfürchtig wurden ihre Namen geflüstert, wenngleich ihre Werke kaum jemand las. Verwickelte, teuflische, gefährliche Poesie, so urteilten die Kenner. Die Söhne der Dichter hatten sich wohlweislich andere Gewerbe gesucht, was sie später in Florenz wieder zusammenführte. Meo war ein Schankwirt geworden, Jacopo ein Säufer.

Meo brachte noch einen Becher Wein: Jacopo, lass die armen Ratten in Ruhe! Sie sterben an der Pest wie alle Tiere. Morgens liegen sie mit blutigen Schnauzen in der Gosse. Hunde sterben an der Pest. Katzen, Hühner und Schweine gehen ein wie die Fliegen, sicher auch die Kamele im Orient und sogar die Flöhe auf deinem Kopf. Wenn die Ratten etwas mit der Pest zu tun hätten, könnten die Ärzte das herausfinden. Aber das Einzige, was sie gefunden haben, sind die üblen Dämpfe der Pestluft. Miasmen! Die bringen uns um. Und dagegen hilft nur mein Wein. Trink!

Ich lasse mir von einem ungebildeten Wirt gar nichts sagen, rief Jacopo. Ich habe die Gabe des Sehers von meinem Vater geerbt. Er konnte Gott und die Heiligen im Paradies besuchen und mit allen Verdammten der Hölle einzeln disputieren, ich kann das bezeugen. Mein Vater ist lebendig aus dem Jenseits zurückgekehrt. Und jetzt sehe ich, sein Sohn, mit meinen eigenen Augen, wie die Ratten uns das Inferno der Pest bescheren!

Wann stopft dem Sauflappen endlich jemand das Maul? Noch einen Becher Wein, und mit seinem Zinken sieht er selber aus wie eine Ratte. Zeig mir mal deine Nagezähne, Alighieri!

Der das sagte und dabei seine letzten Zähne klappern ließ, war Michele Scalza, noch einer von der Morgengemeinde im Purgatorio. Alle in Florenz kannten den dicken Michele mit seinem bunten Gewand und der Bommelmütze. Er saß den ganzen Tag in den Schänken und gab den Spaßmacher. Wenn er auch zuweilen im Suff das Regiment der Priori lächerlich machte, so landete er doch nie in den Verließen der Stinche. Viele hielten ihn für einen Agenten. Mir war es gleich. Wenn Scalza spionierte, dann war er dabei wenigstens nicht langweilig.

Jacopo war aufgesprungen und reckte seine Fäuste: Komm nur,

mein Freund, ich schlag dir deine paar Zähne aus! Von einem Trottel wie dir lass ich meinen Vater nicht beleidigen!

Meo stellte sich dazwischen und gab mir einen Wink. Ich nahm Michele Scalza fest am Arm und ging mit ihm vor die Tür, damit wir unsere Becher in Frieden austrinken konnten. Die Sonne, die hinter den noch unfertigen Mauern der Kirche aufgestiegen war, tat uns gut.

Die Pest wird die Menschheit ausrotten, meinte Michele nach dem letzten Schluck. Alle tot! Das wäre das Beste. Oder was findest du?

Ich antwortete nicht. Scalza machte mit dem Arm eine große Geste über die Piazza hin bis zur Baustelle von Santa Croce, wo ein paar Arbeiter Steine klopften, während ihnen Franziskanermönche Anweisungen gaben. Auf dem Platz schnüffelten Schweine im Dreck.

Schau genau hin!, sagte Scalza, wie kriechen die Leute durch die Welt und sind froh, wenn sie auch nur einen Tag weiterleben. Und wozu? Was hat die Menschheit davon? Leid und Elend. Am glücklichsten sind die, die sie unten am Fluss grade in die Grube werfen. Die haben es hinter sich. Habe ich nicht recht?

Ich sah Cioccia, wie sie einen Korb Äpfel zu ihrem Stand trug und dem Jungen eine Frucht anbot. Sie hatte mir verboten, ihr zuzuwinken, wie ich es am liebsten getan hätte. Die Leute, sagte sie, reden auch so genug. Wo eine Fliege sitzt, sehen sie einen Misthaufen. Ich sah nur Cioccia.

Gut, räumte Michele ein, meinem Blick folgend. Nicht alle Menschen machen durch den Tod ein gutes Geschäft. Diese Gemüsehändlerin da, für die würde ich eine Ausnahme machen. Sie ist kein junges Mädchen mehr, ganz und gar nicht. Aber wenn ich mir ihre Beine unter dem Gewand vorstelle, sie geht so grade und straff. Was für Beine müssen das sein! Und der ganze Rest, diese frechen Augen! Schau die Strähne, die ihr aus der Haube gerutscht ist, was für glänzendes Haar! Unsere Cioccia würde sogar der strafende Gott verschonen. Und wenn wir beide nicht schon alt wären und schwach, dann wüssten wir, wo wir unsere Nächte verbringen würden, was?

Michele kicherte. Ich schaute ihn streng an: Cioccia ist eine ehrbare Witwe. Und sie arbeitet härter als wir beide zusammen. Wenn du sie mit deinem dummen Gerede in Verruf bringst, ist das eine Sünde gegen einen Menschen, der dir nie das Geringste angetan hat. Und Cioccia ist fromm, sie singt jeden Abend drüben mit den Kindern bei den Laudesi. Wenn du weiter Gerüchte streust, hast du sämtliche Beginen auf dem Hals. Diese Pinzocchere wirken friedlich, aber einem Verleumder wie dir kratzen sie die Augen aus. Du hockst den ganzen Tag beim Weinfass, während Cioccia sich abplagt. Einer Frau wie ihr reichst du doch höchstens bis zur Achsel. Also halt den Mund.

Meinetwegen, beschwichtigte mich Michele, du bist ihr Nachbar und ihr Hauswirt. Du musst es ja wissen. Und ich darf wenigstens nach dem ersten Morgenbecher von der Liebe träumen. Zu mehr sind wir Alten sowieso nicht in der Lage. Was meinst du?

Ich fragte mich, ob ich in seiner Stimme Spott überhört hatte. Cioccia hatte recht, in Florenz hatten die Steine Ohren. Und es gab mehr Verleumder als Mönche und Priester zusammen. Doch Michele, der sich sonst über alles und jeden lustig machte, war diesmal kein Hohn anzumerken. Er wandte seinen wehmütigen Blick von Cioccia ab, die gerade einen Eimer Brunnenwasser hochhievte, und ging zurück in die Schankstube.

Gerne hätte ich Cioccia den Eimer zu ihrem Stand getragen, aber das wäre aufgefallen. Ihr junger Knecht kam zu ihr, und gemeinsam schleppten sie das Wasser, mit dem Cioccia ihr frisches Obst gegen die Sonne besprenkelte: Äpfel, Birnen, Pflaumen, Feigen. Daneben lagen Spinat und Fenchel. Bei Cioccia bekam man das beste Obst und Gemüse von Santa Croce. Jetzt, da das Sterben nachließ, lieferten die Bauern des Contado wieder ihre Ernte in die Stadt. Im Juli, als die Priori Karren voller Melonen durch die Tore rollen ließen, damit es zum großen Melonenfest wenigstens etwas Ablenkung gab, da hatten die Leute noch solche Angst vor der Ansteckung, dass die meisten Früchte auf den Plätzen verrotteten und am Ende die Schweine sich damit die Bäuche vollschlugen. Dass der Handel mit Grünzeug inzwischen wieder florierte, nahm ich als gutes Zeichen. Die Pest war, so schien es, auf dem Rückzug. Nur lag inzwischen so manche von Cioccias Kundinnen im Grab.

Niemand wusste, wie es mit der Menschheit weitergehen würde, wie viele Knechte und Herren, wie viele Priester und Huren übrig blieben für das Leben danach. Ich war vor zwei Jahren nach Florenz gekommen, in die reichste und schönste Stadt der Welt. Der gewaltige Mauerring war gerade fertig, ebenso wie der Priorenpalast mit seinem stolzen Turm. Am Dom, an Santa Croce, eigentlich an allen Kirchen wurde nach kühnen Plänen immer weitergebaut. Florenz war das neue, das bessere und vor allem das reichere Rom. Das alte Rom, die Stadt am Tiber, hatten die Päpste verlassen. Die Ewige Stadt zerfiel im Bürgerkrieg.

Hier am Arno ließen die Priori jedes Jahr dreihunderttausend Florin schlagen, die beste Münze der Welt. Von Palästen gleich ums Eck aus regierten Kaufleute und Banchieri ihre Handelsimperien, die von Britannien bis Tunis, von Zypern bis Spanien reichten. Jeden Tag trieben Hirten Herden von Ochsen, Lämmern und Schweinen durch die Tore, damit sie noch vor dem Abend geschlachtet, gebraten und aufgegessen würden. Auf dem Arno legten dutzende Boote am Tag Richtung Pisa ab, meist mit kostbaren Wolltüchern für alle Welt, aber auch mit Schwertern und Rüstungen für Arabien, mit Ballen Seide für den Norden, mit silbernem Besteck und Monstranzen für den Papsthof in Avignon. Feinste Waren wurden in den Mauern der Stadt von tausenden Werkleuten hergestellt und dann für die Ausfuhr verpackt. Hochbezahlte Boten ritten durch die Porta al Prato oder die Porta San Gallo mit Wechselbriefen, die Unsummen in Paris, in Barcelona oder in Nürnberg von einem Besitzer zum anderen verschoben, und mit denen die Banchieri immer kostbarere Güter für das stolze Florenz anschafften.

Das war erst einmal vorbei. Jetzt lagen etliche Baustellen verödet, ein paar Gerüste waren in Sommergewittern umgestürzt. In vielen Gärten an den Mauerringen, wo in den kommenden Jahren eigentlich neue Stadtviertel für die nächsten hunderttausend Florentiner entstehen sollten, wucherte mannshoch das Unkraut. In Straßen, in denen sich ein verrammelter Laden an den nächsten reihte, spielte kein Kind mehr Fangen, hockte kein Greis in der Abendsonne. Der Tod hielt Hof in der Stadt. Im Leichengestank des Sommers war ich mir sicher gewesen, dass ich mit allen anderen in Florenz untergehen würde. Nicht einmal die Sterbeglocken durften die Pfaffen noch läuten. Die Priori hatten es verboten, damit die Menschen unter dem endlosen Gelärme der

Begräbnisse nicht vollends verzweifelten. Bald wagte niemand mehr, die Toten mit dem hergebrachten Pomp, mit Klageweibern und großen Wachskerzen zu beerdigen. Im Massengrab endeten alle gleich. Anfangs hatten noch fanatische Prediger gegen die Seuche gewettert. Gott, schrien sie von den Kanzeln, strafe die sündige Menschheit. Wir sollten umkehren, sollten unseren verderblichen Luxus aufgeben. Wir mussten allen Reichtum der Kirche stiften und vor allem die Juden totschlagen. Doch es gab keine Juden in Florenz. Viele Zuhörer sanken in Tränen und Zerknirschung auf die Knie, doch ebenso viele überlebten ihre Bußübungen nur um einige Stunden. Bald waren die Kirchen genauso verwaist wie die Märkte.

Nur ein paar Mutige trauten sich im Mai noch vor die Tür und versuchten, mit Schwert und Knüppel so viele Hunde und Katzen wie möglich zu erschlagen, weil die Haustiere, so hieß es, als Erste von der Pest verseucht waren und die Menschen umbrachten. Das schrille Todesjaulen der Tiere war schwerer zu ertragen als das Stöhnen der Kranken und der Sterbenden. Gleichzeitig wurden Hühner mit Gold aufgewogen, weil ein paar Ärzte Hühnersuppe als Medizin gegen die Pest entdeckt hatten. Wer ein Ei ergattern konnte, fühlte sich wie der König von Frankreich. Es wurde gefährlich in der Stadt; man konnte sich bei der Suche nach Essbarem die Seuche holen, aber auch einen Messerstich ins Herz.

Es gab zu viele Menschen, die nichts mehr zu verlieren fürchteten, nicht einmal das Leben. Irgendwann ging keiner mehr vor die Tür, der im Keller ein paar Esswaren und etwas Wein gelagert hatte. Reiche flohen auf ihre Landhäuser, doch der Tod war ihr heimlicher Begleiter und holte sie trotzdem. Und mit der ersten Sommerhitze begann die große Stille der Angst, es begann das Horchen auf die Todesschreie in der Nachbarschaft. Und am Morgen, so schien es, erschollen die Rufe der letzten Lebendigen auf Erden. Das waren die Totengräber.

In diesem Sommer, als alles egal schien, hatten Cioccia und ich uns zusammengetan. Ob es die letzten Tage oder Stunden im Leben waren, oder ob unsere heimliche Liebe eine Zukunft hatte – ich dachte nicht darüber nach und saugte jeden Augenblick auf wie eine Medizin. Verloren wie die letzten Menschen auf der Welt klammerten wir uns in jenen Nächten aneinander, hielten uns fest, küssten einander die Tränen aus den Augen und leckten an unserem Schweiß, der nach Leben roch und nicht nach Tod.

Leben! Ich war beinahe ein alter Mann, schon über vierzig Jahre hatte ich hinter mir. Ich hatte mehr von der Welt gesehen und länger ausgehalten als die meisten. Ich konnte mich nicht beklagen, sollte mich die Pest holen. Cioccia war kaum jünger als ich, und auch sie hatte ihr Leben gelebt, mit Mann und Kindern in einer anderen Stadt. Und gerade diese Frau ließ mich an die Liebe glauben, was mir in all den Jahren zuvor niemals beschieden war.

Wenn diese Seuche das Ende der Welt bedeutete, dann hatte sich das Leben gelohnt. Einzig wegen Cioccia. Und wenn das Leben nach der Pest weiterging, dann konnte ich es mir ohne Cioccia nicht mehr vorstellen. Ob es ihr genauso erging, da war ich mir nicht sicher. Sie war eine Frau, die sich ein Mann verdienen musste. Hatte ich Cioccia verdient?

Zu meiner Überraschung kam sie jetzt auf mich zu. Das hatte sie kaum jemals getan, höchstens dann und wann erschien sie am Nachmittag im Purgatorio, um vor dem Abbauen ihres Standes ein Glas Wein zu trinken, gemischt mit viel Wasser. Cioccia stemmte die Hände in die Hüften. Ich konnte ausnahmsweise am hellen Tag ihre Schönheit bewundern, aber ich durfte mit keiner Geste zeigen, dass wir ein Paar waren. Leider waren wir ja auch kein Paar. Cioccia sprach absichtlich so laut, dass es auch die neugierigen Säufer im Purgatorio mitbekamen. Sie sollten Zeugen sein für Angelegenheiten zwischen Mieterin und Hauswirt:

Hör, Wittekind, du musst endlich Ordnung in deinen Haushalt bringen! Ab heute hast du einen Knecht, der sich um all das kümmert, was du verwahrlosen lässt.

Ich blickte Cioccia entgeistert an.

Wenn du es nicht verstehst, sagte sie, dann erkläre ich es dir. Du brauchst einen Jungen für alles, wofür du selbst nicht genug Zeit hast und was sich nicht schickt für einen Mann deines Ranges. Ein Knecht versorgt jetzt dein Reittier und holt Holz für den Ofen, denn bald wird es wieder kalt. Und dann kannst du kochen.

Ich koche nicht, ich gehe ins Purgatorio, protestierte ich.

Das ist auch so eine Gewohnheit, die sich mit deinem Rang nicht verträgt. Wenn du als Ausländer die Achtung der Nachbarschaft gewinnen willst, dann darfst du nicht verdrecken. Und du musst regelmäßig am eigenen Tisch essen.

Ich verdrecke nicht, entgegnete ich, das siehst du doch. Und ich verhungere nicht. Ich erledige alles allein.

Cioccia blickte mich streng an: Beim Putzen und Kochen darfst du dich schon gar nicht sehen lassen, das ist keine Arbeit für einen Ritter.

Du weißt genau, dass ich kein Ritter bin. Ich habe nur ein Pferd, und das ist noch nicht einmal ein richtiges Pferd.

Das läuft auf dasselbe hinaus. Dieses arme Tier, das dir gehört, braucht Pflege, auch wenn du keine Zeit hast.

Wenn ich unterwegs bin, erklärte ich, dann nehme ich Patroklus mit, um ihn kann ich mich ganz gut alleine kümmern. Das geht schon länger so. Außerdem, wo soll ich denn einen Pferdeknecht herzaubern, wo die halbe Stadt tot ist?

Cioccia schaute mich mit einem Strahlen an, das ich in ihren Augen nachts nur erahnen konnte. Ab heute, verkündete sie, wird Lapo für dich arbeiten. Ausschließlich für dich und deine Bedürfnisse. Du bist ein glücklicher Mann.

Ich beugte mich zu Cioccia und flüsterte: Der einzige Mensch, den ich brauche, bist du. Das weißt du genau.

Sie trat einen Schritt zurück, schaute mich unbeeindruckt an und sagte besonders laut: Dann ist das also abgemacht. Lapo fällt dir nicht zur Last, ganz im Gegenteil, er schläft nachts bei den Laudesi. Ich oder eine andere in der Nachbarschaft, wir kochen ihm Suppe, außerdem gebe ich ihm übrig gebliebenes Obst. Du schuldest ihm für seine Dienste ein paar Quattrini Lohn die Woche, oder etwas mehr, wenn du nicht genauso ein Geizhals sein willst wie diese Peruzzi.

Ich widersprach: Das hast du schön geregelt, ohne mich auch nur zu fragen. Dein Lapo da drüben ist vielleicht ganz lieb, aber leider ein Trottel. Außerdem zieht er einen Fuß nach. Du willst einen Krüppel loswerden und bindest ihn mir auf den Hals.

Cioccias Augen wurden stumpf, eher traurig als wütend. Dieser Blick traf mich noch mehr als der strahlende. Und ich bereute sofort, was ich gesagt hatte. Gut, sagte ich, dein Lapo ist kein Krüppel, nur ein armer Tropf.

Willst du, dass ich dir ernstlich böse bin? Willst du das?, fragte Cioccia.

Komm mal her, rief sie zu dem Jungen, der die ganze Zeit herübergeschielt hatte, während er mit einem kleinen Besen die Fliegen von Cioccias Grünzeug vertrieb.

Mit dem leichten Humpeln, an dem man diesen Jungen schon von weitem erkannte, kam er zu uns. Er war vielleicht vierzehn, dicklich, recht groß für sein Alter. Er hielt die Hände vor dem Bauch gefaltet und blickte schräg auf den Boden.

Ich bin Lapo, ich bin etwas blöd, sagte er leise. Willst du mich nehmen? Cioccia hat gesagt, dass du mich nehmen willst.

Ich wusste nicht, was antworten. Cioccia ergriff Lapos Arm, zog ihn zu mir heran und hielt mir seine Rechte entgegen: Zur Abmachung der Knechtschaft gilt in Florenz der Handschlag, danach ist Wittekind dein Herr. Ich habe alles mit ihm besprochen. Und vergiss eins nicht, ich habe es dir schon oft gesagt: Du bist nicht blöd!

Fast ohne es mitzubekommen, hielt ich dem Jungen die Hand hin, er fasste sie. Dann schaute er mir einen kurzen Moment lang mit schüchternem Lächeln in die Augen und blickte sofort wieder zu Boden.

Ich sagte: Hör mal, Cioccia, und Lapo, du auch! Ich brauche eigentlich keinen Knecht, aber wir können es auf Probe versuchen. Ich habe ein Pferd, also eigentlich ein Maultier, das steht bei den Peruzzi drüben im Stall, Patroklus heißt es. Um das kannst du dich kümmern, ich gebe dir die Bürste und ein paar Quattrini für Heu und Hafer.

Und dann, fiel Cioccia mir ins Wort, haben wir einen Abort hinterm Haus, der dringend ausgeräumt gehört. Die Scheißeputzer sind jetzt alle zu Leichenträgern geworden. Aber, Lapo, du kannst das mit ein paar Eimern selber schaffen. Der Arno ist nicht weit. Danach muss Wittekind dir dann neue Sachen kaufen, so ist der Brauch zwischen Herr und Knecht. Und du musst Wittekind jeden Tag hier aus dem Brunnen frisches Wasser zum Waschen bringen. Was dann noch an seinem und meinem Haus auszubessern ist, das müssen wir noch im Einzelnen beraten. Aber es gibt für die nächste Zeit genug zu tun.

Cioccia war noch nicht fertig: Eine Küchenmagd habe ich dir auch besorgt, Wittekind. Es ist kein Zustand, dass du immer in diesem Schankhaus hockst. Monna, so heißt das Mädchen, kann deine Küche saubermachen und dir etwas kochen. Und die Flöhe aus deinem Strohsack einsammeln.

Leise und mit einem Lächeln fügte sie hinzu: Die stören dich doch nachts so sehr.

Inzwischen waren Meo, der Wirt, und Michele Scalza angelockt worden und hörten unserem Gespräch, das ja eigentlich eine Ansprache Cioccias war, aufmerksam zu.

Recht hat sie, meinte Meo, du bist doch einer der wenigen hier in der Nachbarschaft, der genug Geld hat für Knecht und Magd. Wozu sparen? Denk auch mal an deinen Rang.

Ich wusste nicht, ob Meo das ernst meinte oder ob er sich mit Michele über mich lustig machen wollte. Meo nämlich führte mit seiner rastlosen Frau Chiara das Purgatorio ohne fremde Hilfe und steckte abends viele Quattrini in den Beutel. Eher noch hätte er an seine Chiara Dienstboten herangelassen, aber niemals an seinen Kessel voller Lampredotto. Und an seine Kasse schon gar nicht. Als Lehrmeister der Großzügigkeit kam Meo Angiolieri für mich nicht in Frage. Trotzdem nahm Cioccia seine Worte dankbar auf: Fegen, Asche wegbringen, deine Kleider neu säumen, deine Gewänder putzen – dafür brauchst du ein Mädchen. Es wird höchste Zeit, dass du endlich herumläufst wie ein toscanischer Kaufmann und nicht wie ein abgerissener Deutscher auf der Reise.

Ich bin kein Kaufmann, widersprach ich und blickte an mir herab. War ich in Cioccias Augen ein abgerissener Deutscher?

Ich brauche wirklich keine Magd, fuhr ich fort. Die Arbeit kann doch Lapo erledigen, er ist jetzt mein Knecht.

Genau, er ist dein Knecht, aber nicht deine Magd, betonte Cioccia und schickte den verlegen herumstehenden Lapo wieder zum Gemüsestand. Sie schaute mich vorwurfsvoll an:

Dass ich dir allen Ernstes deine Pflichten erklären muss! Die Pest hat viele Eltern ohne Kinder zurückgelassen, aber auch umgekehrt tausende Kinder ohne Eltern. Wer soll sich denn um die kümmern, wenn nicht wir? Hast du je darüber nachgedacht, wie wenig ich noch verdiene, jetzt, da mir die Hälfte meiner Kundinnen weggestorben ist? Wir in Santa Croce müssen zusammenhalten.

Ich kam näher und flüsterte: Wer stundet dir denn seit Monaten deine Miete, wenn nicht ich? Wir beide können, wenn es nach mir geht, gar nicht genug zusammenhalten. Aber ich möchte mir schon aussuchen, mit wem.

Cioccia schüttelte den Kopf: Das Schicksal lässt uns keine Wahl. Gott hat uns in eine fürchterliche Zeit geworfen, nun müssen wir uns an die von ihm vorgeschriebenen Tugenden halten. Ein bisschen Mildtätigkeit – nichts anderes ist es, was ich von dir verlange. Ich habe diesem armen Lapo jetzt über einen Monat lang zu essen gegeben. Aber von Obst allein kann keiner leben. Die frommen Pinzocchere sorgen schon den ganzen Sommer für andere Waisen, damit sie nicht auf der Straße verhungern. Jetzt bist du an der Reihe.

Cioccia zeigte nach links, wo neben der Franziskanerkirche die Gebäude der Bruderschaft der Laudesi lagen: Heute Morgen sind da drüben schon wieder zwei Waisenkinder angekommen. Wo sollen wir mit denen hin? Das Mädchen ist zierlich, scheint mir aber nicht dumm. Das ist Monna, sie wird deine neue Magd. Sie und ihr Bruder essen sich gerade satt und kriegen von den Frauen saubere Kleider. Heute Nachmittag kommen die Kinder zu uns.

Cioccia hatte alles geplant, ich musste nicht gefragt werden.

Dino, Monnas Bruder, fügte sie hinzu, ist kräftiger als Lapo. Also wird mir Dino künftig beim Kistenschleppen helfen. Ich bin kein junges Mädchen mehr. Und keine Angst, schlafen werden die Kinder bei den Laudesi.

So wurde mir klargemacht, dass ich tagsüber Lapo, der hinkte, und ein Mädchen namens Monna, das ich noch nicht einmal gesehen hatte, bei mir beschäftigen musste, wenn meine Nächte weiter Cioccia gehören sollten. Es gab keine Wahl. Cioccia wusste, dass ich nicht wider-

sprechen würde. Ich liebte sie. Ich liebte sie auch, wenn sie meine Liebe ausnutzte. Ich nickte zum Einverständnis und lächelte Cioccia an. Wie ein treuer deutscher Hund, hatte sie in solch raren Augenblicken zu mir gesagt. Ich hatte nicht herausbekommen, ob das in den Augen einer Frau aus Neapel als Kompliment gemeint war oder als Beleidigung. Wahrscheinlich beides.
Komm sofort mit! Los, der Padrino will mit dir sprechen!
Ich fuhr zusammen, als ich eine Hand auf meiner Schulter spürte und eine raue Stimme hinter mir hörte. Ich drehte mich um und erblickte Uguccione dal Pozzo. Und mein Lächeln erstarb.

KAPITEL 2

Nach ein paar Schritten war von der Morgensonne nichts mehr zu spüren. Die Peruzzi hatten sich für ihren Palast die Ruinen des römischen Amphitheaters ausgesucht. Darum verliefen die Gassen hier im weiten Bogen der Arena; sogar die Paläste und Wehrtürme der Sippe passten sich der Rundung an. Unter den schmalen Arkaden, wo einst Gladiatoren und wilde Tiere um ihr Leben kämpften, hatten Handelsgehilfen ihre Buden aufgesperrt, klappten die Läden herunter und breiteten bis zur Mitte der Gasse im Schatten ihre Waren aus. Tuch und Schwerter, Gewürze und Lederzeug suchten Käufer. Fremdes Geld wollte gewechselt werden. Das Geschäft ging weiter.

Uguccione, wie stets mit braunem Kapuzenhemd und einem Dolch am Gürtel, nahm auf die Händler und ihre Kunden keine Rücksicht. Der Wächter des Palazzo Peruzzi stapfte mit breitem Schritt geradewegs zum Haupttor und bahnte mir dabei den Weg. Ich schaute kurz auf zu den beiden großen Reliefs mit dem Wappen der Sippe, die dieses Stadtviertel kontrollierte: sechs steinerne Birnen, übereinander, erst drei, dann zwei, dann eine, allesamt herabhängend wie Kirchenglocken. Die beiden Wachen, die mit Schwert und Knüppel rechts und links vom

Portal den Eingang besetzten, nahmen von uns keine Notiz. Uguccione dal Pozzo konnte kommen und gehen, wann und mit wem er wollte.

Vorbei an Wagen, Pferden, Fässern, Holzstapeln marschierten wir vom Innenhof die Außentreppe hinauf. Mein Begleiter stieß eine breite Holztür auf, als handele es sich um einen Seidenvorhang. Dass jetzt ein langer Gang kam bis zu den Gemächern des Padrino, war mir wohlbekannt, wenn ich auch seit ein paar Wochen nicht hier gewesen war. Es war dunkel, aus der angrenzenden Gasse fiel nur noch durch Schießscharten etwas Licht auf den Fliesenboden. Vor der Eichentür am Ende des Gangs wies Uguccione auf einen ausgesparten Steinsitz an der Wand: Du wartest hier!

Ich blieb allein zurück und stellte mich auf eine längere Wartezeit ein. Ob der Padrino wirklich beschäftigt war oder nicht – seinem Ansehen war es nicht förderlich, wenn jedermann sofort Zutritt zu seinem Kontor erhielt. Ich hatte hier schon öfter gesessen. Einmal schickte man mich sogar unverrichteter Dinge wieder nach Hause. Ins finstere Herz des Bankhauses Peruzzi gelangte nicht jeder.

Was würde diesmal mein Auftrag sein? Vor fünf Wochen war es ein Transport mit kostbaren Tuchballen von Prato in die Zentrale. Die Faktoren in Prato hatten Hinweise auf einen geplanten Überfall bekommen, doch als ich dann mit drei bewaffneten Reitern und fünf Fußknechten die Ware abholte, gab es keinerlei Zwischenfälle. Nur war ich kurz vor Florenz vom Pferd gefallen, das mir die Peruzzi gestellt hatten. Schnell sollte es gehen, das Tier war jung und ungebärdig. Mit dem geduldigen Patroklus wäre das Unglück nicht geschehen. Nun wollten die Schmerzen in meinem Rücken nicht besser werden, vor allem, wenn ich in den Sattel stieg.

Zwei Wochen nach dem Ritt nach Prato musste ich mitten im großen Sterben oben in Fiesole bei einem Advokaten Urkunden über Hauskäufe in Empfang nehmen. Offenbar empfanden die Peruzzi den Botengang als gefährlich. Oder sie hatten Angst vor der Pest. Für solche heiklen Aufgaben hatten sie mich.

Leise öffnete sich direkt neben mir eine Tür, und ein Mädchenkopf lugte vorsichtig nach rechts und links. Außer mir war niemand zu sehen, und das Mädchen – vielleicht dreizehn Jahre alt, edel gekleidet in ein Brokatgewand und mit ausrasierter Stirn nach Pariser Mode – kam ein paar Schritte hervor und wandte sich flüsternd an mich:

Pass auf, dass Palamede nichts zustößt! Ich bitte dich von ganzem Herzen! Ich bin nur eine Frau, und niemand verrät mir etwas, aber ich weiß genau, dass er in Gefahr ist.

Was ist mit Palamede?

Seine Brüder hassen ihn. Und sein Vater hasst ihn auch. Ich habe es Palamede selbst gesagt, aber er will nichts davon wissen. Er ist so gut und hat immer Vertrauen, sogar zu seinen Feinden. Wenn ihm etwas passiert, dann ...

Was dann?, wollte ich wissen.

Das Mädchen blickte ängstlich zur Eichentür des Kontors, von wo das Geräusch von Schritten zu uns drang, und sagte schnell:

Dann ist alles egal, stieß sie hervor. Wenn ich mich nicht umbringe, dann tun sie es.

Damit hatte sie auch schon die Tür hinter sich zugezogen. Uguccione streckte den Kopf aus dem Kontor, als hätte er etwas gehört. Dann wies er mir den Weg ins Kontor.

Drinnen wurde es wieder hell, denn der gewölbte Raum ging auf eine Loggia. Pacino Peruzzi brauchte Licht, um seine Briefe und Handelsbücher zu studieren, darum war die gesamte Front zum Innenhof mit Glas verkleidet. So etwas gab es sonst nur bei Fürsten oder in Kathedralen. Die Peruzzi waren es gewohnt, Auge in Auge mit den Herrschern der Welt zu verkehren. Wenn es darauf ankam, sogar mit Gott persönlich.

Obwohl wir im September noch warme Tage hatten, saß das Oberhaupt der Peruzzi an seinem Pult, keine drei Schritte neben einem Kamin, in dem die Scheite prasselten. Ich begann zu schwitzen. Pacino Peruzzi hatte eine Decke um die Knie gewickelt und trug seine Wollkappe bis in die Stirn gezogen. Der Alte verzog den Mund zu einer Art Lächeln, als er mich sah. Seine zusammengezogenen Brauen wirkten, als sehe er nicht mehr gut. Ich wusste aber genau, dass er auch mit über siebzig Jahren Augen hatte wie ein Luchs.

Sei mir willkommen, Wittekind!, sagte er mit müder Stimme, als drücke ihn die Last der Arbeit und der Verantwortung bereits am Morgen nieder.

Ich hoffe, du hast schon gefrühstückt, fügte er an. Bei mir gibt es nichts. Ich esse noch vor Tagesanbruch ein Ei …

Ich weiß, Padrino, fiel ich ihm ins Wort, und dazu ein Stück altes Brot, einen Becher Brunnenwasser und dann erst wieder einen warmen Hirsebrei zu Mittag. Ich wünsche euch einen guten und gesunden Tag!

Pacino Peruzzis Lippen schürzten sich zufrieden, als ich ihn an seine kargen Essgewohnheiten erinnerte. Ich wusste, dass ich diesen Mann getrost unterbrechen durfte, solange dies aus Respekt für seine Sparsamkeit geschah.

Du hast ein gutes Gedächtnis, das schätze ich an dir. Und du hast nichts übrig für unnötiges Geschwätz, genau wie ich. Also kommen wir gleich zur Sache.

Ich nickte dem Padrino aufmunternd zu. Er war der Mann, der mich bezahlte, er war der Mann, der in Santa Croce jeden Winkel kontrollierte, er hatte das Sagen.

Es ist kein großer Dienst, den ich heute von dir verlange, begann er nach einem kurzen Räuspern und schob eine Urkunde zur Seite. Mein Sohn Ruffo ist gestern mit Messer Bortolo, unserem Advokaten, zu meinem Gut in San Donato a Torri hinausgeritten, um ausstehende Pachtgelder einzutreiben.

Und er ist nicht zurückgekommen, daher soll ich ihn suchen und hier im Kontor abliefern, beendete ich Pacinos Worte.

Ich kannte Ruffos Gewohnheiten, es war nicht das erste Mal, dass er verschwand und dass ich ihn nach Tagen aus Oltrarno oder bei der Porta al Prato aus einer Kneipe oder einem Hurenhaus wieder in die Botmäßigkeit seines Vaters zurückbefördern musste. Der alte Mann wies auf die hinterste Ecke des Kontors, in deren Schatten ich erst jetzt ein mageres Männlein erblickte. Pacino fuhr fort mit leidendem Tonfall, als berichte er seinem Arzt von einer Krankheit:

Wir kennen alle Ruffos Laster, darum hatte ich Messer Bortolo gebeten, ihn zu begleiten und auf ihn aufzupassen. Eigentlich keine große

Aufgabe, hatte ich gemeint, doch für unseren Advokaten immer noch zu groß.

Ich kann nichts dafür, verteidigte sich Messer Bortolo, der in seinem roten Gewand von der Bank aufgesprungen war und mit den Armen zu fuchteln begann, als stünde er vor Gericht. Genau genommen stand er vor Gericht.

Mich trifft keine Schuld, wiederholte er mit näselndem Singsang.

Wir hatten die Pachtgelder bei vier Gutshöfen eingesammelt, dann haben wir mit unseren Bauern besprochen, dass sie noch in dieser Woche die reifen Äpfel, die Birnen und die letzten Feigen mit einem Karren hier im Palazzo abzuliefern haben. Wir haben die Menge geschätzt und den Bauern diese – zwanzig Pfund Birnen, vierzig Pfund Äpfel und drei Kisten Feigen – genau vorgeschrieben. Dann wurde es Abend. Ich habe mich sogleich in unserer Kammer hingelegt und auf Ruffo gewartet. Es gab da oben fast noch mehr Mücken als hier in Santa Croce, müsst ihr wissen. Und als es dunkel wurde ...

Wir müssen gar nichts wissen, außer wo Ruffo geblieben ist, unterbrach ihn der Padrino harsch. Wo steckt mein Sohn?

Messer Bortolo blickte beleidigt drein und erzählte den Rest: Ich habe es heute Morgen schon einmal berichtet. Bei Tagesanbruch war Ruffo immer noch nicht aufgetaucht, ich habe ihn mit drei Bauern auf dem ganzen Hof und den umliegenden Feldern gesucht. Ich habe mir die Kehle heiser geschrien. Und als er dann immer noch nicht erschien, bin ich gleich hierher geritten. Ein guter Advokat in Diensten der Peruzzi hat in diesen Zeiten wahrlich anderes zu tun, als bei den Bauern im Heu herumzustöbern. Ich muss heute Mittag noch zum Priorenpalast, um die Erbschaft dieser Witwe Reparata aus Santa Maria Novella zu beglaubigen, die uns nach dem Hausverkauf noch drei Florin schuldet. Jetzt ist sie tot, und wer muss sich kümmern? Natürlich, der Advokat!

Pacino warf seinem Anwalt einen verächtlichen Blick zu: Mir – und nicht dir – schuldet sie die drei Florin und hat sich in eine andere Welt davongemacht. Wenigstens sollten die Leute vorher ihre Angelegenheiten regeln.

Dafür gibt es Advokaten wie mich, warf sich Bortolo in die Brust. Ich verspreche euch, dass ich die volle Summe aus dem Vermögen herausbekomme. Und die Zinsen, heute noch.

Der Anwalt wischte sich die Stirn. Auch ich fühlte, wie mir hinter dem besonnten Glas und vor dem flackernden Kamin der Schweiß an Brust und Beinen herunterrann. Dem Padrino konnte es nicht warm genug sein. Er richtete mit einem Ruck seine schwere Decke und gab Uguccione, der die ganze Zeit an der Tür gewartet hatte, einen Wink, neue Scheite nachzulegen.

Der massige Aufpasser nahm das zum Anlass und mischte sich ein, während er sich aus einem Korb mit Holz bediente: Padrino, ich verstehe nicht, warum ihr immer diesen Deutschen kommen lasst. Die Casa Peruzzi ist mächtig und groß, wir haben Männer genug, um Ruffo zu suchen.

Halt den Mund, sagte der Padrino nicht übermäßig laut. Ich entscheide, wer was zu tun hat. Du, Uguccione, sollst nicht denken, sondern meinen Palast bewachen. Du dienst mir nicht als mein Berater. Und damit du es weißt: Die Casa Peruzzi hat vielleicht genügend Männer, um Ruffo zu suchen, aber nicht, um ihn zu finden.

Uguccione wollte protestieren, während er sich mit den Händen den Holzstaub vom Wams wischte. Doch er schluckte seine Worte herunter und warf mir einen drohenden Blick zu. Pacino Peruzzi wandte sich zu mir:

Wittekind, du hast mir in den letzten zwei Jahren mehr gedient als ein ganzer Stall von Hausknechten. Ein deutscher Jagdhund ist besser als toscanische Katzen. Die können Mäuse fangen im Kontor, aber mehr auch nicht.

Und zu seinen Hausgenossen gewandt: Wenn dieser Fremde hier meinen Sohn Zanobi samt unseren Faktoren unverletzt aus Neapel herausholen konnte, und wenn er meinen Sohn Amerigo am Ende der Welt ausfindig gemacht hat, dann wird er wohl auch meinen Sohn Ruffo in unserem Gehöft am Arno aufstöbern. Ruffo hat augenscheinlich vergessen, dass wir in Zeiten der Pest Wichtigeres zu tun haben als herumzuhuren. Wir müssen unser Geld zusammenhalten! Ich werde es ihm noch einbläuen.

Pacino Peruzzi wusste wie kein Zweiter, wie man sein Geld zusammenhält. Er schickte mit knappen Worten Messer Bortolo zur Testamentseröffnung der Witwe Reparata aus Santa Maria Novella. Dann gab er Uguccione del Pozzo genaue Anweisungen, wo der Alaun gelagert werden sollte, der gestern in einem Konvoi aus Ancona angeliefert worden war. Vorher sollte Uguccione noch Zanobi Peruzzi aus dem Kontor im Erdgeschoss heraufrufen; der Padrino wollte das Bilanzbuch prüfen, wie jeden Vormittag.

Auch meine Audienz war beendet; ich hatte genug geschwitzt. Pacino versenkte seinen Blick wieder in die Handelsbriefe auf seinem Pult und verabschiedete mich, ohne den Blick zu heben:

Wenn du noch vor Sonnenuntergang mit meinem Sohn hier eintriffst, sind drei, nein, zwei Florin von deiner Schuld getilgt.

KAPITEL 3

Auf dem Gang war von dem verängstigten Mädchen, das mich an der Pforte angesprochen hatte, nichts mehr zu sehen. Das war zu erwarten; Frauen hatten beim Kontor nichts verloren. Ich konnte mir auf das Kind, das ich im Palazzo noch nie zuvor bemerkt hatte, keinen Reim machen. Sie ängstigte sich um Palamede. Der war der jüngste Sohn des Padrino und ganz anders als sein Vater: still und zurückhaltend. Ich kannte ihn von der Piazza Santa Croce, wo der hübsche Kerl fast jeden Abend mit ein paar Jungen Ball spielte. Oder er saß auf dem Brunnenrand und schaute mit versonnenem Blick, wie sich das Abendrot auf den Steinen der großen Kirche ausbreitete, die bis zur Pest jeden Tag ein Stückchen gewachsen war. Bei solchen Gelegenheiten hatten wir einander gegrüßt, weil wir wussten, wer der andere war und dass wir beide dem Padrino zuzuarbeiten hatten. Palamede im Kontor, ich draußen auf den Straßen.

Ich konnte mir nicht vorstellen, wieso das Leben dieses Jünglings in

Gefahr sein sollte. Warum hatte sich seine Schwester – denn mit den feinen Gewändern konnte es sich um keine Magd oder Sklavin handeln – ausgerechnet an mich gewandt? Ich war nicht der Leibwächter des Padrino oder seiner Söhne. Ich hatte nur die Schwierigkeiten aus dem Weg zu räumen, die sich ihren Geschäften in den Weg stellten. Ab und zu war ich auch in heikler Mission über den Appenin unterwegs, mit eingenähtem Gold im Saum für die Niederlassung der Bank in Mailand oder Venedig. Oder ich überbrachte persönlich die Abberufung eines ungetreuen Faktors, samt der Anklage bei den Behörden, damit er auf Wunsch des Padrino in Ketten gelegt würde. So war es in Genua und in Rom geschehen. Es war unangenehm genug, aber niemals hatte sich Pacinos genau formulierten Urkunden einer seiner Handelspartner widersetzen können.

Was hinter der Fassade des Palazzo Peruzzi geschah, ging mich wenig an. Warum sollte einer der Brüder ausgerechnet dem Jüngsten, der nach Pacinos Tod die Macht in der Bank sowieso nicht erben würde, nach dem Leben trachten? Wie verrückt musste das Mädchen sein, mich gegen die Peruzzi aufzustacheln?

Das Schicksal hatte mein Leben mit dem Wohlergehen der Casa Peruzzi zusammengeschweißt. Ich war durch Pacinos Gunst zu mehr Wohlstand gekommen als die meisten Leute in meiner Nachbarschaft. Die Peruzzi gaben mir als Ausländer den nötigen Schutz, ohne den ich in Florenz nicht überleben konnte. Deutsche waren nicht beliebt in der Stadt, die seit ewigen Zeiten dem Papst treu war und den deutschen Kaiser bekämpfte. Außer einigen deutschen Söldnern, die bei Santa Maria Novella in ihren Hütten bei Huren und Wucherern saßen und mit ihresgleichen aus Savoyen, aus der Provence, aus Flandern darauf warteten, sich im Dienst der Republik in Stücke hacken zu lassen, gab es in der riesigen Stadt keine Landsleute. Ich hatte keine Freunde in meiner neuen Heimat, doch ich war Hausgenosse des großen Pacino Peruzzi. Sein Ansehen garantierte meine Unversehrtheit.

Das Bankhaus, dem Pacino vorstand, zählte zu den größten seiner Art. Noch nie hatte es dergleichen Handel von einem Ende der bewohnten Welt zum anderen gegeben. Nur die Bank der Bardi, die in ihrem eigenen Quartier jenseits des Arno saßen, tätigte noch größere Geschäfte. Die Bardi und die Peruzzi hatten vom englischen Monarchen die Schafschur und deren Ausfuhr in die Hände bekommen und versorgten Flandern, aber auch Florenz selbst mit der begehrten Wolle – zu ihren Bedingungen.

Das ging so lange gut, bis vor gut fünf Jahren der englische König beim Ausplündern von Flandern und Frankreich entscheidende Schlachten verlor und seine Schuldzahlungen an die Banken von Florenz aussetzen musste. Das ganze Gebäude der gegenseitigen Sicherungen und Kredite brach nach und nach zusammen. Zuerst waren kleinere Häuser wie die Acciaiuoli bankrottgegangen, dann die Peruzzi, zuletzt die Bardi. Zahllose Anleger in ganz Italien und sogar bis nach Avignon und Griechenland, die über Jahre hübsche Renditen aus ihren investierten Summen bezogen hatten, verloren auf einen Schlag alles. Reiche Kaufleute mussten betteln gehen; wohlhabenden Witwen blieb nur der Abstieg ins Bordell; die Kirchtürme großer Klöster, die mit dem Gewinn bei den Bardi oder Peruzzi gebaut werden sollten, standen heute noch mit offenem Dach im Regen. Fromme Stiftungen für Alte und Waisen hörten von einem Tag auf den anderen auf zu existieren, weil Einlage und Rendite verschwunden waren. Niemand wagte es in diesen schlimmen Zeiten, mit England oder Neapel Handel zu treiben. Es kam zu Hungersnöten. Und die volle Kasse der reichsten Stadt der Welt, die berühmte Münzstätte von Florenz, war plötzlich leer wie die Bettelschale eines Franziskaners. Die reichsten Bankhäuser hatten die Welt arm gemacht.

Doch wundersam – gerade die beiden größten Banken, die den Ruin so vieler Menschen verursachten, konnten sich aus dem allgemeinen Untergang retten. Die Bardi saßen immer noch in ihren Palästen im Oltrarno. Und dass hier bei den Peruzzi weiter Güter, Geld und Wechselbriefe in die ganze Welt geschickt wurden und Einkünfte erbrachten, erfuhr ich Tag für Tag.

Ich schlenderte ohne Eile zurück zur Piazza Santa Croce. Es könnte ein schöner Tag auf dem Land werden. Der Ritt ins Arnotal, um Ruffo von einer Bäuerin zu zerren, bedeutete kein Problem. Vorher wollte ich mir noch eine Portion vom heißen Brei genehmigen, den Meos Frau zu Mittag in einem Kupferkessel zubereitete. Sie wusste, was die Bauleute, die Träger, die Färber und die Handelsfaktoren aus Santa Croce am liebsten aßen. Mal gab es Grütze mit Stücken scharfer Wurst, mal war Flussfisch aus dem Arno drin, an anderen Tagen sogar Fetzen von gebratenem Wildschwein. Auf jeden Fall hielt Chiaras gut gewürzter Brei vor bis zum Abend, und das war genau, was ich brauchte. Ich kannte San Donato a Torri noch von vor der Pest, als ich Provianttransporte in den Palazzo organisieren musste. Ob ich in diesem entlegenen Gehöft der Peruzzi irgendetwas Essbares auftreiben würde, war mehr als ungewiss.

Im Purgatorio wies ich mit dem Zeigefinger auf den dampfenden Kupferkessel.

Aal, rief Meo und steckte sich den Finger in die Backe. Das gab es nicht oft, und Aalgrütze war eines unserer Lieblingsessen. Ich nahm Platz auf einer Bank beim Tresen. Unweit hockte ein junger Mann und begann, auf einer Handorgel zu spielen. Vor ihm stand ein leerer Holznapf. Endlich hatten die Priori Musik und Tanz in den Schänken wieder erlaubt. Der junge Musiker spielte sein Instrument mit unglaublicher Fingerfertigkeit, mit der rechten Hand schlug er Akkorde und streute immer wieder neue Melodien ein, während er unter der linken Achsel den Blasebalg betätigte. Mit dem Fuß stampfte er den Rhythmus dazu, obendrein sang er auch noch mit einer überraschend hohen Stimme, fast wie eine Frau:

Dunque, se la state manca
e vien su la fredda brina,
la brigata devien franca:
ognun' si parte a testa china ...

Das passte gut zu diesen Tagen: Der Sommer ist vergangen, bald kommt der erste Frost, wir ziehen fort mit gesenktem Haupt ...

Die Gäste an anderen Tischen hörten auf zu reden und staunten über den Jüngling, der statt kirchlicher Litaneien fröhliche Tanzweisen und Liebeslieder zum Besten gab, die wir während der Seuche beinahe vergessen hatten. Wie lange hatten wir alle keine Musik mehr gehört!

Nach all den Bußpredigten, den Klagen der Kranken und Sterbenden und dem Krakeelen der Totengräber stieg endlich wieder eine Ahnung von Harmonie in mir auf.

Der Säufer Jacopo hatte die ganze Zeit mit dem Kopf auf der Tischplatte geschlafen, nun wurde er von der Orgel geweckt, sprang mit einem Ruck auf und schrie:

Wer wagt es, in diesen Zeiten der Heimsuchung liederliche Musik zu spielen? Ruhe, sage ich! Niemand als der Tod lädt uns Sünder noch zum Tanz! Wir Menschen müssen büßen und haben keine Liebeslieder zu singen!

Der Organist war ganz in seinen Gesang vertieft, die letzten Verse brachte er mit Verzierungen und einem langen Schlussakkord seiner Orgel zu Ende, die Augen geschlossen. Da stand auch schon Jacopo vor ihm, holte mit der Faust aus und wollte dem Musiker ins Gesicht schlagen. Ich sprang hoch, hielt Jacopo am Arm fest und schob ihn in die Ecke des Purgatorio. Auch Meo lief herbei, schüttelte seinen Gast und drückte ihn unsanft in Richtung Ausgang:

Lass dich heute nicht wieder sehen, es sei denn, du bist endlich einmal nüchtern. Jacopo, was ist nur aus dir geworden! Dein Vater würde sich deiner schämen.

Mein Vater, mein Vater, stieß Jacopo hervor. Du hast ihn gekannt. Der war kein bisschen besser als ich.

Der Organist hatte sich die ganze Zeit nicht von seiner Bank erhoben. Ich wunderte mich, dass er bei dem Wutgeschrei nicht weggelaufen war, dass er nicht wenigstens seinen Arm erhoben hatte, um sein Gesicht vor dem wütenden Jacopo zu schützen. Der Musiker beugte nur den Oberkörper fürsorglich über seine Orgel, als wäre sie ein schlafendes Kleinkind, dem auf keinen Fall Schaden zugefügt werden durfte. Ohne eine Miene zu verziehen, starrte der junge Mann an die Decke des Schankraumes. Da merkte ich, dass dieser Künstler blind war. Ich legte ihm sachte meine Hand auf die Schulter, setzte mich zu ihm und sagte:

Du brauchst keine Angst mehr zu haben. Der Schläger ist fort. Und du kannst ruhig weiterspielen.

In dem Moment stellte Meo zwei Näpfe voller Aalgrütze auf unseren Tisch, dazu zwei Becher Wein, und grinste mir dankbar zu: Das geht auf mich.

Der Organist lächelte scheu an mir vorbei.

Ich heiße Wittekind, sagte ich, während ich ihm seinen Löffel in die eine und seinen Napf in die andere Hand drückte. Bevor er zu essen begann, stellte sich auch der Organist vor: Mein Name ist Francesco Landini.

Wir kauten in aller Ruhe, die fetten Aalstücke waren mit Salbei und getrockneten Pflaumen abgeschmeckt. Ich winkte Chiara, die hinter dem Tresen stand, und steckte anerkennend einen Finger in meine Wange. Die Wirtin lächelte.

Bist du zum ersten Mal im Purgatorio?, fragte ich.

Die Schänke macht ihrem Namen alle Ehre, erwiderte Francesco. Man muss sich in diesem Fegefeuer das Paradies erst verdienen. Ich war tatsächlich vorher noch nie hier, aber ich brauche Geld. Man sagte mir, dass hier großzügige Menschen verkehren.

Stimmt, entgegnete ich, vor allem der Wirt, Meo Angiolieri, ist ein guter Mann. Er hätte nicht zugelassen, dass dir ein Haar gekrümmt wird.

Du auch nicht, sagte Francesco Landini. Ich konnte es zwar nicht sehen, aber mir scheint, du hast den Schläger rechtzeitig festgehalten. Wir Blinden sehen so manches mit den Ohren. Bestimmt hätte mich auch Isotta beschützt.

Erst jetzt bemerkte ich unter der Bank einen grauen Hirtenhund.

Hast du denn sonst niemanden, der dich durch die Stadt begleitet?, wollte ich wissen.

Seine Hand suchte unter dem Tisch und streichelte das Tier.

Isotta sorgt dafür, dass ich nicht umgestoßen werde und selber nichts umstoße. Später kommt meine kleine Schwester, um mich abzuholen. Wir wohnen hinten bei Santo Spirito.

Wo hast du gelernt, die Orgel zu spielen?, wollte ich wissen.

Als kleiner Junge war ich mir sicher, dass ich später Maler werden würde, wie mein Vater. Dann habe ich die Pocken gekriegt. Als ich aus dem Fieber erwachte, konnte ich nichts mehr sehen. Erst mit der Zeit merkte ich, dass die Musik meine Gabe ist. Ich habe immer gegen meine Angst im Dunkeln angesungen. Das gefiel den Leuten, und mein Vater gab mich zum Organisten von Santo Spirito. Der hat mir alles beigebracht. Ich kann auch Flöte spielen, und Laute.

Ich nickte dem jungen Mann zu, bis mir einfiel, dass er die Geste gar nicht sehen konnte. Es kam mir wie ein Wunder vor, dass jemand ohne Hilfe der Augen solch komplizierte Melodien und Akkorde auf der Tastatur hervorbringen konnte. Das sagte ich Francesco auch. Er schien sich über mein Lob zu freuen.

Francesco erzählte: Leider ist mein Unterricht vorbei, seit mein Lehrer an der Pest gestorben ist. Unser Vater hat meiner Schwester und mir etwas Geld zurückgelassen, aber das geht nun zur Neige. Meine Schwester ist drüben zu den barmherzigen Pinzocchere gegangen, um etwas zu essen zu erbetteln. Ich dachte, ich kann es endlich wieder mit Musik versuchen. Ein fröhliches Lied, heißt es, füllt Herz und Magen. Und schau mich an, es hat schon geklappt!

Kümmert sich dein Vater nicht um euch?, fragte ich.

Er ist im März, also noch vor der Seuche, in die Berge gezogen, um in seiner Heimatstadt Poppi die Burg auszumalen. Du musst wissen, mein Vater ist Maler. Jacopo del Casentino, ein Schüler des berühmten Giotto. Meine Schwester und ich haben seit Monaten nichts von meinem Vater gehört. Vielleicht lebt er noch und hat Angst zu reisen, oder der Graf von Poppi lässt ihn nicht fort. Ich finde, dass ich jetzt alt genug bin, um unser Brot selber zu verdienen.

Die Rede wirkte trotzig, als müsste sich Francesco Mut zusprechen. Wenn die Pest auch manche Organisten und Sänger getötet hatte, würde es gewiss nicht einfach für einen Blinden, eine Anstellung zu finden. Als hätte er meine Gedanken erraten, setzte Francesco fort:

Ich muss natürlich noch viel studieren und üben. Wenn ich Komponist sein will, dann muss ich die Philosophie beherrschen und noch mehr Instrumente kennen. Ich will sogar mit den eigenen Händen welche bauen.

Und du glaubst, dass dir das ohne Augen gelingt?

Francesco nickte: Meine Schwester Nella ersetzt mir die Augen. Sie liest mir gerade die Werke des großen Philosophen Occam vor. Musik ist Logik in Form von Tönen, ich muss all das studieren. Aber du kennst dich sicher nicht aus mit Philosophie?

Kann sein, antwortete ich, dass ich den Namen Occam schon einmal gehört habe. Aber meine Stärken sind andere. Ich arbeite für das Bankhaus Peruzzi als Agent. Da kommt man mit Philosophie nicht weit.

Francesco suchte meine Hand und schüttelte sie: Du bist ein Deutscher? Das habe ich an deiner Sprechweise erkannt. Es gibt nicht viele von deiner Sorte in Florenz. Du beherrschst unser schönes Toscanisch gut. Und ich danke dir noch einmal für dein Eingreifen. Wie sollte ich meine Lieder singen, wenn mir ein Betrunkener die Zähne ausschlägt?

Der Mann ist verrückt, beruhigte ich den Organisten, aber wenn er wieder nüchtern ist, dann bereut er alles. Ich fürchte, dieser Jacopo Alighieri wird aus dem Jenseits vom Geist seines Vaters verfolgt, aber das ist eine andere Geschichte.

Immerhin hat der Mann mir vorgeführt, dass meine Musik große Wirkungen hervorruft, konstatierte Francesco nicht ohne Ironie. Hör mal zu!, rief er plötzlich, ich führe dir vor, dass ich mit den Tönen meiner Orgel nicht nur Harmonie erschaffen kann. Ich habe zum Beispiel herausgefunden, dass eine ganz bestimmte Melodie die Menschen in Schrecken versetzen kann. Es reichen nur vier Töne, und alle bekommen Todesfurcht.

Der Organist klemmte sich den Blasebalg unter die Achsel und pumpte ein paar Mal, dann wiederholte er immer wieder vier hohe Töne, quälend langsam, immer mit einer kleinen Pause dazwischen, dann wieder von vorn. Schon bei der dritten Wiederholung wurde es still im Purgatorio, die Menschen blickten furchtsam zu uns herüber. Endlich rief Michele Scalza:

Hör auf mit dieser Folter! Da singt ja der Tod persönlich sein Lied.

Francesco beendete seine Melodie, legte die Orgel vorsichtig ab und lächelte in meine Richtung: Habe ich es nicht gesagt? Musik kann alles ausdrücken. Sie kann sogar eine Waffe sein.

Ich muss in Ruhe über deine Theorie nachdenken, bemerkte ich. Ich bin leider nicht besonders begabt für Töne, aber ich höre dir sehr gerne zu. Ich muss jetzt weiter. Hier sind ein paar Quattrini für dich und deine Schwester.

Francesco Landini hörte die Münzen auf seinem Holzteller klirren und senkte den Kopf. Er wirkte so selbstbewusst, als sei für ihn die Summe, die er aus dem Klappern addiert hatte, genau der Betrag, der ihm für sein Konzert zustand.

Ich trat hinaus auf die Piazza Santa Croce, es war Zeit, im Stall der Peruzzi mein Maultier zu holen. Der Weg zum Gutshof in San Donato a Torri war nicht weit. Und Patroklus würde mit bedächtigem Schritt meinen verrenkten Rücken schonen.

An ihrem Stand war Cioccia ins Gespräch mit einem Kunden vertieft, den ich noch niemals gesehen hatte. Gekauft hatte er nichts. Der füllige Mann in einem feinen Wollgewand sprach eindringlich auf Cioccia ein. Sie nickte dazu und lächelte dem Mann ins Gesicht, auch als ich mich zu den beiden gesellte. Sie wirkten vertraut, und das behagte mir nicht.

Cioccia übernahm die Vorstellung: Das ist Wittekind, der Deutsche, von dem ich dir erzählt habe. Er ist mein Hauswirt.

Der Kunde, sicher zehn Jahre jünger als Cioccia und ich, machte eine Verbeugung, musterte mich von oben bis unten und legte erst dann die Hand an seine rote Mütze.

Und das, setzte Cioccia fort, ist Giovanni Boccaccio, ein Bekannter aus früheren Zeiten in Neapel. Boccaccio ist erst neulich in Florenz angekommen.

Ich verbeugte mich knapp und nahm Cioccia ein paar Schritte zur Seite. Dieser Boccaccio, wer immer er war, musste meine Angelegenheiten nicht mitbekommen. Ich erklärte Cioccia mit leiser Stimme, dass ich Ruffo Peruzzi aus einem Dorf beim Arno, keine zwei Wegstunden von hier, herbeizuschaffen hatte. Vor der Dunkelheit sei ich wieder daheim. Cioccia wirkte nicht unbedingt, als freue sie sich auf den Abend, aber das war vielleicht nur Verstellung. Sie rief Lapo zu sich und erklärte ihm laut:

Jetzt beginnt deine Arbeit als Wittekinds Knecht. Du gehst mit deinem Herrn zum Stall, dann weißt du in Zukunft, wo Patroklus steht, um den du dich zu kümmern hast.

Ich wollte protestieren. Aber Cioccia ließ sich nicht unterbrechen: Und dann reist ihr zwei gleich am ersten Tag gemeinsam aufs Land. Du kannst dich bewähren, Lapo, und allen zeigen, wie du deinem Herrn bei seiner Arbeit zur Hand gehst. Ist das nicht schön?

Lapo nickte eifrig und knetete seine Hände. Boccaccio beobachtete uns aus ein paar Schritten Entfernung.

Cioccia, nein!, widersprach ich, so war das nicht abgemacht. Der Junge kann sich um mein Reittier im Stall kümmern und meinetwegen auch den Abort putzen. Aber meine Arbeit für die Peruzzi erledige ich allein.

Cioccia verschränkte die Arme vor der Brust: Du hast per Handschlag diesen Jungen als Helfer angenommen. Und dann willst du ihn am ersten Tag bereits vor allen Leuten demütigen? Steh als guter Christ zu deinem Wort! Ich habe Lapo von dem Lohn, den du ihm schuldest, vor einer Stunde einen Napf Lampredotto gekauft. Er ist satt und brennt darauf, dich aufs Land zu begleiten.

Mir gefiel die Sache nicht. Doch warum sollte ich wegen des Jungen mitten auf der Piazza einen Streit vom Zaun brechen? Heute Nacht war die geeignetere Zeit, allen Ärger mit Cioccia auszuräumen. Ich gab nach, nahm Lapo am Ärmel und ging mein Reittier holen. Mir schien, als lächelte Cioccia ihrem Freund Boccaccio zu.

KAPITEL 4

Ich blickte mich aus dem Sattel um, als wir die Stadt durch die Porta Santa Croce verließen und auf die Landstraße in Richtung Arezzo gelangten. Lapo lief direkt hinter mir; trotz seines Hinkens war er erstaunlich gut zu Fuß. Freilich war Patroklus kein sonderlich schnelles Tier, mit über zehn Jahren auf dem Buckel, graubraun und gutmütig – genau das Richtige für einen Mann mit Rückenschmerzen.

Habt ihr in Deutschland auch Heilige?, rief Lapo unvermittelt.

Ich ließ mein Maultier weitertrotten und drehte mich zur Seite, um die sonderbare Frage zu beantworten: Natürlich haben wir Heilige, die gibt es doch wie Sand am Meer. Zum Beispiel Patroklus hier, der heißt nach dem Schutzpatron der Stadt, in der ich geboren bin.

War er ein Märtyrer?

Ich denke schon, gab ich zur Antwort. Ich habe nicht alles von seiner Geschichte behalten, er lebte irgendwo in Frankreich, und er war ein stolzer, schöner, junger Ritter. Genau wie ich, fügte ich mit einem Grinsen hinzu, das Lapo nicht sehen konnte.

San Salvi kam auch aus Frankreich, rief Lapo.

Du meinst den Patron der Kirche da hinten?, fragte ich und wies auf den schlichten Bau des Benediktinerklosters, dessen Turm eine knappe Meile vor uns hinter ein paar Bäumen erschien. Ich war schon öfter hier durchgekommen und wollte auch diesmal am Brunnen gegen einen Obolus einen Trunk für Mensch und Tier erbitten. Außerdem tat mir Lapo langsam leid, ich wollte ihm eine Rast gönnen. Allerdings wirkte er gar nicht müde.

San Salvi, erzählte Lapo, war ein Bischof und ein Märtyrer. Das Kloster ist ihm geweiht, weil sein Leichnam die ganze Strecke über die Alpen bis hierher geflogen ist.

Woher weißt du das so genau?

Das hat mir Fra Bernardino erzählt, rief Lapo. Mit dem bin ich überall hier herumgezogen, sicher zehn, vielleicht zwanzig Jahre lang. Wir haben gebettelt, musst du wissen. Fra Bernardino kannte alle Heiligen von Florenz und von der ganzen Welt.

Zwanzig Jahre?, bezweifelte ich. Du bist doch höchstens vierzehn. Weißt du überhaupt, wie alt du bist?

Lapo grinste: Ich bin blöd, ich weiß nichts. Das hat Fra Bernardino immer gesagt. Der war ein schlauer Mann und wusste alles, aber er hat es nicht allen verraten.

Was macht dein Fra Bernardino jetzt?

Er ist tot, sagte Lapo und bekreuzigte sich. Die Pest hat ihn geholt, oben in Impruneta. Da bin ich nach Florenz gegangen, und Cioccia hat sich um mich gekümmert. Aber wenn wir jetzt hier in der Gegend betteln müssten, wäre nicht mehr viel zu holen, wo doch so viele gestorben sind.

Ich war froh, dass wir nicht betteln, sondern nur einen verwöhnten Kaufmann aufstöbern mussten. Almosen waren hier keine zu erhoffen. Die Straße, über die vor einem Jahr noch Pferde, Karren und Menschen dicht an dicht gezogen kamen, lag zwar nicht verödet, doch besonders viel war nicht los. Hier und da ein einsamer Reiter, bisher waren uns nur ein paar Bauernkarren voller Grünzeug begegnet. Was Florenz benötigte, ließ sich einfacher über den Arno in die Stadt rudern.

Lapo rief: Wenn wir in San Salvi Rast machen, dann müssen wir noch ein schönes Stück Holz aufsammeln, oder besser zwei. Die legen wir dann dem heiligen Guadalberto aufs Grab.

Holz? Und wer ist denn nun wieder der heilige Guadalberto?

Das ist ein berühmter Mönch aus Florenz, sagte Lapo. Er wurde vor langer Zeit schon heiliggesprochen, weil er den Mörder seines Bruders nicht totgeschlagen hat. Der Heilige hatte ihm hier bei San Salvi aufgelauert, aber dann bekam er Bedenken. Guadalberto setzte über den Arno ins Kloster San Miniato und fragte das große Kruzifix, ob er seinen Feind verschonen dürfe oder ob er zur Blutrache gezwungen war. Der Christus am Kruzifix schüttelte den Kopf.

Und dafür, dass er nicht zum Schwert griff, wurde Guadalberto heiliggesprochen?, fragte ich. Konnte dieser Heilige auch über die Berge fliegen wie San Salvi?

Lapo schüttelte den Kopf: Nein, das nicht. Guadalberto vertrug sich mit dem Mörder seines Bruders, wurde Mönch und vertrieb erst seinen Abt aus dem Kloster, später dann sogar den Bischof von Florenz. Und noch später viele andere Kirchenleute. Das waren nämlich alles Verbrecher.

Besonders nett scheint dein Guadalberto aber nicht gewesen zu sein, wenn er überall seine Mitbrüder verjagte.

Lapo ließ sich nicht aus der Ruhe bringen: Um sein Gewissen zu prüfen, ging Guadalberto immer wieder in die Berge, oben bei Arezzo. Um zu beten und zu fasten. Und dann kam er mit frischer Kraft zurück, um neue Übeltäter zu bestrafen. Doch am liebsten lebte er im Wald.

Deshalb sollten wir ihm zwei Stück Holz aufs Grab legen. Das bringt uns Glück, und wir finden Ruffo Peruzzi schnell.

Ich hatte Lapo von unserem Auftrag erzählt, aber nicht erwartet, dass wir fürs gute Gelingen Holz zu schleppen hatten. Wie merkte sich der Junge bloß all diese Geschichten von fliegenden Heiligen, vom Verbrecherbischof und von einem Kruzifix, das mit dem Kopf wackelt? Sein Bettelmönch hatte Lapo wohl selbst den Kopf verdreht.

Wittekind, dein Schutzheiliger ist der heilige Georg, rief mein neuer Knecht. Georg ist ein mutiger Ritter auf einem Pferd, der Jungfrauen rettet und Drachen tötet. Genau wie du. Für den müssen wir nachher auch ein Gebet sprechen.

Ich fand, dass es genug war: Lapo, wir werden heute keine Gebete an irgendeinem Grab sprechen. Das kostet nur Zeit. Und ich weiß auch nicht, was ich mit dem heiligen Georg gemein haben soll. Ich habe noch nie einen Drachen getötet. Und ob wir eine Jungfrau zum Retten finden, wo Ruffo Peruzzi durchgekommen ist, das bezweifle ich. Sehen wir zu, dass wir bei den Mönchen von San Salvi einen Schluck Wasser kriegen und meinen Ziegenbeutel füllen können. Und dann weiter.

Ich drehte mich kurz um. Lapo blickte zu Boden und sagte nichts mehr.

Und noch eins, fügte ich hinzu: Wir werden für deinen San Salvi und deinen San Gualberto auch kein Holz schleppen. Du kannst heute Abend in der Stadt bei den Laudesi und den Pinzocchere singen und beten, so viel du willst. Aber hier mit mir bist du nicht auf Pilgerschaft, sondern bei der Arbeit.

Hinter San Salvi wurde die Straße schmaler und noch einsamer. Immer wieder trafen wir auf bestellte Felder, die niemand abgeerntet hatte und deren Halme nun im Wind verdorrten. Zuweilen ließen sich auf den Hügeln Bauern sehen, die von den Bäumen Birnen oder Pflaumen herunterholten. Auch in den Weinbergen waren Arbeiter mit Körben und Sicheln bei der Lese. Früher war das Arnotal der Garten von Florenz, doch nach dem großen Sterben gab es nicht mehr genügend Bauern, um alle Gewächse zu verwerten. Ob die Gerüchte stimmten, dass sich hungrige Wölfe aus dem Gebirge in die Dörfer trauten? Immerhin lagen anders als im Sommer auf dem Weg nach Fiesole keine Leichen im Straßengraben, an denen Raben herumpickten. Nach dem schlimmen Regen und den Überschwemmungen, die fast die gesamte Ernte vernichtet hatten, war ich im Frühling vor einem Jahr noch hier in der Gegend auf ausgemergelte Menschen getroffen, die wie Vieh auf allen vieren Gras zu fressen versuchten. Damals waren im Contado Tausende verhungert, Kinder und Greise zuerst. Und doch war der Zoll des Todes immer noch nicht hoch genug gewesen.

Die Landleute, die uns mit Karren oder mit schweren Säcken auf dem Rücken entgegenkamen, konnte ich nicht nach Wölfen und Raben und schon gar nicht nach der Ernte fragen. Sie hätten mir nicht geantwortet. Ohne Gemütsregung blickten sie an Lapo und mir vorbei und zogen nach einem kurzen Nicken ihrer Wege. Alle in Florenz wussten, wie verhasst die Stadtbewohner bei den Bauern waren. Jedes Stück Land, das die Priori ihrer Herrschaft – mal mit Krieg, mal mit Geld – einverleibten, wurde sofort einem strengen Regiment unterworfen. Anders als die Bürger von Florenz mussten die Untertanen Kopf- und Grundsteuer zahlen, hatten aber im Gegenzug kein Mitspracherecht in den Volksversammlungen. Größere Ansiedlungen im Tal der Elsa oder am Arno mussten pauschale Summen an die Stadtkasse abliefern. Die Bauern unterstanden zusätzlich der Abgabenpflicht für alles, was aus der Erde wuchs, die sie bestellten, die ihnen aber nicht mehr gehörte.

Kaufleute besaßen jetzt Felder und Wälder rund um die Stadt und bestanden auf der Pacht; die Hälfte aller Güter wanderte in die Keller und auf die Speicher der Familienpaläste. Damit ließ sich ein riesiger Haushalt versorgen – und es fielen noch Vorräte für den Verkauf ab. War die Ernte schlecht wie in den letzten Jahren, erließen die Herren den Bauern sogar Abgaben. Wenn nämlich die Preise für Getreide, Wein, Gemüse stark anstiegen, hatten die Städter vom Hunger mehr Gewinn als vom Überfluss. Und was die Bauern dann von ihrem Wenigen zu Geld machten, mussten sie in die Stadt tragen, um sich davon Sensen und Pflüge, Kleider und Schuhe zu kaufen. Die Läden dafür gehörten denselben Händlern, die ihnen vorher Steuern und Pacht abgenommen hatten.

Kein Wunder also, dass die Bauern aus der Stadt nichts als Verderben erwarteten. Niemand von den Bürgern ließ sich zu ihren Nöten herab, niemand sprach mit ihnen mehr als das Nötigste. Alle Hilfe, die noch den Ärmsten in den Hütten von Florenz zuteilwurde, war den Bauern versagt. Sie bekamen keine Rationen aus dem Kornspeicher, sie hatten keine Ärzte. Kein Anwalt verteidigte sie vor Gericht. Sie hatten keine Schulen und Lehrer und konnten daher weder lesen, schreiben noch rechnen. Sie trugen keine Waffen und wurden im Kriegsfall als Erste mitsamt ihren Hütten und Höfen verbrannt, ausgeplündert, zu Tode gefoltert.

Und doch hing das Leben aller Übrigen von der Arbeit der Bauern ab. Hätten sie die Felder nicht auch während der Pest bei Sonne und Regen bestellt, hätten sie kein Korn geschnitten und nicht mit langen Stangen die Vögel von den Obstbäumen vertrieben, dann würden im Winter alle verhungern – auch die Reichen. Dennoch hatten die Bauern das geringste Ansehen unter allen Menschen. Sogar ein Gaukler oder eine Hure in der Stadt hatten Anteil am Leben auf der Straße, sie sprachen und sangen und beteten mit ihren Nachbarn, wenn diese auch auf sie herabsahen. Die Bauern beachtete niemand.

Sie hatten ihre eigene Sprache, die nur von fern ans Toscanische erinnerte. Wenn sie sich mit rauen Lauten auf dem Acker etwas zuriefen, wirkte das auf mich so fremd wie ein Gruß der sagenhaften Etrusker, die einst hier gelebt hatten. Zur Sonnenwende oder in den Raunächten nach Weihnachten feierten die Bauern ihre Feste. Dann wurde auf dem Dorfplatz herumgehüpft, Jünglinge sprangen durchs Feuer oder zogen mit Tiermasken von Hof zu Hof, um die Leute zu erschrecken. Kein Priester traute sich, bei diesen uralten Bräuchen dazwischenzugehen.

Die Bauern lebten in ihrer eigenen Welt, zu welcher sie niemandem Zutritt gewährten. Männer regelten ihre Zwiste mit Knüppeln. Weise alte Frauen versorgten die Kranken mit Kräutern, mischten den Sterbenden schmerzlindernde Trünke. Sie konnten, so erzählte man, Kindern bei schweren Geburten auf die Welt helfen. Sie konnten aber auch dafür sorgen, dass die Frauen nicht immer neue Bälger gebaren. Das Vieh der Bauern wurde mit Amuletten aus Wurzeln und Blüten geschützt. Geheime Beschwörungen halfen gegen bösen Zauber, damit die Kühe und die Mütter genug Milch gaben, oder damit die Schweine nicht vor dem Schlachten eingingen und den Menschen das bisschen Fett raubten, das sie brauchten, um den Winter zu überstehen.

Obwohl die Jagd den Herren vorbehalten war, zogen die Bauern mit Pfeil und Bogen in die Wälder, holten sich heimlich ein paar Vögel oder Eichhörnchen. Gelang es einem, ein Wildschwein zu erlegen, dann wurde das Tier im Schutz der Nacht ins Dorf geschleppt und unter den Nachbarn aufgeteilt. Nicht einmal unter der Folter hätte ein Bauer seinen Nachbarn verraten. Sie wussten genau, dass der Reichtum ihrer Felder und Wälder eigentlich ihnen zustand. Junge Bauern, die noch genügend Kraft und Mut hatten, versuchten von ihrer Scholle zu fliehen und nach einem langen Marsch in Pisa, Arezzo oder Bologna als Hausknecht oder auf den Baustellen ein Auskommen zu finden. Wenn man sie aufspürte, schleppten ihre Herren sie zurück aufs Land und ließen sie vor den Nachbarn auspeitschen.

Während der Pest hatten die Bauern jedoch erlebt, dass sich über Monate kaum ein Städter zum Jagen oder Fischen auf seine Ländereien traute. Plötzlich gehörte der Contado wieder den Bewohnern. Außerdem gab es nach Jahren des Hungers endlich Fleisch, Korn und Trauben im Übermaß für die Überlebenden. Wer im Herbst mit der ganzen Familie im Grab verfaulte, hatte im März oder im Mai noch fleißig gepflügt und gesät. An diesem Werk labten sich dann die Überlebenden. Die Hölle der Seuche war das Paradies des Überflusses für alle, die Glück gehabt hatten.

Gewannen diese Erben jetzt neuen Mut und schlossen sich gegen ihre Herren zusammen? Oder würden sie weiter ohne Murren ihre Abgaben an die Stadt liefern? Niemand konnte das wissen. Doch welche Söldner aus der Stadt Florenz hätten jetzt die Rechte der Herren mit Gewalt durchgesetzt? Der schlaue Pacino Peruzzi hatte seinen Advokaten und seinen Sohn nicht ohne Grund auf seinen Hof gesandt. Der Padrino wollte prüfen, ob die alte Ordnung noch bestand. Oder ob er in Florenz Knechte rüsten musste, um seinen Besitz mit Gewalt zusammenzuhalten.

Allerlei Gerüchte aus dem Contado waren mir in der Stadt in den letzten Wochen zu Ohren gekommen. Nicht ohne Schadenfreude erzählten Nachbarn, dass ein Sohn der Medici auf dem eigenen Hof verprügelt worden war, als er die halbe Ernte einforderte. Als er am anderen Tag mit bewaffneten Knechten wiederkehrte, waren die Bauern mit allen Vorräten in die Berge verschwunden. Ein ganzes Dorf im Elsatal war von den Bauern verlassen worden; vorher hatten sie noch die Felder und die Olivenhaine in Brand gesteckt. Alle hinter den Mauern von Florenz wussten nun: Wenn man in diesen üblen Zeiten zu den Bauern kam, dann verschloss man abends besser seine Kammertür.

San Donato a Torri war ein Weiler, der aus ein paar Hütten, einigen Scheuern und einem größeren Ziegelhaus bestand. Das Gehöft war einst mit Hecken und Gehölzen nach außen abgeriegelt worden, aber die Sperre war inzwischen so löchrig geworden, dass kein Raubtier und kein raubender Mensch sich davon abhalten ließe. Lapo und ich trafen am Haupthaus auf den Pächter, der sich mir als Zato vorstellte. Ich hatte den gedrungenen Bauern noch nie bewusst gesehen. Er nahm mir Patroklus ab und führte das Tier in den Stall, wo auch das Pferd von Ruffo stand. Patroklus steckte sofort das Maul in den Trog.

Ist der junge Herr zurück?, wollte ich wissen.

Zato schüttelte den Kopf. Von ihm, so viel konnte ich aus seinen mürrischen Zügen lesen, würde ich nicht viel erfahren. Er führte mich ins Haupthaus und wies wortlos auf eine Bettstatt gleich im ersten Raum. An der Wand lehnte eine Satteltasche. Ich öffnete die Schnüre und fand außer einer Decke, einem gefalteten Strohhut und einem wollenen Umhang gegen Regen nichts als ein paar Trockenfeigen. Sollte Ruffo ein Schwert dabeigehabt haben, oder eine Geldbörse, dann hatte er das alles mitgenommen.

Mir kam eine Idee. Wie in jedem größeren Gehöft mussten die Leute auch in San Donato Hunde halten, denn regelmäßig kamen die Herren aus der Stadt zur Jagd. Oder der Pächter hielt selbst Wachhunde. Ich fragte Zato nach einem guten Spürhund. Er schaute mich ausdruckslos an, stapfte dann zum Stall und kam mit einem Tier zurück, das er an der Leine hielt. Der Wachtelhund konnte nur mühsam gehen und schaute mich treuherzig an, seine Ohren hingen schlapp herab. Ich konnte mir nicht vorstellen, dass dieser lahme Köter noch zur Jagd taugte. Bei Zato verzehrte er sein Gnadenbrot, anderswo hätten ihn die Bauern schon im Arno ersäuft.

Hast du kein besseres Tier?, fragte ich.

Sind alle an der Pest eingegangen.

Ich glaubte dem Pächter kein Wort. Sicher hatte er seine Meute in Sicherheit gebracht. Wieso sollte er mich auf die Idee bringen, dass er mit frischen Hunden über Monate das Revier der Peruzzi bejagt hatte? Außerdem musste er damit rechnen, dass ich einen guten Wachhund nach Florenz mitnähme. Dort waren viele Tiere eingegangen oder sogar totgeschlagen worden. Ein guter Spürhund war in diesen Tagen Gold wert. Die Bauern mussten schlau sein. Je weniger die Städter vom Leben und Treiben hier draußen mitbekamen, desto besser für sie. Ich hatte mit dem zurechtzukommen, was Zato mir zugestand. Ich zerrte den Hund ins Haupthaus und ließ ihn an Ruffos Satteltasche schnuppern. Dann spornte ich ihn zum Laufen an.

Such, such!, rief Lapo und wedelte mit den Armen, lauf los zu Ruffo!

Augenscheinlich hatte der Junge seinen Spaß mit Hunden. Doch das Tier setzte sich in den Staub und blickte treuherzig zu mir empor.

Zato erklärte, dass er seinen Leuten oben im Wingert bei der Lese zu helfen habe. Dann ging er fort. Lapo und ich erkundeten zuerst das Gehöft, in dem sich nur zwei junge Frauen vor einer Hüttentür sehen ließen. Eine von ihnen stillte ihr Kleinkind, die andere schlug in einer kleinen Tonne Milch zu Butter. Ich ging zu ihnen und fragte nach dem Verschwundenen. Auch die Frauen hatten nichts von Ruffo Peruzzi gesehen. Sein Ausbleiben schien sie nicht zu stören. Sie drehten die Köpfe weg und schauten in die Ferne. Außer den Zikaden war nur das eintönige Geräusch des Butterfasses zu hören.

Ich war mir sicher gewesen, mit dem Sohn des Padrino nach Florenz zurück zu reiten und mir Geschichten über seine Abenteuer anzuhören. Das war allemal besser, als im Unterholz nach einem im Suff Verunglückten zu suchen. Nun war ich ratlos. Die Sonne stand weit über dem Zenit, und Ruffo war seit der Abenddämmerung verschwunden.

Auf den Äckern und Weiden, wo die Bauern arbeiteten, musste ich nicht suchen. Im offenen Gelände hätten sie Ruffo schon längst entdeckt. Trotzdem befahl ich Lapo, sich entlang der Wege in der Nähe von San Donato die Hecken und die Felder, vor allem aber die Gräben genau anzusehen. Bevor ich selbst in den verbuschten Hügeln zu suchen begann, wollte ich mir noch das Flussufer anschauen. Vielleicht hatte der Kaufmann nach dem Ritt auf den staubigen Landstraßen abends noch im Arno gebadet. Hier oben war das Wasser klar, nicht von den Menschen und Gewerben der Stadt verdreckt. Womöglich war dem erhitzten Ruffo im kalten Wasser unwohl geworden, vielleicht war er im Uferschlamm ausgerutscht und mit dem Kopf auf einen Stein gestürzt, vielleicht hatte ihn ein Strudel in die Tiefe gezogen, dann würde ich wenigstens am Ufer seine Kleider finden.

Eher noch würde ich auf verwesende Leichen stoßen. Wenn niemand mehr übrig war, der die Kraft zum Ausheben von Gräbern hatte, warfen die Überlebenden der Pest ihre Toten einfach in den Fluss. Statt ins Meer zu treiben und dort von den Fischen gefressen zu werden, landeten die Körper meist im Wehr einer Mühle oder im Ufergestrüpp. Das war auf dem Land nicht anders als in Florenz, wo man zuletzt Arbeiter zum Räumen der Gestade angestellt hatte, weil der Leichengestank am Arno nicht zu ertragen war. Doch außer einem von Wildschweinen angefressenen Hundekadaver im Schlamm stieß ich auf nichts als jede Menge Treibholz.

Schwitzend und umschwärmt von Mücken stapfte ich wieder zum Gehöft hinauf und rief nach Lapo. Er hatte ebenfalls keine Spur von Ruffo entdeckt. Die Angelegenheit wurde kompliziert. Wir mussten in die Wälder, im schlimmsten Fall sogar weit die Hügel hoch. Mit großem Unbehagen stellte ich mir vor, dass ich auf der Pritsche im Bauernhaus würde schlafen müssen, anstatt bei Cioccia im eigenen Bett zu liegen. Der Advokat hatte schon gewusst, warum er nach einer Nacht vor den Mücken und dem faden Bauernbrei Reißaus genommen hatte.

Ich griff mir meinen Regenumhang aus der Satteltasche, damit ich ihn mir gegen die Dornen um den Arm wickeln konnte. Zuerst schritten wir die mannshohe Umzäunung ab. Wer hier hinüberzuklettern versuchte, konnte sich verheddern oder in ein Loch fallen. Aber so dumm, im Gestrüpp herumzuklettern, hatte ich Ruffo nicht in Erinnerung. Wohin konnte er abends in dieser Einöde nur gewollt haben? Lapo, der sich dicht hinter mir hielt, machte mich auf ein Wäldchen aufmerksam. Es lag zwischen einem Bach und einer Böschung eingezwängt und war vollständig zugewuchert. Während sonst in jedem noch so kleinen Gebüsch Kleinholz zum Heizen und Kochen geschnitten wurde, war hier offenbar seit langem niemand mehr durchgekommen. Das Gehölz wirkte wie ein alter Grenzverhau. Ich zog mein Messer aus dem Ärmel, wickelte mir den Umhang um den Arm und kämpfte mich mit Lapo durchs Unterholz. Immer wieder wurden wir von Dornen gekratzt, oder ich musste einmal eine Wurzel, einmal einen Ast wegschneiden, bis wir entdeckten, dass hier ein Durchkommen war. Eine Spur, gerade schmal genug für einen Menschen, ließ sich erkennen. Wir folgten dem Pfad und stießen nach vielleicht hundert Schritten auf ein Gemäuer aus Ziegel und Bruchstein. Durch das dichte Grün war es von San Donato aus uneinsehbar gewesen. Überall rankten Efeu und Dornen aus den Mauern, am Halbrund der Apsis war zu erkennen, dass wir es mit einer aufgegebenen Kapelle zu tun hatten. Die Holztür hing in den Angeln. Mir war nicht wohl beim Gedanken, dass sich in solch einer Ruine gerne Räuber versteckten. Darum sicherte ich erst das Gebüsch. Keine Menschenseele zeigte sich.

Wir fanden, was wir suchten, sobald wir das Tor vorsichtig zur Seite schoben. Im Gegenlicht hatte ich anfangs nur ein Kruzifix erkannt, viel zu groß für dieses Kirchlein. Dann sah ich Ruffo Peruzzi: Er hing nackt am Kreuz. Lapo stieß einen Entsetzensschrei aus, fiel auf die Knie und begann zu beten. Ich ging, das Messer in der Hand, Schritt für Schritt auf den Gekreuzigten zu. Es war sonderbar, alles wirkte vertraut. Wie alle Christen hatte ich mich seit frühester Kindheit an den Anblick des Gekreuzigten gewöhnt. In Holz oder Stein war er in jeder Kirche gegenwärtig, manchmal klein, oft lebensgroß wie dieser Mann. Nun erblickte ich zum ersten Mal einen Menschen, den andere Menschen ans Kreuz genagelt hatten. Ruffos Geschlecht hing schlaff herab, genau wie sein Kopf und sein verschwitztes langes Haar. Sein toter Blick, mehr müde als gequält, richtete sich auf mich. Unwillkürlich erwartete ich auf seinem Kopf eine Dornenkrone. Doch er trug keine.

Unter den Holzbalken hatten sich blutige Pfützen gebildet, zahllose Fliegen saßen darauf und summten. Ich fasste Ruffos Fuß, der Körper war kalt. Der Tod musste ihn am Abend oder in der Nacht geholt haben. Nun bemerkte ich auch den Knebel aus grauem Stoff, den ihm seine Mörder in den Mund gesteckt hatten. Denn dass dieses Henkerswerk ein Mensch allein zustande bringen konnte, erschien mir kaum möglich. Das Kreuz hatte man in einem Loch im gestampften Lehmboden sorgsam mit Holzkeilen befestigt, das Seil, an dem der Längsbalken emporgezogen worden war, lag zu Füßen des Toten, von seiner Kleidung keine Spur.

Sankt Petrus, Schutzheiliger der Gekreuzigten, nimm die Seele dieses Sünders in Gnaden an! Erhöre meine Gebete, lass ihn nicht zu lange im Fegefeuer schmachten!

Ich wandte mich zu Lapo, der immer noch bei der Tür kniete. Außer geistlichem Zuspruch war von ihm keine Hilfe zu erwarten.

Bist du sicher, fragte ich, dass Gekreuzigte einen Schutzheiligen haben?

Lapo wusste es: Am Kreuz zu sterben ist eine besondere Gnade. Der heilige Petrus ließ sich sogar kopfüber kreuzigen, um seine Treue zu Christus zu beweisen. Gekreuzigte kommen meist direkt in den Himmel, wie der gute Schächer aus Golgatha.

Hoffen wir für diesen Sünder das Beste, gab ich Lapo recht. Und nun rennst du in den Weinberg und holst Zato mit seinen Bauern herbei! Wir müssen sehen, wie wir Ruffo wieder auf die Erde kriegen.

Lapo lief sogleich los. Ich schaute mir den Boden der Kapelle und den Eingang genau an. Auf dem harten Boden war außer Vogeldreck und Spinnweben nichts zu finden. Ich lehnte mich an die Wand und betrachtete das Kruzifix eingehend. Wann war zuletzt ein Mensch ans Kreuz geschlagen worden? Aus Respekt vor dem Erlöser wurde diese Todesstrafe – anders als Pfählen, Hängen, Köpfen, Verbrennen, Erwürgen – in der Christenheit nicht praktiziert. Außerdem war es gar nicht so einfach, die passenden Holzbalken aufzutreiben, dazu die langen

Nägel, wie sie Ruffo aus Handgelenken und Füßen ragten. Damit man mir meine Geschichte überhaupt glaubte, musste ich in Florenz gewiss die Wundmale des Toten vorzeigen. Jesus selbst war es auch nicht anders ergangen. Nur dass Jesus sein Kreuz überlebt hatte, Ruffo Peruzzi nicht.

Wenn ein paar wütende Bauern dem Kerl den Schädel eingeschlagen hätten, wäre das noch zu verstehen gewesen. Ruffo nahm keine Rücksicht auf den Vater oder den Bruder, wenn ihm ein Mädchen aus dem Contado gefiel. Doch er verstand, sich zu wehren, und die Bauern mussten ihn ohnehin gewähren lassen, wenn sie nicht zur Strafe mit glühenden Zangen zerrissen werden wollten. Das hier war ganz etwas anderes als ein Raubmord von Strauchdieben oder die Vergeltung eifersüchtiger Bauerntölpel. Ich hatte es zu tun mit einer Verhöhnung Gottes, mit einem teuflischen Ritual. Oder einer Tat von Verrückten, was auf dasselbe hinauslief. Wie hatten sie ihr Opfer in die Kapelle schleppen können? Wieso hatte Ruffo sich nicht gewehrt? Wo waren seine Waffen und seine Kleider geblieben?

Ich glaube nicht an eine Tat des Satans oder seiner irdischen Jünger, wenn auch manche Prediger ihren Zuhörern mit solchen Visionen Angst einzuflößen versuchten. Hinter dieser Tat steckte ein Plan. Und je komplizierter der Mord, so meine Erfahrung, desto einfacher die Erklärung.

Hatten sich nach der Pest die Bauern gegen die Kaufleute von Florenz verschworen, und die Kreuzigung von Ruffo war nur der Beginn eines Aufstandes der Armen gegen die Reichen? Dann hätte ich in San Donato heute keinen einzigen Bauern angetroffen, oder ich wäre selber angegriffen worden. Oder richtete sich die Tat speziell gegen die Peruzzi? Mit ihrem Bankrott hatten sie zahlreiche Geschäftspartner in den Abgrund gerissen. Aber wieso wurde Ruffo in der Einsamkeit des Arnotals hingerichtet, wenn ein Messerstich an einer Straßenecke von Florenz sein Ziel ebenso erreicht hätte? Oder hatte der Advokat Bortolo Pratese etwas mit dem Mord zu tun? Er hatte sich verdächtig schnell auf den Rückweg gemacht.

Ich schritt noch einmal die Kapelle von außen ab und stieß auf der gegenüberliegenden Seite auf einen Pfad, weg von San Donato. Als Lapo mit den Bauern kam und die ersten Ausrufe von Entsetzen verklungen waren, gab ich den Männern den Auftrag, das Kreuz auf den Boden zu senken und vorsichtig die drei Nägel aus Ruffos Körper zu ziehen. Dann wollte ich in Ruhe den Leichnam in Augenschein nehmen. Keiner sollte sich von der Stelle rühren, bis ich zurückgekehrt war.

Der Pfad ins Gehölz endete bereits nach hundert Schritten und gab den Blick frei auf eine halb verfallene Burg mit Turm, Zinnen und Zugbrücke über einem zugewucherten Graben. Nun erinnerte ich mich, wie Uguccione mir am Ausgang des Palazzo Peruzzi zugerufen hatte, ich solle mich vor dem Ritter Astolfo dei Guidi in Acht nehmen. Der sei der frühere Herr über San Donato a Torri und würde jeden Verwegenen zum Zweikampf fordern, der seine Gemarkung betrete. Uguccione hatte dazu laut gelacht.

Das Geschlecht der Guidi, so wusste ich, hatte vor langer Zeit über das ganze Umland von Florenz geherrscht. Doch außer ein paar verarmten Nichtstuern, die im Priorenpalast zur Partei der Magnaten gerechnet wurden und ihre Stimmen an die Meistbietenden verkauften, war mir nie ein Angehöriger dieses Geschlechtes untergekommen. Im Contado herrschten jetzt die Florentiner Kaufleute.

Als ich auf die Lichtung vor dem Gemäuer heraustrat, ertönte eine schwächliche Stimme: Keinen Schritt weiter!

Zwischen den Zinnen spähte ein weißbärtiger Greis zu mir herüber. Der Mann versuchte mit aller Kraft, eine Armbrust auf mich zu richten. Seine Hände zitterten.

Nicht schießen, Graf Astolfo!, rief ich. Ich komme als Freund, ich bin ein Abgesandter der Peruzzi, die dort im Wald einen der Ihren verloren haben. Ich fand die Leiche in der alten Kapelle und muss erfahren, ob ihr über diesen Tod etwas wisst.

Der Alte stützte seine Armbrust auf der Zinne ab und schrie: Geschieht ihm recht! Die Peruzzi haben auf dem Land der Guidi nichts zu suchen. Die Kapelle ist seit ewigen Zeiten unser Eigentum. Kein Geldsack aus Florenz hat das Recht, diesen Bau zu schänden. Und nun verschwinde wieder in dein verfluchtes Florenz!

Ich ließ nicht locker: Habt ihr gestern Abend oder in der Nacht irgendetwas bemerkt? Ist Ruffo Peruzzi, ein großer Mann von weniger als dreißig Jahren mit langem schwarzem Haar, bei euch vorbeigekommen? Habt ihr den Lärm eines Kampfes gehört? Oder Schmerzensschreie? Wenn ich sein Schreien gehört hätte, bekam ich zur Antwort, dann hätte es mich erfreut. Und wenn ich gewusst hätte, dass ein Peruzzi im Sterben liegt, dann hätte ich nachgeholfen. Aber ich habe nichts gehört. Und nun geh zurück zu diesem Geier namens Pacino und sag ihm, dass er niemals das Land der Guidi besitzen wird! Niemals, hörst du?

Der Alte wackelte wieder mit seiner Armbrust herum. Ich verzog mich ins Gebüsch, bevor mich aus Versehen ein Bolzen treffen konnte. Nun hatte ich noch einen Verdacht mehr, von dem mir Pacino nichts verraten hatte: Wenn nicht dieser wehrlose Greis allein, dann konnte sich ein Sohn oder ein Neffe des Grafen die Tat ausgedacht haben. Die Guidi hatten allen Grund, die Peruzzi zu hassen. Ich begriff jetzt, dass der Padrino gerade hier seinen Landbesitz erweitern wollte. Dafür räumte er die letzten Vertreter des alten Adels aus dem Weg, nicht mit dem Schwert wohlgemerkt, sondern mit dem Schuldbuch. Die Guidi hatten Titel, Ehre und Schulden; die Peruzzi hatten Gier, Macht und Geld. Astolfo dei Guidi war der Letzte seines Namens, der in dieser Ruine hausen würde.

Danach würde eine Herde Wollschafe in den Burghof einziehen, eine Traubenpresse samt Weinkeller würde in den Wehrtürmen errichtet, ein Fischteich würde ausgehoben, eine Walkmühle unten am Arno erbaut werden. So ging das im gesamten Contado, in dem sich inzwischen die Bardi, die Acciaiuoli, die Pazzi die Titel von Grafen und Herzögen, vor allem aber deren Felder, Gewässer und Wälder angeeignet hatten. Dass mein Herr, Pacino Peruzzi, auf diesen Weißbart Rücksicht nehmen würde, war ausgeschlossen. Oder hatten sich die Peruzzi diesmal verschätzt?

An Ruffos Leichnam fand ich nichts Auffälliges, außer einem Bluterguss im Nacken. Seine Mörder mussten ihm aufgelauert und ihn dann mit einem Knüppel bewusstlos geschlagen haben. So konnten sie ihn ohne große Mühe entkleiden, knebeln und aufs Kreuz nageln. Nur wie hatte sich Ruffo in den Hinterhalt locken lassen?

Als die Bauern unseren grausigen Fund zum Hof getragen hatten, befahl ich ihnen, die Leiche in Laken zu wickeln und alles fest zu verschnüren. Dann legten wir Ruffos steifen Körper über sein Pferd. Lapo führte es am Halfter, Patroklus zockelte mit mir im Sattel hinterdrein. Wie so viele Hochgestellte und Reiche musste sich auch dieser Tote in Pestzeiten mit einem kargen Leichenzug begnügen. Auf dem Land wäre ein vornehmer Toter wie Ruffo früher von einem Zug Knappen in den gelbgrünen Farben seines Geschlechtes abgeholt worden, ein Dutzend singender Bettelmönche und eine Wappenfahne voller Birnen voneweg. An diesem Septembertag musste Lapo als Ehrengeleit hinreichen.

Immerhin zwei Versprechen konnte ich einhalten: Wir kehrten vor dem Abend nach Florenz zurück, und ich präsentierte Pacino seinen Sohn. Dass Ruffo beim Wiedersehen noch am Leben sein würde, war nicht Teil unserer Abmachung.

KAPITEL 5

Uguccione del Pozzo überwachte den Hauptzugang zu den Niederlassungen rund um den Palazzo Peruzzi. Seine müde Haltung war nur Fassade. An stets derselben Pforte lehnend, hatte er die gesamte Piazza Santa Croce durch die halb geschlossenen Lider im Blick. Als ich ihm kurz mitteilte, was sich in dem Packen auf meinem Saumpferd befand, kam Bewegung in den Mann. All'armi!, brüllte er mit aller Kraft. All'armi!

Bei dem Ruf ließen die Faktoren in den Läden vom Borgo de' Greci bis zur dunklen Gasse vom Canto Rivolto alles stehen und liegen. Während ich Lapo mit einer Armbewegung wegschickte und Ruffos Pferd am Zügel griff, hörte ich, wie die ersten Bänke hochgeklappt wurden. Mit der Kette sperrte Uguccione die Corte Peruzzi von Santa Croce ab.

Aus allen Türen kamen Knechte gelaufen, Schwerter oder Knüppel in der Hand. Uguccione hatte per Zuruf dafür gesorgt, dass die Torhüter mich noch in den Hof des Palazzo reiten ließen, dann wurden hinter uns die Eichenpforten zugeworfen und mit einem Riegel gesichert.

Ich hatte in ein Wespennest gestochen, wie ein Lauffeuer sprach es sich herum: Ein Peruzzi war getötet worden. All'armi! Das bedeutete einen Angriff auf das gesamte Haus. Ob Buchhalter, Lastträger oder Tuchverkäufer – jeder, der unter Pacinos Patronat hier wohnte und arbeitete, hatte Ehre und Sicherheit der Casa mit dem eigenen Leben zu verteidigen. Einkäufer wie Passanten, die nicht dazugehörten, wurden von Knechten mit gezogenem Schwert aus dem Viertel gedrängt. Jeder wusste genau, was zu tun war.

Es dauerte eine Weile, doch der Padrino kam selbst in den Hof herunter, schlecht zu Fuß und älter wirkend als hinter seinem Pult. Ich hatte Ruffos Kopf von den Laken befreit und seinen Leichnam auf eine Bahre gebettet, die zwei Knechte aus dem Keller herangeschafft hatten. Gestützt auf seinen ältesten Sohn Arnaldo, schritt der Padrino zur Bahre, beugte sich herunter und schaute dem Ermordeten lange ins Gesicht. Kein Gefühl war dem alten Mann anzumerken. Es war totenstill geworden im Hof, wenngleich immer mehr Hausgenossen aus den Lagern, aus Nebenpforten und über die Innentreppe herbeikamen. An den Fenstern standen Frauen, fast allesamt Dienstboten, einige hielten voller Entsetzen die Hände vors Gesicht. Doch niemand wagte zu klagen, zu schreien oder auch nur ein Wort zu sagen.

Nach einer Weile wandte sich Pacino zu mir und ließ sich erklären, unter welchen Umständen ich seinen Sohn gefunden hatte. Der Greis nahm meine Worte regungslos auf. Kein Muskel erzitterte in seinem Gesicht, er schaute kalt, als ob ich ihm vom Verlust eines Ballens Wolle oder eines Karrens voller Schinken für seinen Vorratskeller berichtet hätte. Pacino atmete tief durch, sagte lange nichts, dann wandte er sich mit lauter Stimme an die Umstehenden:

Die gesamte Casa Peruzzi versammelt sich in der Loggia. Aber sorgt dafür, dass die Zugänge nach draußen bewacht werden!

Zu mir gewandt sagte der Padrino: Gekreuzigt? Das ist mehr als ein

Mord, das ist eine Kriegserklärung. Wer so etwas Unerhörtes wagt, der hat es auf mehr abgesehen als auf das Leben dieses Lüstlings. Und mit einem kämpferischen Leuchten in den Augen, das ihn regelrecht verjüngte, fügte er hinzu: Wir müssen uns auf harte Tage einstellen.

Wusste Pacino mehr über den Mord als wir anderen? Verstand er die Botschaft des nackten Gekreuzigten, die mir so rätselhaft erschien? Nach außen ließ der Alte sich nichts anmerken. Nur eines war deutlich: Der Tod seines Sohnes hatte den Vater keineswegs verängstigt. Er war das Oberhaupt der Casa Peruzzi, er hatte den Tod seines Bruders Tommaso und den Bankrott überlebt, er musste allen seine Stärke zeigen. Und er rüstete sich für das, was kommen würde. Zu den Frauen in den Fenstern rief er: Kümmert euch um den Leichnam! Richtet ihn mit Balsam und einem weißen Tuch her. Wir werden Ruffo morgen früh in Santa Croce begraben, aber ohne Aufwand und ohne Geschrei, versteht ihr!

Und zu den anderen: Ruft meinen Sohn Buondelmonte herbei, er wird die Totenmesse zelebrieren, und er soll das Grab vor unserer Kapelle öffnen lassen.

Dann winkte der Padrino seinen Sohn Arnaldo zu sich, einen dünnen Mann mit Halbglatze, der älter wirkte als die vielleicht vierzig Jahre, die er zählte. Mit einer Hand auf Arnaldos Schulter schritt sein Vater feierlich zur Pforte, welche zwei Knechte für ihn aufsperrten. Draußen auf der halbrunden Corte Peruzzi hatten sich bereits die Hausgenossen und Verwandten bei der Loggia versammelt, einer gewölbte Halle, ausgemalt mit Fresken aller Schutzheiligen der Casa Peruzzi. Sie umringten ein großes Bild des Stammvaters, Duccio dei Peruzzi. Das war der Mann, der vor bald hundert Jahren die Bank gegründet und den ersten Palast an dieser Stelle gebaut hatte.

Auf einem hölzernen Sessel an der Rückwand, hinter vorgehaltener Hand auch Pacinos Thron genannt, durfte niemand Platz nehmen als das Oberhaupt von Bank und Sippe. Bei wichtigen Anlässen rief Pacino auch die anderen Zweige der Peruzzi in die Loggia. Das waren die Peruzzi di Modrone, die Peruzzi Nori, die Peruzzi delle Braghe, die

Peruzzi Serristori, die Rinieri Peruzzi, und wie sie alle hießen. Diese Familien von Verschwägerten, Neffen, Eingeheirateten wirtschafteten zwar meist auf eigene Rechnung, doch sie standen weiter unter dem Schutz der Peruzzifestung, die Pacino mitten in Florenz kontrollierte. Sie alle, wenn sie auch nicht mit ihrem ganzen Vermögen hafteten und nicht im Hauptbuch verzeichnet standen, gehörten in Fällen von Not und Gefahr zur Casa.

Die Menge teilte sich ehrfürchtig, und Pacino setzte sich auf seinen Thron. Nach und nach stellten sich seine Söhne und seine engsten Vertrauten rechts und links auf; ich kannte jeden Einzelnen.

Zur Rechten des Padrino überblickte Arnaldo die Menge mit dem Ernst des Mannes, der bald selbst die Geschicke der Bank lenken würde. Er trug eine braune Kappe und ein schwarzes Gewand. Neben ihm, noch graugesichtiger als heute Morgen, erblickte ich Bortolo Pratese. Sein rotes Advokatengewand hing ihm lose um die Schultern. Ganz anders, nämlich rosigen Angesichts und mit langen Haarsträhnen unter seiner Mütze, postierte sich Pandolfo del Bene. Der Arzt, ebenfalls Hausgenosse im Palazzo, hatte hunderte von Opfern der Pest überlebt und dabei ein Vermögen an Honoraren und Erbschaften kassiert.

Zur Linken des Padrino nahm sein Sohn Zanobi Aufstellung. Der Staub der Kontore und das Funzellicht, bei dem er Bilanzen und Schuldbücher studierte, hatten in seinem gelblichen Antlitz ihre Spuren hinterlassen. Gebeugt, mit mürben Backen und trübgrauen Augen hatte er trotz seiner gut dreißig Jahre das Aussehen eines alten Mannes, ganz anders Palamede, um dessen Sicherheit das Mädchen auf dem Gang heute Morgen so besorgt gewesen war. Niemand hätte auf den ersten Blick angenommen, dass die steifen Kaufherren ringsum seine Brüder waren. Palamede, Anfang zwanzig, war gebaut wie die Statue eines heidnischen Gottes, aufrecht, muskulös, schmalgesichtig. Im Leibrock und mit enger Hose betrachtete er die Fresken der Loggia, als ginge ihn der Tod seines Bruders nichts an.

Zuletzt drängte sich, im graubraunen Habit, noch Fra Buondelmonte durch die Menge. Wie andere Kaufmannsfamilien auch hatten die Peruzzi einen der Ihren zum Geistlichen gemacht. Als Vizeguardian von Santa Croce sorgte der rothaarige Franziskaner nicht nur für das geistliche Heil der Sippe. Er konnte überdies die beträchtlichen Geldmittel, die dem Kloster aus Testamenten und Grundstücksgeschäften zuflossen, von der Bank seines Vaters verwalten lassen. Die reichen Abteien, das Domkapitel und vor allem die nur theoretisch der Armut verpflichteten Bettelorden von Florenz waren mit den Jahren zu veritablen Filialen der Banken geworden. Buondelmontes angespanntem Blinzeln war jedoch anzumerken, dass eine unnennbare Bedrohung auf seiner Familie lastete.

Die im Licht des späten Nachmittags versammelten Männer, zusammen gut hundert an der Zahl, tuschelten aufgeregt und blickten immer wieder ungeduldig zum Padrino. Doch der ließ sich Zeit, sicher wollte er warten, bis auch der letzte Kantorgehilfe aus den Lagergewölben den Weg zur Versammlung gefunden hatte. Einzig Uguccione del Pozzo war die Spannung nicht anzumerken. Selbstbewusst dreinschauend wie immer, stand der Hüne mit verschränkten Armen ein paar Schritte neben den Peruzzibrüdern. Ihre Feinde zu bekämpfen, war seine Aufgabe. Und sein ganzes Auftreten schien zu sagen: Ich bin bereit.

Jetzt bemerkte ich auch, dass unweit von Uguccione der Podestà die Menge in Augenschein nahm. Neroccio da Gubbio bekleidete das Amt des obersten Gerichtsherrn von Florenz erst seit ein paar Wochen, seit sein Vorgänger an der Pest gestorben war. Niemand erwartete, dass ein neuer Podestà willens war, in die Stadt zu kommen, solange noch die Seuche wütete. Bis die Priori nach altem Brauch einem Adligen aus Umbrien oder aus den Marken das gut bezahlte Amt anbieten konnten, füllte Neroccio die Lücke aus und war nun Herr über die mehr als hundert bewaffneten Berovieri, die in Florenz für Recht und Ordnung sorgten.

Bei früheren Streitfällen um diebische Handelsgehilfen oder flüchtige Schuldner hatte ich Neroccio da Gubbio kennengelernt, wenngleich ich mir seine Bekanntschaft gerne erspart hätte. Der untersetzte Mann mit grauem Stoppelhaar und lederner Haut war wahrscheinlich ein besserer Spürhund als alle seine Vorgänger zusammen, denn er war vor vielen Jahren bereits aus seiner Heimatstadt Gubbio als einfacher

Söldner nach Florenz gezogen, war Stufe und Stufe bis zum Stellvertreter des obersten Richters aufgestiegen und kannte inzwischen die Übeltäter, die Bettler, die Hurenhäuser, aber auch die Familienfehden und die verwöhnten Kaufmannssöhne mit ihren locker sitzenden Messern besser als der gesamte Rat der Priori. Wenn Neroccio hier auftauchte, bedeutete dies, dass die Herren von Florenz befürchteten, der gewaltsame Tod Ruffos könne die Ordnung der Republik erschüttern. Der Podestà musste alles dafür tun, dass alte Rechnungen und wechselseitige Blutrache in den Gassen von Florenz nicht zu Toten führten.

Neroccio schritt zum Padrino, beugte sich hinab und flüsterte ihm etwas ins Ohr. Niemand außer dem Podestà wäre eine solche Einmischung gestattet worden, doch Pacino hörte sich die Ermahnung des obersten Herrn über die Sicherheit der Stadt in aller Ruhe an, nickte sogar dazu, bis Neroccio sich wieder in seine Ecke stellte. Dann erst erhob das Oberhaupt der Peruzzi die Arme. Sofort kehrte unter der Loggia Ruhe ein.

Gelobt sei Gott!, begann Pacino mit dem Wahlspruch seines Hauses.

Und unser Geschäft!, antworteten ihm die Verwandten und Hausgenossen aus hundert Kehlen. Es klang wie ein Schlachtruf.

Pacino rief die Losung noch einmal: Gelobt sei Gott und unser Geschäft!

Das waren dieselben Worte, die jeder Faktor zu Jahresbeginn im Frühling in die neuen Geschäftsbücher zu schreiben hatte. Es waren zugleich die Worte, welche in der Peruzzikapelle von Santa Croce die Priester zum Ende jeder Messe den Familiaren zuriefen. Im Hauptbuch stand die Parole sogar mit goldener Tinte allen Zahlen voran.

Pacino rief nun mit erstaunlich fester Stimme: Seit den Kämpfen der weißen und der schwarzen Guelfen, die ich als junger Mann noch selbst mitgemacht habe, also seit fünfzig Jahren, ist kein Mitglied der Casa Peruzzi mehr durch Gewalt ums Leben gekommen. So war es bis heute. Morgen früh nun müssen wir meinen Sohn Ruffo begraben. Feinde haben ihn grausam hingerichtet, und ich habe Anlass zu vermuten, dass dieser Mord eine Botschaft ist an uns alle.

Rache, schrien einige junge Kaufleute aus der Menge. Rache für Ruffo!

Keiner der Söhne Pacinos stimmte in die Rufe ein.

Wir müssen jetzt wachsam sein, fuhr der Padrino fort. Aber wir müssen kaltes Blut bewahren. Denn noch wissen wir nicht, wer hinter der feigen Bluttat steckt. Darum ist heute ein Tag der Trauer, aber kein Tag der Gewalt. Unser Podestà Neroccio da Gubbio hat mir gerade versichert, dass die städtischen Berovieri alles dafür tun werden, die Sicherheit und die Ehre unseres Hauses wiederherzustellen.

Das können wir schon selbst!, erscholl es aus der Menge. Wir wissen, wie wir die Mörder finden! Nieder mit unseren Feinden! Blut muss fließen!

Der Padrino erhob erneut die Hände und stellte Ruhe her:

Ich, das Oberhaupt aller Peruzzi, verbiete jedem Einzelnen von euch unbedachte Taten. Ich selber werde denjenigen bestrafen, der mir nicht gehorcht. Es ist jetzt an uns, Ruffo zu bestatten und sein Grab zu bewachen. Ich werde dafür sorgen, dass wir bald genauer wissen, wer hinter dem feigen Anschlag steckt. Danach werde ich euch sagen, wie wir unsere Ehre verteidigen. Die Casa Peruzzi gehört zu den angesehensten Familien von Florenz. Seit Menschengedenken gilt: Niemand tötet ungestraft einen von uns. Doch vertraut mir! Gott hat uns bisher seinen Schutz geschenkt, während andere Häuser in diesem Sommer durch die Pest beinahe ausgelöscht wurden. Wenn ihr besonnen bleibt, werden wir stärker aus dieser Heimsuchung hervorgehen denn je. Ruffo Peruzzi ist tot, aber die Casa Peruzzi wird leben! Gelobt sei unser Geschäft!

Wohl oder übel stimmten die Versammelten in den Schlachtruf ein, aber der Ruf erscholl leiser als zuvor. Offenkundig hatte der Podestà den Padrino gemahnt, den Häschern der Stadt die Aufklärung des Mordes zu überlassen. Neroccio da Gubbio erwies sich als kluger Stratege, wenn er den alten Banchiere besänftigen konnte. Der Podestà musste nämlich befürchten, dass die erschütterte Ordnung der Stadt einen Bürgerkrieg mit marodierenden Banden, brennenden Palästen und Plünderungen nicht überstehen würde. Es war auch so ein Wunder, dass die Menschen trotz der Verheerungen der Pest weiter an die Republik glaubten, dass die Priori auf ihren Sitzungen weiter Verordnungen beschlossen, und dass das tägliche Leben langsam wieder seinen Lauf zu nehmen begann.

Und doch war nach diesem Sommer des Todes die Stadt wie ein Haufen trockenen Strohs; ein Funken genügte, und alles stand in Flammen. Ruffo, so hatte Neroccio da Gubbio und mit ihm offenbar auch Pacino Peruzzi beschlossen, sollte dieser Funken nicht sein.

Ich hörte das Geschoss, bevor ich es sah. Über unsere Köpfe hinweg schlug der Pfeil mit einem Pfeifen neben Pacinos Thron ein. Bortolo Pratese, der Notar, wurde an der Schulter getroffen. Ich sah, wie der kleine Mann zusammenbrach. Dann hörte ich nur noch sein Schreien. Alle Umstehenden, auch die Söhne Pacinos, warfen sich zu Boden. Nur Uguccione stürzte zum Thron und schützte den Padrino mit seinem Körper. Andere duckten sich oder versteckten sich hinter der nächsten Säule. Man schrie:

Assassini! Assassini!

Der Notar heulte weiter wie ein Schwein beim Schlachter. Alle waren erstarrt. Nur mir fiel ein, auf die Corte Peruzzi hinauszulaufen und nachzusehen. Es waren Kaufleute, die hier beisammenstanden, keine Krieger.

Ich bemerkte gerade noch einen Schatten auf dem Dach gegenüber. Also rannte ich zum Palazzo Peruzzi und trommelte aufs Tor, bis der Wächter endlich entriegelte. Ich eilte die Außentreppe im Hof hoch und konnte gerade noch eine schwarze Gestalt erkennen, die hinter einem Kamin zum Borgo de' Greci die Rückwand hinunterkletterte. Ich kehrte um und lief vorne durchs Portal, dann nach rechts um die gebogene Palastfront herum. Doch als ich auf die Gasse trat, lag alles öde. Kein Mensch war mehr zu finden.

Auch die beiden Wärter, die zur Via Bentaccordi den Weg mit einer schweren Kette sperrten, hatten niemanden weglaufen sehen. Rechts zur Piazza Santa Croce war ebenfalls der Weg bewacht. Der Schütze konnte nur in eines der Kellerlöcher gestiegen sein, die mit Planken und Gittern alle paar Schritte in die Gosse mündeten. Seit den römischen Zeiten, als im heidnischen Zirkus in diesen Mauern Gladiatoren und wilde Tiere zu Tode gehetzt wurden, gab es Gänge und Gewölbe tief unter der Erde. Alte Kerker waren dabei, Kellerlager, aber auch vermauerte Gänge.

Offenbar kannte sich der schwarze Mann gut aus in der Unterwelt der Peruzzi. Ich klappte ein Brett hoch und starrte in eines der Löcher, in welche an Regentagen das Wasser, an Schlachttagen das Blut abfloss, wo aber auch ein Mensch im Untergrund verschwinden konnte. Ich kehrte zurück zur Loggia.

Die vorher noch so kämpferischen Handelsgehilfen und Faktoren hatte nach dem Angriff der Mut verlassen. Sie zogen sich mit scheuen Blicken zu den Dächern in ihre Kontore zurück und verrammelten die Pforten. Den Padrino führten die Seinen, hinter der sicheren Deckung einiger Knechte, soeben in den Palazzo gegenüber. Der Podestà folgte ihm rückwärtsgehend, immer den Blick des erfahrenen Söldners nach oben gerichtet. Außer Uguccione, der vom Rand der Loggia aus ebenfalls die Dächer ausspähte und dabei einen halb gespannten Bogen in Händen hielt, befand sich nur noch der Arzt, Pandolfo del Bene, beim Opfer. Er hatte den Pfeil bereits herausgezogen und flößte dem wimmernden Advokaten aus einem Fläschchen etwas ein, wahrscheinlich ein betäubendes Getränk, wie es Ärzte während der Pest aus Gnade mit den Sterbenden stets bei sich trugen. Zwei Gehilfen brachten eine Trage und legten den Verwundeten darauf, dann trugen sie Bortolo, der langsam stiller wurde, in die Sicherheit des Palastes. Es war, dachte ich, derselbe Palast, unter dem sich wahrscheinlich auch der Schütze versteckte. Doch das wusste außer mir niemand.

Ich griff mir den Pfeil, den der Arzt auf dem Boden hatte liegenlassen. Ein festes, auffallend helles Holz. Hinten stabilisiert von drei weißen Federn, die mit Teer angeklebt waren. Vorn erkannte ich im Holz neben der Metallspitze winzige Löcher, denen das unheimliche Pfeifen des Geschosses zu verdanken war. Es durchlief mich kalt, und ich schüttelte den Kopf. Ich kannte diese Art von Pfeil. Doch es gab sie nicht in Florenz, es gab sie in ganz Italien nicht. Solche pfeifenden Pfeile, die noch auf zweihundert Schritt einen Lederpanzer durchschlugen, trugen keine Europäer im Köcher. Das Geschoss, das Messer Bortolo niedergestreckt hatte, kam geflogen vom anderen Ende der Welt, wo tausende von Pferden über die Steppe preschten und Krieger einen Regen solcher Pfeile durch die Lüfte sandten.

Ich steckte den Pfeil in meinen Gürtel. Vor nicht einem Jahr hatte ich einen ähnlichen Pfeil aus dem Körper eines Sterbenden gezogen. Nie würde ich seinen Blick vergessen. Doch wie kam ein Tatarenkrieger mit seinem Bogen auf das Dach des Familienpalastes der Peruzzi?

KAPITEL 6

Angst herrschte im Hauptkontor. Ich konnte sie förmlich riechen, als ich durchs Portal hereinkam. Angst las ich in den Blicken der sonst so selbstgewissen Männer, die zusammenstanden und miteinander tuschelten. Als könnte jeden von ihnen ein Pfeil in die Brust treffen, blickten sie sich voll Unrast im Saal um, hielten die Köpfe in den Schultern eingezogen oder standen mit dem Rücken zur Wand. Alle Fensterläden waren geschlossen. Nur von einer Seite fiel noch Licht in den Raum, dort hatte Uguccione mit seinem Bogen Aufstellung genommen und starrte nach draußen auf die umliegenden Paläste. Sicher hatte er Wächter auf die Dächer geschickt, damit sich der Angriff nicht wiederholen konnte.

Die Versammelten hatte das nicht beruhigt. Feinde, von denen sie nichts ahnten, hatten einem Peruzzi das Leben genommen und dem Advokaten, der sonst ihre Prozesse manipulierte, einen Pfeil in die Schulter gejagt. Die jüngste Tat geschah nicht auf einer Landstraße oder in einer finsteren Gasse bei Santa Maria Novella, sondern im Herzen ihrer Macht, wo sie sich hinter mächtigen Mauern unbesiegbar wähnten. So etwas war noch niemals vorgekommen. Trotz der großspurigen Reden, trotz der Ketten auf den Gassen und trotz der Wächter mit Schwertern, Lederkollern und Dolchen waren sie auf rohe Gewalt nicht vorbereitet. Die Schlachten dieser Männer wurden nicht mit Blut, sondern mit Tinte geschlagen. Ihre Siege erfochten sie vor dem Handelsgericht der Mercanzia oder gemeinsam mit den Zunftgenossen in der Arte di Calimala, in der Arte del Cambio – doch nicht bei der Attacke auf den Familienpalast eines Konkurrenten. Ihre Gegner bezwangen sie mit einer gut vorbereiteten Abstimmung im Rat der Priori und nicht mit einem Schuss aus der Armbrust. Mit der Zeit ihrer Großväter, die noch mit Schwert und Schild in der Hand für die Ehre der Peruzzi durch Gassen voller Feindesblut gewatet waren oder einen Rivalen vor dem Priorenpalast mit einem Knüppel erschlugen, hatten diese Männer abgeschlossen. Auf immer, wie sie glaubten. Für die dreckigen Arbeiten, die in ihrem Gewerbe unvermeidlich waren, fürs Eintreiben von Schulden, für gefährliche Goldtransporte, fürs Bestrafen ungetreuer Geschäftspartner, hatten sie Lohnknechte wie mich.

Mit einem Schlag war es mit ihrer Verachtung für mich, den deutschen Söldner, vorbei. Ich konnte es an ihrem scheuen Lächeln ablesen, mit dem die Kontoristen mich empfingen. Plötzlich verstanden sie, warum Pacino mich angeworben und bei allen Konflikten seine Hand über mich gehalten hatte. Mit einem Bankrott fertigzuwerden – das hatte ihr Padrino sie gelehrt. Derselbe alte Mann, der in seiner Jugend noch für seinen Gewinn mit dem Schwert gefochten hatte, doch längst begriff, dass seine Söhne und Hausgenossen über ihren Bilanzen feige geworden waren. Auf meinen Mut konnte er zählen, er hatte ihn gekauft.

An gewöhnlichen Tagen waren sie es, die Peruzzi, die mit dem Eintreiben eines Kredits einen Geschäftspartner mit seiner ganzen Familie in Schrecken versetzten. Ihre Zusage, für den Schaden eines vor Zypern oder Menorca untergegangenen Handelsschiffs aufzukommen, rettete die Eigner vor dem Verderben – oder sie wurden eben fallengelassen. An anderen Tagen warteten hier vor der Tür Bittsteller zitternd auf die Verlängerung ihrer Zahlungsfrist. Väter, die früher einmal mit den Peruzzi Geschäfte gemacht hatten, bettelten um eine Mitgift für ihre Töchter, die sie sonst auf die Straße zum Anschaffen schicken mussten. Wollkämmer oder Färber baten demütig darum, ihre beanstandeten Tuchbahnen noch einmal in Augenschein zu nehmen und pro Elle ein paar Quattrini draufzulegen, damit etwas Schulgeld übrig blieb für ihre Kinder. Die Witwe eines Faktoren, der für die Peruzzi in der Hitze von Tunis seine Gesundheit hergegeben hatte, war nun selber krank und flehte um ein paar Münzen für Arzt und Medizin, auf die sie leider kein Anrecht hatte. Geldwechsler feilschten um einen besseren Kurs ihrer gestern eingetauschten Dukaten, die ein Peruzzi für ein paar Unzen zu leicht befunden hatte – die es aber vielleicht gar nicht waren. Mit dem Heben einer Braue oder mit einem Federstrich entschieden die Peruzzi über Leben und Tod anderer. War heute zu jedermanns Überraschung ein Benachteiligter, ein Ruinierter erschienen, um sich für die Demütigungen durch die Handelsleute zu rächen?

Alle hatten sie Angst, nur einer nicht. An seinem Pult, leicht gebeugt, saß der alte Pacino Peruzzi, seine Wolldecke wie zu jeder Jahreszeit über die Knie gebreitet. Seine Augen funkelten. Obwohl er einen Sohn verloren hatte, und obwohl sein Anwalt sich nebenan auf dem Wundbett wälzte, strahlten Pacinos Züge grimmige Gewissheit aus. Fast schien er zu lächeln. Dieser Mann hatte die Kriegserklärung gegen sein Haus angenommen. Und er zeigte allen, dass er diesen Krieg zu führen verstand. Wusste er mehr als wir anderen über den Schützen? Oder war der Padrino einfach nur überzeugt, dass er mit jedem Feind fertigwürde?

Der Alte winkte mich heran: Als vor vielen Jahren der gute König Robert von Neapel Florenz mit seinem Besuch beehrte, wo wollte er wohnen? Wo war für seine Sicherheit gesorgt? Hier bei uns, im Palazzo Peruzzi. Und jetzt ist ein Mörder in unsere Mauern eingedrungen! Tief sind wir gesunken.

Der Padrino fragte leise, ob ich etwas über den Angreifer herausgefunden hatte. Ich berichtete ihm, dass der schwarzgekleidete Mann übers Dach geflohen und dann in den Gewölben verschwunden war. Pacino bat um Ruhe und sprach:

Während ihr euch alle verkrochen habt, als einer von uns niedergeschossen wurde, hat unser Hausgenosse Wittekind den Täter bis in den Borgo verfolgt. Der Mann könnte sich jetzt unter unserem Palast verstecken, und wir würden es nicht merken.

Uguccione protestierte: Ich habe dich mit meinem Körper gedeckt, Padrino, ich bin nicht weggelaufen wie die anderen.

Ich danke dir dafür, Uguccione, bezeigte sich der Alte gnädig. Nun solltest du deinen Dienst fortsetzen und mit ein paar Männern unsere Gewölbe durchkämmen.

Uguccione nickte gewichtig und schritt aus dem Kontor. Aus der hinteren Tür kam gleichzeitig Pandolfo del Bene herein. Der Arzt trocknete sich an einem Leintuch die Hände; offenbar war die Inspektion von Messer Bortolos Wunde nicht völlig unblutig abgegangen. Dabei wussten alle, dass Pandolfos Assistent, der Barbier und Chirurg Salvestro, die Wunde gesäubert und genäht hatte. Einen studierten Arzt verunreinigte der direkte Kontakt mit Körpersäften, doch vielleicht hatte Dottor Pandolfo heute etwas näher hingeschaut, weil der Padrino es so befohlen hatte. Immerhin lächelte der Mediziner, was nicht unbedingt ein gutes Zeichen für den Patienten bedeutete. Dottor Pandolfo war stets zufrieden, solange wenigstens er selbst seine Behandlungen überstand.

Zudem stellte eine Schusswunde, anders als die Pest, eine ärztliche Herausforderung dar, die sich bestehen ließ. Anders als die Doktoren aus Padua oder Bologna, welche die Teile des Körpers mit lateinischen Begriffen wortreich unterteilten und die Einflüsse der Planeten auf Leber und Galle erklärten, vermochten es die Chirurgen, die Verwundeten mit staunenswerter Fertigkeit wieder zusammenzuflicken. Die studierten Herren, die dabei bloß zusahen, segneten das Ergebnis hinterher ab und kassierten das Honorar, während die Chirurgen Blut und Eiter wegwischten. Ich hatte das oft genug gesehen, zuweilen hatte ich es auch selbst erduldet.

Doch wegen der offensichtlichen Hilflosigkeit der gelehrten Doktoren hatte das Ansehen der ärztlichen Zunft in den letzten Monaten gelitten. Keine Arznei – ob rohe Hühnereier oder ein Brei von Brennnesseln – konnte gegen die Pest das Geringste ausrichten. Spottgesänge gegen Ärzte mit langschnäbligen Masken, die nach dem Kassieren des Honorars sofort vor ihren halbtoten Patienten davonliefen, machten die Runde. Nur wenige Doktoren erwiesen sich als pflichtgetreu und standen ihren Kunden mit Salben und Trünken bei. Gerade diese Furchtlosen starben als Erste. Andere Ärzte machten sich aufs Land davon, schlossen sich während der Sommerhitze im Weinkeller ein und hofften, dass die Pest auch ohne ihren medizinischen Beistand wieder verschwinden würde. Auch darum wurde jeder ausgelacht, der jetzt noch blind auf die Wissenschaft der Medizin vertraute.

Dottor Pandolfo hatte in diesem moralischen Dilemma zwischen Todesmut und Flucht einen Mittelweg gefunden. Verborgen hinter seiner schwarzen Rabenmaske, den Schnabel voller wohlriechender Kräuter, stellte er seine Diagnose von der Zimmertür aus und erteilte gegen die Seuche die üblichen Ratschläge: keine körperliche Liebe, kein Olivenöl, keine rohen Früchte, viel Blumenduft und selbst bei Hitze ein Feuerchen aus Weinranken und Rosmarin. Auch ich hatte mir im Juni aus Furcht Pandolfos teure Wunderpillen aus Aloe, Safran und Myrrhe besorgt. Schaden, dachte ich, konnte es nicht. Doch ich hatte inzwischen meine Zweifel, ob ich ihretwegen noch am Leben war oder aus purem Zufall. Denn etliche, die brav sämtliche Pillen der Doktoren schluckten und sich den ganzen Tag über einen Becher voller Blüten unter die Nase hielten, starben genauso elendiglich wie die ungeschützten Leichenträger, denen alles egal war. Ich hatte aufgegeben, irgendeine Regelmäßigkeit hinter dem Sterben zu suchen. Und an das Verbot der körperlichen Liebe hatte ich mich in diesem Sommer schon gar nicht gehalten.

Dottor Pandolfo legte sein Handtuch auf eine Fensterbank und blickte in die Runde. Vielleicht spürte er, dass diese Versammlung eingeschüchterter Buchhalter Zuspruch benötigte.

Gute Nachrichten!, rief er, ich kann euch versichern, liebe Freunde, dass Messer Bortolo überleben wird. Mein Assistent hat nach meinen Anweisungen die Wunde geschlossen. Es fließt kein Blut mehr, und der Patient schläft mithilfe des Trunks von Hanfsamen, den ich ihm verabreicht habe. Ich konnte an seiner Augenfarbe und seinem Puls berechnen, dass keine lebenswichtigen Organe beschädigt wurden, auch der Fluss von schwarzer und weißer Galle ist nicht beeinträchtigt. Unser Advokat wird noch viele Prozesse führen.

Dann wandte sich Pandolfo, als wäre er selber Anwalt in einem Prozess, mit großer Geste zum Padrino, seinem Schutzherrn:

Ob unser Bortolo allerdings die Akten seiner Prozesse unterzeichnen kann, möchte ich nicht garantieren. Sein rechter Arm hängt herab, womöglich hat der Pfeil des Übeltäters Sehnen und Gelenke dermaßen zerrissen, dass da nichts mehr zu bessern ist. Wir Ärzte sind auch nur Menschen, Übermenschliches vermag ich nicht zu leisten.

Der Padrino lachte heiser: Und du willst ein Arzt sein? Hast du keine Augen im Kopf?

Der Doktor zuckte mit dem Mund und trat einen Schritt zurück: Ich habe acht Jahre lang in Padua studiert und kann allen Anwesenden versichern ...

Bortolo ist doch Linkshänder, rief Pacino dazwischen, der braucht seinen rechten Arm nicht einmal, um sich den Hintern zu wischen. Jetzt fuchtelt er während unserer Prozesse wenigstens nicht mehr so viel herum.

Die Anwesenden lachten gequält. Pacino Peruzzis Humor war gefürchtet, weil er in der Regel auf Kosten anderer ging. Pandolfo del Bene gesellte sich mit beleidigtem Blick zu Pacinos Söhnen Arnaldo und Zanobi, die ihm auf die Schulter klopften. Ihr Vater bat alle im Kontor Versammelten um Ruhe. Was der Padrino nun noch zu sagen hatte, überraschte mich. Er rief erneut alle Söhne und Familiaren zur Ruhe auf, diesmal fügte er noch hinzu:

Wir können diese Angriffe auf Ruffo und Bortolo natürlich nicht hinnehmen. Doch müssen wir uns bedeckt halten, solange wir nicht genau wissen, wer dahintersteckt. Der Podestà hat Angst vor einem Bürgerkrieg, wenn die mächtigsten Familien der Stadt aufeinander losgehen. Er hat mir erklärt, dass Florenz im Augenblick ist wie eine Leiche. Er wird keinem Hund gestatten, an dieser Leiche zu schnüffeln und sie herumzuzerren. Das waren seine Worte. Wir müssen also auf der Hut sein. Ich selbst werde noch einmal die Papiere durchsehen und prüfen, ob wir mit unseren Geschäften in jüngster Zeit Anlass zum Hass gegeben haben. Nichts ist für einen Kaufmann gefährlicher als schlummernde Rache. Vor der Pest arbeiteten einhundertdreiundvierzig Faktoren für uns. Viele mussten wir entlassen. Einige, die uns betrogen haben, mussten wir strafen. Morgen früh schon werde ich besser wissen, ob einer von unseren einstigen Untergebenen einen tödlichen Groll gegen uns hegt.

Sein Sohn Zanobi ergriff mit quäkender Stimme das Wort: Der Podestà hat uns mit seiner Furcht vor Bürgerkrieg einen Hinweis gegeben. Er hat Angst vor einer Verschwörung der Reichen untereinander, weil die sich um all die leerstehenden Häuser, die Grundstücke, die verwaisten Warenlager zanken. Und könnte Neroccio nicht recht haben? Wenn Aas herumliegt, streiten sich die Hunde. So ist es jetzt: Die Pest klingt ab, und die Zeit des Raubens beginnt! Der Preis für Grund und Boden, um nur diesen zu nennen, befindet sich im freien Fall. Vielleicht wollen Feinde uns von gewissen Geschäften ausschließen. Wir haben zwar seit Jahren mit den meisten Konkurrenten Frieden geschlossen, aber mit den Bardi nicht.

Die Bardi, erscholl es nun von allen Seiten. Die Schweine stecken dahinter! Immer schon haben sie unsere Geschäfte geschädigt. Sie hassen uns! Noch den letzten Florin wollen sie uns wegnehmen. Nieder mit den Bardi!

Wieder besänftigte der alte Pacino die Seinen mit einer Handbewegung: Ich überblicke alle Bilanzen und weiß, dass wir mit den Bardi zurzeit nicht einmal um eine Scheune im Contado prozessieren. Es herrscht gerade Ruhe zwischen den Familien. Wenn viele Konkurrenten tot sind, ist für uns Überlebende der Tisch reich gedeckt, da müssen wir einander nicht schädigen. Dafür ist Donato Bardi, sosehr er mich hasst, viel zu schlau.

Nun ließ sich auch der älteste Sohn, Arnaldo, vernehmen, der die Peruzzi beinahe jedes Jahr in den Ausschüssen der Republik vertrat. Arnaldo kannte die Intrigen dort wie kein Zweiter und hub an mit sonorer Rednerstimme: Im Rat der Priori und in der Arte del Cambio ist unser Einfluss gewachsen, weil keine Familie so wenige Tote zu beklagen hat wie wir. Es wird in den kommenden Jahren, wenn wir das geschundene Florenz wieder groß machen, keinen Bauausschuss, keine Steuerkommission geben ohne einen Peruzzi. Ich werde mich im Priorenpalast umhören, ob der Neid auf uns in offene Feindschaft übergegangen sein könnte. Ich halte es nicht für unmöglich, dass sich hinter dem falschen Lächeln eines Zunftbruders oder eines Ratsherrn ein Mörder verbirgt, der uns den Blutzoll zahlen lässt, den wir der Pest mit Gottes Hilfe verweigern konnten.

Arnaldos Vermutung versetzte die Männer im Saal in Furcht. Alle starrten betreten zu Boden.

Und wenn die Ciompi die Pest für sich nutzen und dies alles der Beginn eines Aufstands ist?

Zanobis gepresste Stimme meldete sich mit dieser Befürchtung zu Wort und erinnerte alle im Saal daran, dass die reichen Kaufleute bei den Wollarbeitern, die in Florenz wegen ihrer klumpigen Holzschuhe Ciompi genannt wurden, keine Freunde hatten.

Ich könnte mir vorstellen, fuhr Zanobi fort, dass diese Hungerleider es in ihren Hütten nicht vergessen haben, welche Rolle die Peruzzi beim Tod von Ciuto Brandini gespielt haben. Seit Jahren gärt es unter den Armen, und wenn wir uns nicht zu sichern verstünden, dann hätten die Ciompi schon manchem von uns den Hals abgeschnitten.

Als einziger Sohn Pacinos – der Mönch Buondelmonte befand sich nicht im Kontor – hatte Palamede noch nicht das Wort ergriffen. Das tat er nun:

Lasst die Arbeiter in Ruhe! Sagt mir doch, wie diese Leute, die noch nicht einmal einen Kanten Brot haben, einen Mann mit schweren Eisennägeln kreuzigen können? Und verfügen die Ciompi über Pfeil und Bogen? Üben sie am Samstag in den Gräben Bogenschießen wie wir Männer von der Arte del Cambio? Nein, das Tragen von Waffen haben wir ihnen verboten. Wenn ihr die Ciompi für Mörder haltet, spricht daraus euer schlechtes Gewissen.

Arnaldo fuhr seinen Bruder an: Palamede, ich habe mir sagen lassen, dass du gut Freund bist mit den Arbeitern. Vergiss nicht, zu wem du gehörst und wer dein Geld verdient, wenn du mit Knechten auf der Piazza spielst. Statt eines Balles könnte dich auch ein Pfeil treffen.

Palamede reagierte nicht, seine braunen Augen starrten gelangweilt aus dem Fenster wie die ganze Zeit zuvor. Er hatte gesagt, was er dachte, die Wirkung schien ihn nichts anzugehen. Dabei waren Arnaldos Worte eine kaum verkappte Drohung. Hatte das Mädchen doch nicht phantasiert, als es mich heute Morgen auf dem Gang vor der Tür angefleht hatte, auf Palamede aufzupassen? Ich hielt es nicht mehr für ausgeschlossen, dass sogar jemand aus dem engsten Kreis der Peruzzi hinter den Anschlägen stand. Vielleicht hatte der Pfeil gar nicht dem Advokaten gegolten, sondern Palamede. Oder waren die ältesten Söhne ungeduldig, die Bank zu erben, und wollten den Padrino selbst aus dem Weg räumen? Ich musste mit allem rechnen. Jeder hier im Kontor hatte genug Geld, um auf ein Familienmitglied einen gedungenen Mörder anzusetzen.

Diese Angelegenheit war vertrackter als alle Aufträge, die mir Pacino jemals erteilt hatte. Sogar seinen Sohn Amerigo hatte ich am Ende der bewohnten Welt gefunden; Zanobis Kontoristen hatte ich unter Gefahren aus Neapel herausgeschmuggelt; noch den letzten ausstehenden Florin konnte ich stets beim Padrino abliefern. Das waren Gefahren gewesen, die der Casa Peruzzi von außen drohten. Doch wie sollte ich als Außenstehender in die Geheimnisse der Familie eindringen? Ruinierte Geschäftsfreunde, bankrotte Partner, entlassene Faktoren, arme Wollarbeiter, gierige Konkurrenten, und nun auch noch die eigenen Geschwister – gab es in Florenz irgendjemanden, der kein Motiv hatte, den Peruzzi zu schaden?

Es hämmerte an der Tür. Ein Wächter spähte durch einen Schlitz und öffnete nach kurzer Rücksprache. Es war noch einmal der Podestà, diesmal begleitet von Andrea Lancia, dem Sekretär der Priori. Das war der Mann, der zusammen mit einer Handvoll Kaufleuten die Republik Florenz regierte. Die wechselnden Priori mit ihren Wappen und Fahnen hatten die Ehre. Andrea Lancia – ein weit über fünfzigjähriger Mann mit grauen Locken – hatte die Macht.

Wie sonst nur den päpstlichen Inquisitoren und den Priori – denen allerdings bloß für ein paar Wochen bis zur nächsten Wahlperiode – wurde Lancia das Privileg zugestanden, sich in der Stadt mit Leibwache zu bewegen. Er hatte die Fäden der Diplomatie in der Hand, er knüpfte und löste die Allianzen mit dem Papst in Avignon und dem König von Neapel, mit den Visconti in Mailand und dem Dogen von Venedig. Lancias Leben musste behütet werden, es war zu wertvoll, um es den Feinden der Republik zu opfern. Ich hatte ihn mehrmals hier im Palast gesehen, wenn der Sekretär ohne offiziellen Auftrag zu Pacino ins Kontor kam. Dann berieten sich der Banchiere und der Stadtsekretär bis tief in die Nacht.

Der Diplomat schritt trotz seiner Jahre hurtig durchs Kontor zu

Pacinos Pult, schüttelte dem Greis nicht die Hand, sondern klopfte ihm vertraut auf die Schulter. Andrea Lancia reckte nun seine Arme, um für Stille zu sorgen. Seine Hände steckten in grünen Lederhandschuhen. Er hub an:

Die Gedanken der Priori, der Zünfte und aller Bruderschaften sind bei den Peruzzi. Ihr seid nicht allein, da ihr einen der Euren auf hinterhältige Weise verloren habt. Wir alle beten für Ruffos Seelenheil und für die schnelle Genesung von Messer Bortolo. Keiner unserer Späher wird ruhen, bis wir die feigen Mörder gefunden haben. Ich persönlich habe bereits an unsere Botschafter in Venedig, Avignon, Neapel und Mailand Sendschreiben verfasst, damit wir sichergehen können, dass in jenen Städten, in denen ihr Kontore betreibt, keine Fehden gegen euch aufgeflammt sind. Die Republik Florenz hat, wie ihr wisst, ihre Ohren überall. Diese Ohren und unsere Herzen sind weit geöffnet für die Sicherheit der Peruzzi. Ihr könnt auf die Eintracht und die Hilfe unserer ehrwürdigen und stolzen Bürgerschaft zählen. Die Lilie, die das Wappen von Florenz schmückt, ist gesund und stark und wächst immer weiter. Wir Florentiner halten zusammen!

Ob die Botschaft dieses Mannes die Anwesenden wirklich beruhigte? Es war, als hätte Lancia sein Loblied auf den Zusammenhalt schon hundert Mal verkündet. Dabei wusste niemand besser als der Sekretär der Priori, wie zerstritten die Bürger der Republik in Wirklichkeit waren. Seit hundert Jahren ermordeten hier die Guelfen die Ghibellinen. Sie rissen den Gegnern ihre Häuser ab und verbannten deren Kinder und Enkel bei Todesstrafe. Als es irgendwann keine Ghibellinen mehr gab, schnitten sich die Guelfen gegenseitig die Hälse ab.

Alle paar Jahre, wenn Hungersnöte und Überschwemmungen den Menschen noch die Kraft dafür ließen, kam es zu Aufständen, Plünderungen, Straßenschlachten der Armen gegen die Reichen, der Land besitzenden Magnaten gegen die Geld hortenden Banchieri, der eingesessenen Handwerker gegen die Zuwanderer ohne Zunft. Vertriebene Geschlechter hoben Söldner aus, verwüsteten den Contado und zogen mit ihren Heeren bis vor die Stadtmauern. Dann wieder gab es offiziell Krieg der Republik gegen Pisa, gegen Mailand, gegen den deutschen

Kaiser. Bewaffnete Bürger und Ritter zogen dann im Pulk den Feinden entgegen. In der Regel unterlagen die Florentiner, weil sie Händler waren und keine Krieger. Doch für inneren Frieden sorgten die verlorenen Schlachten keineswegs.

Jedes einzelne Handwerk drängte, mit Prügeln und Spießen bewaffnet, in den Rat der Priori. Wenn am Ende alle gegen alle fochten und keine Gasse mehr sicher war, holten sich die Florentiner einen Stadtherrn von außen. Erst vor wenigen Jahren war mit vielen Rittern der Herzog von Athen, Gautier de Brienne, in die Stadt eingezogen, als sie im Bürgerkrieg versank. Nach ein paar Monaten musste Gautier mit Schimpf und Schande aus dem Priorenpalast durch eine Hintertür fliehen. Kein Mensch außer Andrea Lancia hatte einen Überblick über diese Abfolge von Morden, Verschwörungen, Revolten, Kriegszügen.

Nur Florenz selbst, und das war wundersam, ging in all dem Tumult nicht zugrunde. Es war umgekehrt: In Florenz wurde selbst bei Hungersnot und Seuche immer noch so viel Geld verdient, dass es sich für alle lohnte, auf Verdienst zu hoffen. Auch ich war vor mehr als zwei Jahren in die Stadt gekommen, weil hier das große Geld zu Hause war. Weil in diesen Mauern, in diesen Türmen die wichtigen Geschäfte gemacht wurden, die vom Nordmeer bis nach Arabien Gewinn brachten. Auch ich wollte meinen Teil vom großen Kuchen abbekommen.

Während Andrea Lancia den Söhnen des Padrino aufmunternd zulächelte und danach das Kontor verließ, zog der Podestà mich in eine Nische. Seine Stimme klang befehlsgewohnt: Zeig mir den Pfeil!

Woher weißt du, dass ich ihn habe?

Neroccio da Gubbio verzog den Mund, in dem einige Zähne fehlten: Als ich den Pfeil in der Loggia nicht fand, war mir klar, dass du ihn eingesteckt hast. Die anderen hier sind doch alles Schreiberlinge. Der Einzige, der in diesem Palazzo weiß, auf was in solch einer Lage zu achten ist, bist du. Also?

Ich lüftete die Schöße meines Rocks und ließ den sonderbaren Pfeil sehen, der Messer Bortolo in die Schulter getroffen hatte.

Der Podestà nahm ihn in die Hand, drehte ihn, roch sogar daran. Dann fragte er mich:

Wer benutzt solch ein Geschoss?

Ich ließ mir nichts anmerken: Sieht merkwürdig aus. Regelrecht kunstvoll. Vielleicht kam der Schütze nicht aus Florenz.

Neroccio bohrte nach: Du kennst diese Art Pfeil also nicht?

Ich schüttelte den Kopf. Der Podestà schaute mir forschend in die Augen und sagte dann: Pacino hat dich zu seinem Hausgenossen gemacht, damit du ihm die dreckigen Folgen seiner sauberen Geschäfte vom Hals hältst. Ich bin nur ein alter Beroviere, den sie für ein paar Monate zum Podestà gemacht haben, weil sie gerade keinen besseren finden. Doch du solltest nicht versuchen, mich an der Nase herumzuführen, Deutscher! Wir machen uns jetzt beide an die Arbeit und versuchen, diesen irren Anschlag und diese noch verrücktere Kreuzigung aufzuklären. Wenn du mich fragst, kann da nur ein Wahnsinniger dahinterstecken. Doch ich warne dich. Wenn du den Fall auf eigene Rechnung klärst, wie das dein Padrino dir beigebracht hat, dann kriegst du Ärger mit mir.

Ich wäre dumm, wenn ich mich mit dem Podestà anlegen würde, beschwichtigte ich Neroccio. Über deinem hohen Amt steht niemand in Florenz, der Inquisitor ausgenommen. Wie könnte ich es wagen, dich zu hintergehen?

Er schaute mich misstrauisch an und fuhr fort: Noch ist diese verfluchte Pest nicht vorbei. Ich habe schon genug zu tun mit all den gewöhnlichen Verbrechern, die Häuser plündern oder in Pelzmänteln von Toten herumlaufen. In jedem Hurenhaus wird mit Geld bezahlt, das die Leichenträger den Pestkranken aus den Taschen gezogen haben. Ich will nicht wissen, wie viele sie lebend ins Massengrab geworfen haben. Letzte Woche wurden drei leerstehende Paläste von einer Bande junger Männer ausgeräumt, die vor dem Portal gesungen und Laute gespielt haben. Wenn jemand vorbeikam, haben sie sich als Freunde eines verliebten Paares ausgegeben, dem sie gerade ein Ständchen geben.

Ich musste über so viel Dreistigkeit lachen, aber ein Blick von Neroccio ließ mich verstummen.

Jeden Tag, erklärte er, kommen neue Halsabschneider aus den Bergen in die Stadt und machen sich in Häusern breit, die ihnen nicht gehören. Ich habe nicht mehr genug Berovieri, um all diese Ferkeleien aufzuklären. Und jetzt habe ich auch noch Angriffe auf die Peruzzi am Hals. Wenn in diesen Mauern nicht einmal einer von Pacinos Hausgenossen seines Lebens sicher ist, dann kann ich bald nicht geradestehen für die Ordnung in dieser Stadt.

Und was willst du mir damit sagen?

Ich will dir sagen, dass du es mir sofort mitzuteilen hast, wenn du eine Spur von dem Mann findest, der in diesem Leichenhaus von Stadt reiche Kaufleute umbringt. Verstanden? Die Priori sehen es nicht gern, wenn ihresgleichen angegriffen wird. Das ist jetzt keine Angelegenheit der Casa Peruzzi mehr, sondern der gesamten Republik. Ich muss bei Andrea Lancia jeden Morgen Bericht über diesen Fall erstatten. Wenn du mich dumm aussehen lässt, lasse ich dich einsperren. Die Hälfte meiner Berovieri ist tot, doch es sind immer noch genug von ihnen übrig, um einem Ausländer das Maul zu stopfen.

Neroccio da Gubbio begab sich ohne große Eile aus dem Kontor. Ein paar Schritte hinter ihm erblickte ich den Chirurgen Salvestro mit einer großen Ledertasche, in der er gewiss seine Instrumente verwahrte. Der Heilkundige, immer noch mit fleckiger Leinenschürze, grüßte unterwürfig in Richtung des Padrino, als danke er den Peruzzi für die Ehre, einen der Ihren vor dem Tod gerettet zu haben. Niemand beachtete den Chirurgen. Ich hatte noch eine Sache mit dem Padrino zu klären.

Gut, dass du kommst, begrüßte mich der Alte. Trauer und Furcht waren das Letzte, was sich auf seinen asketischen Zügen abzeichnete. Er wirkte verjüngt und war trotz aller Anstrengungen ebenso wach wie heute früh.

Morgen, befahl er, gehst du gleich nach Ruffos Beerdigung ans Werk. Du hast gehört, was Arnaldo und Zanobi vermuten. Wir müssen jedem Verdacht nachforschen. Am besten, du schaust dich zuerst bei den Ciompi um. Wenn es Menschen gibt, die uns übelwollen, dann die Leute von der Porta San Gallo. Frag die Menschen aus! Du wirst schon etwas herausfinden.

Ich sagte: Padrino, da ist noch etwas. Dieses Geschoss vom Dach ist ein Tatarenpfeil. In Caffa habe ich dergleichen zuletzt gesehen.

Der Alte riss die Augen überrascht auf: Nach Florenz kommen Menschen aus aller Herren Länder. Doch solange wir nicht wissen, wer der Schütze ist, bringt uns deine Beobachtung nicht weiter. Er war schwarz gekleidet, sagst du?

Ich nickte: Ich habe noch eine Spur, von der noch nicht die Rede war. Draußen in San Donato a Torri bin ich auf eine verfallene Burg gestoßen und vom Burgherrn übel beschimpft worden.

Die Guidi, fragte Pacino belustigt, diese Raubritter? Hat der alte Astolfo dir aufgelauert?

Er hat mich mit seiner Armbrust bedroht. Und er hat mir Beleidigungen zugeschrien. Die Peruzzi, soll ich dir ausrichten, würden niemals das Land der Guidi bekommen.

Der Padrino lachte: Sein Land? Das gehört mir bereits. Der alte Narr lebt in einem Traum. Sein Sohn und Erbe, Galeazzo heißt der Nichtsnutz und haust in den Hurenhäusern von Santa Maria Novella, musste den gesamten Besitz an mich verpfänden. Der Sohn hat alles bis auf den letzten Quattrino durchgebracht. Den Guidi gehört nichts mehr, kein Land, keine Burg. In meiner Truhe liegen die Urkunden, Messer Bortolo hat gute Arbeit geleistet. Hätte diese verfluchte Pest meine Söhne nicht den ganzen Sommer in der Stadt gefangen gehalten, dann hätten wir bereits in San Donato aufgeräumt und den Alten in den Wald gejagt.

Dann hätte Astolfo also gute Gründe gehabt, deinen Sohn umzubringen?

Der Padrino blickte mich erstaunt an: Einen starken Mann wie Ruffo ans Kreuz nageln – wie sollte eine traurige Gestalt wie Astolfo das bewerkstelligen? Außer ein paar alten Knechten sind dem Ritter keine Diener verblieben. Er kann keinen Lohn bezahlen. Alle sind weggelaufen oder tot. Die paar restlichen Hände schafften es voriges Jahr nicht einmal, das Gras zu mähen und die Pferde zu füttern. Nein, der alte Conte Guidi würde sicher jeden von uns Peruzzi mit Freuden erwürgen. Aber das kann er nicht. Astolfo ist ein Gespenst, das in seiner eigenen Burg herumspukt. Er weiß es nur noch nicht.

Ich fragte: Und was denkst du, warum Ruffo gleich neben der Burg der Guidi einen so schrecklichen Tod sterben musste?

Sein Vater holte tief Luft und dachte nach. Er blickte auf die Gemälde biblischer Szenen, mit denen die besten Maler von Florenz sein Kontor ausgeschmückt hatten. Sogar der große Giotto di Bondone war sich nicht zu schade gewesen, mit eigener Hand auf blauem Grund einen riesigen Birnbaum mit Früchten darzustellen – das Wappen der Peruzzi. Die Birnen, die der Meister in grüngoldenem Glanz gemalt hatte, wirkten derart reif und saftig, als könnte man sie pflücken und hineinbeißen. Pacino betrachtete das Fresko und seufzte.

Ich will dir etwas erklären. Unsere Familie ist wie dieser Baum. Wir Peruzzi sind verwurzelt in Florenz, unseren Stamm gibt es seit Menschengedenken. Jeder Ast bildet eine Linie unseres Blutes. Die Faktoren und Wächter, das sind die Blätter an den Zweigen, auch du gehörst jetzt dazu. Natürlich fallen immer wieder Blätter zu Boden und wehen fort, das kann nicht anders sein. Die Söhne der Peruzzi, das sind die Früchte des Baums. Sie sind süß und kostbar. Denn aus jeder Frucht kann ein neuer Stamm erwachsen. Viele Vögel und Hornissen wollen unsere Früchte fressen, sie sind unsere Feinde. Wenn eine Frucht verlorengeht wie jetzt Ruffo, ist das aber nicht der Untergang. Denn unser Baum trägt in jeder Generation reiche Ernte.

Pacino hob den Zeigefinger: Ich bin der Hüter dieses Baumes und habe nur eine Aufgabe: Niemand, verstehst du, niemand darf es je gelingen, den Stamm des Baumes zu beschädigen. Die Linie, die ich begründet habe, ist heilig. Einer meiner Söhne muss überleben, auch wenn alle anderen sterben. Wenn es bei diesem Verbrechen nur um Ruffo geht, dann können wir das verschmerzen. Aber wenn jemand die Axt an unseren Stamm legt, um die Linie meines Blutes zu vernichten, dann herrscht Krieg, und es wird Blut fließen.

KAPITEL 7

Gelobt sei die süße Magd Maria!
Gelobt sei die süße Magd Maria!
Schon von weitem hörte ich die Stimmen der Laudesi. Sie sangen ihr Lied wie jeden Abend. Es gab keine Abwechslung: Gelobt sei die schöne Jungfrau! Maria wird uns helfen, wir gehören der süßen Magd Maria! Maria, Maria, Maria! Und dann wieder von vorn in einer einfachen Melodie, die aus nicht mehr als fünf Tönen bestand. Der Rhythmus einer Trommel trieb den Singenden die Gedanken und die Sorgen aus dem Kopf, stellte sie ruhig und ließ vor ihren Augen nur ein Bild erstehen: eine wunderschöne Frau in blauem Gewand, geschmückt mit Juwelen und einer Goldkrone. Während diese Welt eine Grube voller Tod und Gewalt blieb, wurden die Singenden von der erhabenen Matrone gerettet. Nur Maria hatte die Macht dazu. Als Mutter und als Tochter Gottes zugleich verkörperte sie das Wunder, auf das alle Seelen Anspruch machten: Geburt und Wiedergeburt. Die Überwindung von Not und Unterdrückung kam von ihr, genau wie die Liebe in einer lieblosen Welt. Maria verhieß mehr, als diese Kinder und Frauen jemals vom Leben geschenkt bekamen.

Gelobt sei die süße Magd Maria!

Ich bog links von Santa Croce um die Ecke und erblickte Cioccia, Lapo und etliche Kinder, die auf der Straße saßen, mit den Köpfen wiegten, sangen und sich dabei von einer Pinzocchera, die sich aus der Klappe ihrer Zelle hinauslehnte, auf einer Handtrommel den Takt schlagen ließen. Ich kannte die Alte, wie sie jeder in Santa Croce kannte. Margherita Mozzi hieß sie. Cioccia hatte mir erzählt, dass diese Frau früher die Tochter eines reichen Banchiere gewesen war. Nach dessen Bankrott und Tod hatte sie sich in einem der Handwerkerhäuser einmauern lassen, um als Einsiedlerin mitten in der Stadt Gott und den Armen zu dienen. Margherita war nicht die Einzige. Allein in dieser Gasse hausten drei Pinzocchere und hielten nur durch eine Klappe Kontakt zur Welt. Die heiligen Frauen, die man bei mir in Deutschland Beginen nannte, gehörten keinem Nonnenorden an. Die Priester und die Äbte beäugten misstrauisch ihr Treiben, das ohne den Segen der Kirchenmänner den Menschen einen direkten Weg zum Heil versprach.

Die einfachen Seelen von Santa Croce liebten die Pinzocchere. Sie kamen in Scharen, um mit den frommen Frauen zu beten, um ihnen ihre Sorgen anzuvertrauen und sie um Rat zu fragen. Schon seit Jahren hatten sich Handwerker und Wollarbeiter nach Feierabend in Laudesi-Bruderschaften versammelt, das waren Vereinigungen einzig zum Lobpreis Gottes und der Gottesmutter. Wenn es nicht regnete, trafen sich die Laudesi vor den Klausen der Pinzocchere, um gemeinsam mit den Beginen zu singen.

Das alles wirkte derart arglos und fromm, dass die Priester nichts gegen die Laudesi vorbringen konnten. Doch es war kein Geistlicher bei diesen Zusammenkünften dabei, niemand spendete die Sakramente, kein gelehrter Mönch zitierte den Leuten Bibelverse auf Latein.

Selbst den großen Predigern der Franziskaner und Dominikaner, die sonst tausende Zuhörer zu den Bettelordenskirchen lockten, und die mit Prophezeiungen und Mahnungen die Menschen so lange einschüchterten, bis sie für die Orden ihre Geldbörsen zückten – selbst diesen ehrwürdigen Männern in ihren Kutten liefen die Laudesi den Rang ab. War es nicht tröstlicher, gemeinsam von einer besseren Welt zu träumen, als von studierten Theologen vor einer bösen Welt gewarnt zu werden? Und blickten die Pinzocchere, die oft genug lebenskluge Witwen und arbeitende Mütter gewesen waren, den Frauen und Mädchen nicht tiefer ins Herz, als es die Mönche und Priester je vermocht hätten?

Die Pinzocchere sind falsche Heilige. Frauen, die zu faul sind zum Arbeiten und den Leuten Ammenmärchen erzählen. Und nachts treiben sie heimlich in ihren Zellen Unzucht miteinander. Oder sie lassen gegen Geld Mönche zu sich herein und machen ihre Klausen zum Bordell. Solche Anschuldigungen waren immer öfter zu hören, und vielleicht hatten Agenten des Bischofs die Gerüchte gestreut. Oder es waren die Prioren der Bettelorden selbst, denen es nicht recht sein konnte, wenn sich Frauen ohne Kontrolle der Kirche organisierten.

Margherita Mozzi hatte im Frühjahr, als die Pest über die Stadt hereinbrach, zu predigen begonnen. Sie rief die Menschen zur Barmherzigkeit auf für die Kranken. Niemand solle in Todesnot verlassen werden. Denn das geschah häufig, und die Bewusstlosen, denen die Verwandten noch etwas Wasser und Essen ans Bett gestellt hatten, erwachten anderntags in einem fest verschlossenen Haus. Sie konnten um Hilfe schreien, so viel sie wollten. Einige schafften es mit letzter Kraft ans Fenster und flehten um einen Priester für die Beichte. Doch niemand wagte sich zu ihnen hinein. Niemand außer dem Tod.

Auch ich hatte auf Cioccias Rat im Sommer zugehört, wenn die alte Pinzocchera, die aus der Klappe ihrer zugemauerten Zelle zu den Verzweifelten sprach, die Selbstsucht anprangerte:

Wir leben in der irdischen Hölle, wenn Eltern ihre Kinder und Kinder ihre Eltern in Todesangst verlassen. Die Einsamkeit ist schlimmer als der Tod. Und die Sünde, unsere Liebsten im Stich zu lassen, müssen wir später in der Hölle büßen. Kümmert euch um die Kranken! Haltet fest zusammen!

Mit solchen Worten geriet Margherita – eine Alte mit rundem Gesicht unter einer Haube, denn mehr konnte man von ihr nicht sehen – in den Ruch der Heiligkeit. Als viele Messen und Predigten ausfielen und die Kirchen verwaisten, gelang es wenigstens den Pinzocchere, die Florentiner zur Nächstenliebe aufzurichten. Waisenkinder trafen sich bei den Beginen, Nachbarinnen sammelten Essen und teilten es an die Verlassenen aus. Das Haus, in dem die gesamte Familie eines Hufschmieds, Vater, Mutter und sechs Kinder, an einem einzigen Tag gestorben war, wurde als Nachtlager für die Pestwaisen hergerichtet. Hier war auch Lapo untergekommen.

So geschah es durch Mut und Zusammenhalt, dass das Leben der Armen in Santa Croce irgendwie weiterging. Frauen aus der Nachbarschaft hatten mit kühlenden Umschlägen, dem Auswaschen der Wunden und kräftigenden Suppen etliche Erkrankte wieder ins Leben zurückgerufen, die, von ihren Verwandten verlassen, sonst verhungert wären. Handwerker mit Knüppeln gingen nachts durch die Gassen, um aufzupassen, dass die Häuser der Erkrankten nicht von menschlichen Aasgeiern geplündert wurden. Fromme Nachbarn organisierten Bruderschaften, um mit Sterbenden auch ohne einen Priester zu beten – und um hinterher die Toten würdig zu begraben. Dem Glauben und der Güte der Beginen war es gelungen, vielen Menschen das Ärgste zu nehmen, die Angst, und das Wichtigste zu bewahren, die Würde.

Ich hatte großen Respekt vor Pinzocchere wie Margherita Mozzi, wenn mir auch die eintönige Litanei der Laudesi in den Ohren rauschte. Cioccia hingegen ging beinahe jeden Tag nach der Arbeit in die Gasse der Pinzocchere und half beim Verteilen des Essens, das sie oft selbst von ihrem Stand mitbrachte. Und sie sang mit den Kindern.

Cioccia ermahnte mich dann: Hilf mir, damit wir die Kinder retten, die uns die Pest nicht rauben konnte!

Ich hatte ein paar Mal beim Hinüberschleppen von Gemüsekisten geholfen. Und ich gab ihr von meinem Geld. Doch anstatt wie sie das Loblied der Jungfrau anzustimmen, ging ich lieber ins Purgatorio und gönnte mir einen Trunk zum Abend. Ich wusste, dass bald die Nacht kam und Cioccia dann auch mich trösten würde.

Als ich mich an diesem Abend den Laudesi näherte, bemerkte ich, dass Cioccia einen Jungen und ein Mädchen an den Händen hielt. Das mussten die beiden Waisen sein, die heute Morgen dazugestoßen waren. Lapo, mein stolzer Knappe, saß daneben auf dem Boden, und sang aus voller Kehle mit:

Gelobt sei Maria! Gelobt sei Maria!

Die Stimmen der beiden Geschwister hörte ich nicht, sie schauten sich schüchtern um. Das Mädchen war höchstens fünfzehn. Es trug keine Haube, ihre schwarzen Haare fielen auf die Schultern wie bei einem Jungen. Sie sollte mein Haus in Ordnung halten. Zum Glück gab es nicht viel zu tun. Cioccia hatte recht. Wieso nicht mit ein paar Quattrini diesem halb verhungerten Kind zum Überleben verhelfen? Ihr Bruder war das genaue Gegenteil. Er war hochgewachsen und breitschultrig. Cioccia hatte mehr Glück gehabt als ich, denn dieser Arbeiter konnte ihre Bretter und Kisten spielend tragen.

Cioccia stieß das ungleiche Paar zu ihrer Rechten und Linken an und wies mit dem Finger auf mich. Ich winkte ihnen zu, doch nur Cioccia erhob den Arm zum Gruß. Die Geschwister schauten mich forschend an. Wer weiß, was sie auf dem Land erduldet hatten? Cioccia versuchte, ihren Schützlingen die Scheu zu nehmen. Sie winkte auch zu Margherita Mozzi hinüber, die ihren Kopf aus ihrer Zelle streckte und zurücklachte. Andere Frauen nahmen Cioccia in den Arm; für jede hatte sie ein Wort, einen Kuss auf die Wange, ein Lachen. Sie war seit der Morgendämmerung auf den Beinen. Woher nahm diese Frau die Kraft?

Cioccia hatte mir erklärt, dass Liebe – anders als Geld und Gold – mehr wert wird, indem man sie verschenkt. Sie war überzeugt, dass ich diesem Geheimnis noch auf die Spur kommen müsse. Und ich meinte, dass niemand anderes als Cioccia mir dieses Geheimnis beibringen sollte. Es waren nun gut zwei Monate, dass wir zuerst miteinander geschlafen hatten. Ich konnte mir nicht mehr vorstellen, was vorher gewesen war.

Das sind Monna und Dino, rief Cioccia. Ich habe dir heute Morgen von ihnen erzählt.

Und zu dem Mädchen gewandt: Monna, das ist Wittekind, dein neuer Herr. Morgen früh beginnst du bei ihm mit dem Putzen. Er wird dir alles zeigen.

Monna, bleich und mit hohen Wangenknochen, nickte mir zu. Ihr Bruder hob die Hand und blickte zur Seite. Was mussten diese verlorenen Seelen von der großen Stadt Florenz denken? Und was erwarteten sie von uns wildfremden Menschen, nachdem sie Vater und Mutter verloren hatten?

Cioccia flüsterte mir ins Ohr: Wir müssen Geduld haben mit den Kindern.

In der vertrauten Gemeinschaft der Laudesi und Pinzocchere war meine Geliebte nicht so scheu wie auf der Piazza, wo alle Nachbarn sie beäugten. Sie beugte sich noch einmal zu mir:

Nachher wird Margherita noch zu uns predigen. Wenn es dunkel ist, sehen wir uns.

Ich wandte mich um und nickte noch kurz Margherita Mozzi zu, die

Cioccia und mich neugierig beobachtet hatte. Sollte die Alte denken, was sie wollte. Sie saß in ihrer Klause und kam, anders als ich, keinem Menschen nahe. Ich würde mir jetzt einen Abendtrunk im Purgatorio genehmigen.

Am Brunnen vor der Schänke traf ich auf Palamede Peruzzi. Er saß auf dem Randstein, kaute auf einem Strohhalm und blickte auf die Piazza. Von den jungen Männern, mit denen er um diese Zeit meist Ball spielte, ließ sich heute keiner blicken. Das Gerücht, dass ein Peruzzi umgebracht worden war, machte gewiss in Florenz die Runde. Vor dem Palazzo der trauernden Familie einem Ball hinterherzulaufen erschien den Jungen offenbar nicht angebracht. Palamede wirkte auf mich, als bedauere er das. Ich sprach ihn an:

Deine Schwester hat mich vor dem Kontor des Padrino abgepasst. Das Mädchen ist besorgt um deine Sicherheit. Sie hat mir zugeflüstert, dass ich auf dich aufpassen soll. Deine Brüder würden etwas gegen dich aushecken. Gibt es einen Grund für diese Angst?

Der junge Kaufmann verzog fragend das Gesicht: Wer soll das gewesen sein? Alle meine Schwestern leben im Kloster.

Ich beschrieb Palamede das Kind mit der ausrasierten Stirn.

Das ist Bilia, meinte Palamede. Sie macht sich immer Sorgen um mich. Du bist ein Hausgenosse, darum kann ich es dir verraten: Bilia ist in mich verliebt.

Deine eigene Schwester?

Ich habe dir doch gerade gesagt, dass in unserem Palazzo nur wir Brüder wohnen. Bilia ist meine Mutter.

Ich stutzte. Was sollte das bedeuten? Palamede war zwar der jüngste von Pacinos Söhnen, vielleicht zwanzig Jahre alt. Doch das Kind, mit dem ich auf dem Gang gesprochen hatte, war viel jünger. Als er mein Staunen bemerkte, erklärte Palamede:

Du weißt doch, dass mein Vater im letzten Herbst noch einmal geheiratet hat.

Ich hatte Pacinos Frau nie zu sehen bekommen. Die Kaufleute von Florenz waren streng, sie schickten ihre Gattinnen frühmorgens verschleiert zur Kirche, dann wurden sie in ihre Gemächer gesperrt. Kein

Fremder durfte sie erblicken, nicht einmal ein Hausgenosse, der nicht zur Verwandtschaft gehörte.

Ich fragte: Du willst mir weismachen, dass der Alte dieses Kind zur Ehefrau genommen hat? Sie ist doch höchstens vierzehn.

Palamede senkte den Kopf: Sie ist dreizehn, und bei der Trauung im Palazzo war sie zwölf. So geht das in Florenz. Wir verheiraten die Mädchen, wenn sie gerade aus der Wiege steigen. Dem Alten macht das nichts aus. Schön ist Bilia, das reicht ihm. Zum ersten Mal im Leben hat er eine Frau nach dem Aussehen gewählt, alle anderen bedeuteten eine Allianz mit einer anderen Familie oder eine einträgliche Mitgift. Darum liebt mein Vater seine Kinder auch nicht. Für ihn sind wir Geschäfte auf zwei Beinen.

Wie oft hat der Padrino geheiratet?, wollte ich wissen.

Bilia ist die sechste, erklärte Palamede. Arnaldo ist der Sohn seiner ersten Frau. Als die starb, nahm er eine andere, das ist die Mutter von Zanobi und Buondelmonte. Danach hatte er eine dritte, die hieß Paola, aber die konnte keine Kinder bekommen. Als er sie nach wenigen Jahren verstieß, nahm er eine neue, ich weiß nicht, wie die hieß. Ich glaube, sie war von den Pazzi und gebar ihm Ruffo, der seit gestern tot ist. Meine Mutter hieß Vanuccia, sie hat ihm auch Amerigo geboren, den Geflohenen. Meine Mutter hat danach noch fünf Mädchen bekommen, die drei Überlebenden hat mein Vater ins Kloster gesteckt. Ich besuche meine Schwestern von Zeit zu Zeit, wenn die Oberin sie mich sehen lässt.

Palamede warf den Strohhalm fort, auf dem er herumgekaut hatte. Nach kurzem Schweigen fuhr er fort: Wenn du wissen willst, welche seiner Töchter er früher mit den Villani, den Pandolfini oder den Albizzi verheiratet hat, musst du ihn das schon selber fragen. Oder Arnaldo, der ist an den Bündnissen unserer Familie interessiert, weil er bald die Bank erben wird. Ich weiß es nicht, und ich will es auch nicht wissen.

Ich hatte es noch nie gewagt, den Padrino nach Frau und Kindern zu fragen, das hätte anstößig gewirkt. Palamede indes hatte nichts dagegen, wenn ich mich weiter erkundigte:

Was denkst du über deine Stiefmutter Bilia?

Die ist ein armes Kind wie ihre Vorgängerinnen, wehrlos, arglos, eingeschüchtert. Sie stammt von einem verarmten Kaufmann aus der Nähe des Baptisteriums, Leone Ghirardi hieß er. Als der starb, übernahm mein Vater von der Witwe das Kind ohne eine Mitgift – frisches Fleisch, gekauft über einen Vermittler. Der Padrino braucht in seinem Alter keine geschäftlichen Bündnisse mehr. Söhne hat er genug gezeugt, aber ihm ist zuzutrauen, dass er noch einen weiteren Erben haben möchte. Am Willen mangelt es sicher nicht, höchstens an der Kraft.

Palamede, der sonst immer so sanft dreinschaute, zeigte einen höhnischen Zug um die Lippen:

Was willst du? Frauen und Kinder sind in dieser Stadt nichts als eine Ware. Das hat die kleine Bilia nur noch nicht begriffen. Sie kann weder lesen noch schreiben und ist aus ihrem Gemach seit letztem Jahr nur manchmal zur Frühmesse herausgekommen. Während der Pest hat mein Vater ihr sogar das verboten. Sie weint und betet den ganzen Tag. Und während unserer Essen, sonntags am großen Tisch, starrt sie mich an, selbst wenn mein Vater ihre Hand drückt. Das arme Ding ist in mich verliebt und fürchtet sich um meine Sicherheit, weil meine Brüder mich nicht ausstehen können.

Palamede steckte sich einen neuen Strohhalm zwischen die Lippen. Sein Blick wandte sich von mir ab und richtete sich auf die Piazza Santa Croce, wo die Abendsonne die grünen Mauern dunkel färbte und zwei verspätete Mönche dem Konvent zustrebten, um der Vesper beizuwohnen. Bald wäre es dunkel, heute würde es kein Ballspiel mehr geben. Ich fragte Palamede, ob ich ihn noch auf einen Becher Wein im Purgatorio einladen dürfe. Er schüttelte den Kopf und schlenderte über die Piazza davon.

Die Familie der Peruzzi im Kleinen, dachte ich, stellt auch nichts anderes dar als die Stadt Florenz im Großen. Um ihren Kredit nicht zu verspielen, zeigen sie nach außen Eintracht. Im Innern aber herrscht der Hass, und mit der Ehrbarkeit ist es auch nicht weit her. Bisher war es mir egal gewesen, wen der Padrino heiratete, in wen seine Frau verliebt war, wie viele Töchter ihr Vater ins Kloster steckte, oder welcher Bruder welchem Bruder das Brot auf dem Teller nicht gönnte. Ich wurde gut bezahlt, und nichts von dem, was ich tat, verstieß gegen die Gesetze der Republik. Im Gegenteil, die berühmte Casa Peruzzi verfügte über viel Geld und noch mehr Ehre. Ich bekam meinen kleinen Anteil davon ab. Allerdings ahnte ich seit diesem Tag, dass die Peruzzi von ihrem Geld und ihrer Ehre einen Anteil zu erstatten hatten. Wie hoch mein Anteil war, musste ich herausfinden, bevor das Schicksal mir die Rechnung präsentierte.

Im Purgatorio waren nur ein paar Tische besetzt, ich ging gleich zum Wirt an den Ausschank; Meo hatte meinen Becher Trebbiano schon in der Hand.

Wer ist Giovanni Boccaccio?, fragte ich unvermittelt, und Meo machte eine erschrockene Geste in Richtung Wand. Ich drehte mich zur Seite und erblickte den Freund Cioccias mit Jacopo Alighieri im Gespräch. Boccaccio notierte sich, während sein Tischgenosse mit schnarrender Stimme redete, immer wieder etwas in einem Buch, das vor ihm auf dem Tisch lag. Sonderbar sah es aus, wenn er mit den Augen zwinkerte oder angestrengt auf seine Zunge biss, zumal das Abendlicht zum Schreiben nicht mehr das beste war. Konnte es wirklich sein, dass Cioccia mit diesem Mann in Neapel etwas gehabt hatte? Wenn Boccaccio auch zehn Jahre jünger war als sie, passte sie einfach nicht zu ihm. Doch passte ein zwölfähriges Mädchen zu einem mehr als siebzig Jahre alten Banchiere? Passte Cioccia zu mir, einem Deutschen? Mir wurde klar, wie wenig ich über das Leben Cioccias vor mir wusste.

Immerhin Meo wusste Bescheid über Boccaccio. Er nahm mich zur Seite und flüsterte:

Das ist ein gescheiterter Poet, würde ich sagen, wenn er nicht auch ein gescheiterter Kaufmann wäre und ein gescheiterter Pfaffe. Doch am wenigsten taugt er als Sohn.

Meo, dessen Vater ein Dichter mit üblem Ruf gewesen war, spielte gerne den Geistreichen. Ich kannte diesen Zug an ihm, nahm einen Schluck aus meinem Becher und ließ ihm Zeit.

Dieser Boccaccio, fuhr Meo fort, ist ein Bastard. Sein Vater, ein kleiner Kaufmann, hat ihn mit einer Magd auf seinem Gut draußen in Certaldo gezeugt. Die Boccaccini haben ein Haus drüben auf der anderen

Seite des Arno und machen seit langem Geschäfte mit den Bardi, allerhand Handel mit Neapel. Boccaccio sollte dort arbeiten. Wenn ich nicht wüsste, was er hier in Santa Croce sucht, würde ich mich wundern, warum er sich hierher traut. Schließlich hassen die Peruzzi die Bardi.

Und was sucht Boccaccio hier in Santa Croce, wollte ich wissen. Vielleicht gibt es bei uns besseres Grünzeug als in Oltrarno?

Der Wirt winkte ab: Nein, Boccaccio sucht die Nähe von diesem Säufer Jacopo. Du weißt, Jacopos Vater war ein Dichter, Dante Alighieri. Dieser Boccaccio ist ganz versessen darauf, alles über den Poeten zu erfahren.

Dante Alighieri?, fragte ich. Der Dichter mit der großen Nase fürs Jenseits. Was ist an dem so spannend?

Meo selbst hatte mir früher einmal erzählt, dass er Dante Alighieri noch persönlich kennengelernt hatte. Dieser Dante war vor bald zwanzig Jahren ein Kunde in der Schänke gewesen, die Meo einst in Ravenna aufgemacht hatte. Dante war in Ravenna gestorben. Aber was gab es Erhabenes an einem Dichter, der seine Feinde reihenweise in die Hölle verdammte, um sie dort in Öl zu braten?

Ich hatte als junger Novize ein paar Schriften Dantes studieren müssen, sie hatten mich nicht beeindruckt. Sein Hauptwerk, die Göttliche Komödie, hatte er später verfasst. Nur wenige in Florenz kannten es, aber die machten sich damit besonders wichtig. Giovanni Villani deklamierte gerne Dantes Verse und erzählte mir noch kurz vor seinem Tod vom Genie Alighieri, das seinem Vaterland dermaleinst große Ehre machen werde. Ehre, das wusste ich, war ein dehnbarer Begriff. Selbst wenn ich diese gereimten Visionen aus der Hölle in die Finger bekommen könnte, waren mir die Romane um König Artus und seine Ritter lieber. In Büchern, wie sie mir gefielen, ging es um Abenteuer und Liebe, um schöne Frauen und starke Helden. Die Hölle konnte warten.

Meo brachte dem Spaßvogel Michele Scalza einen Becher. Der setzte sich damit zu Jacopo und Boccaccio an den Tisch. Die beiden Streithähne, die einander morgens noch beinahe erwürgt hatten, waren wieder beste Freunde. Wein, dachte ich, ist das beste Mittel gegen die Gewalt, die er hervorruft.

Meo kehrte zum Ausschank zurück und setzte seine Ausführungen fort: Boccaccio hat seinem Vater nichts als Ärger gemacht. Zum Kaufmann taugte der Junge nicht, weil er nicht Rechnen lernen wollte, sondern Latein. Also wollte ihn sein Vater zum Priester machen, aber dafür reichte das Latein auch wieder nicht. Statt in Neapel im Kontor der Bardi zu arbeiten, hat er Romane über die Anjou geschrieben.

Über den König und seine Familie?, fragte ich.

Dass die Nachfolgerin von König Robert mit jedem Mann ins Bett geht, der bei Hof nicht vor ihr wegläuft – das erzählt man sich in ganz Italien. Aber nur Boccaccio war so unvernünftig, das wilde Ringelreihen von Giovanna beim Namen zu nennen. Mir hat das alles ein alter Gast erzählt, Francesco da Barberino. Der Mann ist im Frühjahr an der Pest gestorben, doch er war mit Boccaccios Familie befreundet und hat mir ein paar dieser Bücher geliehen.

Meo schüttelte abfällig den Kopf, während er mir noch einen Becher Wein einschenkte: Ich habe in diese Reimereien hineingeschaut. Ich sage dir, dieser Boccaccio ist völlig unbegabt. Alles, was er schreibt, sind schwülstige Hirtengesänge. Es muss die Anjou geärgert haben, von einem jungen Dichter derart durch den Dreck gezogen zu werden.

Ich rechnete nach. Als Boccaccio vor etlichen Jahren in Neapel seine Liebesverse schrieb, war ich noch nicht dort gewesen. Doch Cioccia lebte damals in derselben Stadt. Wie gut kannte sie Boccaccio?

Ob er ein Wüstling ist?, vermutete ich.

Schau ihn dir doch an, meinte Meo, nein, Boccaccio hat irgendwann aus Verzweiflung die niederen Weihen genommen. Doch Boccaccios Vater ist es nicht gelungen, seinem Bastard eine Domherrenstelle zu besorgen. Der Sohn kam aus Neapel zurück und lag der Familie hier auf der Tasche. Vor ein paar Jahren hat Boccaccio eine Stelle als Schreiber bei einem Fürsten auf der anderen Seite des Appenin angenommen, in Forlì, glaube ich. Doch auch da, so hörte ich von meinen Freunden in Ravenna, hat er es sich durch seine Schreiberei wieder mit allen verdorben. Dieser Mann ist ein Unglücksvogel.

Vielleicht wartet er hier auf sein Erbe, vermutete ich, sein Vater ist sicher nicht mehr der Jüngste.

Meo schüttelte den Kopf: Da kann Boccaccio lange warten. Sein Alter hat spät geheiratet und mit seiner jungen Frau tatsächlich noch einen ehelichen Erben gezeugt. Pech gehabt! Der Kleine kriegt später alles, und Boccaccio wird sein Lebtag ein Almosenempfänger bleiben. Oder hast du je einen Dichter gesehen, der von seinen Zeilen leben konnte? Mein Vater ist an diesem verfluchten Gewerbe verhungert. Da bin ich lieber Wirt.

Meo schenkte mir noch einen Becher ein und fragte, ob ich etwas essen wolle. Es sei noch Lampredotto übrig. Ich verneinte, schaute zu Boccaccio hinüber und fragte mich, ob er wohl bemerkt hatte, dass wir die ganze Zeit von ihm sprachen. Aber der Mann war dermaßen ins Gespräch mit Jacopo Alighieri vertieft, dass er sonst nichts sah. Michele Scalza, der einigermaßen betrunken wirkte, saß mit abschätzigem Grinsen daneben, als wollte er sagen: Hört euch diese Klugschwätzer an!

Willst du wissen, warum dieser Boccaccio nach Florenz zurückgekehrt ist?, flüsterte Meo.

Zuerst, flüsterte ich zurück, sag du mir, woher du das alles weißt.

Meo blickte beinahe beleidigt: Ich habe dir doch erzählt, dass mein alter Stammgast Francesco da Barberino mit Boccaccios Familie befreundet war. Der Alte hat sich oft beklagt über den unfähigen Dichter, der seiner Familie nichts als Sorgen bereitet. Wenn du mal wirklich etwas Schönes lesen willst, dann nimm besser die Gedichte meines Vaters zur Hand. Cecco Angiolieri verstand sein Handwerk besser als Boccaccio und Dante zusammen. Es gibt da Verse von meinem Vater …

Ich unterbrach Meo, diese Geschichte kannte ich bereits: Meo, ich weiß, du kommst aus Ravenna, wo dein Vater Cecco im Exil lebte. Er war vielleicht ein noch besserer Dichter als Dante, der damals auch dort lebte, aber das will heute kein Mensch mehr wahrhaben.

Wenn du alles besser weißt, sagte Meo beleidigt, warum fragst du mich überhaupt? Ich sage dir nur noch eins: Boccaccios Vater ist es tatsächlich gelungen, dem missratenen Sohn eine Stelle zu besorgen. Er arbeitet seit ein paar Wochen für die Salzsteuer. Das ist eine unbedeutende Stellung, und selbst die hat Boccaccio nur aus einem einzigen Grund bekommen.

Meo schaute mich triumphierend an. Er war wirklich ein famoser Wirt, seine Nachrichten aus der Stadt waren noch besser als sein Wein.

Ich legte ihm eine Hand auf die Schulter:

Sag mir den Grund, Meo.

Es ist wegen der Pest. Es sind so viele gestorben, die schreiben und lesen können, dass sie inzwischen jeden nehmen. Wir sind tatsächlich dem Untergang nahe, wenn sich die Dichter um unsere Finanzen kümmern dürfen.

Michele Scalza hatte offenbar genug von dem Geschwätz an seinem Tisch und winkte mir zu: Wittekind, komm und setz dich zu uns! Ich will dir einen berühmten Mann vorstellen.

Boccaccio schaute von seinem Buch auf und blinzelte. Augenscheinlich nahm er mich erst jetzt wahr, denn er setzte eine förmliche Miene auf.

Das ist Boccaccio, erklärte Michele Scalza, ein begabter Poet, der sich in Neapel einen Namen gemacht hat und vor kurzem aus Forlì in seine Heimatstadt zurückgekehrt ist.

Wir kennen uns bereits, erklärte Boccacio kühl, nachdem wir einander zugenickt hatten. Ich glaube aber nicht, dass unser deutscher Freund ein Ohr hat für Poesie. Bei den Peruzzi gibt es keine Reime zu lesen, sondern Bilanzen. Wenn man denn lesen kann.

Jacopo stürzte einen Becher Wein hinunter und beachtete mich kaum. Ich hingegen nutzte Micheles Einladung und setzte mich an den Tisch.

Ich sagte: Lasciate ogni speranza, voi ch'entrate!

Boccaccio starrte mich an:

Woher kennst du diesen Vers?

Ich lehnte mich zurück: Der alte Giovanni Villani hat mir im Winter Verse von Dante vorgelesen. Lasst alle Hoffnung fahren, die ihr eintretet. Das steht in der Commedia über dem Tor zur Hölle, wenn ich mich richtig erinnere. Es könnte aber auch über dem Eingang dieser Schankstube stehen.

Mach keine Scherze mit unserem göttlichen Dichter, meinte Boccaccio. Vor allem, wenn du sein Werk nur vom Hörensagen kennst.

Dante hat nicht fürs Volk geschrieben, das seine Gedanken sowieso nicht versteht. Um die Göttliche Komödie zu begreifen, muss man studiert haben.

Ich fand, es war Zeit, die Fronten zu klären, und begann, Latein zu sprechen:

Omnium hominum quos ad amorem veritatis natura superior impressit hoc maxime interesse videretur.

Nun blickten mich Boccaccio und Jacopo gemeinsam misstrauisch an.

Du kennst Dantes Schrift über das Kaisertum?, wunderte sich der Sohn Alighieris.

Wie alle Menschen, denen eine höhere Natur die Liebe zur Wahrheit einprägte, antwortete ich, indem ich den Anfang des Traktats übersetzte.

Und zu Boccaccio, der rot geworden war, sagte ich:

De Monarchia ist kein völlig unbedeutendes Werk, wenn auch keine Poesie. Das haben wir in Köln im Generalstudium der Dominikaner bereits durchgenommen, als du noch auf den Gassen von Florenz mit dem Kreisel gespielt hast. Wenn du magst, können wir unsere Disputation beim Wein gerne auf Latein fortsetzen, aber das wäre gegenüber unserem Freund Michele Scalza vielleicht etwas unhöflich.

Boccaccio begann zu stottern: Ich hätte das nicht sagen dürfen, verzeih mir. Außerdem ist mein eigenes Latein längst nicht so perfekt, wie ich mir das wünsche. Mein Vater hat mich nur zum Kaufmann ausgebildet. Aber du? Ich hatte dich für einen Söldner in Diensten der Peruzzi gehalten.

Ich konnte meine Eitelkeit nicht unterdrücken: Ich bin in der Tat eine Art Söldner. Aber das schließt nicht aus, dass ich früher einmal studiert habe. Ich war sogar in Bologna. Und eine Zeitlang durfte ich sogar mit dem großen Doctor Invincibilis disputieren.

Boccaccio riss die Augen auf: Mit William von Occam? Der lebt doch seit vielen Jahren in München.

Allerdings, antwortete ich, Occam hat Zuflucht gefunden beim deutschen Kaiser, den euer Dante zum Herrn der Welt auserkoren hat, allerdings vergeblich. So hängt in der Welt des Denkens jeder Gedanke mit jedem zusammen, und jeder Denker mit einem anderen. Doch der Papst hat wie immer etwas dagegen, dass der Kaiser uns beherrscht. Dantes Fragen der Monarchia sind deshalb längst überholt.

Dass mein Studium bei Occam aus sehr viel profaneren Dingen bestanden hatte als aus Lektionen in Dialektik und Logik, ging hier niemanden etwas an. Ich hatte wie so oft den Mund nicht halten können, doch meine großspurigen Ausführungen hatten ausgereicht, dass die Tischkumpane mich mit anderen Augen sahen. Vielleicht konnte ich die Verwirrung nutzen, um etwas über die Verbindung zwischen Boccaccio und Cioccia herauszufinden.

Ich fragte: Und du bist einzig deswegen nach Florenz zurückgekehrt, um Dantes Göttliche Komödie zu studieren?

Boccaccio stotterte, er sei zum Steuereinnehmer für die Salzabgaben bestellt und habe deshalb kaum Zeit, sich um Literatur zu kümmern. Doch arbeite er an einer Lebensbeschreibung des Dichters der Göttlichen Komödie. Und wer kenne Dante besser als sein eigener Sohn?

Keinem anderen Sterblichen, rief Jacopo feierlich, war es jemals beschieden, in die tiefste Hölle hinab- und auf den Berg des Paradieses hinaufzusteigen und hinterher darüber Bericht zu erstatten! In der Göttlichen Komödie finden wir nicht nur alle sündigen Kaiser und Päpste der Vergangenheit beschrieben, wie sie von Höllenqualen gefoltert werden. Nein, viel mehr noch! Mein Vater konnte auch in die Zukunft blicken: Lasst alle Hoffnung fahren! Nach der Lehre vom mehrfachen Schriftsinn bedeutet diese Zeile nicht nur den Eingang zur Hölle, sondern auch eine Anspielung auf die Pest.

Boccaccio und ich blickten uns an. Jacopo stieg der Ruhm seines Vaters offensichtlich noch mehr zu Kopf als der Wein.

Oder nehmt diesen genialen Vergleich!, rief er: Florentia ist wie eine Kranke, die sich seufzend auf ihrem Lager herumwälzt. Das passt doch genau! Dante hat immer wieder die Pest vorhergesehen! Und warum? Weil Gott die Florentiner für ihre Laster straft. Gente avara, invidiosa e superba!

Geizige, neidische und hochmütige Leute?, warf ich ein, Um so etwas zu dichten, muss man nicht über die Gaben eines Sehers verfügen. Geh auf den Markt, das sagt dir jeder Fischhändler auch.

Jacopo blickte mich beleidigt an und nahm noch einen Schluck Trebbiano. Boccaccio, augenscheinlich ein friedliches Gemüt, versuchte, die gegensätzlichen Standpunkte zu versöhnen:

Das Genie des göttlichen Dante zeigt sich in der Sprache, und die vor allem möchte ich ergründen. Niemand hat wie er gewagt, die höchsten Erscheinungen von Glaube und Macht in unserem heute gesprochenen Volgare, und nicht mehr im toten Latein von Cicero zu beschreiben. Das bedeutet Aufbruch in eine neue Zeit.

Ich sagte: Und wieso musste euer Dichter dafür noch die Gestorbenen foltern? De mortuis nil nisi bene, sagt man nicht ohne Grund: Über die Toten nur Gutes. Wenn ich mich aus Villanis Erzählungen richtig erinnere, brennen in Dantes Inferno die Ketzer in glühenden Särgen. Diebe verwandeln sich in Schlangen und beißen einander tot. Und in der untersten Hölle stecken die Päpste in einem gefrorenen See aus stinkendem Eiter. Eine versöhnliche Natur war dein Vater nicht gerade, wenn er dergleichen im Jenseits antraf. Hatte er vielleicht eher Probleme mit dem Diesseits?

Jacopo Alighieri zog verächtlich die Mundwinkel herunter. Boccaccio ergriff für ihn das Wort: Als Deutscher musst du anerkennen, dass Dante die italienischen Päpste verdammt und die deutschen Kaiser als Retter Italiens begrüßt. Wir müssen aufhören, uns auf diese Höllenqualen zu fixieren. Die Commedia ist ein Traktat über Gottes Gerechtigkeit.

Ich ließ nicht locker: Meine Vorstellung von Gerechtigkeit ist etwas gesitteter, wenn ich auch nur ein Deutscher bin. Mir kommt diese Hölle abscheulich vor. Und das Paradies ist langweilig.

Jacopo sprang auf und schrie: Frevle nicht! Wenn du nach deinem Tod wie die anderen Verdammten auf ewig in einem See aus heißem Pech stehen musst, dann wirst du dich nach der Langeweile des Paradieses noch sehnen. Aber du wirst nicht erhört werden!

Ruhig Blut, Jacopo!, rief Michele Scalza und zog den wütenden Alighieri wieder auf seine Sitzbank. Michele hatte heute nur knapp die

Prügel des Mannes vermeiden können, der augenscheinlich die üble Galle seines Vaters geerbt hatte. Vielleicht war es, bevor es nun statt zu Argumenten doch noch zu Schlägen kommen würde, eine gute Idee, das Thema zu wechseln. Jedenfalls sagte Michele versöhnlich:

Liebe Freunde, was schnüffeln wir denn mit unseren Nasen unnütz in der Hölle herum? Den Gestank im Jenseits müssen wir noch früh genug erdulden. Für die Freude am Diesseits haben uns unsere toscanischen Dichter wundervolle Novellen geschenkt. Ich will euch eine erzählen, die kennt ihr sicher noch nicht. Es lebte da nämlich in Lucca einst dieser geile Mönch, Fra Michelangelo mit Namen. Der bestieg zuweilen nachts die schöne Kaufmannsfrau Griselda, nämlich immer dann, wenn ihr Mann auf Reisen war. Vor allem ihr dicker Hintern hatte es dem Mönch angetan, also drehte er sie im Bett um und ...

Boccaccio rief: Komm zur Sache, Michele, du musst uns nicht alle Ferkeleien im Einzelnen beschreiben. Ich kann Novellen nicht ausstehen.

Michele Scalza war für seine obszönen Späße bekannt, und er ließ sich von Boccaccio nicht aufhalten:

Euer Dante beschreibt seine Foltern ebenfalls ausführlich, aber seine Scheiße ist längst nicht so angenehm wie der Hintern von meiner Griselda.

Jacopo Alighieri schnaubte und trank gierig aus seinem Becher, in den Meo ihm Wein zur Beruhigung nachgeschenkt hatte. Boccaccio klappte sein Notizbuch zusammen und blickte demonstrativ in die andere Richtung.

Wo war ich stehengeblieben?, fragte sich Michele, der längst nicht mehr nüchtern war. Ach ja, der dicke Hintern. Unser Mönch Michelangelo war gerade so richtig bei der Sache, als Griseldas Ehemann mitten in der Nacht zurückkehrte. Unser geiler Mönch konnte gerade noch aus dem Hinterfenster steigen, aber er vergaß etwas im Bett. Und was war das?

Seine Unterhose, sagte ich.

Du kennst meine Novelle?, erkundigte sich Michele enttäuscht. Inzwischen hatten sich die anderen Gäste um unseren Tisch geschart und ermunterten den Spaßvogel, seine Geschichte zu Ende zu erzählen. Michele leckte sich die Lippen:

Also findet der dumme Kaufmann die Unterhose im Bett seiner Frau. Und er hätte sie am liebsten verprügelt, wenn Griselda nicht viel stärker gewesen wäre als er. Am anderen Morgen kommt Fra Michelangelo zu ihm und verordnet dem Kaufmann fünf Quattrini Strafe, weil er an der Treue seiner Frau gezweifelt hatte. Denn die Unterhose, sagte Fra Michelangelo, hätte er selber am Abend hier vorbeigebracht.

Und was war das für eine Unterhose?

Die wundertätige Unterhose des heiligen Francesco, antwortete Boccaccio unwillig. Das weiß doch jeder. Die Unterhose von Francesco hat die Kraft, unfruchtbare Frauen schwanger zu machen. Sagen die Pfaffen.

Michele Scalza wackelte mit dem Kopf, dann beendete er seine Geschichte: Jawohl, genau so kam es. Griselda gebar nach neun Monaten einen Sohn, der sah genauso frisch und so frech aus wie Fra Michelangelo. Nur den dicken Hintern hatte er von seiner Mutter geerbt.

Einige Gäste lachten, und Michele schlug sich auf die Schenkel, begeistert von seiner eigenen Novelle. Boccaccio und Jacopo lachten nicht. Nun kam Meo mit seiner Wachstafel und seinem Geldbeutel, um zu kassieren. Ein langer Tag, der für die meisten von uns im Purgatorio begonnen hatte, ging zu Ende. Michele Scalza hakte Jacopo Alighieri unter. Die beiden Säufer würden wie so oft im letzten Licht die paar Schritte zum Palazzo des Podestà wanken, in dessen Nachbarschaft jeder von ihnen wohnte.

Draußen verabschiedete sich Boccaccio von mir: Du bist der Nachbar von Cioccia?

Ich nickte.

Da hast du Glück, fügte er hinzu. Sie ist eine Frau wie keine andere.

KAPITEL 8

Erzähl mir die Geschichte von Lancelot und Königin Guinevere! Cioccia lag in meinen Armen, es war tiefe Nacht. Florenz schlief. Wir schliefen nicht.

Du kennst die Geschichte doch, flüsterte ich.

Cioccia küsste mich auf die Stirn und auf den Mund: Ich will es noch einmal hören.

Ich räusperte mich: Also gut. Hier beginnt die Geschichte von einer Liebe, die war so groß, dass ein herrliches Reich daran zerbrach. Lancelot, der Ritter vom See, liebte die Königin Guinevere, und das durfte er nicht, denn sie war die Gemahlin von König Artus, und Lancelot war einer seiner Ritter. Doch die Königin liebte nicht ihren Mann, sondern sie liebte Lancelot.

Cioccia flüsterte mir ins Ohr: Sie durfte Lancelot nicht lieben. Aber sie tat es doch!

Avalon, fuhr ich fort, war das Reich des Königs Artus hinter dem Nebel des Nordens. Es war ein fruchtbares Land. Dort gab es sprudelnde Bäche voller Fische und vom Licht durchflutete Wälder, in denen das Wild herumsprang, Rehe und Hirsche und Hasen. Es gab Nüsse und Äpfel im Überfluss. Im Schloss von Carmelide konnte man in den Nächten den milden Wind hören, wie er in den Wipfeln der Bäume rauschte. Und von ferne hörte man die Wellen des Meeres.

Avalon und Carmelide, wisperte Cioccia, wie herrlich das klingt!

Ich erzählte weiter: Doch der böse Dänenkönig Rion mit seinen Kriegern und seinen schwarzen Streitrössern wollte Avalon erobern. Schon viele Herrscher hatte er bezwungen. Danach riss er ihnen immer die Bärte ab und nähte sie auf einen grünen Samtmantel, den er wie eine Standarte vor sich hertragen ließ. Auch den Bart von König Artus wollte er an seinen Mantel nähen, denn Artus war schon alt und brauchte gegen die Dänen die Hilfe seines edlen Ritters Lancelot. Doch der hatte nur Augen für Guinevere, die Königin. So begann das Verhängnis im Reich Avalon.

Cioccia drängte sich dicht an mich: Wie schön du erzählst! Hat man dir das Abenteuer von Lancelot und Guinevere vorgesungen? Oder hast du es selbst gelesen?

Ich habe es gelesen, vor langer Zeit in Frankreich.

Cioccia küsste mich wieder und flüsterte: Ich kann nicht lesen. Niemand ist auf die Idee gekommen, einer einfachen Frau die Buchstaben beizubringen. Ich musste immer arbeiten. Nur Männer dürfen lesen.

Und doch, sagte ich, bist du wie die Königin Guinevere, denn du hast einen Ritter, der dich liebt. Dieser Ritter heißt Wittekind.

Cioccia lachte, ließ mich aber nicht los: Unsere Liebe ist genauso unmöglich wie die zwischen Lancelot und der Königin. Vielleicht gefällt mir deine Geschichte deshalb. Und noch etwas: Du bist nicht so stark wie Lancelot, und ich bin nicht so schön wie Guinevere. Ich bin schon alt und …

Ich hielt ihr sanft eine Hand vor den Mund: Du bist schöner als die Königin Guinevere, wenn sie auch die allerschönste Frau der Bretagne war – mit einer Stirn wie Elfenbein, mit Lippen wie rote Kirschen, mit Augen wie Smaragde, mit einem Hals so weiß wie Schwanenfedern und Brüsten so fest wie Äpfel im Oktober.

Hör auf!, flüsterte Cioccia. Du weißt genau, dass das nicht stimmt.

Ich drehte mich, fasste Cioccia bei den Schultern und küsste sie lange. Sie war die allerschönste Frau von Florenz – mit einem Hals so weiß wie Schwanenfedern, Augen wie Smaragde und Lippen rot wie Kirschen. Die Nacht war tiefschwarz. Aber ich konnte ihre Schönheit sehen.

Als mir der Padrino im Winter das kleine Haus an der Rückseite seiner Paläste zum Lohn für meine Dienste anbot, die ich ihm in Caffa geleistet hatte, wusste ich nichts von Cioccia. Ich hatte noch nie in meinem Leben eine eigene Wohnstatt besessen. Für die vierhundert Florin, die als meine Belohnung ausgemacht waren, bekam ich trotz der Abzüge noch das winzige Haus nebenan dazu. Pacino hätte es mir nicht einfach so gegeben, aber ich war ausnahmsweise klug und erfragte von Vermittlern die Preise für Grund in Santa Croce. Dann forderte ich beide Häuser und bekam sie. So wurde Cioccia meine Nachbarin, sie war mir Mietzins schuldig.

Lange konnte ich sie nur selten sprechen. Im Winter kaufte ich Kohl, Rüben, Äpfel aus ihrem Vorrat, wenngleich ich gar nicht kochte, sondern immer im Purgatorio aß. Doch ich konnte mich nicht sattsehen an dieser Frau, die ihr Leben allein lebte, ohne einen Mann, der über sie das Sagen hatte. Von den Handwerkern der Kirchenbaustelle, den Wollfärbern und den Faktoren der Peruzzi versuchten es immer wieder einige, sie beim Feilschen am Arm zu packen, doch sie stieß jeden weg oder lachte die Männer aus:

Geht doch zu den Huren bei Santa Maria Novella, wenn ihr sie bezahlen könnt! Aber lasst eine ehrbare Witwe in Ruhe! Hier, nimm eine Gurke oder einen Rettich, aber lass mich mit deiner schrumpeligen Ware in Frieden!

So erwarb sie, was eine schutzlose Frau in dieser Stadt von keinem Mann umsonst erwarten konnte: Respekt. Niemand, so hieß es unter den Männern im Purgatorio, würde es in Cioccias Bett schaffen. Nicht einmal für einen Kuss war diese stolze Neapolitanerin zu haben.

Als im Juni die Pest wütete und wir alle vor Angst und Hitze wach in unseren Betten lagen, hatte ich an der Bretterwand unterm Dach eine Pforte gefunden, ich brach das kleine Schloss auf und öffnete sie, um die ungesunden Dünste aus dem Haus zu lassen. Dahinter, nur ein paar Handbreit von meinem Haus getrennt, gab es eine entsprechende Luke im Nachbarhaus. Ich lauschte und hörte eine Frau leise Gebete sprechen, mitten in der Nacht. Das war Cioccia.

Wir begannen, durch die Bretterwand miteinander zu reden. Ich erzählte von meinen Reisen, von meiner Kindheit in Westfalen, vom großen Wald voller Bären und Elche in Litauen. Von meiner Zeit als Novize im Kölner Generalstudium erzählte ich anfangs nichts, weil ich fürchtete, sie würde meinen Rückweg aus dem Kloster in die Welt missbilligen. Auch Cioccia kannte lustige Geschichten aus Neapel, von den singenden Fischern in Capri, von den Puppenspielern und ihren Märchen und von den Bauern, die zu Karneval mit Tiermasken und Dudelsäcken in die Stadt gezogen kamen. Von sich selbst erzählte sie wenig.

Wenn du stirbst, fragte sie einmal, wer wird an deinem Grab die Gebete sprechen? Wer wird dich beweinen?

Ich wusste es nicht, und es war mir auch egal. Doch sie hatte Angst um meine Seele, beinahe mehr als um sich selbst. Sie versprach, sie würde mit den Laudesi an meinem Grab singen, und sie würde eine Kerze in Santa Croce für mich anzünden, damit ich im Paradies meinen Frieden fände. Ein solcher Dienst bedeutete ihr viel. Alle von Cioccias Liebsten, erfuhr ich nach und nach, waren bereits vor der Pest gestorben. Zuerst ihre Zwillingsmädchen Lucia und Sofia. Sie hatte es danach nicht mehr ausgehalten und war mit ihrem Mann, auch einem Gemüsehändler, aus Neapel nach Florenz gezogen, wie so viele Leute aus dem Süden, mit denen die Florentiner Geschäfte machten.

Nur zögernd erzählte Cioccia von sich: Wenn du ein Kind verlierst, Wittekind, wenn du zwei kleine Mädchen von zehn Jahren am Fieber elend sterben siehst, und du kannst nichts machen, dann ist das, als zöge dir jemand einen langen Nagel aus dem Herzen. Jeden Tag ein Stück weiter, und jeden Tag wird der Schmerz schlimmer und die Leere größer. Ich bin morgens und abends zu den Gräbern meiner Töchter gegangen, ich habe mich draufgelegt und geweint. Am Ende habe ich geschrien, und mein Mann musste mich mit Gewalt nach Hause schleppen.

Bald danach sind wir hierhergezogen. Ein Wollhändler von den Acciaiuoli nahm uns auf dem Schiff mit. Dann haben wir vor Santa Croce mit Gemüse gehandelt, genau wie wir das vorher bei Santa Lucia a Mare getan haben. Mein Gennaro war kein schlechter Mann, aber hat es in Florenz nicht ausgehalten. Ihm fehlte das Meer, er ist bald an einer Krankheit gestorben. Eines Morgens kam er nicht mehr hoch aus dem Bett, mittags war er tot. Vielleicht habe ich ihn umgebracht, weil ich aus Neapel fortwollte.

Nach zwei Wochen, während derer wir uns durch die Bretter so manches aus unserem Leben erzählt hatten, hielten wir es nicht mehr aus. Wie alle in Florenz wussten auch wir nicht, ob wir am nächsten oder übernächsten Morgen kalt auf dem Karren der Totengräber liegen und dann in einem Massengrab verrotten würden. Wir aber wollten leben, wenigstens für eine Nacht. Cioccia öffnete ihren Verschlag, ich streckte die Arme zu ihr aus, und vorsichtig stieg sie zu mir herüber.

Wie zwei Schiffbrüchige, die in den Wellen nach einem Balken suchen, klammerten wir uns aneinander fest. Unsere Verzweiflung ließ unsere Liebe auflodern, wenn auch nur in der Nacht, wenn uns niemand sah und niemand, so hofften wir, unser Seufzen hörte. Altes Holz, so sagt man, brennt am hellsten. Ich war nicht mehr jung, auch Cioccia hatte ein Leben hinter sich. Sie wusste, was sie von mir wollte, denn sie war keines dieser verängstigten Kinder, die sich die Florentiner Kaufleute in ihre Ehebetten holten. Cioccia war größer als ich, sie war stark, sie bestimmte, wann wir uns trafen und wie lange. Ihre Liebe wärmte mein Herz, das nicht erst in den Zeiten der Pest erkaltet war. Ich hatte geglaubt, dass ich alles gesehen hatte und dass nicht viel mehr von diesem Leben zu erwarten war. Das war ein Irrtum.

Nun stolperte ich morgens, bald nachdem sie zu sich zurückgestiegen war, wie ein verliebter Jüngling auf die Piazza Santa Croce und war glücklich, wenn Cioccia mir einen kurzen Blick zuwarf. Ich kaufte mehr Obst und Gemüse denn je und verschenkte es hinterher an Bettler und Kinder. Cioccia verbot mir jedes Gespräch, das bei den Nachbarn Zweifel an unserer Schicklichkeit säen würde. Sie fürchtete um ihre Ehre. Manche Nacht saß ich vor unseren Türen unterm Dach und wartete vergeblich. Cioccia gewährte mir das Glück nur, wenn sie es wollte.

Wir sind Narren, flüsterte sie in meinen Armen, wenn wir schwitzend wieder zu uns kamen. Gott wird uns für unsere Sünden strafen.

Mich strafte Gott nicht. Er ließ ohne Erbarmen die Dämpfe der Pest durch die Gassen der Stadt wehen, er raubte Kindern die Eltern, er mordete Neugeborene im Schoß ihrer Mütter und verschonte nicht einmal die Hunde und Schweine. Doch mich machte er in diesem Sommer glücklich. Ich wollte nicht, dass Cioccia an meinem Grab weinte und eine Kerze in Santa Croce für mich entzündete. Ich wollte leben, leben mit ihr.

Cioccia hatte heute die armen Kinder der Pest bei mir untergebracht. Sie, nicht ich, hatte entschieden, dass Lapo und Monna in meinem Haus für mich arbeiten würden. Nur Cioccias Anwesenheit fehlte noch, dann wären wir so etwas wie eine Familie. Irgendwann musste unsere Heimlichkeit enden.

Lass uns heiraten, schlug ich vor. Dann brauchen wir unsere Liebe nicht mehr vor den Nachbarn zu verstecken. Wir schlafen als Mann und Frau in einem Bett, und wenn du willst, können deine Schützlinge drüben das Zimmer haben.

Sie antwortete schnell, als hätte sie sich ihre Worte schon lange überlegt:

Das hast du dir schön ausgedacht, Wittekind. Aber ich werde niemals deine Frau.

Ich erschrak: Warum nicht? Wir sind doch glücklich miteinander.

Cioccia richtete sich auf: Ein ganzes Leben hatten Männer über mich die Gewalt, erst mein Vater, dann meine Brüder, dann mein Mann. Und wenn ich in Florenz auch nur einen männlichen Verwandten hätte, dann gehörte dem jetzt mein Gemüsestand. Nur durch meine Einsamkeit bin ich meine eigene Herrin geworden. Eine Frau allein – das ist in euren Gesetzen eigentlich nicht vorgesehen. Denkst du, ich übergebe mein Geschäft und meine Freiheit auf meine alten Tage noch einmal in die Hände eines Mannes? Dann bin ich rechtlos, besitzlos, unterwürfig.

Aber Cioccia, protestierte ich, ich will nicht dein Herr und Gebieter sein. Ich brauche auch dein Geschäft nicht. Umgekehrt ist es: Wenn wir verheiratet sind, dann erbst du einmal mein Haus.

Und dein altes Maultier dazu, lachte sie leise. Nein, ich brauche dein Erbe so wenig wie du meines. Hier in deinem Bett kommen wir als zwei freie Menschen zusammen. Aber wenn ich die Ehe mit dir beschwöre, ist es damit vorbei. Frauen sind nichts Besseres als Sklavinnen ihrer Männer. In Florenz ist es noch schlimmer als in Neapel, hier werden sie unter dem Segen der Pfaffen als kleine Mädchen entjungfert und sterben noch vor dem Zwanzigsten an der fünften Geburt. Und stirbt der Mann vorher, dann nehmen ihnen die Schwäger die Kinder weg und schicken die Witwe zu ihrer Familie zurück. Da kann sie als ungeliebte Esserin den Boden putzen, oder sie kann sich mit den Resten ihrer Mitgift in einem Kloster einkaufen. Dann ist das Leben vorbei, das sie niemals hatte.

Bei uns beiden, beteuerte ich, ist das doch alles ganz anders. Du weißt genau, dass ich dich als Geliebte will, nicht als Sklavin.

Deine Geliebte bin ich schon, antwortete sie. Aber was ich in der Ehe sein werde, ob Sklavin oder Betrogene oder Verprügelte, das weiß ich nicht. Das wäre allein deine Entscheidung.

Wir hielten uns nicht mehr in den Armen. Cioccia saß auf der Bettkante und hatte sich die Decke übergeworfen.

Außerdem, sagte sie, arbeitest du für diese Banchieri. Das sind genau die Männer, die sich die Gesetze gegen uns Frauen ausgedacht haben. Florenz ist ein Gefängnis, in dem die eine Hälfte der Menschen angekettet wurde, und die andere Hälfte sind die Wärter. Dein Padrino ist ein böser Mann. Wenn es dir sonst niemand sagt, dann eben ich: Gehe weg von den Peruzzi! Ihre schmutzigen Geschäfte befördern dich noch in die Hölle. Jetzt bringen sich diese reichen Räuber auch noch gegenseitig um. Ich will nichts damit zu tun haben. Und ich werde ganz sicher nicht zum Dienstboten dieser Tyrannen, so wie du.

Ich überlegte nicht lange: Dann gehen wir eben zusammen weg. Bei mir in Deutschland sind die Gesetze nicht so streng. Da können die Frauen ihre Männer beerben. Und sie dürfen ihre Geldgeschäfte selber führen. Wir verkaufen alles und ziehen fort. Cioccia, wir müssen einander liebhaben für die paar Jahre, die uns noch bleiben.

Sie schwieg lange.

Da ist noch etwas, was ich dir nicht gesagt habe.

Ich zuckte zusammen. Ich war mir sicher, nun würde sie von Boccaccio sprechen. Stockend begann sie:

Ich bin nicht die Frau, für die du mich hältst.

Hatte sie während ihrer Ehe in Neapel ein Verhältnis mit dem jungen Kaufmann gehabt? Begann es nun von neuem? Das wäre nichts Ungewöhnliches. Unverheiratete Händler mit genug Geld in der Tasche bedienten sich oft bei den Frauen des Volkes. Für Geld konnte ein Mann alles haben. Und viele Ehemänner ließen es, wenn sie es denn mitbekamen, nicht ungerne geschehen.

Cioccia begann aufs Neue: Du glaubst, ich bin stark und mutig, weil ich mir die Männer vom Hals halte und weil ich mich um arme Kinder kümmere. Du glaubst, ich bin die Frau deines Lebens, weil ich nachts zu dir ins Bett steige und wir beide unseren Spaß haben miteinander. Es schmeichelt mir, wenn du mir vorlügst, ich sei schön wie Königin

Guinevere. Aber ich bin nicht die Frau, die deinem Leben einen Sinn geben kann.

Doch, rief ich, das bist du!

Nicht so laut, flüsterte sie, noch habe ich meine Ehre als Witwe. Ich kann sie in deinem Bett verlieren, du nicht. Du bist ein Fremder in Florenz, einsam und enttäuscht. Das spüre ich, das weiß ich. Du hast keine Verwandten, keine Freunde. Und was das Schlimmste ist, du glaubst an nichts. Du hoffst, dass ich dir alles ersetzen kann, was dir fehlt: Freunde, Familie, Glaube, Liebe. Dabei liebst du dich nicht einmal selber.

Woher willst du das wissen?

Nach dem, was uns beide verbindet, weiß ich mehr über dich, Wittekind, als du es dir eingestehst. Darum kann ich nicht deine Frau sein. Ich bin nicht so stark und so aufopfernd, wie du meinst. Ich bin oft traurig und träume von meinen toten Mädchen. Auch habe ich Angst, große Angst. Du kannst mir diese Angst nehmen, solange ich in deinen Armen liege. Aber wenn ich tagsüber in deine Augen schaue, die schon so viel Schlimmes gesehen haben, dann fürchte ich mich vor dir. Wenn du dich selbst und das Leben so sehr lieben könntest wie mich, dann würde ich vielleicht deine Frau. Aber das kannst du nicht. Unsere Liebe hat keine Zukunft, genau wie die von Ritter Lancelot und Königin Guinevere.

Sie stand auf, schritt zu unserer Dachluke und schaute sich im Dämmerlicht noch nach mir um. Es war noch zu dunkel, um zu erkennen, ob ich richtig gesehen hatte. Weinte sie? Schnell stieg sie hinüber auf ihre Seite und schloss den Laden. Ich lag auf dem Rücken, starrte zu den Dachbalken hoch und dachte an Boccaccio. Er hatte recht gehabt. Cioccia war eine Frau wie keine andere. Warum sollte sie jemanden wie mich lieben?

KAPITEL 9

Als ich morgens die Haustür aufsperrte, stand Monna da. Das Mädchen war immer noch zu scheu, mir ins Gesicht zu blicken. Ich hatte sie ganz vergessen. Wer weiß, wie lange sie hier draußen schon wartete und sich nicht traute anzuklopfen. Ich zeigte Monna das Haus, vom Keller und der Kochstelle im Erdgeschoss über die Leiter bis zu meinem Schlafraum oben. Sie hatte alles zu fegen, die Dielen im Obergeschoss feucht zu wischen, meinen Bettsack auszuschütteln und auf Ungeziefer zu untersuchen. Das Betttuch sollte sie gegen das andere in der Truhe austauschen und waschen. Am oberen Fenster waren Haken, an denen sie es zum Trocknen aufhängen konnte. Hinterher musste sie vom Brunnen mit dem Eimer Wasser für meine große Schüssel holen. Und neues Holz für den Herd, den ich schon seit Wochen so gut wie nicht angefeuert hatte. Aber so hatte sie etwas zu tun.

Ich überreichte Monna den Schlüssel mit dem Auftrag abzuschließen und ihn hinterher bei Cioccia abzugeben. Ich würde ihn mir später am Stand abholen. Danach hatte Monna frei. Zuletzt drückte ich ihr vier Quattrini in die Hand. Sie nahm das Geld ohne Lächeln, ohne Dank und schaute zur Seite. Ihr schwarzes Haar war gescheitelt. An den Armen hatte sie Striemen, als wäre sie durch Gestrüpp gelaufen. Sie war barfuß, und mir kam ein Gedanke.

Da, nimm noch fünf Quattrini und kauf dir Schuhe. Unten bei der Porta dei Buoi ist ein Schuster. Für ein gebrauchtes Paar wird das Geld reichen.

Ich wies ihr die Richtung. Monna blickte mich nun endlich an und nickte. Doch sie schaute weiter misstrauisch, mit zusammengekniffenen Augen, als fürchtete sie, ich würde es mir noch einmal überlegen. Sie war es nicht gewohnt, etwas ohne Gegenleistung zu bekommen. Auch jetzt dankte sie mir nicht, sondern steckte die Münzen schnell in die Tasche ihres Kittels.

Wer soll sich um die Kinder der Pest kümmern, wenn nicht wir? Das hatte Cioccia mich gestern gefragt. Ich wusste es auch nicht.

Ruffos Begräbnis wäre zu anderen Zeiten nicht ohne fünf Klageweiber und einen Zug dutzender Mönche verlaufen. Hunderte Nachbarn hätten mit entblößtem Haupt auf der Piazza gestanden, der hölzerne Glockenstuhl von Santa Croce wäre unter langem Geläute erbebt, Novizen hätten Hymnen gesungen, und sicher sechs, wenn nicht alle neun Priori von Florenz hätten sich zu Ehren der Peruzzi bei der Totenmesse eingefunden. Nun waren Menschenansammlungen ebenso verboten wie das Läuten der Sterbeglocke. Einzig ein langer Zug von Bettelmönchen wartete vor dem Palazzo Peruzzi und schritt still der Bahre voran. Ruffos Brüder trugen das Brett mit dem Leichnam, unterstützt von Uguccione del Pozzo, dem Arzt Pandolfo del Bene sowie von Simone, einem Vetter des Toten. Dahinter ließ sich der Padrino von Knechten in einer geschlossenen Sänfte zur Kirche tragen.

Ich reihte mich ein in die Schar der Hausgenossen. Sogar Messer Bortolo Pratese, den rechten Arm in einer Schlinge, humpelte gebeugt mit. Die Furcht stand dem Advokaten ins Gesicht geschrieben, seine magere Gestalt wirkte um Jahre gealtert. Er hatte nur Augen für die Dächer der Paläste, wo in seinen Albträumen jederzeit ein Bogenschütze auftauchen konnte, um ihm beim zweiten Versuch endgültig den Rest zu geben. Ich hingegen war mir sicher, dass an diesem Morgen kein schwarzer Mann es wagen würde, auf einem Erker oder einem First auf Beute zu lauern. Männer in den gelbgrünen Wappenfarben der Peruzzi saßen auf den Balkonen, andere sicherten die Straßen mit blanken Schwertern.

Die riesige Kirche der Franziskaner war eine Baustelle. Die vordersten Joche, gleich am Eingang, waren noch nicht gewölbt, die Fassade stand hinter Gerüsten unfertig wie die Mauer einer Ruine. Der Trauerzug musste wie alle Besucher der Kirche durch ein provisorisches Holztor schreiten. Vom Chor aber leuchtete uns durch Fenster in Blau und Rot und Gold das Morgenlicht entgegen. Etliche Kapellen, jede einer anderen Kaufmannsfamilie zugehörig, hatten berühmte Maler bereits mit Bildergeschichten von Heiligen und biblischen Gestalten ausgeschmückt.

Rechts und links hingen Wappenschilde über lebensgroßen Wachsfiguren behelmter Ritter. Sie sollten die Oberhäupter von Banken und Konsortien darstellen, die im wirklichen Leben mit Wollmantel und Mütze im Kontor gehockt hatten. Nun boten die Toten, auch wenn ihre Großväter noch in Pistoia oder Gaiole Steine geklopft oder Weinreben beschnitten hatten, den Florentinern das Mysterienspiel von uraltem Adel und reinblütigem Patriziat. Vor jeder Kapelle lagen die Grabplatten, in welche steinerne Wappen diesen Adel für alle Zeit festschrieben.

Nicht die Priori, sondern die Toten im Chor von Santa Croce bildeten die eigentliche Versammlung der Reichsten und Mächtigsten dieser Stadt. Mehr von ihnen kamen hier zusammen als in der Ratskammer des Stadtpalastes, wo nicht mehr als neun Oberhäupter für ein paar Wochen das Regiment führten. Unter den Priori gab es seit dem Bankrott der Banken und den Unruhen vor fünf Jahren sogar einfache Handwerker. Das war ein Zugeständnis der Banchieri an den ehrgeizigen Popolo Minuto, die Masse ohne Geld und mit viel Arbeit. Doch in ihre heiligen Hallen von Santa Croce würde der Popolo Grasso – das waren die Vermögenden – niemals einem Bäcker, einem Schmied oder einem Wollfärber Einlass gewähren. Hier, ausgerechnet beim Orden der Armutsbrüder des heiligen Francesco, fanden die Geister der Pazzi, der Bardi, der Baroncelli, der Peruzzi einträchtig zu Ruhe und Eintracht – mochten sie einander zu Lebzeiten jeden Florin und jeden Tuchballen abgejagt haben.

Nach einem Leben in Palästen bedeutete es für diese Männer ein vorteilhaftes Geschäft, im Tod den Habit frommer Bettler anzuziehen und im Kloster zu ruhen. Vorher hatten sie sich mit Wildbret den Bauch vollgeschlagen, hatten sich abends aus großen Fässern Zypernwein einschenken lassen. Sie hatten edle Gewänder aus Samt und Mechelner Tuch getragen, hatten sich Rösser mit silbernem Zaumzeug gehalten, hatten im hellsten Kerzenschein gefeiert und sich von einer Schar von Knechten und Sklavinnen bedienen lassen. Die Reichen von Florenz, die sich hier ihre Gräber ausschmücken ließen, wussten um ihre Sünden: Sie hatten von Hungernden Wucherzinsen genommen, hatten ihre Kunden betrogen und ihre Arbeiter ausgebeutet. Ihre Seelen drohten, zur Hölle zu fahren, weil ihre Körper wie im Paradies geschlemmt hatten. Doch nun, da sie die Reichtümer dieser Welt nicht mehr benötigten, verkleideten sie sich als mittellose Büßer auf Pilgerschaft zum Himmelstor.

Über Nacht hatten Laienbrüder das Grab der Peruzzi freigeräumt und die schwere Platte gehoben. Vor ihrer Kapelle rechts vom Chorraum klaffte ein Loch, in welches Ruffo, gehüllt in ein seidenes Leichentuch, von seinen engsten Verwandten gesenkt wurde. Die Mönche sangen Litaneien, welche der Seele Ruffos ewigen Frieden wünschten und Gott gnädig stimmen sollten. Die Messe, die Fra Buondelmonte las, war auffallend kurz. Es gab keine Predigt, niemand verteilte die Sakramente. Vater und Brüder wollten schnell fertig werden mit diesem blutigen Kapitel der Familiengeschichte. Gekreuzigt zu werden bedeutete nur für Jesus Christus eine Ehre. Das Schicksal des Ruffo Peruzzi war zu schändlich, um die Welt an ihn zu erinnern.

Als die Franziskaner sich in langer Reihe durch ein Seitenportal in ihre Klausur zurückzogen, nahmen zwei Knechte in den Farben der Peruzzi neben dem Grab Aufstellung. Gleichzeitig rückten vier Laienbrüder an, um den Leichnam mit Kalk zu bedecken und die schwere Grabplatte mit dem Birnenwappen wieder an ihre Stelle zu rücken.

Die Sitte, das Grab eines ermordeten Kaufmanns sechs Tage und Nächte lang zu bewachen, gab es nur in Florenz. Ich hatte davon gehört und wurde nun erstmals Zeuge der Zeremonie. Nach zweihundert Jahren unablässiger Blutrache zwischen den Reichsten hatte sich der Aberglaube breitgemacht, dass der Mörder es versuchen würde, nachts heimlich zum Grab zurückzukehren, es zu öffnen und seinem Opfer einen Pfahl durch den Leib zu treiben. Wenn dies innerhalb einer Woche gelang, würde der Teufel die Verwandten daran hindern, den Umgebrachten zu rächen. Nicht einmal der Name des Täters würde je bekannt werden. Darum hüteten nun zwei Diener der Peruzzi, bewaffnet mit Schwert und Spieß, mitten in der Kirche des friedliebenden Francesco eine Leiche. Und niemand, der das verwunderlich fand. Denn Florenz war ein Ort, wo selbst nach dem Tod die Gewalt nicht endete.

Draußen vor der Kirche war alles ruhig. Ich hörte einen Turmfalken kreischen, der hoch über uns seine Kreise zog. Die Sonne stieg zum Firmament, es würde ein heißer Tag werden. Vorbeigehende zogen ihre Mützen vor der Sänfte des Padrino, die sich langsam in Richtung Familienpalast entfernte.

Dino, Monnas großer Bruder, baute gerade Cioccias Gemüsestand auf. Seine Herrin war nirgends zu sehen. Aus Respekt vor dem Leichenzug wartete Cioccia sicher bis zur dritten Stunde mit dem Verkauf ihrer Ware. Wahrscheinlich feilschte sie gerade am Arno mit einem Schiffer, der mit seinem Kahn frische Trauben oder Salat nach Florenz gebracht hatte. Wenn sie sich, so dachte ich, nicht mit Boccaccio traf.

Der Anblick von Meister Taddeo verscheuchte meine Gedanken. Der alte Maler hatte die ganze Zeit neben der Baroncellikapelle die Totenmesse der Peruzzi verfolgt, hatte sich am Ende mit uns allen bekreuzigt und den Segenswunsch für den Toten nachgesprochen. Nun zog er sich vor dem Portal seine blaue Chaperonne über den Kopf und schritt gemächlich aufs Purgatorio zu. Es sah ganz so aus, als habe Meister Taddeo genau wie ich Hunger auf ein gutes Frühstück. Wir grüßten einander und setzten uns auf die Bank vor der Schänke in die Morgensonne. Beide bestellten wir bei Meos Frau einen leicht gewässerten Weißwein und einen Haferbrei mit einem Schnitz Butter.

Es ist schon seltsam, begann Meister Taddeo, wir Maler haben keine eigene Gilde und gehören schon gar nicht zu den vier feinen Zünften, die die Stadt regieren. Wir sind einfache Handwerker, und die Banchieri aus den feinen Zünften würden einen wie mich niemals an ihrer Tafel speisen lassen. Und doch brauchen sie unsere Kunst, um sich von uns das Paradies, in das sie nach ihrem Tod zu gelangen hoffen, an die Wände malen zu lassen.

Mit Malen, gab ich zurück, ist noch keiner reich geworden.

Doch, wusste Meister Taddeo, Giotto di Bondone, mein Lehrer. Er war nur der Sohn eines Schmieds, aber mit seiner Kunst wurde er zum berühmtesten Maler der Welt. Könige und Päpste gaben ihm Aufträge, er nahm sie längst nicht alle an. Ich war dabei, wie er einen Brief zerriss, mit dem ihn der große Kardinal Napoleone Orsini für tausend Florin nach Avignon locken wollte. Das war Giotto zu wenig. Der Lohn, den er für seine Bilder forderte, war unglaublich. Doch alle zahlten sie am Ende, sogar der geizige König von Neapel. Für die Peruzzi hat er in Santa Croce gemalt, ebenso für die Bardi. Beide Familien haben sich mit dem Lohn überboten. Sie alle wollten am Ruhm des größten Malers Anteil haben. Und Giotto di Bondone starb als reicher Mann, weil er kein Handwerker war wie ich. Er hatte sich zum Künstler geadelt.

Das Frühstück kam, wir löffelten schweigend unseren Brei. Taddeo Gaddi traf ich von Zeit zu Zeit im Purgatorio. Der Mann mit den kurzgeschorenen grauen Haaren war kein großer Redner, doch ich plauderte gern mit ihm. Ein Leben lang war er von einer Kirchenbaustelle zur nächsten gezogen, um die Wände mit Fresken auszuschmücken. Mit seinem berühmten Lehrer hatte er in Rom gearbeitet, in Neapel, in Padua und Assisi, wenngleich Taddeo von diesen Reisen, auf denen er sicher viel erlebt hatte, keinerlei Aufhebens machte. Nun war Giotto mehr als zehn Jahre tot. In Florenz sahen die Kenner in Taddeo Gaddi seinen Nachfolger, aber er malte nicht mehr viel. Wie sehr bewunderte ich die Kapelle der Baroncelli in Santa Croce, wo der Meister vor ein paar Jahren sein bestes Bild gemalt hatte. Es zeigte die Hirten von Bethlehem, denen die Engel erscheinen. Die Nacht wird vom himmlischen Leuchten erhellt wie durch Fackeln, der Schatten des göttlichen Lichtes zeichnet sich grau auf schwarz in der Landschaft ab. Wenn man das Gemälde eingehend betrachtete, wurde es selbst am hellen Mittag dunkel. So etwas hatte noch kein Mensch zu malen gewagt.

Weißt du, fragte Meister Taddeo, als er mit seinem Brei fertig war, warum ich nicht so viel verdiene wie Giotto und nicht als reicher Mann sterben werde?

Ich schüttelte den Kopf.

Die vielen Reisen bei jedem Wetter, die kalten Tage in den Kirchen sind mir in die Glieder gezogen. Mich schmerzt manchmal morgens jeder Knochen im Leib. Ich bin alt und starr geworden mit dem Pinsel in der Hand. Daher schaue ich mich nur noch in Florenz nach Aufträgen um. Und diese Geizkrägen von Kaufleuten zahlen schlecht. Aber das ist mir egal.

Meister Taddeo, so erzählte er mir, trauerte um seinen engsten Freund und Kollegen Maso di Banco, den die Pest vor einem Monat getötet hatte. Taddeos vier Söhne waren zum Glück noch am Leben. Der jüngste war sogar Kaufmann geworden und hatte genug Geld verdient, seinem Vater ein sorgenfreies Alter zu bescheren. Ein Bett, ein Stuhl und etwas Geld für ein Essen im Purgatorio. Mehr brauche er nicht.

Er meinte: Und so komme ich fast jeden Tag nach Santa Croce, um meinen eigenen Bildern etwas hinzuzufügen. Irgendeine dunkle Ecke in der Kapelle der Baroncelli kann ich immer noch ausfüllen. Meinen Lohn habe ich längst erhalten, dafür mache ich es nicht. Aber jeden Tag etwas Schönes zu schaffen ist mehr wert als alle Schätze dieser Welt. Manchmal denke ich, dass in vielen hundert Jahren noch Menschen nach Santa Croce kommen werden. Aber nicht wegen der Peruzzi und der Bardi, sondern weil Giotto und seine Schüler hier gemalt haben. Diese Kaufleute fürchten die Hölle. Doch auf uns Maler wartet die Unsterblichkeit.

Ich fragte Meister Taddeo, woran er gerade arbeite.

Eine unscheinbare Nische in der Baroncellikapelle. Ich muss es schaffen, das Licht auf eine gläserne Karaffe voller Rotwein fallen zu lassen – mit allen Spiegelungen, die das Glas hervorruft. So was hat noch keiner versucht, höchstens Giotto.

Meister Taddeo fragte mich, woraus ein Gemälde bestehe. Aus den Farben an der Wand?

Ich antwortete ohne nachzudenken: Natürlich aus den Farben. Und aus den Linien, die du auf die Wand aufgetragen hast. Woraus denn sonst?

Meister Taddeo trank den letzten Schluck von seinem Wein und blickte in den Himmel, wo der Turmfalke kaum noch mit bloßem Auge zu erkennen war.

Ich denke schon lange darüber nach, was ein Bild eigentlich ist. Und ich bekomme immer mehr Zweifel. Ein Fresko ist doch nichts als eine Ansammlung von buntem Schlamm an der Wand. Erst durch die Abspiegelung in den Augen entsteht ein Gemälde daraus. Ohne Betrachter gäbe es das Bild gar nicht.

Diese Worte erinnerten mich an einen tiefsinnigen Mann, dem ich im vorigen Herbst am Ende der Welt begegnet war. Er war kein Maler, sondern ein Asket aus Indien. Dieser weise Mann hatte mich gefragt, ob der Krug, aus dem er mir Wein zu trinken gab, aus Tonerde besteht? Oder nicht doch aus dem Hohlraum, den dieser Ton umschließt? Ich wusste keine Antwort. Da zerschlug der Philosoph den Krug an der Tischkante und rief: Nun haben wir das Problem gelöst!

Ich wünschte Meister Taddeo einen erfüllten Tag und riet ihm, mit seiner Karaffe aus lauter Farbe vorsichtig umzugehen: Sonst zerbricht sie dir noch!

Der alte Maler ging langsamen Schrittes über die Piazza zur Kirche hinüber. Nicht alle Menschen in Florenz waren hinter dem Geld her, um sich damit den Eintritt ins Paradies zu kaufen. Meister Taddeo benötigte nur etwas Farbe dafür.

Hinter mir ertönte eine Stimme, die ich leider gut kannte: Hast du Cioccia gesehen?

Uguccione del Pozzo. Ich drehte mich gar nicht erst zu ihm um: Was hast du mit Cioccia zu schaffen? Willst du bei ihr Lauch kaufen und dir zum Mittagessen ein Süppchen kochen?

Ich habe mit ihr genauso viel zu schaffen wie du, rief Uguccione. Außerdem schaue ich das Weib gerne an. Das machst du doch auch. Da kann ich dich ausnahmsweise einmal verstehen. Jedem Mann läuft bei dieser Cioccia das Wasser im Mund zusammen, wenn sie auch nicht mehr die Jüngste ist.

Nun stand ich auf und drehte mich langsam um: Uguccione, ich mag mir gar nicht vorstellen, welche Säfte in deinem robusten Körper an welchen Stellen zusammenlaufen. Aber wenn es so weit ist – gleich hinter dem Purgatorio liegt der Abtritt, da kannst du dich erleichtern.

Uguccione wurde rot im Gesicht und keifte: Du Frechling! Der Padrino hält seine Hand über dich. Doch wenn Pacino Peruzzi einmal nicht mehr da ist, dann werfe ich dich eigenhändig aus der Stadt.

Ich sagte: Soll das etwa eine Anspielung auf den Tod unseres gemeinsamen Herrn sein? Des Mannes, dessen Leben auch du zu schützen hast? Ist es das, worauf du hoffst? Du lebst gefährlich, Uguccione!

Ich warnte mein Gegenüber mit dem Zeigefinger: Du hast eine alte Bauernweisheit vergessen: Die Kraft, die Gott einem Mann in den Muskeln gewährt, zieht er ihm am Hirn wieder ab.

Der breite Mann schnaufte: Warum bist du noch nicht bei den Ciompi und schleppst uns den Mörder von Ruffo herbei? Dafür wirst du bezahlt, und nicht fürs Weintrinken auf der Piazza. Mach dich endlich auf den Weg!

Erstens, antwortete ich, ist dein Gedächtnis zu schwach für das, was der Podestà uns allen eingeschärft hat. Jede voreilige Gewalt kann zu einem Blutbad führen. Das wäre dann zwar dein erstes Bad seit Jahren, aber womöglich auch dein letztes. Und zweitens nehme ich von dir keine Befehle entgegen, sondern nur von dem alten Mann, dem du so leichthin den Tod wünschst.

Uguccione stieß hervor: Dreh mir nicht immer das Wort im Mund um! Du gehörst sowieso nicht zu uns Peruzzi. Wirst du nie, mach dir keine Hoffnungen! In das Grab, an dem du grade gestanden hast, wird kein Fremder jemals gebettet. Nur gestandene Hausgenossen wie ich erwerben den Geruch der Sippe, an dem wir einander sogar nach dem Jüngsten Gericht erkennen. Familie bleibt Familie. Der Padrino hat mir versprochen, dass ich ins Familiengrab komme. Wer weiß, wo sie später deine Knochen verscharren.

Ich kannte diesen Aberglauben mit dem Familiengeruch, auch diesen Totenkult hatten sich die Florentiner ausgedacht, um den Zusammenhalt ihrer Sippe zu festigen. Mir war es völlig egal, wie meine toten Knochen rochen, solange ich mich auf meine lebendigen verlassen konnte. Vielleicht war jetzt der Anlass gekommen, ihre Festigkeit zu überprüfen. Denn ich wusste aus Erfahrung, wer in meinen Kreisen Furcht zeigte, der war verloren. Ich ging also zu Uguccione, nahm die Schleppe seiner Chaperonne in die Hand und schnüffelte daran: Du hast recht. Du riechst jetzt schon wie ein offenes Grab beim Jüngsten Gericht.

Ich trat einen Schritt zurück, denn Uguccione riss mir seine Schleppe aus der Hand und holte zum Schlag aus.

Obacht, rief ich, keine Gewalt! Wir wollen doch nicht ungehorsam sein.

Uguccione hielt inne und verzog sich ins Peruzziviertel. Der Mann hatte vom ersten Tag an kein Hehl aus seiner Verachtung für mich gemacht. Nun wurde seine Missgunst immer mehr zum Problem. Weshalb nur umgab sich der Padrino, der alles andere als ein Dummkopf war, mit Männern vom Schlage Ugucciones? Auch der aufgeblasene Dottor Pandolfo war schwer zu ertragen, von diesem Advokaten Bortolo ganz zu schweigen. Gab es in Florenz keine fähigeren Helfer? Andererseits war vor allem Ugucciones Dummheit mein Glück. Hätte der Padrino in der Nachbarschaft einen klügeren Aufpasser gefunden, müsste er keinen Fremden wie mich mit seinen Angelegenheiten betrauen.

Ein paar Schritte von mir entfernt stand Dino neben dem fertig aufgebauten Gemüsestand. Er hatte meine Auseinandersetzung mit Uguccione schweigend angehört. Wäre es zur Prügelei gekommen, hätte ich diesen kräftigen Kerl von mehr als sechs Fuß gut gebrauchen können. Doch Dino blickte genauso verschlossen drein wie seine Schwester Monna. Als ich ihm zulächelte, schaute er in die andere Richtung. Einzig Cioccia war seine Herrin, und das auch erst seit heute. Ich bezweifelte, dass Dino mir beigesprungen wäre. Trotz seiner Sturheit wollte ich von ihm dasselbe erfahren, wie vorher Uguccione von mir:

Weißt du, wo Cioccia ist?

Der Junge zog die Schultern hoch und die Mundwinkel nach unten. Ein großer Redner würde aus ihm nicht werden. Doch dafür gab es ja Lapo, der in diesem Augenblick um die Ecke bog. Gewiss hatte er sich in den Stallungen der Peruzzi um mein Reittier gekümmert.

Patroklus ist fertig, rief Lapo fröhlich. Ich habe ihn mit dem besten Hafer gefüttert, ihn getränkt, ihn gestriegelt und ihm die Hufeisen sauber gekratzt. Er erkennt mich schon und wiehert, wenn ich in den Stall komme.

Das ist schön, aber ich brauche Patroklus heute nicht. Du hast frei.

Würde ich hoch zu Ross – und sei dieses Ross auch nur ein Maultier – bei den Hütten der Wollarbeiter erscheinen, verschlössen sich mir unweigerlich alle Türen. Nur Berovieri, Vermieter oder Steuereinnehmer ließen sich im Sattel – und stets schwer bewaffnet – bei den Ciompi sehen. Patroklus blieb also im Stall; ich wollte lieber zu Fuß gehen. Und für Lapo hatte ich einen anderen Vorschlag:

Wenn du Patroklus den Sattel wieder abgenommen hast, kannst du dir auf den Gemälden in Santa Croce die Heiligengeschichten anschauen und mir später davon erzählen. Du liebst die Heiligen doch so. Lapo war es zufrieden. Er winkte mir zu und ging, wie immer etwas schief, in Richtung der Stallungen. Da kam mir ein Gedanke. Mit diesem Jungen an meiner Seite könnte ich bei den Ciompi eher Gespräche anknüpfen als allein. Wer einen wie Lapo dabeihatte, geriet bei den Ärmsten kaum in den Verdacht, für die Reichen zu arbeiten.

Ich rief: Lapo, warte mal! Ich brauche deine Hilfe doch. Du darfst mich zur Porta San Gallo begleiten.

KAPITEL 10

Es ist ein weiter Weg bis zu den Ciompi, wusste Lapo. Unterwegs könnte uns etwas zustoßen. Am besten, wir sprechen ein Gebet am Grab der heiligen Tessa, damit sie uns beschützt.

Die heilige Tessa? Wer ist das denn schon wieder?

Lapo schaute mich erstaunt an: Du kennst Tessa nicht? Da sieht man, dass du ein wohlhabender Mann bist und dich mit den Sorgen der Armen nicht herumschlägst. Wir armen Leute beten gerne am Grab von Tessa. Wenn du das auch machst, dann wirst du dich gut mit den Ciompi verstehen. Ich führe dich zu ihr, es ist kein großer Umweg.

Ich hatte es ohnehin nicht eilig, zur Porta San Gallo zu kommen. Was sollten mir die armen Teufel dort von einem geheimnisvollen Bogenschützen erzählen, wenn sie selber nicht einmal ein Brotmesser hatten? Der Auftrag des Padrino erschien mir wie Zeitverschwendung. Aber es musste sein.

Lapo nahm nicht den direkten Weg nach Norden, so umgingen wir die Kerker der Stinche, was mir ganz recht war. Das Geheul der Gefangenen, die durch die vergitterten Fenster um Brot oder um Geld bettelten und dabei mit den Ketten rasselten, war mir arg. Wir gingen um den Palast des Podestà herum und bogen ab zur kleinen Kirche Santa Margherita dei Cerchi. Lapo kniete nieder an der Grabplatte einer hässlichen Alten und küsste die Figur auf den Mund. Er sprach ein stilles Gebet, erhob sich und hinkte vor mir hinaus.

Auf unserem Weg stadtauswärts erzählte Lapo von Tessa, der Küchenmagd des Banchiere Folco Baroncelli. Als der Wucherer einst den Tod nahen fühlte, überredete ihn Tessa, die Hälfte seines riesigen Vermögens für Arme zu stiften. Mit diesem Geld entstand ganz in der Nähe das Hospital Santa Maria Nuova. Tessa selbst hatte dort als Pflegerin gearbeitet, mit der Zeit taten es ihr viele Kaufmannstöchter gleich. Diese Schwestern im Spital nannten sich Oblatinnen und opferten, statt sich verheiraten zu lassen, ihr ganzes Dasein den Kranken. Tessa war vor zwanzig Jahren nach einem Leben voller Arbeit gestorben und neben ihrem Patron Folco bestattet worden.

Lapo wusste: Tessa hat ihre Heiligkeit den Schwestern vererbt. Keine einzige der Oblatinnen ist vor der Pest davongelaufen, alle haben tapfer die Kranken gepflegt. Ich habe es mit eigenen Augen gesehen. Nun sind fast alle bei Tessa im Paradies.

Du bist während der Pest im Hospital gewesen?, fragte ich.

Krank war ich nicht, aber ich hatte nichts zu essen. Im Spital verteilen sie jeden Mittag Brei. Sogar mir haben sie etwas gegeben. Sollen wir vorbeigehen und eine Schale erbitten? Es ist kein Umweg.

Das ging mir dann doch zu langsam, außerdem hatte ich gut gefrühstückt. Bald hinter dem Kloster der Silvestriner hörte die Straßenpflasterung auf, Staub wehte uns in die Augen. Auch gab es hier, wo immer weitere Areale aus verwilderten Gärten bestanden, so gut wie keine Steinpaläste mehr. Die hohen Wehrtürme der herrschenden Sippen erblickten wir zwar noch hinter uns, wenn wir uns zur Kuppel des Baptisteriums oder zum Priorenpalast umdrehten. Dort wo wir hinwollten, hatten die Häuser nur Bretterwände, doch keinen Keller und keinen Dachboden. Direkt an der hohen Stadtmauer standen die Hütten mit Strohdächern dicht an dicht. Fern der Pracht der Innenstadt hausten die Ärmsten der Armen.

Oben auf der Leiter der Florentiner Gesellschaft standen Menschen wie Pacino Peruzzi. Der saß auf einem großen Vermögen und schaffte in guten Jahren hunderttausende Säcke voller Wolle auf die Märkte von ganz Europa. Von den wohlhabenden Verlegern in Florenz, die Wolle aufkauften, Webstühle vermieteten und Scharen von Arbeitern die Rohware bearbeiten ließen, ging es über die kleineren Tuchhändler schnell abwärts. Den Wollfärbern, die mit teuren Farbstoffen arbeiteten, gönnten die Reichen noch eine eigene Zunft.

Doch viele Tausende von Spinnerinnen und Wollkämmern, von Zuschneiderinnen und Bleichern, Trocknern und Walkern, Weberinnen und Sortierern bekamen nichts als den Tageslohn für ihre Arbeit. Dazu kamen noch Webstuhlmacher, Sackweber und Ballenträger, Aufkäufer und Mühlenarbeiter. Ohne all diese Menschen gäbe es den Reichtum der Paläste, Wehrtürme und Kirchen von Florenz nicht. Doch die den Reichtum schufen, mussten hungern.

Ein paar Ratten stoben vor Lapo und mir in einen Graben davon. Ich dachte an den betrunkenen Jacopo Alighieri, der in seinem Wahn den Ratten die Schuld gab an der Pest. Die Seuche hatte genug von ihnen am Leben gelassen. Fliegen und Mücken summten über Kot und Unrat am Straßenrand. Ein Kind, dem der Rotz aus der Nase lief, hockte teilnahmslos vor einer Hütte. Menschen in farblosen Kitteln gingen vorüber.

Das Schlimmste in San Gallo war der Staub. Vor fast jeder Tür saß eine Frau und fuhr mit einem eisernen Kamm durch die grobe Wolle. Wieder und wieder, bis die störrischen Fasern sich ordneten und der Dreck herausfiel. Das stank und staubte fürchterlich. Lapo und ich mussten husten, doch das fiel nicht auf unter so vielen keuchenden Menschen. Wie unerträglich musste die Luft in den kleinen Kammern sein. Wir konnten im Vorbeigehen hineinblicken in dunkle Stuben, wo Frauen an Webstühlen arbeiteten, denn die ließen sich nicht an die Luft tragen.

An einer Ecke umringten uns fünf Jungen. Alle waren barfuß, doch keineswegs schmächtig. Der Kleinste trat Lapo gegen seinen schlechten Fuß; Lapo wehrte sich nicht, hob nur die Arme und lächelte hilflos.

Einer rief: Was habt ihr beiden in San Gallo zu suchen? Wir kennen euch nicht, ihr gehört nicht hierher. Wollen die feinen Leute aus der Innenstadt uns beim Verrecken zusehen? Oder kommst du im Auftrag der Priori und schaust, was ihr euch noch an Steuern ausdenken könnt?

Ich griff nach meinem Messer. Mit diesen Halbwüchsigen würde ich allein fertigwerden.

Nur ruhig, rief ich, sitze ich auf einem Pferd und schwenke die Lanze wie ein Steuereintreiber? Es ist nicht verboten, hier herumzulaufen. Geht uns also aus dem Weg. Oder sagt uns besser, ob ihr etwas über den Bogenschützen wisst, der gestern bei Santa Croce beinahe einen Advokaten der Peruzzi getötet hat.

Geschieht ihm recht, schrie ein Junge. Wenn sich hier ein Peruzzi sehen lässt, dann schneiden wir ihm den Hals ab. Sollen sie doch kommen.

Die Jungen lachten böse. Plötzlich kamen noch mehr Leute gelaufen und umringten uns. Hände fassten uns an, schoben uns herum. Ein großer Kerl packte mich von hinten und hielt meine Arme fest, so dass ich mein Messer nicht ziehen konnte. Ein anderer kam auf mich zu und holte mit der Faust aus. Da sprang Lapo dazwischen und schützte mich mit seinem Körper. Der Schläger war so überrascht, dass er den Arm sinken ließ.

Räumt den Krüppel beiseite!, rief jemand. Der andere wird uns schon verraten, warum er bei uns herumspioniert.

Eine Stimme ertönte: Seid ihr verrückt geworden? Wollt ihr, dass der Podestà jetzt auch noch eure Kinder hinrichten lässt?

Die Menge teilte sich, und ein Mann um die zwanzig stellte sich vor Lapo und mich. Ich wurde losgelassen, indes der Schläger sich in der Menge versteckte.

Hört nicht auf Mauro, tönte es von irgendwo, nieder mit den Reichen! Wir zünden ihre Paläste an!

Mauro stand ruhig und schaute in die Runde: Die Pest hat euch mutig gemacht? Ihr glaubt, ihr habt nichts mehr zu verlieren? Ihr seid so dumm. Ich weiß, wie das ist, wenn der Podestà einem alles nimmt: Vater und Brüder, Arbeit und Haus. Ihr denkt, ihr steckt im Dreck. Aber ihr seid noch nicht unten angekommen. Tötet diese beiden, nur los! Dann ergeht es euch schlimmer als Ciuto Brandini. Wenn auch ihr unbedingt im Blut baden wollt, dann bringt vorher seinen Sohn um.

Die Nennung des Namens stellte die Menge ruhig. Murrend gingen die Leute in alle Richtungen auseinander. Eltern packten ihre Kinder beim Kragen und zerrten sie fort. Ein Stein flog über unsere Köpfe, dann war auf der Gasse niemand mehr zu sehen. Nicht einmal eine Wollkämmerin saß noch vor der Tür. Der junge Mann wies mit dem linken Arm auf eine Hütte gleich gegenüber. Erst jetzt bemerkte ich, dass er keinen rechten Arm mehr hatte. Der Ärmel seines grauen Kittels baumelte herunter. Er sagte:

Außer Wasser kann ich euch nichts anbieten.

Der Raum von Mauros Hütte wurde großteils ausgefüllt von einem Webstuhl. An der Wand lag eine Bastmatte mit einer Frau darauf, die uns den Rücken zukehrte. Sie stillte ein Neugeborenes. Dann gab es in der Ecke noch eine Feuerstelle mit einem Topf, einem Krug, hölzernen Bechern und Löffeln. In einem kleinen Holzkäfig hüpfte ein Stieglitz herum, der Vogel der Reinheit, wie ihn sich viele Arme als Schutz gegen die Pest hielten. Mauro ergriff den Krug und schenkte Wasser ein.

Warum hast du uns geholfen, fragte ich.

Mauro zuckte mit den Schultern: Wenn sie euch verprügelt hätten, hätten sie euch liegenlassen und wären hinterher weggelaufen. Und die Berovieri hätten dann meine Frau und meinen kleinen Sohn zusammengeschlagen, die können nämlich nicht weglaufen.

Ich trank meinen Becher auf einen Zug aus, die staubige Luft in San Gallo machte durstig.

Und warum gewährst du uns deine Gastfreundschaft?

Der Hausherr wies auf meinen Begleiter: Einer armen Seele muss ein guter Christ in der Not beistehen. Oder was meinst du, Lapo?

Lapo grinste unsicher, wie immer, wenn ihn jemand ansprach: Ich weiß von nichts.

Mauro lächelte: Das hat er damals schon immer gesagt, wenn er mit Fra Bernardino hierhergekommen ist. Fra Bernardino hat oft in San Gallo gepredigt und schöne Geschichten erzählt.

Fra Bernardino, sagte Lapo, ist an der Pest gestorben, bei Impruneta, im Frühjahr auf der Landstraße. Jetzt bin ich der Knecht von Wittekind, der für die Peruzzi arbeitet.

Mauro schaute mich forschend an: Warum verdingt ein Mann wie du sich bei den Wucherern?

Ich bin ein Fremder, erklärte ich. Keine Zunft von Florenz nimmt einen wie mich auf, und ich muss mein Geld verdienen wie jeder andere.

Mich nimmt auch keine Zunft auf, sagte Mauro. Wir arbeiten hier bei Kälte oder Hitze. In der Innenstadt, bei den Mittelsmännern der Arte di Calimala, müssen wir die Wolle abholen. Die Webstühle, auf denen dann das Tuch entsteht, gehören auch den Kaufleuten. Wir zahlen die Benutzung mit unserer Arbeit ab. Die ersten Arbeitsstunden gehören immer den Herren. Und wenn dann endlich die Tuchbahnen fertig sind, dann kommen die Verleger aus ihren Palästen zu uns, halten sich die Nase zu und finden immer irgendwas. Mal stehen am Saum Fäden ab. Dann ist das Garn zu dünn und das Licht scheint durch. Oder sie reklamieren mit einem dicken Beryll Webfehler, die wir mit bloßem Auge gar nicht erkennen können. Weißt du, was dann geschieht?

Ich konnte es mir denken, schüttelte aber den Kopf.

Dann handeln die Abnehmer den Preis herunter. Manchmal zahlen sie gar nichts. Wir werden nach Stück bezahlt, aber wir wissen nie, wie viele Soldi wir am Ende bekommen. Nur eines wissen wir: Es ist kaum genug für einen Kanten Brot.

Ich fragte: Könnt ihr euch nicht zusammenschließen?

Mauro Brandini blickte mich kopfschüttelnd an: Jeder in der Stadt weiß doch, was passiert, wenn wir aufbegehren.

Ich hatte bisher noch nie mit Ciompi zu tun gehabt. Der Padrino schickte mich in andere Städte, wo ich Handelsware sichern oder den Transport von Geld und Gold nach Florenz begleiten musste. Die Geschäfte mit den Armen von San Gallo hatten Pacinos Faktoren auch ohne Leute wie mich im Griff. Oder hatte ich es einfach nicht wissen wollen, wie die Peruzzi und die anderen Handelshäuser ihre Wollarbeiter behandelten? Es ging mich nichts an. Nun ging es mich etwas an.

Seit wann lebst du in Florenz?, wollte Mauro wissen.

Ich bin vor zwei Jahren aus Neapel hier angekommen.

Dann hast du nicht miterlebt, was im Mai 1345 hier passiert ist. Sagt dir der Name Ciuto Brandini etwas?

Mir kam es vor, als habe einer der Peruzzi heute Morgen den Namen erwähnt, aber ich schüttelte wieder den Kopf.

Das war mein Vater, erklärte Mauro. Er war ein mutiger Mann, und er hatte genug von unserem Elend. Zusammen mit anderen Wollkämmern ging er nach Santa Croce, dort sprach er heimlich die Weber und Färber an, damit alle Arbeiter eine Gemeinschaft bilden. Nur so, wusste mein Vater, könnten wir einen sicheren Lohn für unsere Arbeit aushandeln. Vor allem wollte Ciuto, dass die Arbeiter in der Stadtregierung Sitz und Stimme bekommen. Wir sind weit mehr als die Hälfte aller Menschen in Florenz, aber nur die Mitglieder der reichen Zünfte stellen die Priori. Nur die Reichen entscheiden über die Gesetze, über das Geld und über den Krieg.

Mauros Frau blickte ihren Mann ängstlich an: Du wolltest doch nicht mehr über solche Sachen reden! Es ist schon genug Blut geflossen.

Mauro nickte, sagte dann aber: Ich erzähle nur Dinge, die bekannt sind. Wenn sie in der Stadt auch ungern darüber sprechen. Aber wenn sonst alle schweigen, dann soll unser Gast von mir erfahren, was sie meinem Vater und meinen Brüdern angetan haben.

Und dir, sagte die Frau tonlos.

Mauro blickte auf seinen Armstumpf. Dann begann er seinen Bericht: Was Ciuto Brandini forderte, war nur recht und billig. Mein Vater wollte, dass wir vom Reichtum dieser Stadt unseren ehrlichen Anteil abbekommen. Auch die Frauen und die Fremden. Hier leben viele Flamen, Fachleute aus Cambrai. Die bauen neue Webstühle und zeigen uns, wie man daran arbeitet. Die Bruderschaft der Wollarbeiter, von der Ciuto träumte, war dafür gedacht, von gleich zu gleich mit den Aufkäufern über die Qualität des Tuchs zu entscheiden. Und Rücklagen sollten gebildet werden für die Alten, die Waisen und die Kranken. Ciuto wollte ein eigenes Hospital einrichten. Nachts und an Feiertagen sollte niemand mehr arbeiten müssen.

Und wie wollte dein Vater das anstellen?

Als er mit den Färbern einig war, haben alle morgens die Arbeit niedergelegt. Auf der Piazza Santa Croce gab es einen Auflauf, da hat mein Vater geredet. Er war nicht feige und hat den Reichen sein Gesicht gezeigt. Wir anderen aus San Gallo sind zu den Servi von Santa Annunziata gezogen und haben Lieder gesungen, für die Jungfrau Maria, für das Ende der Not, für die Gerechtigkeit. Auch da hat mein Vater eine Rede gehalten. Ich war dabei. Am anderen Morgen standen Berovieri vor unserer Hütte. Als mein Vater hinausging, um sie zu fragen, was sie wollten, haben sie ihn gefesselt und mitgenommen. Meine Mutter hat geschrien, doch sie kamen herein und haben auch noch Pietro und Gianni mitgenommen, meine älteren Brüder. Ich konnte nach hinten fliehen und mich im Gebüsch verstecken.

Aber deine Brüder hatten mit dem Aufruhr doch gar nichts zu tun, wandte ich ein.

Mauro lachte bitter: Mein Vater und meine Brüder wurden gefoltert, stundenlang hörten unsere Leute ihre Schreie aus dem Palazzo del Podestà. Zugleich trieben Söldner aus Frankreich und Deutschland die Arbeiter mit dem Schwert von der Piazza Santa Croce. Die Loggia der Servi wurde ebenfalls geräumt. Wer sich ihnen entgegenstellte, den schlugen sie nieder. Es gab viele Tote.

Aber dein Vater hatte nichts verbrochen. Er forderte bloß, was den anderen Zünften auch gewährt wird: festen Lohn und Mitsprache.

Mauro fuhr fort: Genau diese anderen Zünfte haben uns im Stich gelassen. Die Schmiede und die Fleischhauer, die Schuhmacher und die Maurer, die Bäcker und die Gastwirte. Denen war es 1343 erst gelungen, mit ihren Zünften anerkannt zu werden. Da war die Stadt bankrott, und die Reichen mussten den neuen Gilden Zugeständnisse machen. Sie hatten endlich ihre Fahnen, ihre Vorsteher und ihre eigenen Kapellen. Und uns Wollarbeiter ließen sie fallen. Keine Hand hat sich für meinen Vater gerührt, im Gegenteil. Die Hauptleute aller Gilden kamen noch in der Nacht zu den Priori und unterzeichneten sein Todesurteil.

Verflucht sollen sie sein, diese Verräter, stieß Mauros Frau hervor. Dann hielt sie sich die Hand vor den Mund, als sei sie über ihre eigene Wut erschrocken. Lapo saß in der Ecke der Hütte und klopfte mit einem Finger auf den Vogelkäfig; der Stieglitz piepte fröhlich. Mauro beendete seine Geschichte:

Frühmorgens schleppten sie meinen Vater und meine Brüder auf die Piazza dei Priori vor den neuen Palast. Alle sollten es mitbekommen. Der Henker schlug jedem von ihnen den Kopf ab, und die Köpfe befestigten sie auf Stangen an den Fenstern des Palazzo. Die Menge johlte und sang Preislieder auf die glorreiche Republik Florenz.

Und du?, fragte ich.

Ich konnte mich zwei Tage bei der Stadtmauer im Gebüsch verstecken, dann wusste ich nicht mehr weiter und ging nach Hause. Unsere Hütte stand nicht mehr, die hatten die Söldner abgerissen und die Reste in Brand gesteckt. Meine Mutter saß bei den Nachbarn, sie ist bald darauf gestorben. Mich erwarteten die Berovieri schon. Weil ich erst fünfzehn war und weil inzwischen niemand mehr gegen die Mächtigen auf die Straße ging, haben sie mir nur den rechten Schwurarm abgeschlagen. Ehrlos sollte ich sein und nie mehr darauf hoffen, Verschwörer für die Verbrechen meiner Familie zu finden. So verkündete es der Podestà. Es war derselbe Henker, ein Kalabrese, und es war derselbe Klotz, auf dem die Köpfe meines Vaters und meiner Brüder gelegen hatten.

Mauro lebte also in der Hütte seiner Frau. Mit einem Arm am Webstuhl zu arbeiten musste furchtbar anstrengend sein. Genau das, was Ciuto Brandini für seine Leute in San Gallo hatte ändern wollen, war zum Schicksal seines Sohnes geworden.

Als hätte er meine Gedanken gelesen, hob Mauro die Stimme: Ich lebe nur noch für unseren kleinen Sohn. Wenn Gianello erwachsen ist, soll er es besser haben.

Mauro schaute mich lange an. Er hatte sich hinreißen lassen, mir von seinem Vater zu erzählen. Offenbar fühlte er sich sicher vor mir, denn er hatte anders als sein Vater keinen Aufruhr gestiftet, sondern den Agenten der Peruzzi vor der Menge gerettet.

Kennst du den Fluch des Ciuto Brandini, fragte er und wartete mein Nein gar nicht erst ab. Ich weiß nicht, ob das wirklich die Worte meines Vaters auf dem Schafott waren, aber jeder hier in San Gallo kennt diesen Fluch auswendig. Eltern flüstern ihn ihren Kindern ins Ohr, Frauen sagen ihn sich vor, wenn sie sich nach der Arbeit am Brunnen treffen, Alte murmeln ihn auf dem Sterbebett. Du sollst den Fluch hören, er steht sowieso längst beim Podestà in irgendeinem Buch aufgeschrieben. Spitzel gibt es hier mehr als genug.

Mauro sprach die Worte seines Vaters so andächtig wie ein Gebet: Wenn die Würmer der Erde die Leoparden, Löwen und Wölfe zerfleischen, wenn die Amseln und Spatzen die Geier fressen, dann werden die kleinen Leute alle Reichen umbringen.

Wir schwiegen eine Weile, dann schüttelte Mauro den Kopf: Ich habe der Gewalt abgeschworen. Sie führt nur zu schlimmerer Unterdrückung. Die Priori haben gleich nach der Hinrichtung meines Vaters harte Verordnungen gegen die Ciompi beschlossen. Alle Versammlungen von Wollarbeitern sind verboten. Kommen mehr als zwölf von uns zusammen, wird das Haus abgerissen, in dem das Treffen stattfand. Jede Absprache über Preise und Löhne, Arbeitszeit oder Mitsprache wird mit dem Tod bestraft. Diese Befehle rufen städtische Herolde hier in San Gallo jeden Monat aus, damit es niemand vergisst.

Ich holte tief Luft und blickte Mauro in die Augen: Weißt du, wann der Tag kommt, an dem die Würmer der Erde die Wölfe und Leoparden zerfleischen? An dem die Spatzen die Geier fressen? Ich will es dir sagen: nie. Niemals wird dieser Tag kommen. Die Raubtiere sind immer stärker. Du gehst besser fort von hier, wenn dein Sohn es gut haben soll.

Mauro fragte: Hast du eine Arbeit bei den Peruzzi angenommen, um mir das zu sagen? Gehörst du zu denen, die ihr Geld lieber bei den Mächtigen verdienen und sich keine Fragen stellen nach der Gerechtigkeit?

Doch, antwortete ich, nur lebe ich ohne große Hoffnung auf Gerechtigkeit. Niemals hätte ich deinen Vater verraten oder mitgeholfen, ihm den Kopf abzuschlagen. Ich bin kein Lump. Aber ich hätte ihm abgeraten, die Priori herauszufordern. Es war vorher schon klar, dass Ciuto seinen Mut mit dem Leben bezahlen musste. Kein Mensch steht einem anderen bei, jeder denkt nur an sich.

Lapo schüttelte den Kopf. Cioccia denkt nicht nur an sich, Wittekind. Sie hilft mir, damit ich zu essen habe. Und sie hat mir befohlen, dass ich auf dich aufpasse.

Mauro klopfte Lapo auf die Schulter: Du hast viel von deinem Fra Bernardino gelernt.

Wittekind ist nicht so schlimm, wie er tut, wusste Lapo. Er spendet Geld für uns arme Kinder von den Laudesi. Und er bezahlt mir sogar einen Lohn.

Mauro nahm das Wort: Da sind wir beim eigentlichen Grund, warum ich dich in unsere Hütte gebeten habe: die Peruzzi. Ärger mit denen wäre im Moment das Letzte, was wir in San Gallo gebrauchen können. Du suchst einen Bogenschützen, der vom Dach geschossen hat? Wir Ciompi haben damit nichts zu tun. Aber vielleicht kann ich dir bei deiner Suche helfen, wenn die Peruzzi uns im Gegenzug in Frieden lassen.

Auf meinen fragenden Blick hin fuhr Mauro fort:

Ich weiß von jemandem, der etwas gegen die Peruzzi im Schilde führt. Doch es ist keiner von uns.

Wie kommst du darauf?, meinte ich. Die Tat geschah in Santa Croce, am anderen Ende der Stadt. Und kein Mensch außer mir hat den Kerl gesehen.

Mauro schenkte uns und sich selbst Wasser ein, es war wirklich stickig in der Hütte. Seine Frau war aufgestanden und trug ihr Kind nach draußen.

Dann erzählte Mauro: Es ist erst einen Monat her, da hatte sich mein Stumpf entzündet. Die alte Wunde blutete wieder, es schmerzte fürchterlich. Meine Frau befürchtete, dass ich den Wundbrand kriege. So ging ich ins Hospital von Santa Maria Nuova. Die Oblatinnen gaben mir ein Bett und pflegten die Wunde, aber nicht bei den Pestkranken. Die starben nebenan wie die Fliegen. Als ich das Geschrei hörte und sah, wie sie jeden Morgen die Leichen auf die Gasse schleppten, glaubte ich nicht mehr, dass ich lebend aus dem Hospital herauskäme. Im Bett neben mir lag ein Mann, der schwitzte und wälzte sich die ganze Nacht hustend herum und fluchte auf das griechische Fieber.

Was soll das griechische Fieber sein, wollte ich wissen.

Keine Ahnung. Das hatte er sich geholt, als er aus dem Osten nach Italien kam. So erzählte er es mir. Ich weiß auch nicht, wie er trotz der Kontrollen überhaupt in die Stadt hereingekommen ist. Vielleicht kennt er sich aus. Seine Lungen waren jedenfalls vom griechischen Fieber angefressen, vor lauter Husten kriegte er anfangs kaum Luft. Doch er überlebte, genau wie ich.

Die Geschichte machte mich neugierig: Aus dem Osten? Wie hieß der Mann?

Er nannte sich Rinaldo, und woher genau er kam, verriet er mir nicht. Er muss mit dem Schiff weit übers Meer gekommen sein. Einmal erwähnte er Konstantinopel, da hatte er sich die Krankheit wohl geholt. In Messina bereits hatte er lange im Spital gelegen. Aber er stammte sicher nicht von dort. Denn er sprach Toscanisch.

Mauro hatte an seinem Bettnachbarn nichts Auffallendes gefunden und beschrieb ihn mir: Er war normal gewachsen, hatte noch fast alle Zähne im Mund, braunes Haar und einen Bart wie so viele. Und er war jünger als du. Was mir aber sonderbar vorkam – er hegte einen Hass gegen die Peruzzi. Als er hörte, dass ich aus San Gallo kam, wusste er gleich, dass den Peruzzi hier viele Häuser gehören. Er fragte, ob wir nach der Pest immer noch die Wuchermieten zahlen wollten. Ob wir keinen höheren Lohn zu fordern hätten. Ob ich wisse, dass die Peruzzi ihren Bankrott nur vorgespielt hatten. Mit solchen Fragen war er bei mir an den Falschen geraten. Ich lasse mich nicht aufwiegeln.

Das alles hat er gesagt?, fragte ich ungläubig. Obwohl er aus dem Osten kam?

Das kam mir auch sonderbar vor, der Mann wurde mir immer unheimlicher. Doch ich war glücklich, dass ich den Wundbrand überlebte.

Was wurde aus dem Mann, fragte ich.

Er war nicht gesund und hustete noch, aber er kam auf die Beine. Eines Morgens ging er, ohne sich zu verabschieden. Als du gerade nach einem Kerl fragtest, der mit einem Pfeil auf einen Peruzzi geschossen hat, kam mir sofort dieser Rinaldo in den Sinn.

Und sonst weißt du nichts von ihm?

Mauro schüttelte den Kopf: Ich habe den Mann noch nie zuvor gesehen. Rinaldo ist ein seltener Name. Vielleicht heißt der Kerl ganz anders. Ich weiß nicht, wie so einer im Armenspital landet. Einer von den Ciompi ist er nicht.

Wieso? Dazu war er viel zu herrisch. Wenn er etwas von den Oblatinnen oder von mir wollte, dann sagte er nie bitte. Einer von uns hätte sich das nicht getraut.

Ich griff in meinen Beutel, um Mauro zwei Grossi zu geben. Der Padrino würde mir diese Gabe zwar nicht erstatten, doch dieser Mann konnte Geld gebrauchen. Zu meiner Überraschung hielt Mauro meine Hand fest: Ich will keine Almosen. Das hat mein Vater auch immer gesagt. Wenn du nachher zurück bist in Santa Croce, dann lass die Peruzzi wissen, dass wir nichts mit diesem Bogenschützen zu tun haben. Das ist mein Lohn.

Wir brachen auf. Draußen hockte Mauros Frau, das Kind auf dem Arm. Würde ihr Sohn jemals stark werden? Grau sah er aus, der kleine Gianello. Ihn erwartete ein schlimmes Leben. Wie alle in San Gallo gehörte er zu den Würmern der Erde. Die Leoparden und Geier von Santa Croce verschluckten einen wie ihn mit einem Happs.

KAPITEL 11

Auf dem Rückweg machten wir halt im Hospital. Es war nicht schwierig für mich, bis zur Oberin der Oblatinnen durchzudringen. Lapo kannte den Weg durch Kreuzgänge und Säle, in denen die Pritschen der Kranken dicht an dicht an den Wänden standen. Viele lagen auch auf dem Boden. Man wies uns zur Oberin, sie befand sich in einer Kammer am Ende eines Ganges. Die alte Dame schaute erschöpft auf, als ich sie nach einem Kranken namens Rinaldo fragte, der vor gut einem Monat mit Brustschmerzen in den Krankensaal aufgenommen wurde. In den letzten Wochen, so erzählte die Oberin, waren vier ihrer Pflegerinnen an der Pest gestorben. Ihre Schwestern konnten kaum noch arbeiten, so erschöpft waren sie. Sie sprachen ein Dankgebet über jeden Patienten, der Santa Maria Nuova lebend verließ. Doch nach einem Namen sollte ich sie nicht fragen. Die Oblatinnen nahmen jeden auf, fragten nicht nach der Herkunft und führten kein Buch. Die Toten ohne Anhang kamen in ein Massengrab hinter der Kirche Santa Maria Maddalena, die Leichen der anderen holten die Familien ab. Und wohin die Lebenden gingen, wenn sie wieder gehen konnten, war ihre Sache nicht. Ich konnte von ihr keinen Hinweis auf Rinaldo erhalten, oder wie immer er wirklich hieß.

Am Ausgang entließ ich Lapo für heute. Der Junge hatte sich den süßen Brei, den sie an der Seitenpforte ausgaben, redlich verdient.

Santa Tessa hat uns geholfen, sagte Lapo zufrieden, mein Gebet hat dafür gesorgt, dass uns die Rüpel in San Gallo nicht zusammengeschlagen haben. Und jetzt kriege ich noch einen Brei.

Ich nickte zustimmend und dachte zugleich darüber nach, dass meine Sorgen erst begonnen hatten. In dieser riesigen Stadt einen Meuchelmörder zu finden, der nicht anders aussah als die meisten Männer von Florenz, war so gut wie unmöglich. Einen verschwundenen Hund hätte ich eher gefunden als diesen Schatten, der sich gewiss nicht mehr Rinaldo nannte und überall verbergen konnte. In Florenz gab es zwei Dutzend Hospitäler, in denen Fremde untertauchen konnten. In den Herbergen mussten eigentlich alle Ankömmlinge von den Wirten verzeichnet werden. Bis zur Pest hatte das gut funktioniert, aber nun wurden die Listen nicht mehr überwacht. Von wem auch? Florenz hatte andere Sorgen.

Mauro Brandinis nützlichster Hinweis betraf die Seereise meines Verdächtigen. Er war, so hatte der Mann ihm erzählt, aus dem Osten gekommen. Konstantinopel und Messina hatte er erwähnt. Auch ich war vor einem Jahr über die Häfen dieser beiden Städte vom Pontos nach Florenz zurückgereist. War das ein Zufall? Ohne einen neuen Zufall kam ich keinen Schritt weiter. Das war schlecht. Nur wenn der oder die Täter erneut zuschlagen würden, gab es neue Spuren. Doch ein weiteres Verbrechen war noch schlechter. Lapo konnte mir keinen Heiligen nennen, vor dessen Bild eine Kerze hilfreich wäre. Stattdessen sah ich im Geist das misstrauische Gesicht des Padrino vor mir. Berichte, die mehr Fragen offenließen, als sie beantworteten, liebte der alte Mann gar nicht.

Bevor ich mich seinem Verhör stellte, musste Zeit sein für einen Becher Wein und ein Mittagessen im Purgatorio. Bei der Schänke stand Cioccia und besprenkelte ihr Grünzeug mit frischem Wasser gegen die Mittagshitze. Zögernd ging ich zu ihr, sie lächelte mir zu. Nach unserer Meinungsverschiedenheit in der letzten Nacht war das mehr, als ich erwarten konnte. Cioccia reichte mir meinen Schlüssel, den Monna nach dem Putzen bei ihr abgegeben hatte. Sie erklärte:

Stell dir vor, Monna und Dino haben noch eine andere Arbeit gefunden. Uguccione hat mich heute Morgen gefragt, ob einige von den Kindern im Palazzo helfen können. Treppen putzen, Wasser tragen, Kamine säubern.

Ich runzelte die Stirn: Das ging aber schnell. Bin ich meine neue Magd schon wieder los?

Keine Sorge, beruhigte mich Cioccia, sie arbeiten nur nach dem Mittag ein paar Stunden. Diese geizigen Peruzzi geben ihnen noch nicht einmal Lohn, nur etwas zu essen. Immerhin das können wir sparen. Unsere Suppe muss für immer mehr Kinder reichen.

Sie blickte sich um, ob uns niemand zuhörte: Und später komme ich noch bei dir vorbei, um zu überprüfen, ob Monna auch alles ordentlich saubergemacht hat. Ich habe dir das Mädchen schließlich aufgedrängt.

Cioccia zwinkerte mir zu. Das bedeutete, sie würde heute Nacht zu mir kommen. Damit hatte ich nicht gerechnet. Ob sie sich den Antrag, meine Frau zu werden, noch einmal überlegt hatte? Vielleicht konnte sie sich damit abfinden, dass ich für die Peruzzi arbeitete, immerhin hatte auch sie ihre Vorteile davon. Und selbst wenn nicht, so schien sie mir nicht mehr böse zu sein.

Im Purgatorio hockte Jacopo Alighieri und redete auf Boccaccio ein: Nein, es sind die Huren und die Schmeichler, die in ätzender Scheiße stecken und langsam davon aufgefressen werden, und nicht die Gotteslästerer. Wir befinden uns im achten Kreis der Hölle, im zweiten Graben. Das verwechselst du.

Boccaccio schrieb sich Jacopos Hinweis in das Buch, das er immer bei sich trug. Er murmelte: Ich glaube mich zu erinnern, dass Dante die Sodomiten und die Wucherer in kaltem Kot erstarren lässt.

Falsch, ganz falsch!, rief Jacopo. Niemand kennt sich im Inferno besser aus als ich. Mein Vater lässt die Sodomiten in glühendem Sand brennen und von oben mit heißen Schneeflocken berieseln. Und die Wucherer sitzen bei ihren leeren Geldsäcken am dritten Höllenfluss namens Phlegeton, der ist besonders heiß, und daneben liegen die Gotteslästerer auf dem Boden und schreien fürchterlich.

Boccaccio notierte sich auch diese Verbesserung, bevor er fragte: Und die Päpste? Wohin hat Dante die verbannt?

Jacopo lachte hocherfreut, als er an diese Episode im Werk seines Vaters erinnert wurde: Ja, Bonifaz und Clemens und Nikolaus, die stecken kopfüber in heißen Felsenlöchern, und ihre Fußsohlen stehen in Flammen. Das haben sie nicht besser verdient, die alten Schweinepriester!

Ich hatte mir eine Portion Lampredotto sowie einen ungemischten Wein besorgt und fand, dass es genug war: Könntet ihr beiden etwas Rücksicht nehmen auf die anderen Gäste? Bei eurer stinkenden Scheiße und euren gebratenen Päpsten vergeht einem wirklich der Appetit. Dieser Dante war wohl nicht ganz richtig im Kopf!

Beleidige meinen Vater nicht, schrie Jacopo. Seine Commedia ist ein unvergleichliches Werk und obendrein ein Monument der Rechtgläubigkeit. Jeder Kreis der Hölle korrespondiert mit der Theologie des heiligen Tommaso von Aquino.

Das hätte ich mir denken können, bemerkte ich, dass hinter diesen Visionen ein Studium der Theologie steckt. Ich finde, dein Vater muss froh sein, wenn seine Verse ihn nicht selber in die Hölle gebracht haben. Und zwar ganz weit unten.

Jacopo sprang auf und wollte auf mich losgehen, doch Boccaccio, viel größer und stärker als der alte Trinker, griff ihn bei den Schultern und drückte ihn auf die Bank. Zu mir bemerkte er kopfschüttelnd: Du tust Dante unrecht. Kein Sterblicher hat jemals erhabenere Verse gedichtet.

Mir kommen sie satanisch vor. Aber wenn euch diese Commedia so gut gefällt, so könnt ihr über sie ja dort diskutieren, wo sie hingehört:

in einer Kirche, am besten im Chor von Santa Croce, wo der Inquisitor seine Prozesse führt und seine Opfer in die Hölle verbannt.

Während Jacopo missmutig in seinen Weinbecher grummelte, gab sich Boccaccio nicht geschlagen: Möglich, dass sich einem Ausländer, der unsere Sprache nicht perfekt beherrscht, die Tiefe und die Wahrheit von Dantes Dichtung nicht erschließt. Ich aber kann dir versichern, die Commedia erklärt gültig die Ordnung der Welt.

Ich schluckte den letzten Bissen vom Lampredotto herunter und zeigte mit dem Daumen über meine Schulter zur Tür: Das da draußen, den ganzen Schmutz und die Niedertracht der Menschen, mit der wir alle jeden Tag zu tun haben – das nennst du Ordnung? Wenn ich es mir anschaue, dann muss ich über die Hölle kein Buch mehr lesen.

Noch vor ein paar Monaten hätte ich mich nicht getraut, so offen zu sprechen. Doch der alte Inquisitor hatte mit seinen Schergen die Stadt verlassen und würde so bald nicht wiederkommen. Sein Nachfolger, Buondelmonte Peruzzi, tat sich nicht gerade durch Eifer hervor. Auch Boccaccio schien kein Fanatiker zu sein, denn er zeigte sich keineswegs empört über meine Worte. Er bestellte für Jacopo noch einen Becher Wein und zog mich zu einem Tisch in der Ecke.

Ich finde es achtbar, sagte er, wie ernst du Dantes Visionen nimmst. Natürlich können sie einem die Freude am Essen verderben, das sollen sie sogar. Was du nicht wahrhaben willst: Diese Verse sollen die Menschen aufrütteln.

Ich schaute Boccaccio fragend an: Du tust ja fast, als wäre dein Dante ein Heiliger.

Das ist er auch, aber nicht ein Heiliger der Kirche, sondern ein Heiliger der Literatur. Nimm das Ganze doch als Spiel mit Worten, als Herausforderung von Papst und Kaiser. Alles, worauf Macht und Glaube aufbaut, behandelt Dante poetisch und sagt uns damit, dass jeder Einzelne von uns sich seine eigene Welt ausdenken kann. Wenn ich mir den Papst als Satan vorstelle, dann ist das doch ein ungeheuerlicher Witz, oder nicht?

Ich wandte ein: Mein Humor ist das nicht, andere Menschen in Gedanken zu foltern. Gut, dass ich Dante nicht kennengelernt habe.

Boccaccio zeigte auf Jacopo, dessen Kopf auf die Tischplatte gesunken war: Der arme Teufel da kommt nicht aus dem Schatten seines Vaters heraus. Seine Wut hat er geerbt, aber nicht sein Talent. Vor langer Zeit ist er nach Florenz zurückgekehrt und verprasst nach und nach alle Güter der Familie Alighieri. Einer jungen Witwe hat er die Ehe versprochen und ihr zwei Kinder gemacht. Dafür soll er jetzt verurteilt werden.

Und warum gibst du dich mit solch einem Kerl ab?

Boccaccio zeigte auf sein Buch: Das ist mein Zibaldone, darin schreibe ich mir alles auf, was für mein Denken und mein Schreiben wichtig ist. Was Jacopo mir erzählt, wenn er nicht zu viel getrunken hat, ist für die Nachwelt unschätzbar. Nachrichten aus dem Leben des größten aller Dichter.

Und was willst du mit diesen Nachrichten anstellen?

Mein Ziel, antwortete Boccaccio, ist eine Professur für die Studien der Commedia. Ich will irgendwann öffentliche Vorlesungen über das Werk Dantes halten und den Florentinern erklären, wie kunstvoll der Sohn ihrer Stadt das alles gereimt hat. Und was sie davon lernen können.

Ich lachte: Du willst mir doch nicht erzählen, dass ein vernünftiger Mensch es sich zum Beruf machen kann, die Bücher eines anderen zu deuten? Das wird nie gelingen. Schon vom Schreiben kann kein Dichter leben. Das sind doch alles Hungerleider, die sich reiche und mächtige Gönner suchen müssen. Vergil schrieb für Augustus, Cassiodor arbeitete für den Gotenkönig Theoderich, und dein Dante ist sicher auch bei großen Herren betteln gegangen. So einem traurigen Dasein willst du nacheifern?

Boccaccio nickte: Tu doch nicht so, als ob du dich für Literatur nicht interessierst. Man merkt schnell, dass du belesen bist. Ich für meinen Teil will mein Leben den Buchstaben widmen, denn ich bin nicht zum Kaufmann geboren. So manches Jahr habe ich an Zahlen verschwendet. Aber ich bin und bleibe Poet, und Dante ist mein Lehrer. Seine Höllenvisionen sind drastisch, aber seine Sprache ist wundervoll. Das müsstest du doch verstehen? Dein Italienisch ist fast perfekt, Latein sprichst du auch, Deutsch sowieso. Cioccia hat mir erzählt, wie viel Freude du an Büchern hast.

Hat sie das wirklich erzählt? Ich lese aber keine Höllenvisionen, sondern Liebesromane. König Artus und seine Tafelrunde. Schöne Frauen, edle Ritter, und keiner weiß, wie es am Ende ausgeht. Und ich lese gerne Reiseberichte. Da lerne ich vieles über die Welt, wie sie ist. Und nicht wie sie sein sollte. Mein liebstes Buch handelt von der Reise eines flämischen Mönchs in die Mongolei. Dorthin kommt man auf dem Kamel, und nicht im Traum wie in Dantes Hölle.

Boccaccio nickte: Cioccia hat mir auch davon erzählt. Du warst erst letztes Jahr für die Peruzzi im Osten auf Reisen?

Ich war plötzlich auf der Hut. Was hatte Cioccia ihrem Freund über meine Mission in Caffa verraten? Dieser Boccaccio wirkte leutselig, aber in Florenz, wo die Spitzel an jedem Tisch hockten, konnte das Fassade sein. Sein Vater arbeitete für die Bardi, also die größten Konkurrenten der Peruzzi. Vielleicht sollte er mich aushorchen. Es war nicht gut, wenn meine Geschichten landeten, wo sie nicht hingehörten. Ich hatte dem Padrino geschworen, keine Geheimnisse seiner Bank auszuplaudern. Überhaupt gefiel es mir nicht, wie sich dieser Boccaccio in mein und Cioccias Leben einmischte.

Ich antwortete deshalb mit einer Gegenfrage: Und dein neues Amt für die Salzsteuer? Du scheinst ja nicht allzu viel zu tun zu haben, wenn du am hellen Mittag in der Schänke über Dante diskutierst.

Lassen wir das, schlug Boccacio vor, das ist nichts als ein Missverständnis. Wieder so eine Idee von meinem Vater, der mich immer noch in der Verwaltung unterbringen will, damit ich ihn nichts koste. Ich war heute Morgen am Salzlager am Arno, alle Welt will kaufen und schleppt Säcke weg, doch keiner will die Steuer bezahlen. Die Armut! Die Teuerung! Was weiß ich von alldem? Ich war seit Jahren nicht in der Stadt. Mir sind zwei Augustinermönche zugeordnet, die führen über die Salzsteuer schon länger die Bücher. Sollen die sich damit rumplagen!

Steuern, nichts als Steuern! Die Herren der Stadt haben nur Geld im Kopf, weil sie es nicht im Beutel haben. Bankrott sind sie, einer wie der andere!

Es war Jacopo, der aus seinem Rausch erwachte und losteufelte: Mein Vater hat alles genau gewusst. Er sehnte sich nach den alten Zeiten ohne

Banken und ohne Kaufleute. Als Florenz noch bescheiden hinter dem innersten Mauerring lag. Da waren die Hausväter sparsam, die Ehefrauen züchtig, die Kinder gehorsam. Und in der ganzen Stadt herrschte Frieden. Jetzt schlagen sie sich wegen Geld gegenseitig die Schädel ein. Im Inferno werden sie braten.

Hör auf, Jacopo!, fiel ihm Boccaccio ins Wort. Heute Abend oder spätestens morgen plaudern wir wieder über die Commedia. Jetzt gehen wir zum Barbier. Ich spendiere uns beiden eine Rasur. Nach einer Reise ins Jenseits muss man sein Äußeres genauso pflegen wie nach einem Ritt über den Appenin.

Ich folgte Boccaccio, der den Säufer untergehakt hatte und aus dem Purgatorio zog. Draußen wäre mir fast ein Ball aus Leder an den Kopf geflogen. Ein Junge klaubte ihn auf und warf ihn in Richtung der Kirche. Eine Schar junger Männer rannte über die Piazza, immer dem Ball hinterher. Der Vorderste warf sich darauf, wurde aber gleich von anderen eingeholt, die ihm das Leder aus den Händen zerrten und es unter großem Geschrei erneut in meine Richtung traten. Ich erkannte Palamede, in kurzer Hose mit einem Hemd, das seinen Körper betonte.

Der Jüngste der Peruzzi hatte den Ball mit einem Hechtsprung gefangen und lief damit auf zwei Stangen zu, dann beförderte er die Kugel mit einem eleganten Fußtritt hindurch. Seine Kameraden jubelten, oder sie fluchten, ich konnte das nicht auseinanderhalten. Das sonderbare Spiel, das ich schon oft im Vorbeigehen mitbekommen hatte, gehorchte Regeln, die ich nicht verstand. Palamede jedoch, der sonst immer so traurig dreinschaute, lachte glücklich und winkte mir zu: Hast du gesehen? Mein drittes Tor! Verrate meinem Vater nicht, dass ich Calcio spiele!

Ich schüttelte lächelnd den Kopf und bog um die Ecke. Der Padrino hatte wahrlich andere Sorgen. Mir würde es nicht gelingen, sie zu verscheuchen.

KAPITEL 12

Auf der Treppe des Palazzo Peruzzi kam mir, verhüllt mit einem schwarzen Spitzenschleier, das Mädchen Bilia entgegen, das der Padrino sich zur Frau genommen hatte. Wie bei unserer ersten Begegnung starrte sie mich aus weit aufgerissenen Augen an. In Begleitung einer dunkelhäutigen Alten hatte ihr Gatte ihr offenbar gestattet, den Palast zu verlassen und an Ruffos Grab die einer Stiefmutter vorgeschriebenen Gebete zu sprechen. Außer der Dienerin folgte Bilia ein Wächter, das gesenkte Schwert in der Hand. Die Casa Peruzzi zeigte sich gewappnet gegen einen Angriff auf Ehre und Besitz des Padrino, wie er sich auch in diesem Kind verkörperte.

Zumindest stand Bilia eine Freude bevor. Sie durfte aus den Augenwinkeln den schönen Palamede beim Ballspiel bewundern, denn ihr Weg führte sie über die Piazza. Ich blickte Bilia nach. Was für eine Familie, in der ein herausgeputztes Kind eine Mutter zu spielen hatte, während der erwachsene Sohn wie ein Zehnjähriger im Hemd auf der Gasse herumtollte.

Ich war noch nicht oben auf der Treppe angekommen, als der Palazzo von wildem Geschrei erfüllt wurde: Assassini! Assassini! Ich drehte mich um, ein junger Mann kam im grauen Gewand eines Schreibers die Treppe hochgerannt. Seine blutigen Hände hielt er empor und schrie mit schriller Stimme immer nur dieses eine Wort: Assassini!

Während Wächter auf die Gänge stürzten und Uguccione den Schreiber einholte, packte und mit ein paar Ohrfeigen zur Besinnung zu bringen versuchte, wurde mir schlagartig klar: Meine Hoffnung auf einen Zufall war schneller eingetroffen, als ich es für möglich hielt. Oder war es kein Zufall? Der Mörder hatte erneut zugeschlagen. An Spuren würde es jetzt nicht mehr mangeln.

Ähnlich wie gestern Morgen brach die Hölle los. Der Kirchgang von Bilia war beendet, bevor er begonnen hatte. Ihr Wächter schob sie zusammen mit der Sklavin in ihre Gemächer hinauf. Türen fielen ins Schloss, Metall klirrte, Aufpasser mit Lanzen postierten sich an den

Zugängen. Ich gesellte mich zu Uguccione, dem es noch nicht gelungen war, dem verängstigten Schreiber einen zusammenhängenden Bericht zu entlocken.

Den Hals abgeschnitten! Im Kontor, den Hals!, stammelte der Jüngling, während Uguccione ihn schüttelte und anschrie: Mach das Maul auf, du Trottel! Wem haben sie den Hals abgeschnitten?

Der Junge brach in ein Schluchzen aus, als wäre er selber das Opfer. Ganz ruhig, sagte ich, alles der Reihe nach.

Der Junge atmete tief durch und erstattete endlich Bericht, während er auf seine Schuhspitzen starrte: Heute Mittag musste ich drei Testamente abschreiben. Als ich zu Messer Bortolo ins Kontor kam, lag er mit dem Kopf auf seinem Pult. Ich habe gerufen, habe ihn gerüttelt, da waren meine Hände auch schon voller Blut. Ich bin sofort weggelaufen. Fassungslos blickte der Schreiber erst auf seine feuchten Hände, dann zu Uguccione und mir. Ich habe nichts damit zu tun, stammelte er.

Wir rannten die Treppe hinunter, an den Wachen vorbei auf die Corte Peruzzi und dann gleich nach rechts, wo Kontor und Wohnung des Advokaten lagen. Vor dem Eingang sammelte sich bereits eine Menschentraube. Uguccione schob die Leiber auseinander, als wären es Bettfedern, und stapfte mit mir hinein, nachdem die Wachen für uns kurz die gekreuzten Spieße weggezogen hatten.

Wie der Schreiber gesagt hatte, lag der Anwalt mit dem Kopf auf seinem Pult. Der Tisch war übersät mit Dokumenten. Das Blut hatte Papier und Pergament bespritzt, überall gab es rote Flecken, und immer noch tropfte frisches Blut vom Tisch auf den Boden. Die Tat konnte noch nicht lange her sein. Uguccione drehte den Oberkörper zur Seite. Aus dem Hals von Bortolo quoll noch mehr Blut. Sein Blick war so dumm, als wäre er noch am Leben. Unter seinem Kinn zog sich ein sauberer Schnitt von Ohr zu Ohr. Der Mörder war von hinten herangeschlichen, hatte ihm mit einem Griff ins Haar den Kopf zurückgerissen, und aus war es gewesen. Der Verband an der rechten Schulter und die Armschlinge hatten ein Übriges dafür getan, dass sich der schmächtige Mann nicht wehren konnte.

Aufgeschoben ist nicht aufgehoben, erklärte Uguccione sachlich.

Gestern hat der Mörder seinen Hals mit dem Pfeil noch verfehlt. Doch wozu gibt es Messer? Wie ein Schwein beim Blutwurstmachen.

Wir blickten uns im Kontor um. Außer den Papieren auf dem Tisch war alles penibel geordnet. Rollen von Dokumenten steckten in Regalen, auch einige Bücher. Es waren Codices des Römischen Rechts und gebundene Urteile der Mercanzia, die in Florenz über Streitigkeiten unter den Händlern entschied. Auf einem anderen Pult stand ein Tintenfass neben einem Stapel von Blättern. Auf denen hätte der Schreiber die Testamente notieren sollen, die ihm der Advokat diktieren wollte. Ich ging zur Leiche, die noch warm war, und überprüfte den Gürtel. Außer dem Geldbeutel hingen da zwei Siegel und ein Schlüssel. Ich griff in den Beutel und förderte drei Goldstücke sowie fünf Soldi ans Licht. Uguccione pfiff durch die Lippen: Der war aber unvorsichtig, so viel Geld mit sich herumzutragen.

Ich verbesserte: Diese Unvorsichtigkeit hat Bortolo nicht das Leben gekostet. Wäre der Mörder hinter dem Geld her gewesen, hätte ein zweiter Schnitt genügt, und der Geldbeutel wäre jetzt weg.

Oder der Mörder musste ganz schnell weglaufen, meinte Uguccione. Wie ist er überhaupt hereingeschlichen?

Das war in der Tat nicht leicht zu entscheiden. Am wahrscheinlichsten kam er von hinten aus der angrenzenden Wohnung, die über Türen und Gänge mit dem Palazzo Peruzzi verbunden war. Wir schritten durch einen Schlafraum mit gemachtem Bett, einer Truhe und einem Betschemel, dann weiter in eine Küche, die mit einem Lavabo und einem kleinen Tisch an den Innenhof des Palastes grenzte, wo sich auch der Abtritt befand. Die Tür zum Innenhof war nicht verschlossen. Der Mörder konnte also von hier gekommen sein, aber das bedeutete zugleich, dass er Zugang zum Inneren des Palastes hatte. Oder war er von unten aus den Kellergewölben hochgestiegen? Ich inspizierte noch einmal die Küche, in der augenscheinlich schon lange kein Feuer gebrannt hatte. Weder Holz noch Kochgerät war zu finden, was dafürsprach, dass der einsame Bewohner vom Vorrecht Gebrauch machte, in der Küche des Padrino zu speisen. In der Truhe lagen zwei rote Roben, die Amtskleidung der Anwälte, dazu Unterwäsche und ein paar Mützen sowie

Wolldecken für den Winter. Keine Pelze, keine Seidenstrümpfe, keine Damasthemden. Für einen Anwalt war dies ein mehr als bescheidener Besitz. Die ganze Wohnung, immerhin im Palazzo der Peruzzi gelegen, wirkte karg. Der einzige Vorteil der Räumlichkeiten: Es waren nur ein paar Schritte zum Padrino, der seinem Anwalt seit vielen Jahren Brot und Schutz gewährte. Wobei Messer Bortolo auf diesen Schutz nicht wirklich hatte bauen können, sonst wäre er nicht tot. Und auch sein Brot, das bewies die ärmliche Einrichtung, verteilte Pacino Peruzzi nicht mit vollen Händen. Wer wusste das besser als ich? Dennoch musste Messer Bortolo ein geiziger Mann gewesen sein, wenn er sich als unverheirateter Advokat mit dieser kleinen Wohnstatt begnügte.

Schau dir das an, rief Uguccione, der ins Kontor zurückgegangen war. Das wird dem Padrino aber gar nicht gefallen!

Ich ging zur Leiche, doch Uguccione beschäftigte sich nicht mehr mit dem Toten, sondern zeigte auf die Dokumente auf dem Pult. Ein Blatt, das nur ein paar Tropfen Blut abbekommen hatte, schwenkte der große Mann hin und her, als wolle er die Tinte trocknen. Ich nahm es ihm aus der Hand und las in großen Buchstaben: Monte. Dann nahm ich die Papiere auf dem Pult in Augenschein. Die kleine, akkurate Schrift ließ sich im Halbdunkel nur von geübten Augen entziffern, aber auf jedem Blatt prangte in stets derselben Schrift das Wort: Monte.

Ich hatte nicht gewusst, dass Uguccione des Lesens kundig war. Was immer er auch gelernt hatte, für dieses eine Wort reichten seine Kenntnisse: Monte, Monte, Monte.

Uguccione legte das Blatt wieder auf den Tisch und ordnete die blutigen Papiere zu einem Stapel. Er konstatierte: Unser Advokat hat unsaubere Geschäfte gemacht, als er noch genug Blut in den Adern hatte. Hier auf dem Tisch liegen gut und gerne sechshundert Florin in Staatspapieren. Solche Anleihen des Monte darf nur der Padrino selbst aufkaufen. Wenn Messer Bortolo trotzdem diese Papiere bei sich gehortet hat, bedeutet das Verrat an der Casa Peruzzi. Hier sind schon Leute für viel weniger umgebracht worden.

Ich hatte zwar wie alle in der Stadt vom Monte gehört. Das war die Bank, welche die Schulden der Republik Florenz verwaltete. Doch in die Geheimnisse der Bankgeschäfte hatte mich der Padrino nicht eingeweiht. Was hätte ich auch davon gehabt? Ich besaß keine Schuldscheine, keine Wechsel, nicht einmal Guthaben beim Padrino. Ich bezog nur meinen Lohn, mit dem ich hoffte, irgendwann die beiden Häuser abzahlen zu können, für die ich den Peruzzi noch Geld schuldete. Für mein Greisenalter, wenn ich es denn je erreichte, bedeutete das eine Art Sicherheit.

Offenbar war ich hier nicht der Einzige, der sich um sein Alter sorgte und Ersparnisse sammelte. Wenn ich richtig verstanden hatte, lagen keine Anteile am Handelshaus der Peruzzi auf Messer Bortolos Tisch, auch keine Urkunden über den Besitz von Häusern, sondern Schuldverschreibungen der Republik Florenz. Was hatte Bortolo Pratese damit vorgehabt?

Uguccione hatte inzwischen einen ganzen Stapel beisammen. Mit einem Tuch aus der Küche putzte er die übelsten Blutflecken ab und fluchte, wenn er dabei die Tinte verwischte: Sauerei! Ich bringe das hier gleich dem Padrino. Wenn du die Leute hier befragt hast, sollen die Frauen das Blut aufwischen.

Als Uguccione gegangen war, schaute ich mir die Regale genauer an, entrollte einige Schriften, blätterte wahllos in Büchern. Es handelte sich um das übliche Geschäft eines Anwalts: Testamente, fromme Stiftungen, Straßenpläne mit Grundrissen, halbfertige Akten über Außenstände von Faktoren in Tunis und Rhodos, die nach ihrer Siegelung nach nebenan ins Archiv des Handelshauses wandern würden. Außer den Dokumenten, über deren Studium man Bortolo Pratese den Hals abgeschnitten hatte, war an seinen Geschäften nichts Verbotenes zu entdecken.

Ich ging hinaus auf die Straße, wo sich immer noch ein Dutzend Faktoren drängten, und fragte, ob hier offen gewesen war, als die Leute nach der Entdeckung des Toten herbeirannten. Alle wussten, dass Messer Bortolo die Tür tagsüber selten verschloss, jedenfalls wenn er im Kontor saß und auf Schreiber, Teilhaber, Buchhalter wartete, die mit ihm die laufenden Geschäfte zu besprechen hatten. Warum auch hätte er besorgt sein sollen? Lagen seine Räumlichkeiten doch im inneren Bezirk, in den niemand unkontrolliert hereinkam. Wem dies aber gelang oder wer zum Haushalt gehörte, der hätte auch von der Corte Peruzzi ins Kontor eindringen können, ohne Aufsehen zu erregen. Was dagegensprach: Messer Bortolo an seinem Pult hätte seinem Mörder ins Gesicht gesehen. Sollte er ihn gekannt, sollte er ihm vertraut haben, war auch das eine Möglichkeit, die ich nicht ausschließen konnte.

Dann fiel mir noch etwas ein. Ich ging zur Küche, schob den Kessel neben der Feuerstelle beiseite und rüttelte an einer Holzluke. Modriger Geruch kam mir aus dem Loch entgegen. Eine Leiter führte von hier in die Gewölbe des antiken Zirkus, die sich unter dem Palazzo hinzogen. Schon der Bogenschütze war wahrscheinlich über die Straße in die Burella, wie sie die Florentiner nannten, entkommen. Auch dieser Zugang stand dem Mörder offen. Ich ging wieder zur Pforte und gab den Wächtern den Auftrag, für die Reinigung des Kontors und die Aufbahrung der Leiche zu sorgen. Sie sollten aber niemanden außer den Dienerinnen hereinlassen.

Ich hörte eine raue Stimme: Mir kannst du den Zutritt nicht verwehren!

Natürlich hatte der Podestà Wind von der Leiche bekommen. Neroccio da Gubbio trat so ungezwungen ein, als habe er einen Termin beim Anwalt. Er strich gedankenlos über einige Dokumentenrollen und nahm erst dann den blutigen Leichnam in Augenschein. Neroccio sagte: Wenn es hier etwas gab, was ich nicht zu sehen kriegen soll, dann hattet ihr Peruzzi Zeit genug, für Ordnung zu sorgen. Eure Art von Ordnung. Schön, schön. Was lag auf diesem Tisch? Und der Podestà wies auf die verschmierte Tischplatte, auf der immer noch, schräg und mit geöffnetem Mund, der Kopf des Advokaten lag.

Nichts Wichtiges, antwortete ich. Ein paar Testamente, die Messer Bortolo heute Mittag zur Abschrift diktieren wollte. Der Schreiber hat ihn gefunden, mit abgeschnittenem Hals, Du siehst es ja. Wir haben nichts verändert.

Neroccio seufzte tief: Und diese Testamente, von denen du gesprochen hast, die befinden sich jetzt drüben beim Padrino, was? Ich hatte dich doch gewarnt, Deutscher. Keine Geheimnisse vor dem Podestà! Jetzt haben wir nicht nur einen Mordversuch, sondern einen Mord am selben Mann, mitten im Palazzo Peruzzi. Ich muss den Mörder finden, bevor diese Raubtiere von Kaufleuten mir einen Bürgerkrieg vom Zaun brechen. Also sag mir, was du weißt!

Ich wiederholte, dass Uguccione mit den Testamenten zum Padrino gegangen sei. So tollkühn zu sein, mit dem Podestà über Familiengeheimnisse zu plaudern und die Wut von Pacino Peruzzi herauszufordern, konnte ich mir nicht leisten. Der alte Pacino stand mir, dem Hausgenossen, viel näher als der Podestà. Zuerst musste das Oberhaupt der Casa den Fall begutachten und entscheiden, was zu tun war und welche Erkenntnisse wir den Behörden von Florenz anvertrauen wollten. Neroccio seufzte noch einmal und kam so dicht zu mir heran, dass ich den Lauch zwischen seinen Zähnen sah: Wir haben drüben schwere Eisenzangen, damit kann ich beim Verhör den Leuten in die Arme und in die Beine kneifen. Notfalls kann ich sie auch ausreißen lassen. Ich mache das nicht gerne, aber wenn es nötig ist, dann schon. Ich schaue mir keine Blutrache unter Kaufleuten an. Ich verlange Respekt! Und wenn man mir den verweigert, dann greife ich mir zuerst einen Fremden. Was meinst du wohl, wer das sein könnte?

Schweren Schrittes ging Neroccio da Gubbio seines Weges, die Schlüssel an seinem Gürtel klirrten. Ich dachte noch einmal kurz nach, ob ich ihm reinen Wein hätte einschenken sollen, war mir aber sicher, richtig gehandelt zu haben. Die Peruzzi wurden angegriffen, die Peruzzi mussten sich und ihre Ehre verteidigen. Ich gehörte zu ihnen. Beim Herausgehen fiel mir an der Robe des Advokaten ein dunkler Fleck auf, den ich vorher nicht bemerkt hatte. Rotes Tuch durchtränkt von rotem Blut. Die Farbe des Blutes, so fiel mir auf, war zugleich die Farbe des Rechts. Ich trat zum Pult und zog Bortolo Pratese im Halbdunkel das Gewand hoch. Wo sein Geschlecht gewesen war, klaffte ein Loch. Der Mörder hatte ihn kastriert.

KAPITEL 13

Der Padrino empfing mich nicht im Kontor, sondern in seiner Privatkapelle. Das Oberhaupt der Peruzzi kniete, die Hände gefaltet, auf einem Betstuhl vor dem Altar. Mit geschlossenen Augen befahl er mir, die schwere Eichentür zu schließen: Hier können wir ungestört reden. Drüben im Kontor sitzen seit gestern die Wächter sogar an den Fenstern. Doch was sollen wir machen, Wittekind? Es sind böse Zeiten.

Ich nickte und dachte an Bortolo Pratese, doch der Padrino dachte an etwas anderes: Siebenhundertzwölf Florin und achtzehn Soldi in Anleihen des Monte. Versteckt in meinem eigenen Palazzo. Wenn der heilige Tommaso meine Gebete nicht erhört hätte, dann wären wir jetzt um eine bedeutende Summe ärmer.

Ihr seid um einen Advokaten ärmer, erinnerte ich den alten Mann.

Seinen Tod hat Bortolo sich selbst zuzuschreiben. Er hat Geschäfte auf eigene Rechnung gemacht. Das ist in der Casa Peruzzi noch keinem gut bekommen.

Ihr findet es also ganz normal, wenn in eurem Palast ein Hausgenosse ermordet wird?, fragte ich.

Pacino Peruzzi verzog den Mund, als wolle er nicht an dieses Ungemach erinnert werden. Er murmelte einige unverständliche Worte, bekreuzigte sich und streckte die Hand zu mir aus, damit ich ihm von den Knien auf seine Sitzbank half: Es ist im Leben genau wie in einem Bilanzbuch, belehrte er mich ächzend. Es gibt Gewinn, es gibt Verlust, und abgerechnet wird am Schluss. Dass Bortolo jetzt tot ist, bedeutet einen Verlust für uns. Ich habe sein Studium in Bologna bezahlt und ihn in meinen Schutz aufgenommen, sogar eine Wohnung in meinem Palazzo bekam er gestellt. Er lohnte mir diese Großzügigkeit durch treue Dienste, so glaubte ich bis heute. Jetzt weiß ich es besser. Und dieses Wissen ist unser Gewinn. Siebenhundertzwölf Florin und achtzehn Soldi kommen auf die Guthabenseite unseres Geschäftsbuches. Die Papiere liegen schon in der großen Truhe, auch wenn sie etwas schmutzig sind.

Die Rechnung überzeugte mich nicht: Der Tod eures Anwalts bedeutet mehr als einen Verlust in barem Geld. Wir wissen jetzt, dass ein Mörder im Palazzo lauert. Nicht nur auf dem Dach oder in den Gewölben, sondern hinter jeder Wand, hinter jeder Tür kann er zuschlagen. Das ist eine Gefahr für uns alle. Außerdem hat man Messer Bortolo nicht nur die Kehle durchgeschnitten.

Der Padrino sagte tonlos: Sicher haben sie ihn auch kastriert.

Ich riss die Augen auf: Woher wisst ihr das? Uguccione hat es nicht bemerkt.

Der Alte schaute betrübt: Das sind hier in Florenz die Gebräuche. Ein Betrüger ist ehrlos, und das rächt man am besten, indem man ihm das Gemächt abschneidet. Zur Not auch nach dem Tod.

Ihr glaubt also, der Mord hat etwas mit den Dokumenten zu tun, die auf Bortolos Tisch lagen? Könnte nicht auch etwas ganz anderes dahinterstecken? Ein Rachefeldzug gegen die gesamte Casa Peruzzi passt besser zu dem, was ich herausgefunden habe. Dein Sohn Ruffo wurde gewiss nicht wegen irgendwelcher Papiere gekreuzigt.

Der Padrino schüttelte den Kopf: Ich bin mir sicher, dass die zwei Morde nichts verbindet. Was Ruffo widerfuhr, ist den verarmten Bauern im Contado anzulasten. Seit der Pest ziehen Räuberbanden über Land, und diese Menschen hängen der Teufelsanbetung an. Ruffo ist so einer Bande von Ketzern in die Hände gefallen und musste bei einer ihrer Beschwörungen des Satans sterben. Wer sonst kommt auf so eine Idee? Wir werden die Täter nie finden. Die sind längst weitergezogen bis in die Abruzzen.

Und der Mord an Messer Bortolo?, wollte ich wissen.

Den hat seine Gier erledigt. Sie hätte ihn schon gestern das Leben kosten können. Aber da hatte Bortolo noch Glück, der Mörder traf ihn nicht genau. Heute war dieses Glück aufgebraucht. Ich habe allen Faktoren und Hausgenossen verboten, auf eigene Rechnung Anleihen des Monte zu kaufen. Sogar meinen Söhnen ist es untersagt. Dieses Geschäft ist lebensgefährlich.

Fragend blickte ich den Padrino an: Ihr wisst, Geschäfte sind nicht meine Sache.

Dann will ich es dir erklären. Die Anleihen der Republik Florenz stammen meist von kleinen Leuten, Handwerkern, Wollarbeitern. Die mussten sie an uns verkaufen, weil sie dringend Bargeld für ihre Familien brauchen. Bargeld haben wir genug. Doch wenn die kleinen Leute später bemerken, dass die Papiere des Monte viel mehr wert sind, als sie von uns dafür bekommen haben, dann werden sie rachsüchtig. Ich habe das vorhergesehen und darum den Ankauf persönlich in die Hände genommen.

Mir wollte die Erklärung nicht einleuchten: Aber dann müsste es der Mörder doch vor allem auf euch abgesehen haben und nicht auf Messer Bortolo.

Pacino Peruzzi lächelte selbstzufrieden: Ein guter Kaufmann muss manchmal handeln wie ein Apotheker. Der Monte ist Gift, das weiß in Florenz jeder kleine Schreiber. Gift verwahrt man gut, weil es auch eine Medizin sein kann. Doch es darf niemals in falsche Hände geraten. Messer Bortolo hat auf eigenen Namen Papiere für über siebenhundert Florin an sich gerafft, und den Vorbesitzern nach heutigem Kurs höchstens einhundertfünfzig Florin dafür bezahlt. Als die Verkäufer dahintergekommen sind, dass sie über fünfhundert Florin weggeschenkt haben, war Bortolos Leben verwirkt. Er bekam den Hals nicht voll, also schnitten seine Feinde ihn ab.

Der Padrino faltete die Hände, wenn auch nicht zum Gebet, und schaute mich an. Er bemerkte an meinem Blick, dass ich es immer noch nicht begriffen hatte, und fuhr fort: Heute Mittag musste bloß irgendein Handwerker eine Verabredung mit meinem Anwalt treffen, um ihm neue Papiere anzubieten. Der Advokat ließ ihn heimlich herein. Dann hätte ein Kind Bortolo erledigen können – schwächlich und verwundet, wie er war. Als man die Leiche fand, saß der Mörder längst wieder in seiner Werkstatt.

Warum ein Handwerker, wollte ich wissen.

Weil die Handwerker viele Anteile des Monte besaßen, aber nicht so lange warten können, bis sie dafür Zinsen bekommen. Darum bieten sie die Papiere für geringe Preise an. Bortolo musste die Erfahrung machen, dass sie das äußerst ungerne tun.

Ich zweifelte immer noch: Und warum wurde der Advokat kastriert? Das dient als Warnung an alle. So erledigen wir hier in Florenz das Geschäft der Rache. Bortolo hat nicht nur sein Leben, sondern – schlimmer noch – seine Ehre verwirkt. Wenn wir suchten, könnten wir seine Männlichkeit in unserer Abortgrube finden. Aber wir suchen nicht.

Mir wollte das nicht in den Kopf: Wenn der Handel mit den Papieren des Monte lebensgefährlich ist, warum seid ihr so sicher, dass ihr nicht der nächste Tote seid? Ihr habt doch gesagt, dass ihr das Geschäft persönlich in die Hand genommen habt.

Der Padrino erklärte ungerührt: Weil auf meinen Namen nicht eine von diesen giftigen Anleihen verzeichnet ist. Wir Peruzzi besitzen keine einzige.

Der Alte weidete sich an meinem Erstaunen. Der Tod eines Sohnes, die Attacke vom Dach, die Ermordung seines Advokaten – für einen Augenblick stand das alles hinter seinem Geschäft zurück. Er begann: Ich bin nur der Vermittler. Die Anleihen haben die Peruzzi im Namen einer frommen Stiftung erworben. Sie heißen Töchter des heiligen Herzens der Jungfrau Maria. Das ist ein kleiner Konvent oben in den Hügeln bei Fiesole. Jeder weiß, dass solche frommen Institute zurzeit im Geld schwimmen. Die Menschen haben Angst vor der Hölle, wenn die Pest sie holt. Die Guthaben der Armenhäuser und der Bettelmönche sind so hoch, dass wir Banchieri kaum noch eine Verwendung finden für das viele Geld.

Der Padrino schaute sich nach rechts und links um, als säßen in der Kapelle unliebsame Zuhörer, dann zog er mich am Ärmel zu sich heran und flüsterte: Am heutigen Tag gehören den Töchtern des heiligen Herzens der Jungfrau Maria Anleihen des Monte im Wert von nicht weniger als siebenunddreißigtausendvierhundertdreiundvierzig Florin, mit Bortolos Papieren sind es achtunddreißigtausendeinhundertfünfundfünfzig und achtzehn Soldi. Niemand hat mehr.

Das war eine gewaltige Summe. Wollte der alte Kaufmann mir weismachen, dass ein paar alte Nonnen aus Fiesole die größten Kreditgeber der Republik Florenz waren? Und dass die Schwestern jetzt in ihrem Konvent begierig auf die Zahlung von Zinsen warteten, die selbst für mich als schlechten Rechner weit über fünfzehnhundert Florin liegen mussten. Jahr für Jahr für Jahr. Mit diesem Geld konnte man eine Armee ausrüsten oder eine Straße in der Innenstadt von Florenz erwerben.

Nun habe ich verstanden, sagte ich. Die Schwestern des heiligen Herzens der Jungfrau Maria gibt es gar nicht, sie stehen nur in den Büchern des Bankhauses Peruzzi. Wer wird schon nach Fiesole reiten und nachfragen, da es sich um eine fromme Stiftung handelt?

Pacino Peruzzi schüttelte begütigend den Kopf: Wittekind, wir sind doch keine Betrüger! Gott sieht alles. Natürlich gibt es diesen inzwischen sehr reichen Konvent. Nur sind die Schwestern fast alle an der Pest gestorben, und nur noch die alte Oberin ist übrig. Donna Peronella ist eine entfernte Cousine von mir, und ich bin ihr Alleinerbe. Das ganze Geschäft hat Messer Bortolo vor acht Wochen als Notar beglaubigt und bei der Mercanzia hinterlegt. Dabei muss unser Anwalt wohl auf schlechte Gedanken gekommen sein.

Immerhin, sagte ich, gehörten ihm die Anteile, die unter seiner Leiche lagen. Ihr habt sie jetzt eurem Guthaben einfach zugerechnet.

Pacino Peruzzi verneinte: Wir haben unter uns Kaufleuten ein Sprichwort. Wer sich mit Kindern ins Bett legt, der wacht bepisst wieder auf. Das ist Bortolo zugestoßen, er hat seine Geschäfte übel verwaltet. Wie konnte er nur seinen eigenen Namen eintragen? Das lockte seinen Mörder an. Immerhin ist das viele Geld nicht verloren, denn ich bin Bortolos Erbe. Allerdings brauchen wir einen Nachfolger für ihn. Mein Sohn Zanobi ist schon unterwegs zur Mercanzia. Beim Handelsgericht treiben sich diese armen Seelen von Rechtsverdrehern zu Dutzenden herum und warten auf Geschäfte. Leider verdienen sich die Advokaten an Testamenten und Verschreibungen wegen der Pest gerade eine goldene Nase. Es wird also nicht billig werden, einen Ersatz für Bortolo zu finden. Aber ich denke, für vierzig Florin bekommen wir einen studierten Juristen aus Padua. Kost und Unterkunft hatte ich ohnehin für Bortolo entrichtet. So liegen wir heute summa summarum bei gut sechshundertsiebzig Florin Gewinn. Nicht übel für diese schlimmen Zeiten.

Pacino Peruzzi reichte mir seine Hand. Bevor ich ihn ins Kontor hinüberführte, ging er mit mir zu dem vergoldeten Altarbild, vor dem er gebetet hatte: Weißt du, wer das ist?

Der heilige Tommaso, er legt seinen Finger in die Wunde Christi.

Pacino nickte: Das hat mein Freund Giotto gemalt, der König von Neapel hat keinen Altar von dieser Qualität. Christus muss für seinen Jünger sogar sein Hemd raffen, so neugierig ist dieser Tommaso. Und nun sage ich dir, warum hier in meiner Privatkapelle ein Altar des heiligen Tommaso steht.

Euer Bruder hieß Tommaso, kam ich ihm zuvor. Jeder hier weiß, wie sehr ihr ihn geliebt habt. Er muss schon einige Jahre tot sein.

Der Padrino nickte: Vor mehr als fünf Jahren ist er in London gestorben. Er sollte unsere Geschäfte mit dem englischen König, diesem bankrotten Strolch, zu einem guten Ende führen. Um uns zu retten, ging Tommaso sogar in den Kerker. Du hast recht, ich habe ihn sehr geliebt. Aber das ist nicht der wahre Grund für dieses Bild.

Ich blickte den Alten fragend an, und er erklärte: Der Apostel Tommaso ist unser Vorbild. Er ist genau so, wie ein guter Kaufmann sein soll. Er hat als Einziger an der Auferstehung gezweifelt. Ein misstrauischer Mann, genau wie ich, wenn ich ein Geschäft mache. Alles, jede Abrechnung und jeden Geschäftsbrief muss ich mit eigenen Augen prüfen, bevor ich mein Geld investiere. Tommaso hat nicht eher bei dem Geschäft von Christus mitgemacht, bis der ihm die Wunde gezeigt hat.

Der Padrino strich sacht mit dem Finger über die goldene Aureole des Heiligen und fuhr fort: Es heißt, Nikolaus sei der Schutzheilige der Kaufleute, weil er drei arme Waisenmädchen mit Gold beschenkt hat, damit sie nicht im Bordell anschaffen mussten. Was für ein Quatsch! Kein guter Kaufmann verschenkt sein Geld an Waisenmädchen. Aber dieser Tommaso, der ist mit dem Christentum im Gepäck nach Osten gezogen und hat eine ganze Kirche begründet. Ein reicher Bischof ist er geworden. So geht das, Wittekind. Auch ich bin einst nach Osten gezogen und bin dabei reich geworden. Aber das erzähle ich dir ein andermal.

Ich führte den Alten nun hinüber in sein Kontor, wo er sich an den Tisch setzte. Bevor ich ging, berichtete ich noch von meinem Besuch bei den Ciompi: Ein geheimnisvoller Mann, er nannte sich Rinaldo, hat versucht, die Armen gegen die Peruzzi aufzuhetzen. Er kam aus dem Osten, sagte er, und lag eine Zeitlang im Spital. Als er gesund wurde, verschwand er wieder.

Pacino wurde hellhörig: Aus dem Osten? Wie sah der Mann denn aus?

Normal, sagte ich, etwas jünger als ich, mit Bart und dunklen Haaren. Er sprach Toscanisch.

Der Padrino überlegte eine Weile, bevor er antwortete: Das passt zu meiner Vermutung. Alle in der Stadt hassen uns, weil ein Unvorsichtiger aus der Casa Peruzzi auf eigenen Namen Papiere des Monte aufgekauft und uns damit alle in Gefahr gebracht hat. Aber das ist nun aus der Welt. Soll Bortolo sehen, wie er ohne Schwanz in der Hölle zurechtkommt. Und mit einem Arm.

Der Padrino lachte laut auf. Sein Humor ging wirklich über Leichen. Dann erklärte er mir, wie es weiterging: Morgen früh werden wir diesen treulosen Advokaten in Santa Croce bestatten, ohne Aufsehen und ohne Pomp, doch seitlich von unserer Kapelle im Hauptschiff. Wenn ich Bortolo das Begräbnis komplett verweigere, weiß sofort die ganze Stadt, dass man ihm Gemächt und Ehre geraubt hat, und unsere Geschäfte kommen in Verruf. Ich werde den Leichenwäscherinnen bei Todesstrafe verbieten, über die Kastration ein Wort zu verlieren. Und dann kommt eine Steinplatte ohne Inschrift aufs Grab. Ein Toter mehr oder weniger, das fällt gar nicht auf.

Dann überlegte der Alte noch eine Weile und ließ mich vor seinem Pult stehen. Ihm schien eine Idee zu kommen. Vielleicht, erklärte er schließlich, ist am morgigen Tag die Sitzung der Priori der richtige Zeitpunkt für eine Zinserhöhung des Monte. Andererseits könnte es Aufruhr geben, wenn unsere Papiere auf einen Schlag viel mehr wert werden als vorher. Doch es wäre für uns ein glänzendes Geschäft, und obendrein völlig legal. Mein Sohn Arnaldo muss die Stimmung ausforschen. Ungefährlich wird das nicht, die Handwerker könnten wütend werden wie tolle Hunde. Du musst Arnaldo deshalb in den Priorenpalast begleiten und bürgst mir für seine Sicherheit.

Ich nickte. Grimmig fügte der Padrino hinzu: Wir machen es wie der heilige Tommaso. Wir legen den Finger in die Wunde, wir prüfen alles genau. Und wenn wir uns sicher sind, dass das Geschäft gut ist, dann schlagen wir zu.

KAPITEL 14

Auf dem Weg zur Piazza begegnete mir der Mönch Buondelmonte Peruzzi. Der Sohn des Padrino, der in den Orden des heiligen Francesco eingetreten war, ging zu Fuß, zu meiner Verwunderung ohne jede Eskorte. Ich trat zur Seite und verbeugte mich, wie es vorgeschrieben war. Zu meinem Erstaunen lächelte der mächtige Mann mich an, als wäre ich ein alter Freund. Franziskaner mochten Bettelmönche sein, die nach dem Willen ihres Ordensgründers barfuß den Armen und Kranken beizustehen hatten. Über hundert Jahre nach dem Tod des Francesco von Assisi hatte sich die Lage geändert. Die Inquisition hatte die radikalsten Armutsprediger auf dem Scheiterhaufen ausgerottet. Höchstens im Versteck oder unter falschem Namen überlebten noch einige dieser Spiritualen. Dafür übernahmen viele Franziskaner selbst die Arbeit der Inquisition. Mönche im braunen Habit führten Protokolle bei den Folterungen von Menschen, die ihnen als Ketzer zugeführt wurden. Sie ließen ihre Opfer an Seilen zur Decke ziehen und zerrissen ihnen dabei die Schultern, Girella wurde diese Qual genannt. Ob dem heiligen Francesco das gefallen hätte? Dass seine Jünger Sündern heutzutage Strafen auferlegten, die von Peitschenhieben bis zur Zahlung hoher Summen reichten, hatte der Heilige sicher nicht vorhergesehen. Wem nun in einer Schänke in Anwesenheit eines Spitzels ein unbedachtes Wort entschlüpfte, der konnte schnell vor einer Inquisition aus Franziskanern landen. In Florenz hatte sie ihren Sitz im Konvent von Santa Croce; der Inquisitor der gesamten Toscana war stets Mitglied des Ordens, wenn der Inhaber des Amtes auch im Moment vor der Pest geflohen war. Wohin, wussten nur Eingeweihte.

Das Vorrecht auf eine bewaffnete Eskorte war jetzt auf Bruder Buondelmonte übergegangen, den Sekretär und Vertreter des Inquisitors. Warum er trotzdem weiter schutzlos durch die Straßen seiner Stadt ging, blieb mir wie so vieles in der Casa Peruzzi rätselhaft. Mut konnte man diesem rothaarigen Mann nicht absprechen. Auch auf den paar Schritten zwischen Santa Croce und dem Palazzo Peruzzi konnten Opfer der Inquisition auf ihn lauern.

Vor zwei Jahren erst hatten wütende Bürger versucht, Santa Croce zu stürmen, weil der damalige Inquisitor, der berüchtigte Pietro dell'Aquila, tausende Florin an sich gerafft hatte, indem er willkürlich Händler und Banchieri in seinen Kerker warf. Nur gegen die Zahlung einer hohen Buße konnten sich die Todgeweihten vor dem Scheiterhaufen retten. Dergleichen war nie zuvor geschehen. Die Priori fanden schließlich heraus, dass Pietro dell'Aquila im Auftrag eines reichen spanischen Kardinals am Papsthof zu Avignon arbeitete. Dieser Kirchenmann – er hieß Pedro Gomez d'Albornoz – hatte gewaltige Summen in Florenz investiert und alles verloren, als nach 1343 nacheinander die Banken der Peruzzi und Bardi zusammenbrachen. Weil der Kardinal seine Einlagen nicht zurückbekam, sollte nun sein Inquisitor die Florentiner so lange peinigen, bis die Stadt alles auszahlte. Als Pietro dell'Aquila es sogar wagte, vor der Pforte des Priorenpalastes den mächtigen Banchiere Silvestro Baroncelli als Wucherer und Ketzer festzunehmen, kam es zum Tumult. Der Inquisitor musste vor der erbosten Menge nach Siena fliehen, von wo aus er die Republik Florenz mit dem Kirchenbann belegte.

Am Ende siegte wie immer das Geld. Die Botschafter von Florenz beim Papst zahlten nach ein paar Wochen die ausstehenden Summen an Kardinal Albornoz aus – mit Mitteln aus der Stadtkasse, weil die Banken offiziell bankrott waren. Der verhasste Inquisitor Pietro dell'Aquila wurde danach von einem Sonderlegaten des Papstes wegen Unterschlagung verurteilt. Dann schob ihn der Papst in den Süden Italiens ab, woher er gekommen war. Damit hatten die Herren von Florenz ein für alle Mal die Fronten geklärt: Solange der Inquisitor Armutsprediger foltern und verbrennen ließ, war alles gut. Aber die reichsten Florentiner waren nicht gewillt, sich vor der Inquisition für ihre Geschäfte zu rechtfertigen. Mit einem Peruzzi an der Spitze der Inquisition würden solche Übergriffe nicht mehr vorkommen.

Auf der Piazza Santa Croce angekommen, erblickte ich von weitem die drei Kinder, derer sich Cioccia angenommen hatte. Dino, Lapo und Monna schlenderten in Richtung der Laudesi, wo sie bei den Pinzocchere eine Mahlzeit und ein Bett erwarten durften. Dass sie bei ihrer zusätzlichen Arbeit für die Peruzzi mehr erhalten hatten als einen Kanten Brot, konnte ich mir nur schwer vorstellen. Ich rief die drei zurück und überreichte Lapo und Monna jeweils zwei Quattrini Tageslohn; Dino würde sein Geld von Cioccia bekommen. Ich fragte die Kinder, ob sie etwas von dem Mord an Messer Bortolo mitbekommen hatten. Die Geschwister nickten, konnten sonst aber nichts erzählen. Lapo hingegen hatte von den Stallknechten mehr erfahren: Der Teufel, sagen sie, hat dem Advokaten den Hals umgedreht und ihn sporenstreichs in die Hölle entführt. Aber wer glaubt denn so was? Das stimmt natürlich nicht. Ich weiß, wie es wirklich war.

Ich horchte auf: Wie war es wirklich, Lapo?

Die Advokaten leben wegen der Pest gefährlich. Das hat mir Fra Bernardino erzählt. Die Anwälte weigern sich, den Kranken das Testament zu schreiben, weil sie wissen, dass es der Tod eilig hat. Wenn die Pestbeulen schon zu sehen sind, verlangen sie ein gewaltiges Honorar, am besten ein fettes Stück vom Erbe.

Ja und?, fragte ich ungeduldig.

Lapo ließ sich nicht aus der Ruhe bringen: Sicher hat sich so ein Erbe gerächt, weil ihn Messer Bortolo um die Beute gebracht hat. Nicht zu Unrecht heißt es: Wenn du mit Studierten ein Hühnchen isst, bleiben für dich nur die Knochen.

Hat das auch dein Fra Bernardino gesagt?

Lapo nickte: Bernardino wusste alles über die Geschäfte der Advokaten und Doktoren, denn er war früher selber einer. Am dümmsten, sagte er, sind die Leute, die ihrem Arzt etwas vermachen. Steht der Doktor in deinem Testament, bist du schon so gut wie tot. Und deine junge Witwe tanzt mit dem Arzt auf deinem Begräbnis.

In der Stadt erzählte man sich noch ganz andere Geschichten. Leicht konnte ein Notar ein Testament so lange zurückhalten, bis die ganze Familie gestorben war. Häufig traf es nämlich alle Bewohner eines Pesthauses, vom Großvater bis zum Enkel, vom Neffen bis zum Onkel, und alle Frauen noch dazu. Das herrenlose Gut konnten Verwandte in anderen Städten oder auf dem Land, wenn es sie denn überhaupt noch gab, erst lange nach der Seuche einfordern. Bis dahin hatte der Anwalt der Banken Ersparnisse, Hausrat, Kleidung an sich genommen. Sogar das ganze Haus konnte plötzlich auf den Namen des Advokaten oder eines Verwandten überschrieben sein. Welcher Fremde wollte einem versierten Rechtsgelehrten diesen Besitz wieder streitig machen? Die Toten waren dabei, die Lebenden zu mästen. Vor allem diejenigen, die kaltblütig genug waren, mit dem Tod Handel zu treiben.

Lapo verkündete: Sicher kniet der Mörder jetzt in der Kirche und betet zum heiligen Ciapelletto, dass ihn keiner findet.

Ich hatte noch nie von diesem Heiligen gehört: Wer um alles in der Welt ist Ciapelletto?

Lapo konnte nun vor den anderen beiden Kindern angeben. Monna schaute ihn neugierig an, und sogar Dino hörte aufmerksam zu, was Lapo zu erzählen wusste: Ciapelletto war ein Kaufmann aus Prato, der in Burgund zu Reichtum kam. Aber sein Geld verdankte er lauter Verbrechen. Er raubte Kaufleute auf der Landstraße aus, vergiftete seine Schuldner und vergewaltigte dann die Witwen. Aber die Burgunder erwischten ihn nie. Auf dem Sterbebett log Ciapelletto einem dummen Franziskaner dann vor, wie gottesfürchtig er gelebt hatte. Der Mönch war von der Beichte so beeindruckt, dass Ciapellettos Leiche mit allen Ehren bei den Franziskanern bestattet wurde. Der Verbrecher aus Prato wird seitdem als Heiliger verehrt. Fra Bernardino hat es mit eigenen Augen gesehen, dass an Ciapellettos Grab Kranke wieder gesund werden. Das Kloster verdient eine Menge Geld durch ihn.

Und warum, wollte ich wissen, sollte deiner Meinung nach der Mann, der Messer Bortolo umgebracht hat, jetzt zu Ciapelletto beten?

Lapo erhob den rechten Zeigefinger wie ein versierter Prediger, der seinen Zuhörern die letzten Geheimnisse der christlichen Doktrin enthüllt: Das ist doch klar. Weil Ciapelletto der Schutzheilige der Mörder und Räuber ist. Die haben ihn noch viel nötiger als alle anderen Christen. Denn Mörder und Räuber leben gefährlich. Immer sind die Berovieri hinter ihnen her. Nie können sie ruhig schlafen. Und wenn man sie erwischt, hackt man ihnen den Kopf ab oder hängt sie am Hals auf. Es sei denn, der heilige Ciapelletto beschützt sie.

Monna und Dino bekreuzigten sich ehrfürchtig, indes Lapo im Bewusstsein seiner Gelehrsamkeit breitbeinig vor mir stand wie ein Theologieprofessor im Kolleg. Vielleicht hatte er gar nicht so unrecht. Gewiss beteten Mörder feuriger zu Gott als Langweiler, die von den Strafen des Jenseits nichts zu befürchten hatten. Die größten Sünder brauchten die besten Fürsprecher und bezahlten gut. Die schönsten Kapellen von Florenz hatten Geldverleiher mit teuren Gemälden, Glasfenstern und Skulpturen ausgestattet, weil sie sich fürchteten, als Wucherer in der Hölle zu schmoren. Dante hatte es mit eigenen Augen gesehen, wie sie am Fluss Phlegeton neben ihren leeren Geldsäcken verschmachteten. Gleich neben den Sodomiten im sechsten Kreis der Hölle, Graben drei. Oder sonst irgendwo dort unten.

Die Kinder gingen zu den Laudesi. Ich rief ihnen nach: Ein Gebet zum heiligen Ciapelletto kann nie schaden. Sprecht es getrost in meinem Namen und grüßt Schwester Margherita von mir.

Ich war mir sicher, dass die Einsiedlerin, die nach dem Bankrott ihrer Familie in ihrer Zelle saß, auch heute wieder genügend Kleingeld für einen Brei oder eine Suppe im großen Kessel zusammengebettelt hatte. Wenigstens für die Pinzocchere wurde noch eifrig gespendet. Die Kinder müssten ihren Lohn nicht antasten.

Cioccia war nicht zu sehen. Sie hatte ihren Stand abgebaut und im Keller des Hauses dahinter verstaut; vielleicht hatte Dino das sogar noch erledigen können. Mir wurde warm ums Herz, wenn ich an Cioccia dachte. Aber die Gedanken füllten meinen Magen nicht. Im Purgatorio war nicht viel los. Außer Michele Scalza, der zur Schänke gehörte wie der Lampredotto und der Weinkrug, erblickte ich einzig den Musiker Francesco Landini. Der junge Mann saß auf einer Bank und spielte auf seiner Handorgel wehmütige Melodien, die vortrefflich zum Feierabend passten. Ich besorgte mir bei Meo zwei Portionen vom Essen des Tages, Brotsuppe mit Käse und Ei. Das war eines meiner Lieblingsgerichte, weshalb ich es dem blinden Orgelspieler mitbrachte. Meo gab noch zwei Becher Roten dazu aus.

Guten Abend, Wittekind, begrüßte mich Francesco, nachdem er in aller Ruhe seine Orgel auf der Bank abgestellt hatte. Als habe er genau gesehen, wo der Becher stand, ergriff er den Wein und trank auf mein Wohl. Ich fasste Francesco leicht an der Schulter, lud ihn zum Essen ein und drückte ihm den Holzlöffel in die Hand.

Wie hasst du mich erkannt? Ich habe doch noch gar nicht mit dir gesprochen.

Der Musiker lächelte: Du hast mit dem Wirt geredet, das war zwar etwas weiter weg. Aber Blinde haben gute Ohren. Auch wenn du nichts gesagt hättest, hätte ich gewusst, dass du es bist. Deine Schritte sind unverwechselbar.

Ich staunte: Deine Ohren sehen besser als meine Augen. Wenn ich einmal in einer Neumondnacht in Florenz unterwegs sein muss, dann nehme ich mir dich zum Führer. Mir kam eine Idee. Kannst du, fragte ich, die Menschen auch an ihrem Husten erkennen?

Natürlich, keiner hustet wie ein anderer. Manche machen ein kleines Konzert daraus, andere schlucken den Reiz fast hinunter, wieder andere bellen wie mein Hund, wenn er Hunger hat.

Ich sagte: Wo wir Sehenden uns Gesichter merken, da ordnest du die Menschen nach Melodien. Wie sie reden, wie sie lachen, wie sie atmen, wie sie gehen. All das sind für dich Töne, die sich zur Melodie eines Menschen fügen. Kein Wunder, dass du so ein großartiger Musiker geworden bist.

Warum hast du nach dem Husten gefragt?, wollte Francesco wissen.

Ich klärte ihn auf: Ein Mann treibt sich in der Stadt herum, der irgendetwas gegen die Peruzzi vorhat. Ein Mörder vielleicht. Als er im Hospital lag, litt er an hartnäckigem Husten. Ich habe mir gedacht, dass du ihn leicht wiedererkennen würdest.

Francesco lächelte: Ich habe doch gesagt, dass ich jeden Tag ein ganzes Hustenkonzert höre. Du müsstest mir den Mann schon vorführen, damit ich mir seine Melodie merken kann. Auf der Orgel klingt es dann vielleicht so. Der Organist ergriff sein Instrument, pumpte ein paar Mal und schlug dann grollend einige unangenehme Akkorde an.

Sofort rief Michele Scalza: Hör auf, Musiker! Da ist ja deine Todesmelodie angenehmer. Das klingt wie ein Pestkranker, der sich die Seele aus dem Leib kotzt.

Francesco lächelte ins Leere: Siehst du, es funktioniert. Jetzt fehlt uns nur noch dein Mörder, und wir können ein kleines Konzert veranstalten. Er hustet, ich begleite ihn auf der Orgel.

Und ich schlage ihm den Takt mit der Faust. Jedenfalls wenn er wirklich der Mörder ist, den ich suche.

Francesco hatte vom blutigen Ende des Messer Bortolo gehört und meinte traurig: Als würden nicht schon genug Leute sterben. Jetzt schneiden sich die Überlebenden auch noch die Hälse ab. Er streichelte seinen Hund, der sich an einem Knochen gütlich tat. Gut, dass ich meine Isotta habe, die würde nicht zulassen, dass mir etwas geschieht.

Ich schaute mir den zotteligen Hund an, er war nicht klein, sah aber viel zu gutmütig aus, als dass er seinen Herrn beschützen könnte. Soll ich dich nach Hause begleiten?, fragte ich Francesco.

Der verneinte und sagte: Da kommt gerade meine Schwester und holt mich ab.

Ich drehte mich um. Ein Mädchen von vielleicht vierzehn Jahren stand vor uns. Sie nickte mir höflich zu und streckte ihrem Bruder den Arm entgegen. Der griff sich seine Handorgel, fasste seine Schwester, die nun auch den Hund an der Leine führte, bei der anderen Hand. So geleitet, schritt der Musiker, nachdem er Meo und mir noch einmal gedankt hatte, behände wie ein Sehender durch die schmale Pforte hinaus.

Was ist das langweilig heute Abend!, rief Michele Scalza. Keine Menschenseele lässt sich sehen. Haben wohl alle Angst vor der Pest. Oder vor dem Mörder von Messer Bortolo. Da hat ein Halsabschneider von Advokat einmal seinen Meister gefunden!

Michele Scalza kam genau wie ich zum Ausschank und ließ sich den Becher füllen. Der Wein war heute vorzüglich. Meo erklärte uns, dass er neuerdings einen besonderen Tropfen aus den Chiantihügeln im

Fass hatte. Hätte sich das herumgesprochen, es wäre an diesem Abend voller gewesen im Purgatorio.

Wie wäre es mit dem Fliegenspiel?, erkundigte sich Michele. Das ist nicht aufregend, hilft aber gegen die Langweile.

Ich musste lachen: Denkst du immer noch, du hast es mit einem dämlichen Ausländer zu tun, der deine Schliche nicht kennt? Ich bin zwar ein Deutscher, aber ich weiß genau, wie du es machst: Heimlich ein Tropfen Most auf deine Münze, und die Fliege setzt sich zuerst drauf. Und meine Münze kannst du dann behalten. Nein wirklich, such dir einen Dümmeren.

Michele trollte sich grummelnd: Spielverderber. Da ist einem ja die Orgelmusik von diesem Blinden lieber, da passiert wenigstens irgendwas. Meo, bring mir noch eine Grütze, sonst wiegt mich mein knurrender Magen in den Schlaf.

Ich leerte meinen Becher auf einen Zug, ließ Meo noch einmal nachschenken und ging mit meinem Wein auf die Piazza hinaus. Es waren an diesem Abend weniger Menschen unterwegs als sonst. Hatten sie Angst vor dem Mörder, der sich seit gestern beim Palazzo Peruzzi herumtrieb? Eher wohl gab es heute Abend eine Bußpredigt bei den Dominikanern von Santa Maria Novella am anderen Ende der Stadt. Wenn ein wortgewaltiger Mönch von der Kanzel den Leuten ihre Sünden vorhielt und mit Witzchen und Drohungen ihre Schwächen bloßstellte, konnten sie gar nicht genug davon bekommen. Zu Tausenden kamen sie gelaufen, um sich beschimpfen zu lassen. Alles war besser als die Ödnis daheim.

Michele Scalza hatte recht, wenn er die Langeweile nicht aushielt. Die Menschen wollten Geschichten von den Flammen der Hölle und dem Himmelslicht des Paradieses hören. Im Jenseits war immer etwas los. Die Prediger bestrichen ihre Botschaft mit dem süßen Most ihrer Worte, dann kamen die Fliegen massenhaft angeflogen.

Ich weidete mich am Abendrot, das sich wie ein dünner Schleier auf die Fassaden der Häuser, auf die Brunnen und auf die Baustelle der Franziskanerkirche legte. Selbst die grünlichen Steinplatten auf der Piazza überzogen sich nun mit einem rosa Schimmer und harmonierten mit den Terracottaziegeln der Rinnsteine. Das rötliche Schauspiel konnte Francesco Landini nicht mit den Ohren sehen, denn es ergab keine Melodie. In diesen kostbaren Augenblicken der Dämmerung gab es nichts als Farben, die die Grobheit der Welt gnädig umhüllten, bevor alles im Dunkel der Nacht versank. Es konnte nicht mehr lange dauern, am blauroten Himmel war bereits der Abendstern erschienen. Ich fühlte mich wundersam geborgen unter dem Schirm dieses Abends, trotz all der Gewalt und der Gier, die ich heute erlebt hatte. Florenz war eine steinerne Festung. Wenn auch nicht gegen die Bosheit der Menschen, so doch gegen ihren Schmutz. Hier gab es Abtritte hinter jedem dritten Haus und genug Geld fürs Fegen der Straßen. Hier spülten samstags die Barattieri aus großen Wassereimern den Dreck hinunter zum Arno, und große Terracottatöpfe brachten mit allen Arten von Pflanzen auf den Balkonen Grün und Schatten in die Stadt. Es war alles andere als unangenehm hier. Keine Pestleiche hatte in unserer Nachbarschaft länger als ein paar Stunden unbeerdigt herumgelegen. Da hörte man aus Siena oder Pisa, wo die Nachbarn ihre Toten mitten in der Stadt notdürftig verscharrten, ganz andere Geschichten. Das Ende der Welt sei gekommen, predigten die Mönche während des großen Sterbens im Sommer. Nun war das Sterben immer noch nicht vorüber, doch die Welt lebte weiter. Und das letzte Abendlicht beschien die reichste aller Städte.

Ich war in Florenz geblieben, weil nirgendwo in der Welt so viel gebaut wurde wie hier hinter dem neuen Mauerring, der uns allen Sicherheit gab. Andere Städte waren mir zuweilen vorgekommen wie ein Gemenge aus Schlamm und Staub, in dem die Menschen notdürftig hausten und nie gegen den Dreck ankamen. Hier, bei den Türmen der Banchieri, waren sogar die Pferdeställe aus Stein, die Straßen ordentlich gepflastert und die Abflüsse verfugt. An einem Dutzend Kirchen gleichzeitig wurde gebaut, bald würden auch die Arbeiten auf den Baugerüsten wieder beginnen. Denn die Florentiner konnten mit gutem Geld bezahlen und eine Mauer nach der anderen hochziehen. Das Innere dieser Stadt wirkte deshalb auf Ankommende wie eine einzige große Burg, hinter deren Mauern sich die Habenden gegen die Habenichtse verschanzten. Niemand würde diese Burg je erobern, nicht einmal die Pest. Dieser Gedanke gefiel mir.

Die mehr als dreihunderttausend Florin, welche die Priori Jahr für Jahr in der Münze neben dem Priorenpalast schlagen ließen, wurden keineswegs gerecht verteilt. Doch wo triumphierte schon die Gerechtigkeit? Hier immerhin sollten Prunk und Schönheit herrschen, an jeder Ecke wurde daran gearbeitet. Der Dom neben dem Baptisterium war eine große Baustelle. Bald würde die Kirche dem Täufer und der Madonna geweiht werden. Niemand anderen als dem Vorläufer und der Mutter des Erlösers kam das Vorrecht zu, ihre Hände schützend über diese Stadt zu halten. Damit das alle sahen, zweigten die sparsamen Kaufleute aus der Kasse der Republik jedes Jahr tausende Florin für prächtige Neubauten ab. Niemand war so stur wie die Florentiner, wenn sie sich etwas vorgenommen hatten.

Ich ging ein paar Schritte auf die stille Piazza hinaus und drehte mich um zum Wald der Türme, die das Zelt des Himmels zu kratzen schienen, und in denen die Kaufmannssippen ihr Gold und ihre Waffen bargen. Sogar der Getreidemarkt von Orsanmichele war von hier aus gut zu erkennen, ein mächtiger Belfried voller Korn, erbaut als Festung gegen den Hunger. Dutzende Händler setzten hier Unmengen Getreide um, während über ihnen für das Wohl der Menschen gebetet wurde und wieder darüber Kisten voller Geld und Schuldpapiere die Gewähr boten, dass es auch während einer Hungersnot immer genug zu essen gab. Jedenfalls für alle, die dafür bezahlen konnten.

Der Chronist Giovanni Villani hatte mir klargemacht, dass nirgendwo in der Christenheit so viel fürs Essen ausgegeben wurde wie in Florenz. Der alte Kaufmann hatte es selbst ausgerechnet. Tag für Tag wurden tausende Scheffel Korn gemahlen und verbacken, das bedeutete mehr als ein Pfund Brot für jeden Florentiner Bürger. Viertausend Kühe, sechzigtausend Schafe und dreißigtausend Schweine ließen die Menschen dieser Stadt jährlich schlachten, dazu Ziegen, Hühner, Fisch aus dem Arno oder sogar vom Meer. Villani meinte, dass pro Jahr zehntausend Becher Wein für alle zur Verfügung standen, vom Kind zum Greis. Für Trinker wie Michele Scalza, Jacopo Alighieri oder mich waren es noch mehr. Wo sonst war genügend Geld im Umlauf, um das alles zu erwerben?

Mochte die Pest gewütet haben. Florenz mit seinen Mauern und Türmen hatte die Seuche nicht besiegt. Die Speicher voller Korn und Tuch und gepökeltem Fleisch waren noch da. Wir waren noch da. Wenn Cioccia und ich überlebten, dann hatte alles Sparen ein Ende. Dann gab es noch besseres Fleisch von Kühen, Schweinen, Schafen. Noch mehr Korn von fruchtbareren Böden, noch mehr Zander und Aale im Arno für die Netze der Fischer. Vorbei war die Zeit der Hungersnot, denn nun waren viel weniger Mäuler zu stopfen. Ich hatte mir vorgenommen, die Pest um jeden Preis zu überstehen und dann mit Cioccia das Leben zu genießen, das jetzt anbrach.

Dafür brauchte ich meinen Anteil vom Reichtum dieser Stadt. Nur die Peruzzi konnten mir ihn verschaffen. Ich hoffte, dass auch Cioccia das irgendwann einsah. Bald waren wir alt. Wollte sie auch in zehn Jahren noch in Wind und Regen ihre Kisten schleppen? Konnte ich als müder Graubart im Schnee des Winters mit Schuldscheinen im Gepäck über die Berge reiten? Für die wenigen Jahre, die uns vielleicht noch blieben, musste ich jetzt genügend verdienen. Das war möglich, aber nur wenn es mir gelang, für den Padrino diesen Fall zu lösen.

Während das Dunkel und die Abendkühle über mich hereinbrachen, dachte ich an den Tatarenpfeil, der den Advokaten niedergestreckt hatte. Und an das blutige Loch, tags darauf zwischen seinen Beinen. Und an Ruffos geschundenen Leib am Kreuz. Es gab um uns herum eine Bedrohung, die ich nicht begriff. Es gab eine alte Rechnung, die vor meinen Augen beglichen wurde, und deren ungeheuren Betrag ich mir nicht vorstellen konnte. Nur ein Ignorant wie ich, der Bilanzen und Papiere verachtete, blieb sein Leben lang arm. Der Padrino hatte mich heute in seine Berechnungen eingeweiht, als wäre ich sein Lehrling. Es wirkte so, als weide er sich an meiner Unfähigkeit, Geld zu verdienen. Hatte er unrecht? Wenn ich den Anteil bekommen wollte, der mir zustand, dann musste ich endlich mehr begreifen von der Bank des Monte, deren Anleihen so tödlich waren wie Gift. Es gab ganz in der Nähe jemanden, der mir das alles erklären konnte.

KAPITEL 15

Nur noch der Spaßvogel Michele Scalza stand bei Meo Angiolieri am Ausschank und führte das große Wort. Wer weiß, wie viele Becher Wein heute unter dem Doppelkinn durch seinen Hals geflossen waren. Michele schwankte ein wenig, doch er stand halbwegs aufrecht wie eine gedrungene Pinie, die kein Sturm umwirft.

Da haben wir ja den treuen Paladin der Peruzzi, rief er mit spöttischer Miene. Wittekind, deutscher Freund, pass auf! Nun gebe ich dir eine Lektion in biblischer Geschichte.

Ich wusste wie alle in Santa Croce, wie viel Freude Michele an seinen Witzen hatte. Ungewiss war nur, ob ich diesen hier bereits kannte, oder ob ich diesmal selbst das Opfer seines Humors sein würde. Die Stunde war spät genug, um über die hohen Herren herzuziehen. Wir drei waren unter uns, trotzdem blieb ich auf der Hut. Diesen Michele Scalza würde der Podestà für keine Verwünschung der Priori oder der herrschenden Guelfenpartei zur Rechenschaft ziehen. Er stand – ich war mir sicher – auf der Liste der Spitzel und Zuträger. Meo machte mir verstohlen mit dem Finger ein Zeichen. Das sollte heißen: Wir sollten den Schwätzer ruhig reden lassen. Doch er durfte uns nicht zu Aussprüchen verleiten, die wir später bereuten.

Der Spaßmacher baute sich vor uns auf: Wisst ihr beiden denn, welches das älteste und edelste Geschlecht in ganz Florenz ist? Wer hat das Vorrecht vor allen Familien des Adels, allen Magnaten, allen Banchieri und sogar vor den Priori? Ihr ahnt es nicht, doch ich, Michele Scalza, will es euch sagen.

Meo und ich blickten einander fragend an. Was kam jetzt?

Es sind die Peruzzi, brüllte Michele Scalza, niemandem außer unseren mächtigen Nachbarn hier in Santa Croce kommt diese Ehre zu. Sie haben das älteste Blut, sie bilden den reinsten Adel, seit Gott die Erde erschuf. Ich kann das beweisen. Aber ihr wisst nicht, wie.

Meo schenkte seinem besten Gast noch einen halben Becher ein. Für den Heimweg, wie er sagte. Michele stürzte den Trunk in einem

Zug hinunter, leckte sich die Lippen und strahlte mich an: Du bist ein Deutscher. Die hat Gott irgendwann geschaffen, als er schon müde war. Sonst müsstet ihr kraftlosen Gestalten nicht in diesem kalten und finsteren Land verrotten, sonst käme nicht alle paar Jahre ein deutscher Kaiser in unser herrliches Italien gezogen, um sich das Nötigste für seine Wirtschaft zusammenzurauben. Als warmblütige Kinder Gottes würdet ihr euch nicht nach unserer Sonne sehnen. Wir Italiener aber wurden erschaffen, als Gott noch Kraft hatte. Schaut mich an! So schöne Menschen wie mich gibt es nur in der Toscana.

Michele lachte schallend und hielt Meo noch einmal den Becher hin, der aber gab ihm nichts mehr.

Von allen Sippen der Toscana, fuhr Scalza fort, sind die Peruzzi die edelste. Das erkennt man an ihrer Gestalt; jeder sieht anders aus. Arnaldo ist lang und hager und schwarzhaarig, sein Bruder Zanobi gebeugt und dunkelblond. Ruffo, den sie ans Kreuz genagelt haben, war breit und stark wie ein Ochse, nur sein Freund Uguccione ist noch kräftiger, sieht dafür aber im Gesicht aus wie ein Schwein. Der Arzt Pandolfo ist fidel und rotwangig, doch der Anwalt Bortolo war schmächtig und hatte eine Fresse wie ein Eichhörnchen. Dieser Palamede jedoch, der ist schön und grade gewachsen wie der Gott Apollo. Und der alte Pacino selbst, der überlebt jede seiner Ehefrauen und wirkt mit seinen scharfen Augen noch mit hundert wie ein Jüngling. Jeder von den Peruzzi sieht vollkommen anders aus!

Nun komm endlich zum Schluss, mäkelte Meo, ich will Feierabend machen.

Michele blickte den Wirt verächtlich an; er ließ sich nicht gerne drängen. Vorwurfsvoll drehte er seinen leeren Becher um, so dass der letzte Tropfen auf den Schanktisch fiel, und sagte dann: Es ist doch sonnenklar. Unser Herr hat noch geübt, als er die Peruzzi erschuf. Gott ist der größte Künstler. Doch wie jeder Künstler musste er am Anfang probieren und probieren, als er die Menschen aus Lehm erschuf. Auf Anhieb gelang auch Gott keine perfekte Figur. So bekam der eine Peruzzi einen Kopf wie ein Ferkel, dem nächsten fehlten die Haare, der andere ist ungeschlacht wie ein Ochse. Erst der letzte Peruzzi, Palamede, der ist Gott perfekt gelungen. Daraus schließe ich, dass Gott bei der Schöpfung der Florentiner mit den Peruzzi angefangen hat. Sie und niemand sonst sind das älteste und edelste Geschlecht der Welt!

Scalza schlug mit der Faust auf den Schanktisch, lachte sich selbst Beifall zu und wollte aus dem Purgatorio in die Nacht hinaus. Ich hielt den Spaßmacher am Mantel fest: Eines hast du bei deiner Geschichte nicht bedacht, Michele. Nicht alle Männer, die du gerade genannt hast, gehören zur Familie der Peruzzi. Der Anwalt hieß Bortolo Pratese; der Arzt Pandolfo del Bene arbeitet zwar für sie, aber er ist nicht mit ihnen verwandt. Und Uguccione dal Pozzo ist ebenfalls bloß ein Hausgenosse.

Michele blieb breitbeinig stehen, schwankte und kniff ein Auge zu, während er mich betrachtete: Bist du sicher? Dieser Pacino ist ein Kuckuck und legt seine Eier in jedes Nest.

Als Michele endlich draußen war, verriegelte Meo die Tür von innen, holte den Weinkrug wieder hervor und schenkte uns ein.

Ich sagte: Gott hat bei den Peruzzi noch geübt – so ein Unfug! Was wollte Scalza uns mit seiner Geschichte sagen? Doch wohl nicht, dass das alles Söhne vom alten Pacino sind. Der hat aus seinen Ehen Kinder genug, wieso hätte er noch reihenweise Bastarde zeugen sollen?

Meo schaute verlegen: Ein Mann wie Pacino Peruzzi hat nie genug Söhne. Der Alte wäre nicht der Erste, der die Kinder in sein Geschäft aufnimmt, die er mit einer Magd oder mit einer Sklavin gezeugt hat. Wird so eine vom Herrn des Hauses schwanger, dann kann er sie für wenig Geld mit einem Pferdeknecht verheiraten, oder einem Nachbarn, der die Miete nicht bezahlen kann.

Mir fiel ein, dass der Padrino heute Nachmittag darüber geklagt hatte, wie viel er für Bortolos Studium der Juristerei bezahlt hatte. Vielleicht war auch Pandolfo nur deswegen in Padua zum Doktor ausgebildet worden, weil sein natürlicher Vater sich einen Mediziner heranziehen wollte. Ich teilte Meo meine Gedanken mit. Der erklärte: Man erzählt sich hier im Viertel so allerlei über die Peruzzi, aber immer hinter vorgehaltener Hand. Wer Uguccione oder Pandolfo als Kinder Pacinos bezeichnet, der entehrt ihre Mütter und beschimpft sie selbst als Bastarde. Solche Schmähreden würde keiner lange überleben. Auch Michele Scalza hat nur indirekt behauptet, dass der alte Peruzzi neben seinen Gattinnen auch andere Frauen geschwängert hat. Unsereins hält da besser seinen Mund. Du darfst nie vergessen, wir beide sind Fremde in Florenz. Ich komme aus Siena, du aus Deutschland. Wir müssen vorsichtig sein! Niemand darf in dieser Stadt eine Schwäche zeigen. Ein Sprichwort sagt: Ein Hufeisen klappert nur, wenn ein Nagel fehlt. Und bei den berühmten Familien darf niemals ein Nagel fehlen, verstehst du?

Ich nickte ernst und enthüllte Meo, warum ich an diesem Abend zu ihm gekommen war: Der Anwalt Bortolo saß über Papieren des Monte, als man ihm heute Mittag die Gurgel durchschnitt. Der Padrino bezeichnete solche Anleihen als giftig. Ich habe von Geldgeschäften keine Ahnung. Doch ich muss unbedingt erfahren, wieso jemand den Advokaten wegen solcher Dokumente ermorden könnte.

Meo setzte den Becher an den Mund und kaute eine Weile auf seinem eigenen Wein herum, als müsse er die Qualität prüfen. Der dünne Mann, der von früh bis nachts in seiner Schänke stand, verdiente damit gutes Geld. Aber er hauste mit seiner Frau in einer Kammer über dem Purgatorio und gab so gut wie nichts davon aus. Meo musste ein Vermögen besitzen. Allerdings sprach man in Florenz nicht vom Geld. Nicht, wenn man welches besaß. Denn die Kirche hatte verboten, mit Zinsen Profit zu machen. Alle taten es trotzdem.

Meo begann: Die Staatsbank des Monte gibt es schon seit mehr als zwanzig Jahren. Damals hatte Florenz wieder mal einen Krieg verloren, gegen Arezzo oder gegen Pisa, was weiß ich. Die Steuern reichten nicht mehr, um die Söldner zu bezahlen. Es wurde ein Gesetz erlassen. Um die riesigen Schulden von Florenz zurückzuzahlen, mussten alle Bürger der Stadt zwangsweise Geld leihen. Jeder Bürger wurde dadurch zum Gläubiger der Obrigkeit.

Dürfen die Priori denn den Bürgern einfach so in die Tasche greifen?, wollte ich wissen.

Das dürfen sie natürlich nicht. Schließlich gibt es schon genug Steuern auf alles. Der Monte wurde aber nicht mit Steuern gefüttert, sondern ausschließlich mit dem Kredit der Bürger an den eigenen Staat, man nennt das Prestanza, das heißt Leihgabe. Anders als bei einer

Steuer verpflichtete sich Florenz zur Rückzahlung, sobald wieder Geld in die Stadtkasse kommen würde. Eine solche Prestanza, die für alle Bürger gleich ist, trifft einen Wollkämmer natürlich viel härter als einen Banchiere. Pacino Peruzzi zahlt seine Prestanza lächelnd aus der großen Geldtruhe. Der arme Wollkämmer jedoch hat nach der Zahlung all seine Ersparnisse verloren. Oder er hatte das Geld gar nicht und musste es sich bei den Banken gegen hohe Zinsen leihen. Sonst vertreibt man ihn aus der Stadt, so dass er mit seinen Kindern verhungert.

Ich fasste zusammen: Die Banchieri verschwenden zuerst das Geld der Stadt durch einen Krieg, bei dem die einfachen Leute gar nicht gefragt werden. Der Krieg wird dann mit den Abgaben der Armen bezahlt. Und am Ende kassieren die Reichen auch noch die Zinsen der Armen, die sich bei ihnen wegen der Zwangsanleihen verschulden mussten?

Das ist noch längst nicht alles, belehrte mich Meo. Vor etwa fünf Jahren, als du noch nicht in Florenz warst, riss der Bankrott der Großbanken die Stadt mit in den Abgrund. Die Banken der Bardi, Peruzzi, Acciaiuoli stellten abrupt ihre Zinszahlungen an alle ein, die bei ihnen investiert hatten. Sogar der Papst musste warten. Damit die großen Häuser wie die Bardi oder die Peruzzi nicht untergingen, sprang die Republik ein. Sie bezahlte aus der Staatskasse die auswärtigen Rückstände der Banken. Das waren zusammen etwa vierzig mal hunderttausend Florin.

Und da, folgerte ich, wurde von den Priori erneut eine Prestanza von allen Bürgern eingetrieben, weil der Staat durch die Rettung der Banken bankrott war.

Meo nickte: So ist es. Florenz schwankte in den Grundmauern. Um zu Geld zu kommen, haben die Priori die Steuern angehoben. Salz, Fleisch, Wein – alles wurde plötzlich teurer. Ich musste die Preise für meinen Lampredotto verdreifachen, und meine Kunden blieben weg. Auch Cioccia hat damals gehungert, weil sie ihr Gemüse teurer einkaufte, als dass sie es wieder loswurde. Nur Leute wie die Peruzzi mussten nicht hungern. Die beziehen Wein und Öl, Fleisch und Gemüse steuerfrei von ihren Landgütern.

Ich warf ein: Aber die Banken haben die ganze Not doch durch ihren Bankrott verursacht!

Die Priori, so wusste Meo, machten die Misswirtschaft der Banken zur Staatsangelegenheit. Plötzlich sollten alle Bürger zur Rettung beitragen. Und es kam vor drei Jahren zu dieser neuen Prestanza. Doch diesmal reichten nicht einmal mehr die hohen Steuern, um den Bankrott abzuwenden. Die giftigen Papiere waren geboren.

Wieso giftig?, wollte ich wissen.

Bisher hatte die Republik die Schulden der Prestanza immer zurückgezahlt. Alle Bürger bekamen nach und nach ihr Geld. Wenn du zum Beispiel zehn Florin hergegeben hattest, dann gehörten diese zehn Florin nach spätestens fünf Jahren wieder dir, in Raten abgezahlt vom Staat – wenn die Summe auch nicht mehr so viel wert war wie vorher. Alles wird teurer, das Geld wird schwächer, du verstehst. Aber immerhin. Doch vor drei Jahren war die Lage so ernst wie nie. Deshalb stellte Florenz alle Rückzahlungen ein.

Ihr Geld sehen die Armen also nie mehr wieder?

Meo lächelte bitter: Rückzahlung gibt es jetzt keine mehr, dafür aber garantierte Zinsen. Fünfhundertneunzigtausend Goldflorin, das waren die Leihgaben aller Bürger, wurden auf einen Schlag umgewidmet in Schuldscheine des Monte. Nun bekommst du auf deine zehn Florin fünf Prozent Zinsen pro Jahr, das sind zwanzig Silbergrossi.

Das ist doch wenigstens etwas, wandte ich ein. Und jeder einzelne Bürger hat jetzt Anrecht auf Zinsen vom Staat.

Meo musste über meine Einfalt lachen: Du vergisst das Entscheidende. Die meisten Armen besitzen ihre Monte-Papiere gar nicht mehr. Die haben sie längst aus Not an die Banken verkauft. Die Zinsen dafür – das sind mindestens zwanzigtausend Florin – fließen Jahr für Jahr zurück an die neuen Besitzer, also an die Banken.

Ich starrte Meo an: Aber das ist eine riesige Summe. Damit könnte man Armenhäuser und Spitäler bauen.

Könnte man, aber das Geld liegt jetzt wieder bei den Bardi und den Peruzzi im Kasten. In der Lotterie der Staatskasse haben sie alles Geld wieder zurückgewonnen. Das ist es, was die Arbeiter so wütend macht.

Warum, fragte ich, haben die Armen ihre Monte-Papiere überhaupt verkauft? Die Zinsen sind dann für immer verloren.

Meo stützte den Kopf auf die Hände: Ich mache bei dem Spiel selbst mit, wenn auch mit kleinen Beträgen. Auch ich kaufe Anleihen des Monte, ich muss zugeben, dass ein solcher Schuldschein das beste Geschäft ist, das du machen kannst. Fünf Prozent Zinsen, in diesen Zeiten! Er nahm noch einen Schluck und sagte trocken: Leider haben die Armen nicht genug Geld, um mit Geld neues Geld zu verdienen. Das haben die Banken begriffen.

Ich zog fragend die Brauen hoch.

Du verstehst mich nicht? Nimm einen Wollkämmer oder einen Ziegelbrenner. Die wurden zur selben Prestanza gezwungen wie jeder reiche Kaufmann, nur können die Wollkämmer und Ziegelbrenner nicht warten, bis die Stadt irgendwann Zinsen herausrückt. Sie sind verzweifelt, weil sie das Essen nicht mehr bezahlen können, oder die Kleidung der Kinder oder das Holz für den Winter. Also nehmen sie ihre Monte-Papiere im Wert von zehn Florin und verkaufen sie an die Bardi, an die Peruzzi, manchmal auch an mich.

Mir brummte der Kopf. Ich bemerkte wieder einmal, dass ich einfach keinen Sinn für Geldgeschäfte hatte, und sagte: Was genau haben die Armen denn bei so einem Verkauf verloren?

Alles haben sie verloren!, rief Meo. Natürlich zahlen die Banchieri für Monte-Papiere höchstens zwanzig Prozent vom Nennwert. Banken haben Geld und Geduld im Überfluss. Und sie bestimmen die Regeln. Anleihen von zehn Florin sind morgen früh bei den Wechslern auf dem Mercato Nuovo nicht mehr wert als anderthalb Florin. Die kriegst du zwar bar auf die Hand, aber dann ist es für immer zu Ende mit deinen Zinsen. Die kassieren nun die neuen Besitzer, Jahr für Jahr für Jahr. Und die neuen Besitzer sind dieselben Leute, die im Rat über die Höhe der Zinsen entscheiden. Wenn die Banken genug Papiere angehäuft haben, gewähren sie sich einen hübschen Zuschlag. Der Trick ist simpel: Der Staat muss immer arm bleiben, damit die Reichen immer reicher werden. Florenz wird leergemolken wie eine Kuh.

Hat sich der Padrino das ganz allein ausgedacht?, fragte ich.

Meo zuckte mit den Schultern: Einige sagen ja. Andere sagen, er hat das gemeinsam mit Donato Bardi ausgeheckt.

Das ist doch der größte Feind der Peruzzi!

Meo erklärte: Unter den Banchieri gibt es eine Redensart: Feinde draußen in der Welt, Familie in den Mauern von Florenz. Wenn es um Steuern und Staatsanleihen geht, dann passt kein Blatt Papier zwischen Bardi und Peruzzi. Treibt man sie in die Enge, halten sie zusammen. Und sie müssen sich vor niemandem rechtfertigen. Alles, was ich dir gerade erzählt habe, habe ich mir aus Gerüchten und Andeutungen meiner Kunden zusammengereimt. Niemand kann das öffentlich belegen. Oder er wird als Verschwörer verhaftet.

Ich verstand nun, warum der Padrino die Papiere des Monte zu Gift erklärt hatte. Der Betrug war so gewaltig wie der Gewinn. Solange nur die Ciompi und die Handwerker nicht erfuhren, dass die Banchieri inzwischen riesige Anteile der Staatsschulden in ihren Händen hatten und mit den Zinsen die Staatskasse leerten. Der alte Fuchs Pacino hatte mit seinem Bankrott die Bürger von Florenz in Armut gestürzt und war trotzdem reich wie nie zuvor.

Es war spät geworden, aber Meo ließ mich den Kelch bis zur Neige leeren: Neulich bin ich draufgekommen, dass sie sogar am Wertverlust des Monte verdienen.

Ich widersprach: Das ergibt nun wirklich keinen Sinn. Wenn die Peruzzi so viele Anleihen in der Hand haben, verlieren sie Geld, wenn der Preis sinkt.

Dachte ich auch, lächelte Meo wehmütig. Aber ich habe es vor ein paar Wochen am eigenen Leib mitgemacht. Damals kam Zanobi Peruzzi ins Purgatorio und lieh sich von mir im Namen des Padrino Anleihen des Monte im Wert von hundert Florin.

Hundert Florin! Ich pfiff durch die Zähne, Meo hatte in der Tat viel Geld angespart. Dennoch leuchtete mir das Geschäft nicht ein. Ich fragte: Man kann solche Anleihen doch nicht einfach verleihen? Ist das erlaubt?

Nun grinste Meo: Es ist nicht verboten. Was ich nicht wusste, Zanobi hat meine Monte-Papiere auf dem Mercato Nuovo sofort für hundert Florin weiterverkauft. In der Woche darauf ist der Preis der Anleihen stark gefallen, denn die Priori haben die Zinsen um zwei Punkte heruntergesetzt. Das wussten die Peruzzi natürlich vorher, sie haben im Rat selbst dafür gestimmt.

Sie haben also ihre eigenen Anleihen entwertet?, wunderte ich mich.

Stattdessen, erklärte Meo, gibt es eben diese nackten Verkäufe.

Nackte Verkäufe?

Meo nahm einen letzten Schluck: Ich habe dir doch gerade erklärt, wie das läuft. Zanobi hat die von mir geliehenen Anleihen sofort für hundert Florin verkauft. Als am selben Tag der Preis sank, hat er die Papiere für achtzig Florin auf dem Mercato Nuovo zurückgekauft und sie mir zusammen mit ein paar Quattrini Gebühr wiedergegeben. Er hatte sich alles ja nur geliehen. Wenn die Peruzzi das in ganz Santa Croce so gemacht haben, dann haben sie am geplanten Wertverfall des Monte tausende Florin verdient. Darum heißt das nackte Verkäufe; es sind Geschäfte mit Luft.

Waren es solche Betrügereien, weshalb Boccaccio sich vor dem Bankwesen ekelte und um keinen Preis ein Kaufmann werden wollte? Kein Wunder, dass die Priori diese Praktiken nicht unterbanden. Wieso hätten die Herren der Stadt etwas verbieten sollen, woran ihre eigenen Banken prächtig verdienten? Der Padrino hatte mir persönlich vorgeführt, worauf es ankam. Die Menschen durften bloß nichts davon erfahren, wie die Staatskasse geleert und in die Taschen der Reichen umgefüllt wurde. Andernfalls hätte morgen früh der Regierungspalast in Flammen gestanden. Oder auch nicht. Wer wie Ciuto Brandini auf der Piazza Santa Croce offen erklärte, wie die Reichen die Armen beraubten, war am nächsten Morgen einen Kopf kürzer. Die Republik, so bankrott sie auch schien, war ein hungriger Leopard, der sich nicht von Amseln und Spatzen beim Fressen seiner Beute stören ließ.

Ich hatte noch eine letzte Frage an Meo Angiolieri: Du hältst es also für möglich, dass Messer Bortolo ein wütender Anleger ermordet hat, weil der Anwalt ihm seine Schuldscheine für einen Spottpreis abgeschwatzt und ihn damit ruiniert hat?

Natürlich, antwortete Meo ungerührt, wir kennen doch alle die Geschichten, die die Not schreibt. Da haben Leute ihre Anleihen fast verschenkt, weil sie kein Bargeld für den Arzt mehr hatten. Die Doktoren haben ihre Honorare während der Pest verfünffacht. Andere wollen dem Advokaten an den Kragen, weil der das Testament von Vater oder Onkel gefälscht hat – zugunsten eines Bruders, der dafür bezahlte. Für solche Betrügereien gibt es feste Tarife. Oder die Advokaten überschreiben Unsummen aus dem Vermögen des Toten auf verfallene Klöster irgendwo im Contado – und dahinter stecken dann reiche Kaufleute. Der Padrino hatte sich solcher Methoden vor mir sogar noch gerühmt. Und es sei alles völlig legal, hatte er mir versichert. In seinen Augen mochte das stimmen. Doch es gab in Florenz, da war ich mir sicher, verzweifelte Menschen, die die Gewalt der Gesetze mit der Gewalt eines Messers vergelten wollten.

Wäre ich ein Anwalt bei den Peruzzi, schloss Meo, ich würde nicht mehr ohne Leibwächter auf die Gasse treten. Dass Bortolo jetzt tot ist, kann für den Padrino keine Überraschung sein.

Messer Bortolo, warf ich ein, musste gar nicht vor die Tür gehen. Er fand sein Ende dort, wo die großen Verbrechen begangen werden: im Kontor.

Ich bezahlte meine Rechnung. Meo entließ mich durch die Hinterpforte, genau wie in jenen heißen Sommernächten, da die Priori alle Schänken geschlossen hatten. Ins Purgatorio, so versicherte mir Meo damals, findet jeder Mensch herein. Doch ob wir alle aus dem Fegefeuer des Geldes je wieder herauskämen?

Auf dem Heimweg überlegte ich. Ich musste nach dem Gespräch mit meinem geschäftstüchtigen Wirt den Kreis der Verdächtigen weiter ziehen. Außer den reichen Gläubigern der Peruzzi, die beim Bankrott vor fünf Jahren alles verloren hatten, außer den Ciompi, die den Mord an Ciuto Brandini rächen wollten, kamen nun auch noch betrogene Anleger, kam nahezu jeder Bürger von Florenz als Mörder in Frage. Denn die Peruzzi hatten vielen von ihnen ihre Anleihen für einen Spottpreis abgeluchst. Oder befand ich mich auf der falschen Fährte und hatte es doch mit einer Abrechnung unter Brüdern zu tun? Was war, wenn Michele Scalza recht behielt, und der ermordete Bortolo war tatsächlich ein leiblicher Sohn des alten Pacino? Jeder seiner Brüder hatte dann ein Motiv für einen Mord, denn so gab es einen Konkurrenten um die Gunst des Alten weniger. Mir grauste bei dem Gedanken, doch sogar der Padrino selbst kam in Frage. Er wirkte trotz der zwei Toten seltsam ungerührt. Dass er Abtrünnige ohne Gnade aus dem Weg räumen würde, und seien es die eigenen Söhne, schien mir keineswegs unwahrscheinlich.

Wie hatte der betrunkene Michele Scalza beim Gehen gesagt? Pacino Peruzzi ist ein Kuckuck. Ich hatte noch über den Vergleich gelacht. Doch Michele hatte das gar nicht lustig gemeint. Es war eine schreckliche Prophezeiung! Der Kuckuck ist der übelste aller Vögel. Er legt sein Ei in ein fremdes Nest. Und dann räumt der geschlüpfte Kuckuck alle aus dem Weg. Ein Küken nach dem anderen wirft er aus dem Nest, bis nur mehr der Stärkste übrig bleibt.

KAPITEL 16

Mein Kopf lag an Cioccias Brust. Ich konnte ihr Herz klopfen hören. Ruhig und regelmäßig, wenn wir einfach nur dalagen. Schnell und aufgeregt, wenn ich ihr von den Rittern des Artus und seiner Tafelrunde erzählte. Wir lebten im Königreich Avalon.

Erzählst du mir noch einmal, wie Lancelot aufwuchs? Bitte, Wittekind, du erzählst so schön.

Ich räusperte mich: Der Ritter Lancelot du Lac wurde von der Fee Morgane geraubt. Diese zauberkundige Frau lebte tief unter einem See in einem Schloss aus Kristall. Rund um das Schloss gab es Wiesen voller Obstbäume und zahllose blühende Blumen.

Cioccia richtete sich auf: Wie soll das gehen? Obstbäume unter Wasser. Das sollte ich einmal den Bauern erzählen, die mir Äpfel und Birnen verkaufen.

Im Königreich Avalon, erklärte ich, ist alles möglich. Das ist die Welt der Träume. Dort wird das Schloss der Fee Morgane gegen das Wasser mit Ziegeln aus Glas abgeschirmt. Einige Dichter meinen aber, dass es sich um eine Luftspiegelung gehandelt haben könnte.

Was ist das denn?, fragte Cioccia.

In der Wüste, wenn es sehr heiß ist, dann flackert das Licht über dem Boden, und du siehst Städte und Bäume am Horizont, die gar nicht da sind. Die Luft hat sie gespiegelt wie das Zauberschloss der Fee Morgane.

Warst du schon einmal in der Wüste?, wollte Cioccia wissen. Wie sieht es da aus?

Leer. Eigentlich genau wie auf dem Meer. Nur dass da, wo auf dem Meer Wasser ist, die Wüste aus lauter Sand besteht.

Ich will auch wieder ans Meer, wie in Neapel, bekannte Cioccia. Du bist viel weiter gereist und bist auf Schiffen schon um die halbe Welt gefahren. Würdest du mich mitnehmen?

Ich würde dich überallhin mitnehmen.

Bis ans Ende der Welt?

Bis ans Ende der Welt, sagte ich, und darüber hinaus. Ich bleibe immer bei dir. Bis ans Ende der Zeit.

Cioccia schüttelte den Kopf: Heute sind wir in Florenz. Da gibt es kein Meer und keine Luftspiegelungen. Sag mir lieber, wie ist Lancelot aus dem Zauberschloss der Fee Morgane zur Königin Guinevere gelangt?

Das ist eine lange Geschichte, meinte ich, ich erzähle sie dir in einer anderen Nacht. Für heute muss uns genügen, dass Lancelots Freund Galeotto ihm die Königin vorgestellt hat. Dabei war Galeotto, der Prinz der fernen Inseln, selber in Guinevere verliebt. Und vielleicht auch in Lancelot.

Cioccia kicherte: Ein Mann, der in einen Mann verliebt ist? Ist das im Reich Avalon erlaubt? Na ja, hier in Florenz ist es ja auch nicht wirklich verboten.

Ich erzählte weiter: Die Poeten nennen das ein Dreieck der Liebe. Galeotto liebt Guinevere. Die liebt Lancelot, aber ein bisschen auch Galeotto. Und Lancelot geht es genauso. Alle lieben alle. Aber am Ende bekommt Lancelot die Königin Guinevere ganz für sich allein, und

Galeotto kriegt weder seinen Freund Lancelot noch die Königin. Der Prinz bleibt allein zurück und ist traurig wie der Tod.

Cioccia sagte lange nichts, dann: Ein Liebesdreieck, das gibt es nicht nur im Reich Avalon. Denk an Boccaccio. In Neapel als junger Mann, da war er verliebt in die Prinzessin Katharina und gleichzeitig in seinen Jugendfreund Niccolò Acciaiuoli. Am Ende sind die beiden ganz hoch aufgestiegen, Katharina zur Kaiserin von Konstantinopel und Niccolò zum Ritter an ihrem Hof. Die beiden wurden ein Liebespaar, und Boccaccio musste alles mitansehen. Er hat das Königreich Neapel mit gebrochenem Herzen verlassen. Genau wie Prinz Galeotto das Königreich Avalon.

Hat Boccaccio dir das alles erzählt?, wollte ich wissen. Vielleicht war er eher in dich verliebt als in die Kaiserin von Konstantinopel? Unser Prinz der fernen Inseln Ischia und Capri.

Cioccia stieß meinen Kopf weg: Mach dich nicht lustig über ihn! Boccaccio hat mir damals sehr geholfen. Ohne ihn wäre ich nicht hier. Er ist ein feiner Mensch.

Ich beharrte: Aber verliebt in dich war er doch. Und ist es noch.

Cioccia hielt mir den Mund zu: Anstatt dir den Kopf über Boccaccio zu zerbrechen, solltest du mich lieber vor diesem widerlichen Uguccione beschützen. Der war heute drei Mal an meinem Stand. Aber er wollte nie etwas kaufen, sondern hat mich gefragt, wann er mich denn besuchen kann. Nachts, hat er gesagt und fies gelacht. In deinem Bett ist für mehr Männer Platz als für diesen Deutschen. Du brauchst einen Italiener! Das hat er genau so gesagt. Und er hat gelacht, als ich ihm vors Schienbein getreten habe. Wittekind, wir müssen vorsichtig sein. Ich darf nicht jede Nacht zu dir herübersteigen. Du hörst ja, was die Leute reden.

Wegen diesem Rüpel willst du unsere Liebe aufs Spiel setzen? Heirate mich! Dann liegen wir jede Nacht in einem Bett, und alle Menschen in Florenz dürfen es wissen.

Cioccia stöhnte: Geht das schon wieder los? Ich habe dir gestern alles dazu gesagt. Ich heirate dich nicht. Vor unserer Hochzeit müssten die Florentiner erst ihre Gesetze ändern. Ich will nicht deine Sklavin werden, um deine Frau zu sein.

Du bist doch schon meine Frau. Wir müssen uns bloß etwas einfallen lassen, damit wir zusammenleben können.

Denk an Lancelot und Guinevere, sagte Cioccia wieder versöhnlicher. Ihre Liebe war so groß wie ein Berg und so fest wie ein Kristall. Und ihr Freund Galeotto hat ihnen geholfen, damit sie sich heimlich treffen können. Dann küsste sie mich, und mir war alles egal. Galeotto und Boccaccio, Uguccione und Lancelot, Morgane und Guinevere. Namen, Namen, nichts als Spiegelungen der Luft. Für mich gab es nur Cioccia, sie lag in meinen Armen, ich roch den Duft ihrer Haare. Warum sollte es in meinem Leben etwas anderes geben als sie?

Später in der Nacht, ich war ein wenig weggedämmert, schreckte Cioccia plötzlich hoch: Wittekind, wach auf! Da unten ist jemand!

Ich sprang aus dem Bett und griff nach meinem Dolch. Ich hatte nichts gehört. Gemeinsam horchten wir ins Dunkel, aber alles blieb still.

Ich schwöre es dir, beteuerte Cioccia. Unten in der Burella läuft jemand herum. Gestern in der Morgendämmerung, als du noch schliefst, da habe ich es auch gehört. So ein schlurfendes Geräusch, und dann ein unheimliches Bellen. Es heißt, dass im Keller die Geister der Gladiatoren umgehen, die sich im Zirkus abgeschlachtet haben. Ohne Kopf und ohne Arme. Oder es sind die Seelen der Kinder, die als Christen von den Löwen der Heiden zerfetzt wurden und nun keine Ruhe finden.

Ich legte meinen Arm um Cioccias Schultern, sie zitterte, obwohl die Nacht warm war. Ich legte ihr das Laken um und beruhigte sie: Es gibt keine Gespenster, es gibt keine Gladiatoren ohne Arme und auch keine Kinder, die von Löwen gefressen wurden. Das sind Märchen. Wie die Geschichten vom Glaspalast der Fee Morgane. Lass dich nicht erschrecken!

Natürlich gibt es Geister, flüsterte Cioccia. Meine beiden Mädchen erscheinen mir oft im Traum, sie winken mir zu und wollen mit mir sprechen. Aber dann haben sie keinen Mund. Es ist fürchterlich. Die Toten kehren zurück. Es gibt so viele Tote, viel mehr als Lebende. Sie träumen von uns. Warum finden meine Mädchen keine Ruhe?

Ich hielt Cioccia in den Armen. Sie schluchzte leise. Diese Frau, die sich tagsüber so stark gab, nun war sie schwach und furchtsam.

Niemand konnte ihr ihre Töchter zurückgeben. Ich liebte Cioccia für ihre Trauer und ihre Furcht nur noch mehr. Denn was Angst war, wusste auch ich. Nur durfte ich es ihr in dieser Nacht nicht zeigen. Wenn wir die Peruzzi überleben wollten, dann durften wir nicht schwach werden, nicht beide zugleich. Ich wartete, bis Cioccia eingeschlafen war. Ihr Atem ging regelmäßig. Sie war wunderschön. Ich konnte sie zwar nicht sehen, aber ich stellte sie mir im Dunkeln vor, hörte weiter ihren Atem und streichelte ihr über das Haar. Niemand durfte dieser Frau etwas antun. Ich würde jeden aufs Blut bekämpfen, der das wagte. Und ich musste dringend mit Uguccione sprechen. Ich würde ihm zuallerletzt gestatten, sie auch nur zu berühren.

Nun zog ich mir das Hemd über und schlich barfuß die Leiter hinunter. Am Herd brauchte ich, müde wie ich war, die Zeit von ein paar Vaterunsern, dann hatte ich einen Funken entzündet. Mit einer Öllampe in der Hand hob ich die Luke zum Keller an und kletterte die Leiter in die Burella hinab. Ich war mir sicher, dass hier unten kein Mensch sein konnte. Beim Kauf im Winter hatte ich beide Keller, auch den von Cioccia, genau untersucht. Jede Mauerritze hatte ich befühlt. Wer will schon, dass Fremde von unten Zugang zum eigenen Haus bekommen? Nachbarn hatten mir erzählt, dass vor dem Bau der Stinche die Verliese der römischen Burella als Gefängnis von Florenz gedient hatten. Zu jener Zeit waren alle Gänge fest zugemauert worden. Ich verwahrte im Keller einen Terracottakrug mit Olivenöl und ein kleines Fässchen Wein, das Meo mir verkauft hatte als Notvorrat. Ich hatte von dem Wein im Sommer getrunken, als ich mich für ein paar Tage nicht auf die Gasse gewagt hatte. Danach hatte auch Cioccia ein paar Schluck davon probiert, aber der Wein im Purgatorio schmeckte besser, vielleicht wegen der Gesellschaft.

Michele Scalza hatte zuweilen gelästert, dass in der Burella die Knochen von Räubern und Mördern zu finden seien, abgenagt von den Ratten. Danach hatte ich vergiftete Köder ausgelegt, aber nie eine Ratte gefangen. Wenn Jacopo Alighieri recht hatte, und die Ratten brachten uns die Pest, dann war dies kein übles Haus für Cioccia und für mich. Wahrscheinlich, dachte ich, hatte sie nur schlecht geträumt, als sie hier unten

Geräusche wahrnahm. Plötzlich fuhr ich zusammen. Hinter der Mauer hörte ich ein Schlurfen, so als schleppte jemand einen schweren Gegenstand über den Boden herbei. Vor Schreck blies ich meine Lampe aus und stand im Finstern. Dann wurde es wieder ruhig, doch nach einigen Augenblicken war wieder ein Stapfen zu hören, nicht unter Cioccias Haushälfte, sondern zum Glück von den Nachbarn auf der anderen Seite. Aber das konnten sie nicht sein, nebenan stand alles leer, seit die Bewohner im Juli vor der Pest aufs Land geflohen waren.

Mir war plötzlich, als redete das Gespenst mit sich selbst. Ein Grummeln und Schnaufen war zu hören. Ich stand erstarrt. Dann legte ich ein Ohr an die Mauer. Die Gestalt auf der anderen Seite musste jetzt ganz nah sein. Mir war, als hörte ich sie direkt neben mir atmen, von meinem Kopf nur getrennt durch ein paar antike Ziegelsteine. Auch mein Gegenüber stand still und schien zu mir herüber zu horchen. Es wirkte kurz, als blitze in einer Mauerritze ein Lichtschein auf. Aber vielleicht sah nun auch ich Gespenster. Da hörte ich es, und das Blut gefror in meinen Adern. Der Mann hustete. Erst kurz und leise, doch dann konnte er ein tiefes Gurgeln nicht mehr unterdrücken, und er bellte lange und laut wie ein hungriges Tier. Es hörte nicht mehr auf, auch als der Mann sich langsam wieder entfernte und seine Geräusche sich in den Tiefen der Burella verloren. Das konnte niemand anderer als Rinaldo sein, der Mann mit dem griechischen Fieber! Mauro Brandini hatte mir von ihm erzählt, und nun war er hier. Er kam im Schutz der Nacht und der römischen Gewölbe zu den Peruzzi.

Meine Hand zitterte. Ich suchte im Dunkel nach der Lampe und ließ sie am Boden liegen, als ich sie nicht fand. Mit vorgestreckten Händen ertastete ich die Leiter und wäre dabei beinahe über meinen Ölkrug gestürzt. Dann zog ich mich nach oben. Ich klappte die Luke zu. Unbedingt musste ich hier einen Riegel anbringen. Mit einem Eisen könnte der Mann die alte Ziegelwand im Keller leicht aufstemmen, dann wäre er im Haus. Wollte er das?

Ich stieg hoch zu Cioccia. Im Schlaf wimmerte sie leise. Ob sie wieder von ihren Töchtern träumte? Ich zog mein Hemd aus, legte mich zu ihr und nahm sie in den Arm. Das Wimmern ließ nach. Plötzlich wurde sie wach, klammerte sich an mich und flüsterte ängstlich: Da war doch jemand im Keller! Ich habe es genau gehört.

Ich sagte: Schlaf, Cioccia, schlaf! Da war niemand. Das hast du nur geträumt. Außerdem bin ich bei dir, und solange ich bei dir bin und du bei mir bist, kann uns das Böse der Welt nichts anhaben. Hier sind wir sicher wie in einem Schloss aus Kristall, weit unter dem Meer und fern von allen bösen Menschen. Meine geliebte Königin!

Cioccia drückte sich an mich, küsste meine Schulter und schlief gleich wieder ein. Ruhig ging ihr Atem, während sie meine Hand im Schlaf festhielt. Doch die Sicherheit, die ich Cioccia gab, war verflogen. Das Bellen des hungrigen Tieres aus dem Verlies hallte wider in meinen Ohren. Mir fiel ein, was Cioccia gesagt hatte. Wir sind von den Toten umgeben, sie sind in der Überzahl, und sie geben uns niemals frei. War ein Toter in seinem Grab erwacht und kam, um uns zu holen?

KAPITEL 17

Ich verzog das Gesicht. Porrata – Lauchsuppe. Alles andere als mein Lieblingsessen. Zudem musste ich aufpassen, dass ich mir mit den Fasern des Gemüses nicht mein bestes Gewand bekleckerte. Die Robe aus grauem Stoff hatte ich eigens angezogen, weil ich Arnaldo in den Priorenpalast begleiten musste. Ich hatte keine Lust, in meiner abgenutzten Alltagstracht zwischen den Amtsträgern wie ein Reitknecht dazustehen. Die Peruzzi, in deren Gefolge ich auftrat, hatten einen Ruf zu verlieren. Nun saß ich in der Küche im Erdgeschoss des Palazzo und kaute auf dem Lauch herum. Lampredotto oder Aal gab es hier am frühen Morgen nicht. Für die Faktoren und Lagerarbeiter, die Mägde und Lastenträger hatten zwei Köche einen großen Kessel Suppe bereitet, dazu gab es hartes Brot von gestern. Und Wasser, in das der Kellermeister ein paar Tropfen Wein geschüttet hatte. Von den drei großen Feuerstellen mit eigenem Kamin war nur eine in Betrieb. Ein Koch stieß mit dem Schürhaken in die Flammen, damit die Porrata nicht kalt wurde. Aus den Schlafsälen kamen Knechte und Mägde gähnend herunter, um sich ihr Frühstück in einen Napf füllen zu lassen. In der Ecke saßen Wärter, die große Wolfshunde, Mastinos und Hirschfänger an Ketten festhielten. Von großen Tellern fraßen die Tiere Fleischabfälle. Auch die Hunde gehörten zur Dienerschaft.

Der Duft des Weizenbrotes, das gleich oben im Saal den Söhnen und Hausgenossen aufgetischt würde, zog von einem Backofen durch die Gewölbe. Auch ich hätte mich als Hausgenosse in Gesellschaft des schweigenden Pacino an Weißbrot und Schinken laben dürfen, doch ich zog es heute vor, die Banchieri so lange wie möglich zu meiden. Ich war schon tief genug verstrickt in die Lügen dieser Familie. Ich musste nachdenken.

Sollte ich dem Padrino von dem geheimnisvollen Mann erzählen, der nachts in der Burella umherschlich? Was erreichte ich damit? Und welche Beweise hatte ich in der Hand? Es war Ugucciones Aufgabe, den Palast zu sichern. Wenn ich mich einmischte, gab ich zu erkennen, dass ich ihm das nicht zutraute. Das stimmte zwar; Uguccione war ein Dummkopf. Aber dass er nicht einmal die Keller überblicken konnte, musste ich ihm nicht vor dem Padrino vorhalten. Ich hielt es jedoch für unmöglich, dass ein Fremder in die bewachten Räume des Palazzo vordringen konnte. Die Peruzzi waren gewarnt und hatten gewiss jeden Zugang zum inneren Bereich vermauert. Deshalb wohl hatte sich der Mann am Rand des Geländes herumgetrieben, unter meinem Haus. Ich musste Dino Geld geben, damit er bei mir und bei Cioccia die Kellerluken mit einem Eisenriegel sicherte.

Vielleicht gab es einen Zugang in die Unterwelt des Palazzo Peruzzi, von dem niemand wusste. Ich erwog, mich von zu Hause in die Burella zu schleichen, um nachts dem Fremden aufzulauern. Doch ich verwarf den Einfall. Dafür hätte ich Uguccione einweihen müssen, sonst lief ich Gefahr, von unseren eigenen Wächtern totgeschlagen oder von den Wolfshunden zerfleischt zu werden. Und selbst wenn ich unentdeckt mit dem Dolch in der Hand auf den Fremden gestoßen wäre – konnte ich ihn einfach so töten? Ich wusste nicht, um wen es sich handelte.

Möglicherweise hatte er mit den Bluttaten gar nichts zu tun. Jeder Obdachlose aus dem Contado, der vor der Pest in die Stadt geflohen war, konnte sich da unten eingenistet haben. Die von der Seuche Entwurzelten hatten in der Stadt viele leerstehende Paläste okkupiert. Der Podestà selbst hatte mir erzählt, dass er die Hausbesetzer kaum loswurde. Nein, in der Burella war für mich nichts zu holen.

Besser, ich suchte in den Geschäften der Bank nach einem Motiv für die Angriffe. In der Geschichte der Casa Peruzzi hatte irgendetwas bei irgendjemandem einen namenlosen Hass ausgelöst. Irgendetwas, irgendjemand, namenlos – ich hatte nicht die geringste Ahnung, worum es ging. Dennoch musste ich so schnell wie möglich herausfinden, von welcher Seite uns Gefahr drohte, nur so winkte mir eine Belohnung. Besonders misslich erschien mir, dass die Banchieri mir ihre schmutzigen Geschäfte nicht offenbarten. Für den Moment hielt ich mich am besten bedeckt und spielte meine Rolle als Aufpasser.

Ein dicker Tropfen Porrata war dann doch auf meiner grauen Robe gelandet. Ich putzte mit den Fingern am Fleck herum, als ich Lapos Stimme hörte. Gemeinsam mit den anderen Pferdeknechten hatte er sich sein Frühstück abgeholt; sie setzten sich an meinen Tisch.

Grüß Gott, Wittekind! Heute früh wird Patroklus beschlagen, rief Lapo gut gelaunt zu mir herüber. Der Hufschmied ist in die Stallungen der Peruzzi gekommen. Es gibt jede Menge Arbeit. Oder brauchst du meine Hilfe?

Ich erklärte Lapo, dass ich heute selber als eine Art Knappe Dienst zu tun hatte. Arnaldos Ehre und Sicherheit geboten meine Begleitung zur Sitzung der Priori.

Wittekind ist viel zu bescheiden, erklärte Lapo den anderen. Er ist kein Knappe, sondern ein Ritter aus Deutschland. Auch wenn er kein Pferd hat, nur ein Maultier. Das ist aber ein besonders erfahrenes. Ich muss noch zum heiligen Eligius beten, damit Patroklus sich nicht wehrt und uns tritt, wenn wir ihn nachher beschlagen.

Alle am Tisch blickten zu Lapo herüber. Nun kam die Legende vom heiligen Eligius.

Lapo leckte sich die Lippen, ihm hatte die Lauchsuppe offenbar besser geschmeckt als mir. Eligius, begann er, war ein frommer Mann. Er arbeitete als Hufschmied beim Frankenkönig Dagobert. Damit er seine viele Arbeit bewältigen konnte, hatte der Herrgott dem Eligius eine besondere Gabe verliehen. Immer, wenn es so weit war, nahm er das Bein des Pferdes, sägte es ab und beschlug dann den abgesägten Huf direkt auf dem Amboss. Dann befestigte er das fertige Bein mit einem Gebet wieder am Pferd. So ging alles viel schneller.

Das ist doch nicht möglich, riefen die Pferdeknechte. Du erzählst uns Lügenmärchen, Lapo! Das Bein absägen, da verbluten die Tiere!

Ihr zweifelt an den Wundern des Herrn?, fragte Lapo in die Runde. Ich muss mich über euren Glauben wundern. Fra Bernardino hat mir alles von Eligius berichtet. Wenn ihr so fromm wäret wie ich und nicht immer den Mägden hinterherlaufen würdet, dann hättet ihr das Wunder des heiligen Eligius schon mit eigenen Augen gesehen.

Wie soll das gehen?

In Orsanmichele beim Getreidemarkt ist ein Gemälde, das alles ganz genau zeigt. Das abgesägte Bein, den Amboss und den Heiligen mit seiner Bischofsmütze bei der Arbeit. Denn ein Bischof war Eligius auch.

Die anderen wurden still und blickten Lapo bewundernd an.

Ich sagte: Das trifft sich gut, mein lieber Lapo. Du kümmerst dich um Patroklus und passt auf, dass kein falscher Bischof dem Tier ein Bein absägt. Denn so was vermag nur der heilige Eligius am Hof von König Dagobert. Wir sind hier am Hof der Peruzzi, und ich brauche heute Morgen kein Maultier, sondern ein richtiges Pferd, damit ich bei den Priori neben Arnaldo einen guten Eindruck mache. Nur ruhig und brav sollte es sein.

Der älteste der Pferdeknechte maß etwas abschätzig meine Statur und versprach, einen Hengst für mich auszusuchen. Mein neuer Knecht hatte bei diesen Gesellen in zwei Tagen mehr Ansehen erworben als ich in zwei Jahren. Lapo brachte mich immer wieder zum Staunen. Kaum ein Predigermönch kannte sich mit den Heiligen so gut aus wie er. Vielleicht sollte ich den Jungen in eine Schule geben, wo er Rechnen, Schreiben und etwas Französisch lernte. Als Handelsgehilfe könnte er vielleicht seinen Weg machen. Ob die Schule einen Hinkenden annehmen würde?

Ich fragte Lapo, ob er Dino heute schon gesehen habe. Bevor der Junge antworten konnte, erblickten wir beide Dino, der mit einem schweren Sack auf dem Rücken hereinkam.

Wenn man den Wolf nennt, kommt er gerennt!, rief Lapo.

Nun kamen noch weitere Lastträger, alle tief gebeugt. Das Korn des Sommers wurde in den Schiffsmühlen auf dem Arno zu Mehl gemahlen. Es hatte eine prächtige Ernte gegeben, und die Keller wurden gefüllt. Die Natur, dachte ich, ist stark und lässt sich von der Pest nicht kleinkriegen. Und die Menschen lernen von der Natur. Sie wissen nicht, ob sie morgen noch leben, aber sie sorgen für den Winter vor.

Dino kam zu uns herüber. Der Kellermeister hatte den Lastenjungen jeweils einen Becher gewässerten Wein gegeben. Dino schwitzte und setzte sich keuchend auf die Bank. Ich fragte, ob er Cioccias Stand schon aufgebaut habe. Der Junge mit den breiten Schultern und dem verschlossenen Gesicht nickte. Ich erklärte ihm, welche Art Riegel ich für unsere Kellerluken benötigte. Ob er sie anbringen könne? Wieder nickte Dino. Ich gab ihm einen Grosso, das musste für das Material ausreichen. Riegel finde er auf dem Mercato Vecchio. Das Werkzeug konnte Dino sich mit einem schönen Gruß von mir beim Hufschmied borgen. Da fiel mir seine Schwester ein.

Wo ist Monna?, fragte ich.

Dino zeigte mit dem Finger zu einem anderen Tisch, an dem lauter Mägde Platz genommen hatten. Schweigend löffelten die Mädchen ihre Porrata, Monna war mir gar nicht aufgefallen. Ich ging zu ihrem Tisch und bat, sie möge sich nach ihrer Arbeit für die Peruzzi bei Cioccia einfinden. Mein Haus sei in Ordnung, das habe sie gut gemacht. Nun solle sie sich bei meiner Nachbarin nützlich machen.

Das Mädchen blickte scheu zu mir hoch. Vielleicht dachte auch sie darüber nach, wie es mit Cioccia und mir wohl stand. Warum sonst sollte sich ein Hauswirt derart um seine Mieterin bekümmern? Vielleicht waren die Gerüchte über uns bereits bis zu den Mägden und Knechten im Palazzo gelangt. Ich sagte so streng wie möglich: Morgen wirst du dann wieder bei mir fegen und wischen.

Monna und Dino standen auf und flüsterten kurz miteinander, dann gingen sie ihrer Wege: das Mädchen nach oben zum Putzen, der Junge mit den Lastträgern wieder zum Fluss hinunter. Die beiden sahen so unterschiedlich aus, sie sehnig und klein, er muskulös und für sein Alter ein Riese. Beide waren so wortkarg wie zwei Fische im Arno. Zum Glück war Lapo ganz anders. Er stand jetzt neben mir und erteilte mir geistlichen Rat: Im Priorenpalast musst du unbedingt im Geist zum heiligen Giovanni beten, nicht zum Evangelisten, sondern zum Täufer mit dem Lendenschurz und dem Schaf. Der ist mit seiner vielen Wolle der Schutzheilige der Priori und wird dafür sorgen, dass du im Palazzo bei den hohen Herren eine gute Figur machst. Ich sorge dieweil für Patroklus.

Lapo trollte sich mit den anderen Pferdeknechten. Ich holte mir noch einen Becher sauren Wassers. Im Stillen bewunderte ich diese Kinder. Sie hatten niemanden in der Welt und fanden sich doch überall zurecht. Es war gut, dass die drei hier bereits so vertraut ein und aus gingen. Was konnte ich ihnen bieten? Vielleicht schafften sie es, bei den Peruzzi Fuß zu fassen. Ein großes Handelshaus, dachte ich, ist wie eine Familie. Jeder weiß, wohin er gehört, jeder hat seine Aufgabe, alle kümmern sich um alle, und vor allem gibt es pünktlich zu essen. Sicherheit ist kein kleines Gut. Und war ich nicht auch ein wenig wie Monna und Dino oder wie Lapo? Auch ich war bei den Peruzzi gelandet und hatte vorher niemanden in der Welt gehabt, weil ich mich als Waise durchschlagen musste. Ich ging in den Hof und wartete auf mein Pferd. Von oben näherten sich schwere Schritte. Ich brauchte mich nicht umzudrehen, um zu wissen, wer das war.

Was gibt es, Uguccione?

Der breite Mann ging um mich herum und baute sich in seiner immergleichen Art vor mir auf: Dies sendet dir der Padrino für deine Ausgaben. Ich soll dir ausrichten: Wer zu den Puppen geht, der muss mit ihnen tanzen.

Was sollte das bedeuten? Welche Puppen? Ich verstand das nicht, aber ich wollte mir vor Uguccione keine Blöße geben und zog es vor, ihn nicht zu fragen. Wahrscheinlich wusste er es auch nicht.

Uguccione hielt mir einen fein bestickten Beutel hin, ich griff zu und steckte ihn ein.

Halt dich fern von Cioccia!, warnte ich ihn.

Halt du lieber den Mund und tu deine Arbeit. Die Marktfrau ist nicht dein Eigentum. Ich kann reden, mit wem ich will.

Wenn du keine Zähne mehr hast, hast du nicht mehr viel zu erzählen, sagte ich. Da die anderen Leute von Santa Croce nicht für die Ehre einer schutzlosen Witwe einstehen, übernehme ich diese Aufgabe. Und wenn du unbedingt mit jemandem ins Bett gehen willst, dann schicke ich dich mit einem Kopfverband zu Doktor Pandolfo. Ihr beiden passt gut zusammen.

Uguccione lief rot an: Du glaubst wohl, du kannst dir alles herausnehmen. Nur weil dir der Padrino das Privileg gewährt, für unser Haus zum Priorenpalast zu reiten. Du machst das heute zwei Mal: das erste und das letzte Mal.

Ich lachte: Nun werde auf deine alten Tage nicht noch geistreich. Wer hat den Spruch beim Frühstück gesagt? Zanobi oder Arnaldo? Dir fällt beim Kauen ja kaum ein, wie du heißt.

Uguccione ballte die Faust. Dann fiel ihm ein, dass er sich gegen die Befehle des Padrino nicht aufzulehnen hatte. Grußlos drehte er sich um und ging die Treppe hinauf. Ich öffnete den Beutel und entdeckte zwei Florin. Das war wohl kaum mein Reisegeld für die dreihundert Schritte bis zum Priorenpalast. Der Padrino ließ mir auf seine Weise mitteilen, wie bedeutend mein Auftrag ihm erschien, und wie viel Geld in dieser ganzen Angelegenheit auch in Zukunft für mich zu verdienen war. Für zwei Florin hätte ich das Pferd kaufen können, auf dem ich ritt. Und das silberbeschlagene Zaumzeug noch dazu. Was immer hinter den tödlichen Angriffen auf Ruffo und Bortolo stecken mochte, für mich begann sich die Sache zu lohnen.

Durch das Tor rollten vier Karren herein, die es gestern Abend nicht mehr in die Stadt geschafft hatten. Hoch waren Säcke voller Wolle auf die Ladefläche getürmt. Noch bevor die Pferde ausgespannt und in die Ställe geführt wurden, trugen Lastenknechte die Säcke zu einer Waage, die unter einer Überdachung an einem Ring befestigt war. Der Wiegemeister schob Gewichte hin und her, und ein Faktor, der danebenstand, notierte die Schwere jedes einzelnen Sackes in einem Buch. Die Wolle war das Rohmaterial, Mittelsmänner würden es noch heute an die Ciompi weiterliefern. Gekämmt, gesponnen und gewoben, würde es in ein paar Tagen bei den Färbern landen und danach in den Feldern am Arno getrocknet und gebleicht werden. Danach wanderten die Bahnen zum Scheren und Säumen in die Stadt zurück. Wenn in gut zwei Wochen dieselbe Wolle als feiner Kleiderstoff in Ballen wieder in den Hof rollte, dann hatte sich der Preis verzehnfacht. Den Aufkäufern und Händlern in Diensten der Peruzzi oblag es dann, den Markt für das begehrte Gut zu finden. Womöglich schmückte die Wolle, die aus den Säcken hervorlugte, bald in Form eines purpurnen Reisemantels die Schultern der Königin von Neapel. Oder der Emir der Mamlukken in Kairo würde auf einem bunten Teppich beten, dessen Ornamente in Florenz gewebt worden waren.

Diesen ganzen Ablauf quer durch die Welt, von den Schäfern in England bis zu den Abnehmern in der Levante, hatten Kaufleute aus Florenz in der Hand. Wenn im kommenden Frühjahr in Frankreich eine Hungersnot ausbrach, dann hatten diese Händler mit den Wollsäcken genug Gold verdient, um damit in Hispanien oder in Griechenland Getreide für die Hungernden aufzukaufen. Die Bischöfe in Tours und Reims oder gar der tumbe König der Franzosen waren zu solchen Operationen nicht in der Lage. Nur die florentinischen Faktoren kannten die Bauern und Händler am Mittelmeer; ihre Makler arbeiteten mit den venezianischen Schiffern für den Transport zusammen; ihre Buchhalter in Paris akzeptierten die Wechsel des französischen Hofes.

Nur eines würden die Kaufleute aus Florenz niemals tun: Verschenken würden sie weder ihre Wolle noch ihr Getreide. Alle Welt musste zahlen. Es gab nur diese Regel: Ihr Geschäft musste mehr einbringen als kosten. Dafür war ihnen der Hass der Welt gewiss. Die Hirten in Britannien hassten sie genauso wie die Ciompi bei der Porta San Gallo. Und wahrscheinlich hasste sie auch der Majordomus der Königin von Neapel, wenn er den unverschämten Preis für den neuen Reisemantel entrichtete. Doch Hass störte Männer wie Pacino Peruzzi nicht. Im Gegenteil – er war wie alle Kaufleute dieser Stadt stolz auf den Profit. Schließlich konnten alle Menschen sehen, dass die Florentiner die Welt mit Gütern versorgten. Wer würde es sonst tun? War nicht Gott auf ihrer Seite?

Ich trat hinaus auf die Corte Peruzzi, um nachzusehen, wo unsere Pferde blieben. Zwei Totengräber zogen einen Karren mit Pestleichen über den Platz in Richtung Arno. Die verrenkten Gliedmaßen und der Gestank hätten noch vor ein paar Wochen dazu geführt, dass alle Leute weggelaufen wären und die Türen verrammelt hätten. Nun schaute kaum noch jemand hin, ein paar Schritte Abstand mussten genügen. Wir hatten uns ans Sterben gewöhnt, schließlich hatte es immer die anderen getroffen. Die Angst ist wie das Geld, dachte ich. Mit dem Gebrauch verliert sie ihren Wert.

Ein Pferdeknecht führte zwei Tiere am Zügel in den Hof. Ein anderer Diener überreichte mir das Prunkschwert mitsamt dem Gehänge. Arnaldo, über dem dunklen Gewand einen gelbgrünen Umhang der Peruzzi tragend, wartete bereits auf der Empore und kam nun die Treppe herunter. Er grüßte mich kurz und würdigte mich sonst keines Blickes. Pacinos Ältester gab sich wenig Mühe, seine Verachtung für mich zu verbergen.

Überraschend behände stieg der lange Arnaldo auf seinen Hengst mit der goldbestickten Satteldecke. Das Pferd schnaubte und trat auf der Stelle. Nur mit Mühe hievte ich mich in den Sattel des anderen Tieres, eines Braunen. Mein Rücken schmerzte wieder. Doch dies hier gehörte zu meiner Arbeit; ich kam damit zurecht. Ich griff meinen Hengst hart am Zügel und drückte ihm meine Schenkel gegen die Flanken. Zum Glück folgte der Braune fügsam dem Pferd Arnaldos, das sich mit einem kleinen Ruck in Bewegung gesetzt hatte. Wir zogen die Köpfe ein und bogen im Schritt auf die Corte Peruzzi, wohin uns Faktoren und Reitknechte mit den Blicken folgten. Ein Ausrufer lief uns voran. Es war lächerlich, die wenigen Schritte bis zum Priorenpalast hoch zu Ross zurückzulegen. Unsere Pferde verdreckten nur das Pflaster und nutzten Hufeisen ab, die kein heiliger Eligius jemals ersetzen würde.

Doch es ging nicht anders. Die Peruzzi wurden von Arnaldo im Rat der Priori vertreten und mussten dies im Vollgefühl ihrer Würde tun. Ich verkörperte Schutz und Schild des Priore. Ich versuchte, mich aufrecht im Sattel zu halten und streng zu blicken, wenn die Fußgänger unseren Pferden auswichen. Wir nahmen auf niemanden Rücksicht. Platz für den Priore Arnaldo Peruzzi!, schrie unser Herold und schwenkte die Fahne mit den Birnen. Ehre der Casa Peruzzi! Als wir auf die Piazza dei Priori einbogen, zog ich das Prunkschwert und setzte mich an die Spitze. Vor dem Palazzo hatten unterm Turm bereits andere Delegationen Aufstellung genommen. Ich lenkte mein Tier in die Reihe und sprang ab. Arnaldo hatte gewartet, bis ich ihm den Steigbügel halten konnte. Einmal abgestiegen, rückte er sich den Umhang zurecht und wartete einen letzten Reiter ab. Dann schritt er mit kriegerischem Gesichtsausdruck zur Freitreppe. Ich hinterher.

Am Portal des Priorenpalastes schmetterten Fanfaren zur Begrüßung, während die Priori einmarschierten. Nach uns war nur noch ein alter Mann gekommen, der leutselig lächelnd auf die Piazza herunterwinkte. Donato Bardi, der reichste Mann von Florenz, hatte Arnaldos Strenge nicht nötig. Oder er pflegte eine andere Strategie und biederte sich bewusst dem Popolo an, der sich wie immer an Sitzungstagen rund um den Stadtpalast versammelt hatte.

Vor der Pest hatte es solche Aufzüge einmal alle acht Wochen gegeben, dann aber mit Freigetränken und einem Ochsen am Spieß. Danach sperrte man nach alter Sitte die Priori im Palast ein, wo sie ausländische Botschafter und die Vorsteher der Zünfte auf Kosten der Staatskasse festlich zu bewirten hatten. Waren endlich die Handwerker besoffen, so erzählte der Padrino gerne, konnten die Kaufleute die wichtigen Entscheidungen treffen. Nach Ablauf von acht Wochen Regentschaft loste ein Rat von Alten, die sogenannten Savi, neue Priori aus dem Beutel. Dann entließ man die hohen Herren wieder nach Hause. Seit diesem Frühjahr aber durften die Priori daheim wohnen und erschienen einmal in der Woche zur Sitzung. Florenz war nicht gewillt, den gesamten Rat der Republik mitsamt der Dienerschaft in drei Säle zu sperren und auf diese Weise mittels der Seuche auszurotten. Das unerhörte Vorgehen, an kurzen Sitzungstagen alles Nötige zu beraten und dann wieder auseinanderzugehen, schien sich zu bewähren. Die meisten Priori hatten die Pest überlebt.

Auf der Freitreppe nahmen die Herren der Stadt und ihr Gefolge noch einmal Aufstellung, um sich vom Popolo zujubeln zu lassen. Es lebe Florenz!, erscholl es von der Piazza. Hoch die Freiheit! Libertà! Lasst hundert Lilien blühen! Evviva! Nieder mit den Ghibellinen! Ewiger Ruhm den Guelfen!

So ging das eine ganze Weile. Die Priori auf der Treppe grüßten in die Menge, und sogar Arnaldo hatte ein huldvolles Lächeln aufgesetzt. Wir Paladine mussten nun die Schwerter recken und für die Regenten der Stadt eine Gasse bilden. Als die Priori durch diese Gasse hindurch waren, marschierten wir ihnen hinterdrein, und die schwere Eichentür wurde von innen verriegelt.

Das Treppenhaus des Palastes war geschmückt mit den Fahnen und Wimpeln der Zünfte, der Stadtviertel, der Nachbarschaften. Dazu kamen die Wappen der wichtigsten Orte im Contado. Gedrängt wie auf der Arche Noah war hier das halbe Tierreich versammelt: ein blauer Igel auf gelbem Grund, ein brauner Löwe mit goldener Krone auf blauem Grund, ein schwarzer Löwe auf weißem Grund, ein grüner Drache auf rotem Grund, dazu gab es den goldenen Schlüssel auf Schwarz, eine goldene Madonna auf Weiß, und obendrein noch allerhand Heilige, die wohl nur Lapo an ihren Folterwerkzeugen auseinanderhalten konnte.

Wer konnte sich in dem Fahnenwald auskennen? Doch ich kannte die Florentiner inzwischen. Wehe, wenn jemand den blauen Igel mit der goldenen Eidechse verwechselte! Oder sich nicht tief genug vor dem Wimpel mit der schwarzen Krähe verbeugte! Mit der Ehre ihrer Nachbarschaft, ihres Viertels, ihrer Gemeindekirche oder ihrer Handwerkerzunft ließen die Leute nicht spaßen. Jedes Gewerbe hatte eigene Festtage, eigene Vorsteher. Alles musste streng beachtet werden, sonst kam es mindestens zur Schlägerei. Mir erschien es wie ein Wunder, wie ein Gemeinwesen aus diesen Grüppchen und Zirkeln, die alle nur sich selber wahrnahmen, in Eintracht regiert werden konnte. Während wir die Treppe hinaufschritten, grüßten sich die Priori untereinander, verneigten sich, schüttelten lange die Hände der anderen und erwiesen den Symbolen die vorgeschriebenen Ehren: Heil den Wölfen von San Frediano! Hoch die Madonna von Santa Maria Novella! Hoch Santa

Reparata! Der Eligius der Goldschmiede lebe im Paradies! Ehre den Löwen von der Pforte von San Pietro! Es rolle das Rad von San Pier Schieraggio! Gut, dass endlich die Engel von San Pancrazio ins Priorat aufgestiegen sind! Ein dreifach Heil den Schustern! Mir schwirrte der Kopf, während Arnaldo sich mit der Routine des Machtmenschen durch die anderen hindurcharbeitete. Oben auf der Treppe empfing ein winziges Kerlchen die Priori. Das musste der Kanzler der Republik sein, von dem jetzt alle sprachen. Ser Niccolò di Ser Ventura Monachi war erst seit ein paar Wochen im Amt und amtierte dadurch als Herr über Steuereintreiber, Boten und städtische Notare. Der Kanzler hatte die Beschlüsse der Priori umzusetzen und musste im Namen der Priori mit den ausländischen Mächten diplomatische Briefe austauschen. Ser Niccolò breitete erfreut die Arme aus, als empfange er seine Enkelkinder zum Besuch. Neben ihm stand der Podestà. Denn natürlich hatte auch Neroccio da Gubbio hier zu erscheinen. Was immer heute über Recht und Ordnung, Festnahmen und Hinrichtungen beschlossen wurde, betraf ihn. Seine Berovieri waren die Augen und Ohren von Florenz, und oft genug auch die Peitschen und Schwerter.

Ich blickte zu den bunt bekleideten Priori, die sich immer noch vor den Wimpeln und Wappen verbeugten und einander die Hände schüttelten. Einige trugen große Hüte und Mützen, deren Bommeln ihnen fast bis in die Kniekehlen herabhingen. Ein dicker Mann um die vierzig war gar im Kettenhemd erschienen und hatte einen Drachenhelm mit offenem Visier auf dem Kopf. Plötzlich fiel mir der sonderbare Satz ein, den der Padrino mir heute Morgen ausgerichtet hatte: Wer zu den Puppen geht, muss mit ihnen tanzen. Warum war der Alte nicht selbst hier? Aus welchem Grund entsandte er seinen Sohn? Ich begriff, was mir der Padrino mit seinem Geschenk sagen wollte: Das hier waren nur die Puppen, und ich musste heute mit ihnen tanzen. Doch Pacino Peruzzi, der mich bezahlte, war der Puppenspieler.

Die Priori waren fertig mit der Begrüßung und schritten nun einer nach dem anderen durch die Wappentür. Drinnen wehten blaue Fahnen. In den bemalten Fächern gab es nur ein einziges Symbol: die rote Lilie von Florenz. Eine weiße Seidenfahne mit roter Lilie hing einsam über dem Portal. Das war die Kriegsfahne, die mit dem Karren der Republik bei den Schlachten mitgeführt wurde. In den letzten Jahren war sie bei Niederlagen mehrmals verlorengegangen und musste ersetzt werden. Die Lilie von Florenz, so die Botschaft, hatte immer überlebt und glänzte im Licht, das vom Ratssaal auf uns herunterfiel.

Rote Lilien, silberne Lilien, dachte ich. Das ist das Wappen der ältesten Verbündeten von Florenz, der Anjou in Neapel und der Könige von Frankreich. Sie alle sonnen sich im Glanz der Blume, die der Engel der Jungfrau Maria mitbrachte, als er ihr die Geburt des Heilands verkündete. Florenz, das sich der Gottesmutter der Verkündigung geweiht hatte, wollte das Ebenbild der Jungfrau sein: erhaben, rein, unbefleckt, im Vorgefühl der Herrschaft über die Welt. Nun schlossen sich die Eichentüren, und ich blieb mit den anderen Paladinen im Dunkel des Vorraums zurück. Und die Lilien färbten sich schwarz.

KAPITEL 18

Wir Eskorten der Priori warteten vor dem Ratssaal. Ich hatte mir von unserem Herold erklären lassen, was zu tun war, doch jetzt wusste ich nicht weiter. Mussten wir hier die ganze Zeit Wache halten? Ich hielt mich an die anderen Paladine; sie hatten Spieße und Schwerter gesenkt. Einige saßen bereits auf den Treppenstufen. Von unten kamen Ratsdiener gelaufen, mit Weinkrügen und Platten voller Fleisch. Ich begriff, weshalb Uguccione mir mein neues Amt neidete.

Neben dem Ratssaal befand sich eine kleinere Tür. Davor stand Andrea Lancia, die Hände auf dem Rücken gefaltet. Er lächelte mich an und kam auf mich zu. Was wollte der Mann von mir? Ich war dem Sekretär der Republik noch nie vorgestellt worden.

Das ist schön, begann er, dass nicht immer nur dieser Klotz von Uguccione unseren Arnaldo begleitet. Für die Casa Peruzzi legt der Dummkopf wirklich keine Ehre ein. Du bist doch dieser deutsche Aufpasser, von dem mir der Padrino nichts als Gutes erzählt hat? Widumir? Wibikin? Wie war doch gleich der Name?

Ich grüßte den mächtigen Mann mit einer Verbeugung und stellte mich vor. Lancia bat mich zur Nebentür, aus der er gekommen war. Wie schon bei seiner Rede im Palazzo Peruzzi steckten seine Hände in grünen Lederhandschuhen. Er schritt über eine schmale Treppe voran ins Obergeschoss und öffnete dort die Pforte zu einem nicht allzu großen Kontor. Der Sekretär – Mitte fünfzig, graue Locken, strahlend blaue Augen – bot mir einen Schemel an, setzte sich selbst aber nicht an sein Pult, auf dem allerlei Papiere und Dokumente herumlagen. Die Hände hinter dem Rücken verschränkt, ging er auf und ab:

Der Padrino hält, wie gesagt, große Stücke auf dich, Wittekind. Du bist jetzt zwei Jahre in seinen Diensten und hast ihn nie enttäuscht. Ich habe mich über dich erkundigt und kann das bestätigen. Du bist ein loyaler Diener der Republik. Es liegt keine Klage gegen dich vor, nicht einmal eine anonyme Denunziation. Das ist selten.

Ihr habt euch über mich erkundigt? Ich bin ein unbedeutender Dienstmann der Peruzzi.

Andrea Lancia schüttelte den Kopf, indes er weiter im Kontor herumging. Der Mann war allzeit in Bewegung und blickte im Gehen ab und zu aus dem Fenster über die Stadt. Er wirkte wie ein Turmfalke, dessen scharfen Augen unten auf dem Pflaster keine Maus entgeht. War ich eine Maus? Oder durfte ich mit ihm fliegen?

In diesen schlimmen Zeiten, hob Lancia an, braucht die Republik jeden guten Mann. Viele ehrbare Leute sind tot, viel zu viele. Nun kommen die anderen hoch. In Rom ist voriges Jahr Cola di Rienzo, der Sohn eines Schankwirts und einer Wäscherin, zum Tribun der ewigen Stadt aufgestiegen. Der Kerl wollte Herr von ganz Italien werden. Das ist natürlich schiefgegangen, und sie haben ihn verjagt. Zum Regieren taugt das einfache Volk nicht. Aber ich benötige deine Dienste auch nicht zum Regieren. Wenn du dich weiter so geschickt anstellst wie in den Diensten der Peruzzi, kannst du es in Florenz weit bringen.

Ich bin zuerst dem Padrino Gehorsam schuldig, wandte ich ein.

Natürlich, natürlich. Aber dein Herr ist kein junger Hase mehr, nicht einmal Pacino Peruzzi hat das ewige Leben. Wenn er einmal nicht mehr ist – und das kann heutzutage sehr schnell gehen –, dann könnten seine Söhne deiner Dienste überdrüssig werden. Unter uns, sie haben allesamt nicht das Format ihres Vaters. Der ist ein großer Mann, ein Mann für die Geschichtsbücher. Weil du viel von ihm gelernt hast, bin ich an dir interessiert. Nun aber endlich fort mit diesem Bratspieß, den sie dir mitgegeben haben.

Ich schnallte gehorsam mein Prunkschwert ab und lehnte es an die Wand. Andrea Lancia war neben seinem Amt ein Berater der Casa Peruzzi. Man sagte, dass er zuweilen abends durch eine Geheimpforte in Pacinos Kontor kam. Dort besprachen die beiden bei einem Glas Zypernwein das Regiment der Stadt. Michele Scalza hatte im Purgatorio gewitzelt, dass in den Versammlungen der Priori die Pläne des Padrino nur noch formell abgesegnet wurden. Oder hatte er es ernst gemeint?

Kein Wunder, dass Lancia sich Sorgen machte, wenn bei den Peruzzi ein Mörder umging und sein Patron dadurch in Gefahr geriet. Was wusste der Sekretär? Offenbar nicht genug, um zu handeln. Doch allemal genug, um mich auszuhorchen.

Lancia rieb seine Handschuhe aneinander, setzte sich wieder in Bewegung und kam zur Sache: Mein Amanuensis ist vor zwei Wochen an der Pest gestorben. Eine traurige Sache, denn er war jung und eifrig. Als der Padrino mir erzählte, dass du weit gereist bist und obendrein viel klüger als ein professioneller Wächter, habe ich ihn gefragt, ob du dich dazu eignest, mich hier im Kontor zu unterstützen. Ich brauche jemanden, der gute Hände hat und einen guten Kopf. Der Padrino fand den Gedanken gut.

Lancia fasste mich genau ins Auge, als wolle er meine Reaktion überprüfen. Ich verzog keine Miene.

Du sprichst mehrere Sprachen?, fragte er. Außer Toscanisch sicher Deutsch. Auch Französisch, hat Pacino gesagt. Wie steht es mit Latein?

Vor langer Zeit, gab ich zu, wollte ich Dominikaner werden und habe bei ihnen studiert. Ich hatte ausgezeichnete Lehrer, mein Latein ist fließend. Doch meint ihr nicht, ich bin zu alt für den Posten?

Lancia schüttelte den Kopf: Du bist erfahren, nicht alt. Schau mich an, ohne mich würde hier alles zusammenbrechen, und ich gehe mit leider viel zu großen Schritten auf die sechzig zu. Ehrgeizige Tölpel haben wir hier genug. Sie wollen die Lücken der Pest schließen und wissen nichts, können nichts, begreifen nichts. Noch schlimmer sind nur diese Handwerker, die sich ins Priorat gedrängt haben. Und wir müssen sie dann in Delegationen zum Papst unterbringen, schicken sie zum Herzog von Mailand oder zum Dogen nach Venedig. Die hohen Herren lachen sich kaputt, wenn stammelnde Männer vor ihnen stehen, die mit Mehl in den Haaren aus der Backstube kommen oder nach Leder stinken. Es ist eine Schande.

Und ihr meint, fragte ich, wenn ich diese Leute begleite, kann ich ihnen außer meinem Schutz auch Dienste als Übersetzer bieten?

Weltläufigkeit bietest du ihnen. Das ist, was denen da unten im Saal fehlt. Du ahnst nicht, wie schnell du auf so einer Reise zum eigentlichen Verhandlungsführer aufsteigst. Die meisten Priori haben von ihrem Amt gar keine Ahnung. Wenn ich dir das Funktionieren der Republik erkläre, dann kannst du bei uns womöglich einen sicheren Posten finden. Und dass du ein Ausländer bist, könnte sogar ein Vorteil werden.

Ich blickte Lancia fragend an, er erklärte: Immer wenn sie nicht weiterwissen und den Staat heruntergewirtschaftet haben, suchen die Florentiner Hilfe von Fremden. Vor sechs Jahren erst kam der Herzog Gautier de Brienne, ein aufgeblasener Franzose, mit großem Gefolge einmarschiert. Den Gautier hatte uns der König von Neapel geschickt, damit er die Trümmer des großen Zusammenbruchs der Banken wegräumt. Das ging gründlich schief, wie jeder weiß. Als dieser Wüstling Gautier den Händlern ernsthaft ans Geld wollte, mussten wir ihn loswerden. Er konnte froh sein, dass wir eine Hintertür im Palazzo haben, wo wir ihn in Verkleidung durchschlüpfen ließen. Sonst hätte ihn das Volk in Stücke gerissen wie seine Eskorte.

Lancia rieb sich mit der behandschuhten Rechten die Nase und fuhr fort: Wenn du im Treppenhaus genau hinsiehst, findest du noch Blutflecke von damals an der Mauer. Einige der Franzosen wurden vom wütenden Pöbel kurzerhand aufgefressen. Solche Misserfolge ändern aber nichts daran, dass man Fremden manchmal eher traut als Freunden. Das liegt daran, dass die Florentiner den Neid und den Hass von klein auf in der eigenen Straße erleben. Auch der Podestà kommt deshalb niemals aus Florenz. Und der hat die Macht über Leben und Tod. Wenn du dich hier durchsetzt, wirst du später vielleicht sogar Nachfolger von Neroccio da Gubbio.

Lancia musste über seinen Einfall lachen. Ich konnte nicht entscheiden, ob er einen Witz gemacht hatte. Oder ob er die Laufbahn, die er mir da in Aussicht stellte, angemessen fand für einen Deutschen. Von unten aus dem Ratssaal hörten wir Geschrei, Menschen stampften mit den Füßen auf, das Kontor erzitterte. Ich griff zum Prunkschwert.

Das kannst du liegen lassen, beruhigte mich der Sekretär, dass es heute in der Sitzung Streit geben würde, haben wir eingeplant. Die Handwerker aus den Zünften sind wütend über den Vorschlag, die Zinsen für die Anleihen des Monte um zwei Punkte heraufzusetzen. Die meisten haben ihre Papiere verkauft, und nun kassieren andere.

Woher wisst ihr so genau, was da unten vor sich geht?, wollte ich wissen.

Lancia wies mit dem Handschuh auf seine eigene Brust: Ich? Ich habe das Stück geschrieben, das die Priori da unten aufführen. Ich und der Padrino. Hat der Alte dir nicht verraten, wie wir sie nennen?

Doch, antwortete ich, das sind die Puppen. Und ihr beiden seid offenbar die Puppenspieler.

Nun musste Lancia wieder lachen: Du bist wirklich ein gelehriger Schüler, du ziehst deine eigenen Schlüsse. Und du hast keine Scheu, offen zu mir zu sprechen. Das gefällt mir. Auf die Menschenkenntnis des Padrino kann man sich verlassen. Und jetzt pass auf, was gleich da unten passiert. Der dicke Berardo kriegt seinen Auftritt.

Lancia schob den Laden, der uns gegen die Sonne geschützt hatte, ein Stück zur Seite. Und tatsächlich drang von der Piazza wildes Geschrei herauf: Es lebe Berardo di Simone! Hoch die Bäcker, Beschützer unserer Republik! Nieder die Gier und nieder die Zwietracht! Evviva Berardo!

Lancia winkte mich zum Fenster und ließ mich nach unten schauen. Über der grölenden Menge stand auf der Loggia der dicke Mann im Kettenhemd, den ich vorher auf der Treppe gesehen hatte. Er schwenkte seinen Helm mit den Drachenköpfen und rief: Stellt euch vor, die Banchieri wollten den Zins des Monte heraufsetzen! Aber nicht mit den Zünften der Handwerker! Wir haben das abgeschmettert. Es bleibt bei fünf Prozent! Kein Wucher mit dem Blut der Armen! Das Gut von Florenz ist uns heilig! Wir lassen den Staat nicht noch mehr zur Ader!

Der Jubel war groß. Berardo di Simone setzte den Drachenhelm auf und schritt würdig wieder in den Saal.

Ich sagte: Dann wird das heute nichts mit den höheren Zinsen. Ein schlechtes Geschäft für den Padrino.

Was willst du? Fünf Prozent sind doch ganz gut. Wir haben gestern beschlossen, dass Arnaldo heute in der Sitzung sieben Prozent vorschlägt und dass die Banchieri dann den Zünften ihren Willen lassen. Der neue Kanzler selbst ist beauftragt, unnachgiebig bei fünf Prozent zu bleiben. So festigen wir seine Position als Freund der Handwerker. Wenn die Zünfte wüssten, wie viel Papiere vom Monte den Banken inzwischen gehören, hätten sie wirklich zu den Waffen gegriffen. So aber sind sie glücklich über ihren Erfolg. Und in zwei Wochen werden wir sechs Prozent durchdrücken. Das können diese Dummköpfe in den Schankstuben und im Zunfthaus dann gerne als Sieg über die Reichen verkaufen.

Ich konnte mein Erstaunen nur schlecht verhehlen: Also lenkt ihr die Gefühle des Popolo? Ein einziger Mann schafft das von hier oben?

Lancia nickte selbstzufrieden: Wir zahlen aber auch gutes Geld dafür. Am Pöbel darf die Republik nicht sparen. Die meisten, die da unten auf der Piazza herumschreien, kannst du für ein paar Quattrini kaufen. Heute lassen sie den dicken Berardo hochleben. In zwei Wochen jubeln sie dann für das genaue Gegenteil, wenn Donato Bardi seine Einkünfte hochtreibt.

Dass der Staatsschatz nicht mehr allen Bürgern gehörte, sondern nur wenigen Banchieri, betonte Lancia nicht eigens. Patriotismus bedeutete für ihn, dass seine Freunde herrschen konnten, ohne vom Volk dabei gestört zu werden.

Lancia ging zur Tür und rief etwas nach draußen.

Ich habe auch für dich einen Becher Wein bestellt. Du sitzt sonst immer im Purgatorio bei sauren Tropfen. Diesen prächtigen Chianti hat der alte Meo nicht im Ausschank. Die Hügel, von denen diese Trauben stammen, gehören den Albizzi. Sie haben gut investiert, als sie die im Frühjahr gekauft haben, auf meinen Rat übrigens.

Ich musste auf der Hut sein. Andrea Lancia kannte meine Gewohnheiten. Er wusste vieles über mich, vielleicht zu vieles. Und er kannte Florenz bis zum letzten Weinberg im Contado. Wahrscheinlich erstattete ihm Michele Scalza Bericht über die Gäste im Purgatorio. Oder war es Meo selbst?

Zwei Diener kamen herein mit einer Karaffe und zwei funkelnden Pokalen. Lancia trank mir zu. Der Wein war so herrlich wie das ziselierte Glas. Ein anderer Diener stellte ein Becken mit heißem Wasser aufs Pult. Lancia schob einige Dokumente beiseite und ließ sich dann vorsichtig die grünen Handschuhe aus Corduanerleder ausziehen. Zwei verkrüppelte Hände kamen zum Vorschein, blau angelaufen und krumm wie Krallen. An der Linken fehlten zwei Finger, die Rechte schien weniger versehrt, zitterte aber. Lancia streckte beide Hände ins heiße Wasser und ließ einen behaglichen Seufzer vernehmen.

Nun weißt du, warum der Sekretär von Florenz einen Sekretär benötigt. Diese kaputten Hände sind das Opfer, das ich der Republik Florenz gebracht habe. Du hast nicht davon gehört? Keiner hat je über meine Krüppelfinger gelästert?

Ich verneinte.

Lancia rieb sich weiter die Hände im dampfenden Wasser des Kupferbeckens: Das ist gnädig. Am liebsten würde ich auch nicht mehr daran erinnert, aber das gelingt mir nicht. Selbst im Sommer frieren meine Finger fast ab, weil nicht mehr genug Blut durchfließt. Vor zwanzig Jahren diente ich als Botschafter der Republik und war gerade unterwegs nach Genua, da fiel ich den Söldnern des Castruccio Castracani in die Hände. Du wirst den Namen kennen, sein Bild, das ihn in der Hölle zeigt, ist unten an die Wand gemalt. Castruccio, dieser verfluchte Ghibelline, war unser schlimmster Feind. Er ließ mich in einer Burg im Appenin foltern, um den Inhalt meiner Gesandtschaft zu erfahren. Mit Hämmern und Zangen haben sie meine Hände traktiert, vier Monate lang. Nicht viele hätten das ausgehalten. Dann konnte die Republik mich freikaufen.

Lancia präsentierte mir kurz seine tropfenden Hände, dann ließ er sich vom Diener vorsichtig abtrocknen. Zum Schluss zog der Junge seinem Herrn wieder die Handschuhe über. Ich weiß also, welchen Preis die Freiheit hat. Ich habe ihn mit meinem Blut bezahlt. Die Freiheit von Florenz ist unser höchstes Gut. Du kennst die neue Fahne der Priori? Ich habe sie selbst entworfen, und sie ist so heilig, dass sie nur im Saal da unten hängen darf. In schräger Schrift steht ein einziges Wort auf blauem Grund: Libertas! Das soll die Priori an ihre wichtigste Aufgabe gemahnen: die Freiheit zu verteidigen. Wenn wir vom Kaiser oder diesen Hunden der Visconti aus Mailand unterworfen werden, dann schlagen sie uns mit dem Hammer auf die Finger. Und vorbei ist es mit der Republik.

Aber sind die Menschen in Florenz denn frei?, fragte ich rundheraus. Es gibt tausende in Porta San Gallo, die müssen sich plagen von früh bis spät und verdienen kaum das Brot für ihre Kinder.

Lancia blickte misstrauisch: Du redest ja fast wie dieser Ciuto Brandini. Den mussten wir töten, weil er etwas Grundlegendes durcheinandergebracht hat. Libertas meint keineswegs die Freiheit der Menschen, sondern die Freiheit des Staates. Solange Florenz frei ist, hat jeder kleine Wollkämmer die Möglichkeit, sich hochzuarbeiten und reich zu werden wie die Bardi oder die Peruzzi. Die haben auch klein angefangen.

Andrea Lancia schüttelte den Kopf und starrte mich an, als müsse er sich noch einmal überlegen, ob ich wirklich der richtige Mann für ihn war. Er jedenfalls war nicht willens, sein Regiment in Frage zu stellen. Das machte er mir sogleich klar: Schau dir diesen Entwurf an! Er stammt noch von meinem früheren Sekretär, der jetzt in einem Massengrab liegt.

Das große Pergament zeigte eine Frau mit einer Krone, umgeben von einem Mauerring mit Türmen. Dahinter standen drei würdige Greise mit schütterem Haar, sie trugen jeder eine Toga und einen Lorbeerkranz.

Das soll gewiss Frau Florentia sein, vermutete ich. Eine Allegorie unserer Stadt?

Lancia nickte anerkennend: Du hast gut aufgepasst in deinem Studium. Und die anderen?

Ich würde sagen, sie könnten die weltlichen Kardinaltugenden darstellen: Gerechtigkeit, Tapferkeit, Mäßigung. Oder wie die Lateiner sagten: Justitia, Fortitudo, Temperantia.

Lancia rieb sich mit dem Handschuh das Kinn: Könnte sein, wäre eine Idee, stimmt aber nicht ganz. Du weißt selbst, dass eine Kardinaltugend fehlt: die Klugheit. Ohne Prudentia wäre das Bild nicht komplett. Und das ist zugleich der Schlüssel des Bildes. Es ist nur durch eine Aufschrift zu entschlüsseln. Und die musst du jetzt danebenschreiben.

Lancia wies auf ein Tintenfass und eine gespitzte Gänsefeder, ich nahm Platz am Pult des Sekretärs und wartete auf das Diktat.

Du schreibst jetzt in großen Buchstaben den schönen Satz: I savi al potere! Die weisen Männer an die Macht!

Ich schrieb sorgsam und fragte: Mehr nicht?

Das reicht vollauf. Du hast eine schöne Schrift. Dieses Manifest lassen wir heute im Skriptorium der Stadt hundertmal kopieren. Auf billigem Papier, versteht sich. Dann hängen unsere Herolde das morgen früh an allen Stadttoren und an den Kirchenportalen auf. Dann kann der nächste Akt im Puppenspiel beginnen.

Ich streifte die Gänsefeder vorsichtig ab und pustete auf die noch feuchte Tinte, wie ich das bei den Dominikanern in Köln gelernt hatte. Erst dann blickte ich den Sekretär wieder an: Und was ist, wenn die Puppen aufsässig werden und nicht mehr mitspielen möchten?

Er lächelte: Du kannst wirklich gut schreiben, wie ein gelernter Kopist. Und über meine Puppen aus dem Popolo mach dir keine Sorgen. Was du nämlich nicht wissen kannst, ist die Klausel, mit der wir in Florenz die Stadt regieren, wenn es brenzlig wird. Das ist die Balìa. Kannst du mir folgen?

Ich schüttelte den Kopf, und er fuhr fort: In der Balìa haben nur meine engsten Vertrauten das Sagen. Sie kann alle Verordnungen der Priori außer Kraft setzen, sie steht über dem Podestà und über seinen Richtern und über den Capitani der Zünfte sowieso.

Und wer hat die Balìa gewählt?

Lancia blieb stehen: Niemand hat sie gewählt. Das ist es ja gerade. Damit wir in Notlagen treu im Sinn der Freiheit entscheiden, müssen die acht Männer der Balìa von einem Rat der weisen Männer, den Savi, bestimmt werden. Der Popolo kann da nicht hineinreden.

Mir war es immer noch nicht klar: Und wer wählt diesen Rat der weisen Männer?

Lancia schüttelte den Kopf: Du musst noch eine Menge lernen. Die weisen Männer bestimme ich allein. Natürlich in Unterredung mit Pacino Peruzzi, mit Donato Bardi und vielleicht noch ein, zwei anderen Banchieri. Acht Patrioten für die Balìa bekommen wir leicht zusammen. Das genügt fürs Regieren.

Ich wandte ein: Das kann den Priori nicht gefallen, wenn sie selber überwacht werden. Schließlich wurden sie vom Volk gewählt.

Ausgelost, unterbrach mich Lancia.

Ja, ausgelost, aber das ist immer noch gerechter als eine Tyrannei der alten weisen Männer, oder wie ihr sie nennt.

Lancia, die Hände auf dem Rücken verschränkt, beugte sich zu mir herunter: Gerechtigkeit, das ist noch so ein missverständliches Wort. Wie Freiheit. Wie Republik. Hättest du das Glück gehabt, beim großen Occam zu studieren, dann wüsstest du besser, dass Worte nichts bedeuten. Es ist an uns Machtmenschen, den Worten ihre richtige Bedeutung zu verleihen. Wenn für dich Gerechtigkeit das Recht bedeutet, dass jeder Wollspinner das Gleiche darf wie ein Tuchhändler, dann irrst du dich gewaltig. Gerechtigkeit – das Wort meint, dass der Staat von gerechten Männern regiert wird, die jedem Bürger geben, was ihm zusteht. Wo kämen wir denn hin, wenn auch noch die Armen oder die Frauen Gerechtigkeit fordern würden?

Ich widersprach nicht länger: Die Plakate an allen Ecken sollen die Menschen also davon überzeugen, dass es besser ist, die Macht euch und euren Freunden zu überlassen.

Andrea Lancia zog eine Braue hoch: Das klingt mir viel zu harsch. Es muss eleganter wirken. Vielleicht sollten wir noch eine bewährte Parole dazuschreiben: Keine Experimente! Oder nein, besser vielleicht: Nieder mit den Ghibellinen!

Es gibt keine Ghibellinen mehr in Florenz, wandte ich ein. Die hat man schon lange vertrieben. Wer sollte damit gemeint sein?

Ghibellinen sind nützlich, entschied Lancia, ganz egal, ob es sie gibt oder nicht. Die Menschen brauchen einen Feind, damit sie begreifen, dass der Staat ihr Freund ist. Vor einem Jahr erst ist es uns mithilfe der Ghibellinen gelungen, die aufmüpfigsten Handwerker aus dem Rat der Priori zu drängen. Es war natürlich die Idee des Padrino, und sie war genial. Soll ich dir erzählen, wie wir das gemacht haben?

Ich nickte, und Lancia begann mit der Selbstzufriedenheit eines Apothekers, der sein bestes Rezept erklärt: Die Kaufleute haben damals überraschend von den Zünften gefordert, dass nur noch derjenige Prior werden kann, dessen Großeltern bereits in den Bürgerlisten von Florenz verzeichnet standen. Alle vier Großeltern, ohne Ausnahme. Wir haben den Popolo brüllen lassen, dass sonst ein Umsturz der Ghibellinen drohe. Nur die Eingesessenen seien bewährte Guelfen. Nieder mit den neuen Geschlechtern! Das haben wir sie da draußen so lange schreien lassen, bis die Zünfte zustimmten. Jetzt sind von den Handwerkern nur noch die alten Familien wahlberechtigt, die sowieso auf unserer Seite stehen. Und die Neureichen, diese verdammten Medici oder Machiavelli oder wie sie alle heißen, die sind erledigt. Die bekommen in Florenz niemals etwas zu sagen!

Ich folgerte: Die Ghibellinen, die es gar nicht gab, haben euch gerettet vor den Handwerkern und Neureichen, die es auf eure Privilegien abgesehen hatten.

Lancia strahlte: Und weil das so gut geklappt hat, erledigen wir die Zünfte jetzt komplett. Da unten reden sie gerade über die Verordnungen gegen die Pest. Keine neuen Ohrringe mehr für Frauen, nicht mehr als fünfzig Gäste bei Hochzeiten. Ein gelber Fleck auf dem Kleid für die Huren. Solche Sachen. Und diese Trottel von Handwerkern, die sich gerade darüber das Maul zerschwätzen, wissen noch nicht einmal, dass sie schon längst entmachtet sind.

Wie habt ihr das angestellt? Die Zünfte sind gegenüber den Banchieri doch in der Mehrheit.

Der Stadtsekretär machte eine wegwerfende Handbewegung: Vor

sechs Jahren, als wir bankrott waren, mussten wir alle vierzehn Zünfte zum Priorat zulassen. Sogar die Flickschuster, es ging leider nicht anders. Aber jetzt spielen wir sie gegeneinander aus. Die wohlhabenden Bäcker und Schmiede, die Müller und Baumeister haben mitbekommen, dass die armen Gerber, Holzhacker und Käseverkäufer auch ihnen ans Geld wollen. Listen mit dem Besitz der Reichen sollen erstellt werden; das bedeutet Umsturz von unten. Am Ende muss man auf Vermögen noch Steuern zahlen. Es war nicht schwer, die großen Zünfte zu überzeugen, die kleinen wieder von der Macht auszuschließen. Bei den nächsten Auslosungen lassen wir sie einfach nicht mehr zu. Basta!

Ich fragte: Dann stehen doch tausende von Arbeitern wieder ohne Rechte da. Wird das keinen Aufruhr geben?

Alles eine Frage des Zeitpunkts, winkte Lancia ab. Die Pest hat vor allem die kleinen Leute getroffen. Wer gerade seine Kinder begraben hat, denkt nicht an Revolte. Außerdem haben uns die oberen Handwerkerzünfte die Unterstützung ihrer Milizen zugesagt. Eine alte Weisheit aus Zeiten der Römer: Man muss die Masse teilen, dann beherrscht man sie. Die Zeit der Habenichtse im Ratssaal ist vorbei. Nun sind wir wieder dran.

Ich fragte: Habe ich recht verstanden? Ab sofort wird der Rat gar nicht mehr ausgelost? Dann hat Florenz einen Tyrannen, und der heißt Andrea Lancia.

Lancia winkte ab: Niemals. Ich stelle mich doch nicht selbst auf die Bühne. Dafür brauchen wir eben den Rat der weisen Männer. Wir nennen sie Savi, und sie werden die Beutel füllen.

Ihr meint, sie werden sich den Beutel füllen.

Lancia lachte: Das war gut! Nein, sie bestimmen im Geheimen, welche Kandidaten in die Losbeutel kommen. Es ist in der Demokratie nicht entscheidend, wer bei der Wahl herauskommt, sondern wer in die Wahl hineingeht. Die acht weisen Männer bekommen von mir genaue Listen, auf welche Handwerker und Kaufleute wir blind vertrauen können. Alle anderen fliegen schon vorher heraus. Es muss nach Volksherrschaft aussehen, den Rest übernehmen dann wir.

Lancia rieb sich die Handschuhe: Es ist so einfach! Nur die Namen der Freunde dürfen in den Beutel, dann gibt es keine Überraschungen bei der Ziehung. Einen von ihnen hast du gerade bewundern können: Berardo di Simone. Es war gar nicht teuer, ihn und die Bäcker auf unsere Seite zu ziehen. Außerdem haben sogar diese Trottel an ihren Öfen begriffen, dass für sieben Zünfte mehr schöne Posten und Delegationen abfallen als für vierzehn.

Lancia rief noch einmal nach draußen und verlangte zwei Becher Wein. Er hatte vom vielen Reden eine trockene Kehle bekommen.

Wir mussten, fuhr er fort, ohnehin schon viele unnütze Kommissionen schaffen, damit jeder dieser Handwerker ein Amt bekleiden kann. Haben sie einen Titel und eine silberne Kette um den Hals, dann sind sie glücklich. Aufseher über das Straßenpflaster, Schlüsselbewahrer der Stadttore, Ehrenkaptitän des Guelfentums, Meister beim Fest des Gänseschlachtens zu Allerheiligen, Angelhüter am Arno. Oder Eintreiber für die Salzsteuer, das ist das allerdümmste Amt, weil die ganze Arbeit zwei altgediente Mönche erledigen. Nun können die Capitani der sieben großen Zünfte sich und ihren Kindern all diese Pöstchen wieder ohne Konkurrenz zuschanzen, und ein hübsches Honorar dazu.

Ich dachte an Boccaccios Amt als Eintreiber der Salzsteuer und entschied mich, Andrea Lancia zu loben: Dann bestimmt also nicht die blinde Gerechtigkeit der Göttin Fortuna über die Geschicke von Florenz, sondern eure sehende Gerechtigkeit! Wie hat der griechische Philosoph Plato so schön gesagt? Die Führer schützen das Recht.

Hat er das wirklich gesagt?, fragte Lancia. Das können wir leider nicht auf unsere Manifeste schreiben. Aber du hast es prächtig zusammengefasst. Solch ein Naturtalent wie dich könnte ich als Helfer gebrauchen. Du solltest in nächster Zeit öfter zu mir ins Kontor kommen. Ich diktiere dir Briefe und unterweise dich dabei in den Kniffen meines Handwerks, der Staatskunst. Wenn der Padrino für dich bürgt, kann ich mir sicher sein: Du bist verschwiegen. Und dann werden die weisen Männer dir schon ein nettes Amt überlassen. Wir zahlen gut, wir sind der Staat.

Ich wusste nicht, ob der Sekretär sein Angebot ernst meinte. Oder ob er nur im Auftrag des Padrino meine Treue prüfte und vorhatte, mich als Spitzel einzusetzen. Darum nickte ich bloß und sagte erst einmal nichts. Oben dröhnte die große Glocke vom Turm des Stadtpalastes. Der ganze Raum bebte, und der Sekretär blickte ungeduldig aus dem Fenster.

Die Sonne steht bald im Zenit. Nun sollten sie da unten mit ihrer Vorstellung so langsam fertig sein. Unser neuer Kanzler ist ein viel zu liebenswürdiger Mann. Er bekommt die Handwerker nicht in den Griff. Am Ende singen sie noch Lieder gegen die Ghibellinen, wie vor drei Wochen. Dabei hatten wir abgesprochen, dass wir alle zur siebten Stunde zum Essen gehen. Ich sitze sowieso nur hier herum, um aufzupassen, dass sie keinen Unfug anstellen und sich an die Absprachen halten. Dabei muss ich noch an meinen nächsten Plänen arbeiten. Habe ich dir davon schon erzählt?

Lancia mochte graue Haare und zerschundene Hände haben. Doch ermattet war sein Genius noch lange nicht. Er zog mühsam eine Lade auf und zeigte mir ein dickes Buch.

Dantes Göttliche Komödie, rief er, ein beachtliches Werk! Du kennst es sicher nicht, ich fasse den Inhalt soeben fürs Volk zusammen, in der gebotenen Korrektheit natürlich. Die Grundidee ist wunderbar, alle bekommen ihren Platz zugewiesen. Die Schlechten in der Hölle, wir Guten im Himmel. Dante ist der größte Dichter unserer Zeit, und er kommt aus Florenz. Solche Kinder unserer Stadt brauchen wir als Vorbilder für die Jugend. Ich übersetze auch Werke Dantes aus dem Latein in unser Volgare, damit es alle verstehen. Natürlich nur das, was mit den Regeln unserer Republik übereinstimmt. So bekommen die einfachen Leute ein richtiges Bild vom Vaterland. Wir sind das neue Rom! Kein Tyrann darf sich mit unserem Dante schmücken! Seine Sprache ist die Lehrmeisterin Italiens. Sie sollte an allen Schulen gelehrt werden.

Ich dachte daran, dass die Florentiner Dante Alighieri einst ins Exil gejagt und zum Tod verurteilt hatten. Aus diesem Grund wütete der verbitterte Dichter so unversöhnlich gegen seine Heimatstadt. Nun wurde er zum Schutzpatron von Florenz umgetauft. Aber ich hielt besser den Mund. Solche Nebensächlichkeiten würden in Andrea Lancias Version der Commedia nicht vorkommen.

Lancia winkte mich zum Fenster: Schau, sie treten zum Abschluss noch einmal auf die Loggia.

Der Bäcker Berardo schwenkte die Fahne mit der Aufschrift Libertas. Das Volk jubelte, und alle Priori klatschten in die Hände. Ich erkannte Donato Bardi, der neben Arnaldo Peruzzi stand und die Arme reckte wie gestern Palamede, als er beim Ballspiel ins Tor getroffen hatte. Die Herren der Stadt wirkten zufrieden, der Pöbel gleichfalls. Andrea Lancia hatte seine Schreihälse gut entlohnt.

Macht ist etwas Sonderbares, meinte der Sekretär versonnen. Seit Jahren denke ich darüber nach, wie sie funktioniert. Vor allem, wenn diese Zwerge mit ihren Fahnen wedeln, als regierte tatsächlich ihresgleichen den Staat. Sie sorgen für die bunte Fassade. Und ich sorge dafür, dass niemand begreift, wie die Macht wirklich ist: unsichtbar.

Der Sekretär zog den Laden vor und bat mich, während ich mir mein Schwert umschnallte, das neu entworfene Manifest der weisen Männer mitzunehmen. Er wollte mich noch den Schreibern und Zeichnern im städtischen Skriptorium vorstellen. Doch als wir unten an der Treppe standen, ertönten bereits die Fanfaren. Die Sitzung war beendet. Ich entschuldigte mich mit einer tiefen Verbeugung und überreichte Lancia sein Pergament. Meine Pflichten gegen die Peruzzi, erklärte ich, durfte ich um keinen Preis vernachlässigen. Niemand, versicherte mir Lancia lächelnd, hatte dafür mehr Verständnis als er. Und er fügte hinzu: Ich bitte den Padrino, dass er dir etwas freie Zeit lässt, am besten spätnachmittags. Da liegen die wichtigsten Amtsgeschäfte hinter mir.

Während Andrea Lancia ohne Eile ins Erdgeschoss hinunterschritt, stellte ich mich mit den anderen Paladinen, von denen einige ziemlich angetrunken wirkten, an der Treppe auf. Nach und nach schritten die Priori zum Ausgang. Ich wartete und wartete und stand schließlich ganz allein vor dem Portal. Dann erst wagte ich, in den Ratssaal hineinzuspähen. Die Bänke waren leer. Unter den blauen Fahnen mit dem Schriftzug Libertas war kein Menschen mehr zu sehen. Arnaldo Peruzzi hatte mich abgehängt.

KAPITEL 19

Ich stand erstarrt. Da Pacinos Sohn nicht durchs Portal herausgekommen war, musste er die Sitzung vorher verlassen haben, als ich nichtsahnend bei Andrea Lancia im Kontor saß. Aber warum? Als mich der Padrino mit der Begleitung seines Sohnes in den Priorenpalast betraute, hielt ich das für eine Vorsichtsmaßnahme gegen einen Überfall. Weil Uguccione nicht der Gewandteste war, hatte der Padrino im Namen der Sicherheit ein Machtwort gesprochen. Dem ganzen Haus drohte Gefahr, das hatten die Morde an Ruffo und Bortolo auch noch dem letzten Schreiber und Lastträger vorgeführt. Ich musste diese Gefahr abwenden, doch nun entzog sich Arnaldo meinem Schutz. Wenn ich ohne ihn vor dem Padrino erschien, lag mein Ruf als Leibwächter in Scherben. Ich wollte nicht daran denken, was mir blühte, wenn Arnaldo etwas zustieß.

Oder hatte ich mich bei diesen Banchieri wieder einmal verrechnet? Vielleicht hatte der Padrino mich gar nicht zu Arnaldos Sicherheit abgeordnet. Vielleicht sollte ich den Sohn überwachen, weil der Vater ihm nicht mehr traute. Und vielleicht war Arnaldo deswegen heute Morgen so mürrisch gewesen. Kopfschüttelnd ging ich nach draußen, wo immer noch unser Herold mit den Pferden wartete. Die anderen Priori waren bereits weggeritten, auch die Menge auf der Piazza hatte sich zerstreut. Ich schickte den Mann zurück zum Palazzo Peruzzi. Er schaute mich beunruhigt an, stellte aber keine Fragen. Als er die Pferde am Zügel wegführte, wandte ich mich zu einem Türhüter und fragte, wie lange Arnaldo Peruzzi schon fortgegangen sei. Der Mann blickte mich verständnislos an. Er erklärte, kein Prior dürfe den Palast vor Ende der Sitzung verlassen. Da fiel mir ein, was Andrea Lancia mir von der Flucht des Gautier de Brienne erzählt hatte. Der Herzog war vor der Wut des Volkes durch eine Hintertür aus dem Priorenpalast entkommen. Ob auch Arnaldo diesen geheimen Ausgang benutzt hatte?

Ich ging um den Palast herum und fand die niedrige Pforte sofort. Durch sie war der Vogel also ausgeflogen. Arnaldo konnte jetzt, wenn das seine Absicht gewesen war, genauso gut auf einem Kahn den Arno hinuntertreiben oder in einer der hundert Kirchen von Florenz beichten. Er konnte auch bereits wieder zu Hause sitzen und sich mit Uguccione über meine Dummheit lustig machen. Es hatte keinen Zweck zu suchen. Doch ich verspürte nicht die geringste Lust, wie ein geprügelter Hund in den Palazzo Peruzzi zurückzukehren.

Mit gesenktem Haupt schlenderte ich zum Mercato Vecchio. Im Viertel der Händler, wo einst das römische Forum lag, schlug das Herz der Stadt. Mir gefielen die bunten Ladenschilder, die über jedem noch so winzigen Schuppen hingen. Hier ein Leopard, da ein Kamel, dort ein Einhorn oder eine Gans. Jeder Krämer wollte auf sich aufmerksam machen. Und war ein Strumpfwirker zu arm für ein Schild, dann baumelten wenigstens rote oder graue Socken über der Ladentür. An einer Ecke saß trotz des windigen Wetters ein Schreiber an seinem Tisch auf der Gasse. Der Mann verhandelte mit einem Kunden, der unbedingt noch an diesem Mittag sein Testament kopieren lassen wollte. Der Schreiber wies ihn ab, denn er musste für eine Witwe einen Brief an ihren Schwager in Genua aufsetzen. Ob es wegen der paar Buchstaben zu einer Prügelei käme? Schnell ging ich weiter.

Für den Chronisten Giovanni Villani waren die Gässchen des Mercato Vecchio das Zentrum der Welt. Nirgendwo gab es so viele Waren auf derart engem Raum. Zwar mussten sich die Menschen bücken, um unter Erkern und Stützbögen in die dunkelsten Winkel zu gelangen. Doch was gab es hier nicht alles zu entdecken! Der Gestank von Kot wurde übertönt von den aromatischen Düften der Apotheker, die zu jeder Jahreszeit frische oder getrocknete Kräuter für ihre Medikamente bereithielten. Salbei, Rosmarin, Lavendel hingen in dichten Sträußen von den Türbalken herab. Wenn Kunden die Blätter allzu ausgiebig betasteten oder daran rochen, dann gab es vom Apotheker mit einem dünnen Rohrstock einen Schlag auf die Nase.

An jeder Ecke wurde lauthals gefeilscht. Es spielte keine Rolle, ob ein Korbflechter für eine Kundin keine zwei Quattrino vom Preis abrücken wollte, oder ob es sich um große Beträge in Lire handelte, die ein Kleriker für ein Säckchen Weihrauch zu verrechnen hatte. Reiter gab es hier so gut wie keine, weil sie sich die Köpfe am Mauerwerk gestoßen hätten. Dafür wühlten Schweine im Straßendreck, oder Kinder rannten schreiend herum. Denn noch über den windschiefsten Buden hausten ganze Familien und wachten nachts über die Güter im Laden, von denen Groß und Klein zu leben hatten. Einbrüche gab es deswegen selten. Dafür hatte ich mehrmals erlebt, wie Bestohlene großes Geschrei um Taschendiebe machten, die vor ihren Verfolgern wegrannten und jeden Stand umwarfen, der ihnen bei der Flucht im Weg war. Der alte Villani hatte mir geraten, meinen Geldbeutel hier nicht am Gürtel, sondern unterm Hemd zu tragen, sonst würde ich ihn am anderen Ende des Mercato Vecchio nicht mehr wiederfinden. Die Beutelschneider von Florenz hatten scharfe Messer und zarte Finger. Und auch von den Tischen der Spieler sollte ich mich fernhalten. Alle Würfel seien gezinkt, die Mitspieler steckten mit dem Patron unter einer Decke, um Bauern und Ausländern das Fell über die Ohren zu ziehen.

In Gedanken an den Mercato Vecchio hatte Giovanni Villani abschätzig vom Markt auf der Piazza von Siena gesprochen, den die arroganten Sienesen zum reichsten und schönsten auf der Welt erklärten. Nichts als ein großer Waschtrog, urteilte Villani mit heruntergezogenen Mundwinkeln.

Mir gefielen vor allem die ausgefallenen Läden wie die Trompetenmacher unter ihrem Baldachin, wo eine Madonna thronte, ohne sich die Ohren zuzuhalten. Neben der Blechmusik gab es auch Trommeln, mit denen sich die Musiker und Herolde von der Maremma bis in den Appenin eindeckten. Auch die städtischen Bläser von Florenz hausten in den oberen Geschossen und veranstalteten beim Üben mit ihren Posaunen einen Heidenlärm. Ein paar Schritte weiter konnte man in großen Mengen jede Qualität an türkischem Alaun, Schneckenpurpur aus Portugal oder Waid aus Umbrien erwerben – begehrte Stoffe für das Färben von Tuch. Persische Seide gab es hier, wie sie sich nur Bischöfe für ihre Messgewänder leisten konnten. Auch Samt aus Lucca wurde angeboten, genauso wie Olivenöl aus Apulien, Wein aus Griechenland, Schwerter und Kettenhemden aus Mailänder Produktion oder kostbares Papier aus den Bütten von Fabriano.

Vor der Pest war ich im Gedränge über die Stuhlbeine von Möbelschreinern gestolpert, hatte mir danach eine Handvoll iberische Trockenfrüchte gekauft und beim Kauen zur uralten Kirche Sant'Andrea hinaufgeblickt. In deren Turm nisteten Tauben und bescherten dem Küster Eier und Geflügel, die er dann bei den Marktleuten gegen Wein eintauschte. Heute ging es gemächlicher zu auf dem Mercato Vecchio. Ein Schlachter, der mit einem Karren Schweinehälften zu einer Schänke lieferte, kam bequem durch die Gasse.

Schon von weitem erkannte mich Tommaso di Leone und winkte mich an seinen Stand. Tommaso war Besitzer eines der merkwürdigsten Geschäfte auf dem Mercato. Er bot Safran aus den Abruzzen feil. Jedes Jahr im Oktober überließ Tommaso den Laden der Obhut seiner Frau und reiste den beschwerlichen Weg in die Berge des Südens, wo er bei den Bauern von Navelli die kostbaren Fäden aus Krokusblüten aufkaufte. In Florenz gab es zahlungsstarke Kunden für dieses Gewürz, doch Tommaso belieferte auch den Papsthof in Avignon und sogar den französischen König. Ich war mit dem Herrn des Safrans im Winter aus Neugier ins Gespräch gekommen, und Tommaso hatte mir ausführlich von den Mühen seines Gewerbes berichtet: wie lange er mit den Bauern in den Abruzzen um Preis und Qualität feilschen musste, wie er Fäden und Pulver trocken hielt, von woher in der Welt seine Kunden stammten und warum so manche Priester ganz wild auf Safran waren. Dem Gewürz wurde nämlich nachgesagt, die Manneskraft zu stärken.

Normalerweise redeten die Händler in der Toscana nicht von ihren Geschäften, weil sie der Konkurrenz um keinen Preis Geheimnisse und Winkelzüge preisgeben wollten. Doch Tommaso di Leone musste mit seinem Safran keine Konkurrenz fürchten. Außerdem gestand er mir, dass er die Deutschen bewundere, denn die stellten seit Jahrhunderten den Kaiser – was den Italienern seit den alten Römern nicht mehr gelungen war. Mir waren alle Italiener verdächtig, die Sympathien für Deutsche hegten. In der Gesellschaft solcher Leute geriet man leicht in den Verdacht, ein Feind des Papstes zu sein, ein Ghibelline. Spitzel gab es auf dem Markt genug. Deshalb hatte ich mich gegenüber Tommaso beeilt, meine Vorlieben für die Guelfen zu bekunden. Nur unterm Regiment des Papstes und der Anjou von Neapel, so beteuerte ich, konnte Florenz gedeihen. Ich selbst sei vor vielen Jahren aus Abneigung gegen Kaiser Ludwig von Deutschland nach Italien gezogen. Es verbinde mich nichts mehr mit meinem Vaterland. Das war nur teilweise gelogen. Tommaso beruhigte mich: Es sei doch keine Schande, ein Deutscher zu sein. Der jetzige Kaiser, Karl aus Prag, ein überaus gelehrter Mann, war kein Feind des Papstes. Ob ich nicht Lust hätte, in den Norden zu reisen und am kaiserlichen Hof in Böhmen für Safran aus dem Hause Tommaso di Leone zu werben? Er wollte mir sogar einen kleinen Vorschuss geben. Ich hatte dankend abgelehnt, denn ich dachte nicht im Traum daran, ins dunkle Germanien zurückzukehren. Heute aber freute ich mich aufrichtig, Tommaso über den Weg zu laufen; er verschaffte mir einen kleinen Aufschub vor meiner Rückkehr zu den Peruzzi. Doch noch bevor ich einen Händedruck mit dem Safranhändler austauschen konnte, spürte ich eine andere Hand auf der Schulter. Ich drehte mich um und stand vor Boccaccio. Er hatte ein weißes Tuch um den Hals gebunden, Spuren von Seife verrieten mir, dass er gerade beim Barbier saß. Ich winkte Tommaso zu, er möge sich gedulden, und begrüßte Boccaccio. Sogar eine Begegnung mit diesem Mann war mir nach meiner Schlappe mit Arnaldo eine willkommene Ablenkung. Der Dichter zog sich das Tuch vom Hals, wischte damit die Seife ab und verwies auf eine Bude, die ich im Vorbeigehen gar nicht bemerkt hatte. Eine hübsche Frau stand da mit dem Rasiermesser zwischen den Fingern und hielt zugleich die andere Hand auf. Barbierinnen gab es zwar viele in der Stadt, doch gewiss keine so schöne. Wieder einmal zeigte sich Boccaccio als Kenner der Frauen. Er fasste in seinen Beutel und gab der Handwerkerin ihren Lohn sowie ein gutes Trinkgeld. Die Barbierin rief: Beim nächsten Mal schneide ich dir auch die Haare! Dann wirkst du zehn Jahre jünger.

Boccaccio, dessen Stirn bereits kahl zu werden begann, griff sich vom Haken die Tasche, in der er stets sein Buch verwahrte. Er schaute mir in die Augen: Geht es dir nicht gut? Darf ich dich zum Essen einladen?

Überrascht von solcher Großzügigkeit, fragte ich mich, ob es eine gute Idee wäre, dem Freund Cioccias von meinem Missgeschick zu berichten. Andererseits – was konnte es schaden? Zuerst rief ich Tommaso di Leone zu, dass ich bei anderer Gelegenheit wiederkommen würde. Dann erzählte ich Boccaccio kurz, wie Arnaldo Peruzzi mir aus dem Priorenpalast entwischt war. Vielleicht, fügte ich hinzu, muss ich mir heute Abend bereits eine neue Beschäftigung suchen. Du weißt, dass Banchieri keine Fehler verzeihen – vor allem, wenn andere sie begehen.

Boccaccio blies seine Wangen auf und nickte. Er legte seinen Arm um meine Schultern und schob mich durch die schmale Gasse. Lass uns etwas Gutes essen, schlug er vor, während er sich unter einem Erker wegbückte. Das vertreibt die schwarze Galle, die unser Gemüt verdunkelt. Und wenn du magst, erzähle ich dir, wie diese ewige Jagd nach Geld mein eigenes Leben verdunkelt hat. Alle Banchieri sind unglücklich, glaub mir. Du denkst vielleicht, ich bin als Abkömmling einer dieser arroganten Kaufleute mein Leben lang verwöhnt worden. Aber da irrst du dich. Sei froh, dass du nicht diesem üblen Gewerbe angehörst. Du kannst woandershin gehen und neu anfangen, ich nicht. Aus der Welt der Bilanzbücher und Kredite gibt es kein Entkommen. Ich habe es versucht, aber vergeblich.

Ich staunte. Wenn er wollte, konnte dieser Kaufmannssohn, der sich als Dichter ausgab, überaus gewinnend sein. Dass jemand so freimütig die eigenen Schwächen zugab, hatte ich bei einem Peruzzi noch nie erlebt. Boccaccio war eigentümlich. Sonst hätte Cioccia diesen Mann wohl nicht zu ihrem Freund erwählt. Zugleich keimte bei mir erneut der Verdacht, dass er für sie mehr gewesen war als ein Freund. Und warum pries Boccaccio meine Freiheit, wegzugehen und woanders neu anzufangen? Wollte er mich mit seiner Gutmütigkeit einwickeln und dann loswerden?

Es ist zwecklos, meinte Boccaccio, noch vor dem Essen deinen weggelaufenen Arnaldo zu suchen. Wir müssen zu Kräften kommen. Und du musst mir erzählen, wie Arnaldo aussieht. Ich kenne ihn nicht. Gleicht er seinem Vater?

Nicht sehr. Er ist zwar dünn wie der Padrino, aber etwas größer. Auch hält er sich nicht so gerade wie sein Vater, sondern geht vorgebeugt. Arnaldo wirkt wie ein junger Greis, er hat eine gelbliche Haut und einen Bart, durchzogen von Grauhaar.

Was für ein Gewand trug er?, wollte Boccaccio wissen.

Er ist stets schmucklos gekleidet, wie die wirklich feinen Leute in Florenz. Nichts an ihm ist auffällig. Es ist hoffnungslos, und wenn wir in der ganzen Stadt nach ihm suchen. Lass uns lieber in eine Schänke gehen!

Da fiel mir ein, dass Arnaldo aus Anlass der Sitzung ausnahmsweise einen Umhang in den gelbgrünen Farben seiner Sippe getragen hatte. Das erklärte ich Boccaccio. Der blieb stehen und überlegte kurz. Dann sagte er: Ich glaube, ich habe deinen Arnaldo gesehen, und zwar in Begleitung von Donato Bardi. Lang, dünn, bärtig, grüngelber Umhang. Das muss er gewesen sein.

Gut möglich, Donato Bardi war heute auch bei der Sitzung. Sie könnten zusammen die Hintertür genommen haben.

Dann, meinte Boccaccio, sitzt der reichste Mann von Florenz gerade mit dem Sohn seines größten Konkurrenten in der Camera Secreta. Das ist spannend. Was haben die Peruzzi und die Bardi zu besprechen?

Camera Secreta?, fragte ich. Wo soll das sein?

Im Palazzo der Parte Guelfa, erklärte Boccaccio. Als ich vorhin zum Rasieren ging, kam ich da vorbei und sah zwei Männer die Treppe hinaufsteigen, untergehakt wie alte Freunde. Donato Bardi kenne ich natürlich, er ist der Patron meiner Familie und unser Nachbar drüben auf der anderen Arnoseite. Mein Vater hat viele Jahre für Donato gearbeitet. Eigentlich hasst er die Peruzzi wie der Teufel den Exorzisten.

Ich muss sofort zur Parte Guelfa, sagte ich aufgeregt. Vielleicht kann ich Arnaldo abfangen und ihn doch noch nach Hause begleiten. Dann wäre das Schlimmste abgewendet.

Boccaccio leckte sich die Lippen, aber diesmal nicht aus Unsicherheit, sondern aus Appetit: Direkt gegenüber der Parte Guelfa liegt eine gute Garküche. Die braten Wachteln. Da können wir zwei Notwendigkeiten miteinander verbinden: Essen und Arbeiten.

Zum Palast der Parte Guelfa waren es nur ein paar Schritte. Über den Geschäften einiger Seidenhändler hatten die papsttreuen Patrioten ihren Sitz, das wusste auch ich. Andrea Lancia hatte mir soeben erst weisgemacht, dass die Priori aus den Reihen der Bürgerschaft die Regentschaft nur spielten, und dass niemand anderer als er, Lancia, diese Puppen bewegte. Er war zu eitel hinzuzufügen, dass auch die Parte Guelfa beim Regiment von Florenz ein gewichtiges Wort mitredete. Überall, so sagte man, reichte der Arm der Guelfen hin – und schlug alle Feinde mit geballter Fasut zu Boden.

Ich nahm von meinem Sitzplatz aus das Gebäude in Augenschein. Dass der Palast im Vergleich zu den Stammhäusern der Kaufmannssippen auffallend klein war, dass kein Turm ihn schmückte und die sparsamen Guelfen sogar mit der Vermietung von Läden im Erdgeschoss noch Geld verdienten, verstärkte nur das Geheimnis um diese Institution. Ich hatte nicht gewusst, dass dort eine abgeschottete Kammer für Zusammenkünfte diente. Oft hatte man mir gegenüber von der Parte Guelfa und ihrer Macht Wunderdinge geraunt, aber niemand konnte mir erklären, wer dort das Sagen hatte. Sicher war es kein Zufall, wenn Arnaldo Peruzzi und Donato Bardi sich gerade heute dorthin zurückzogen. Es musste um etwas Wichtiges gehen, wenn die beiden reichsten Banken, erbitterte Konkurrenten seit vielen Jahren, den direkten Austausch suchten. Warum bloß hatte der Padrino mich über diese Beratung nicht informiert?

Boccaccio schien das alles wenig anzugehen. Mit sichtlichem Behagen hatte er trotz des kühlen Wetters auf einem Schemel Platz genommen. Dort hing unter einem Vordach eine dicke Wachtel aus Holz und pries den Vorbeigehenden die Spezialität der Garküche an. Ich saß im Eck, so dass ich freien Blick auf das Portal im ersten Stock behielt, aber selbst von dort aus nicht erkannt werden konnte. Boccaccio hatte beim Schankdiener zwei Becher Roten und ein halbes Dutzend Wachteln bestellt. Sein Amt als Einnehmer der Salzsteuer war offenbar einträglich und hatte Boccaccio nicht den Appetit geraubt.

Schnell brachte uns der Knecht einen Spieß mit gebrutzelten Vögeln und schob jedem von uns drei auf den Teller. Höflich ergriff ich ein Tier am Flügel und legte es Boccaccio vor.

Mir reichen zwei. Ich habe im Palazzo Peruzzi gut gefrühstückt, log ich.

Es gab keinen Anlass, die Großzügigkeit Boccaccios über Gebühr auszunutzen. Ich wollte nicht von einer Abhängigkeit in die andere geraten. Zwar hatte dieser Feinschmecker wohl tatsächlich keine Geschäfte mit den Peruzzi. Doch was war mit seinem Interesse an Cioccia? Ich musste weiter auf der Hut sein, obgleich der Dichter im Augenblick kaum an die Liebe dachte. Kundig zerteilte er den ersten Vogel mit den Händen, nagte einen Schenkel ab, zerknusperte die Knochen zu Stücken und spülte dann alles mit einem Becher Rotwein hinunter. Ich nahm gleichfalls einen Schluck und probierte von meiner Wachtel. Sie war köstlich.

Während Boccaccio unbeirrt sein Geflügel verspeiste, erzählte er mit vollem Mund von seinem einzigen Besuch im Palazzo der Parte Guelfa: Die Camera Secreta ist der geheimste Ort der Republik. Die hohen Herren lassen Außenstehende nicht hinein, aber mein Vater hat mich dorthin mitgenommen, das ist schon etliche Jahre her. Wir waren aus Neapel zu Besuch daheim, und Donato Bardi wollte sich über die Pläne des Königs Robert auf dem Laufenden halten. Da saßen dann auf weichen Polstern die wichtigsten Banchieri von Florenz im Saal. Peruzzi, Baroncelli, Bonaccorsi, Veluti, Frescobaldi, Alberti, Mozzi und wie sie alle heißen. Nein, von den Mozzi war keiner dabei, die hatten damals schon Bankrott gemacht. Und von den Acciaiuoli war natürlich auch niemand zugegen.

Warum?, wollte ich wissen.

Die Acciaiuoli mussten noch nie über die Pläne der Anjou in Neapel informiert werden, weil sie diese Pläne selber aushecken. Du hast sicher vom berühmten Niccolò Acciaiuoli, dem Seneschall, gehört. Er ist mein enger Freund aus Kindertagen und jetzt der mächtigste Mann unter Königin Giovanna.

Aber Königin Giovanna ist doch verjagt aus Neapel und auf der Flucht?, warf ich ein.

Boccaccio biss in eine Wachtel: Da hast du recht, in Neapel herrscht Bürgerkrieg. Doch gewiss gelangt Königin Giovanna wieder auf den Thron. Sie muss nur genug Geld für die Rückeroberung des Königreiches auftreiben. Und in Geldsachen sind wir Florentiner die Besten der

Welt. Vielleicht verhandeln die Bardi und die Peruzzi ja im Geheimen über diese Frage. Die wichtigsten Geschäfte von Florenz hängen davon ab, wer in Neapel regiert.

Der Dichter leckte sich die Finger ab und ergriff eine weitere Wachtel: Krieg, Geld, Macht. Eigentlich ist das alles fürchterlich. Gut, dass wir allesamt rechtzeitig aus Neapel abgehauen sind. Du und ich und Cioccia.

Was wusste Boccaccio von meiner Zeit in Neapel? Er hatte die Stadt vor Jahren verlassen und danach im Norden gelebt, zuletzt in Forlì. Hatte Cioccia ihm von mir erzählt? Beim Portal der Parte Guelfa gleich neben der Kirche San Biagio regte sich immer noch nichts. Ich entschied, dass wir besser das Thema wechselten.

Wie sieht es im Guelfenpalast denn aus?

Genau, wie man es sich vorstellt, antwortete Boccaccio. Der große Giotto hat den ganzen Saal mit Gemälden ausgestattet. Goldene Sterne, blaue Gewänder, Kronen, Szepter. Lauter Päpste und Könige von Frankreich und natürlich alle Heiligen und Herrscher der Anjou – die ganze Sippschaft der Guelfen eben, welche die Stauferkaiser vernichtet hat. Nur durch diese Koalition von Papst und Anjou konnte Florenz zur reichsten Stadt der Welt aufsteigen. Und damit das für immer so bleibt, gibt es die Parte Guelfa.

Die Deutschen sind hier nicht gerade beliebt, gab ich zu. Aber warum eigentlich? Vor den Ghibellinen, die den Stauferkaisern zujubelten, muss niemand in Florenz mehr Angst haben. Die Staufer sind ausgerottet, und die Anjou regieren den Süden Italiens. Diese Guelfen nennen sich zwar Partei, aber das ist lächerlich, wo es doch gar keine andere Partei in Florenz gibt. Niemand macht ihnen die Vorherrschaft streitig.

Boccaccio wischte sich den Mund mit einem Tuch ab, er hatte tatsächlich in kurzer Zeit vier Wachteln verspeist. Er erklärte: Die stabilste Volksherrschaft ist die, in der es nur eine einzige Partei gibt. Die Banchieri wollen sichergehen, dass das Modell ihrer Geschäfte niemals in Frage gestellt wird. Nur wenn die Anjou die Ausfuhr des Königreiches Neapel den Florentinern überlassen, nur wenn die Päpste ihre Vermögen von unseren Banken verwalten lassen, und nur wenn die deutschen Kaiser und deren Anhänger ihre Finger nicht dazwischen bekommen, dann kann Florenz weiter Geld scheffeln. Diese Stadt, in der wir uns befinden, hat keinen Hafen, und sie liegt fernab von Rom, Neapel, Avignon. Nur durch geschickte Staatskunst laufen hier alle Fäden zusammen.

Boccaccio machte eine Geste mit der Hand und wies über den Mercato Vecchio und die Türme der Stadt: Florenz ist ursprünglich nichts als ein Kaff. Es war die Idee der Banchieri, mit dem Geld des Papstes eine Armee gegen die Staufer aufzustellen. Nur so konnte Florenz zur Metropole werden. Die Anjou, ich kenne sie gut, das sind nichts als Raubritter. Sie können töten und feiern, sonst nichts. Die Guelfen aus Florenz haben diese Raubritter das Königreich erobern lassen, damit wir Florentiner es im Namen der Anjou gründlich ausplündern können. Die Guelfen, die für diese Allianz einstehen, sitzen in ihrem Palast und bewachen ihren Besitz wie ein Drache im Märchen, der seinen Goldschatz mit flammendem Atem verteidigt.

Ich staunte über den Freimut, mit dem Boccaccio das alles erzählte. Andererseits – die Macht der Parte Guelfa war kein Geheimnis; die Bürger sollten sich sogar vor ihr fürchten. Nur worin bestand diese Macht genau? Die Guelfen wurden nicht gewählt, sie hatten keine Krieger, sie gehörten nicht zur Kirche. Niemand wusste, wer ihr Oberhaupt war. Genau so, hatte Andrea Lancia mir gerade erklärt, war die eigentliche Macht: unsichtbar.

Ich fragte: Warum sitzen die Guelfen nicht ganz offen im Priorenpalast, wenn sie sowieso die Macht in Florenz innehaben?

Boccaccio lächelte: Die Regierung der Republik kann man absetzen. Die niedrigsten Zünfte kämpfen sich langsam ins Priorat hoch. Sogar die Ciompi haben es mit Gewalt versucht und werden es wieder versuchen. Selbst den Podestà kann das Volk vertreiben, das ist schon vorgekommen. Doch eine Macht, die keiner sieht, die kann auch keiner stürzen. So funktioniert die Parte Guelfa.

Ich schaute hinüber zum Portal des Palastes, das immer noch fest verschlossen blieb. Vielleicht wurden ja hinter diesen Mauern gerade Verschwörungen besprochen, welche die Morde an Ruffo und Messer

Bortolo erklärten. Niemand konnte es wissen. Ich erkundigte mich weiter: Du hast vom Profit der Parte Guelfa gesprochen. Was genau meinst du damit?

Die Eroberung von Neapel vor bald hundert Jahren war ein glänzendes Geschäft, finanziert von den Banchieri des Papstes, die allesamt aus Florenz kamen. Der Papst in Rom war die Staufer los, die ihn von Süden und Norden eingekreist hatten. Die französischen Ehrgeizlinge der Anjou bekamen ein riesiges Königreich geschenkt. Aber wir, die Florentiner Kaufleute, haben den Eroberern ihr neues Leben finanziert, indem wir mit dem Getreide aus Neapel handelten. Das sind viele hunderttausend Scheffel in jedem Herbst. Die kannst du nach Konstantinopel verkaufen oder nach Kairo oder nach Venedig. Die Anjou bekommen vom Profit etwas Spielgeld für ihre Burgen, ihre Pferdezuchten, ihre Waffen und ihre Huren. Doch der größte Anteil landet jedes Jahr hier in den Schatztruhen. Durch das Geld der armen Bauern des Südens ist Florenz die schönste und reichste Stadt der Welt geworden. Der heilige Augustinus hat es irgendwo geschrieben ...

Boccaccio suchte in der Tasche nach seinem Notizbuch. Bevor er es aufblättern konnte, lieferte ich ihm das Zitat: Nimm die Gesetze weg, was ist der Staat anderes als eine Räuberbande?

Boccaccio klatschte kurz in die Hände: Du bist wirklich belesen! Genau das hat der Heilige geschrieben. Aber er kannte die Guelfen nicht. Die sind noch schlauer als Augustinus. Die Guelfen sind eine Räuberbande, die ihre Gesetze selber schreibt. Als damals vor hundert Jahren der Kampf zwischen den Staufern und den Anjou in Neapel ausbrach, da kam es in Florenz zum Bürgerkrieg. Mein Großvater hat es mir erzählt, der hörte die Geschichten seinerseits von seinem Großvater. Damals brannten hier viele Paläste, im Contado kämpften die Heere der Ghibellinen gegen die Krieger der Päpste. Denn längst nicht alle Händler und vor allem längst nicht alle Landbesitzer verdienten an der Eroberung Neapels mit. Wer mit dem deutschen Kaiser Geschäfte machte, wer seine Grafschaft draußen in der Toscana einem kaiserlichen Dokument verdankte, der kämpfte bis aufs Blut gegen die Guelfen. Doch die waren am Ende stärker, denn sie hatten das Geld.

Zur Not besorgte es ihnen der Papst mit seinen Steuern. Wer damals auf Seiten des Papstes war, dessen Familie sitzt heute noch im Palast der Parte Guelfa. Sie nehmen niemand mehr unter ihresgleichen auf. Und was geschieht mit dem vielen Geld?, wollte ich wissen. Den Schatz hüten die Drachen, die drauf sitzen, erklärte Boccaccio. Sie haben hunderte von Ghibellinenfamilien vertrieben und ihnen alles weggenommen, Geld, Land, Paläste. Diesen riesigen Besitz schanzen sie sich bis heute gegenseitig zu. Du kannst als Freund der Parte Guelfa für ein paar Lire riesige Olivenhaine im Contado pachten, auch einen großen Palazzo zum Wohnen in der Innenstadt kriegst du fast umsonst, günstige Kredite sowieso. Viele Straßen mit Geschäften und Lagerhäusern gehören der Parte Guelfa, alles zusammengeraubt. Droht irgendwo in Italien ein Umsturz zugunsten der Kaisertreuen, dann schicken die Guelfen aus Florenz Geld und Waffen zu ihren Freunden. So bleibt das ganze Land dem Papst geneigt – und die Geschäfte unserer Stadt werden nicht gestört. Aber ihre größte Macht beruht auf der Bibel.

Bibel?, fragte ich. Das sind doch keine Priester, sondern Kaufleute.

Boccaccio lachte: So nennt man das Geheimbuch mit den Namen ihrer Anhänger. Wohlgemerkt, die Parte Guelfa ist die einzige Partei der Republik, alle Ghibellinen wurden ausgerottet. Dennoch verzeichnen die Guelfen weiter jeden zuverlässigen Parteigänger in ihrem geheimen Buch. Kurzum – steht dein Name nicht drin, dann kannst du nicht zum Prior gewählt werden, du sitzt in keinem Ausschuss, bekommst kein Amt und kannst hier nur noch überleben, wenn du die Mächtigen in Ruhe lässt. Übrigens, letztes Mal habe ich hier ein köstliches Mandelkonfekt mit Honig gegessen. Ich bestelle uns mal welches.

Boccaccio winkte den Knecht herbei. Noch bevor der Mann mit einem Teller Konfekt zurückkehrte, setzte der Feinschmecker seine Erklärungen fort: Gut sechshundert Namen sollen im Geheimbuch stehen. Keiner weiß genau, wer dazugehört. Keiner weiß, wer die Liste verwaltet. Keiner hat das Recht zum Widerspruch, wenn der eigene Name durchgestrichen wird. Alles geschieht im Dunkeln. So funktioniert die Republik von Florenz. Ich weiß nur, dass mein Name nicht gestrichen wurde, sonst wäre ich nicht Einnehmer der Salzsteuer. Aber wenn du ein Spitzel bist und mich bei den Guelfen denunzierst, dann bin ich den Posten morgen wieder los.

Ich hob abwehrend die Hände, doch Boccaccio lachte nur und steckte sich den letzten Bissen Mandelkonfekt – ich hatte höflich abgelehnt – in den Mund: Es ist mir ohnehin egal. Ich werde niemals in Florenz Fuß fassen, ich bin unfähig fürs Geschäft, sogar mein Vater und mein Onkel lachen über mich. Sollen mich die Guelfen doch verbannen wie einst Dante Alighieri. Der war übrigens selber ein Guelfe, aber zufällig in der verkehrten Fraktion.

Indes Boccaccio sich mit einem Span die Zähne reinigte, musste ich über das Gehörte nachdenken. Vielleicht hatte es gar keine Eile, Arnaldo Peruzzi in den Familienpalast zurück zu eskortieren. Viel wahrscheinlicher war, dass der alte Fuchs Pacino mich als Überwacher seines Sohnes ausgesucht hatte. Säße Arnaldo auf Befehl seines Vaters in der Camera Secreta, gäbe es keinen Grund für seinen Abgang durch die Hintertür. Der Sohn wollte nicht, dass Pacino etwas von diesem Treffen mitbekam. Fände ich heraus, was Arnaldo da mit dem größten Konkurrenten der Casa Peruzzi aushandelte, brauchte ich keine Angst zu haben vor einer Abstrafung – im Gegenteil.

Insgeheim staunte ich über meinen Patron. Er machte es mit seiner Familie genau wie die Stadt Florenz mit ihren Bürgern. Gab es Zerwürfnisse, dann holte man sich einen Außenstehenden, der unparteiisch dafür sorgte, dass nicht alles zusammenbrach. Im Fall der Casa Peruzzi fiel die Rolle des Außenstehenden niemand anderem zu als mir. Aus diesem Grund hatte ich vom Padrino die zwei Florin bekommen.

Boccaccios Stimme schreckte mich aus meinen Gedanken hoch: Nun hoffen wir mal, dass unsere beiden Banchieri da drinnen nicht noch auf den Einfall kommen, die Kriegsglocke zu läuten. Martinella wird sie genannt. Die verwahrt die Parte Guelfa nämlich auch in ihrem Saal. Und bei dem Gebimmel hätten wir hier in Windeseile einen Auflauf von ein paar tausend Bewaffneten. Da käme ich nicht mehr dazu, die Rechnung für dieses köstliche Mahl zu begleichen.

Ich machte Anstalten, in meinen Beutel zu greifen. Doch Boccaccio legte seine Hand auf meinen Arm: Für einen Einnehmer der Salzsteuer fällt sogar in Zeiten der Pest etwas Essensgeld ab. Da ist es mir eine Freude, einem guten Freund von Cioccia seine Gesellschaft mit einer Einladung zu entgelten.

Guter Freund? War das schon wieder eine Anspielung auf unsere Rivalität? Oder sprach aus den Worten Boccaccios einzig die Zufriedenheit über sein Mittagessen? In dem Moment öffnete sich das Portal des Palazzo. Ein Türhüter hielt einen Flügel auf. Und tatsächlich traten Arnaldo Peruzzi und Donato Bardi auf die Treppe, sehr formell und ernst, ganz wie sich das für zwei Würdenträger nach einem wichtigen Geschäft gehörte. Der Jüngere ließ dem Älteren mit einer Verbeugung den Vortritt. Ich drehte mich zu Boccaccio um, aber der war auf leisen Sohlen verschwunden. Wie hatte er gesagt? Du kannst in Florenz nur überleben, wenn du die Mächtigen in Ruhe lässt. Anders als ich konnte Boccaccio sich diesen Luxus leisten.

KAPITEL 20

Kühler Nebel stieg vom Arno herauf in die Stadt, es hatte zu nieseln begonnen, in einigen Läden und Wohnungen flackerten die ersten Lampen. Ich zog mir die Kapuze tief ins Gesicht, als ich den beiden Banchieri aus einiger Entfernung folgte. Vorsichtig hatte Arnaldo von der Treppe des Guelfenpalastes nach rechts und links gespäht. Er wollte sicher sein, dass ihm niemand folgte. Donato Bardi ging voraus in Richtung des Klosters von Santa Trinita. Ich konnte mir nicht vorstellen, welche Art Geschäfte die Männer zu den strengen Mönchen der Vallombrosaner führen würde. Und tatsächlich hatte Donato hinter den Wehrtürmen dieses Viertels ein ganz anderes Ziel.

Vor dem Eingang eines einstöckigen Palastes blieben die Männer stehen. Ich verbarg mich in einem Hauseingang, konnte aber gut erkennen, wie Donato Bardi auf seinen Begleiter einredete. Augenscheinlich wollte er ihn zum Mitkommen überreden; kurz zog er Arnaldo sogar am Ärmel. Doch der schüttelte den Kopf, verabschiedete sich mit einer Verbeugung und kehrte um in meine Richtung. Ich trat in den Schatten des Eingangs zurück und hielt den Atem an. Arnaldo schritt mit gesenktem Blick an mir vorbei und bemerkte mich nicht. Als ich den Kopf wieder hervorstreckte, bog Arnaldo gerade um die Ecke zur Kirche der Santi Apostoli, wo man die tot geborenen Kinder zu begraben pflegte. Von dort aus konnte Arnaldo über den Ponte Vecchio direkt in den Stadtteil Oltrarno gelangen, genauso gut jedoch auch zurück in den Palazzo Peruzzi bei Santa Croce. Ich überlegte, ob ich ihm heimlich folgen sollte wie ein Liebhaber, der seine Auserwählte bespitzelt.

Linker Hand war Donato Bardi in einem niedrigen Gebäude verschwunden, vor dem ein rotes Holzpferd im Nieselregen baumelte. Ich wusste, was dort vor sich ging. Es war ein berüchtigter Ort, jeder Mann in Florenz kannte ihn. Wenngleich ich noch niemanden getroffen hatte, der dieses Haus betreten hatte. Zuweilen, zu später Stunde, hatten die Zecher im Purgatorio über das Wilde Ross Geschichten erzählt. Nie aus eigener Erfahrung, immer nur Gerüchte, denn dort verkehrten ausschließlich die reichsten Männer der Stadt. Von den schönen Frauen, die dort für viel Geld zu haben waren, bekamen die anderen Bürger von Florenz nichts zu sehen. Nur zur Messe in Santa Trinita durften diese Mädchen einmal in der Woche auf die Straße, verhüllt und im Beisein einer Kupplerin. Michele Scalza, der alte Spötter, hatte über die Prozession der Prostituierten seine Witze gerissen. Viele tausend Florin seien da auf hohen Holztrippen unterwegs, und der Besitzer des Hurenhauses, ein Venezianer, würde genau darauf achten, dass bei der Rückkehr kein Mädchen ausbleibe.

Ich überlegte: Aus Arnaldo würde ich nichts von seinen Verhandlungen mit Donato Bardi herausbekommen. Wollte ich dem Padrino über das Treffen Bericht erstatten, dann konnte ich höchstens durch Donato etwas erfahren. Bei den Huren und beim Wein lassen sich die Männer gehen. Ein italienisches Sprichwort sagte es anders: Die Zunge lockert sich mit den Sitten. Außerdem kannte der alte Kaufmann mich nicht, ich konnte mich ihm gefahrlos nähern. Es war einen Versuch wert. Das Portal lag ein paar Stufen hoch, darüber als Geschäftsschild das hölzerne Pferd. Ein nicht mehr junger Glatzkopf in buntem Wams öffnete auf mein Klopfen. Er musterte mich und ließ sich in venezianischem Singsang zu einer Erklärung herab: Zieh woandershin! Wir lassen hier nur gute Bekannte herein. Was immer man dir vom Wilden Ross erzählt hat, unser Geschäft ist nichts für dich.

Der Mann wollte die Tür schließen, hielt aber inne, als er mein Rufen hörte: Ich Kaufmann! Viel Geld haben! Liebe! Amore!

Er erkannte meinen Akzent und fing an zu lachen: Ein Deutscher bist du? Für Fremde wie dich gibt es Hurenhäuser hinter Santa Maria Novella. Soll ich dir den Weg zeigen?

Ich griff in meinen Beutel und hielt ihm einen glänzenden Florin vor – die Hälfte des Geldes, das ich seit heute Morgen in meinem feinsten Gewand bei mir trug. Das Gesicht meines Gegenübers änderte sich schlagartig.

So viel willst du bezahlen?, fragte er gierig. Das ist etwas anderes. Er hielt die Hand auf, nahm mein Goldstück und ließ mich hinein. Das Halbdunkel des Eingangs verdankte sich den Vorhängen aus Damast, mit denen die Fenster verhängt waren. Öllampen verbreiteten einen Geruch von orientalischen Spezereien. An einem Tresen stand eine alte Frau, in jedem Ohr einen dicken Goldring, und blickte mich fragend an. Der Türhüter zeigte ihr meinen Goldflorin: Dafür werden wir unserem deutschen Freund einen schönen Nachmittag bereiten. Lise hatte heute noch nichts zu tun, du kannst sie rufen.

Die Alte verschwand hinter einem Vorhang. Ich gesellte mich zu zwei Männern, die vor dem Schanktisch saßen. Einer von ihnen, leicht erkennbar an seiner dicken Nase, war Donato Bardi. Den anderen – einen Winzling mit grüner Kappe – kannte ich nicht. Die beiden unterbrachen ihr Gespräch, als ich mich näherte. Der Patron, in der Hand ein Kristallglas voller rotem Wein, beruhigte sie: Das ist nur ein Deutscher mit zu viel Geld. Er hat einen ganzen Florin bezahlt. Doch ihr könnt unbesorgt reden, er versteht kein Toscanisch. Nicht wahr, mein Lieber?

Der Venezianer drückte mir lachend den Kelch in die Linke. Ich nickte zu seinen Worten, schüttelte ihm die Hand und rief: Viva Amore! Viva Firenze!

Die beiden Alten blickten mich verächtlich an. Sie mussten mich für einen Verrückten halten, denn einen ganzen Florin würde kein noch so reicher Kaufmann dieser Stadt für eine Hure investieren. Der Mann mit der grünen Kappe wandte sich dem Patron zu: Ist unser Gemach bereit? Du weißt ja, wie wir es gerne haben. Ich möchte dieselben Mädchen wie letzte Woche.

Zu Donato Bardi sagte er: Wir tauschen. Die Schwarze für mich, die Weiße für dich. Jedenfalls, wenn es dir recht ist.

Der alte Bardi seufzte: Ich weiß nicht, ob mir das heute nicht zu viel wird, Guido. Hast du eine dieser Safranpillen für mich? Was ist da sonst noch alles drin? Ingwer? Damit komme ich vielleicht in Stimmung. Du weißt ja, wer den Kopf voller Geschäfte hat, dem fließt das Blut nicht zwischen die Beine.

Der Mann namens Guido nestelte in einem kleinen Beutel am Gürtel und präsentierte seinem Freund schließlich eine Pille, die der andere mit einem Schluck Rotwein herunterspülte. Ein Schweigen entstand, das auch nicht endete, als ich mit breitem Grinsen den beiden Alten zuprostete.

Mein lieber Freund Donato, meinte der Zwerg mit krächzender Stimme, wenn es unbedingt sein muss, dann besprechen wir eben vorher die dringlichsten Geschäfte. Die Mädchen sorgen dann schon dafür, dass wir unseren Spaß haben. Vor allem diese Zirkassin oder wie der Stamm heißt, das ist eine echte Kriegerin. Die macht einen Toten wieder lebendig.

Ich bin noch lange nicht tot, beteuerte Donato. Mir geht nur nicht aus dem Kopf, was dieser Arnaldo von mir wollte. Wenn es wahr ist, was er sagt, dann bedeutet das einen Umsturz. Er will seinen eigenen Vater entmachten, und ich weiß nicht, ob ihm das gelingt.

Der Mann namens Guido schluckte nun selber eine Pille und sagte: Der alte Pacino ist ein Schurke. Mit seinem Sohn können wir bessere Geschäfte machen.

Donato schüttelte unwirsch den Kopf: Pacino ist sogar ein großer Schurke, aber ich kenne ihn schon seit mehr als sechzig Jahren. Wir haben als Jungen zusammen den Abakus gelernt. Seit damals hat er jeden

Widersacher beseitigt, in Rhodos, in Neapel, in London. Seinen Vater und seinen Bruder hat er beerbt. Ich denke nicht, dass dieser Arnaldo das Zeug hat, den Alten auszuschalten.

Wie will er das überhaupt anstellen?, wollte Guido wissen. Hat er es dir verraten?

Donato nickte: Ja, er hat einen Plan. Ich erzähle es dir nebenan. Die Hocker hier sind alles andere als bequem. Und mit einem Seitenblick auf mich: Außerdem sind wir da ungestört.

Die beiden Alten schritten zu einem Samtvorhang, hinter dem ein Gang begann. Ich streckte mich und konnte gerade noch erkennen, dass sie hinter der ersten Tür verschwanden. Da stand auch schon die alte Kupplerin vor mir, an der Hand ein Mädchen in einem ausgeschnittenen Seidenhemd, das ihr bis zu den Knien reichte.

Nimm ihn mit nach hinten, befahl die Alte. Behandele ihn gut, er hat bezahlt. Er kann dir erklären, was er will. Du sprichst ja Deutsch.

Das Mädchen – etwas kleiner als ich und mit langen blonden Haaren – lächelte mich an, nahm meine Hand und führte mich über den Gang ins zweite Zimmer, gleich neben der Kammer, in welche die beiden Kaufleute sich zurückgezogen hatten. Im Raum befand sich nichts als ein großes Bett mit roten Laken, die Wände waren mit Samt verhängt, von der Decke hing eine Öllampe, die mehr Schatten als Licht verbreitete.

Ich heiße Lise, sagte das Mädchen auf Deutsch und zog die Tür hinter uns zu. Und wer bist du?

Mein Name ist Eckhart, antwortete ich. Ich bin ein Kaufmann aus Dortmund.

Gute Geschäfte gemacht, Eckhart?, fragte Lise neugierig und wollte sich das Hemd über den Kopf ziehen.

Warte noch, bat ich sie. Ich habe auf dem Mercato drüben eine große Menge Safran gekauft. Die Männer in Deutschland sind ganz wild auf das Zeug.

Lise kicherte: Kann ich mir vorstellen. Safran soll ja Wunder wirken. Hast du heute schon welches genommen?

Ich schüttelte den Kopf und betrachtete sie. Lise war sicher noch keine zwanzig, alles an ihr war wohlgeformt, von den fülligen Armen über den Busen bis zu den Hüften. Ihr Lächeln hatte nichts Falsches, die langen Locken fielen ihr über die Schultern. Ich konnte mir vorstellen, dass reiche Toscaner gutes Geld für ein Stündchen mit ihr bezahlten.

Ich erhob mich, um an der Tür zu lauschen, drückte sie einen Spalt weit auf, steckte den Kopf hinaus und schielte nach links zur Tür von Donatos und Guidos Kammer. Es war nichts zu hören. Was hatte ich mir vorgestellt? Dass sie mich zu sich einladen würden? Dabei wollte ich nichts lieber als mithören, was Donato seinem Freund gerade erzählte.

Du bist aber misstrauisch, meinte Lise. Musst du aber gar nicht. Wenn du bezahlt hast, lassen sie uns für mindestens eine Stunde in Ruhe. Hier werden keine Kunden betrogen oder ausgeraubt. Das ist ein ehrbares Haus.

Woher stammst du, wollte ich wissen, während ich mit den Händen die Vorhänge unserer Kammer abtastete.

Aus Bremen, erklärte Lise. Ich bin mit dem Schiff nach Italien gekommen, vor der Pest. Über Brügge. Etwas traurig fügte sie hinzu: Es gibt Mädchen, die es schlechter haben in diesen Zeiten.

Der Vorhang an der Wand zum Nebenraum, direkt über unserem Bett, war locker. Ich fühlte eine Unebenheit dahinter und entdeckte einen Laden, der sich zur Seite wegschieben ließ. Nachdem ich die Lampe gelöscht hatte, öffnete ich ihn vorsichtig. Im Widerschein des Nebenraums erschien eine winzige Öffnung, mit Korbgeflecht verdeckt. Ich kniete mich hin, hielt das Ohr daran und hörte Stimmen aus dem Nebenraum.

So einer bist du also, flüsterte Lise mir ins Ohr. Du willst lieber zuschauen! Da hast du dir aber die Falschen ausgesucht, kann ich dir sagen. Bei den beiden Alten gibt es nicht viel zu erleben, da beschäftigst du dich besser mit mir. Außerdem kostet Zuschauen extra. Sie presste sich an mich und schlang die Arme um den Nacken. Ich drückte sie sanft weg und fasste erneut in meinen Beutel.

Das ist ein Florin, erklärte ich leise. Du kannst draußen auf dem Gang nachsehen, wenn du mir nicht glaubst.

So viel willst du bezahlen?

Sie biss auf die Münze und ließ sie schnell in ihrem Gewand verschwinden. Dann schlug sie vor: Lass die beiden Alten in Ruhe! Mit mir hast du viel mehr Spaß. Für einen Florin kannst du alles mit mir machen. Mit einem Ruck zog sie sich das Kleid aus und legte sich zu mir. Doch ich hielt ihr meine Hand auf den Mund und starrte durch das dichte Korbgeflecht in den Nebenraum, der etwas größer war als unser Zimmer. Ich konnte im Halbdunkel anfangs wenig erkennen, hörte aber deutlich Guidos krächzende Stimme: Und er hat dir wirklich dreißigtausend Florin in Anleihen des Monte angeboten? Ich wusste gar nicht, dass die Peruzzi so viel aufgekauft haben. Und was soll unsere Gegenleistung sein?

Donato schnaufte durch die Nase. Ich erkannte nun im fahlen Licht den Umriss einer nackten Frau mit langem dunklen Haar, die ihm den Bauch streichelte. Auf der Bettkante saß eine weitere nackte Frau, eine Schwarze, auf Guidos Schoß. Fast musste ich lachen. Eine Besprechung von Geschäften war das Letzte, was in dieser Lage von zwei Männern zu erwarten war. Lise hatte recht gehabt, mit Donato und Guido war wirklich nicht mehr viel los. Aber war ich selbst ein agilerer Kunde? Auch ich dachte ausschließlich an Geschäfte und stierte weiter durchs Korbgeflecht, nur ein paar Handbreit entfernt von den beiden Kaufleuten.

Mädchen, rief Donato unwirsch, setzt euch mal auf die Stühle und lasst uns eine Weile in Ruhe! Es ist gerade kein guter Moment. Guido und ich haben etwas Wichtiges zu bereden.

Gehorsam machten die jungen Frauen Platz und verschwanden aus meinem Blickfeld. Donato streckte sich aus und verschränkte die Hände hinter seinem Kopf, dieweil der kleine Guido weiter auf der Bettkante hocken blieb.

Arnaldo hat mir gestanden, dass sein Vater beim Bankrott der Casa Peruzzi vor fünf Jahren Unsummen auf die Seite geschafft hat. Säcke voll Gold wurden damals aus der Stadt geschmuggelt.

Aber das haben wir doch alle gemacht!, wandte Guido ein.

Aber Pacino ist es besser gelungen als uns. Er hat seine Gläubiger mit zwanzig Prozent abgefunden. Wir mussten später fast das Doppelte bezahlen. Verstehst du? Die Peruzzi sind durch Betrug viel reicher aus dem Bankrott hervorgegangen als wir. Arnaldo will diesen Betrug vor der Mercanzia mit einem Eid bestätigen.

Was hat er davon? Die Peruzzi müssten mindestens zweihunderttausend Florin Strafe bezahlen. Wer ist denn so dumm?

Donato sagte: Wir dürfen diesen Arnaldo nicht unterschätzen. Ich soll für ihn aushandeln, dass mit dreißigtausend Florin die Sache aus der Welt ist. Es ist schließlich lange her, die auswärtigen Gläubiger müssen nichts erfahren. Als Garantie überlässt Arnaldo mir Anleihen des Monte in gleichem Wert wie die Buße. Dann hat Arnaldo zwar eine Menge Geld verloren, aber sein Vater wird für den Betrug vom Handelsgericht auf Lebenszeit entmachtet. Und sein Ältester ist der neue Patron der Casa Peruzzi. Pacino kann froh sein, wenn er nicht in den Kerker muss. Arnaldo sagte, er will ihn auf ihrem Landgut draußen im Contado versauern lassen. Das ist nicht übel ausgedacht.

Und was ist unser Gewinn dabei?, wollte Guido wissen.

Arnaldo wird in ein paar Wochen gemeinsam mit uns eine Zinserhöhung für die Monte-Papiere durchsetzen. Wir bezahlen die dreißigtausend Florin für Pacinos Strafe aus unserem Vermögen und behalten dafür die Papiere. Die sind in einem Monat dann mindestens vierzigtausend wert. Die Differenz ist unser Lohn, dass wir bei der Entmachtung von Pacino mitmachen.

Guido kicherte: Wir würden also sogar noch daran verdienen, wenn unser ärgster Konkurrent von seinem eigenen Sohn erledigt wird. Du hast doch sicher sofort zugesagt?

Donato Bardi seufzte: Ich traue der Sache nicht. Was, wenn die anderen Söhne von Pacino gegen ihren Bruder aussagen? Der Alte ist zäh wie eine Katze. Wenn er Arnaldos Angriff überlebt, dann wird er uns niemals verzeihen, dass wir mitgemacht haben. Dann gibt es Krieg zwischen den großen Familien. Ich will das nicht. Vielleicht warten wir einfach, bis einer von uns stirbt. Du, Pacino und ich – wir sind beinahe gleich alt. Soll doch der Tod entscheiden, welche Bank überlebt – die Bardi, die Albizzi oder die Peruzzi.

Nun erfuhr ich endlich, wer der krächzende Zwerg war. Guido Albizzi lenkte die dritte große Handelsbank, die den Reigen der Bankrotte ohne große Verluste überlebt hatte. An der Tür unserer Kammer wurde geklopft. Ich schob schnell den Laden zu. Lise stand auf, um zu öffnen. Draußen stand die Alte.

Ihr habt das Licht ausgemacht?, sagte sie zu dem nackten Mädchen. Wenn es dem Deutschen so besser gefällt, meinetwegen. Jeder nach seiner Art, sage ich immer. Wollt ihr noch etwas Zypernwein? Ich habe Nelken reingetan, das ist gut für den Atem.

Ich hatte mich schnell ausgezogen und kam nun ebenfalls nackt zur Tür. Die Alte, die uns kontrollieren wollte, hielt mir grinsend einen großen Holzbecher Wein hin. Dann verriegelte ich wieder und trank den Becher auf einen Zug leer. Schließlich hatte ich teuer dafür bezahlt.

Kriegst du endlich Lust?, flüsterte Lise. Komm, wir spielen das Tier mit den zwei Rücken!

Sie drängte sich an mich. Ich schob das Mädchen zur Seite und tastete im Dunkeln nach meinen Kleidern. Ich hatte genug gehört.

KAPITEL 21

Arnaldo ist vor einer Stunde zurückgekommen. Diese Auskunft des Wächters am Borgo de' Greci war eine Beruhigung für mich. Der Prior befand sich wohlauf. Andererseits wusste ich nicht, was Arnaldo seinem Vater über mein Ausbleiben aufgetischt hatte. Sein geheimes Treffen mit Donato Bardi konnte er keinesfalls erwähnen. Mich denunzieren und mir vorwerfen, ich hätte meine Pflichten vernachlässigt, konnte er umso besser. Auf dem Rückweg hatte ich die ganze Zeit gegrübelt, was das Beste wäre. Dem Padrino die Verschwörung seines Ältesten offenbaren? Oder den Mund halten und abwarten? Im ersten Fall konnte ich auf Pacinos Dankbarkeit rechnen. Aber nur, wenn er mir, dem Fremden, eher glaubte als Arnaldo, seinem Erben. Wenn ich hingegen schwieg und Arnaldo mit der Absetzung seines Vaters Erfolg hätte, würde der neue Patron der Casa Peruzzi mich wegjagen. Meinen

Ruf als verlässlicher Leibwächter hatte er heute ohnehin ruiniert. Ich entschied mich daher, so schnell wie möglich beim Padrino vorzusprechen und ihm alles zu erzählen, was ich im Wilden Ross herausgefunden hatte. Nur die Wahrheit konnte mir helfen.

Als Uguccione mich ins Kontor hereinließ, saß Pacino Peruzzi nicht an seinem Pult. Man hatte ihm eine Pritsche ans Fenster gerückt, wo er mit hochgelegten Beinen das Hauptbuch inspizierte. Der Foliant ruhte auf seinem Schoß, während Zanobi danebenstand und seinem Vater über die letzten Eintragungen Rechenschaft erstattete.

Meine Gicht, ächzte der Padrino, als ich zu seiner Liege trat und den Kopf neigte. Die Schmerzen schießen wie Messerstiche in die Beine. Alt werden ist kein Vergnügen. Vor allem, wenn man sich nicht darauf verlassen kann, dass die nächste Generation den richtigen Weg alleine findet. Ohne meine Aufsicht laufen die Geschäfte nicht.

Der graugesichtige Zanobi schaute drein, als hätte er ein Glas Essig geschluckt. Sein Blick, der zwischen dem Hauptbuch und mir hin und her wanderte, wirkte eingeschüchtert, lange nicht so arrogant wie der seines Bruder Arnaldo. Verwundert bemerkte ich dessen Abwesenheit im Kontor, obwohl er doch eigentlich seinem Vater über die heutige Sitzung der Priori hätte berichten müssen. Sicher hatte Arnaldo sich mit irgendeiner Geschichte herausgeredet und war schnell wieder gegangen. Meine Besorgnis wuchs. Was hatte er über mich erzählt?

Ich bat den Padrino um eine Unterredung unter vier Augen. Ich erklärte, über Neuigkeiten zu verfügen, welche für die Zukunft der Casa Peruzzi entscheidend waren. Zanobi zog misstrauisch die Brauen hoch, nahm seinem Vater dann aber gehorsam das schwere Hauptbuch ab, legte es aufs Pult und verließ das Kontor. Der Padrino fasste sich an die Brust und atmete tief durch. Sein sonst so gebräuntes Gesicht war bleicher, er wirkte unter seiner Wolldecke ungewohnt schwächlich. Ich bezweifelte, dass ein bloßer Anfall von Gicht dem Alten derart schwer zugesetzt hatte. Offenbar trafen ihn die Todesfälle in seinem engsten Umkreis heftiger, als er sich anmerken ließ. Er schaute mir ins Gesicht mit der Mischung aus Hochmut und Sympathie, die ich von ihm kannte: Nur heraus damit, Wittekind. Sicher willst du mich vor Arnaldos

Verschwörung warnen. Denkst du, ich wüsste nicht, dass er hinter meinem Rücken gegen mich konspiriert?

Es verschlug mir die Sprache. Der Alte wusste vom Plan, ihn abzusetzen! Hatte er Arnaldo etwa bereits in Ketten legen lassen? Ich fasste mich und berichtete, wie sein Ältester durch die Hintertür des Priorenpalastes verschwunden war. Wie ich ihn zufällig über einen Bekannten bei der Parte Guelfa aufgespürt hatte. Mit welcher List ich Donato Bardi ins Wilde Ross gefolgt war. Und wie es mir dann sogar gelungen war, ihn und Guido Albizzi zu belauschen. Als ich erzählte, wie die beiden Banchieri die nackten Mädchen weggeschickt hatten, lachte Pacino hämisch.

Für so saftlos hatte ich Donato gar nicht gehalten. Ich dachte immer, eine lange Ehe sorgt für gute Laune bei den Huren. Immerhin war der alte Bardi klug genug, nicht mit Arnaldo gemeinsame Sache zu machen. Wenn es nach dem gierigen Guido Albizzi ginge, läge ich bereits im Kerker – und meine Anleihen schon bei ihnen in der Truhe.

Donato Bardi zögerte noch, wandte ich ein. Er schien mir aber ebenfalls nicht abgeneigt, euch loszuwerden.

Der Padrino kratze sich nachdenklich am Kinn: Was immer sie auch vorhatten, sie werden keinen Erfolg haben. Und ich muss dir danken, Wittekind. Du hast gut gearbeitet.

Der Padrino ließ sich von mir das Hauptbuch bringen und blätterte die Seite meiner Grundschuld auf. Von dem Preis meines Hauses standen dem Haus Peruzzi noch dreihundertzwanzig Florin zu Buche. Der Padrino tunkte seine Feder ein und schaute mich an.

Was meinst du? Zweihundertsiebzig Florin? Dann hast du heute durch deine Klugheit fünfzig gutgemacht.

Ich hatte mir vorgenommen, mich diesmal nicht abspeisen zu lassen: Dreißigtausend Florin in Papieren standen auf dem Spiel. Und euer Leben. Ich finde, dass ich für meine Arbeit mehr verdiene. Sagen wir, dass ich jetzt noch zweihundert Florin Schulden bei euch habe. Dann sehen wir weiter, wie ich euch hilfreich sein kann.

Der Padrino lächelte mich an: Nach und nach lernst du, wie man über Geldsachen verhandelt. Du musst aber bedenken, dass ich die

Verschwörung bereits ohne dich aufgedeckt hatte. Sagen wir also zweihundertzwanzig Florin, keinen Quattrino mehr!

Sorgfältig setzte er die genannte Zahl in mein Schuldenkonto und zeichnete daneben ab. Auf der Gegenseite verminderte er das Guthaben der Peruzzi um einhundert Florin. Ich wuchtete das Hauptbuch wieder aufs Pult.

Pacino Peruzzi fasste zusammen: Zanobi wird deine verringerte Grundschuld nachher mit unserem Siegel beglaubigen. Wenn du so weitermachst, wirst du noch ein reicher Mann in unseren Diensten. Aber nun zurück zu Arnaldo: Dein Bericht bestätigt, was ich heute Morgen von Zanobi erfuhr. Den wollte Arnaldo nämlich in seine Verschwörung hineinziehen, aber mein zweitältester Sohn ist zu anständig und hat mir alles gebeichtet. Vielleicht hat er es auch aus Feigheit getan. Nun muss ich über Arnaldo zu Gericht sitzen. Ihm droht eine harte Strafe. Wenn ich ihn jetzt herbeirufe, bleibst du mit deinem Dolch zu meiner Sicherheit in der Nähe. Einem solchen Verräter des eigenen Blutes ist jede Schandtat zuzutrauen.

Ich war erstaunt: Hast du Arnaldo denn nicht gesprochen? Der Wächter im Borgo de' Greci hat ihn zu Fuß heimkehren sehen.

Nun war es am Padrino, verblüfft dreinzuschauen: Er verbirgt sich also aus Angst vor seinem Vater. Oder versucht er wegzulaufen? Dann wird er sehen, wie schnell man in Florenz einen erfolglosen Verschwörer fallenlässt. Dieselben Bardi und Albizzi, die von ihm unser Geld kassiert hätten, werden ihn mir ausliefern.

Pacino Peruzzi rief Uguccione herein und gab ihm den Befehl, Arnaldo aus seinen Gemächern herbeizuholen. Ich nahm wie gewünscht hinter der Liege des Padrino Aufstellung. Wir warteten schweigend, während der Alte sich ächzend die Beine rieb. Dann kam Uguccione wieder zurück. In der einen Hand hielt er den grüngelben Umhang, den Arnaldo heute getragen hatte, in der anderen zwei Lederschuhe. Ich musste noch zum Abort. Das hier habe ich da gefunden. Ich denke, das sind Arnaldos Sachen. Aber in seinen Gemächern war er nicht.

Der Padrino drehte sich fragend zu mir um. Meine Arbeit war noch nicht beendet. Wenn wir Arnaldo finden wollten, mussten wir bei seiner Kleidung zu suchen anfangen. Gemeinsam mit Uguccione ging ich in den hinteren Innenhof zum Abort. Die Tür des Verschlags stand auf. Der Holzdeckel mit dem Loch lehnte neben dem Kasten. Zusammen mit dem üblichen Gestank stieg ein Verdacht in mir hoch. Ich rief einen Torwächter und trug ihm auf, mir aus der Waffenkammer zwei Lanzen mit Widerhaken zu besorgen, wie man sie bei der Saujagd im Contado verwendet. Uguccione starrte mich verständnislos an. Nun erschien am unteren Ende der Treppe Pacino Peruzzi selbst. Der Alte hatte sich von zwei Knechten in einem Tragstuhl herunterbringen lassen und ließ sich von ihnen in seine Decke hüllen. Niemand von den Hausgenossen und Knechten, die sich in wachsender Anzahl beim Abort versammelten, sagte ein Wort. Endlich brachte man zwei Spieße, und Uguccione und ich stocherten im Kot herum. Schnell stießen wir auf etwas Großes. Ich drehte den Spieß mehrmals und hebelte dann die Masse nach oben, Uguccione hielt von der anderen Seite dagegen. Beim zweiten Versuch erschien eine triefende Gestalt am Rand des Kastens. Arnaldos verzerrtes Gesicht starrte uns an.

Festhalten!, schrie der Padrino und winkte im Sitzen zwei Knechte heran, die sich dem Fund aber nur widerwillig näherten.

Nun zieht ihn schon heraus!, rief der Alte wütend. Ihr könnt ja hinterher ein Bad nehmen.

Einer der beiden Knechte, die Arnaldo an den Armen herauszogen und auf dem gestampften Boden neben dem Abort ablegten, war Dino. Seine Schwester Monna stand bei den Hausgenossen und hielt sich wie die meisten einen Ärmel vor die Nase. Neben ihr Lapo, dessen Lippen stumme Gebete murmelten. All diese Schreiber, Lastträger, Pferdeknechte und Köche starrten voller Entsetzen auf Arnaldos Leiche. Seine Brüder Palamede und Zanobi standen beim Eingang und drehten die Köpfe weg. Der Sohn des Padrino, der heute Morgen auf hohem Ross zur Sitzung der Priori geritten war, lag entehrt im Kot. Das war nach dem blutigen Ende des Advokaten ein Schlag für die Casa Peruzzi. Niemand bekreuzigte sich, niemand betete laut.

Da rief der Padrino feierlich: Dieser Mann richtete sich selbst! Ich muss euch verkünden, dass mein Sohn Arnaldo sich gegen seinen Vater erhoben hat. Er versuchte, mich zu beseitigen. Mich, der ihn geschaffen und genährt hat! Zanobi kann die Verschwörung bezeugen. Arnaldo hat begriffen, dass sein Plan gescheitert ist, und hat wie Judas Ischarioth die schlimmste Sünde mit der zweitschlimmsten gesühnt: Der Vatermörder wurde zum Selbstmörder. Ich verfluche ihn!

Bei diesen Worten schrien einige Umstehende auf, ersticktes Wehklagen war zu hören. Zanobi hielt seinen Kopf in den Händen vergraben. Nur Palamede blickte in den grauen Himmel über dem Hof. Da drängte sich Pacinos Frau, die blutjunge Bilia, nach vorne. Sie hatte sich von ihrer Aufseherin losgerissen und stand nun neben der Leiche.

Dies ist ein Haus des Todes!, schrie sie mit erhobenen Armen. Die ganze Brut bringt sich gegenseitig um! Sie verschonen nicht das eigene Blut! Ich will zurück zu meiner Mutter!

Dann lief sie zu Palamede, sank vor ihm in die Knie und umklammerte seine Knie.

Rette mich aus dieser Mördergrube!, flehte sie. Palamede! Ich halte es nicht mehr aus. Ich bin doch noch so jung!

Palamede schaute zu seinem Vater hinüber, der seine junge Gemahlin seelenruhig gewähren ließ. Kein Muskel in Pacinos Gesicht zuckte. Er rief: Bring sie weg, Palamede! Und sorg dafür, dass ihre Kammer verschlossen bleibt. Das dumme Kind tut sich sonst noch etwas an.

Der Angesprochene ergriff seine weinende Stiefmutter unter Achsel und Knien und trug sie vorsichtig die Treppe hinauf. Sie schlang ihre Arme um seinen Hals. Ihre Aufseherin ging hinterher.

Ich hörte, direkt hinter Pacino stehend, wie er leise auf sie einredete: Zu deiner Mutter willst du. Das wäre das Beste. Aber deine Mutter ist tot, und dein Vater auch. Du hast niemanden mehr.

Uguccione trat heran und fragte den Padrino, ob er den Podestà vorlassen dürfe. Neroccio da Gubbio war wieder einmal schnell zur Stelle. Der Alte überlegte eine Weile und winkte ab: Bei einem Selbstmord gibt es für den Podestà nichts zu tun. Er hat nur bei Totschlag oder Mord das Recht, in unseren Palast einzudringen. Mit diesem verworfenen Arnaldo rechne ich alleine ab. Ich bin der Herr. Schick den Podestà fort.

Warum bist du so sicher, dass Arnaldo sich selbst umgebracht hat? Der das fragte, war Buondelmonte Peruzzi. Dem rothaarigen Mönch, herbeigeeilt aus Santa Croce, war das Schicksal seines Bruders nicht so gleichgültig wie seinem Vater. Buondelmonte rang die Hände. Hätte irgendjemand Arnaldo ermordet, gäbe es morgen wieder ein Begräbnis und eine Totenwache in der Familienkapelle der Peruzzi. Und Arnaldos Seele könnte ins Paradies, mindestens aber zur Läuterung ins Fegefeuer einfahren. Einen Selbstmörder jedoch musste der Scharfrichter in ungeweihter Erde eines Gehölzes am Arno verscharren. Seine Seele wanderte direkt in den tiefsten Kreis der Hölle. Alle schauderten vor dieser Aussicht. Alle außer dem Vater des Toten.

Holt ein paar Eimer Wasser, befahl Pacino den Knechten. Ich werde euch seine Schuld beweisen.

Als Dino, Monna, Lapo und ein paar andere Stallknechte mit gefüllten Eimern vom Brunnen zurückkehrten, befahl der Padrino, die Leiche mit Wasser abzuspülen. Danach war der Gestank von Exkrementen immer noch schwer erträglich. Dass Arnaldos Körper schmachvoll zur Schau gestellt wurde, störte Pacino nicht. Sein Sohn hatte sich gegen ihn erhoben, nun kannte seine Rache keine Grenzen.

Zieht ihm die Kleider aus!, befahl der Padrino. Und als sich niemand von den Knechten bereitfand, zeigte er auf Dino: Du bist stark, stell dich nicht an. Die Pest kannst du dir bei diesem Sünder nicht holen. Los!

Dino streckte abwehrend die Arme aus. Ich tat einen Schritt und sprach dem Padrino ins Ohr: Das ist ein Junge, der gerade vom Land angekommen ist. Er kennt hier keinen und ist verschreckt. Die dritte Leiche in kurzer Zeit ... Und dann der viele Kot. Ich übernehme das schon.

Der Padrino schrie: Wer hier welche Arbeit tut, bestimme immer noch ich. Wofür bezahle ich Knechte, wenn sie sich für Dreck wie Arnaldo zu schade sind? Los! Ausziehen!

Monna war es, die ihren Bruder am Ärmel zog und zu Arnaldos barfüßigem Leichnam schritt. Beherzt zog sie dem Toten die Beinkleider herunter, dann rollte sie ihm gemeinsam mit Dino das Gewand über den Kopf. Lapo hatte einen weiteren Eimer herbeigeschafft, in dem sich die Geschwister die Hände abwuschen. Dinos Hände zitterten, er würgte unablässig und rang nach Atem. Der Junge tat mir leid. Monna war mutiger und blickte trotzig zum Padrino, der das Schauspiel in aller Ruhe verfolgt hatte. Pacino ließ noch drei Eimer Wasser über der Leiche ausleeren. Dann begann er mit seinem Tribunal: Was ihr da seht, war einmal Arnaldo Peruzzi, ein Prior von Florenz, ein Kaufmann der Arte del Cambio. Jetzt ist er nur noch ein stinkender Judas, der vor Scham seinem Leben ein Ende gemacht hat. Der Verrat Arnaldos ist offensichtlich. Damit ihr alle wisst, wie er an sein Ende gekommen ist, schaut ihn euch genau an. In seine Seele kann nur Gott schauen. Doch dass an seinem Körper kein Anzeichen fremder Gewalt zu finden ist, mag jeder Einzelne von euch bezeugen. Uguccione del Pozzo, mein Hausgenosse, tritt vor! Findest du an dieser Leiche Spuren von Gewalt?

Der ungeschlachte Wächter nahm Arnaldos Leiche in Augenschein, tat dabei ein paar Schritte um den Körper und schüttelte den Kopf.

Jeder von euch, der noch zweifelt, fuhr Pacino fort, soll die Leiche untersuchen. Ihr werdet nichts finden, denn dieser Mann hat sich in der Jauche ertränkt, weil das immer noch besser war, als mit seiner Schande im Vaterhaus weiterzuleben. Betrachtet ihn genau! Nur zu!

Niemand trat vor. Der Padrino hob nun die Stimme: Den endgültigen Beweis für seine Tat erblickt ihr an seinen Füßen. Sie sind nackt.

Man hörte Gemurmel, die Leute blickten erst zur Leiche und schauten einander dann fragend an. Auch ich wunderte mich. Was hatten diese Worte zu bedeuten?

Ich will euch das erklären, rief Pacino. Vor vielen Jahren tat ich Dienst für unsere Casa Peruzzi auf der Insel Rhodos, als Banchiere bei den Rittern des Johannisordens. Einer von ihnen wurde damals entlarvt als großer Sünder, der sich an Mitbrüdern vergangen hatte. Der Großmeister, mein Freund Fulco de Villaret, gab ihm vor seinem Prozess Gelegenheit zum Bußgebet in seiner Zelle. Doch statt zu beten, hängte sich der Sünder am Dachbalken auf. Vorher aber zog er sorgfältig seine Schuhe aus, genau wie Arnaldo hier. Fulco de Villaret erzählte mir damals, dass Selbstmörder das immer so tun. Sie wollen aus Buße den Weg zur Hölle barfuß gehen. Als Uguccione mir heute Nachmittag Arnaldos Schuhe vom Abort brachte, wusste ich gleich, was er getan hatte. Grund genug, sich zu töten, hatte er ohnehin. Und nun beweist uns Arnaldos unversehrter Körper, wie recht ich hatte.

Noch lauteres Geraune brandete auf; niemand widersprach. Da trat noch einmal Buondelmonte vor: Du bist unser Vater, wir schulden dir Gehorsam. Doch ich bitte dich inständig, deine Gefühle der Rache zu bändigen. Dieser Mann ist dein eigenes Blut. Vielleicht ist er in die Grube gesprungen. Aber wir wissen nicht, warum. Eine Verwirrung des Geistes kann über ihn gekommen sein, eine Ohnmacht. Ich vertrete den Inquisitor und kann ein theologisches Gutachten erstellen, durch das wir Arnaldo, unseren Bruder, morgen mit allen Ehren in Santa Croce bestatten können.

Pacino presste die Lippen zusammen und blitzte den Mönch aus grauen Augen an.

Nein!, rief er. Der Vater im eigenen Haus ist wie Gott, unser aller Vater im Himmel. Sich gegen den Vater zu erheben bedeutet Gotteslästerung. Es kann hier keine Gnade geben und keine Hoffnung für Arnaldos Seelenheil. Dein theologisches Urteil kannst du dir sparen. Die Knechte sollen diese Leiche in eine Pferdedecke wickeln, und Uguccione soll den Scharfrichter holen. Der wird Arnaldo heute Nacht im Gehölz der Gehenkten verscharren, wie es Brauch ist.

Buondelmonte senkte demütig den Kopf, die Hände im Gebet gefaltet. Er hatte eingesehen, dass es vor Gott Gnade geben konnte, doch vor diesem Richter nicht. Pacino beendete den Prozess: Eines noch! Geht hinaus in die Stadt und erzählt getrost, was hier geschah! Es gibt nichts zu verschweigen. Jedermann soll erfahren, wie die Peruzzi Verräter strafen.

Dann winkte der Alte seine Diener herbei. Sie hoben die Sänfte auf, die Menge teilte sich, und sie trugen Pacino Peruzzi wieder in sein Kontor. Zanobi und Uguccione folgten ihm mit gesenkten Häuptern, während die Menschen sich beeilten, den stinkenden Ort zu verlassen. Als auch ich mich abwandte, kamen mir Monna und Dino mit einem Lumpen entgegen. Sogar Arnaldo ins Leichentuch zu hüllen war den Geschwistern befohlen worden, vielleicht weil sich die anderen Diener vor dieser Aufgabe ekelten. Ich nahm mir vor, ihnen später ein paar

Quattrini für ihre Tapferkeit zuzustecken, denn von den Peruzzi würde es niemand tun.

Mein Ziel war nun die Wohnung des Doktors. Pandolfo del Bene hatte sich die ganze Zeit nicht auf dem Hinterhof blicken lassen, doch ich hatte sein entsetztes Gesicht kurz gesehen, als er sich aus einem Fenster in den Hof beugte. Ich klopfte an und trat ein, als niemand antwortete. Der Arzt saß zusammengesunken an einem langen Tisch, auf dem allerlei Tiegel, Gläser und Töpfe herumstanden. Arnaldos übles Ende hatte Dottor Pandolfo seine rosige Gesichtsfarbe nicht geraubt. Doch er wirkte angeschlagen. Fettige Strähnen seines langen Haares hingen ihm in die Stirn, seine Augen blickten blutunterlaufen zu mir herüber.

Ich sagte: Du wärest der Einzige gewesen, der Pacinos Befund des Selbstmords widerlegen konnte. Aber du hast dich abseits gehalten, als es ernst wurde. Du bist schlau. Einen Arzt, der keine Diagnose stellt, kann hinterher niemand belangen. Wo ist dein Chirurg?

Der Arzt lächelte verschlagen: Der hat in Oltrarno zu tun. Zu viele Patienten in diesen Zeiten. Glaubst du etwa nicht an Selbstmord?

Ich schüttelte den Kopf: Die Schuhe beweisen gar nichts. Mag sein, dass es dieses sonderbare Ritual, barfuß den Tod zu suchen, tatsächlich gibt. Doch genauso gut hätte Arnaldos Mörder seinem Opfer die Schuhe ausziehen können.

Warum?

Um sie später zu verkaufen, so feines Leder ist sicher einen halben Grosso wert, erklärte ich.

Aber die Schuhe standen noch da, wandte der Doktor ein. Säuberlich, einer neben dem anderen.

Dann wurde der Täter vielleicht gestört und rannte weg. Was weiß ich. Aber drei Tote in so kurzer Zeit, und dazu der Bogenschütze auf dem Dach. Das kann unmöglich Zufall sein.

Was soll ich als Mann der Medizin dagegen tun?, fragte Pandolfo. Wir können Kranke wieder gesund machen. Aber Tote? Die müssen sich selber vor der Hölle retten.

Ich hatte den Arzt noch niemals so verstört erlebt. Seine Eitelkeit als studierter Mediziner war wie weggeblasen, sogar seine geölte Stimme schien gebrochen. Ruhelos blickte er in seinem Gemach umher, nie in meine Augen, als wäre er froh, wenn ich so schnell wie möglich wieder verschwände. In seinen Händen rollte er ohne Unterlass ein Pergament. Ich sagte: Ich möchte von dir eine dieser Schnabelmasken mit Kräutern ausleihen, die ihr Ärzte bei den Pestkranken immer tragt. Und Handschuhe aus glattem Leder.

Zu meiner Überraschung hatte Pandolfo keine Einwände. Er ging zu einer Truhe, zog eine schwarze Schnabelmaske hervor und füllte durch einen kleinen Deckel Blüten und wohlriechende Blätter in die Nasenspitze. Dann überreichte er mir die Handschuhe, wobei seine Hände zitterten: Ich wäre froh, wenn du nichts fändest. Ob Arnaldo der Teufel holt, ist mir egal. Aber wer möchte schon von der Hand eines Mörders sterben, der in unserem Palazzo umgeht?

Wenn sich die Menschen die Art ihres Todes aussuchen könnten, wärt ihr Ärzte ohne Arbeit.

Mit diesen Worten griff ich mir die Verkleidung und ging. Bei Arnaldos Leiche war niemand mehr, alle würden heute einen anderen Abort aufsuchen. Die Leute fürchteten den Fluch eines Selbstmörders noch mehr als die Pest. Ich zog Maske und Handschuhe über. In der Tat entströmte dem Schnabel ein angenehmer Duft nach Salbei, Kamille und Rosmarin. Dinos Anfall von Übelkeit hoffte ich, mir zu ersparen. Ich rollte die Leiche vorsichtig aus dem Leintuch. Den Körper nahm ich gar nicht erst in Augenschein. Ich wusste, an welcher Stelle ich zu suchen hatte. Ich ergriff den Kopf, schob am Hinterkopf die verklebten Haare hoch und fand meine Annahme bestätigt. Im Nacken zeichnete sich in der Größe eines Gänseeis ein Bluterguss ab, genauso wie bei Ruffo, dem Gekreuzigten. Arnaldo Peruzzi hatte sich nicht aus Verzweiflung in die Jauchegrube gestürzt. Sein Mörder schlug ihn mit einem Knüppel bewusstlos und warf ihn dann kopfüber ins Loch. Der Prior war in Exkrementen ertrunken.

Nachdem ich Arnaldos Körper wieder eingewickelt hatte, setzte ich meine Montur ab und spülte am Brunnen die Handschuhe. Ich wollte zurück zum Arzt. Mir war bei der Untersuchung der Leiche eingefallen, dass Pandolfo vorhin etwas Merkwürdiges gesagt hatte.

Arnaldos Schuhe standen noch da. Säuberlich, einer neben dem anderen. Genau das waren seine Worte gewesen. Woher wusste Pandolfo das so genau? Hatte er die Leiche etwa als Erster entdeckt und war weggelaufen? Hatte er den Mörder gesehen? Oder hatte er Arnaldo selbst in die Grube gestoßen? Sicher schien mir einzig, dass Pandolfo del Bene jetzt Angst hatte, große Angst. Am besten verhörte ich den Mann sofort. Doch als ich an seine Tür klopfte, fand ich alles fest verschlossen. Der Doktor war verschwunden.

KAPITEL 22

Laute Rufe hallten über die Piazza. Nach dem Regen war fahler Nebel aufgezogen, doch dem Kampf, den zwei rivalisierende Brigate für diesen Tag verabredet hatten, stand das feuchte Wetter nicht entgegen. Eimerweise Sand hatten Helfer auf dem rutschigen Pflaster ausgestreut. Ich gesellte mich zu den Zuschauern, die bunte Banner schwenkten und das Gerenne der jungen Männer verfolgten. Es ging hoch her. Mit dem Fuß traten die Jungen nach einem Lederball, der dann in hohem Bogen über den Platz flog und von einem Mitkämpfer aufgefangen wurde. Das Ziel bestand darin, den Ball zwischen zwei Pfosten zu befördern, die jeweils an beiden Enden der Piazza zwischen Bodenfließen in den Grund geklemmt waren.

Calcio, wie sie in Florenz dieses Spiel der Jugend nannten, war Palamedes Leidenschaft. Stolz amtierte er als Capitano von Santa Croce. Gerade in diesem Moment fing der Jüngste der Peruzzi, mit kurzen Hosen ganz in Blau gekleidet, den Lederball. Er legte ihn blitzschnell vor sich auf den Boden und wollte ihn zwischen die Pfähle treten. Doch zwei Spieler von der anderen Brigata – es waren Jungen in weißen Hemden aus Santa Maria Novella – warfen sich im letzten Moment dazwischen. Wildes Gerangel um das Leder begann. Zuschauer neben mir feuerten Palamede an, er gab den Ball nicht heraus, wurde schließlich aber zu Boden gestoßen. Sein Gegner entriss ihm den Ball und trat das Leder mit einem weiten Schuss direkt zum Tor auf der Gegenseite. In höchster Not konnte ein Mitspieler aus Santa Croce das Leder noch mit dem Bein ablenken. Die Zuschauer johlten. Ein Aufseher in schwarzem Gewand, den ich noch gar nicht bemerkt hatte, tat einen lauten Pfiff. Das Calciospiel war unterbrochen.

Palamede trat zur Seite. Er blutete am Kopf, doch seine Augen strahlten, als er mich sah. Er ließ sich eine Binde um die Wunde wickeln, nahm einen Schluck Wein aus einem Krug und kam herbei, stolz wie ein Krieger nach der Schlacht.

Wie findest du unser Spiel?

Ich überlegte einen Augenblick: Die Grundidee ist nicht schlecht. Aber du siehst ja, wozu diese Raufereien führen, wenn ein Kämpfer den Ball fängt und sich alle auf ihn stürzen. Das hemmt die Bewegungen des Balls und führt zu einer Rauferei. Die könnt ihr einfacher haben, mit Fäusten.

Palamede schüttelte den Kopf: So gehört es sich beim Calcio nun einmal. Das ist kein Spiel für Memmen. Wie würdest du es denn machen?

Ich dachte erneut kurz nach, bevor ich antwortete: Ich würde den Ball ausschließlich mit den Füßen treten. Das erfordert größere Übung. Der Ball wandert dann schneller von einem zum anderen, und es wird weniger geprügelt. So gewinnen nicht die Stärksten, sondern die Geschicktesten.

Palamede dachte über meinen Vorschlag nach. Schließlich sagte er: Das ist durchaus möglich. Aber nur mit den Beinen können wir die Pfosten nicht verteidigen. Dann fällt alle zwei Vaterunser ein Tor. Das wäre langweilig.

Gut, warf ich aufs Geratewohl ein, dann darf eben der Letzte vor den Pfählen mit den Händen den Ball abfangen, die anderen aber nicht. Und damit nicht zu hoch getreten wird, befestigt ihr am besten einen Querbalken über den Pfosten. So bekommt dein Calcio feste Regeln, und ihr müsst nicht jedes Mal in der Pause Wunden verbinden.

Palamede nickte: Das ist kein übler Einfall. Du scheinst unser Spiel zu begreifen. Willst du nicht mitmachen? Wir üben dreimal die Woche vor Sonnenuntergang in den Wiesen am Arno, wo sie das Tuch bleichen. Da können wir deinen Vorschlag mit dem Querbalken morgen gleich ausprobieren.

Ich bin ein alter Mann, bemerkte ich. Außerdem sind wir Deutschen nicht so behände wie ihr Italiener. Um den Aufpasser zu machen und zu pfeifen, dafür reicht mein Atem gerade noch. Aber ich glaube nicht, dass ich zurzeit die Muße dafür finde.

Palamede wusste, worauf ich anspielte: Du denkst sicher, dass ich verrückt bin. Mein Bruder Arnaldo stürzt sich in den Tod, und ich habe nichts Besseres im Sinn, als einem Lederball hinterherzurennen. Aber der Calcio ist meine einzige Freude. Mein Vater zwingt mich, tagsüber Zahlen in Bilanzbücher zu kritzeln. Doch ich träume nur davon, mit den anderen jungen Männern für Santa Croce Tore zu schießen. Da wird mein Kopf leer von allen Gedanken. Ich könnte mein ganzes Leben nichts anderes machen.

Ich legte ihm eine Hand auf die Schulter: Und wovon willst du leben? Nie wird ein Mensch einen Quattrino verdienen, indem er nach einem Ball tritt. Du bist Kaufmann, und wenn du nicht verhungern willst, bleibst du das auch. Und du tätest besser daran, mir zu helfen und kein Geheimnis im Palazzo zu verschweigen. Zwei deiner Brüder sind kurz nacheinander umgekommen, vergiss das nicht! Auch du schwebst womöglich in Gefahr.

Ich will niemandem etwas Böses, meinte Palamede und zeigte auf seine Mitspieler. Schau dir meine Freunde an! Warum sollte uns jemand etwas zuleide tun? Wir haben den blutigen Ritterturnieren und Schwertkämpfen abgeschworen. Unsere Regeln verbieten Gewalt. Palamede blickte stolz zu seiner Brigata hinüber. Man hatte die Seiten gewechselt und Aufstellung genommen, das Spiel konnte weitergehen. Der Aufseher spitzte bereits die Lippen. Bevor Palamede losrannte, sagte er noch: Mir ist es egal, ob Arnaldo lebt oder tot ist. Mir ist überhaupt egal, was da in unserem Palazzo vor sich geht. Dort herrscht der Tod. Mein Herz schlägt für den Calcio.

Wenn dein Herz weiter schlagen darf und du nicht der nächste Tote bist. Diese Worte sagte ich im Stillen zu mir selbst, während der Jüngling seinen Mitspielern aufmunternde Worte zurief. Zwei von seiner Brigata nahm er kurz in den Arm und flüsterte ihnen Anweisungen ins Ohr. Palamede war vollkommen anders als seine Brüder. Seine aufrechte Gestalt passte nicht zum gebeugten Schreiberrücken von Kaufleuten wie Zanobi. Auch Ruffo war nicht so feinsinnig gewesen wie dieser Jüngling, der gerade unter großem Jubel den Ball durch die Pfosten drosch. Sie alle waren Söhne von Pacino, aber jeder von ihnen hatte – das war deutlich – eine andere Mutter.

Palamede ließ sich von seinen Mitspielern umarmen. Auch die Zuschauer aus Santa Croce, die ihre Banner mit dem Kreuz schwenkten, feierten den Capitano. Vielleicht hätte Pacinos Jüngster, statt Calcio zu spielen, auf der Piazza doch besser das Kämpfen geübt. Die Familien der Reichen und ein paar eitle Adlige aus dem Contado veranstalteten hier von Zeit zu Zeit immer noch Turniere. Mehr noch als der Calcio zog das viele Zuschauer an, die sich lustig machten, wenn ein verwundeter Kämpfer weggetragen wurde. Oder jubelten, wenn ein mitleidloser Schläger den letzten Widersacher vom Pferd in den Staub prügelte. Mit Gewalt und Hinterlist war beim Calcio nichts zu gewinnen, doch im Leben war das anders. Palamede konnte sich keinen Feind vorstellen, der sich nicht an seine Spielregeln hielt. Doch dieser Feind stand vielleicht gerade jetzt unter den Zuschauern und wartete auf seinen Moment. Er schoss nicht mit einem Ball, sondern mit einem Pfeil. Und er benutzte einen Prügel, um seine Gegner von hinten niederzustrecken. Ich hatte diesen Feind gesehen, als er über die Dächer kletterte. Ich hatte unten in den Gewölben der Burella sein Husten gehört. Wie der Wettkampf zwischen Santa Croce und Santa Maria Novella ausging, war mir gleichgültig. Dieses Spiel für Jungen, die ihre überschüssigen Kräfte ausprobieren wollten, würde wieder aus der Mode kommen wie manch anderer Zeitvertreib. Das Leben war kein Spiel, es war ein Kampf ohne Regeln.

Ich ging die paar Schritte an der Kirche vorbei zu den Pinzocchere. Als ich Orgelklang und Gesang vernahm, fand ich mich mit dem Gedanken ab, Marienhymnen singen zu müssen. Ich hatte Cioccia den ganzen Tag über nicht gesehen und wollte sie um keinen Preis verprellen. Es wurde bald Nacht, und ich hatte meiner Liebsten viel zu erzählen. Ob ich auch von meinem Abenteuer im Wilden Ross sprechen würde, musste ich mir noch überlegen. Da brach der Gesang ab; das Singen wurde mir für heute erspart. Als ich mich zu Cioccia gesellte, die unweit der Zelle der Margherita Mozzi mit Lapo plauderte, würdigte sie mich keines Blickes. Lapo blickte Cioccia scheu an. Ich wünschte den beiden einen guten Abend. Cioccia nickte mir ohne ein Lächeln zu. Was hatte ich diesmal falsch gemacht?

Bevor ich sie etwas fragen konnte, schlug die alte Begine Margherita auf eine Handglocke und rief die Anwesenden zur Predigt. Um die Klappe ihrer Zelle – es handelte sich um nichts anderes als ein kleines Handwerkerhaus, dessen Tür man zugemauert hatte – versammelten sich die Laudesi, fast ausschließlich Kinder und Frauen. Auch Monna und Dino waren dabei. Ich ging zu ihnen, zog vier Quattrini aus meinem Beutel und hielt sie den beiden hin.

Die habt ihr euch verdient. Eine Leiche zu waschen ist alles andere als angenehm.

Dino hielt die Hand auf und hätte die Münzen wohl genommen, doch seine Schwester zog ihn zurück.

Die Peruzzi haben uns für heute Lohn gegeben, sagte das Mädchen. Ich komme morgen früh zum Putzen zu dir, danach habe ich wieder Geld von dir zu bekommen.

Ich war verdutzt über Monnas Stolz; ich hatte das Mädchen unterschätzt. Doch was außer ihrer Würde war den Waisen der Pest verblieben? Dieses verschlossene Mädchen vom Land wollte sich ihr letztes Gut nicht auch noch rauben lassen. Ich steckte meine Münzen wieder ein.

Meine Kinder!, rief da eine Stimme aus dem schiefen Haus gegenüber. Wir haben gegessen und gesungen und gebetet zur Jungfrau Maria. Allen Armen und Bedürftigen soll sie helfen, unsere heilige Mutter.

Amen, erscholl es ringsumher. Cioccia blickte freudvoll zur dicken

Pinzocchera, die, auf die Fensterbank gelehnt wie eine alte Handwerkerin, ihre Schäfchen anlächelte: Und stellt euch vor, Maria hat wieder einmal in der Not geholfen. Die Jungfrau vollbrachte ein großes Wunder, gerade heute, hier bei uns in Florenz! Ich will euch die Geschichte von Ginevra degli Amieri erzählen, einem armen Mädchen, wie es so viele gibt.

Margherita, erzähl uns das Wunder!, rief eine Kinderstimme.

Die Alte erhob den Zeigefinger: Ginevra war verheiratet mit dem reichen Kaufmann Luigi und lebte in dessen Palast auf dem Corso, genau in der Mitte zwischen unserem schönen San Giovanni und dem Palast der Priori. Doch Ginevra liebte nicht ihren Gemahl, sondern den Nachbarn ihrer Kindheitstage, den schönen Antonio. Mit dem wollte sie leben, doch ihr eigener Vater hatte sie gezwungen, den alten Luigi zu heiraten. Ihr kennt das aus euren Familien.

Ja, riefen viele Mädchenstimmen durcheinander, so ist das hier in Florenz! Sie verkaufen uns wie Vieh! Geld machen sie mit dem Glück ihrer Töchter.

Ich weiß, setzte Margherita Mozzi seufzend ihre Predigt fort. Unsere Ginevra war darob sehr unglücklich, aber wie alle frommen Mädchen blieb sie ihrem Gatten Luigi treu. Sie wusste, dass ihr geliebter Antonio sich aus Gram in seinem Elternhaus eingeschlossen hatte und unter Tränen Tag und Nacht an seine Ginevra dachte. Er wollte keine andere. Und was, meine lieben Kinder, konnte der armen Ginevra jetzt noch helfen?

Ihr alter Sack muss schnell verrecken!, schrie eine Stimme. Dann kann sie wieder heiraten!

Viele lachten, doch die alte Begine schüttelte den Kopf: Nein, so grausam ist die Jungfrau Maria nicht. Dieser alte Luigi lebt immer noch unter uns. Was unsere Ginevra retten sollte, war etwas ganz anderes. Es war die Pest!

Nun schrien viele erschrocken auf. Hatte die Pest Ginevra ins Himmelreich heimgeholt?

Ja, fuhr Margherita fort, Ginevra starb gestern Abend an der Pest. Und ihr alter Gatte und ihre noch viel ältere Schwiegermutter ließen das Mädchen gleich auf den Leichenkarren werfen, damit sie sie loswaren. Ginevra kam ins Massengrab unten am Arno – wie so viele eurer Verwandten auch.

Einige Mädchen begannen zu weinen, vielleicht aus Mitleid mit Ginevra, vielleicht auch in Gedanken an ihre toten Eltern und Geschwister. Margherita machte eine bedeutungsvolle Pause, bevor sie weiterredete:

Mitten in der Nacht, als sich schon die Krähen und die Hunde einfanden, um von den Leichen der Pest zu fressen, da regte sich etwas unter der dünnen Schicht Erde. Erst ragte eine kleine Hand an die Luft, dann noch eine, dann ein Arm. Und schließlich steckte unsere Ginevra den Kopf aus dem Grab.

Ein Wunder!, riefen alle. Maria hat ein Wunder vollbracht und eine Tote erweckt!

Nein, fuhr Margherita dazwischen. Das Wunder kommt noch. Ginevra war nicht tot, sondern einfach nur ohnmächtig gewesen. Und ihr Mann hatte sie achtlos in die Grube werfen lassen, wie das eben geschieht in dieser bösen Zeit. Doch hört! Nun wühlte sich unser armes Mädchen aus der Erde und ging im Morgenlicht zurück zum Haus ihres Ehemannes. Kraftlos und schmutzig wankte sie über den Corso und klopfte lange, bis der Ehemann gemeinsam mit seiner Mutter endlich die Fensterläden öffnete. Als die beiden die arme Ginevra erblickten, erschraken sie sehr. Denn sie hielten das Mädchen für einen Geist. Rumms! Sie warfen den Laden zu, sie bekreuzigten sich und machten nicht mehr auf. Da konnte Ginevra rufen und weinen, wie sie wollte.

In die Hölle mit ihnen, erscholl es. Wie kann man nur so böse sein! Arme Ginevra!

Wo, fragte Margherita, konnte das Mädchen jetzt noch hin? Ihre Eltern hatten sie an einen geizigen Alten verkauft, und der hatte sie verstoßen. Sie fiel auf die Knie und betete zur Muttergottes, denn sie war von der ganzen Welt verlassen.

Nicht von Antonio, ihrem Liebsten!, rief da Lapos Stimme. Antonio saß doch in seinem Haus und träumte immer noch von Ginevra.

Richtig, Lapo, lobte die Begine den Jungen. Antonio – dieser Name schoss unserer Ginevra durch den Kopf. Mit letzter Kraft erhob sie sich und schwankte zum Haus des schönen Jünglings, der sie allzeit treu geliebt hatte. Antonio öffnete und fiel Ginevra sofort um den Hals. Ihm war es egal, dass sie ein Leichenhemd trug und nach Friedhof stank. Denn Antonio liebte Ginevra über alles.

Die Zuhörer jubelten. Cioccia hatte Tränen in den Augen. Ich wusste, wie sehr sie Geschichten mochte, in denen die Liebe siegte. Märchen nannte man solche Geschichten. Hier aber erzählte die alte Frau eine wahre Begebenheit, die sich keine fünfhundert Schritt von ihrer Einsiedlerzelle zugetragen hatte.

Nun, fuhr Margherita fort, kommt aber erst das Wunder. Denn eigentlich konnte Antonio nicht mit seiner Ginevra zusammenbleiben. Das wäre eine Sünde, denn sie war mit einem anderen Mann verheiratet. Die beiden Liebenden gingen Hand in Hand zu unserem Podestà, dem klugen Messer Neroccio da Gubbio. Der Podestà kraulte sich den Bart und dachte lange nach. Dann fällte er sein Urteil.

Ginevras Ehemann wird verbrannt, rief eine Stimme. Das hat er verdient! Und die böse Schwiegermutter noch dazu!

Nein, beschloss Margherita milde, der geizige Luigi wurde nicht verbrannt, seine Mutter auch nicht. Aber die Ehe zwischen Luigi und Ginevra besteht nicht mehr. So hat es der Podestà nach unseren christlichen Gesetzen entschieden. Denn wer einmal gestorben ist und begraben, dessen Verträge und Bindungen auf Erden sind allesamt erloschen. Unsere Ginevra war frei, ihren Antonio zu heiraten. Genau das haben die beiden heute Nachmittag dann auch unverzüglich gemacht. Sie sind ein Paar. Die Liebe hat über den Tod gesiegt! Und niemand sonst als unsere Heilige Jungfrau hat dieses Wunder vollbracht! Maria ist stärker als die Pest!

Allgemeiner Jubel brach aus, Kinder tanzten Arm in Arm vor Margheritas Klause im Reigen. Ich stellte mich zu Cioccia, aber ihre Miene verfinsterte sich sofort wieder.

Heute Nacht musst du alleine schlafen, flüsterte sie mir zu. Schau nicht so! Aber deine Arbeit bei den Peruzzi muss aufhören. Schon wieder ein Toter. Und der Vater lässt den eigenen Sohn wie einen toten

Hund verscharren. Diese Banchieri sind keine Christenmenschen, sondern Teufel in Menschengestalt. Wittekind, du musst dich entscheiden: Pacino Peruzzi oder ich.

Ich versuchte, Cioccia zu beschwichtigen: Warte! Wenn ich jetzt von den Peruzzi weggehe, dann verlieren wir das ganze Haus. Es fehlt noch ein kleiner Rest vom Kaufpreis. Ich verspreche dir: Sobald wir unser Haus besitzen, wird es verkauft. Und wir gehen mit dem Geld fort aus Florenz, wohin du willst. Ich bleibe nicht bei diesen Banchieri.

Sofort!, sagte Cioccia gebieterisch und nahm auf Lapo und keinen Umstehenden mehr Rücksicht. Du gehst sofort! Oder es ist vorbei mit uns. Ohne den Segen der Jungfrau Maria kann die Liebe nicht siegen. Du hast es gerade gehört.

Sie wandte sich um und zog Lapo mit sich. Der Junge drehte sich um und blickte mich verstört an. Ich wusste nicht, was ich sagen sollte. Mir musste etwas einfallen, um Cioccia zu besänftigen. Wenigstens für ein paar Wochen, bis ich meine Schulden beim Padrino abgearbeitet hatte. Vielleicht konnte Margherita Mozzi mir helfen. Sie – wenn schon nicht ich – war ein Mensch, dem Cioccia vertraute und auf dessen Ratschläge sie hörte.

Ich wusste aus Cioccias Mund so einiges von dieser Frau. Als Margherita Mozzi vor über sechzig Jahren geboren wurde, war ihr Vater Rocco einer der reichsten und mächtigsten Männer von Florenz gewesen. Margherita hatte Cioccia von ihrer Jugend im riesigen Palazzo Mozzi erzählt, der immer noch über den Arno nach Santa Croce herübergrüßte. Cioccia hatte berichtet, woran sich die alte Begine aus jenen fernen Zeiten um das Jahr 1300 noch erinnerte: an die verschwenderischen Gewänder aus Seide, an die Festmähler mit gebratenen Rebhühnern und an Wein, der aus Brunnen für die gesamte Nachbarschaft floss. Die Truhen der Mozzi waren voller Gold. Kardinäle und Fürsten wohnten, wenn sie Florenz besuchten, im Palazzo Mozzi bei den Brüdern Rocco und Tommaso. Ein Onkel der Mozzi saß sogar auf dem Thron des Bischofs von Orvieto. Diese Familie hatte die lukrative Allianz zwischen Papst und Neapel mitbegründet. So wurden die Mozzi zu den größten Getreidehändlern der Stadt und knüpften Kontakte mit dem französischen König, um das begehrte Gut auf den Kontinent zu exportieren. Der Reichtum der Mozzi stand am Anfang der Blüte von Florenz.

Ganz plötzlich, auf dem Höhepunkt ihres Glanzes, brach das Imperium zusammen. Ein paar Missernten, ein knauseriger König in Paris, gesunkene Zinsen – und der Papst entzog den beiden Brüdern alle Geldgeschäfte. Die Mozzi waren auf einen Schlag bankrott. Margheritas Vater, Rocco, knüpfte sich in seinem Kontor auf. Seine Tochter wurde durch den Ruin ihrer Familie zur Ausgestoßenen. Sie ging zu den Pinzocchere und entzog sich dadurch dem Regiment der Männer, genau wie andere Beginen. Die Frauen hausten in lockerer Gemeinschaft hinter Santa Croce, sie lebten meist vom Korbflechten, einige bekamen von frommen Frauen Unterstützung, andere zehrten als Witwen von ihrer Aussteuer und teilten ihre Habe schwesterlich. Alle waren sie arm. Und doch hatten sie viele Feinde.

Den Franziskanern von Santa Croce und dem Bischof von Florenz waren die Pinzocchere gleichermaßen ein Dorn im Auge, denn sie gehörten keinem Orden an, ließen sich von keinem Priester überwachen. Man streute Gerüchte, die Frauen würden in ihren Zellen unzüchtige Dinge treiben. Als Cioccia vor einigen Jahren aus Neapel nach Florenz zog, so erzählte sie mir, kam es immer wieder zu Angriffen. Beginen wurden von vermummten Männern verprügelt, böse Parolen und Spottbilder fanden sich morgens an den Wänden, sogar Feuer versuchte man zu legen.

Margherita Mozzi ließ sich zu jener Zeit in ihrem Haus einmauern, um die Gerüchte zu zerstreuen. Jeder sollte sehen, dass sie, die Tochter eines Banchiere, der Welt und dem Geld für immer entsagt hatte. Margherita begann, abends aus ihrem Zellenfenster heraus zu predigen. Ihre einfachen Worte gegen die Hartherzigkeit der Mächtigen, gegen den Hunger der Kinder inmitten des Reichtums zogen immer mehr Leute in den Bann. Inzwischen war Margherita für die Bußprediger der Dominikaner eine Konkurrenz geworden. Vor allem die Frauen wollten sich ihre geistlichen Ratschläge nur mehr von einer Frau geben lassen. Cioccia gestand mir ihre Angst, die Priori könnten die heilige

Margherita, wie sie sie nannte, in den Kerker werfen. Drohungen gab es genug. Cioccia erfuhr, dass Margherita vorsichtig geworden war und nur noch Essen zu sich nahm, das ihre Getreuen selbst zubereitet hatten – unter anderem Obst und Gemüse von Cioccias Stand. Die Laudesi kamen also nicht nur jeden Abend zu den Pinzocchere, um Margheritas Predigten anzuhören, gemeinsam zu singen und gespendetes Essen zu verzehren, sondern auch um ihre Patronin mit der großen Zahl ihrer Anhängerinnen zu schützen. Das wenigstens war ihre Hoffnung.

Ich ging zu Margheritas Zellenfenster auf der anderen Straßenseite. Die Alte, eine abgetragene Haube auf dem Kopf, lehnte auf ihren Armen und blickte gleichmütig auf die Gasse hinaus. Sie grüßte mich mit meinem Namen. Sicher hatte Cioccia mit ihr über unseren Streit gesprochen.

Du hast Ärger mit deiner Mieterin?, fragte Margherita mit sonorer Altfrauenstimme.

Als ich sie überrascht ansah, fuhr sie fort: Ich habe doch Augen im Kopf. Cioccia ist gut wie das Brot. Ich weiß, dass du ihr oft hilfst, und das ist schön. Aber wenn Cioccia sich einmal über etwas aufregt, dann kennt ihre Wut keine Grenzen. Was willst du machen? Sie kommt aus dem Süden und ist voller Leidenschaft. Das weiß niemand besser als du.

Ich wurde rot. Doch musste es mich wirklich überraschen, dass Margherita Mozzi unser Geheimnis kannte? Ich gestand der alten Begine, dass Cioccia mich verlassen wollte, wenn ich nicht von den Peruzzi wegging. Aber wie sollte ich mit dem Padrino brechen, wenn dabei alles Vermögen verlorenging, das ich zusammengespart hatte?

Das Haus, sagte ich, ist auch für Cioccia. Wovon sollen wir leben? Wir können uns doch nicht einmauern und auf Almosen hoffen?

Margherita antwortete mit breitem Grinsen: Sich mit Cioccia einzumauern, davon träumen viele Männer. Aber ich kann es euch beiden nicht empfehlen. Niemand weiß besser als ich, wie das ist, wenn du plötzlich ohne Geld dastehst. Ich war morgens die Tochter des reichsten Mannes dieser Stadt, und abends stand ich da als Bettlerin. Morgens hätten zehn schöne Jünglinge aus den besten Familien einen Ehevertrag unterzeichnet, um mich zu bekommen. Abends hätte mich nicht einmal unser buckliger Koch genommen. Damals, es war im Jahr 1306, brach für mich alles zusammen. Die Menschen forderten ihre Einlagen bei unserer Bank zurück, sie standen in Scharen schreiend vor der Pforte. Männer des Podestà beschlagnahmten unser großes Geschäftsbuch und deponierten es beim Handelsgericht der Mercanzia, damit jeder öffentlich seine Schulden einfordern konnte. Mein Vater hat die Schande nicht ertragen.

Gab es denn niemanden, der euch half?, wollte ich wissen.

Margherita lachte verächtlich: Im Rat der Priori saß damals ein junger Banchiere. Der hielt flammende Reden gegen die Misswirtschaft der Mozzi. Bei der Rückzahlung durfte es keine Gnade geben, keinen Schuldenerlass. Andernfalls wäre die Glaubwürdigkeit aller Florentiner Banken dahin. Dieser Banchiere, der seine Zunftbrüder im Rat fallenließ, war Pacino Peruzzi.

Ich konnte einen Ausruf des Erstaunens nicht unterdrücken. Die alte Begine erzählte weiter:

Fünfunddreißig Jahre später ereilte die Bank der Peruzzi das gleiche Schicksal. Doch ihr Bankrott verlief völlig anders. Pacino jammerte den Priori vor, dass einzig der König von England an seiner Misere schuld sei. Deswegen, so wurde beschlossen, mussten die Peruzzi den Gläubigern aus dem Ausland nichts herausgeben. Danach handelte Pacino großartige Bedingungen heraus. Seine Gläubiger in Florenz bekamen gerade einmal zwanzig Prozent ihrer Einlagen zurück, obwohl die Gesetze die volle Summe verlangten. Hunderttausende Florin wurden niemals erstattet. Jetzt sind fünf Jahre vergangen, und Pacino ist wieder einer der reichsten Banchieri Italiens. Wo kommt das Geld her? Und warum wurden wir Mozzi damals vernichtet, die Peruzzi aber verschont?

Offenbar habt ihr euch nicht abgesichert, wandte ich ein. Die Priori ließen euch fallen. Aber den Padrino retteten sie. Hatten sie Angst vor ihm? Vielleicht wusste er zu viel.

Du lernst schnell, lobte mich die alte Begine. Ich hatte in meiner Zelle viel Zeit zum Nachdenken. Macht, das ist nichts anderes als die Verwaltung der Ungerechtigkeit. Diese Weisheit habe ich in meinem langen Leben am eigenen Leib erfahren. Die Ruchlosen kommen davon. Aber manchmal lässt sich der rächende Gott einfach nur Zeit. Jetzt ist die Stunde der Abrechnung für die Peruzzi gekommen. Der alte Pacino hat diese Woche zwei seiner Söhne verloren. Du weißt, ich bin eine Frau der Versöhnung und des Friedens. Aber ich schaffe es einfach nicht, für die Peruzzi zu beten. Ein Sohn Pacinos, Buondelmonte, ist Inquisitor da drüben bei den Franziskanern. Soll der sich ums Seelenheil seiner Brüder kümmern. Ich kann für den Padrino kein Mitleid empfinden.

Du meinst also genau wie Cioccia, dass ich einen Pakt mit dem Teufel geschlossen habe? Soll ich Pacino verlassen und das Haus verlorengeben?

Zu meiner Überraschung schüttelte Margherita bedächtig den Kopf: Vielleicht ist es genau das, was der Padrino von dir erwartet. Dass du ihm schenkst, was dir zusteht. So ist es für den alten Fuchs immer wieder gelaufen. Ich kann nicht zulassen, dass die Peruzzi euch ebenso betrügen wie mich. Darum werde ich Cioccia zureden, dass sie noch etwas Geduld hat. Ihr beiden passt viel zu gut zusammen. Und wenn ihr dann das Haus besitzt, könnt ihr den armen Kindern helfen – und den auch nicht gerade reichen Pinzocchere eine Spende zukommen lassen. Wer soll uns retten, wenn wir alle weglaufen?

Die Alte zeigte mir ihr gutmütiges Lächeln, mit dem sie ihren Anhängern Tag für Tag Hoffnung einflößte. Auch ich fühlte neuen Mut und gestand ihr: Ich bin überzeugt, die Mozzi waren vor vierzig Jahren gar nicht bankrott. Ihr wertvollstes Gut konnten sie nämlich vor den Gläubigern retten.

Die alte Begine schaute mich fragend an: Was meinst du?

Ich antwortete: Sicher hast du in deiner Zelle keinen Spiegel. Sonst würdest du es wissen.

Da musste Margherita lachen: Du machst mir Komplimente, Wittekind? Das widerfährt einer alten Frau nicht oft. Wenn ich so schlank wäre wie einst, könnte ich durch das Fenster hier klettern und Cioccia Konkurrenz machen. Aber ich bin zu alt für die Liebe.

Ich hatte noch eine Frage an Margherita: Die Geschichte von Ginevra, die du den Kindern gerade erzählt hast – ist das wirklich genau so geschehen? Hat das Mädchen sich da unten am Arno aus den Leichen ausgegraben und heute Mittag ihren Liebsten geheiratet?

Die Begine schaute mich aus braunen Augen an und sagte lange nichts. Dann meinte sie: Wahrheit – was ist das schon? Die Kinder, die zu mir kommen, haben genug vom Leben erfahren. Um in dieser Stadt zu überleben, brauchen sie Hoffnung und nicht Wahrheit. Es ist meine Pflicht, dafür zu sorgen, dass sie nicht aufhören zu hoffen. Wenn das gelingt, ist es das größte Wunder, das Maria vollbringen kann.

Ich reichte Margherita die Hand in ihr kleines Zellenfester und grinste: Mit etwas Fasten würdest du vielleicht hier durchpassen.

Auf dem Rückweg über die Piazza Santa Croce wurde mir bewusst, wie hungrig ich war. Die Calciospieler hatten ihre Pfosten abgebaut und saßen jetzt sicher in einer Schänke am Herdfeuer, um ihren Lederball zu trocknen und um einander Heldentaten zu erzählen. In Schwaden zog der Nebel heran, das letzte Abendlicht spiegelte sich auf dem nassen Pflaster. Selten zuvor hatte ich in Italien einen derart wechselhaften September erlebt. Ich zog meine Kapuze über den Kopf und raffte mir das Hemd bis zum Hals, doch wurde mir dadurch nicht wirklich wärmer. Mein Regenumhang aus gewalkter Wolle lag daheim in der Truhe, genau wie der Schal. Wollte es wirklich schon Winter werden? Die Abendglocken des Samstags setzten ein, die Stadt ging langsam zur Ruhe. Zum Glück kannte ich einen Ort gleich gegenüber, wo ich mich wappnen konnte gegen Hunger und Kälte und Einsamkeit.

Im Purgatorio lief Meo von einem Tisch zum anderen und fand kaum Zeit, mich zu begrüßen. Auch andere waren auf die Idee gekommen, sich zum Wochenschluss noch an seinem Kamin zu stärken. Der sparsame Wirt hatte freilich nur ein paar dürre Äste angezündet. Wer es sich leisten konnte, bekam von ihm für ein paar Quattrini flüssigen Stoff zum Heizen. Kaum hatte ich einen großen Becher gewärmten Weines und einen Teller Lampredotto bestellt, roch ich auch schon den sauren Atem von Jacopo Alighieri. Der Sohn des großen Dante schwenkte ein Säckchen vor meiner Nase. Seine Augen funkelten bösartig.

Damit kriege ich sie! Ich töte sie alle! Alle, hier rund um Santa Croce und auch alle in den Kerkern der Stinche!

Ich hob beschwichtigend eine Hand: Warum so blutrünstig, Jacopo? Es sterben doch auch so schon genug. Da musst du nicht noch nachhelfen.

Doch!, schrie der Säufer. Alle müssen sie sterben! Hier im Purgatorio machen wir den Anfang, dann ist endlich reiner Tisch mit der Seuche. In die Hölle mit ihnen!

Er meint nicht die Menschen, er meint die Ratten, beruhigte mich Meo, als er mein Essen und meinen Trunk vor mir abstellte. Und vielleicht hat Jacopo gar nicht so unrecht. Vielleicht haben die Ratten tatsächlich etwas mit der Pest zu tun. Ich probiere es heute Nacht und streue etwas von seinem Gift auf die Essensabfälle.

Und morgen, warf ich ein, findest du drei verreckte Katzen hinter dem Haus. Versucht es gar nicht erst. Es ist noch niemandem gelungen, die Ratten auszurotten. Die wird es noch geben, wenn längst alle Menschen im Fegefeuer schwitzen.

Meo lachte, wischte den Tisch ab und machte sich wieder an die Arbeit. Leider fand Jacopo Alighieri an diesem Samstag keinen besseren Saufkumpan als mich. Boccaccio hatte heute Besseres vor, als aus Dantes betrunkenem Sohn Wissenswertes aus dem Leben des Dichters herauszubekommen. Und Michele Scalza, das Lästermaul, trank und spionierte an diesem Abend ausnahmsweise in einer anderen Schänke.

Warum willst du mir nicht glauben, dass die Ratten hinter der Pest stecken?, fragte Jacopo mit bedeutsam verzogener Miene. Mein Vater, der größte Dichter und Seher, der je gelebt hat, hasste die Ratten und ließ sie immer von unseren Knechten totschlagen. Schon in der Bibel steht, dass der Teufel uns die Ratten schickt.

Wo genau?, wollte ich wissen.

In der Apokalypse des Johannes!, behauptete Jacopo triumphierend. Da öffnen sieben Engel die sieben Siegel des Verderbens und schütten Krankheit über die Menschen aus, damit mehr als ein Drittel ausgerottet wird. Was ist damit wohl gemeint? Die Pest! Und wer bringt ihnen diese Krankheit? Die Ratten!

Es war lange her, dass ich mich im Generalstudium zu Köln durch die Visionen des Johannes von Patmos durcharbeiten musste. Doch mir schien, der Saufbold hatte allerhand verwechselt: Wenn ich mich recht erinnere, waren das Heuschrecken. Oder Hunde, oder irgendein Pferd oder Lamm, das den ganzen Ozean ausschüttet und damit die Hure Babylon ersäuft. Irgend so was war das, aber ganz bestimmt keine Ratten.

Sage ich doch, rief Jacopo und reckte seinen Becher, als wolle er ganz Florenz im Wein ertränken. Die Hure Babylon, wo die Kaufleute in Purpur und Scharlach leben wie die Fürsten. Doch dann werden sie von den Ratten erwürgt, die durch die Lüfte fliegen wie Drachen und Heuschrecken und sich auf uns stürzen wie die Löwen und die Panther. Das ist vollkommen deutlich! Gemeint ist unsere Stadt Florenz. Johannes hat die Pest vorhergesagt. Der Engel des siebenten Siegels schickt die Ratten aus, auf dass alle Kaufleute in der Hurenstadt Babylon erwürgt werden! Wehe, wehe, verwüstet ist der Reichtum in einer Stunde! So steht es in der Bibel.

An den anderen Tischen hatten sich die Gäste umgedreht und tuschelten. Jacopo, dürr und zauselbärtig und in halb zerrissenem Hemd, reckte sich wie der Prophet des Jüngsten Gerichts, in einer Hand den leeren Becher, in der anderen Hand sein Säckchen Gift.

Lebendig werden wir in den feurigen Pfuhl geworfen, der mit Schwefel brennt. Und wir werden erwürgt werden mit dem Schwert, das dem Pferd aus dem Munde ragt. Und alle Ratten werden satt von unserem Fleisch. So spricht der Herr, so wird es kommen, wenn wir nicht dieses Ungeziefer besiegen.

Meo, der um keinen Preis wollte, dass Jacopo den geselligen Abend mit dem Geheul der Apokalypse vergiftete, sprach begütigend auf seinen besten Kunden ein: Hier, mein Alter, diesen Becher spendiere ich. Beruhige dich doch! Wir kriegen das in den Griff mit den Ratten, ich kaufe dir dein Pulver ab. Versprochen!

Jacopo trank seinen Becher auf einen Zug aus und sank ermattet auf die Bank neben mir. Ich rückte ein Stück weg und blickte mich um. Zuerst erblickte ich keine Bekannten, dann in einer Ecke den blinden Organisten Francesco Landini. Meo ging zu dem Jüngling, legte ein paar Münzen auf den Tisch und flüsterte Landini etwas ins Ohr. Sogleich begann er, auf seinem Instrument fröhliche Tanzweisen zu spielen.

Meo selbst, dessen Stimme an einen Raben erinnerte, versuchte seine Gäste zum Mitsingen zu animieren. Doch alle blieben stumm. Die unbeschwerte Stimmung war verflogen.

Ich habe mir das Gift von Dottor Pandolfo mischen lassen, raunte mir Jacopo zu, der sich wieder aufgerappelt hatte. Nach einem Rezept von meinem Vater, der hat es immer vor dem Schreiben genommen. Blüten vom Fingerhut sind drin, und getrocknete Blätter von der Christrose. Und jede Menge Mohn. Das wirkt todsicher. Ein Mensch wird davon berauscht und kriegt Visionen. Das Elixier der Wahrheit, so nannte mein Vater das Zeug. Ein Mensch, der das getrunken hat, wird redselig und verrät alles, was er weiß. Aber eine Ratte haut es um, die ist hin. Du kannst mir glauben, ich habe das Elixier heute erst an mir ausprobiert. Einen großen Löffel in den Wein, und ...

Jacopo lächelte mich selig an. Dann fiel sein Kopf vornüber auf die Tischplatte, und er fing an zu schnarchen.

Ich griff mir das Säckchen, das neben ihm auf der Bank lag, roch daran und nahm es vorsichtshalber an mich. Jacopo war in seinem Zustand imstande, sich wie einer Ratte den Rest zu geben. Und wer hätte dann noch wertvolle Nachrichten vom Leben des großen Dichters überliefern können? Nachdem ich meinen Lampredotto aufgegessen hatte, entschied ich mich, daheim im Keller meinen Rotwein anzuzapfen. Ich sehnte mich nach einem warmen Bett, und morgen war Sonntag. Vielleicht würde Cioccia es sich ja überlegen, wenngleich ich in dieser Nacht eher nicht auf ihre Gesellschaft hoffte.

Als ich gerade aufstehen wollte, stellte sich ein junger Mann an meinen Tisch. Mit Lockenpracht und Damastgewand wirkte er wie einer dieser hochmütigen Kaufmannssöhne aus guter Familie, die sich nur selten in Meos Schänke verirrten. Ich fragte mich, wo ich den Mann schon einmal gesehen hatte, da nahm er mir die Antwort vorweg: Du bist Wittekind Tentronk, der deutsche Agent bei den Peruzzi?

Ich nickte und verzog fragend das Gesicht.

Sicher erinnerst du dich nicht mehr. Ich bin Filippo Villani. Du warst im Winter ein paar Mal in unserem Palazzo zu Gast, auf Einladung meines Onkels Giovanni.

Ich erhob mich: Ja, Villani, jetzt fällt es mir ein. Leider konnte ich zum Begräbnis deines Onkels nicht kommen. Niemand konnte kommen.

Filippo Villani machte mit beiden Handflächen ein Zeichen des Verständnisses: Genau genommen ist der Tod meines Onkels der Grund, warum ich hier bin. Mein Vater würde dich gerne morgen früh in unserem Palazzo sprechen.

Am Sonntag?

Es geht nicht anders. Die Sache ist dringend. Ich soll dir ausrichten, es geht um Leben und Tod.

Wie ist das zu verstehen?, fragte ich. Wessen Leben, wessen Tod?

Mehr darf ich nicht sagen, beschied mich Filippo. Können wir auf dich rechnen?

Ich nickte ein drittes Mal, diesmal mit verwunderter Miene. Der junge Kaufmann drehte sich auf dem Absatz um und war fort, bevor ich meine Rechnung bezahlt hatte.

KAPITEL 23

Giovanni Villani hatte mich an einem eisigen Wintertag angesprochen, als ich im Purgatorio am Feuer saß und an einem Becher heißen Weins meine Hände wärmte. Der alte Mann, sicher über siebzig, doch scharfsichtig und vornehm, hatte – so gab er jedenfalls vor – von meiner Reise nach Caffa gehört und war neugierig auf die Kolonie der Republik Genua am anderen Ende der Welt. Der alte Villani bemerkte meine Verwunderung und erzählte mir von seiner Chronik, dem Werk seines Lebens, an dem er jeden Tag arbeite. Um die Geschichte von Florenz getreulich aufzuschreiben, benötige er Berichte von Augenzeugen. Wie viele Menschen lebten in Caffa? Welchen Völkerschaften gehörten sie an? Welche Güter wurden nach Osten über die tatarische Steppe nach Asien gehandelt? Welche Waren kauften ihrerseits die Genuesen, um sie dann auf ihren Schiffen nach Europa zu befördern?

Ich erzählte ihm bereitwillig, was er erfahren wollte. Nichts davon war geheim. Und was gibt es Gemütlicheres, als sich an einem kalten Tag einen Hafen in der Bruthitze des Sommers vorzustellen? Vor meinem inneren Auge luden Matrosen Ballen mit Seide und Säcke voller Pfeffer am Kai ab, wie ich es bereits Jahre vorher erlebt hatte. Das Geschrei der Lastträger hallte in meinen Ohren. Italienische Kaufleute im weiten Gewand feilschten mit armenischen und türkischen Zwischenhändlern, die Turbane trugen oder Pantoffeln mit hochgebogener Spitze. Ich selber hatte im Vorjahr die Dienste eines jüdischen Übersetzers in Anspruch genommen, ohne den sich niemand im Gewirr des Basars von Caffa zurechtfand. Juden mit spitzen Hüten und langen Bärten boten in ihren Läden Bücher feil, deren Schriften ich kaum entziffern konnte. Krieger aus den Bergen des Kaukasus, lange Schwerter am Gürtel, bewachten die Türme der Stadt sowie ihre steilen Mauern, die sich unterhalb der Zitadelle bis zum Meer hinabzogen.

Die meisten der Frauen, die sich – anders als in Florenz – ungezwungen und oft ohne Begleitung in den Gassen bewegten, konnte ich nur schwer einer Völkerschaft zuordnen, denn sie gingen verschleiert, nur zuweilen in Gesellschaft eines feisten Dieners, den die Straßenjungen mit unflätigen Handbewegungen als Eunuchen verspotteten. Waren das Georgierinnen, deren Männer aus der fernen Gebirgsstadt Tipilissi bis nach Caffa den Weinhandel kontrollierten und riesige Amphoren nach Konstantinopel verschifften? Waren es Griechinnen von den Inseln der Ägäis, die jetzt in Caffa lebten, weil ihre Männer als Kapitäne Boote durch Bosporus und Dardanellen navigierten? Oder kamen manche der zierlichen Frauen, deren dunkle Haut ich an ihren mit Henna bemalten Handgelenken bemerken konnte, gar aus dem volkreichsten Land der Welt, dem fernen Indien, wo die Gewürze wuchsen und die Menschen auf Elefanten ritten? Bis dorthin, wo Gelehrte das Reich des sagenhaften Priesterkönigs Johannes verorteten, wagten sich nur die mutigsten Händler über himmelhohe Gebirgspässe und über Flüsse, die so breit waren, dass man das andere Ufer nur erahnen konnte.

Auch von den gefürchteten Tataren erzählte ich Giovanni Villani beinahe alles, was ich wusste. Dass die Genuesen ihnen Tribut schuldeten und sie das viele Gold aus Europa zum Ausbau ihrer gewaltigen Hauptstadt Saraj, tief in der Steppe gelegen, nutzten. Dort lebten alle Völker und Religionen friedlich beieinander, doch geschieden nach Stadtvierteln, über denen der Palast des Khans thronte. So erzählte man es sich in Caffa.

Als ich nach Caffa gelangte, belagerten die Truppen von Khan Janibeg die Stadt seit mehr als einem halben Jahr. Ich bekam von den Tataren deshalb nur die Reiter zu sehen, die beim Sturmangriff ihre pfeifenden Pfeile in vollem Galopp auf die Belagerten abschossen. Doch weil die Mauern von Caffa mit noch so vielen wendigen Pferden nicht bezwungen werden konnten, und weil die Tataren keine Schiffe hatten, so dass die Stadt sich vom Meer allzeit ausreichend versorgen ließ, wurde die Belagerung bei meiner Abreise abgebrochen. Dass die Angreifer einen tödlicheren Feind als jede Armee mitgebracht hatten, ahnten damals nur die wenigsten.

Ein einziges Mal begegnete mir in Caffa, gleich beim Palast des genuesischen Gouverneurs, eine Gruppe kostbar gekleideter Menschen mit schwarzem Haar und Mandelaugen. Sie trugen seidene Kappen und leichte offene Mäntel, deren Schöße sich im Seewind bauschten. Die Männer wurden von Dienern mit Schirmen gegen die sengende Sonne geschützt, ihre Frauen – man sagte, dass jeder mindestens vier sein Eigen nannte – wurden in verhängten Sänften an mir vorbeigetragen. Das war eine Abordnung von Chinesen aus dem Reich Cathay, von dem die Händler nur hinter vorgehaltener Hand erzählten. Wer dorthin gelangen wollte, musste viele Wochen auf Kamelen durch die Steppe ziehen, musste hohe Berge übersteigen, tiefe Schluchten durchqueren und die Sandstürme in der gefürchteten Wüste Taklamakan überstehen. Taklamakan – niemand in Caffa, der beim Nennen dieses Namens nicht abwehrend die Hände erhob, denn das Wort bedeutete in der Sprache jener Breiten: Du kommst hinein, aber du kommst nicht mehr heraus. Wer mit seiner Karawane die Oasen verfehlte, verdurstete jämmerlich in der wasserlosen Einöde. Nur wer Taklamakan überlebte, fand durch das Tor einer unüberwindlichen Mauer Eingang in das sagenhafte Reich Cathay.

In Cathay, so hörte ich in Caffa, gab es Städte mit hunderttausenden von Einwohnern, die ihre Waren mit Papierstückchen erwerben konnten, weil der Kaiser sie mit seiner Unterschrift als Geld beglaubigte. Lampen erhellten nachts die breiten Straßen, und zuweilen ließ der Kaiser zur Freude seiner Untertanen den Nachthimmel mit buntem Feuerwerk erstrahlen. Ein zahnloser Zirkassier hatte mir grinsend erzählt, dass er vor langer Zeit mit einem venezianischen Kaufmann namens Marco dort gewesen sei. In Cathay, sagte der Zirkassier, liegt das Paradies, von dem unsere Bibel erzählt. Niemand kehrt ungestraft von dort zurück. Ich wäre auch besser dageblieben.

Giovanni Villani notierte sich meine Berichte über Caffa sorgfältig. Wie ich es später auch bei Boccaccio erlebte, trug der Alte stets ein kleines Buch mit sich, in dem er mit Kohlebrocken Notizen eintrug. Besonders interessierte ihn meine Vermutung, dass die große Pest aus Caffa auf genuesischen Schiffen nach Europa gelangt war. Als Villani mich nach dem Schicksal von Amerigo Peruzzi fragte, wurde ich misstrauisch. Hatte ich, so fragte Villani beiläufig, den verschwundenen Sohn des Padrino nicht erst im Herbst in Caffa ausfindig gemacht? Wo aber war der Junge seither geblieben? War er an der Pest gestorben? Und weshalb war Amerigo aus Florenz überhaupt so weit nach Osten gereist?

Ich ließ mich nicht ausfragen. Wollte ich weiter für Pacino Peruzzi arbeiten, musste ich die Geheimnisse der Bank wahren. Kein Außenstehender durfte auch nur das Geringste erfahren, das dem Geschäft und der Ehre der Unseren schadete. Ich wich den Fragen Villanis daher mit Gemeinplätzen aus: Gewiss, viele Kaufleute aus dem Westen reisten über Caffa nach Asien. Jemanden dort unter vielen tausend Fremden, die in dutzenden Sprachen miteinander verkehrten, in kurzer Zeit aufzuspüren, sei so gut wie unmöglich. Das Schicksal Amerigos behielt ich für mich. Ich hatte die Geschichte seinem eigenen Vater so ehrlich berichtet, wie es mir möglich war. Schließlich war ich in Pacino Peruzzis Auftrag nach Caffa gereist. Was mein Patron später anderen über das Schicksal seines verlorenen Sohnes erzählte und welche Gerüchte seither über meine Reise zum Pontischen Meer die Runde machten, ging mich nichts an. Von mir würde Giovanni Villani kein Wort über Amerigo Peruzzi erfahren, mochte er seine Neugier auch rechtfertigen, weil er als Chronist von Florenz Material benötigte für sein großes Werk.

Scheinbar ungerührt fand der Alte sich mit meinen kargen Antworten ab und lud mich zum Abendessen in die Via de' Giraldi ein, wo sein Bruder unweit vom Palazzo del Podestà ein stattliches Haus besaß. Bei einem besseren Rotwein, als man ihn im Purgatorio bekam, wollte der Hausherr mir dort aus seiner Chronik vorlesen. Ich sagte zu, denn es gab im dunklen Winter nicht viel Abwechslung. Als Deutscher, den die Florentiner in der Regel für einen feindlichen Ghibellinen hielten, lebte ich einsamer, als mir lieb war.

Nachdem Giovanni Villani gegangen war, erzählte mir Meo, mit wem ich da Bekanntschaft gemacht hatte. Der Alte hatte seine Laufbahn vor vielen Jahren im Sold der Peruzzi begonnen und dabei als Fernhändler in Flandern, Frankreich, England Geschäfte gemacht. Vor fast vierzig Jahren hatte er den Peruzzi den Dienst aufgekündigt und war bei den Bonaccorsi eingestiegen, mit denen er sich verschwägerte. Schnell war Villani zu den Priori aufgestiegen und mit einigen der verantwortungsvollsten Posten betraut worden, die Florenz zu vergeben hatte. Gesandtschaften führten ihn nach Lucca und zum päpstlichen Legaten nach Bologna. Giovanni hatte lange das Münzwesen von Florenz verwaltet, war Oberaufseher der Bauarbeiten für den Mauerring gewesen, hatte bei Hungersnöten die Verteilung von Getreide kontrolliert. Sogar die Bronzetüren des Baptisteriums – ein Werk des berühmten Pisaners Andrea – hatte Villani im Namen der Stadt in Auftrag gegeben.

Als ich mich wunderte, warum sich solch ein wichtiger Mann ins Purgatorio verlief und mit jemandem wie mir abgab, berichtete mir Meo vom Niedergang Giovanni Villanis. Vor knapp zwanzig Jahren hatten die Priori ihn bezichtigt, bei den Bauarbeiten der Stadtmauern Bestechungsgeld angenommen zu haben. Nie ließ sich seine Schuld beweisen, doch er wurde fortan in kein Amt mehr gewählt. Als vor ein paar Jahren mit den anderen Banken von Florenz auch die Bonaccorsi bankrottgingen, war Villani in den Abgrund gerissen worden. Beinahe all sein Vermögen hatte er verloren. Weil er seine Schulden nicht bezahlen konnte, ließen ihn die Gläubiger sogar einige Monate in den Verliesen der Stinche einkerkern. Seither, so erzählte Meo, war Villani ein gebrochener Mann. Er lebte bescheiden von Einnahmen aus einem Landgut und war Gast im Palazzo seines Bruders Matteo. Dort interessierte sich der Alte nur noch für das Abfassen seiner Chronik. Michele Scalza, dem er zuweilen daraus vorlas, hatte dieses Buch gegenüber Meo als großes Geschichtswerk im Stil der alten Römer Virgilius und Lucanus gerühmt. Doch vielleicht hatte der Spötter damit auch nur einen seiner Witze gemacht.

Ich war neugierig geworden und danach drei oder vier Mal im Palazzo Villani zum Abendessen erschienen. Der Chronist hatte mir jedes Mal mehrere Becher mehr als ordentlichen Rotweins vorgesetzt und dazu aus seiner Chronik vorgelesen. Wie ich angesichts des umständlichen Gebarens des Autors befürchtet hatte, begann das Werk tatsächlich mit Adam und Eva und dem Turmbau zu Babel. Besonderen Hass hegte der Autor gegen Totila, König der Goten und Geißel Gottes, welcher Florenz vor vielen hundert Jahren bis auf die Grundmauern zerstört hatte. Doch wen lockten heute noch die Goten hinter dem Ofen hervor? Fast wäre ich eingeschlafen. Immerhin bot die Chronik eine Geschichte der Ursprünge von Florenz unter den Römern, die zuerst in den Bergen die Stadt Fiesole gegründet hatten, dann aber drunten am Arno eine Handelssiedlung aufbauten, auf deren Ruinen die großartige Stadt von heute fußte.

Der alte Villani hatte, wenngleich er als Kaufmann kaum Lateinisch sprach, förmlich jeden antiken Stein herumgedreht und die Inschriften zu entziffern versucht, denn er liebte seine Vaterstadt über alles. Florenz stand für ihn über Rom, über Paris, über Konstantinopel und war mit Kommerz und republikanischem Geist vorbestimmt, ganz Italien und allen Handel auf dem Mittelmeer zu lenken. Ich begann die Sorgfalt des Autors zu bewundern. Penibel wie ein Kaufmann bei der Buchführung, berechnete Giovanni Villani alles: wie viele Kühe und Schweine pro Woche in der Stadt geschlachtet wurden, wie viele Bäcker oder Advokaten in der Stadt lebten, wie viel Getreide man im Herbst in den Speichern von Orsanmichele verwahrte, wie viel Gold und Silber jährlich zu Münzen geschlagen wurden, wie hoch die Einnahmen der Salzsteuer und der Brückengebühren waren. Der Mann, der kaum noch eigenes Vermögen besaß, führte das große Bilanzbuch der Stadt Florenz. Nicht nur die großen Taten, so erklärte er mir, bestimmen die Geschichte. Wir müssen neben den Kriegen und Krönungen auch die vielen kleinen Dinge im Auge behalten, aus denen sich die Wirklichkeit zusammensetzt. Ein Bäcker, der einen Stadtbrand auslöst, ist ebenso verhängnisvoll wie ein Feldherr, der die Mauern stürmt. Eine Magd, die zufällig das vergessene Grab eines Heiligen auffindet, löst damit Pilgerschaften und Spenden aus, so dass sie am Ende ihrer Heimat mehr zu verdienen gibt als ein hochmütiger Bischof. Und jeder einzelne Bauer, der fleißig sät und erntet, verhindert mit seinem Getreide die Hungersnot, die der Kaiser mit seinen plündernden Truppen ausgelöst hat. Jeder Mensch – war der alte Villani überzeugt – hat das Zeug, vor der Geschichte zum Helden zu werden. Zudem wusste dieser wunderliche Mann alles über die großen und kleinen Kriege gegen seine Heimatstadt Florenz. Als wäre er selbst bei sämtlichen Scharmützeln dabei gewesen, erzählte er mir von Kaiser Heinrich dem Siebten, der 1313 nach der vergeblichen Belagerung von Florenz in einem Kaff bei Siena schmählich am Fieber gestorben war. Villani wusste auch genau Bescheid über die Verschwörung des Lucchesen Castruccio Castracani. Er erinnerte seine Landsleute an die Schlachten bei Campaldino oder Altopascio, bei denen das Blut der edelsten Familien in Strömen geflossen war. Ich vertrug den Wust von Wissen, den er in seiner Chronik unterbrachte, längst nicht so gut wie den Wein, den der Autor mir immer wieder nachschenkte. Was ich am besten behielt, waren die Warnungen Villanis vor Feuersbrünsten. Jeden Palazzo und jeden Stall, der zeit seines Lebens in Florenz den Flammen zum Opfer gefallen war, hatte er in seinem Werk verzeichnet, so dass ich annehmen musste, dass er selbst als Kind bei einem Brand nur knapp mit dem Leben davongekommen war.

Bei meinem letzten Besuch kam Giovanni Villani plötzlich wieder auf die Peruzzi zu sprechen. Er zeigte sich als ausgezeichneter Kenner der Geschäfte, die der Padrino vor dreißig Jahren in Rhodos gemacht hatte. Gemeinsam mit den Rittern der Johanniter habe Pacino Peruzzi sagenhafte Schätze auf den griechischen Inseln erworben. Doch bis heute seien die Gerüchte nicht verstummt, dass Blut an diesem Geld hafte. Villani hatte mir gegenüber nur Andeutungen gemacht. Pacino Peruzzi glaube gewiss, dass sich niemand mehr daran erinnere, mit welchen Methoden er zu seinem Reichtum gekommen sei. Niemand, der wisse, welche Summen er später dem englischen König geliehen oder wie viel Edelmetall er aus französischen Bergwerken vor der Steuer abgezweigt habe. Der Padrino, so bekundete Villani düster, fühle sich vollkommen sicher. Doch unter den Bürgern von Florenz gebe es noch einen Chronisten seiner Übeltaten, und der habe ein ausgezeichnetes Gedächtnis. Du wirst schon sehen, hatte der alte Mann gesagt, hatte den Becher erhoben und mir zugeprostet. Du kannst es dir noch überlegen und mir ausführlicher von deiner Reise nach Caffa berichten. Was gab es da am Ende der Welt denn für die Peruzzi so Dringendes zu erledigen? Ich muss es unbedingt erfahren. Sollte es irgendwann für dich mit dem Podestà Probleme geben, etwa weil dein Herr Pacino oder sein Advokat oder sein Arzt wegen dunkler Machenschaften vor Gericht kommen, kann ich vielleicht ein gutes Wort für dich einlegen. Überlege es dir gut, hatte der Alte mich ermahnt und mir dabei seine Hand auf die Schulter gelegt, als er mich an einem Abend im Februar zur Tür geleitete.

Das klang nicht wie ein guter Rat, sondern eher wie eine Drohung. Welche Prozesse sollten gegen die Peruzzi geführt werden? Mir war nichts davon bekannt. Ich sah keinen Grund, Geheimnisse des Mannes auszuplaudern, der mich bezahlte. Nichts von dem, was ich im Dienst der Peruzzi aufgetragen bekam, hatte jemals gegen die Gesetze verstoßen. Vielleicht hatte der alte Villani seine Geschichten vom blutigen Geld nur erfunden, weil er über die Schmach seiner Verarmung nicht hinwegkam. Neid, so sagt man, ist wie ein Bergkristall, der Gottes Welt so verzerrt aussehen lässt, als habe der Teufel sie geschaffen. Mir schien es am besten, mich aus den Intrigen der Florentiner Kaufleute herauszuhalten. Den Palazzo Villani betrat ich nicht mehr.

Dann kam die Pest. Michele Scalza, der den alten Villani gut gekannt hatte, erzählte uns am Tresen des Purgatorio, dass der eigene Bruder

Giovannis erstarrte Leiche frühmorgens gefunden hatte, gebeugt über das zwölfte Kapitel seiner Chronik. Es handelte von der herannahenden Pest. Die Herkunft der tödlichen Krankheit, die aus dem Hafen von Caffa auf genuesischen Schiffen ins Abendland gereist war, beschrieb die Chronik genau so, wie ich es dem Autor erzählt hatte. Der letzte Satz, den der alte Mann zu Ende bringen konnte, lautete: Viele Länder und Städte wurden verheert, und diese Seuche dauerte bis ...

Für den Chronisten dauerte sie nicht einmal einen Tag. Für uns Überlebende dauerte sie bereits ein halbes Jahr. Nun stand ich am frühen Sonntagmorgen erneut vor dem Palazzo Villani. Was war die Frage von Leben und Tod, wegen der Giovannis Bruder mich so dringend sehen wollte?

Auf mein Klopfen öffnete der junge Filippo und führte mich durch eine Halle in denselben Raum, in dem mich sein Onkel Giovanni im Winter, umgeben von Büchern und Schriftrollen, empfangen hatte. Jetzt gab es nur noch einen Stuhl, einen Tisch mit einer brennenden Kerze und zwei schmucklose Truhen an der Wand. Die vielen Folianten, die der alte Villani zusammengetragen hatte, waren von seinem Bruder verkauft worden. Man brauchte offenbar Geld. Nichts erinnerte mehr daran, dass in diesen Wänden der große Chronist seine Feder ins Tintenfass getaucht hatte, um sich und anderen die verworrene Welt zu erklären. Obwohl es draußen mild war, zog mir Kälte in die Glieder. Giovannis Bruder Matteo stand neben dem Tisch. Der fast zahnlose Mann blickte mich furchtsam an: Ich danke dir, dass du so schnell gekommen bist. Du warst vor einigen Monaten in diesem Raum bei meinem verstorbenen Bruder zu Gast. Sicher hat Giovanni dir aus seiner Chronik vorgelesen, das hat er zuletzt oft getan. Aber das ist nicht der Grund, warum wir dich hergebeten haben.

Ich schaute dem Alten, der ständig mit den Augen blinzelte, fragend ins Gesicht.

Der Grund, fuhr er fort, ist der Fensterladen da drüben. Er störte mich schon lange, weil er im Wind wackelte und Geräusche machte. Gestern fand ich endlich die Zeit, ihn zu befestigen. Sieh ihn dir genau an.

Verwundert ging ich zum Fenster und nahm den Laden, der aus vier

Brettern bestand, in Augenschein. Auf den ersten Blick bemerkte ich links unten ein stabiles Brett, das ein wenig verschoben war. Matteo Villani schritt herbei, ruckte ein wenig am Holz und zog den gesamten Rahmen heraus. Der Laden ließ sich öffnen, und zwischen zwei Beschlägen kamen beschriebene Blätter zum Vorschein.

Das ist die geheime Chronik meines Bruders. Mein Sohn und ich sind überzeugt, dass er deswegen umgebracht wurde.

Aber er ist doch an der Pest gestorben, wandte ich ein.

Matteo schüttelte den Kopf: Das habe ich bis gestern auch geglaubt. Schau dir erst die Papiere an, dann erzähle ich dir, wie mein Bruder zu Tode kam.

Ich ergriff die losen Blätter und las die Titelseite, die der Verfasser mit roter Tinte geschrieben hatte:

Blutbuch der Peruzzi

Was soll das bedeuten?, fragte ich.

Mein Bruder hat außer an seiner Chronik von Florenz noch an einem geheimen Werk gearbeitet. Seit einem Jahr ahnte ich das; Giovanni hat mehrmals angedeutet, dass er die Wahrheit über die Verbrechen der Peruzzi, wie er das nannte, herausfinden wollte. Was dann ans Licht komme, werde dem großen Pacino die Maske vom Gesicht reißen. Kein Kaufmann, kein Banchiere, kein ehrbarer Regent von Florenz sei dieser Mann – sondern nichts anderes als ein Räuber. Ich habe meinem Bruder geraten, die Finger von seinem Geheimbuch zu lassen. Niemand legt sich ungestraft mit dem Padrino an.

Aber dein Bruder, folgerte ich, hat sich nicht an deinen Rat gehalten. Auch mich hat er versucht, über die Geschäfte der Peruzzi in Caffa auszufragen.

Als Giovanni im Frühjahr starb, fuhr Matteo tonlos fort, fanden wir hier in seinem Kontor zwei sorgsam ausgearbeitete Versionen seiner Chronik von Florenz. Eine dritte hatte er bei Andrea Lancia im Priorenpalast deponiert, damit die Herrscher von Florenz das Werk bewahren und mit Buchmalereien verzieren. Weil ich nirgendwo unter Giovannis Papieren ein anderes Manuskript fand, hoffte ich, dass seine Abrechnung mit Pacino Peruzzi niemals geschrieben wurde. Und wenn doch, so glaubte ich, hatte mein Bruder diese Chronik vor seinem Tod vernichtet. Ich kann nicht sagen, wie erleichtert ich war. Erst als ich gestern zufällig das Versteck im Fensterladen entdeckte, wurde mir klar, dass dieses Blutbuch tatsächlich existiert.

Was habe ich damit zu tun?, wollte ich wissen.

Du bist der einzige Kontakt, den Giovanni zu den Peruzzi aufrechterhielt. Wie du vielleicht weißt, hat mein Bruder vor vielen Jahren für den Padrino als Handelsagent gearbeitet. Dann sind die Verbindungen zwischen der Casa Villani und der Casa Peruzzi nach und nach abgebrochen, und das soll in Zukunft auch so bleiben. Ich will nichts mit diesem Buch zu tun haben. Doch schau dir den Prolog an, dann begreifst du besser, worum es geht.

Ich nahm die Papiere zur Hand und las:

Ich, Giovanni Villani, Bürger von Florenz, habe mit meiner großen Chronik, die mit der Schöpfung der Welt durch Gott, den Herrn, beginnt, unsere edle und mächtige Stadt von ihren frühesten Anfängen bis in unsere Tage geschildert. Diese Blätter jedoch, die du, Leser, nun vor Augen hast, schreiben Kapitel unserer Geschichte, die nach Ansicht der Mächtigen besser verborgen blieben. Doch als unbestechlicher Chronist darf ich nicht die Augen verschließen vor dem, was ein einziger Bürger dem Angedenken und dem Ruhm unserer edlen Stadt Florenz angetan hat. Historie bedeutet die Niederschrift aller Misshelligkeiten und Beschwernisse des Menschengeschlechtes. Kommen diese im Rahmen der undurchschaubaren Vorsehung über uns, müssen wir sie als von Gott verordnetes Schicksal hinnehmen. Erleiden wir jedoch von unseren Mitmenschen schreiendes Unrecht, wie es mir, Giovanni Villani, widerfahren ist, dann gebietet es die Pflicht des Historikers, den Urheber dieser Misere beim Namen zu nennen und ihm seine Verbrechen mit Schimpf zu entgelten. Dies geschehe auf den folgenden Seiten, damit unsere Nachkommen nicht nachlassen, in unserer großmächtigen Stadt Florenz Gerechtigkeit walten zu lassen. Und es geschehe, um ein Beispiel zu geben, was die Widrigkeiten des Schicksals einem unschuldigen Menschen antun können. Ich werde in diesem Buch in unserer italienischen Sprache – und nicht auf Latein – all dies treulich berichten, damit auch Unstudierte verstehen, welch perfider Geist die Geschicke von Florenz während meiner Lebenszeit lenkte. Die Ehre meiner geliebten Vaterstadt wird durch einen einzigen Mann befleckt. Dieser Mann heißt Pacino Peruzzi.

Ich hatte halblaut gelesen und schaute auf zu meinem Gegenüber. Matteo Villani blickte mich entsetzt an, die Hände erhoben, als wolle er sich die Ohren zuhalten. Was stand da geschrieben? Offenbar wollte der Autor dieser Zeilen, der unter den Priori und den Kaufleuten keine Freunde mehr hatte, Rache nehmen an dem Menschen, den er für seinen Sturz verantwortlich hielt. Vendetta, die uralte Blutrache, wurde in Florenz gewöhnlich mit dem Schwert geübt. Dann floss Blut im Rinnsal der Gasse, in welcher der Rächer urplötzlich zuschlug. Giovanni Villanis Chronik war voll von diesen Geschichten von Guelfen und Ghibellinen, die sich aus wichtigem oder aus nichtigem Anlass gegenseitig abschlachteten. Manche Fehden zogen sich über Generationen; die Enkel mordeten für die Ehre ihrer vermoderten Großväter.

Giovanni Villani hatte nur eine Tochter gezeugt. Er war alt und schwach, und es gab in seiner Linie niemanden, der ihn rächen konnte. Doch feige war er deswegen noch lange nicht. Wo sonst Blut floss, benutzte Giovanni Tinte. Mir wurde auf den ersten Blick deutlich, dass der Inhalt dieser Blätter hinreichte, dem Autor das Todesurteil zu sprechen. Wer den mächtigsten Banchiere von Florenz als Mörder denunzierte, war der Vendetta verfallen. Nicht ohne Grund hatte der alte Villani für seine geheime Chronik das Versteck im Fensterladen ersonnen.

Giovanni wusste, welches Wagnis er da unternahm. Schließlich war er einer der mächtigsten Männer der Stadt gewesen, bevor er sich das bescheidene Gewand des Chronisten überzog. Er kannte die Machtverhältnisse von Florenz besser als die meisten seiner Mitbürger. Darum hatte er sich als Geschichtsschreiber stets vorsichtig nach den Geschäften der Peruzzi erkundigt, als benötige er bloß ein paar Zahlen für seine Chronik. Doch dabei musste er gefährliches Material entdeckt haben.

Ich hatte mich bedeckt gehalten, als Giovanni mich auszufragen versuchte über das Schicksal Amerigos in Caffa. Andere Informanten waren vielleicht weniger bedachtsam gewesen, so dass Giovanni Villani mit der Zeit genügend Stoff zusammenbekam für seine persönliche Abrechnung. Ich wollte weiter vorlesen, doch Matteo unterbrach mich: Halt! Ich will nicht erfahren, was mein Bruder da aufgeschrieben hat. Meinen Sohn lasse ich unter vielen Opfern in Bologna die Jurisprudenz studieren, damit er auch ohne Vermögen den ehrbaren Beruf des Richters ergreifen kann. Wir sind die letzten Villani und wollen nichts zu tun haben mit dem tödlichen Neid unter den Banken. Was die Peruzzi den Bardi angetan haben, welches Geld die Bonaccorsi den Albizzi weggeschnappt haben, das widert mich nur noch an. Meinem Sohn und mir ist auch so genug verblieben, damit wir nicht betteln müssen.

Filippo trat bei diesen Worten ins Zimmer und gesellte sich zu seinem Vater. Wahrscheinlich hatte er unser Gespräch hinter der Tür mit angehört. Der junge Mann erklärte: Die Rachlust meines Onkels soll nicht auch noch unser Leben gefährden. Wir schwören dem Padrino, dass Giovanni, der Chronist, uns nicht in seine Pläne eingeweiht hat und dass niemand anderer den Inhalt dieser Blätter von uns erfahren hat. Wir haben nichts gehört, nichts gelesen, nichts abgeschrieben.

Habt ihr mich deswegen einbestellt?

Vater und Sohn nickten, und Filippo erklärte weiter: Liefere das Blutbuch bei dem ab, der damit entehrt werden sollte. Als Beweis unserer Friedfertigkeit muss das Pacino Peruzzi genügen. Wir achten ihn als ehrbaren Händler, als Bürger und als Nachbarn. Jeder Gedanke an Vendetta liegt uns fern. Sollen wir das vor dir feierlich beurkunden?

Ich schüttelte den Kopf: Ich glaube euch auch so. Aber warum verbrennt ihr die Seiten nicht einfach?

Matteo schüttelte den Kopf: Dann würden die Peruzzi immer weiter danach suchen. Mein Bruder kann es nicht ohne Grund versteckt haben. Wir wären beständig in Gefahr. Nur durch die Herausgabe des Blutbuches bekommen wir Frieden mit dem Menschen, den Giovanni mit seinem Hass verfolgte.

Wie kommt ihr darauf, dass Giovanni Villani dieses Blutbuch mit dem Leben bezahlen musste? Jedermann in Florenz ist davon überzeugt, dass der Chronist an der Pest starb. Nun behauptet ihr, er wurde ermordet.

Matteo rang die Hände: Darum würde ich lieber feierlich Frieden beschwören, denn wenn der Padrino den Tod meines Bruders befohlen hat, dann fürchtet er jetzt gewiss, dass wir an ihm Rache nehmen.

Vor uns beiden muss sich niemand fürchten, fiel ihm sein Sohn beschwichtigend ins Wort. Wir sind zwei Nachfahren einer Sippe, die groß werden wollte und diesen Ehrgeiz nur mit knapper Not überstanden hat. Nun sind wir nicht mehr in der Lage, uns zu rächen. Aber vielleicht hat der Padrino Giovannis Tod gar nicht befohlen. Vielleicht war mein Onkel für ihn nicht mehr wichtig genug, um ihn aus dem Weg zu räumen. Ich für meinen Teil bin überzeugt, dass der Arzt die Sache selbst in die Hand genommen hat.

Du meinst Dottor Pandolfo del Bene?, fragte ich.

Lass mich unserem Gast erzählen, wie es war, erklärte der alte Matteo und ließ sich auf den einzigen Stuhl sinken. Er leckte sich die Lippen seines zahnlosen Mundes und begann:

In jenen Tagen Ende März waren wir wie alle Welt erfüllt von Furcht vor der namenlosen Seuche, die in Genua oder Pisa bereits so viele Menschen getötet hatte. Ich weiß noch, wie ich beim Abendessen mit meinem Bruder über die schlimmen Gerüchte sprach. Ich wollte nicht wahrhaben, dass die Leute an der Pest sterben wie die Fliegen. Mein Bruder zeigte keine Furcht und ging noch auf einen Abendtrunk in diese Schänke bei Santa Croce.

Ins Purgatorio?, fragte ich.

Ja, so heißt sie wohl. Danach zog Giovanni sich wie jeden Abend in sein Kontor zurück, um bei Kerzenschein an seiner Chronik zu arbeiten. Sogar sein Bett hatte er hier im Kontor aufgeschlagen, um bis tief in die Nacht bei der Niederschrift zu sitzen. Wie oft habe ich ihm gesagt, dass er noch blind wird bei dem schlechten Licht. Und dass er sich die Gicht holt bei der Kälte. Aber Giovanni blieb stur. In der Nacht hörte ich ihn dann rufen. Er hustete und röchelte und hielt sich den Bauch. Mein Sohn war in Bologna, und weil ich meinem Bruder nicht helfen konnte, sandte ich unseren Hausknecht Berto mit einer Leuchte nach draußen, um unseren Arzt zu wecken. Das ist Dottor Luciano Mainardi, der gleich um die Ecke wohnt. Meinem Bruder ging es übel, er erbrach sich und rief nach seiner Tochter. Offenbar nahm mein Bruder mich nicht mehr wahr. Ich stand an seinem Bett und hatte fürchterliche Angst. Es konnte ja nur die Pest sein.

Was geschah dann?

Nach einiger Zeit kam unser Knecht Berto zurück, doch nicht mit unserem Arzt. Der sei nicht daheim gewesen, deshalb habe er Dottor Pandolfo del Bene geweckt. Ich weiß noch, dass es geregnet hat, denn der Mantel des Doktors war völlig durchnässt. Damals dachte ich mir nichts dabei, dass Pandolfo auch der Arzt der Peruzzi ist, denn ich wusste noch nichts vom Blutbuch. Pandolfo untersuchte meinen Bruder, sprach von zu viel schwarzer Galle und von einer Konstellation des Mars mit Merkur, die meinem Bruder schade. Er flößte dem halb bewusstlosen Giovanni ein Schlafmittel ein und wartete, bis er mit der Wirkung zufrieden war. Dann verabschiedete er sich. Das Schlimmste sei überstanden.

Aber das Schlimmste war nicht überstanden?, ahnte ich.

Wie man es nimmt, sagte Matteo. Wir gingen alle zu Bett, weil mein Bruder tief und friedlich zu schlafen schien. Als ich am andern Morgen erwachte, lief ich sofort zu ihm. Es war ein schlimmer Anblick. Im Hemd hatte Giovanni sich zu seinem Tisch geschleppt, wo er dann zusammengebrochen war. Die Feder hielt er noch in der verkrampften Hand. Er wollte, so dachte ich, von der drohenden Pest schreiben, die ihn als Ersten gepackt hatte. Das schloss ich aus den letzten Worten seiner Chronik.

Vielleicht, vermutete ich, wollte er vor seinem Tod jedoch eine Botschaft hinterlassen. Und er schaffte es nicht, noch etwas aufzuschreiben. War Dottor Pandolfo jemals hier im Palazzo gewesen?

Noch nie, erklärte Matteo. Ich schickte Berto zu ihm, damit vom Arzt der Tod meines Bruders festgestellt werden konnte, wie es vorgeschrieben ist. Pandolfo untersuchte die Leiche und stellte den Tod durch die Pest fest.

Ich fragte: Waren denn die Zeichen der Seuche am Körper deines Bruders zu erkennen? Beulen unter den Achseln. Schwarze Pusteln? Stank sein Schweiß?

Mein Vater konnte das nicht mitbekommen, antwortete Filippo an seiner Statt. Was die Pest mit den Erkrankten anrichtet, diese platzenden Eiterbeulen, der eklige Gestank, die verrenkten Glieder – niemand hatte diese Anzeichen im März mit eigenen Augen gesehen.

Dottor Pandolfo, fuhr der alte Matteo fort, sandte mich bei der Leichenschau aus dem Raum. Er erklärte, dass ich mich sonst mit der Pest anstecken würde. Ich gehorchte. Kurze Zeit später kam er mit dem Totenzettel, der das Ableben meines Bruders an der Seuche bestätigte. Der Doktor befahl, den Körper des Toten sofort aus dem Haus zu schaffen.

Und ihr habt euren Bruder, ich meine seine Leiche, nie mehr zu sehen bekommen?, vermutete ich.

Genau so war es, bestätigte Matteo. Ich schöpfte damals keinen Verdacht. Du weißt selbst, wie es war. Alle lagen wir betend auf den Knien und fürchteten uns. Die Totenglocken läuteten ohne Ende. Jede Stunde gab es neue Kranke und neue Tote. Wieso hätte ich nicht überzeugt sein sollen, mein armer Bruder sei der Erste in der Stadt gewesen, den der Fluch der Seuche traf? Sogar seine letzte Eintragung handelte von der Pest.

Und wegen des Blutbuchs habt ihr jetzt eure Meinung geändert?, fragte ich die beiden Männer.

Matteo erklärte mit müdem Gesichtsausdruck: Eines fiel mir erst jetzt auf. Unser Diener Berto, der ohnehin erst kurz bei uns war, nahm bereits anderntags seinen Abschied. Er wollte, so sagte er, zurück zu seinen Schwestern aufs Land, nach Poggibonsi. Er habe Angst vor der Pest. Damals flohen so viele aufs Land, dass ich nichts Besonderes an seiner Kündigung fand. Gestern fiel mir wieder ein, dass ich im Kontor meines Bruders ein Durcheinander vorfand, das ich von ihm nicht kannte. Bände waren aus den Regalen gezogen, die Truhen wirkten, als hätte sie jemand durchwühlt. Damals schrieb ich die Unordnung meinem Bruder zu. Er war, dachte ich, gewiss aus seiner Ohnmacht erwacht, hatte verwirrt sein Zimmer verwüstet und war schließlich ermattet über dem Schreibtisch zusammengebrochen.

Heute denkst du anders darüber?

Wenn jemand von der Existenz des Blutbuchs wusste, erklärte

Filippo, dann hatte er gute Gründe, das Kontor meines Onkels zu durchsuchen. Nicht nur Dottor Pandolfo blieb mit dem bewusstlosen Kranken eine ganze Zeit allein, auch unser Diener hatte beim Abtransport der Leiche genug Gelegenheit, nach den Papieren zu stöbern. Aber mein Onkel hatte vorgesorgt. Sie fanden nichts. Kein Mensch wäre auf die Idee gekommen, im Fensterladen zu suchen.

Wo, fragte ich, ist Giovanni Villanis Tochter?

Sie hat sich zurückgezogen zu den Oblatinnen, erzählte Matteo. Meine Nichte Vanna sah es als Strafe Gottes, dass ihr Vater zum ersten Opfer der Pest wurde. In ihren Augen gibt es eine alte Sünde, die für den Fluch der Casa Villani verantwortlich ist. Sie will für diese Sünde büßen, was immer es sei. Doch soweit ich weiß, hat Gott sie noch nicht zu sich berufen wie so viele andere Schwestern, die im Spital die Pestkranken betreuen. Unsere Vanna lebt immer noch, aber du wirst kein Wort über den Tod ihres Vaters aus ihr herausbekommen. Sie hat sich von der Welt, die ihr nichts als Bitterkeit bescherte, für immer verabschiedet.

Nach eurem Hausknecht Berto zu forschen ist sicher aussichtslos?, wollte ich wissen.

Filippo winkte ab: Selbst wenn wir ihn in Poggibonsi aufstöbern, können wir nicht beweisen, dass er mit dem Doktor unter einer Decke steckte. Und was noch wichtiger ist: Wir wollen es gar nicht. Mein Vater und ich haben uns gestern lange beraten und sind zu einem Entschluss gekommen. Egal, ob mein Onkel an der Pest starb oder ob er ermordet wurde – wir können ihn nicht mehr lebendig machen. Und wir wollen nicht die Nächsten sein, die durch seinen wahnwitzigen Feldzug gegen die Peruzzi zu Tode kommen.

Matteo fuhr fort: Erst wenn du diese Blätter beim Padrino persönlich abgibst, kann er sicher sein, dass ihm keine Gefahr droht. Dann weiß Pacino Peruzzi, dass mein Bruder seine Erkenntnisse über die Peruzzi mit sich ins Grab genommen hat. Das Blutbuch erstatten wir demütig zurück. Für das Seelenheil meines Bruders können wir keine Messe am Grab mehr lesen lassen. Dottor Pandolfo hat ihn in eine Grube werfen lassen wie einen Hund. Vielleicht sind wir Villani wirklich verflucht. Aber wir blicken nicht zurück.

Ich konnte mir nicht vorstellen, dass Pacino Peruzzi wegen lange zurückliegender Taten, hervorgekramt von einem verbitterten Alten, zum Mörder geworden war. Und warum sollte ausgerechnet Dottor Pandolfo diesen wehrlosen Greis umbringen? Wenn es eine Antwort gab, war sie in den Papieren zu finden.

Matteo Villani nahm die Blätter und rollte sie zusammen. Danach reichte sein Sohn ihm eine Kordel, sie wickelten das Band um die Rolle. Nun holte der Vater Siegelwachs hervor und erhitzte es umständlich an der brennenden Kerze, über deren Zweck ich mich die ganze Zeit gewundert hatte. Die weiche Masse tropfte über Kordel und Papier und wurde zum Abschluss mit dem Ring der Villani gesiegelt: ein zahnloser Greif – Wappen eines Geschlechtes, welches keine Geschäfte mehr abwickelte und dessen letzte Heldentat in der Unterwerfung unter einen Stärkeren bestand. Der alte Kaufmann streckte mir das Konvolut mit bebenden Fingern entgegen.

Ich werde euren Auftrag ausführen, beteuerte ich.

Dass ich das Blutbuch ungelesen abliefern würde, versprach ich den beiden Villani nicht.

KAPITEL 24

Ich hatte mich gerade auf einem Schemel am Fenster niedergelassen, um die Rolle mit den Dokumenten zu untersuchen, da klopfte es im vertrauten Rhythmus an der Luke. Cioccia! Es sah so aus, als hätte die Begine Margherita Mozzi nach der Sonntagsmesse ein gutes Wort für mich eingelegt.

Als meine Geliebte zu mir herübergestiegen war, bewunderte ich ihre Schönheit. Nachts war das nicht so einfach. Cioccia trug ihr Sonntagskleid, ein taubengraues Gewand mit Samtborte, dazu eine weiße Haube, die den Ansatz ihres Haares frei ließ. Ich nahm sie in die Arme und küsste sie. Cioccia lächelte mir zu, als hätte es nie eine Verstimmung zwischen uns gegeben. Ich nahm mir vor, den Pinzocchere diese Woche eine Summe zu spenden. Cioccia wollte mich erneut umarmen, doch ausnahmsweise war ich es, der sie davon abhielt: Es freut mich, sagte ich, dass du nicht mehr denkst, ich sei der Agent des Satans persönlich. Offenbar glaubst du eher Margherita als mir, dass ich meine Arbeit bei den Peruzzi auch für dich mache. Ich kann dir keine Schätze bieten, doch dieses Haus ist immerhin ein Besitz. Wir dürfen ihn nicht achtlos wegwerfen. Und sag mir – wo sonst könnten wir so gut zusammenkommen, wenn du nicht als Ehefrau bei mir wohnen willst?

Cioccia nickte und blickte gleichzeitig neugierig auf die versiegelte Rolle.

Da drin stehen Anklagen gegen den Padrino, erklärte ich ihr. Ein alter Feind der Peruzzi hat die Vorwürfe zusammengetragen. Jetzt ist er tot.

Cioccia riss angstvoll die Augen auf: Also doch!

Vielleicht ist das auch alles die Ausgeburt von krankhaftem Neid, beschwichtigte ich sie. Wir wissen nicht, was da drinsteht. Wenn deine Ahnung stimmt, und mein Patron ist tatsächlich ein Verbrecher, dann müssen wir uns etwas einfallen lassen, wie ich ohne allzu große Verluste aus seinem Dienst herauskomme. Wir können unser Leben nicht auf Todsünden gründen, aber wir dürfen uns auch nicht ruinieren.

Ich drehte die Schriftrolle in den Fingern.

Zuerst einmal müssen wir die Versiegelung aufbekommen. Ich habe noch keine Ahnung, wie wir das machen.

Cioccia nahm mir die Dokumente aus der Hand: Aber das ist doch ganz einfach. Wir erhitzen das Siegelwachs über einem Topf mit heißem Wasser. Im Dampf wird es flüssig, ich schabe vorsichtig mit dem Messer, so wird nicht einmal das Papier beschädigt.

Woher weißt du denn so was?

Cioccia blickte mich voller Stolz an: Das habe ich von Boccaccio gelernt. Habe ich dir nicht erzählt, dass er vor zehn Jahren in Neapel studiert hat? Kanonisches Recht nennt sich das, glaube ich.

Ich runzelte die Stirn: Und?

Die Theologen, erklärte Cioccia, müssen im Studium lernen, mit kirchlichen Dokumenten umzugehen. Nicht alles lässt sich gebrauchen, vieles verschwindet besser. Boccaccio hat mir damals vorgeführt, wie man ein Pergament mit dem Messer rasiert, bis nichts mehr vom Text zu sehen ist. Oder wie man Unterschriften mit Tinte nachmacht. Wie man Siegel entfernt, ohne Spuren zu hinterlassen, hat er natürlich auch gelernt.

Ich konnte mein Erstaunen nicht verbergen: Dein alter Freund Boccaccio hat dir das Fälschen von Urkunden beigebracht? Das passt ja bestens zu den Gebräuchen der Kirche. Und zu diesem Boccaccio passt es auch. Ihr müsst euch sehr nahegestanden haben, damals in Neapel.

Cioccia drohte mir mit der Rolle: Gerade hast du dich noch so gefreut, dass ich zu dir herüberkomme. Und jetzt regst du dich schon wieder über Boccaccio auf. Du bist einfach neidisch, wenn ich einmal etwas Nützliches weiß und nicht immer nur du. Ich kann zwar nicht lesen und schreiben, aber ich habe geschickte Finger.

Dann kletterte sie, Giovanni Villanis Blutbuch in der Hand, die Stiege hinunter in die Küche. Ich folgte ihr und sah dabei zu, wie sie einen Kessel Wasser aufs Feuer stellte. Als Schwaden von heißem Dampf aufstiegen, drehte Cioccia die Rolle eine Weile im Dunst, prüfte das Siegel mit dem kleinen Finger und verlangte schließlich nach dem Messer in meinem Ärmel: Das ist wenigstens scharf, nicht wie dein verrostetes Essbesteck. Man sieht, dass du kaum kochst und immer nur im Purgatorio hockst.

Ich hätte nichts dagegen, wenn du dich in Zukunft um unsere Küche kümmerst, sagte ich, während Cioccia vorsichtig mit der Messerspitze das unversehrte Siegel neben dem Herd ablegte. Sie hatte es tatsächlich geschafft. Cioccia wickelte die Kordel ab und überreichte mir mit triumphierendem Lächeln die Papiere. Den Prolog kannte ich bereits. Ich erklärte Cioccia in wenigen Worten Herkunft und Zweck des Blutbuches und blätterte weiter nach hinten. Ich las laut vor:

Dreißig Jahre lebte Ritter Amaury de Pagnac, stellvertretender Turcopole der Johanniter, in der Sklaverei der Türken. Niemand hat mehr mit seiner Wiederkehr gerechnet, am wenigsten der Mann, dem Amaury vor langer Zeit sein Vermögen anvertraut hatte: Pacino Peruzzi. Nun ist der alte Ritter Amaury doch noch nach Florenz gekommen und hat mir berichtet, wie die Casa Peruzzi die heldenhaften Ritter betrogen hat. Pacino tauschte auf der Insel Rhodos ihr Geld gegen Schuldscheine seiner Bank. Genau diese Ritter schickte der berüchtigte Großmeister Fulco de Villaret danach auf Pacinos Geheiß in den Kampf gegen die Türken. Fast alle starben in vorderster Reihe. Ihr Erbe teilten sich Fulco und Pacino auf, denn sie konnten sicher sein, dass die Verwandten der Johanniter in Frankreich, in der Provence, in Spanien nicht nach den Schätzen suchen würden. Mit dem Blut der Johanniter hat Pacino Peruzzi sein Vermögen begründet.

Cioccia blickte mich fragend an: Handelt das von den Kreuzfahrern, die ins Heilige Land fahren, um dort Menschen zur Ehre Christi totzuschlagen?

Rhodos, belehrte ich sie, ist eine griechische Insel. Dort leben Christen, aber das war den Kriegermönchen egal. Sie haben bemerkt, dass sie Jerusalem den Anhängern Mohammeds nicht abnehmen konnten. Also suchten sie sich andere Gegenden zum Erobern: Konstantinopel, Armenien, griechische Inseln. Mit dem Glauben hat das nichts zu tun. Sie wollen Geschäfte machen und den Menschen alles wegnehmen. Viele Gefangene verkaufen sie in die Sklaverei.

Und hinter all diesen Verbrechen steht Pacino Peruzzi?, fragte Cioccia.

Ich schüttelte den Kopf: Nach dem, was hier steht, hat er nur das Vermögen der Ordensritter gegen Schuldscheine eingetauscht. Was sollten die Ritter auch im Krieg mit Säcken voller Geld? Wenn die Johanniter später im Kampf starben, musste Pacino keinen Florin zurückbezahlen. Das war nicht dumm. Ein gewisser Amaury de Pagnac, der in türkischer Gefangenschaft überlebte, hat dem alten Villani von den herrenlosen Geldern erzählt. Es klingt in der Tat anrüchig. Aber ob sich das nach all den Jahren noch beweisen lässt?

Cioccia überlegte einen Augenblick: Fest steht, dass die Kreuzritter gemordet und gekämpft haben. Wenn sie dabei umkamen, dann traf es die Richtigen. Die Johanniter haben mehr Blut an den Händen als der Mann, der ihre Güter in Verwahrung nahm.

Ich stimmte ihrem Urteil zu, und das nicht ohne Erleichterung. Von blutigen Geschäften war bisher nichts zu finden. Ich erklärte: Der Padrino war der Banchiere von Mördern, so kann man es sehen. Villani schreibt allerdings nicht, dass die Bank der Peruzzi die Summen unterschlagen hat, sie hat sie nur verwahrt. Und einen Mord kann Villani ihm auch nicht nachweisen. Die ganze Geschichte vom Kreuzrittergeschäft auf Rhodos klingt so vage, als sei der Hass mit dem Autor durchgegangen. Lass uns weiterlesen, vielleicht kommen die schlimmeren Geschäfte noch.

Ich überflog Absätze, in denen Villani von der Not armer Witwen schrieb, die im Bankrott von 1343 ihr letztes Geld verloren hatten. Waisen sei durch die gierigen Peruzzi die Zukunft geraubt worden. Fromme Stiftungen, so Giovanni Villani, wurden ruiniert. Das war nichts Greifbares – und nichts, was ich nicht schon oft gehört hatte. Dann stieß ich auf einen Absatz in roter Tinte – also in derselben Farbe, mit der die Kaufleute Schulden verzeichnen.

Im Jahr des Herrn 1343 mussten die Söhne Pacinos aus Florenz fliehen, weil ihr Vater die Compagnia in den Ruin geführt hatte. Neunhunderttausend Florin verlor das Haus Peruzzi damals an den König von England, der selber bankrott war. Dem schändlichen Verschwender Edward hatte Pacino so viel Geld geliehen, dass man damit ein Königreich hätte kaufen können. Nun war alles verloren. Dutzende andere Banken riss der Padrino mit seinem Hochmut in den Abgrund. Danach wurde ihm von den Priori jedoch ein großmütiger Nachlass gewährt, weil nicht Pacino, sondern König Edward schuldig am Bankrott gewesen sei. Die Peruzzi mussten den Teilhabern deswegen nur zwanzig Prozent ausbezahlen. Doch nun, vier Jahre später, erfuhr ich, Giovanni Villani, dass König Edward später einen Großteil seiner Schulden beglichen hat. Fast fünfzig Prozent der neunhunderttausend Florin bekam Pacino in Wolle und in Anleihen ab 1344 wieder zurück. Doch dieses Geld, von dem niemand in Florenz erfuhr, behielt der Verbrecher und baute seine Compagnia damit wieder auf. Pacino Peruzzi ging über Leichen.

Das ist ein schwerer Vorwurf, kommentierte Cioccia. Was sind diese Banchieri doch für gierige Menschen! Neunhunderttausend Florin, ich habe in meinem ganzen Leben keine hundert zusammenbekommen. Und ich habe immer hart gearbeitet.

Mir kommt das sonderbar vor, sagte ich. Hätte der alte Villani seine Anschuldigungen beweisen können, hätte er bloß zum Handelsgericht der Mercanzia gehen müssen, und die Peruzzi wären erledigt gewesen, Pacino wäre als Betrüger im Kerker gelandet. Vieles an dem Zusammenbruch von 1343 kommt mir unsauber vor. Doch offenbar war dieser riesige Bankrott nicht so ungesetzlich, wie Villani es gerne gehabt hätte. Witwen und Waisen wurden betrogen, wer weiß das nicht? Frag Margherita Mozzi, warum die Bank ihres Vaters aufgelöst wurde und die Bank der Peruzzi nicht. Vielleicht war Pacino einfach schlauer als die Konkurrenz und hat seinen Betrug ganz legal organisiert. Aber hier steht noch etwas in roter Tinte. Cioccia schmiegte sich an mich und blickte über meine Schulter in die Papiere, als könne sie die unsichere Handschrift Giovanni Villanis entziffern, mit der sogar ich Schwierigkeiten hatte. Ich las vor:

Das Mysterium, welches mir altem Mann in der Zeit, die ich noch zu leben habe, aufzuklären bleibt, ist die Flucht der Söhne Pacinos im Herbst 1343. Als die Richter der Mercanzia gleich danach in den Palazzo Peruzzi kamen, fanden sie kein Geld; die Truhen waren leer. Nur Schuldscheine, die nichts mehr wert waren, lagen verstreut herum. Wenn ich einen Zeugen finde, der mir bestätigt, dass die Peruzzi mitten im Bankrott ihr Geld versteckten, dann werde ich mich rächen. Ich habe niemals Bestechungsgeld angenommen, ich habe niemanden betrogen – und doch wurde ich auf Pacinos Verlangen ausgestoßen und bin nun ein armer Mann. Doch der Padrino ist reich. Er hütet, so sagt man, heute einen Schatz aus Juwelen, der mehr wert ist als seine Guthaben beim König von England. Wo ist dieser Schatz versteckt?

Wir schwiegen einen Moment. Dann sagte ich: Man hat Menschen schon für weniger umgebracht als für diese Anschuldigung. Ich habe allerdings gehört, dass auch andere Banchieri beim Bankrott ihre Besitztümer in Sicherheit brachten. Die Bardi, die Acciaiuoli, die Donati, die Bonaccorsi – alle könnten dasselbe gemacht haben. Schwer zu glauben, dass Jahre später eine Krähe der anderen ein Auge aushackt. Auch hier erscheint mir der Padrino wieder als besonders schlauer Geldmann. Jedenfalls ist es Villani nicht gelungen, seinen Feind als Betrüger zu entlarven.

Oder der Chronist wurde vorher getötet, meinte Cioccia.

Ich wendete ratlos die Papiere, die vollgeschrieben waren mit sonderbaren Berechnungen von Zinsen und Steuern, ohne dass ich eine einzige abgeschlossene Addition entdecken konnte. Es wirkte, als habe Villani das Vermögen der Peruzzi wie die Einnahmen der Stadt Florenz bis in die kleinste Einzelheit immer wieder durchgerechnet. Doch es gelang ihm nicht, eine betrügerische Bilanz zu offenbaren.

Was steht da?, fragte Cioccia und wies auf eine Eintragung in winziger Schrift auf der letzten Seite.

Ich kniff die Augen zusammen: Dafür bräuchte ich einen Beryll, ich kann das kaum entziffern. Mit Mühe las ich:

Februar 1348. Endlich ist es mir gelungen, den Peruzzi Mordtaten nachzuweisen. Reparata de' Niccoli, Witwe des Fassmachers Gherardo, kam zu mir, um mir zu berichten, wie der Advokat Bortolo Pratese und der Arzt Pandolfo del Bene – beide im Dienst der Peruzzi – ihren Mann auf dem Totenbett betrogen haben. Dottor Pandolfo hat dem Kranken so lange mit der Hölle gedroht, bis Gherardo die Hälfte seines Besitzes, also dreißig Florin, den Schwestern des Blutes Christi in Signa vermachte. Messer Bortolo wurde vom Arzt Pandolfo ans Sterbebett geholt, um sogleich das Testament aufzusetzen. Danach bekam der Kranke vom Arzt einen Trunk und wachte niemals wieder auf. Die arme Reparata hat nun im Alter kaum genug Geld zum Überleben. Aber sie wagt nicht auszusagen. Sie hat Angst vor dem Notar und dem Arzt. Ich muss unbedingt mehr über die Machenschaften dieser Verbrecher aus der Casa Peruzzi herausfinden.

Ich pfiff durch die Zähne: Das lief alles ganz ähnlich wie bei Villanis eigenem Tod. Und dann wieder solch ein sonderbarer Nonnenorden: die Schwestern des Blutes Christi. Diese Maske, Geld an fromme Stiftungen abzuzweigen, das dann niemand mehr finden kann – das haben sich die beiden beim Padrino abgeschaut. Es klingt mehr als verdächtig. Wenn der Arzt und der Notar sich am Tod von Patienten bereichert haben, und wenn sie sogar beim Sterben der Leute nachgeholfen haben, dann kann nicht einmal Pacino Peruzzi sie vor dem Henker retten.

Vielleicht, meinte Cioccia, hat sich der alte Chronist mit seiner vielen Fragerei beim Arzt verdächtig gemacht. Sicher ist Villani zu Leuten gegangen, deren Verwandte als Patienten von Pandolfo gestorben waren. So hätte ich es auch gemacht. Doch als der Arzt die Schnüffelei mitbekam, geriet der alte Villani selbst in Lebensgefahr.

So könnte es gewesen sein, stimmte ich zu. Der Hausknecht Berto ließ sich leicht bestechen, Geld genug war da. Und dann – sein Bruder hat es mir erzählt – ging der alte Villani für seine Nachforschungen auch noch am Vorabend seines Todes ins Purgatorio, wo der Arzt und der Advokat zuweilen verkehrten. Das war ein großer Fehler. Für Pandolfo und Bortolo war es ein Leichtes, dem Alten Gift in den Wein zu schütten. Villani erkrankte noch in der Nacht. Den Rest hat der Doktor dann mit einem Schlaftrunk erledigt. Und damit es niemand nachweisen kann, hat er danach die Leiche verschwinden lassen.

Wenn es denn so war, wandte Cioccia ein. Beweisen können wir es nicht. Ich habe während der Pest immer wieder Gerüchte gehört, dass Ärzte und Advokaten die Sterbenden ausräubern. Wenn alle Verwandten tot sind oder Angst haben, dann liegt das Geld zum Zugreifen da.

Die Verwandten von Giovanni Villani sind noch am Leben, aber sie haben Angst. Genau wie die Witwe des Fassmachers Gherardo. Wer wagt es schon, sich mit den Peruzzi anzulegen? Unser Arzt und unser Advokat konnten sich sicher sein, dass zwei Studierte, hinter denen der Padrino stand, vom Podestà in Ruhe gelassen werden. Niemand würde einer alten Witwe glauben. Ich will mir nicht vorstellen, wen Dottor Pandolfo mit seinem Komplizen noch alles unter die Erde brachte. Es überrascht mich nicht, dass man dem Advokaten jetzt die Kehle durchgeschnitten hat. Und ebenso wenig überrascht es mich, dass dieser Arzt jetzt vor Angst vergeht. Es war nur eine Frage der Zeit, bis irgendjemand kam, um sich zu rächen.

Ich wunderte mich, dass Cioccia mich nicht erneut aufforderte, die Compagnia Peruzzi zu verlassen. Im Gegenteil – sie wirkte entschlossen, beinahe grimmig, als wolle nun auch sie unbedingt die Verbrechen aufklären. Dachte sie endlich so wie ich? Aus Furcht zu schweigen oder gar wegzulaufen half nur den Verbrechern. Das führten uns Matteo und Filippo Villani mit ihrer Verzagtheit vor. In den Papieren gab es noch einen allerletzten Absatz. Ich las laut vor:

März 1348. Ich habe nun drei weitere Opfer des mörderischen Pandolfo gefunden, und immer hat Bortolo zuvor ihr Testament geändert. Noch traut sich niemand von ihren Verwandten, öffentlich auszusagen. Doch für mich steht fest, dass ich zwei Mörder entdeckt habe. Ich werde sie aufs Schafott bringen und die Casa Peruzzi entehren.

KAPITEL 25

Ich hatte Pacino Peruzzi noch nie beim Abendessen aufgesucht. Wäre ich an diesem Sonntag nicht mit dem Blutbuch Giovanni Villanis bei ihm erschienen, ich hätte ein Schauspiel verpasst. Der Padrino, eine Decke über den Knien, saß an der Schmalseite eines langen Tisches. Seine linke Hand steckte in einem Lederhandschuh. Als ich an ihn herantrat, griff er gerade in eine Schüssel mit kleingeschnittenen Innereien und hielt das Futter einem Falken hin, der neben ihm, angebunden an einer Kette, auf seiner Stange hockte. Das Tier ruckte, hüpfte auf den Arm des Padrino, holte sich den Bissen und sprang wieder zurück auf seinen Platz. Dann spießte sein Herr mit der Gabel ein Stück Obst auf, das vor ihm auf dem Teller lag, ebenfalls kleingeschnitten, schnupperte kurz daran und steckte es sich in den Mund.

Das alles geschah in völliger Stille. Im Gegenlicht des großen Saals fiel Pacinos Frau kaum auf. Bilia saß am anderen Ende des Tisches und schaute leeren Blickes ihrem Gemahl beim Essen zu. Die Speise auf ihrem eigenen Teller hatte sie nicht angerührt. Bilia wirkte unter ihrer Schminke und mit großen Augen starr wie eine der angemalten Holzpuppen, mit denen Kaufmannstöchter als kleine Mädchen spielen. Nun war sie selber zum Spielzeug geworden.

Der Padrino erklärte, ohne mich anzusehen: Frische Birnen, köstlich. Jetzt bin ich so alt geworden. Und was mir am besten bekommt, sind Birnen, wie die Früchte auf dem Wappen der Peruzzi. Ist das nicht komisch? Ich verbeugte mich und zog es vor, nichts zu sagen.

Mein Falke hier ist der Einzige, der am Sonntag Fleisch bekommt. Herz und Leber. Meine Gattin hat keinen Hunger, und wenn ich das blutige Zeug äße, dann würde ich es hinterher nicht einmal bis zu meinem Bett schaffen. Gicht ist schlimm, Wittekind, das wünscht man seinem ärgsten Feind nicht.

Er hielt seinem Vogel noch einen Brocken Fleisch hin, der kam fiepend gesprungen und verschlang sein Abendessen. Erst jetzt wandte sich sein Herr zu mir: Du musst einen guten Grund haben, mich am Sonntag zu stören.

Entschuldigt, ich wollte euch diese Papiere zeigen. Giovanni Villani hat darin aufgezeichnet, was er für Verbrechen hält, die ihr begangen habt. Er nennt es das Blutbuch der Peruzzi. Matteo, der Bruder des Alten, hat jetzt erst, lange nach Giovannis Tod, diese Schrift in einem Versteck entdeckt und sendet sie euch. Er will nichts damit zu tun haben. Doch ich fürchte, Villanis Anklagen könnten, wenn sie ruchbar werden, der Casa Peruzzi schaden. Schließlich war der Autor ein geachteter Chronist. Womöglich hat die Sache sogar mit den Angriffen auf Messer Bortolo zu tun.

Der Padrino nahm die Rolle, riss an der Kordel und begutachtete kurz das Siegel, das Cioccia über heißem Dampf wieder angebracht hatte.

Er zog eine Braue hoch: Du warst neugierig, Wittekind. Das kann ich verstehen.

Ich hob abwehrend die Hände, doch der Padrino lächelte: Du musst dich nicht rechtfertigen. Immerhin haben die Villani dir die Papiere zuerst ausgehändigt. Wissen ist Macht. Ich bin gespannt, was das alte Lästermaul zusammengetragen hat. In unserer Jugend waren wir befreundet und saßen in derselben Brigata, um den Mädchen hinterher zu pfeifen. Aber das ist lange her. Dass Giovanni Villani mich am Ende gehasst hat, ist kein Wunder nach allem, was ihm widerfahren ist. Man sagte mir, dass der alte Mann sich in seinen Neid verrannt hat.

Pacino Peruzzi machte eine herrische Geste, ich nahm den Kerzenständer von der Tischmitte und stellte ihn vor ihm ab. Der Kaufmann überflog ohne erkennbare Regung die Zeilen, in denen sein Feind mit ihm abrechnete. Schließlich legte der Padrino die Blätter auf den Tisch und blickte mich an: Der Mann war verrückt. Was soll das alles? Da steht nichts, was nicht jeder Kaufmann in Florenz schon lange weiß. Rhodos – das waren meine besten Jahre. Es waren die großartigen Geschäfte, auf denen dieser ganze Wohlstand aufgebaut wurde.

Der alte Kaufmann wies mit der Rechten in weitem Bogen um sich, er wirkte verjüngt: Jedes Glasfenster, jedes Möbelstück, alles, was du hier siehst, ist mit Rhodos verbunden. Vor über vierzig Jahren lebte ich da. Ich habe auf Rhodos keine Verbrechen begangen, sondern Glanztaten, an die sich jeder Peruzzi erinnern sollte. Ich will dir davon erzählen.

Er forderte mich auf, ihm den Handschuh auszuziehen. Dann erteilte Pacino seiner Gemahlin die Erlaubnis, sich in ihr Gemach zurückzuziehen. Draußen wurde es langsam dunkel, es war keineswegs kühl im Saal. Trotzdem befahl mir der Hausherr, seinen Sessel dicht an den Kamin zu rücken und die Glut zu schüren. Ohne mir einen Sitz anzubieten, begann er: Es war im Jahr 1307, da stieg Fulco de Villaret, der Großmeister der Johanniter, bei uns in Florenz ab. Er wollte das Heilige Land erobern und befand sich dafür auf der Suche nach einem Vorschuss, einem sehr großen Vorschuss. Wir besprachen uns hier in diesem Saal. Ich erinnere mich, wie ich gefroren habe, denn damals gab es im Saal noch keine Glasfenster. Ich konnte den Großmeister von der Idee abbringen, sich mit den Mamlukken anzulegen. Sie waren zu stark, sie hatten die Kreuzfahrer blutig aus Jerusalem und aus Akkon vertrieben. Wenn Fulco Geld von uns bekam, dann musste Gott uns im Gegenzug ein gutes Geschäft schenken. Mein Auge fiel auf die Insel Rhodos, die war groß genug für eine Kolonie und konnte Güter abwerfen, um hier in Florenz Profit damit zu machen. Wir Peruzzi haben den Kreuzzug der Johanniter organisiert. Aber wir sind keine Fanatiker, die schwer bewaffnet im Orient den Tod suchen, um ins Paradies zu kommen. Solche Verrücktheiten überlassen wir anderen.

Aber Rhodos, warf ich ein, gehört nicht zum Heiligen Land. Dort lebten immer schon griechische Christen, die dem Kaiser in Konstantinopel untertan sind. Christen zu töten ist eine Sünde.

Ist es nicht!, rief Pacino, es ist nicht einmal strafbar, sondern löblich für unser Seelenheil. Der Papst persönlich erteilte Fulco de Villaret den Dispens, im Osten für seine Ordensritter Land zu erobern. Egal welches Land, egal welche Menschen da leben. Diese Griechen nennen sich Christen, doch sie schlagen das Kreuz verkehrt herum und sind allesamt exkommuniziert. Wir durften mit ihnen machen, was wir wollten.

Ihr seid gemeinsam mit den Ordensrittern in den Osten gereist?

Die Augen des Padrino glänzten, als er sich an diese Jahre erinnerte: Es war die schönste Zeit meines Lebens. Ich war jung und mutig, nicht so ein gichtiges Wrack wie heute. Fulco hielt sich an unseren Geheimvertrag, den wir in Zypern besiegelten. Wir mussten noch einen Abenteurer aus Genua beteiligen, der die Schiffe stellte, aber den haben wir später, als wir die ganze Insel erobert hatten, günstig herausgekauft.

Habt ihr selbst auch gekämpft, damals?, wollte ich wissen.

Stell dir vor, ich habe gekämpft wie ein Löwe. Wenn es sich lohnt, muss ein Kaufmann zum Schwert greifen und für den Gewinn töten. Es hat mir sogar Spaß gemacht! Ungläubige Türken waren es, die als Söldner für den Kaiser die Festungen besetzt hatten. Sie konnten sich noch zwei Jahre in der Zitadelle von Rhodos verschanzen, aber dann waren ihre Vorräte aufgezehrt, und wir haben sie bis zum letzten Mann massakriert. Die Fanatiker von Johannitern sind sofort danach wieder losgezogen, um weiterzukämpfen. Keine Insel war vor ihnen sicher. Symi, Amorgos, Kos und wie sie alle heißen. Diese französischen Ritter mit dem Kreuz auf dem Umhang hatten keinen Plan, sie wollten nur töten und brennen und vergewaltigen. Um am Ende zu sterben. Alle waren sie so, alle außer meinem Freund Fulco de Villaret.

Ich sagte: Wenn ich mich nicht täusche, haben die Johanniter geschworen, das Grab Christi in Jerusalem von den Ungläubigen zu befreien. Sie müssen kämpfen, um nicht eidbrüchig zu werden.

Der Padrino lachte heiser: Eidbrüchig? Fulco war ein geborener Herrscher, niemand, der ohne Grund tötete. Er hielt lieber die Griechen unter der Knute und ließ sie arbeiten. Wir Peruzzi bauten unser eigenes Stadtviertel beim Hafen. Weil wir die Eroberung der Insel finanziert hatten, bekam ich den gesamten Handel in die Hände. Baumwolle aus Ägypten, Waffen aus Damaskus, Seide, Gewürze – das kannst du alles über die Inselhäfen nach Neapel oder Pisa verschiffen. Und Zuckerrohr haben wir massenhaft mit Sklaven angebaut. Rohrzucker! Du ahnst nicht, was das süße Zeug an Profiten bringt. Der König von Frankreich streut es sich im Sommer über das Eis, das sie ihm aus den Alpen nach Paris herunterschleppen. In Flandern tun sie es sogar an den Braten. Und bittere Pillen werden damit versüßt. Ab 1310 begannen auch für uns die süßen Jahre. Wir schütteten vierzig Prozent Gewinn aus, Jahr für Jahr. Das hatte es niemals zuvor gegeben.

Alles wegen Rhodos?

Pacino schüttelte den Kopf: Eins greift ins andere. Mein Bruder Tommaso hatte in denselben Jahren von hier aus den Anjou ihren Krieg gegen den deutschen Kaiser finanziert. Als König Robert in Neapel gesiegt hatte, kriegten wir gemeinsam mit den Bardi das Monopol auf alles Getreide in Apulien. Zahllose Säcke Korn ließen wir nach Norden schaffen und holten dafür Tuch und Kleidung, die wir dann in Alexandria und Damaskus absetzten. Wir haben den Mamlukken die Waffen verkauft, mit denen sie dann die Johanniter massakrierten. Und umgekehrt natürlich auch.

Genau das ist es, meinte ich, was Villani euch vorwirft. Ihr hättet in Rhodos den Johanniterkriegern Schuldscheine ausgestellt und sie danach in den Tod gejagt. Und niemand von ihren Familien in Frankreich oder Spanien erfuhr von dem Geld, um es von euch einzufordern.

So ein Blödsinn!, schrie der Kaufmann. Mit fast zweihunderttausend Florin waren die Johanniter bei mir verschuldet. Ich musste ihnen alles vorstrecken: Waffen, Pferde, Kleider, Sklaven und Knechte. Wenn sie dann unbedingt im Kampf verbluten wollten, dann stand ihr Besitz mir zu, niemandem sonst! Dieser alte Amaury, von dem Villani da schreibt, wurde nach einer Seeschlacht in die türkische Sklaverei verkauft. Seine Habe gehörte mir, ich konnte den Vertrag nach all den Jahren noch vorweisen. Als der Krüppel vor zwei Jahren hier aufkreuzte, habe ich ihm aus purer Mildtätigkeit fünfzig Florin für sein Alter ausbezahlt. Aber ich hätte es nicht gemusst.

Hattet ihr denn kein schlechtes Gewissen, die Griechen der Insel auszubeuten? Die Leute aus Rhodos haben nichts mit dem Papst und den Johannitern und den Peruzzi zu schaffen. Was wir Kreuzzug nennen, bedeutet für sie Verwüstung und Sklaverei.

Der Padrino winkte ab: Du redest schon wie mein Sohn Buondelmonte. Der wirft mir auch meinen Reichtum vor und hält sich an die Armut des heiligen Francesco. Und wo lebt Buondelmonte? In einem riesigen Konvent voller Gemälde und goldener Altäre. Schließlich kassieren die Franziskaner Abgaben von unserem Handel mit Rhodos, der immer noch prächtig läuft. Solange wir gut verdienen, ist es mir egal, ob die griechischen Bauern von ihrem Kaiser in Konstantinopel ausgebeutet werden oder von den Mamlukken oder von den Johannitern. Ich lasse nur mein Geld arbeiten und rufe niemanden zum Kreuzzug auf. Der Papst persönlich hat uns Rhodos zugewiesen, der soll sein Gewissen prüfen. Und auch der alte Villani hat sich gerne am Handel mit dem Orient bereichert. Erst als er sein Haus heruntergewirtschaftet hatte, entdeckte er die Moral. Dabei stecken wir alle mit drin.

Pacino machte eine verächtliche Handbewegung: Moral – das bedeutet nichts anderes als das Versprechen, in einer dreckigen Welt sauber zu bleiben. Da lobe ich mir meinen Falken, der kennt solche Gewissensbisse nicht.

Der Kaufmann wollte dem Tier noch einen Happen reichen, bemerkte dann aber, dass er keinen Handschuh mehr trug. Der Vogel hüpfte trotzdem zu ihm, und Pacino streichelte das Gefieder am Kopf. Nach einer Pause setzte er seinen Bericht fort: Fulco de Villaret hat mich die Jagd mit Falken gelehrt. Rhodos ist eine herrliche Insel mit Bergen und Wäldern. Tagsüber haben wir gejagt, abends haben wir in seinem Palast in Rhodini gefeiert mit dunklem Wein und Wildbret. Schöne junge Sklavinnen gab es da, alle Hautfarben aus Asien und Afrika. Auch hübsche Knaben, die reichen dir Kugeln aus Haschisch zum Kauen. Da sitzt du nackt in warmen Thermen, träumst selig und kannst dir aussuchen, wie du dich vergnügst. Nie ist es mir besser ergangen.

Allein dafür hätte es sich schon gelohnt, Rhodos zu erobern. Heute bin ich zu alt, um zu reisen, und keiner meiner Söhne führt diesen Falken noch auf die Jagd. Aber damals in Rhodos war ich der Herr der Welt.

Was wurde aus dem Großmeister?, wollte ich wissen.

Ich reiste nach Florenz zurück, um die Bank zu leiten. Mein Bruder ging nach London. Erst nach ein paar Jahren erfuhr ich, dass seine eigenen Ordensritter Fulco de Villaret umbringen wollten. Ich habe dir ja gesagt, dass diese frommen Krieger verrückt sind und immer nur kämpfen wollen. Wenn es in dieser Geschichte Verbrecher gibt, dann diese blutgierigen Mönche. Fulco überlebte das Attentat und wurde trotzdem von Papst Joan in Avignon abgesetzt. Aber einen Mann von Fulcos Statur kriegt niemand klein. Der Papst musste ihm eine Rente von tausenden Florin gewähren, die hat er bis zu seinem Tod mit Genuss verzehrt. Fulco de Villaret war mein Freund und ein großer Held. Ehrenvoll hat er Rhodos für unseren Glauben erobert – er gemeinsam mit mir.

Ich hole den Padrino aus seinen Erinnerungen zurück: Der alte Villani schreibt auch vom englischen König Edward. Er soll euch nach dem Bankrott von 1343 viel mehr Geld zurückbezahlt haben, als ihr in der Bilanz angegeben habt.

Pacino Peruzzi grinste müde: Es waren sechshunderttausend Florin, die wir verloren haben. Es steht alles bei der Mercanzia verzeichnet. Du kannst Villanis Anschuldigungen morgen am Priorenpalast anschlagen, kein Kaufmann, schon gar nicht die Leute des Podestà, würden deswegen einen Finger gegen mich krümmen. Damit hier nicht alles zusammenbricht, hat die Stadt Florenz damals entschieden, dass ich nur zwanzig Prozent meiner Schulden zurückbezahlen musste, keinen Quattrino mehr. Donato Bardi war nicht so geschickt wie ich und musste dreißig Prozent zurückerstatten. Andere machten es ähnlich, wieder andere gingen unter. Was mir der englische König lange nach dieser Schlichtung bezahlte, gehörte mir. Hätten meine Schuldner Geduld gehabt, hätten sie mehr herausgeholt. Aber es war besser so. Mit dem Geld aus England konnte ich unseren Handel neu aufbauen, mit dem diese Wollkämmer und Färber jetzt das Brot für ihre Bälger verdienen. Ohne uns läge hier alles still, und sie müssten allesamt verhungern. Ich hatte diesem alten Narren von Villani eigentlich zugetraut, solche Zusammenhänge zu verstehen. Doch sein Schicksal hat ihm den Verstand getrübt.

Ich fragte den Padrino, ob er auch die letzten Zeilen des Blutbuches gelesen habe. Als er verneinte, wies ich ihn auf die Absätze über die Machenschaften von Pandolfo und Bortolo hin. Es war dunkel geworden, und der alte Kaufmann konnte selbst im Kerzenlicht das Gekritzel nicht entziffern. Ich erzählte zuerst, was mir Matteo über den Tod seines Bruders berichtet hatte. Dann las ich Giovanni Villanis Bericht über den Arzt und den Anwalt vor. Als ich geendet hatte, blieb Pacino Peruzzi lange still.

Das war es also, begann er schließlich. Dieser Villani wollte Verbrechen aufdecken, die es nie gegeben hat. Und dann fand er unter meinem Dach das: Geschäfte auf eigene Rechnung, Mord an wehrlosen Kranken, gefälschte Testamente. Kein Wunder, dass irgendwer meinem Advokaten den Hals abgeschnitten hat. Wenn es nicht Dottor Pandolfo selber war. Dass der Arzt zu Beginn der Pest Villani vergiftete, um alles zu vertuschen, steht für mich jetzt außer Frage. Dieser Pandolfo gehört in die Hände des Podestà. Spätestens unter der Folter wird er alles gestehen. Ich erteile dir hiermit den Auftrag, Dottor Pandolfo del Bene aufzuspüren und dem Henker auszuliefern, damit seine Schande nicht auf unserem Haus lastet.

Ich schaute den Padrino überrascht an: Er wohnt doch gleich nebenan. Schneller, als ihr drei Vaterunser betet, habe ich ihn festgenommen.

Pacino Peruzzi schüttelte den Kopf: Das wird dir nicht gelingen. Ich ließ Pandolfo heute Nachmittag rufen, weil die Gicht mich plagte. Mein Sohn Zanobi kam vor dem Abendessen hierher und teilte mir mit, dass unser Arzt verschwunden ist. Offenbar ist er seit zwei Tagen nicht mehr in seine Wohnung zurückgekehrt. Der Todesvogel ist ausgeflogen.

KAPITEL 26

Der Montagmorgen war wunderschön. Im ersten Sonnenlicht wachte ich in Cioccias Armen auf. Der Gesang der Wäscherinnen, die ihre Körbe Richtung Arno trugen, war ein Zeichen, dass die Seuche die Menschen nicht besiegen konnte. Zum ersten Mal seit langer Zeit läuteten wieder die Morgenglocken. Das Leben ging weiter, mein Leben auch. Selbst Cioccia hatte sich versöhnlich gezeigt, als ich ihr erzählte, dass die Anklagen Giovanni Villanis gegen den Padrino auf Gerüchten, nicht aber auf Tatsachen fußten. Dass der Alte seinen eigenen Arzt rückhaltlos bestrafen wollte, schien uns beiden der Beweis, dass das Oberhaupt der Casa Peruzzi nichts mit den Verbrechen der Spießgesellen Pandolfo und Bortolo zu tun hatte. Zudem steckten an diesem Morgen zehn Goldflorin in meinem Beutel. Zu meiner Überraschung hatte Pacino Peruzzi mir am Vorabend diese Summe ausgehändigt. Für die Verfolgung Pandolfos, so der Padrino, benötigte man genug Geld: Wer weiß, ob du auf den Spuren des Verbrechers reisen musst. Wir können nicht einmal ahnen, wohin er geflohen ist. Vielleicht brauchst du Bestechungsgeld; die Leute verraten kein Geheimnis umsonst. Dieser Arzt ist schlau. Niemand weiß das besser als ich, sonst hätte ich ihn nicht studieren lassen. Aber ich bin überzeugt, dass du schlauer bist und ihn aufstöberst, wo auch immer er sich versteckt. Und wenn du ihn ohne Kosten festnimmst, dann hast du dir das Geld ehrlich verdient.

Wenn es so weiterging, kam ich der Begleichung meiner Schulden immer näher. Dieser Gedanke verbesserte meine Laune noch mehr. Lächelnd saß ich im Purgatorio und löffelte warmen Gerstenbrei. Mir kam der Falke in den Sinn, den der Padrino gestern gefüttert hatte. Der Vogel durfte nicht mehr fliegen, weil sein Herr zu alt war für die Jagd. Stattdessen hatte Pacino mich ausgesandt, um den flüchtigen Verbrecher zu jagen. Ein Falke konnte in die Luft steigen und von oben mit scharfem Blick nach seiner Beute spähen. Wo aber sollte ich anfangen? Ich hatte nicht die geringste Ahnung. Vielleicht war meine gute Laune nur ein Strohfeuer.

Wenn du Pandolfo suchst, dann fängst du am besten bei seinem Messer an!

Meos Stimme riss mich aus meinen Gedanken. Ich hatte dem Wirt kurz erklärt, was meine Aufgabe war. Er hatte erst einmal nichts gesagt. Nun blickte ich ihn fragend an.

Messerchen, fuhr Meo fort, so nennen sie in Florenz die Chirurgen. Die studierten Ärzte machen sich nicht die Hände blutig. Wenn es einem schlecht ergeht, dann starren sie ins Uringlas oder in die Sterne und reden nur noch lateinisch. Wenn aber eine Wunde geschnitten werden muss, oder wenn der Eiter abfließen soll, dann kommt der Chirurg und hilft dir. Ich kann ein Lied davon singen. Ich hatte letzte Woche einen Furunkel am Hintern, der war dick wie ein Taubenei und rot wie die Abendsonne. Ich konnte kaum noch sitzen, bis Salvestro einen sauberen Schnitt gemacht hat. Er hat mir die gelbe Flüssigkeit gezeigt, die da herauskam. Und gestunken hat das!

Ich ließ den Löffel los und schob den Rest von meinem Gerstenbrei von mir. Aber ich begriff gleich, worauf Meo hinauswollte. Pandolfo, der Arzt, lebte zurückgezogen. Außer dem Advokaten hatte er keine Freunde, doch Messer Bortolo war tot. Blieb der Chirurg. Ich musste den Wundarzt Salvestro finden, den Pandolfo bemühte, sobald die Behandlung schmutzig wurde. Auch Bortolos Pfeilwunde hatte nicht der Arzt verbunden, sondern der Chirurg. Dieser Mann genoss in Santa Croce nicht nur einen guten Ruf als Heiler, er arbeitete seit Jahren mit Pandolfo zusammen und war deshalb mein erster und vielleicht letzter Anhalt, wenn ich den Doktor ausfindig machen wollte. Ich warf Meo drei Quattrini für mein Frühstück auf den Tisch: Wenn das Messerchen von Salvestro deinem Hintern so gutgetan hat, dann weißt du bestimmt, wo ich den Chirurg finden kann.

Meo grinste: Montags kümmert er sich gewöhnlich um die Gefangenen in den Stinche. Denen geht es so dreckig, die würden die Behandlung durch einen studierten Arzt gar nicht überleben. Aber Salvestro scheint seine Sache gut zu machen, was man so hört.

Der Tag würde also längst nicht so schön weitergehen, wie er angefangen hatte. Niemand in Florenz setzte freiwillig einen Fuß in die

Stinche, da machte ich keine Ausnahme. Das düstere Gefängnis, unweit der Piazza Santa Croce, war für die Bürger, was für die Kaufleute auf dem Weg nach Cathay die Wüste Taklamakan bedeutete: Du kommst hinein, aber du kommst nicht mehr heraus. Einen weiten Weg in die Wüste von Florenz hatte ich nicht. In die Stinche gelangte man über eine schmale Brücke; der fensterlose Klotz war von einem mit Mücken verseuchten Wassergraben umgeben. Am eisenbeschlagenen Holztor, der Porta della Misericordia, wärmte sich gerade ein Wächter in der Morgensonne. Auf meine Frage nach dem Chirurgen machte der Mann eine einladende Geste: Wenn du unbedingt hinter diesen Mauern frieren willst, bitte schön! Wir sind mildtätig und lassen jeden herein. Aber wir lassen nicht jeden hinaus.

Ich hatte für den Humor des Mannes keinen Sinn, gab ihm aber vorsichtshalber fünf Quattrini, wie Meo mir es geraten hatte. In den Stinche saßen die schlimmsten Verbrecher von Florenz, Mörder, Totschläger, Verräter, solange sie durch die Fürsprache mächtiger Freunde das Glück hatten, nicht auf dem Schafott zu enden. Vielleicht war es aber auch Pech. Manch Sohn eines reichen Kaufmanns schmachtete in den Verliesen, weil er gegen das Regiment seines Vaters aufbegehrt hatte. Jeder Bürger konnte seine Mägde hier einsperren, wenn er deren Betragen für aufsässig erklärte. Ehemänner entledigten sich ungetreuer oder eifersüchtiger Gattinnen, wenn denen ihre Familie nicht zu Hilfe eilte. Ein Menschenleben zählte hier wenig.

Wenn die Stadt in den Stinche ihre schlimmsten und ihre ärmsten Seelen wegschloss, so wendeten die Priori doch keinen Quattrino Steuergeld dafür auf. Das Gefängnis wurde von einem Pächter, dem Bailo, betrieben. Der Mann wollte seinen Profit machen wie jeder in Florenz. Die Insassen mussten deswegen ihre Haft selbst bezahlen. Für viele Verzweifelte wurde das zur Falle.

Im Purgatorio wussten verdächtig viele Kunden gut über die Stinche Bescheid, wohl weil etliche selbst einige Zeit dort verbracht hatten. Bei Schauergeschichten aus dem Kerker wurde es still an den Tischen, und wie alle Zecher spitzte auch ich an solchen Abenden die Ohren. Gebaut hatte man das Gefängnis vor nicht einmal fünfzig Jahren, seinen sonderbaren Namen trug es nach den ersten ghibellinischen Häftlingen, die man nach einer Schlacht in einer Burg namens Stinche gefangen und dann nach Florenz überführt hatte. Solche Staatsgefangenen waren heute die Ausnahme. Stattdessen saß hinter den undurchdringlichen Mauern manch harmloser Kerl, der sich im Wirtshaus geprügelt hatte. Oder ein vorlauter Spötter, der in Gesellschaft zu laut gegen einen Heiligen geflucht hatte. Käufliche Frauen, die einem Freier zu viel Geld abnahmen, landeten ebenso in den Stinche wie Geisteskranke, die nachts laut herumbrüllten. War ihre Strafe nach ein paar Wochen abgelaufen, stand ihr Name mit großen Lettern im Schuldbuch des Bailo. Die Kosten der Haft konnten sich bald auf ein paar Florin belaufen und mussten vor der Freilassung beglichen werden. Fand sich niemand, der die Summe vorstreckte, dann verrotteten diese Häftlinge wegen einer Kleinigkeit im Kerker. Am schlimmsten waren die Handwerker dran, die ihre Schulden bei den Geldverleihern nicht bezahlen konnten. Sie waren ohnehin bereits bankrott, wenn sie verhaftet wurden. Und mit jedem Tag versanken sie tiefer im Morast.

Ich hatte Gerüchte von armen Seelen gehört, die sich nach Jahren mit ihren Ketten eigenhändig erdrosselten. Junge Männer bekamen im Dunkel der Keller weiße Haare und wurden, irrsinnig und lahm, von den eigenen Verwandten nicht mehr erkannt, wenn diese endlich das geschuldete Geld für die Haft zusammengekratzt hatten. Damit die schlimmsten Ungerechtigkeiten endeten, verordneten die Priori an hohen Feiertagen gewöhnlich eine Amnestie. Doch der Bailo hatte kein Interesse daran, allzu viele seiner Kunden gratis herauszugeben. Für die Unglücklichsten, die hinter den Mauern der Welt abhandenkamen, hatten mildtätige Reiche erst vor ein paar Jahren die Bruderschaft Santa Maria della Croce gegründet. In Erinnerung an das Leid der Gottesmutter opferten ehrbare Bürger Zeit und Geld zur Betreuung der Häftlinge. Diese Buonomini begleiteten mit Gebeten und Gesängen auch die zum Tode Verurteilten auf ihrem Weg zum Richtplatz bei der Torre della Zecca unten am Arno. An normalen Tagen kümmerten die Buonomini sich um Essen für Gefangene, wuschen eigenhändig die verdreckten Häftlinge oder sammelten Geld für ihre Freilassung.

Sicher arbeitete Salvestro als Chirurg ebenfalls im Sold der Buonomini delle Stinche. Niemand in unserem Viertel konnte sich dem Schatten des großen Kerkers entziehen. Auch ich hatte zu Cioccias Genugtuung regelmäßig ein paar Silbergrossi für die Insassen der Stinche gespendet. Schon allein ihr erbärmliches Geschrei, das in windstillen Nächten bis in mein Zimmer drang, war Erinnerung genug an Menschen, die mitten in der reichsten Stadt der Welt leben mussten wie Ungeziefer.

Ich traf Salvestro im zweiten Saal, einen untersetzten Fünfzigjährigen mit grauen Löckchen und einem kleinen Buckel. Weil auch tagsüber kaum Sonnenlicht durch die winzigen Scharten einfiel, ließ der Chirurg an seinem Tisch bei der Wand zwei große Kienspäne brennen. Salvestros Schürze war voller Blut. Auf dem Tisch lag ein schlimm zugerichteter Mann, an dessen Armen und Beinen die Ketten Wunden offengescheuert hatten. Nun rann ihm auch noch Blut aus einer Wunde an der Stirn, so dass der Verwundete vor Schmerzen stöhnte. Man hätte erwarten können, dass seine Schicksalsgenossen Mitleid mit ihm hatten, doch statt Gebeten und Zuspruch vernahm ich obszöne Sprüche.

Pepo ist nicht beliebt bei den anderen, erklärte der Chirurg, nachdem ich mich vorgestellt und um ein kurzes Gespräch gebeten hatte. Nachts wird er regelmäßig verhauen. Ich weiß nicht, wie die Angeketteten das anstellen, aber vielleicht helfen die Wärter mit. Mit ein paar Münzen kann man hier drin alles erreichen. Wenn Pepo noch ein paar Wochen hier drinbleibt, wird er sterben.

Was hat er verbrochen?, fragte ich.

Ist das wichtig?, entgegnete Salvestro trocken. Vielleicht hat er gar nichts angestellt. Aber wenn Menschen ganz unten angekommen sind, dann einigen sie sich schnell auf einen, der sich nicht zu wehren weiß. Diesen Menschen quälen sie dann genüsslich bis zum Tode. Es ist nicht das erste Mal, dass ich das erlebe. Ich war nie auf einer Universität in Padua oder Bologna wie die gelehrten Doktoren. Mir reichen die Stinche als Schule des Lebens – und des Sterbens.

Bei diesen Worten wickelte Salvestro einen Verband um Pepos Kopf und gab ihm einen Klaps auf die Schulter. Gestützt auf den Chirurgen humpelte der Verletzte zu einem Wärter, der ihn grinsend ankettete.

Pepo legte sich hin und drehte unter dem Gelächter der Mithäftlinge sein Gesicht zur Wand. Dieser Mann wollte von der Welt, die ihm nichts als Schmerz und Hohn bescherte, nichts mehr sehen.

Man muss ein dickes Fell haben, um hier zu arbeiten, erklärte mir der Chirurg. Aber eigentlich komme ich gern in die Stinche. Hier kann ich Menschen Gutes tun, die meine Hilfe wirklich nötig haben. Es ist immer noch besser, als die missgelaunte Ehefrau eines Kaufmanns mit Blutegeln zu schröpfen und danach ihrem Gatten die Fußnägel zu schneiden.

Jetzt erst bemerkte ich eine Gestalt in schwarzem Umhang, die den Tisch vom Blut reinigte und danach allerhand Dreck vom Boden mit einer Schaufel in einen Eimer beförderte. Der Mann trug eine schwarze Kapuze so tief ins Gesicht gezogen, dass selbst sein Kinn kaum zu erkennen war. Sehen konnte er nur durch zwei Augenschlitze. Der Mann raffte Eimer, Lappen und Schaufel und ging nach einem stillen Gruß zum Ausgang. Salvestro bemerkte meinen Blick: Das ist einer der Buonomini. Rabenbrüder werden sie vom einfachen Volk genannt, wegen ihrer schwarzen Tracht. Ohne diese Männer würden die Gefangenen in ihrem eigenen Dreck ersticken. Ich weiß nicht, wer die Buonomini sind, weil sie immer mit ihrer Maske herumlaufen. Aber wenn ich mal ganz niedergeschlagen bin und kaum noch Kraft habe zum Arbeiten, dann nehme ich mir die Rabenbrüder zum Vorbild.

Warum diese Maskierung?, wollte ich wissen.

Du hast doch sicher einmal eine Hinrichtung erlebt. Da beten die Buonomini gemeinsam mit dem Verurteilten und schaffen hinterher den Toten zum Gehölz der Gehenkten am Arno, damit die Straßenkinder die Leiche nicht in Stücke reißen und damit die Apotheker keine Amulette aus Mörderknochen zubereiten. Der Umgang mit den Toten ist eine unreine Tätigkeit. So kam die Sitte auf, dass diese Bürger unerkannt arbeiten. An anderen Tagen sind sie Apotheker oder handeln mit Gebetbüchern. Sie würden mit ihrer Nächstenliebe ihr Geschäft ruinieren. Kein Kunde käme, wüsste er, dass der Verkäufer vorher hier den Dreck gefegt oder neben einem Geköpften das Blut weggeputzt hat.

Mir schoss durch den Kopf, dass ich in diesen Tagen einen schwarzgekleideten Mann gesehen hatte, genau wie einen dieser Buonomini. Aber nicht bei einem Werk der Nächstenliebe, sondern mit Pfeil und Bogen auf dem Dach des Palazzo Peruzzi. Konnte das sein? Schwarze Kleider und Kapuzen trugen auch die Mönche der Benediktiner, und die Henker. Mir blieb keine Zeit zum Nachdenken. Salvestro griff sich eine Fackel: Im Stehen können wir nicht gut reden. Ich habe zwar nicht viel Zeit, aber ich kann gerade eine Stärkung gebrauchen. Die Stinche sind genau wie Florenz, nur in kleinerer Ausgabe. Wir haben hier Kranke und Gesunde, wir haben Reiche und Arme, wir haben Mauern drumherum und eine kleine Lazaruskapelle. Und wir haben sogar eine Schänke.

Ohne meinen staunenden Blick zu beachten, fuhr Salvestro gleichmütig fort: Purgatorio konnten wir sie nicht nennen, der Name ist da draußen schon vergeben. Deshalb heißt unsere Schänke Inferno. Das passt besser.

Wir kamen durch einen schmalen Gang, der an vergitterte Zellen grenzte. Als die Häftlinge den Chirurgen und mich erblickten, stürzten sie zu den Gitterstäben und streckten die Arme heraus. Mich bekam ein hagerer Mann am Gewand zu fassen und hielt mich mit einem triumphierenden Brüllen fest. Salvestro streckte ihm die Fackel entgegen, so dass der Insasse fauchend zurückwich. Ich hielt mich eng an der Wand, bis wir in ein Gemach mit zwei Tischen und ein paar Bänken gelangten. Der Chirurg ließ mich Platz nehmen und ging zum Tresen, wo ihm ein Mann mit wirrem Weißhaar zwei Becher Wein aus einem Fass einfüllte. Salvestro zahlte. Als er sich zu mir setzte, kroch unter dem Tisch ein kleines Mädchen hervor. Es schmiegte sich an den Chirurgen. Sein Gesicht war von Kratzern übersät, sein Leinenkleid an einigen Stellen zerrissen, und es lief barfuß. Das Geschöpf lachte mit kehligen Lauten und streckte meinem Begleiter ihre Arme entgegen.

Das ist Lucia, stellte sie mir Salvestro vor. Sie gehört zu den Stinche wie die Ketten und die Gitter. Ihre Eltern haben sie vor der Pest hier abgeliefert. Anfangs glaubten die Wärter noch, dass Lucia bald wieder abgeholt würde, doch es hat sich niemand blicken lassen. Seitdem lebt sie von Brocken Brot, die ihr die Wärter mitbringen. Oder einer von den Buonomini hat einen Teller Suppe für sie. Der Chirurg nahm das zappelnde Mädchen in den Arm: Wir zwei verstehen uns. Was, Lucia?

Das Mädchen stieß undeutliche Laute aus, als Salvestro aus seiner Tasche eine Birne hervorzog. Sie riss ihm die Frucht aus der Hand und verschlang sie gierig mit Stiel und Kernen, so dass der Saft an ihren Wangen hinunterlief. Nicht nur der Padrino liebte Birnen.

Salvestro nippte an seinem Wein: Du fragst dich sicher, warum ich das Mädchen nicht hier heraushole. Aber wo soll sie hin? Ich lebe allein und bin viel unterwegs, sie braucht Betreuung. Ich komme zweimal die Woche und reibe sie mit Salbe gegen die Krätze ein. Ich denke, Lucia sollte gar nicht mehr nach draußen, wo die Bettler sie verprügeln und die Hunde sie beißen. Es gibt Geschöpfe, für die ist das Gefängnis der beste Ort auf der Welt. Das gilt auch für Erminio da hinten.

Der Chirurg wies auf den zahnlosen Greis am Tresen: Der hat vor über fünfzig Jahren am Hochzeitstag seiner Geliebten den Bräutigam totgeschlagen. Die ganze Stadt hat ihn damals für seinen Mut bewundert. Erminio kommt aus einer reichen Sippe, das hat ihm das Schwert des Henkers erspart. Inzwischen haben ihn die Priori sogar begnadigt, aber Erminio bleibt lieber drinnen und schenkt Wein aus. Du kannst das Zeug ruhig probieren, es stammt vom Weinberg des Bailo in Tavarnuzze. Gar nicht übel.

Ich nahm einen Schluck. Endlich war der Zeitpunkt gekommen, mein Gegenüber nach Dottor Pandolfo zu befragen. Der Arzt, so erzählte ich, hatte Menschenleben auf dem Gewissen. Jetzt war er spurlos verschwunden, und ich musste herausfinden, wohin.

Der Chirurg rieb sich das Kinn: Das ist keine Überraschung für mich. Seit ich mitbekam, dass der Arzt und der Advokat gemeinsam zu Patienten gingen, war ich misstrauisch. Wie sagt man? Bedenke deinen Doktor im Testament, dann bist du schon so gut wie tot. Offenbar haben die beiden das Sprichwort wahrgemacht.

Ich erzählte, dass ich nach dem Fund von Arnaldos Leiche beim Arzt in der Stube gewesen war, um mir Handschuhe und Pestmaske auszuborgen. Danach hatte ihn keiner mehr gesehen.

Nein, widersprach Salvestro. Er ist noch einmal zurückgekehrt.

Was? Wann war das?

Salvestro sagte: Das Nützlichste, das dieser Doktor seinen Patienten beschert, sind seine Schlaftrünke. Das muss man ihm lassen. Seine Mixturen wirken so gut, dass erheblich mehr meiner Kunden ihre Operationen überleben als vorher.

Mir fiel das Pulver ein, das Jacopo Alighieri im Purgatorio so redselig gemacht hatte. Womöglich stammte die Rezeptur für das Elixier der Wahrheit tatsächlich vom alten Dante persönlich, und sein Sohn war jetzt süchtig danach wie nach Wein und Aquavita. Wer sonst als Doktor Pandolfo hatte die Ingredienzien beisammen und konnte das Pulver für Jacopo mischen?

Salvestro setzte seinen Bericht fort: Schlafmohn und Bilsen, Helleborus und Fingerhut – das verrührt der Doktor so gekonnt, wie unser Meo seinen Wein panscht. Irgendein Alchimist in Padua muss Pandolfo den Umgang mit all diesen Giften beigebracht haben. Und wenn Giovanni Villani recht hat, verwendete der Doktor eine seiner Mischungen sogar zum Töten. Mir hat er seine Rezepturen niemals verraten, doch ich erhielt immerhin einen Schlüssel für seine Wohnung. Ich weiß genau, wo im Arzneischrank welches Schlafpulver steht.

Ich blickte Salvestro gespannt an, doch der musste sich Lucia zuwenden, die an seinem Ärmel zog, bis der Chirurg ihr eine zweite Birne schenkte.

Vorgestern Abend, fuhr er fort, musste ich vor einer Operation noch einmal zu Pandolfo; das schwere Pulver zur Betäubung war aufgebraucht. Ich wunderte mich, dass der Arzt nicht zu Hause war. Normalerweise ließ er sich abends nicht mehr herausbitten, außer vom Padrino natürlich. Als ich gerade in seinem Schrank den Beutel mit Schlafpulver suchte, hörte ich den Schlüssel klirren. Ich wollte Pandolfo schon zurufen, dass ich es bin. Da drang eine unangenehm quäkende Stimme an mein Ohr. Ich bringe, rief der Mann, jeden um, der sich in deine Nähe wagt. Dottor, du kannst ganz beruhigt sein.

Wer war dieser Mann?, fragte ich.

Das weiß ich nicht, antwortete der Chirurg. Ich bemerkte nur einen neapolitanischen Akzent und versteckte mich schnell hinter der Tür. Ich hatte Angst bekommen.

Ich fasste zusammen: Also kehrte Pandolfo spätabends noch einmal zurück, nachdem er so überstürzt aufgebrochen war. Doch warum? Und wieso in Begleitung?

Salvestro leerte seinen Becher: Ich habe niemanden gesehen, doch etwas von ihrer Unterhaltung konnte ich aufschnappen. Pandolfo klaubte aus einem Versteck Geld zusammen, ich hörte das Klirren von Münzen. Er fragte den Neapolitaner, ob das reicht. Der bejahte und sagte, dass er ihn für diese Summe bis Fiesole geleiten werde. Pandolfos Stimme wirkte ängstlich, er versprach dem Mann noch mehr Geld. Er brauche nur eine Woche Zeit, dann werde ein Kredit fällig, und er sei wieder bei Kasse.

Und wie fand das der andere?, wollte ich wissen.

Die Antwort erschien mir merkwürdig. Der Neapolitaner meinte: Genau zehn Tage kannst du dich bei uns amüsieren, wie alle anderen auch. Das ist die Abmachung. Diese zehn Tage lang bist du bei uns sicher, und niemand wird dich finden. Doch wenn diese Frist verstrichen ist, will ich die doppelte Summe, sechzig Florin, und keinen weniger. Da stöhnte Pandolfo laut auf, aber ich habe keinen Widerspruch gehört. Die beiden verschwanden über die Hintertreppe.

Wolltest du den Vorfall nicht melden bei Uguccione oder bei mir?

Was hätte ich denn sagen sollen?, verteidigte sich der Chirurg. Dass Pandolfo einen unangenehmen Freund aus Neapel hat? Dass er vielleicht verreist? Der Doktor ist ein freier Mann, und bis heute Morgen hat ihm niemand ein Verbrechen vorgeworfen. Außerdem musste ich meinen Patienten operieren, er hätte die Nacht nicht überlebt.

Salvestro war nichts vorzuwerfen. Durch ihn wusste ich wenigstens, wo ich zu suchen hatte. Nur war Fiesole nicht gerade klein. Als wir aufbrachen, kam ein Paar untergehakt ins Inferno. Der Mann rief laut nach Wein, die Frau lachte schrill.

Im Gang erklärte Salvestro: Da siehst du, dass es in den Stinche sehr gesellig zugehen kann. Wie gesagt, es ist wie in Florenz, nur im Kleinen. Dieser Mann ist ein Wucherer, der wegen Betrug einsitzt. Aber er hat immer noch Geld genug, um sich eine Frau kommen zu lassen. Die Dame wird ihm später Brathuhn und Pastete hereinbringen, dann mieten die beiden sich ein Zimmer für ihre Zweisamkeit.

Der Chirurg gab mir zum Abschied mit einem Grinsen die Hand: Zuweilen frage ich mich, warum ich nicht auch hier einziehe.

KAPITEL 27

Als ich aus dem Dunkel der Stinche ins Sonnenlicht hinaustrat, musste ich mir die Hand vor die Augen halten. Im Gefängnis herrschte die Nacht des Verbrechens, in Florenz war ein heller, betriebsamer Tag angebrochen. Maultiere mit Wollsäcken trotteten an mir vorbei, unterwegs von den Lagern der Kaufleute zu den Quartieren der Ciompi, wo die Arbeiter heute noch beginnen würden, die Rohware zu kämmen und zu spinnen. Waffenschmiede hämmerten hinter dem Eck der Stinche auf Rüstungen ein; der Krach übertönte beinahe die Stimmen der Kinder, die bei einem Schulmeister bei der kleinen Kirche San Simone e Giuda Buchstaben skandierten.

Ich wanderte durch die geschäftige Stadt und wurde immer verdrossener. Nichts hatte ich bisher erreicht. Im Geist ging ich die Möglichkeiten durch, die mir blieben. Viele waren es nicht. Gut möglich, dass sich Doktor Pandolfo bei irgendwelchen Kumpanen in Fiesole versteckt hatte. Doch wie sollte ich ihn finden? Fiesole erstreckte sich über das Hügelland nördlich von Florenz. Es gab dort tausende Häuser, hunderte Villen und dutzende mehr oder weniger abgeschiedene Konvente. Wo anfangen? Ließe sich der Doktor nicht vor der Tür blicken – ich würde ihn auch in zehn Wochen nicht aufstöbern.

Der schöne Spätsommertag steuerte nach meinem Abstieg ins Inferno zu meiner Stimmung nichts Gutes mehr bei. War nicht alles vergeblich und egal? Gefängnis oder Freiheit, Nächstenliebe oder Verbrechen, Arzt oder Mörder – was machte das schon für einen Unterschied?

Ich war auf der Piazza Santa Croce angekommen, da kamen mir Lapo und Dino entgegen. Die beiden Jungen trugen Bretter in Richtung der Kirche. Lapo legte seinen Stapel auf dem Boden ab, als er mich sah. Und er rannte zu mir, so schnell er das mit seinem Hinken vermochte.

Guten Morgen, Wittekind! Dino und ich müssen ein Gerüst aufbauen für Meister Taddeo, den Maler. Er bessert die Cappella Peruzzi aus, und ich werde Dino die Bilder erklären. Weißt du eigentlich, wem die Kapelle geweiht ist?

Mir stand nicht der Sinn nach Lapos Erläuterungen: Lass mich in Ruhe mit deinen Heiligen. Ich habe keine Zeit.

Lapo schaute auf den Boden und ging langsam zu seinen Brettern zurück. Dino hatte seine Fracht gar nicht erst abgelegt und trug sie auf der Schulter zum Holzportal von Santa Croce. Lapo kam kaum hinterher. Mit unsicherem Lächeln blickte er noch einmal über die Schulter zu mir zurück. Plötzlich tat es mir leid, wie ich den Jungen abgefertigt hatte. Zum Glück hatte Cioccia nichts von meiner Grobheit mitbekommen. Bei ihrem Gemüse saß Monna und passte auf den Stand auf. Ich fühlte mit einem Mal, wie alle Kraft des Morgens aus meinen Gliedern schwand. Die Stinche hatten mir das Mark aus den Knochen gesaugt; ich musste mich hinsetzen. Kaum hatte ich mich auf einem Stuhl vor dem Purgatorio niedergelassen, kam Michele Scalza mit zwei Bechern Wein zu mir heraus. Der Zecher hatte mich von drinnen erspäht und war wie immer froh über Gesellschaft.

Wittekind, rief er fidel, du siehst traurig aus. Da ist ein Becher Wein genau das Richtige. Lass dich aufmuntern!

Ich ergriff den Becher und goss mir den Inhalt in die Kehle.

Du hast aber Durst!, meinte Scalza anerkennend. Oder Sorgen. Oder beides. Kennst du eigentlich die Geschichte vom schönen Piero? Das war dieser stramme Jüngling, der sich stumm stellte, um in einem Klarissenkloster als Gärtner angenommen zu werden. Kannst du dir vorstellen, wie der es den Nonnen besorgt hat? Sogar die Oberin, eine geile Alte, hat er sich vorgenommen, bis die Glocken geläutet haben.

Ich seufzte tief: Michele, du hast mir diese Geschichte sicher schon fünf Mal erzählt. Beim ersten Mal war sie ganz lustig.

Scalza zog seine Mütze ab und kratzte sich am Kopf: Und was ist mit dem Bettelmönch Balasta, der die wilde Witwe Merdina nachts in der Kirche beglückte, direkt unter der Empore mit der Orgel?

Ich nahm meinen Kopf in die Hände, stützte mich auf die Knie und blickte nicht auf, doch Michele ließ sich nicht beirren: Oben auf der Empore hockte nämlich der junge Lamberto, der sich vor seinen Gläubigern versteckt hielt. Und als er sah, wie Bruder Balasta sich auf die Witwe legte, und wie sie das Tier mit zwei Rücken spielten, wie sie stöhnten und gemeinsam den Acker pflügten, da haute Lamberto mit aller Kraft auf die Orgel ...

Bis den beiden die Glocken läuteten, setzte ich die Geschichte fort.

Eben nicht!, rief Michele. Die Messe war vorbei. Nackt wie sie waren, flohen der Mönch und die Witwe aus der Kirche. Lamberto aber versetzte am andern Morgen Kutte und Kleid und konnte so seine Schulden bezahlen.

Ich sagte: Wo auch immer du deine Novellen aufschnappst, ich habe heute keinen Sinn dafür. Erzähl sie besser Boccaccio, aber lass mich damit in Ruhe!

Beleidigt griff Michele seinen Becher und verzog sich wieder in die Schänke. Ich wusste selbst am besten, wie unausstehlich ich an diesem Morgen war. Es war mir egal. Wenn ich bedachte, was mir noch bevorstand, stieg mir die Wut bis an den Hals. Wie ein Jagdhund musste ich an der Spur des verschwundenen Arztes schnuppern. Menschenjagd, so war es bereits vor ein paar Tagen gewesen, als ich den toten Ruffo am Kreuz gefunden hatte. Als gut bezahlter Menschenjäger war ich Amerigo bis Caffa hinterher gereist. So war es mir mein ganzes Leben ergangen. Mit meinem Freund Niklas hatte ich im Wald von Litauen Ordenskrieger getötet. Meinen Meister, den friedlichsten aller Menschen, hatte Papst Joan in seinem Palast in Avignon vergiftet. Ich hatte erlebt, wie das Gold des Papstes Kardinäle, Fürsten in einen Strudel aus Blut gerissen hatte. In Italien verlor ich später all mein Geld, weil ich nicht zum Kaufmann taugte. Mit Nicoloso da Recco war ich zu den Inseln der Seligen gesegelt und hatte am Ende der Welt draußen im Atlantik doch wieder nur erlebt, wie Menschen andere Menschen versklavten und totschlugen. Auch als ich mit einer Karawane nach Osten zog, um in der Endlosigkeit der Steppe Seelenfrieden zu suchen, fand ich nichts als Krieg und Raub. Ich hätte, wäre ich nicht aus dem Orden davongelaufen, vielleicht ein Dominikanerprediger werden können, der seine Zuhörer zum Frieden und zur Vergebung aufruft. Doch wozu? Was hatten alle salbungsvollen Prediger der Welt je erreicht?

Schließlich landete ich im Herzen der Dunkelheit, in Konstantinopel bei den Rhomaiern. An der Seite von Johannes Kantakuzenos, des unheimlichsten aller Menschen, hatte ich Jahre in Luxus und Gefahr verbracht. Im Dienst des Kaisers des Ostens war ich wieder beim einzigen Gewerbe gelandet, das ich wirklich verstand: Kämpfen. Danach in Neapel war es noch schlimmer gekommen. Ich sollte auf Andrasch, den Prinzen aus Ungarn, aufpassen und hatte mit eigenen Augen ansehen müssen, wie seine Frau, die Königin, ihn vor ihrem Schlafzimmer erdrosseln ließ. Dann musste ich wieder fliehen, wieder Geld und Menschen schmuggeln, wieder meine bösen Geister verjagen – und war bei den Peruzzi gelandet. Es gab keine Sicherheit vor der Niedertracht und der Gewalt. Am wenigsten gab es sie bei den Mächtigen der Erde, die auf meine Dienste vertrauten. Ich schlitterte von einem Patron zum nächsten, von einer Gemeinheit zur anderen. Doch ich wusste genau, warum ich hier in Florenz, warum ich gerade in diesem Palast gelandet war. Der Padrino hatte gestern Abend ein wahres Wort gesagt: Wir stecken alle im Schmutz, es gibt kein Entkommen. Wie es immer gewesen war, so boten mir auch diesmal nur die Reichen und Mächtigen ein Auskommen. Ein Handwerk hatte ich nie beherrscht, kein Studium hatte ich abgeschlossen. Ich war von Gewalt umgeben, weil ich stets dorthin ging, wo das Geld war.

Ich zweifelte plötzlich, ob ich mit Cioccias Hilfe aus der Falle meines Daseins herauskäme. Vielleicht rannte ich einem Irrlicht hinterher, wenn ich Frieden suchte. Noch diesen einen Auftrag, noch diese Spurensuche, noch diese paar Florin – dann konnte ich mit meiner Geliebten für immer weggehen. Doch wohin? Könnten wir als zwei glückliche Eheleute fernab der großen Städte ein gemeinsames Leben führen? Wurde mir im Alter ein bescheidenes Glück gewährt? Oder würde auch

Cioccia durchschauen, dass an meinem Schicksal allzeit Blut klebte? Dass ich nicht besser war als der letzte Gefängniswärter in den Stinche? Ein Lachen weckte mich aus der Agonie, jemand rüttelte an meiner Schulter. Es war Cioccia, sie lachte mich an: Alter Mann! Am frühen Morgen eingeschlafen in der Sonne mit dem Weinbecher in der Hand, während andere Leute arbeiten. Nachts muss man schlafen. Aber da hat unser Herr Wittekind sicher Besseres zu tun.

Ich lächelte zurück, erst gequält, dann schon getröstet. Ich brauchte nur Cioccia zu sehen, ich musste nur ihre Gegenwart erleben, dann waren meine schwarzen Gedanken wie weggeblasen. Mit den Händen in den Hüften und einem bunten Tuch um den Kopf stand sie vor mir. In den Augen dieser Frau las ich, dass es sehr wohl eine Macht gab, die stärker war als die Niedertracht, die mich mein Leben lang umgeben hatte. Das war Cioccias Liebe, ob ich sie nun verdiente oder nicht. Ich nahm mir vor, nur noch für dieses Gefühl zu leben. Dann gab ich mir einen Ruck und stand auf.

Um die Ecke bog, mit einem Korb Gemüse in der Hand, Giovanni Boccaccio. Der Dichter war so galant, meiner Geliebten die Ware vom Arno herauf an ihren Stand zu tragen. Es wirkte bei ihm wie eine morgendliche Gewohnheit aus Zeiten, von denen ich nichts wusste. Der füllige Mann, etwas außer Atem, grüßte höflich und betrachtete mich eingehend. Ich fühlte mich unbehaglich, was Cioccia gewiss mitbekam. Versöhnlich sagte sie: Ich lade euch ein auf einen Becher Wein. An so einem herrlichen Tag hat jeder von uns die Pflicht, glücklich zu sein. Vor allem du, Wittekind. Du blickst griesgrämig in die Welt und weißt gar nicht, wie gut du es hast.

Damit verschwand sie in der Schankstube, um die Getränke zu holen. Als wir zu dritt vor dem Purgatorio bei unserem Wein hockten und mich die beiden anlächelten, fragte ich mich, wie viel Cioccia dem Dichter wohl von unseren Erkenntnissen über den Tod Giovanni Villanis erzählt hatte. Das Blutbuch war geheim, aber Cioccia hatte es entsiegelt. Sie hatte mir nicht versprochen, davon zu schweigen, und hatte gewiss geplaudert. Boccaccio bestätigte meine Vermutung: Ich bin ein großer Bewunderer von Giovanni Villanis Chronik. Vergleichbares wurde seit den alten Römern nicht mehr geschrieben. Unser Florenz hat nach Dante Alighieri ein weiteres Genie in seinen Mauern beherbergt. Wenn dieses Genie tatsächlich umgebracht wurde, dann muss sein Tod unbedingt gerächt werden.

Er wird niemals gerächt werden, sagte ich trocken, während Cioccia und Boccaccio sich erschrocken anblickten.

Er wird darum nicht gerächt werden, fuhr ich fort, weil ich inzwischen zwar weiß, wo der Mörder sich versteckt, ich ihn aber nie und nimmer finden kann.

Ich spannte die beiden nicht länger auf die Folter und erzählte ihnen, was ich in den Stinche über die Flucht des Doktors herausgefunden hatte.

Du meinst, Fiesole ist zu groß?, fragte Cioccia verzagt. Kannst du dich nicht an der Straße verstecken und Pandolfo abfangen?

Während ich den Kopf schüttelte, meinte Boccaccio zu mir: Wiederhole bitte, was dieser Neapolitaner zum Doktor gesagt hat, als die beiden das Geld aus seiner Wohnung abholten.

Ich antwortete: Zehn Tage, so sagte der Mann, sei Pandolfo sicher bei ihm in Fiesole, genau zehn Tage. Doch der Arzt musste viel Geld für den Schutz bezahlen. Sechzig Florin ist er seinem Helfer noch schuldig.

Diese Leute verlangen von ihm zusätzlich den doppelten Tarif, sagte Boccaccio mit düsterem Ausdruck. Normalerweise kostet es dreißig. Unser Doktor wurde eingeladen zum Dekameron.

Cioccia und ich starrten den Dichter an.

Deka Hemeron, warf ich ein, das ist Griechisch und heißt nichts anderes als zehn Tage. Was meinst du damit?

Griechisch sprichst du auch?, erwiderte Boccaccio anerkennend. Unsere Neapolitaner tun das ebenfalls, schließlich war Neapolis lange eine griechische Stadt. Diese Verbrecher spielen auf diese uralte Tradition an. Sie laden ihre Gäste für zehn Tage aufs Land zum großen Fest, zu einer Orgie wie in der Antike.

Woher willst du das wissen?, fragte Cioccia.

Boccaccio befeuchtete seine Lippen: In diesen Tagen der Pest haben viele Menschen jeden Glauben verloren. Sie hoffen nicht auf das

Paradies, sie haben keine Angst vor der Hölle, sie kennen keine Sündenstrafen mehr und wollen nur noch eines: Vergnügen! Koste es, was es wolle. Habt ihr nicht von diesen Festen auf dem Land gehört, bei denen es keinerlei Hemmungen mehr gibt? Wer den Verbrechern, die das organisieren, viel Geld bezahlt, der bekommt Essen und Trinken, Musik und Tanz in prächtiger Umgebung. Abgeschottet vor den neugierigen Augen der Welt.

Genau zehn Tage lang?, wollte ich wissen.

Ja, deshalb heißt es Dekameron. Das Gerücht solcher verbotener Feste geht in Florenz schon länger um, immer hinter vorgehaltener Hand. Erst gestern Abend hat man mir selbst das Angebot unterbreitet mitzumachen. Ich saß im Corbaccio, einer feinen Schänke gleich neben dem Palazzo Bardi. Ein schmieriger Mann mit neapolitanischem Akzent setzte sich zu mir. Ich sei doch einsam, meinte er, ob ich mich nicht amüsieren wolle? Für nur dreißig Florin gebe es bei ihm alles. Bei Tag und bei Nacht ein rauschendes Fest mit Ochsen vom Spieß und dem besten Wein der Toscana. Und mit wundervollen Jungfrauen, die nur auf mich warten. Hübsche Knaben könne ich auch haben.

Das ist ja schrecklich!, stieß Cioccia hervor. Was stellen sie denn mit den Kindern an?

Was wohl?, fragte ich zurück.

Nicht nur das, erklärte Boccaccio. Wahrscheinlich ist es schlimmer. Bevor er ging, meinte der Neapolitaner: Du kannst zehn Tage lang mit den Kindern alles anstellen, was du willst. Nie wird jemand etwas davon erfahren.

Cioccia saß fassungslos da mit der Hand vor dem Mund. Wir schwiegen eine Weile.

Das ist wahrscheinlich kein böses Gerücht, sondern die reine Wahrheit, fuhr Boccaccio fort. Ich habe es gerade gesagt, manche Menschen kennen keine Hemmungen mehr. Warum sollten sie nicht zu ihrem Spaß Kinder vergewaltigen? Man muss ihnen nur die Gelegenheit dazu bieten.

Das sind keine Menschen, sagte Cioccia, das sind Ungeheuer. Kein vernünftiger Mensch kann sich am Leid Unschuldiger erfreuen.

Ich wusste, dass sie unrecht hatte. Es gab genug Menschen, die am Leiden und sogar am Tod anderer ihren Spaß hatten. Doch ich wollte Cioccia nicht alle Illusionen rauben. Darum sagte ich: Vielleicht gibt es solche Feste, aber diese Neapolitaner übertreiben sicher gewaltig, damit ihre Kunden neugierig werden.

Boccaccio schüttelte den Kopf: Nein, die übertreiben nicht. Ein Teilhaber der Bardi, ich sage seinen Namen nicht, hat mir heute Morgen alles bestätigt. Der Mann ist Witwer und ist vor ein, zwei Wochen zum Dekameron aufgebrochen. Nach dem Tod seiner Frau und seiner Kinder war ihm alles gleich. Aber er ist schnell wieder zurückgekommen. Was er da gesehen hat, sagte er, sei zu furchtbar, um davon zu erzählen.

Und der Podestà? Die Inquisition?, fragte Cioccia verzweifelt. Irgendjemand von denen muss das doch mitbekommen.

Boccaccio griff Cioccias Arm und erklärte: Wer am Dekameron teilnimmt, schwört vorher, über alles zu schweigen. Wer sein Wort bricht, wird umgebracht. Das sind Leute, die keine Scherze machen. Und sie finden dich überall.

Diese Neapolitaner, sagte ich, stammen bestimmt von den Söldnerbanden, die ganz Italien unsicher machen. Die leben vom Plündern und Rauben. Sie haben in ihren Verstecken in den Bergen genau mitbekommen, wie die Pest zahllose Kinder zu Waisen gemacht hat. Die müssen sie in den verlassenen Dörfern nur einfangen wie herrenloses Vieh. Dann besetzen sie eine der Villen, deren Besitzer ebenfalls an der Pest gestorben sind. Der Weinkeller ist voll, bei den Bauern rauben sie Vieh und Geflügel. Es kostet sie keinen Quattrino. Dann müssen sie nur noch reiche Kunden finden, die den Eintritt ins Dekameron bezahlen.

Und die, fiel mir Boccaccio ins Wort, finden sie ganz leicht unter den Banchieri und Kaufleuten aus Florenz, Lucca oder Pisa. Und wenn die Neapolitaner ein paar solche Orgien veranstalten, haben viele tausend Florin den Besitzer gewechselt. Die eingeschüchterten Überlebenden jagt man in die Berge. Und die Räuber ziehen weiter Richtung Rom oder Mailand. Niemand kann ihnen etwas anhaben. Wer fragt schon nach ein paar namenlosen Kindern?

Ich setzte den Gedanken fort: Dottor Pandolfo sicher nicht. Man hat ihm offenbar angeboten, sich in einer Villa zum Dekameron einzufinden. Als ihm klar wurde, dass seine Schuld an Villanis Tod ruchbar wurde, gab es für ihn keine bessere Zuflucht als Fiesole. Im Dekameron genießt er vollkommenen Schutz. Der Padrino hatte recht. Dumm ist Pandolfo nicht.

Cioccia wirkte noch nicht überzeugt: Matteo und Filippo Villani haben niemandem von ihrem Verdacht erzählt. Wieso sollte Pandolfo vor denen Angst haben?

Was du übersiehst, erklärte ich, sind die zwei Morde im Palazzo Peruzzi. Nach Arnaldos Tod fürchtet der Doktor, dass er das nächste Opfer ist. Ich habe die Angst in seinen Augen gesehen. Er wollte nur noch weg, bloß fehlte ihm das Geld. Für eine Anzahlung hat der Neapolitaner ihn jetzt nach Fiesole mitgenommen. Doch der Mann merkte schnell, dass Pandolfo sich um sein Leben ängstigt. Darum hat er den Preis gleich einmal verdoppelt.

Irgendwann in den kommenden Tagen, setzte Boccaccio meinen Gedanken fort, lässt der Arzt das ausstehende Geld hier in der Stadt abholen, wenn seine Wechsel fällig werden. Und danach sehen wir Pandolfo nie wieder. Wir müssen ihn schnell aufspüren. Der Mann, der mich im Corbaccio ansprach, hat mir erklärt, wie man zum Dekameron kommt. Ich brauche mich nur heute Abend an der Badia Fiesolana einzufinden, dann führt man mich zum Fest.

Es gibt allerdings ein Problem, sagte ich. Woher nehmen wir die dreißig Florin?

Cioccia rief: Wir brauchen kein Geld, wir brauchen Bewaffnete, um die Kinder zu retten.

Das können wir vergessen, beschwichtigte sie Boccaccio. Niemand in Florenz riskiert für solch eine Kleinigkeit sein Leben, nicht der Podestà und auch kein Beroviere. Ich wäre schon froh, wenn wir den Doktor auftreiben und Gerechtigkeit erwirken für den großen Giovanni Villani.

Ich erklärte: Dieser Pandolfo ist der Schlüssel für alles. Ich bin überzeugt, bei ihm erfahren wir mehr über den Schützen vom Dach, über den hustenden Mann im Keller, über den Mord am Anwalt und über Arnaldos Ende im Abort. Vielleicht sogar über den gekreuzigten Ruffo.

Pandolfo brachte viel mehr Menschen um, nicht nur Giovanni Villani. Jetzt hat er fürchterliche Angst vor Rache. Wir müssen diese Angst nutzen, um ihn zum Reden zu zwingen.

Ich garantiere für zwanzig Florin, bemerkte Boccaccio, heute habe ich meinen Gewinn aus der Salzsteuer ausbezahlt bekommen.

Ich habe zwei Florin gespart für schlechte Tage, erklärte Cioccia. Ihr könnt sie haben.

Das kommt nicht in Frage, fiel ich ihr ins Wort. Der Padrino gab mir gestern zehn Florin. Also haben wir die Summe beisammen. So kommt wenigstens einer von uns hinein.

Nein, wir beide, meinte Boccaccio. Der Betrag gilt für einen reichen Gast und für seinen Diener. Wir müssen allerdings bald losreiten, sonst verpassen wir das Dekameron. Und wir sollten deinen Lapo als Pferdeknecht mitnehmen.

Cioccia fiel noch etwas Wichtiges ein: Dottor Pandolfo kennt dich, Wittekind. Wenn der Arzt bemerkt, dass jemand aus der Casa Peruzzi bei dem Fest mitmacht, wird er fliehen.

Dann verkleiden wir dich eben, entschied Boccaccio. Ich muss noch mein Pferd von zu Hause holen. Irgendeine alte Tracht werde ich im Palazzo meines Vaters schon auftreiben, dazu irgendeinen Hut, den ziehst du tief ins Gesicht. Und da fällt mir noch etwas ein. Onkel Vanni ist vor vielen Jahren einmal aus Neapel entkommen, als die Teilhaber der Bardi wegen Schulden über Nacht aus der Stadt fliehen mussten. Er hatte sich einen falschen Bart umgebunden und kam damit leicht durch die Kontrollen. Jedes Jahr zu Ostern zieht Vanni den Bart aus der Truhe, um uns einen Spaß mit der alten Geschichte zu machen. Damit wird nicht einmal Cioccia dich erkennen.

Wir lachten, doch die Angesprochene wurde plötzlich ernst: Das wird eine gefährliche Reise. Boccaccio hat gesagt, dass diese Leute keinen Spaß verstehen. Wittekind, du bist ein Kämpfer, aber Boccaccio nicht, er ist nur ein Poet. Du musst gut auf ihn aufpassen!

Boccaccio zuckte mit den Schultern: Ich habe doch gesagt, vielleicht sind die Gerüchte schlimmer als die Wirklichkeit.

Er wirkte nicht überzeugt von seinen eigenen Worten.

KAPITEL 28

Auf dem Teller liegt der Kopf von Giovanni. Den haben sie ihm mit dem Schwert abgehackt.
Lapo wies mit dem Finger auf das Haupt des Täufers. Giovanni war ein großer Prophet. Er hat gegen König Herodes gepredigt und gegen seine Frau, die Königin. Deshalb hat ihre Tochter Salome – die steht da oben rechts – entschieden, dass Giovanni sterben muss.
Will sie den Kopf aufessen?, fragte Dino. Oder warum liegt er auf dem Teller?
Die drei Kinder standen vor den Gemälden in der Cappella Peruzzi. Lapo, Kenner aller Heiligengeschichten, übernahm die Rolle des Erklärers, dieweil er von einem Kanten Brot abbiss.
Blödsinn, schmatzte Lapo. Den Kopf eines Heiligen isst man nicht auf. Das ist eine Reliquie. Den abgeschnittenen Schädel verwahren sie jetzt in Rom in einem goldenen Schrein mit ganz vielen Edelsteinen.
Dino und Monna blickten Lapo bewundernd an. Die beiden hörten sicher zum ersten Mal die grausame Geschichte von Salome und Johannes dem Täufer, die Meister Giotto hier an die Wand gemalt hatte.
Und warum fiedelt da einer auf der Geige?, wollte Monna wissen.
Lapo kaute in aller Ruhe und schluckte seinen Bissen herunter, bevor er wieder mit seinem Wissen prahlte: Ihr seht den berühmten Tanz der Salome. Das ist die schöne Frau im grünen Kleid. In der Hand hält sie irgendwelche Klappern, damit schlägt sie den Takt, und der Musiker da links spielt auf seiner Geige die Melodie. Salome tanzt so wundervoll, dass der König Herodes ihr dafür den Kopf von Giovanni schenkt. Das muss man sich mal vorstellen!
Und da rechts? Was macht sie da denn?, fragte Dino.
Das kommt danach, erklärte Lapo gewichtig. Ein Maler kann die ganze Geschichte nur in einem Bild zeigen. Aber in Wahrheit geschieht das alles nacheinander. Nach ihrem Tanz präsentiert Salome den abgehackten Kopf auf dem Teller ihrer Mutter. Die beiden bösen Frauen feiern, dass der heilige Giovanni ermordet wurde.

Geschieht ihm recht, stieß Monna hervor. Warum konnte er nicht den Mund halten und die Königin in Ruhe lassen? Es war doch klar, dass die Frauen sich rächen würden.

Lapo war irritiert und biss sich auf die Zunge. Dass ein Heiliger sein Martyrium verdiente und die Täter im Recht sein könnten, war ihm noch nie in den Sinn gekommen.

Aber das kannst du doch nicht sagen!, rief er. Giovanni ist ein Heiliger. Das hat Fra Bernardino mir genau erklärt. Giovanni war der Erste, der Jesus als Sohn Gottes erkannt hat. Deshalb hat er Christus im Jordan getauft. Zur Belohnung holte Gott den Täufer zu sich ins Paradies.

Schöne Belohnung, höhnte Monna, jetzt muss er ohne Kopf ins Paradies. Hat er sich selbst zuzuschreiben. Was muss er sich einmischen in Dinge, die ihn nichts angehen? Es gibt Frauen, die lassen sich nicht alles gefallen.

Lapo war fassungslos. So kannst du nicht über einen Heiligen sprechen!, wiederholte er. Das ist eine Lästerung.

Doch Monna ließ sich davon nicht beeindrucken. Das Mädchen schaute weiter zu Giottos Fresken empor, stieß ihren Bruder in die Seite und grinste.

Meister Giotto hatte den Tanz der Salome sehr überzeugend gemalt. Nicht nur König Herodes fand, dass dieser Auftritt einen abgeschnittenen Kopf wert war. Monna fand das auch. Und Salome, die blonde Schönheit im grünen Kleid, weckte bei ihr größere Zuneigung als der bärtige Schädel des Predigers. Der Tod, dachte ich, und sei er noch so grausam, konnte Kinder wie Monna oder Dino nicht mehr in Schrecken versetzen. Sie lachten über die Grausamkeit, denn sie hatten während der Pest das große Sterben erlebt. Vielleicht hatte Monna bereits von den Räuberbanden gehört, die Mädchen wie sie auf dem Land einfingen und für das Vergnügen reicher Männer zusammentrieben. Die Pest hatte die Herzen dieser Kinder verhärtet. Ein geköpfter Heiliger bedeutete für sie nicht mehr als ein Spiel. Konnte es anders sein?

Ich hatte das Gespräch der Kinder im Chor von Santa Croce belauscht. Dino und Lapo waren gerade fertig mit dem Aufbau eines

Gerüsts an der Wand gegenüber. Monna hatte den Jungen aus dem Palazzo Peruzzi Essen herübergebracht. Gerade wollte ich Lapo Anweisungen für unseren Ritt nach Fiesole erteilen, da ertönte hinter mir die Stimme des Padrino.

Niemand hat schönere Bilder gemalt als mein Freund Giotto. Nicht zu Lebzeiten, und auch seit seinem Tod kommt keiner an ihn heran. König Robert hat Giotto für Unsummen nach Neapel gelockt. Sogar für Papst Bonifaz in Rom hat dieser Maler gemalt. Und vom Kardinal Stefaneschi hat er zweihundert Florin kassiert – für eine einzige Bildtafel! Das Geld hat er sofort bei uns angelegt. Ein kluger Mann!

Der Padrino stellte sich, gestützt auf die Schulter seines Sohnes Buondelmonte, neben mich und bewunderte die Fresken: Ich weiß noch, fuhr er fort, wie Giotto und ich per Handschlag die Ausmalung unserer Kapelle abgemacht haben. Es war vor bald zwanzig Jahren. Ihr könnt euch nicht vorstellen, was für ein Mensch dieser Maler war. Hässlich wie die Nacht, mit einem Kopf wie ein Bulle, und das Gesicht voller Warzen. Aber Witze konnte er erzählen wie kein Zweiter. Und wenn man ihn angemessen bezahlte, lieferte er Meisterwerke. Ich habe mir kaum die Vorzeichnungen angeschaut. Denn ich wusste, der größte Maler der Welt würde für uns, die Peruzzi, sein größtes Werk überhaupt erschaffen.

Fra Buondelmonte, mit seiner Tonsur in den wirren Haaren und einem Holzkreuz um den Hals, wagte einen Einwand: Was ist mit der Kapelle der Bardi, da nebenan?

Pacino schüttelte heftig den Kopf: Die haben dreihundert Florin weniger bezahlt als wir, also sind ihre Gemälde schlechter. Außerdem war Giotto unser Teilhaber, er hatte bei seinem Tod neuntausenddreihundertvierzig Florin Guthaben bei unserer Bank. Das war für ihn Grund genug, für die Peruzzi sein Bestes zu geben. Außerdem sind Giovanni der Täufer und Giovanni der Evangelist gemeinsam mehr wert als dein Bettelmönch Francesco, den die Bardi sich für ihre Kapelle ausgesucht haben.

Über Buondelmontes Gesicht huschte ein Schatten: Ich gehöre zur Gemeinschaft des heiligen Francesco von Assisi. Für mich steht er über allen anderen Heiligen, ihm allein außer Gott schulde ich Gehorsam.

Und mehr noch mir, deinem Vater, stieß der Padrino hervor. Vergiss nie, dass du nur durch den Namen Peruzzi zum Inquisitor aufgestiegen bist, und durch unsere Spenden. Spiel dich also nicht auf als Anwalt der Armen. Wenn die Bardi verhindern wollen, dass deinem Francesco auf den Gemälden die Farben im Gesicht abblättern, dann müssen sie aus eigener Tasche dafür bezahlen. So wie ich es heute bei unseren Bildern vom heiligen Giovanni mache. Ihr Franziskaner rückt ja von eurem eigenen Vermögen keinen Quattrino heraus.

Während der Padrino selbstzufrieden lächelte, gesellte sich Meister Taddeo Gaddi zu ihm. Der Maler zog seine blaue Mütze und verbeugte sich tief: Meint ihr wirklich, ihr schafft es aufs Gerüst, um mir die Stellen zu zeigen, die ich ausbessern soll?

Pacino schlug dem Maler lachend auf die Schulter: Du denkst, ich bin ein gichtiger Krüppel und komme keine Leiter mehr hoch? Da hast du nicht unrecht. Aber ein letztes Mal, bevor ich sterbe, will ich unsere Meisterwerke von nahem bewundern. Weißt du noch, Taddeo, wie wir gemeinsam mit deinem Meister Giotto da oben gestanden haben, und er hat mit ein paar Strichen alle Personen auf die Wand gezeichnet? Ruckzuck. Niemand konnte das so gut wie er. Und dann musste alles ganz schnell gehen, bevor der Putz trocken wurde. Du hast immer die Farben gemischt, ich erinnere mich noch genau. Dieser Giotto war der größte Künstler aller Zeiten. Unser Teilhaber war er, und mein Freund dazu.

Mit diesen Worten humpelte der alte Mann zur Leiter, die am Gerüst lehnte. Behände stieg Meister Taddeo ihm voran und reichte dem Padrino die Hand. Langsam, Schritt für Schritt zog sich der Greis am Arm des Malers die Sprossen empor. Dino war dicht hinter dem Banchiere, um den Ächzenden von hinten abzustützen und bei Bedarf hochzuschieben. Auch hob der Junge den Saum des Gewandes an, damit der Alte sich nicht darin verhedderte. Nach geraumer Zeit erst erreichte der Padrino das Podest, wo ein dreifüßiger Schemel für ihn bereitstand.

Hier fühle ich mich wieder jung!, rief er zu mir und Buondelmonte herunter. Beginnen wir mit der Arbeit! Taddeo, lass dich inspirieren vom Geist deines Meisters Giotto!

Ich hatte noch nicht oft mit dem Franziskaner aus der Casa Peruzzi gesprochen. Nun jedoch neigte Buondelmonte seinen Kopf zu mir: Mein Vater führt sich auf wie ein Jüngling, doch ich fürchte, er hat nicht mehr lange zu leben. Der Tod seiner Söhne setzt ihm mehr zu, als er zeigt. Er ist schwach, wenn er es auch nicht wahrhaben will. Du sorgst dich um die Sicherheit seines Körpers. Doch ich sorge mich viel mehr um das Heil seiner Seele. Du kennst das Wort Jesu: Eher geht ein Kamel durch ein Nadelöhr als ein Reicher ins Paradies.

Dein Vater wirkt nicht gerade, als hätte er Angst vor der Hölle, entgegnete ich dem Franziskaner. Wenn er von dir keinen geistlichen Rat annimmt, von wem dann?

Buondelmonte blickte mir direkt in die Augen: Ich weiß, dass du in Deutschland nicht nur raufen gelernt hast. Du bist theologisch gebildet, aber du bist schlau genug, das unter uns Italienern nicht an die große Glocke zu hängen. Wie hältst du es nur aus unter diesen Banchieri, die für ein paar Prozent Zinsen ihr Seelenheil aufs Spiel setzen?

Was wusste der Mönch von mir? Hatten die Späher der Inquisition sich über mich erkundigt? Ich sagte: Ich habe kein Geld, also kann ich auch keines verleihen. Ich weiß nicht, ob die Jünger des heiligen Francesco das ebenso von sich behaupten können. Soweit ich weiß, ist es auch das Geld, das die Inquisition ihren Opfern abnimmt, mit dem Santa Croce gerade so prächtig ausgebaut wird.

Ich bereute meine vorlaute Bemerkung. Es war verwegen, einen Inquisitor verächtlich zu machen. Ich versuchte sofort, mich zu entschuldigen. Doch anders, als ich erwartet hatte, lächelte mich Buondelmonte freundlich an: Einem Hausgenossen der Peruzzi stellt die Inquisition nicht nach, keine Sorge. Außerdem bin ich nicht verantwortlich für diese Bauarbeiten. Es ist unser Guardian, der Santa Croce zur prächtigsten Kirche von Florenz machen und damit die Dominikaner in den Schatten stellen will. Die Zeiten von Ordensmeister Michele da Cesena, der die Franziskaner zurückführen wollte zur Armut Christi, sind für immer vorbei. Hast du von Michele gehört? Er soll in München gestorben sein.

Ich schüttelte argwöhnisch den Kopf. Niemand in Florenz konnte wissen, dass ich einst in Avignon gemeinsam mit Michele da Cesena und William von Occam aus den Kerkern des Papstes entflohen war. Oder ahnte man hier im Konvent etwas von meinem Vorleben? Dass ich früher einmal in Köln Theologie studiert hatte, daraus machte ich kein großes Geheimnis, das konnte die Inquisition getrost erfahren. Über alles andere schwieg ich. Buondelmonte schaute mich forschend an, als wisse er mehr über mich, als mir lieb sein konnte.

Da rief Pacino Peruzzi vom Gerüst zu mir herunter: Wittekind, begleite Meister Taddeo in unseren Palazzo. Melde dich bei Zanobi. Wir brauchen etwas von diesem Ultramarin als Pigment. Lasst euch so viel geben, wie Meister Taddeo benötigt. Giotto hat diesen Edelstein einst für seine blaue Farbe zermahlen, also müssen wir dasselbe tun. Für diese Gemälde ist mir nichts zu teuer.

Meister Taddeo kam vom Gerüst herabgestiegen, dieweil der Padrino oben auf seinem Schemel sitzen blieb, versunken in den Anblick der Fresken. Gemeinsam mit dem Maler und Lapo machte ich mich auf zum Palazzo Peruzzi.

Während wir über die Piazza gingen, sprach mich Meister Taddeo an: Die Kunst ist der größte Trost im irdischen Leben. Niemand führt mir das besser vor als dieser alte Banchiere. Viele Jahrzehnte lang ist er dem Geld hinterhergerannt. Und nun, da es ans Sterben geht, steht er voller Staunen vor den Bildern, die ihm von einer besseren Welt erzählen. Und was er für Unsummen an Lapislazuli zusammengerafft hat, ist jetzt gut genug, um für meinen Pinsel zu Pulver zermahlen zu werden. Was hat deiner Meinung nach gesiegt – der Reichtum oder die Schönheit?

Ich sagte: Ich fürchte, das eine ist ohne das andere nicht zu haben. Armut ist niemals schön.

Der Maler kratzte sich am Ohr: Es ist immer lehrreich, sich mit dir zu unterhalten. Du hast früher einmal studiert, sagt man?

Nicht genug, antwortete ich. Längst nicht genug.

Hinter Orsanmichele wurde es auf den Straßen immer voller. Wegen Boccaccio, der unweit vom Getreidemarkt noch einige Urkunden der Salzsteuer abzugeben hatte, mussten wir an der Kathedrale vorbei. Nun steckten wir fest, noch weit entfernt von der Porta Faesulana.

Was ist heute bloß los?, rief Boccaccio unwillig. Sonst kommt man hier mühelos durch.

Für sein Gewicht saß er überraschend aufrecht auf seinem Rappen. Er lenkte das Pferd geschickt beiseite, wenn ihm Karren oder Träger mit Säcken auf dem Buckel entgegenkamen. Doch irgendwann wurde das Gedränge zu groß. Wir stiegen ab, Lapo musste unsere Tiere am Zügel führen.

Die Kuppel von San Giovanni überragte alle Dächer. Kein Florentiner, der bei der Erwähnung der Taufkirche nicht in Verzückung geriet. Im achteckigen Bau, dessen Marmorfassaden von Bändern aus dunkelgrünem Stein gegliedert wurden, schlug das Herz der Stadt. Das weite Kuppeldach hatte – wie jedermann in Florenz beteuerte – nirgendwo in der Welt seinesgleichen. Dasselbe galt für die Mosaiken des Innenraums, die unter dem Blick des Erlösers in hunderten von Bildern die Heilsgeschichte auf Goldgrund erzählten. Hunderttausende Florin waren für die funkelnden Steine eingeschmolzen worden, da hatten sich die Kaufleute einmal nicht geizig gezeigt.

Giovanni Villani war einst der Verantwortliche gewesen, um die Bronzetüren des Bildhauers Andrea aus Pisa abzurechnen. Auf Villanis Rat war ich im vergangenen Winter hingegangen und hatte mir die Figuren angeschaut. Auf dem Portal war natürlich die biblische Historie des Giovanni abgebildet, diesmal in vergoldeter Bronze: die Taufe im Jordan, der Tanz der Salome, das abgeschlagene Haupt. Sogar den Henker mit seinem riesigen Schwert, das den Täufer um einen Kopf kürzer macht, hatte Andrea Pisano – anders als der feinsinnige Giotto – nicht ausgelassen. Das Geschick des Andrea Pisano war unerhört. Niemals seit der Antike war Vergleichbares geschaffen worden. Nur die Geschichte blieb immer die alte. Das war das Verlässliche am Christentum – immer dieselben Erzählungen, immer dieselben Bilder, immer derselbe Ausgang. Am Ende erwischte der Tod jeden Märtyrer, da konnte er fromm und demütig gelebt haben, wie er wollte. Ich fand genau wie Monna nichts Tröstliches daran, dass Gott seinen Auserwählten zur Belohnung Foltern bescherte. Doch seiner Laufbahn als Patron von Florenz hatte es nicht geschadet, dass Johannes der Täufer für die

Laune einer Königstochter abgeschlachtet wurde. Hatte das alles einen Sinn? Vielleicht war ich einfach nicht kopflos genug, um es zu begreifen.

Für die Bürger von Florenz hing ihr Leben bereits in dieser Welt ab vom Wohlwollen des Patrons. Giovanni sandte gute Ernten, sorgte für Regen, behütete seine Stadt vor Hochwasser und Feuersbrunst. Doch man musste ihn milde stimmen, damit er der Stadt seine Huld nicht entzog, was immer wieder vorkam. Darum feierten die Menschen regelmäßig mit ihrem Patron. Im Namen des Giovanni wurden zweimal im Jahr festliche Massentaufen für die in diesem Jahr Geborenen im Baptisterium veranstaltet. Auf der Piazza daneben begann und endete beim Johannesfest im Juni das Pferderennen, der große Palio. Zu allen hohen Festtagen wie Allerheiligen oder Ostern begannen hier die Prozessionen von Priori, Klerus und Bürgerschaft. In Notzeiten weihte der Bischof sogar die Stadtmauern dem Täufer, auf dass das Böse keinen Einlass finde. So war es auch diesen Frühling geschehen; es hatte nichts genützt.

Nun erscholl aus den Gassen beim Baptisterium ein dumpfer Singsang, in langsamem Rhythmus von Trommeln untermalt. Dorthin, woher die Klänge kamen, strebten all diese Menschen, die uns den Weg verstellten. Beim Kirchlein San Michele delle Trombe wollte ich Boccaccio in eine Seitengasse ziehen, damit wir uns zwischen den Behausungen der Musikanten irgendwie zum Stadttor durchschlagen konnten. Doch im anschwellenden Lärm winkte mein Begleiter ab.

Es ist zu spät, rief er mir ins Ohr. Wenn wir jetzt das Ritual stören, dann gibt es Ärger. Sie sind imstande und bringen uns um. Ich habe das im Frühsommer in Forlì schon einmal erlebt. Diese Leute sind Fanatiker. Fühlen sie sich nicht respektiert, dann werden sie gewalttätig. Und wenn es eine Judengasse gäbe in Florenz, dann würden jetzt die ersten Wehrlosen totgeschlagen. Juden hassen sie besonders.

Ich blickte Boccaccio fragend an, dieweil Lapo im Gedränge Mühe hatte, unsere Reittiere zusammenzuhalten. Boccaccio wies in Richtung der Trommeln und der Gesänge, die in schleppendem Takt immer näher kamen: Dahinten erscheinen gleich die Geißler. Du hast sicher von ihnen gehört; jetzt erlebst du sie selbst.

Aber wir müssen heute noch nach Fiesole!, rief ich.

Boccaccio fasste mich bei der Schulter: Es wird nicht länger als eine Stunde dauern, also bleibt uns bis Sonnenuntergang vielleicht noch Zeit genug. Wir haben sowieso keine Wahl.

Alle Glocken hatten zu läuten begonnen. Mitten vor dem Baptisterium hielten Wächter mit Lanzen eine Fläche frei. Zusammen mit unseren Reittieren, die sich nicht mehr rührten, kamen wir ganz vorne zu stehen. Am anderen Ende des Platzes erblickte ich eine goldlackierte Standarte, in die Höhe gereckt von einer jungen Frau mit wehendem Schwarzhaar, hinterdrein schritten im langsamen Takt der Trommeln sechs Jünglinge mit roten Fahnen. Zwei Dominikanermönche trugen das wundertätige Gemälde der Santa Maria von Impruneta – ein uraltes Madonnenbild, Maria in roter Bluse mit gewaltiger Krone und dem Jesuskind auf dem Schoß. Der Evangelist Lukas persönlich, so ging die Legende, hatte das Konterfei gemalt. Viele Florentiner pilgerten regelmäßig die paar Meilen nach Impruneta. Frauen flehten zur Muttergottes um Kinder, Kranke erbaten Heilung und Kaufleute gute Geschäfte. Nun, in Zeiten der größten Not, war die Muttergottes persönlich nach Florenz gereist.

Hinter der Madonna von Impruneta kamen die Flagellanten, etwa fünfzig Männer an der Zahl. Barfuß, in weißen Kapuzenmänteln schwenkten sie ihre Peitschen über den Köpfen. Die Luft war erfüllt vom Knallen. Nun verstand ich auch, was sie die ganze Zeit sangen:

Reckt in den Himmel eure Hände,
dass Gott der Herr uns Rettung sende.
Und alle strecken jetzt die Arme.
Gottes Gnade sich erbarme.

Mehrmals wiederholten sie mit tiefem Bass diese Zeilen. Die Menschen wippten und klatschten im Takt. Viele riefen: Erbarmen! Rettet uns!

Nun rissen sich die Geißler mit einem Ruck ihre Kutten vom Leib, alle gleichzeitig, und standen mit nackten Oberkörpern in halblangen Hosen vor dem Baptisterium. Mit einem Stöhnen warfen sie sich wie vom Blitz getroffen aufs Pflaster, den Bauch nach unten, das Gesicht im

Dreck und die Arme abgespreizt wie Gekreuzigte. Nur einer, offenbar der Anführer, hatte seine Montur anbehalten. Er zog die Kapuze zurück, und ich erblickte einen Mann, nicht viel älter als zwanzig. Er hatte langes schlohweißes Haar, das im Wind flatterte, und schaute mit rotgeränderten Augen in die Runde. Es wurde still auf der Piazza. Prüfend schritt der Weißhaarige zu seinen Männern, holte urplötzlich mit seiner Peitsche aus und zog sie einem der Liegenden über den Rücken. Es klatschte, und ich bemerkte aus wenigen Schritten Entfernung, dass die drei Lederriemen der Geißel am Ende mit Nägeln gespickt waren. Nun schlug der Weißhaarige den nächsten seiner Geißelbrüder. Die Nägel bohrten sich ins Fleisch, beim Zurückziehen der Widerhaken spritzte Blut aus den Wunden. Die Umstehenden schrien auf, als hätten sie selbst den Hieb abbekommen. Da hockten sich alle Männer, die im Dreck gelegen hatten, wie auf unsichtbaren Befehl aufs Pflaster, reckten kurze Peitschen und begannen, sich im Rhythmus der Trommeln selbst zu schlagen. Hart klatschten die Prügel aufs Fleisch, jedes Mal begleitet vom Stöhnen der Menge. Um uns herum fielen die ersten Frauen auf die Knie und falteten die Hände. Etliche weinten, als fiele nun all das Leid und die Angst der Pestzeit von ihnen ab. Doch die Angst war noch da, und für das Leid sorgten die Geißelbrüder selbst.

Inzwischen floss das Blut in Strömen. Die Haut des Mannes, der sich direkt vor mir immer wieder die Peitsche über den Rücken zog, war überall aufgeplatzt; der Rücken bestand nur noch aus rohem Fleisch. Doch kein Schmerzenslaut war zu vernehmen, nicht von ihm und nicht von seinen Genossen. Stattdessen nahmen die Geißler in einer Pause ihren dumpfen Singsang wieder auf:
Leistet Buße, liebe Leute,
der Hölle wir entgehen heute.
Luzifer ist ein böser Mann,
der jeden Menschen holen kann.
Das Prügeln begann aufs Neue, und der Weißhaarige schritt in die Runde. Wo er einen Mitgesellen entdeckte, der in seinen Augen nicht kräftig genug zuschlug, da haute er selbst drein:
Keine Schonung! Lasst nicht nach!, schrie er mit greller Stimme.

Dann ließen sich die Geißler wieder mit dem Bauch voran in den Dreck sinken. Für Frauen und Kinder war der Moment gekommen, sich an den Wachen vorbeizuschieben und weiße Tücher ins Blut der Flagellanten zu tauchen. Mit irrem Lachen rannten sie davon, tropfende Trophäen über den Köpfen schwenkend. Manche leckten gierig vom Blut oder beschmierten sich damit das Gesicht, bis es rot war.

Ein harter Trommelwirbel gebot der Menge Stille. Der Weißhaarige rollte ein Pergament auf und hub an: Dieser Brief, den ich nun verlese, wurde in Jerusalem auf dem Altar der Grabeskirche gefunden, und zwar am Karfreitag 1343. Es war Gottes letzte Mahnung an die Menschheit vor der Pest. Doch die verstockte Menschheit hat nicht gehorcht. Höret!

Erneut erscholl aus vielen Kehlen der Ruf nach Erbarmen.

Höret!, wiederholte der Geißer. Oh, ihr Menschenkinder, ihr Kreaturen schwachen Glaubens und böswilligen Fleisches! Fluch über euch! Denn ihr habt nicht gehalten den Tag des Herrn, sondern den Sonntag entweiht. Ihr habt euch hingegeben den Sünden der Wollust, zu denen der Teufel euch verführt. Ihr habt falsch Zeugnis geredet, habt bei den Juden Geld geliehen und habt nach den Reichtümern der Erde gestrebt, die ich, euer Herr, euch verboten habe. Ihr alle seid dem Verderben anheimgefallen!

Gnade!, riefen die Umstehenden. Gnade uns!

Wegen dieser Sünden, fuhr der Mann fort, sende ich euch Jahr für Jahr die Armeen der Heiden, die eure Krieger erschlagen. Ich strafe euch mit Erdbeben, Hunger und wilden Tieren, ich treffe euch mit Blitz und Donner, ersäufe euch in der Flut und verbrenne euch im Feuer. Warum? Weil ihr es nicht besser verdient! Wolltet ihr meine Ermahnungen hören? Nein! Darum habe ich nun die Pest geschickt, auf dass sie hole jeden Zweiten aus jedem Hause, Kinder und Alte, Frauen und Männer, Arme und Reiche, Priester und Laien.

Die Menschen hatten zu weinen begonnen und schlugen sich die Hände vors Gesicht. Auch Lapo lag auf den Knien und hatte Patroklus und den Rappen vergessen, doch die Tiere konnten ohnehin keinen Schritt tun.

Die schrille Stimme des Geißelführers überschlug sich nun: Das

Wappen eurer Stadt zeigt die rote Lilie. Diese Blume ist schwarz geworden. Schwarz wie eine Pestbeule, die aufspringt und Florenz mit ihrem stinkenden Eiter überschwemmt. Der Tod sendet seine Pfeile herab. Euch alle wird er ausrotten! Jeden Einzelnen, ohne Erbarmen! Angstvolles Heulen war zu hören. Da hob der Mann begütigend seine Hände: Doch verzagt nicht! Auf Fürsprache der edlen Mutter Maria und der Erzengel und all der Heiligen im Himmelreich hat Gott es sich noch einmal überlegt.

Die Menge stöhnte auf.

Es gibt noch einen, einen allerletzten Weg zur Gnade, schrie der Weißhaarige. So spricht Gott, der Herr. Ehret meinen Sonntag! Verdammt die Fleischeslust! Tötet die Juden! Wer diesen Erlösungsweg gehen will, der schließe sich uns an. Er entsage für vierunddreißig Tage seinem irdischen Geschäft, spreche sich frei von Frau und Kindern. Im weißen Gewand der Buße soll er ziehen mit uns von Stadt zu Stadt. Und sein Blut soll strömen zur Rettung der verderbten Menschheit, auf dass diese Pest ende und niemals wiederkehre. Gesellt euch zu uns! Lasst uns umkehren, und jeder von uns finde einen Ausweg aus den Klauen der Hölle! Das ist Gottes Wort.

Amen, Amen!, schrien die Menschen aus Leibeskräften und schlugen wie wild das Kreuzzeichen. Dann erhoben sich die Geißler, legten einander Tücher über die blutigen Rücken und zogen hinter den Standarten und ihrem Führer in Dreierreihen zur Messe in die Kathedrale. Wieder dröhnten die Glocken. Die meisten drängten ebenfalls in die Kirche, andere verzogen sich nach Hause.

Ich warf Boccaccio einen Blick zu. Er hatte die ganze Zeit ohne Regung das Spektakel verfolgt – wie ein Arzt, der einen Kranken in seinem Leiden beobachtet, bevor er eine Medizin verordnet. Doch gegen die Geißler, das wussten wir beide, gab es keine Medizin. Und hätte es sie gegeben, niemand in Florenz hätte sie genommen.

Warum, fragte ich, machen die Leute das? Was soll es bringen, sich Schmerzen zuzufügen?

Boccaccio zuckte mit den Schultern: Die Leute wollen es nicht anders. Wir müssen los.

Er drehte sich zu Lapo um. In dessen verweintem Gesicht spiegelten sich immer noch Angst und Erregung. Boccaccio und ich stiegen auf unsere Reittiere. Endlich kamen wir, wenn auch nur im Schritt, bei der Porta Faesulana aus der Stadt hinaus. Im offenen Feld hinter den letzten Hütten befahl Boccaccio Lapo, bei ihm hinten aufzusitzen: Anders schaffen wir es bis Sonnenuntergang nicht zur Badia.

Der alte Patroklus und der doppelt belastete Rappe von Boccaccio konnten bergauf zwar nicht traben, doch im Schritt der Tiere kamen wir viel schneller voran als zuvor. Die Abendsonne rötete das Arnotal. Nur noch wenige Leute waren unterwegs.

Boccaccio lenkte sein Pferd neben Patroklus und fragte: Was hältst du von den Geschichten der gefeiten Dörfer? Du hast doch sicher davon gehört.

Ich packte meine Zügel fest, damit ich auf dem steilen Weg nicht herunterfiel: Du spielst auf die Gerüchte an, dass ganze Siedlungen durch Zauberei von der Pest verschont werden? Man sagt, dass irgendwo in den Bergen, hinter einem großen Moor die Friedhöfe leer und die Kirchen voll sind. Und die Menschen sollen dort glücklich und gesund leben? Solche Märchen hören die Leute gern.

Genau, meinte Boccaccio. Also kommt die Pest überallhin?

Bisher hat sie überall zugeschlagen. Kein Zauber, kein Glaube macht einen Unterschied. Sogar in Indien, dem größten Land der Welt, wurde das halbe Volk dahingerafft, habe ich gehört. Ich bin allerdings einmal zu den Inseln fern im Atlantik gereist, die sie die glücklichen nennen. Mag sein, dass die Pest die glücklichen Inseln verschont. Aber nur, wenn niemand von uns dorthin gelangt.

Die Kanarischen Inseln?, rief Boccaccio. Du warst dort? Ich habe vor Jahren ein Traktat über sie verfasst, weil ich in Neapel einen der Seeleute kennengelernt habe, der auf dem Schiff von Niccolò da Recco mitgesegelt ist. De Canaria heißt mein Buch. Niemand sonst hat bisher über diese Weltgegend geschrieben. Die Menschen dort leben nackt und glücklich in ewigem Frieden, ganz anders als wir. Ich finde das wunderbar.

Ich wollte Boccaccio nicht widersprechen, obwohl ich es besser wusste, und wies mit der Hand auf die Hügel, wo Fiesole begann: Da oben finden wir leider keinen ewigen Frieden. Ich bewundere deinen Mut, Boccaccio, dass du dich in dieses Dekameron hineinwagen willst. Aber du darfst diese Leute nicht unterschätzen. Der Arzt Pandolfo ist ein gefährlicher Mann, doch seine Gefährten sind womöglich noch schlimmer. Tödlich wie Giftschlangen. Willst du nicht lieber umkehren?

Boccaccio schaute mich beleidigt an: Du hältst mich für einen Feigling, weil ich nur ein Poet bin? Und weil ich nicht so gut mit dem Messer umgehen kann wie du? Du irrst dich, Wittekind. Ich werde Giovanni Villani rächen. Und Cioccia wird sehen, dass ich ebenso tapfer bin wie du.

Darum ging es also. Ich hatte mich gewundert, warum der Steuereinnehmer zwanzig Florin von seinen Einkünften für diesen Ritt opferte, um den Mutigen zu spielen. Nun wusste ich es. Ritter Lancelot zog auf Abenteuer zu den Räubern und Mördern, und sein treuer Freund Galeotto begleitete ihn, denn beide warben um die Gunst der Königin Guinevere. Wen würde sie am Ende erhören? Ich seufzte tief. Es war Lapo, der mich aus meinen Gedanken riss: Ihr braucht keine Angst zu haben. San Romolo wird euch beschützen!

Lapo, sagte ich, deinen San Romolo kenne ich nicht, aber wir werden ganz gewiss nicht absteigen, um zu ihm zu beten.

Wir müssen kein Gebet mehr sprechen, rief der Junge, das habe ich schon vom Pferd aus erledigt. Ihr müsst wissen, dass der heilige Romolo der Stadtpatron von Fiesole ist. Wer sich seinem Schutz unterstellt, dem kann da oben kein Leid geschehen. Romolo hat die Fiesolaner mit vielen Wundern zum Christentum bekehrt.

Kannst du uns vielleicht eines erzählen?, erkundigte sich Boccaccio. Er kannte Lapo noch nicht.

Lapo strahlte: Als Romolo nach Fiesole kam, bat er eine Frau um einen Schluck Wasser aus ihrem Krug. Doch sie war eine Heidin und gönnte dem Heiligen nichts Gutes. Da verwandelte er das Wasser in ihrem Krug in Blut, und sie bekleckerte sich damit alle Kleider.

Blut, das in Strömen floss. Mir erschien das kein gutes Vorzeichen für das, was uns in Fiesole bevorstand. Doch Lapo blieb, einmal in Fahrt, unerschütterlich: Wir müssen auch keine Angst haben vor Wölfen, denn eine Wölfin hat Romolo gefunden und gesäugt. Sein Vater setzte ihn im Wald aus, weil seine Mutter es mit einem Sklaven getrieben hatte. Aber der kleine Romolo ist nicht gestorben, sondern ein Heiliger geworden.

Ich hoffte, dass es allen Kindern in Fiesole ähnlich gut ergehen würde wie dem kleinen Romolo. Aber die Wölfe, mit denen wir es zu tun bekommen sollten, kannten gewiss keine Gnade. Das Leben war keine Heiligenlegende.

Wie ist dein heiliger Romolo denn zu Tode gekommen?, wollte ich nun doch wissen.

Geköpft, rief Lapo fröhlich. Erst hat der römische Stadthalter Romolo fürchterlich gefoltert, und dann ließ er ihm den Kopf abhacken.

Wieder ein Enthaupteter. Ob Boccaccio an schlechte Vorzeichen glaubte? Bei einem kleinen Wäldchen, noch außer Sichtweite der Badia, hielt der Poet sein Pferd an. Er stieg ab, kramte in seiner Satteltasche und winkte mich herbei. In der Rechten schwenkte er einen schwarzen Bart. Ich hatte meine Maskierung völlig vergessen.

Boccaccio erklärte: Die Farbe passt nicht zu deinem Haupthaar, aber viel ist das ja nicht mehr. Das verstecken wir unter diesem Hut. Es ist sowieso besser, wenn du ihn tief in die Stirn ziehst.

Ich setzte mir den breitkrempigen Reisehut auf, mit dem ich aussehen musste wie ein Pilger nach Santiago. Dann knetete Boccaccio etwas Wachs zwischen seinen Handflächen und bestrich damit den Bart sowie meine Schläfen. Zuerst band er das Haarteil mit einem Faden an meinem Nacken fest, damit es nicht herunterfiel. Danach befestigte er die Haare an meiner Haut. Er zog alles fest und richtete mir den buschigen Bart. Es kratzte, doch Boccaccio tat gut daran, mich zu maskieren. Würde der Doktor mich erkennen, wäre es mit unserem Abenteuer schnell vorbei.

Lapo musste laut lachen, als er mich erblickte: Jetzt siehst du aus wie der heilige Nikodemus!

Dann kann uns ja nichts passieren, brummte ich hinter meinem Bart. Außerdem beschützt uns ja noch sein alter Kamerad, der heilige

Romolo. Und der Täufer steht für alle Fälle auch noch im Hintergrund bereit, zur Not sogar ohne Kopf. Fehlt uns nur noch ein Heiligenschein, dann fällt Dottor Pandolfo vor uns auf die Knie und gesteht alle seine Verbrechen. Mein guter Lapo, was würden wir nur ohne dich und deine Schutzpatrone anstellen?

Wir bogen um eine Kurve. Im Abendlicht erschien die Badia Fiesolana, die älteste Kirche weit und breit. Vor ihrer Marmorfassade, die mit geometrischen Zeichen an das Ziegelgemäuer geklebt erschien, wartete ein einsamer Reiter.

Ein Schutzpatron, dachte ich, das war es, was wir jetzt brauchen konnten.

KAPITEL 29

Der Mann zwischen zwanzig und dreißig trug ein Flickengewand in allen Farben, wie es Söldnern und Henkern eigen war: grüner Hut mit weiter Krempe, lange fahlrote Jacke, schmutzig gelbe Hosen. Er schien schon länger zu warten, ließ sich aber keine Ungeduld anmerken. Er grinste und entblößte dabei einen zahnlosen Unterkiefer: Du bist Boccaccio? Sag mir, was du hier willst.

Der Angesprochene räusperte sich, bevor er leise antwortete: Wir wollen zum Dekameron.

Zeig mir das Geld!

Boccaccio ergriff seinen Beutel und leerte ihn vorsichtig in seine eigene Handfläche. Ein Florin nach dem anderen klimperte heraus.

Der Mann grinste zufrieden. Er hatte nicht Toscanisch gesprochen, sondern Neapolitanisch. Ich verstand das Genuschel nur deshalb, weil ich eine Zeitlang in Neapel gelebt hatte. Es war für mich keine Überraschung, dass Boccaccio, der dort viele Jahre verbracht hatte, sich an den Mann in dessen Muttersprache wandte: Wohin reiten wir?

Wieder griente der Mann: Wirst schon sehen, Landsmann.

Dann setzte er sich in Trab. Wir hatten im schlechten Licht Mühe, ihm zu folgen. Es ging nun nicht mehr bergauf. Weit vor den Mauern der Stadt bogen wir auf einen schmalen Pfad in ein Waldstück, hinter dem sich im Abenddämmer eine mächtige Villa abzeichnete. Der Eingang war mit Fackeln erleuchtet, Bratenduft lag in der Luft. Söldner mit Spießen, Schwertern und Knüppeln erwarteten uns beim Tor.

Das sind die Letzten, rief unser Führer. Er nahm uns die Schwerter ab – mein Messer im Ärmel bemerkte er nicht – und ging uns voran zum Portal. Dort stand ein hagerer Kerl mit Zauselbart. Es war deutlich, dass er hier das Kommando führte. In seinem Ohrläppchen baumelte ein goldener Ring, das andere Ohr hatte er im Kampf oder unter dem Messer eines Scharfrichters eingebüßt. Einen Hut trug er nicht, dafür eine kleine Kappe und eine Häherfeder hinter seinem Ohr.

Willkommen beim Dekameron! Ich bin der Comandante unserer kleinen Republik, rief er und hielt Boccaccio die Hand entgegen. Doch nicht zum Gruß streckte er sie aus, sondern weit geöffnet, um die dreißig Florin in Empfang zu nehmen. Boccaccio schüttete ihm wortlos den Inhalt seiner Börse in die Hand. Ich bemerkte, dass mein Begleiter leicht zitterte. Der Comandante nahm es als Ausdruck der Vorfreude.

Du wirst viel Spaß haben bei uns, sagte er in breitestem Neapolitanisch. Du kannst deinen Diener mitnehmen. Der Junge bleibt draußen in den Stallungen, da kann er froh sein. Drinnen kann ich für seine Sicherheit nämlich nicht garantieren.

Der Mann lachte schallend, während Lapo verzagt das Zaumzeug der Reittiere ergriff und einem Pferdeknecht zu den Ställen folgte, die rechts von der Pforte lagen.

Nun zu uns, fuhr der Comandante mit schriller Stimme fort: Unsere Regeln sind einfach. Nummer eins: Nichts von dem, was hier geschieht, dringt nach draußen. Sollten wir mitbekommen, dass einer von euch plaudert, erwischen wir euch. Wir sind Söldner und haben unsere Ohren und Augen überall. Und seid euch nicht so sicher, dass sich unter den Gästen nicht Leute vom Podestà aus Florenz befinden. Oder der Prinzipal des Hafens von Pisa. Oder der Bruder des Grafen von Poppi. Solch hochgestellte Herren wollen ihre Ruhe. Wir haben mächtige

Freunde, und wer uns verpfeift, dem wird der Hals abgeschnitten. Verstanden?

Wir nickten, und der Comandante wirkte etwas versöhnlicher: Regel zwei: Niemand kennt hier den anderen. Das gilt auch, wenn ihr zufällig jemand von den anderen da drinnen tatsächlich erkennt. Ihr seid Fremde füreinander, ihr habt keine Namen, versteht ihr? Einer redet den anderen folgendermaßen an: Lieber Gast! Aber am besten haltet ihr überhaupt den Mund. Meine Leute sind die Sergenten. Alle anderen im Dekameron haben weder Namen noch Titel, das sind keine Gäste, sondern Spielzeug.

Boccaccio und ich blickten uns an. Wie sollte das enden?

Und nun, strahlte der Comandante, kommt die wichtigste Regel, Nummer drei. Andere Regeln außer eins und zwei gibt es nicht. Ihr könnt da drin alles tun, was euch Spaß macht. Boccaccio, du hast bezahlt. Nun bist du unser Gast. Vielleicht fällt sogar für deinen Rauschebart von Diener etwas vom Vergnügen ab, das ist deine Entscheidung. Auch Essen und Trinken dürft ihr beiden so viel, bis ihr kotzt. Mit dem Preis ist alles abgegolten. Und jetzt hereinspaziert!

Er machte eine schwungvolle Geste. Wir schritten durch die Einfahrt in den Hof. Hinter einem Vestibül voller Liegen führten Gänge zu den Zimmern. Möglich, dass diese Villa einst ein reicher Konvent gewesen war, der Landsitz eines hohen Klerikers oder das Gut einer Sippe von Banchieri. Raum gab es genug. Wir wurden in einen Gang geleitet; unser Zimmer war das dritte links. Alle Türen blieben geschlossen. Ich fragte mich, wie wir den Arzt in dieser Klausur je finden sollten. Immerhin hatten wir Zeit, im schlimmsten Fall zehn Tage.

Als wir unsere Sachen auf den Betten abgelegt hatten, brachte ein Diener eine Schüssel Wasser. Ich wusste, was ich zu tun hatte. Ich nahm dem Knecht seine Last ab und trug sie selbst mit einer Verneigung zu Boccaccio. Ich war der persönliche Diener, ich reichte ihm das Handtuch und klopfte seinen Reisemantel ab. Es befand sich zwar niemand mehr außer uns im Raum, doch das hieß nicht, dass man uns nicht durchs Schlüsselloch oder irgendeine Ritze beobachtete. Schließlich wischte auch ich meine Kleider sauber. Dann kontrollierte ich sorgsam alle Winkel unseres Zimmers. Es ließ sich von innen abschließen, es gab keine Gucklöcher, und die ebenerdigen Fenster konnte ich mit Läden verriegeln. Der Comandante hielt Wort. Wir waren hier nicht im Kerker. Nach einiger Zeit ertönte eine Glocke. Wir wurden zusammen mit etwa zehn anderen Männern vom Comandante im Vestibül erwartet. Er geleitete uns in den Garten, wo ein Koch ein Zicklein am Spieß briet. Ums Herdfeuer standen Tische und Stühle. Die Männer, fast alles ältere Jahrgänge, ließen sich nieder, die Diener standen zwei Schritte dahinter. Nach kurzer Zeit erhielt Boccaccio wie die anderen einen Becher Wein. Jeder nippte an seinem Trunk. Aus den Augenwinkeln beobachtete einer den anderen, keiner sprach ein Wort. Ich spähte nach Pandolfo, doch ich hatte noch nie zuvor einen der Anwesenden gesehen.

Das Zicklein roch verführerisch. Mir fiel ein, dass ich schon länger nichts gegessen hatte. Boccaccio erbat sich einen Becher Wein für mich; er wurde aus einem anderen Krug ausgeschenkt als der Tropfen für die zahlenden Gäste. Ich nahm einen tiefen Zug. Eigentlich musste ich nüchtern bleiben. Doch ließ sich dieses Fest nüchtern ertragen?

Boccaccio winkte mich zu sich und raunte: Von den anderen Männern kenne ich nur Marco Corsini, Sohn eines reichen Kaufmanns aus der Nachbarschaft von Santo Spirito. Das ist der Kerl da hinten mit dem roten Wams und dem roten Barett. Der würde sich nicht schämen, wenn wir in Florenz herumerzählen, dass er hier mitgemacht hat. Er treibt sich sowieso nur in Bordellen herum und brüstet sich bei jeder Gelegenheit damit. Doch seine Gesellschaft sollte uns nicht davon abhalten, etwas zu essen. Wir müssen unsere Kräfte zusammenhalten.

Mir wurde klar, warum der Comandante so unbesorgt wirkte. Nachrichten über sein makabres Fest würden niemals in unberufene Ohren gelangen. Jeder, der hier mitmachte, würde unweigerlich die eigene Ehrbarkeit zerstören, wenn er plauderte. Selbst wenn gleich Andrea Lancia oder ein Prior von Florenz um die Ecke käme – was sollten wir antworten, wenn wir die Würdenträger später beschuldigten und man uns fragte, was wir denn selbst im Dekameron verloren hatten? Dass wir auf der Suche waren nach einem Arzt, der vielleicht Testamente gefälscht und Patienten vergiftet hatte, würde uns keiner glauben.

Da entdeckte ich Dottor Pandolfo del Bene. Der Arzt, die Mütze tief ins Gesicht gezogen, schritt mit gesenktem Blick aus der Villa und setzte sich an einen abseits stehenden Tisch, alle Anwesenden vorsichtig ausspähend. Er nahm einen Trunk und ließ sich nicht anmerken, ob er Boccaccio bemerkt hatte. Dass er mich hinter meinem Bart im Fackelschein erkennen konnte, hielt ich für ausgeschlossen.

Eine lauernde Sphäre hing über dem Abendessen. Zwei Söldner mit Schwertern am Gürtel gingen mit Tellern umher und trugen Bratenstücke vom Zicklein auf. Aus der Küche brachten Köche einen Kessel mit dampfendem Brei herbei, von dem auch wir Diener eine Kelle abbekamen. Es war Gerstenmus mit Zimt, Ingwer und anderen Gewürzen. Der Comandante beschäftigte einen guten Koch. Boccaccio aß mit Appetit. Er hatte nicht unrecht; wir mussten unsere Kräfte sammeln. Als wir mit dem Essen fertig waren, trat der Comandante mit zwei Musikern aus der Villa. Ein Flötist und ein Fiedler spielten auf. Es war beileibe nicht die kunstvolle Orgelmusik eines Francesco Landini, eher ein Wirtshaustanz. Aber wegen der Musik war keiner ins Dekameron gekommen. Die gute Laune des Comandante konnte das Gefiedel nicht erschüttern. Nach einem Bauerntanz hustete er vernehmlich und begann eine kleine Ansprache: Meine lieben Gäste, ihr seid in den bösen Zeiten der Pest hier bei uns zusammengekommen, um euch von den Widrigkeiten abzulenken und eure Zeit dem Vergnügen zu weihen. Mag drunten in der Stadt der Hauch des Todes immer noch durch die Gassen wehen, hier oben in den Hügeln werden alle Gedanken an die Seuche weggeblasen. Bei uns ist gesorgt für Seele und Leib, hier leben wir für die kommenden Tage so lustig wie die Hirten der Antike. Im Dekameron sind wir frei von allen Sünden und frei von allen Verboten.

Er hustete erneut und spuckte aus, bevor er mit hoher Stimme endete: Spaß wollt ihr haben? Dann los! Spaß sollt ihr haben, wie ihr es noch nie zuvor erlebt habt!

Der Comandante klatschte in die Hände. Mehrere Söldner führten eine Schar von Jungen und Mädchen herein, die meisten um die dreizehn Jahre alt. Die Kleinsten waren jünger. Alles in allem zählte ich fünfundzwanzig Kinder. Söldner schoben die Unwilligen mit Stößen zum Feuer, wo sie Aufstellung nahmen. Die Neapolitaner hatten ihre Opfer mit feinen Kleidungsstücken ausstaffiert, die sie gewiss in den Villen von Fiesole erbeutet hatten: seidene Umhänge, Samtmützen, weiße Strümpfe, gestärkte Hauben, Röcke und Roben aus blauem Flanderntuch, Schnabelschuhe und hohe Trippen. Die Mädchen waren unbeholfen mit Henna um die Augen geschminkt; ihre Lippen hatte man rot angemalt. Alle Kinder rochen nach Rosenwasser.

Die meisten Sachen waren den Jungen und Mädchen zu groß. Die Ärmel hingen herab, die Mützen rutschten über die Ohren, und im ungewohnt feinen Schuhwerk kamen einige ins Stolpern. Es waren ersichtlich Bauernkinder, die keine Ahnung hatten, was sie hier erwartete. Ein kleiner Junge hielt ein Mädchen bei der Hand gefasst und sang leise vor sich hin. Hatte man sie mit Geschenken hierher gelockt? Hatte man sie mit Schlägen gezwungen? Oder hatten die eigenen Eltern sie verkauft?

Meine Kehle war trocken, ich schluckte schwer. Boccaccio hatte den Blick abgewandt und starrte in den dunklen Garten. Als zahlender Gast des Comandante hätte er mehr Aufmerksamkeit zeigen müssen, aber das ging wohl über seine Kräfte. Während die anderen Männer aufstanden und sich lächelnd zu den Kindern gesellten, blickte einzig der Doktor dumpf in seinen Becher. Er war nicht zum Spaß nach Fiesole gekommen. Das wenigstens hatte er mit uns gemeinsam.

Die Männer standen wie bei einem Viehmarkt um die Kinder herum. Einem Mädchen fasste ein dicker Kerl ans Kinn. Es begann zu weinen, bekam von einem Söldner aber einen Stoß und schluckte ihre Tränen hinunter. Als Marco Corsini einen Jungen am Arm in den Garten zog, sprang Dottor Pandolfo auf und verschwand schnellen Schrittes in der Villa. Ich berührte Boccaccio kurz bei der Schulter und eilte dem Arzt hinterdrein. Drinnen bemerkte ich gerade noch, wie er im ersten Gang bei der zweiten Tür verschwand und sie hinter sich mit lautem Ruck verriegelte. Boccaccio gesellte sich im Vestibül zu mir, als hinter uns die Fistelstimme des Comandante ertönte: Stimmt irgendetwas nicht? Habt ihr etwas auszusetzen?

Boccaccio fasste sich schnell: Ganz und gar nicht. Du hast uns nicht zu viel versprochen. Allerdings ist das Ganze für mich noch neu. Ich muss mich erst eingewöhnen, wenn du verstehst. So was erlebt man nicht alle Tage.

Der Comandante lachte: Ein Grund mehr, keinen Augenblick zu verpassen. Aber es ist noch viel Zeit. Vielleicht bist du müde von der Reise. Wie sagt man? Ein dicker Mann tanzt auf einem dünnen Seil.

So wird es sein, beeilte Boccaccio sich zu bestätigen. Reisen machen mich immer müde. Ich sammle heute Abend meine Kräfte.

Du erinnerst dich sicher an Regel drei, meinte der Söldner generös, jeder nach seinen Wünschen. Wenn es eines hier nicht gibt, dann Zwang. Jedenfalls nicht für die Gäste. Mit einem Kichern verzog er sich in den Garten, wo es im Augenblick für ihn Wichtigeres zu überwachen gab als im Haus. Ich hatte einen Einfall.

Geh in unser Zimmer und leg dich ins Bett, flüsterte ich. Schließ die Tür nicht ab und halt dir mit den Händen den Bauch. Ich komme gleich nach.

Boccaccio blickte mich fragend an, aber ich schob ihn einfach in den Gang und wandte mich dann zur Tür von Pandolfo. Ich zog meinen Hut in die Stirn und klopfte vorsichtig. Keine Antwort. Ich klopfte lauter. Nichts regte sich. Dann rief ich mit verstellter Stimme den Namen des Bewohners. Als Pandolfo ihn hörte, zog er am Riegel und streckte mit ängstlichem Blick den Kopf heraus.

Ich weiß, das ist gegen die Regeln, begann ich unter Verbeugungen. Doch mein Herr, Messer Boccaccio da Certaldo, hat euch erkannt. Ihr müsst euch keinerlei Sorgen machen, sagt er. Wir sind hier unter Gleichgesinnten.

Lass mich in Ruhe, brummte Pandolfo und wollte die Tür wieder zuschieben. Ich stellte meinen Fuß dazwischen: Ich flehe euch an. Messer Boccaccio ist erkrankt. Er hat fürchterliche Bauschmerzen und fürchtet zu sterben. In jedem Fall fürchtet er, das viele Geld vergebens bezahlt zu haben. Ihr seid Arzt und könnt meinem Herrn helfen.

Ich bin hier nicht zum Arbeiten, beschied mich Pandolfo unwirsch. Zieh den Fuß weg. Oder ich rufe den Comandante. Ihr habt die Regeln gebrochen.

Um Himmels willen, bat ich den Doktor. Dann wirft man meinen Herrn hinaus, und wenn er dann deliriert oder böse wird auf euch, dann weiß morgen ganz Florenz, dass ihr hier seid. Wenn ihr ihm jedoch helft, dann wird er euch reich belohnen.

Pandolfo blickte mich argwöhnisch an. Er wollte um keinen Preis erkannt werden, doch das war ihm nicht gelungen. Nun wollte er wenigstens Geld verdienen. Ich wusste, dass er welches brauchte.

Nun gut, brummte er. Er verschwand in seiner Kammer, zog sich eine graue Samtrobe über – die rote Tracht des Arztes hatte er wohlweislich nicht dabei – und folgte mir. Ich öffnete vorsichtig unsere Zimmertür und fand Boccaccio wie vereinbart im Bett. Er blickte starr zur Decke und hielt sich den Bauch.

Herrgott, rief ich, er ist doch nicht tot?

Pandolfo schritt zum Bett, um dem Kranken den Puls zu fühlen. Da spürte er auch schon mein Messer an der Kehle: Kein Laut, keine Bewegung! Boccaccio, schieb den Riegel vor! Unser Arzt benötigt selber Beistand. Den wird er bekommen, wenn er Antworten gibt auf unsere Fragen.

Todesangst stand dem Doktor ins Gesicht geschrieben, ich blickte in weit aufgerissene Augen.

Wer bist du?, stieß er hervor. Ich habe dir nichts getan!

Boccaccio konnte nicht mehr an sich halten: Wir interessieren uns für die schmutzigen Erbgeschäfte, die du mit Bortolo, dem Advokaten, ausgeheckt hast. Giovanni Villani ist euch auf die Schliche gekommen, da hast du ihn vergiftet. Ein Mörder bist du!

Hinter Pandolfos Stirn arbeitete es fieberhaft. Schweißtropfen traten hervor. Offensichtlich begriff er nicht, was hier vor sich ging. Endlich sagte er: Der alte Villani war an der Pest erkrankt. Ich habe ihm ein Schlafmittel gegeben, damit er nicht leiden musste.

Und warum hast du seinen Leichnam so schnell beseitigt?, fragte Boccaccio.

Das waren die Vorschriften, bei den ersten Pestleichen glaubten wir noch, wir könnten die Seuche eindämmen, wenn niemand mit den Toten in Berührung kam.

Und die geänderten Testamente?, wollte ich wissen. Bortolo und du, ihr habt euch an Sterbenden bereichert. Darauf steht die Todesstrafe.

Wie wollt ihr das beweisen?, höhnte der Arzt, schon wieder selbstbewusster. Hat sich einer der Toten bei euch beschwert? Der alte Villani sah überall Gespenster, weil er die Peruzzi hasste. Was konnte Bortolo dafür, wenn die Kranken aus Furcht vor der Hölle ihren Besitz der Kirche überschrieben? Der Podestà lacht sich tot, wenn ihr mit dieser Anklage anrückt.

Ich hielt den Mann weiter fest im Griff, Boccaccio baute sich vor dem Doktor auf: Wenn du so ein reines Gewissen hast, warum bist du dann weggelaufen? Wieso versteckst du dich unter diesem Gesindel, wenn nicht aus Furcht vor Rache? Du bist weggelaufen wie eine Maus vor der Katze!

Wieder überlegte Pandolfo und begann dann zu lächeln: Angst vor Rache. Ja, das steckt dahinter. Einer nach dem anderen sind nun Ruffo, Bortolo und Arnaldo ermordet worden. Allesamt Brüder, allesamt Söhne von Pacino. Wollt ihr mir vorwerfen, dass ich mir da meine Gedanken mache? Solange dieser Rächer sein Unwesen treibt, habe ich das Recht, mein Leben zu schützen, wenn es sonst schon keiner tut. Und ihr könnt euch jetzt überlegen, wie ihr aus eurem Dreck wieder herauskommt. Die Katze sitzt euch Mäusen nämlich selbst im Nacken.

Wen meinte er? Boccaccio starrte mich an. Ich hielt das Messer immer noch an Pandolfos Hals. Der leckte sich die Lippen und schnaufte: Es ist doch so: Entweder ihr stecht mich ab. Dann findet mich über kurz oder lang der Comandante, und ihr seid selber dran. Oder ihr lasst mich laufen, dann verpfeife ich euch, und ihr seid ebenso dran. Aber wenn wir jetzt wie vernünftige Menschen miteinander reden und uns einigen, dann kommen wir alle aus diesem verfluchten Dekameron lebend wieder heraus.

Wir sagten nichts, und der Arzt blickte Boccaccio fragend an, dann über die Schulter auch mich. Er lachte höhnisch, bis ich ihm mit der Messerspitze ganz leicht den Hals spießte.

Spielt ihr mit mir?, schrie er. Bist du der siebte Sohn? Warst du damals dabei in San Donato? Dann mach endlich ein Ende! Stich doch zu!

Da hämmerte es an der Tür. Es war der Comandante: Was geht da vor? Habt ihr eine Disputation mit dem Arzt? Oder findet ihr alten Kerle plötzlich Gefallen aneinander? Macht sofort die Tür auf!

Irgendjemand hatte unser Geschrei gehört. Ich machte Boccaccio mit den Augen ein Zeichen, aber der rührte sich nicht vom Fleck. Er saß zusammengesunken auf dem Bett und starrte zur Wand, all sein Mut schien aufgebraucht. Ich lockerte den Griff und schob Pandolfo zur Tür, ohne genaue Vorstellung, was nun zu tun war. Der Arzt nutzte diesen Moment. Er riss einen Arm aus meiner Umklammerung, schlug auf meine Hand mit dem Messer und sprang zum Fenster. Mit einem Tritt gegen die Läden hatte er freie Bahn. Überraschend gelenkig setzte er über die Brüstung und verschwand, wie vom Teufel gehetzt, in der Dunkelheit. Ich konnte ihm nicht folgen.

Es hämmerte wieder an der Tür. Ich steckte schnell mein Messer ein und schob den Riegel zurück. Auf Boccaccio konnte ich nicht zählen. Ich zeigte auf meinen erbleichten Gefährten: Mein Herr hat heute Mittag in Florenz dem Wein zugesprochen. Ihm ist dies alles hier noch etwas peinlich. Er hat so was noch nie gemacht. Und als er dann seinen alten Arzt traf, wollte er sich Rat holen für die kommenden Tage. Und vielleicht eine kleine Medizin, du verstehst schon, für die Kräfte. Der Arzt ist leider ein sehr furchtsamer Mann. Mit deinem Hämmern an der Tür hast du ihn vertrieben.

Ich wies auf den aufgestoßenen Laden. Der Comandante ging im Raum umher, warf immer wieder Blicke auf den zusammengesunkenen Boccaccio, dessen Hände zitterten.

Der Neapolitaner lachte heiser: Oder wolltet ihr es für den Anfang erst mal zu dritt versuchen? Unter alten Bekannten? Ich hätte sogar Verständnis dafür. Hier muss sich keiner schämen. Denkt an Regel drei! Der Comandante rieb sich das Kinn: Aber wenn ihr dem Arzt ans Leder wollt, dann muss ich euch töten. Jeder Gast steht unter meinem Schutz.

Da erhob sich Boccaccio langsam und baute sich, kläglich wie er war, vor dem Söldner auf. Er winkte den Comandante zu sich und flüsterte ihm etwas ins Ohr. Die Miene des Mannes hellte sich auf, er nickte mehrmals und schlug Boccaccio am Ende freundschaftlich auf die Schulter: Jetzt verstehe ich, warum der Doktor die Hosen voll hat. Was für ein Schwein! Er ist sicher über die Mauer abgehauen, aber wenn ihr morgen früh mit dem ersten Licht losreitet, kommt er nicht weit. Über Nacht müsst ihr aber hierbleiben.

Der Mann sagte das alles in einem für mich nahezu unverständlichen Neapolitanisch, Boccaccio gab ihm im selben Jargon eine genuschelte Antwort, von der ich kein Wort verstand. Die beiden Männer reichten sich einverständlich die Hand, der Comandante wünschte uns eine gute Nacht und war verschwunden.

Was hast du ihm erzählt, fragte ich entgeistert, während ich unsere Tür verriegelte.

Boccaccio zog die Läden zu und kam langsam wieder zu Kräften: Ich habe ihm gestanden, dass wir nicht zum Vergnügen ins Dekameron gekommen sind, sondern um den Arzt umzubringen.

Und das hat er einfach so geschluckt? Gerade wollte er uns noch dafür töten.

Boccaccio lächelte bitter: Nicht mehr, als ich ihm gesagt habe, der Doktor habe meine kleine Schwester entehrt. Ich sei verpflichtet, Blutrache zu üben. Der Doktor wisse das genau, darum sei er Hals über Kopf aus Florenz abgehauen. Für den Comandante passt meine Geschichte genau zu Pandolfos Furcht. Wer die Tochter oder die Schwester eines anderen entehrt, ist nicht nur in Neapel ein Toter auf zwei Beinen, in Florenz auch.

Ich schüttelte den Kopf: Was sind das für Menschen! Sie haben kein Problem damit, diese Kinder für Geld fremden Männern zum Fraß vorzuwerfen. Aber sie empfinden es als heilige Pflicht, die Jungfräulichkeit der eigenen Schwester mit dem Dolch zu rächen.

So sind sie in Neapel, meinte Boccaccio. Familienehre geht über alles. Ich habe lange genug da unten gelebt. Meine Geschichte war unsere Rettung. Gut, dass ich seinen Dialekt so gut spreche, da musste mir der Comandante meine Lüge einfach abnehmen, unter Brüdern sozusagen. Die Toscaner können sie in Neapel nämlich nicht ausstehen. Selbst wenn der Doktor jetzt auftauchte, ihm würde keiner mehr glauben.

Das wird nicht passieren, sagte ich. Der Todesvogel kommt nicht wieder. Wir müssen morgen, sobald es dämmert, unsere Suche fortsetzen.

Boccaccio schaute auf seine Finger, die immer noch leicht zitterten, und musste plötzlich lachen: Freu dich, dass du einen Poeten mitgenommen hast. Ohne meine Geschichte wären wir jetzt tot. Ich habe fürchterlichen Durst. Er wies auf einen großen Krug Rotwein, den man uns vorsorglich auf den Tisch gestellt hatte, und den ich erst jetzt bemerkte. Boccaccio ließ den Becher stehen und goss sich den Wein vom Krug direkt in die Kehle. Er wischte sich den Mund ab und kicherte: Dabei habe ich gar keine Schwester.

KAPITEL 30

Hast du verstanden, was der Doktor gerade gesagt hat?

Boccaccio reichte mir einen Becher mit Rotwein. Er trank weiter aus dem Krug. In unserem Zimmer war nur für eine Person gedeckt, nämlich für den Gast, für den Diener nicht.

Ich versuchte, das Geschehene zu ordnen: Pandolfo sagte irgendetwas von einem siebten Sohn. Ich weiß nicht, wer das sein soll. Immerhin hat uns der Arzt etwas verraten. Ich habe das schon lange vermutet, aber niemand von den Peruzzi wagt es, offen darüber zu reden. Einzig Michele Scalza hat es einmal angedeutet, denn die Familienehre steht über allem. Hast du das nicht gerade selbst gesagt?

Was meinst du genau?

Das ist doch offensichtlich, erklärte ich, dieser Arzt ist tatsächlich ein illegitimer Sohn Pacinos, genau wie der Advokat. Pandolfo hat sie seine Brüder genannt. Der Padrino hat zwar nach dem Tod seiner Frauen immer wieder geheiratet, doch seine offizielle Brut ist nur ein Teil vom Kuchen. Pandolfo, Bortolo und vielleicht auch Uguccione – das sind alles illegitime Söhne. Er hat sie mit Mägden zwischendurch erzeugt.

Das hat mein Vater ebenso gemacht, seufzte Boccaccio. Ich habe meine Mutter nie zu sehen bekommen, mein Vater gab mich zu einer Amme in unserem Heimatort Certaldo. Erst später kam ich nach Florenz in den Palazzo meiner Familie. Aber ich bin nur ein Versehen, ich bin der Bastard. Mein kleiner Bruder Jacopino ist der echte Sohn. Er wird später alles erben.

Ich sagte: Immerhin hat dein Vater dich anerkannt, obwohl er deine Mutter nicht geheiratet hat. Pacino wäre das nie eingefallen. Er trieb es mit allen Frauen, die ihm unterstanden. Wenn sie dann schwanger wurden, verheiratete er sie für etwas Geld mit einem armen Nachbarn oder mit einem Knecht. Damit erhielten sie eine ehrbare Abkunft, doch sie bekommen nicht auch noch ihr Teil vom Erbe. Pacino streute seinen Samen in alle Richtungen, aber sein Geld hielt er zusammen.

Und dennoch, fügte Boccaccio hinzu, verwendete der Padrino jeden der Söhne für seine Zwecke. Pandolfo hat er das Studium bezahlt, damit er Arzt wurde. Und Bortolo ließ er zum Advokaten ausbilden, so einen kann jede Bank gebrauchen. Bloß Uguccione hat die Schlauheit seines Vaters nicht geerbt, der taugte nur zum Schläger.

Ich fragte: Doch wer von denen soll dieser geheimnisvolle siebte Sohn sein? Und wer von ihnen hätte einen Grund, die eigenen Geschwister aus Rache zu ermorden? Wie ein Raubvogel, der die anderen Küken aus dem Nest stößt. Gibt es so etwas auch unter den Menschen?

Boccaccio hielt die Finger empor wie ein kleines Kind, das rechnen lernt: Zählen wir durch. Ruffo, der Gekreuzigte. Arnaldo, der Tote im Abort. Bortolo, der Anwalt mit der durchschnittenen Kehle. Das sind drei Ermordete. Dazu kommen unser Arzt Pandolfo, der Kraftprotz Uguccione und dann noch Buondelmonte, der Inquisitor aus Santa Croce. Das wären zusammen sechs Söhne. Mit denen wäre dieser Jüngling Palamede der siebte Sohn.

Ich schüttelte den Kopf: Du vergisst Amerigo, den ich in Caffa suchen musste. Mit dem sind wir schon bei acht. Und das sind nur die Söhne, die überlebt haben. Mit all den Mädchen, die Pacino noch ins Kloster gegeben hat, hat dieser Mann bestimmt mehr als zwanzig Kinder erzeugt.

Was ist aus diesem Amerigo geworden?, wollte Boccaccio wissen. Du warst damals doch dabei, du bist der einzige Zeuge. In ganz Florenz redet man darüber, aber niemand weiß, was damals geschehen ist.

Ich antwortete nicht, sondern brütete weiter über dem Rätsel. Der siebte Sohn! Zanobi gab es auch noch! Bei den Peruzzi wimmelte es nur so von Söhnen. Der Arzt hatte jedoch eine genaue Zahl im Kopf und wusste, wer in seinem Plan die fehlende Figur war. Vor deren Rache hatte er namenlose Angst. Wir mussten Pandolfo finden. Nur er konnte den Schatten über dem Geheimnis lüften.

Wir hatten unseren Wein ausgetrunken, Boccaccio blies die Kerze aus. Eine beklemmende Nacht stand uns bevor. Anfangs hörten wir von draußen noch das Gefiedel der Musiker, begleitet vom Stampfen Tanzender und von lautem Lachen. Dann wurde es ruhiger. Nur ab und zu schrie irgendjemand ein Kommando auf Neapolitanisch. Aber Boccaccio und ich fanden keinen Schlaf. Mir war zuweilen, als hörte ich von Ferne ein Wimmern. Die gespenstische Stille jener Nacht im Dekameron war das Schlimmste. Wir konnten uns unter diesen Halsabschneidern keinen Moment sicher fühlen. Meine Hand hielt das Messer umklammert.

Ich kann kein Auge zumachen, seufzte Boccaccio nach einer Weile. Wo sind wir nur hineingeraten?

Ich richtete mich auf: In die Wirklichkeit sind wir geraten, Boccaccio! Dies ist das Dekameron und keiner deiner Romane. Die Welt ist kein sicherer Ort, am wenigsten für Kinder, denn die können sich nicht wehren.

Du meinst also, was hier geschieht, ist ganz normal?

Boccaccio konnte im Dunkeln mein grimmiges Kopfnicken nicht erkennen.

Wir zwei, fuhr ich fort, werden am Unrecht nichts ändern. Grauenvolles geschieht Tag für Tag. Wir müssen froh sein, wenn diese Verbrecher uns morgen unbehelligt ziehen lassen. Die Kinder hier im Dekameron haben nicht so viel Glück. Und weißt du was: Da draußen in Florenz gibt es nicht einen einzigen Menschen, den das bekümmert.

Keinen außer Cioccia, widersprach Boccaccio.

Cioccia, du und ich, urteilte ich bitter. Was für eine Armee gegen das Unrecht! Zwei edle Ritter und eine Königin aus der Sage von König Artus. Und was können wir drei ausrichten? Nichts. Jedes Verbrechen, das Menschen möglich ist, wird auch begangen. Aber längst nicht jedes Verbrechen wird gesühnt.

Ich hörte, wie Boccaccio seinen schweren Körper im Bett herumwälzte. Vielleicht hielt er sich die Ohren zu, weil er nichts hören wollte von meinen Geschichten über die Schlechtigkeit der Menschen. Dieser Mann war ein Poet, der idyllische Gesänge über Hirten und Nymphen niederschrieb, jede Zeile gereimt und jede Silbe abgezählt. Oder er verfasste eine lateinische Denkschrift über die glücklichen Inseln im Atlantik, die er – anders als ich – niemals mit eigenen Augen sehen würde. Boccaccio hätte sich das Dekameron gewiss ganz anders erträumt. Als friedliches Fest keuscher Damen und edler Jünglinge, die nicht ans Geld denken müssen, weil sie genug davon haben. Boccaccios Hirten und Nymphen würden auf edlen Pferden aus Florenz vor der Pest entschwinden, um sich dann in einer Villa in den Hügeln von Fiesole Geschichten über die Liebe zu erzählen. Um sich von der Dienerschaft versorgen zu lassen. Um zu tanzen und zu singen und zu reimen. In den Büchern, wie Boccaccio sie schrieb, war die Welt ein Idyll, in dem allzeit die Vögel sangen, in dem die Brunnen plätscherten und wo immer die Sonne schien. Aber so war die Welt nicht.

Auf dem Gang vor unserem Zimmer waren Schritte zu hören. Ich sprang auf und hielt das Ohr an die Tür. Die Schritte kamen näher, eine Weile war es still, dann entfernten sie sich wieder.

Ich halte das nicht aus, flüsterte Boccaccio, ich werde noch verrückt. Erzähl mir eine Geschichte, die uns ablenkt. Von mir aus erzähl mir Märchen von König Artus und seiner Tafelrunde, wie Cioccia sie so liebt. Oder ein Abenteuer vom anderen Ende der Welt.

Ich überlegte eine Weile. Dann sagte ich: Gut, Boccaccio, ein solches Abenteuer kann ich dir erzählen. Du hast mich nach Amerigo Peruzzi gefragt, nach dem Sohn Pacinos, der voriges Jahr seinem Vater davongelaufen ist. Amerigo kam sehr weit, bis in den Hafen von Caffa am Schwarzen Meer, wo unsere Welt endet und eine andere Welt beginnt.

Ich will dir seine Geschichte erzählen, wenn ich dir auch nicht garantieren kann, dass sie gut ausgeht. Immerhin habe ich von großer Liebe und von Aufopferung zu berichten. Damit ist Amerigos Geschichte ebenso erhaben wie die Legenden von Ritter Lancelot, von Königin Guinevere und vom Principe Galeotto. Doch anders als die Märchen und Legenden, die in Romanen geschrieben stehen, ist meine Geschichte wahr. Ich habe sie selbst erlebt. Ich bin der einzige Mensch, der sie erzählen kann.

Auf meinem Lager lag eine leichte Decke, die ich mir gegen die Kälte der Nacht um den Leib wickelte. Kurz schloss ich die Lider, denn ich wollte mich an jede Kleinigkeit erinnern. Dann öffnete ich meine Augen, um in die Dunkelheit zu schauen. Und ich begann.

KAPITEL 31

Irgendwann im September 1347 stand ich am Ufer des Arno vor der Kirche San Piero a Grado. Das Wetter war gut, meine Stimmung auch. Im Hafen von Pisa, keine zwei Meilen vom offenen Meer, brach ich auf zur Menschenjagd. Die Beute, die ich zu erlegen hatte, war ein junger Kaufmann. Ich hatte nicht vor, den Kerl mit Leib und Leben zur Strecke zu bringen, trotz seiner Vergehen. Ich war mir auch so sicher, dass es nicht schwierig sein würde, ihm sein Raubgut abzunehmen und es nach Florenz zurückzubringen. Und vielleicht sogar ihn selbst, Amerigo Peruzzi, den verlorenen Sohn.

Genau hier in San Piero a Grado, so erzählte es die Legende, hatte der heilige Petrus auf seiner Reise von Jerusalem nach Rom erstmals den Boden Italiens betreten. Das alte Gemäuer mit seinen Fresken, daneben der mächtige Glockenturm, der auch als Seezeichen diente – dies alles verewigte das legendäre Geschehen. Ich glaubte nicht daran, dass Petrus, der simple Fischer aus Galiläa, jemals nach Rom gereist war, um dort, inmitten von hinterhältigen Römern, ein Bistum zu gründen. Er war klug genug gewesen, daheim in Sicherheit zu bleiben und nicht im Zentrum der Macht das Martyrium zu suchen. Doch gut erfundene Geschichten, das wusste ich, waren wirksamer als die Wahrheit.

Eine bunte Reihe von Gemälden erzählte im Langhaus von San Piero, wie Petrus einst übers Meer gesegelt und dann im Reich der Römer zum Menschenfischer geworden war. Im Chor von San Piero sangen Priester gerade eine Messe für ihre Reisegefährten. Die Wanderstäbe und die Muscheln, welche die Gruppe an Lederbändern um den Hals trugen, deuteten auf eine Pilgerfahrt weit nach Westen zum heiligen Jakobus von Compostela. Wieder so ein Apostel, dessen Gebeine den Ort seiner Grablegung niemals erreicht hatten. Doch seine Geschichte war schön und schadete dem Geschäft des Glaubens nicht.

Eine Galerie von Päpsten blickte von den Wänden auf mich herab. Diese strengen Männer hatten den Fels des Petrus, auf dem Christus seine Kirche erbauen wollte, in einen Klumpen puren Goldes verwandelt. Das war die einzige Wahrheit, die zählte. Ich zündete eine Kerze vor dem Altar des Petrus an, damit meine Reise nach Osten auch mir einbrachte, was ich mir erhoffte: Ansehen und Vermögen. In Pisa hatte ich erfahren, dass Amerigo Peruzzi fünf Tage vorher auf ein genuesisches Schiff gestiegen war, welches auf schnellster Route nach Konstantinopel unterwegs war. Dasselbe wie Amerigo würde ich heute ebenfalls tun, nur dass ich mich nicht in Pera, der Kolonie der Genuesen am Goldenen Horn, aufzuhalten gedachte. Es war nicht schwer gewesen herauszufinden, wohin Amerigo wollte: immer weiter an die Ostküste des Pontos, woher die Frau kam, die er liebte. Amerigo war so sorglos oder so unerfahren, seine Spuren nur oberflächlich zu verwischen. Mit gutem Wind würde ich ihn noch auf See einholen, sonst eben später. Doch er sollte mir nicht entkommen.

Ein gutes Jahr zuvor hatte ich vier Agenten des Bankhauses Peruzzi aus Neapel herausgeschleust. Ich war selbst auf der Flucht vor den Söldnern der Anjou und versteckte mich in einem Lagerhaus. Vor dem ausbrechenden Bürgerkrieg, der wie stets mit einer Hetzjagd auf Ausländer – Banchieri, Wucherer und Kaufleute in vorderster Front – einherging, waren die bleichen Kontorschreiber mit einer Kiste voller Goldmünzen und wertvollen Wechselbriefen dorthin geflohen. Nun wussten sie nicht weiter. Sie begriffen allerdings, dass bei den neuen Machthabern von Neapel kein Bestechungsgeld ihr Leben aufwiegen würde und dass man sie totschlüge, wenn man sie entdeckte.

In einem geborgten Leinenumhang wagte ich mich in die Abenddämmerung hinaus. Mit dem Geld der Florentiner und mit meinem Messer überzeugte ich einen Fischer, uns nachts auf seinem Boot bis Gaeta zu bringen. Dort stiegen wir in aller Eile auf eine pisanische Galeere um, die von Sizilien nach Hause unterwegs war. Wir mussten, weil Seeleute fehlten, selber tüchtig mit anfassen. Niemals hatte ich fröhlichere Ruderknechte erlebt als die Faktoren der Peruzzi, deren Hände von der ungewohnten Anstrengung bluteten. Sie waren dem sicheren Tod entronnen. Was sie nur ahnen konnten: Mir ging es ebenso. In Florenz angekommen, lernte ich Pacino Peruzzi kennen. Er hatte nicht mehr an die Rettung seiner neapolitanischen Kasse geglaubt und fragte nicht viel nach meinem Herkommen. Die Belohnung, die ich von ihm erhielt, war angemessen. Nach gefährlichen Monaten als Söldner am Hof der Anjou lernte ich in den Badehäusern, Garküchen und Schänken von Florenz das Leben endlich wieder zu schätzen. Doch ich hatte keine Ahnung, wie es weitergehen sollte. Lange würde mein Geld nicht ausreichen.

Da hämmerte eines Morgens Uguccione dal Pozzo in meinem Gasthaus an die Tür. Ich zog mir schnell mein Gewand über und folgte ihm in den Palazzo Peruzzi. Das Oberhaupt der Bank persönlich erklärte mir das Verbrechen, das ihm und den Seinen angetan worden war. Amerigo, sein zweitjüngster Sohn, war verschwunden. Und mit ihm die überaus ansehnliche Summe von mehr als eintausendzweihundert Florin und dazu zahlreiche Wechselbriefe. Amerigo hatte ausnahmsweise so viel bares Geld in Händen, weil sein Vater ihm die Verantwortung für ein Waffengeschäft mit Venedig anvertraut hatte. Amerigo sollte die Zahlung abwickeln, das Geld musste frühmorgens einem Konvoi überantwortet werden, der via Bologna und Ravenna die Lagune erreichen sollte. Doch in der Nacht hatte sich Amerigo aus dem Staub gemacht und vorher die Truhe um wichtige Wechsel erleichtert. Seine Brüder dachten anfangs an einen Überfall und hatten Amerigo in der ganzen Stadt gesucht. Abends kamen alle Teilhaber zur Beratung im Kontor Pacinos zusammen. Der Padrino erinnerte sich in der allgemeinen Ratlosigkeit an die Rettung des Geldes aus Neapel und entschied, dass niemand anderer als ich Amerigo aufspüren sollte.

Als ich damals mit meinen Nachforschungen begann, war Zanobi immer noch dabei, in den Bilanzbüchern und Archiven ein genaues Inventar zusammenzustellen. Würde es dem Flüchtigen gelingen, alle Wechsel zu Geld zu machen, beliefen sich die Verluste auf unerhörte neuntausend Florin. Und was noch schlimmer war: Amerigo hatte auch den goldenen Ring der Peruzzi, mit dem seit Generationen die wichtigsten Geschäfte des Hauses besiegelt wurden, mitgehen lassen. Ein Dokument, das mit den berühmten Birnen beglaubigt wurde, war im gesamten Mittelmeerraum, in Paris, in London für jede Summe gut. Gelänge es nicht, Amerigo auf seiner Flucht zu ergreifen, würde das zwar nicht den Bankrott des Hauses bedeuten. Aber eine gigantische Summe in der Bilanz wäre dahin, und alles Vertrauen in die Redlichkeit der Peruzzi ebenfalls.

Warum, fragte ich, lasst ihr euch nicht sofort einen anderen Siegelring herstellen? In Florenz gibt es die besten Goldschmiede der Welt.

Pacino ergriff das Wort: Natürlich verwahren wir im Kontor immer ein zweites Siegel. Aber der Ring, den Amerigo entwendet hat, stammt noch vom Gründer der Bank, unserem Ahnherrn Duccio Peruzzi. Mit diesem Metall, so schrundig es heute ist, habe ich seit Jahren die wichtigsten Geschäfte besiegelt. Mit diesem Wappen sind wir größer geworden, als man jemals hoffen durfte. Auch unter dem Konkursbrief, durch den ich unser Haus vor dem Untergang rettete, findet sich dasselbe Siegel. Für mich ist die Kraft dieses Ringes gleichbedeutend mit allem Gold, das wir jemals verdient haben und jemals verdienen werden. Nennt es Aberglauben, aber wenn mein Sohn mir Duccios kostbares Erbe raubt, dann fürchte ich um den Fortbestand der Casa Peruzzi.

Alle Teilhaber murmelten angstvoll durcheinander, doch der Alte ließ sich nicht beirren und blickte mich an: Wenn mein Sohn sich weigert, zurückzukommen, oder wenn er das Diebesgut nicht herausgibt, dann überlasse ich dir hiermit mein Vaterrecht über sein Leben. Dann hat er den Tod verdient! Und wenn er den Ring nicht hergibt, dann schneide dem Treulosen den Schwurfinger ab, mit dem er unser Siegel entweiht.

Die anderen Kaufleute schwiegen voller Entsetzen, auch ich war von dieser väterlichen Rachsucht vor den Kopf gestoßen. Pacino rief: Wir dürfen nicht aufhören, an unsere Kraft zu glauben! Auf dem Kredit beruht all unser Wohlstand. Amerigo hat diesen Kredit schändlich untergraben. Sollte er zurückkommen, dann gehört er dafür in die Kerker der Stinche, wenn ich will, auf Lebenszeit. Falls ich mir nicht vorbehalte, meinen ungetreuen Sohn noch härter zu strafen.

Alle nickten einverständig, keiner zeigte noch Mitleid. Stattdessen riefen sie aus einer Kehle den Wahlspruch des Hauses: Gelobt sei Gott und unser Geschäft!

Pacino erklärte den Seinen nun, warum ausgerechnet ich der Richtige war, Amerigo aufzuspüren und das Geld zurückzuholen. Ich hatte meine Eignung für solch einen heiklen Auftrag bei der Flucht der Handelsagenten aus Neapel bereits unter Beweis gestellt. Außerdem kannte der Entflohene mich nicht. Bei meinen zwei Besuchen im Palazzo ein paar Monate zuvor hatte er mich nicht zu Gesicht bekommen; er war zu Geschäften im Contado unterwegs gewesen. Vor seinen Brüdern war Amerigo auf der Hut, vor mir nicht.

Ich begriff zugleich, dass Pacino seinen Leuten eine aufwändige Verfolgung gar nicht zutraute. Er benötigte einen erfahrenen Spürhund, weshalb er von selbst auf die Idee gekommen war, meine Dienste in Anspruch zu nehmen. Doch wieso fürchtete der Alte nicht, dass ich mit Amerigo gemeinsame Sache machen würde? Oder seinem Sohn Geld und Siegelring abnähme, um dann auf Nimmerwiedersehen zu verschwinden?

Ich hätte mich im Padrino getäuscht, hätte er all das nicht vorher bedacht. Noch zu Mittag versprach er mir das kleine Haus an der Via Torta auf der Rückseite des Palazzo Peruzzi. Ich würde nichts Geeigneteres finden, um in Florenz sesshaft zu werden. Mit dem vermieteten Nebengebäude, auf das ich sogleich ein Auge geworfen hatte, war die Liegenschaft mehrere hundert Florin wert. Noch niemals hatte mir jemand ein größeres Honorar in Aussicht gestellt. Ein solches Haus stellte einen gewichtigen Grund dar, den Auftrag getreulich zu erfüllen und nach Florenz zurückzukehren. Und damals wusste ich noch nichts von der schönen Cioccia, der Mieterin im Nebenhaus.

Doch ohnehin kam ich nicht auf den Gedanken, mit dem Geld durchzugehen. Das Netz der italienischen Handelsgesellschaften umspannte die ganze Welt. Stellte sich heraus, dass ich ebenso ungetreu war wie Amerigo, würde man mich über kurz oder lang aufspüren. Im Hafen von Gaeta war mir zu Ohren gekommen, dass unlängst ein betrügerischer Faktor der venezianischen Casa Foscari von bezahlten Häschern noch in Samarkand aufgespürt wurde. Seine Verfolger hatten ihm die Kehle durchgeschnitten und waren unerkannt entkommen. Nicht einmal ein Wechsel des Glaubens würde mir helfen, denn gerade mit Damaskus oder Alexandria bestanden beste Handelsbeziehungen. Kein heidnischer Herrscher hätte sie für einen gewöhnlichen Dieb geopfert. Ich verstand allerdings auch, warum sich der Padrino in diesem Fall nicht an das Handelsgericht der Mercanzia gewandt hatte, in deren Kanzlei man sofort Sendschreiben ausgefertigt hätte, um in sämtlichen florentinischen Niederlassungen Europas und in Übersee nach Amerigo zu fahnden. Nicht einmal der Podestà von Florenz war über die Flucht des Sohnes verständigt worden. Kein Beroviere stieg aufs Pferd, um im Umland nach dem Flüchtigen Ausschau zu halten. Mir war klar, weshalb.

Bevor Aufsehen – und damit untilgbare Schande – erregt worden war, ließ sich der Vorfall vielleicht noch vertuschen. Bisher hatte außerhalb des Palazzo Peruzzi kein Mensch den Diebstahl mitbekommen; die fehlende Summe für den Waffentransport ließ sich ohne Umstände aus der Kasse nachzahlen. Das hatten Ruffo und Arnaldo noch am selben Morgen erledigt. Gelangten das Siegel und die Wechselbriefe wieder in Pacinos Hände, bevor Amerigo damit Bargeld ausgelöst hatte, war die Gefahr für die Peruzzi gebannt. Damit das gelingen konnte, brauchte der Padrino einen verlässlichen und zugleich schnellen Mann, der unter allen möglichen Fluchtwegen den richtigen erahnte. Er brauchte mich.

Keine Freundschaft, keine Verpflichtungen der Verwandtschaft verknüpften mein Leben mit dem des Entflohenen. Hätte es mich nicht zufällig in den Umkreis der Peruzzi verschlagen, müssten Uguccione oder Ruffo den verlorenen Sohn verfolgen. Ich brauchte den beiden nur in ihre stumpfen Gesichter zu blicken, um zu begreifen, warum ihnen Pacino diesen Auftrag nicht zutraute.

Zum Ende unserer Unterredung stellte mir der Padrino ein Privileg in Aussicht, das ich noch nirgendwo genossen hatte. Bereinigte ich ohne große Verluste diese leidige Angelegenheit, dann würde das Oberhaupt der Familie mich in Gegenwart aller anderen zum Hausgenossen erklären. Dann war ich kein rechtloser Reisender mehr, der in einem Gasthaus unterkroch, sondern könnte dauerhaft in Florenz bleiben. Ich stünde unter dem Schutz eines mächtigen Bankhauses und hätte obendrein ein Obdach, das mir selbst gehörte.

Wenn du dich bewährst, hatte Pacino mir eingeschärft, dann bleibst du bei mir in Florenz und arbeitest für uns. Meine Söhne sind Kaufleute, wir beschäftigen Advokaten, Faktoren, Kontorschreiber, Wollprüfer. Das sind Leute mit einem Hirn zum Rechnen und guten Augen, aber sie haben keine Muskeln. Und die wenigen Männer der Casa Peruzzi, die genug Kraft für diese Arbeit haben, sind nicht die Klügsten. Du, Wittekind, vereinst Kraft und Schlauheit. Du bist der Agent, den wir brauchen.

Dann hatte er mir eine von seiner Hand beglaubigte Urkunde überreicht. Damit konnte ich bei allen Behörden, die italienischem Handelsrecht gehorchten, Anspruch auf das entwendete Geld und die Wechsel der Peruzzi erheben. In einer Beischrift legitimierte niemand anderer als der Stadtsekretär Andrea Lancia alle Forderungen, und zwar ausdrücklich im Namen der Priori von Florenz. Außerdem forderte Lancia mit großem Nachdruck das entwendete Geschäftssiegel zurück. Immerhin sein Freund Lancia, der das Stadtsiegel mit der Lilie darunter gesetzt hatte, war also vom Padrino eingeweiht worden. Erst so erhielt meine Urkunde ihr erforderliches Gewicht.

Mein Reisegeld betrug neunzig Florin, eine großzügige Summe, die vom Ernst der Lage zeugte. Als er sie mir überreichte, informierte mich der Padrino über eine nicht unwesentliche Kleinigkeit. Gemeinsam mit Amerigo war eine Sklavin verschwunden. Das Oberhaupt der Bank hatte sie erst vor einigen Monaten von einem Händler aus Genua erworben. Das Mädchen hieß Tamar und war Pacinos persönlichem Dienst zugeteilt. Ich konnte mir denken, was das bedeutete. Zu fast jedem Haushalt reicher Leute, ob in Neapel oder Avignon, in Venedig oder Florenz, gehörten Sklavinnen. Seit die Genuesen vor gut dreißig Jahren eigene Niederlassungen am Pontosmeer gegründet hatten, brachten Galeeren die begehrte Menschenware in den Westen. Jungfrauen mit asiatischen Gesichtszügen, blonde Slawinnen, auch schwarze Afrikanerinnen – die Händler hatten alles im Angebot. Und wenn der Papst auch einschränkte, dass keine Christinnen, sondern ausschließlich ungläubige Frauen verkauft werden durften, so scherte sich kein Mensch um dieses Verbot. Jeder wusste, dass auch die Kardinäle in Avignon, dass reiche Bischöfe und päpstliche Legaten sich Sklavinnen hielten. Zuweilen waren es auch zierliche Knaben aus dem Osten, mit denen sie ihrer Entourage Glanz zu verleihen suchten.

Die Vorteile, welche dieser anrüchige Handel bot, waren verlockend. Nicht nur, dass wehr- und rechtlose Mädchen – die meisten nicht älter als vierzehn Jahre – nachts die Begierden alter Lüstlinge noch einmal in Wallung brachten. Tagsüber ließen ihre Besitzer die Mädchen Böden scheuern oder Wassereimer schleppen. Und man musste sie nicht einmal für ihre Plackerei bezahlen. Es war ein glänzendes Geschäft, zumal ältere Sklavinnen, die für Liebesdienste nicht mehr herhielten, ein Leben lang Drecksarbeit im Haushalt leisten konnten. Gab es Probleme im Geschäft, ließen sie sich für ein paar Grossi noch zu Geld machen. Begehrten sie gegen ihr Schicksal auf, wurden sie ausgepeitscht und im Wiederholungsfall totgeschlagen. Wehrten sich die Frauen ernsthaft, und geschah ihren Besitzern von ihrer Hand ein Leid, ließ der Podestà die aufsässige Sklavin mit glühenden Zangen in Stücke reißen. Tausende Meilen fern ihrer Heimat, ohne Familien, ohne Freunde, ohne Hilfe eines Priesters, ohne das kleinste Recht auf Unversehrtheit oder gar Glück, fristeten diese Sklavinnen ein fürchterliches Leben. Niemand grüßte sie, aber die meisten im Haus traten nach ihnen, wenn sie im

Weg standen. Bekamen die Mädchen von ihren Herren Kinder, landeten die im Waisenhaus oder wurden von den Abfällen der Küche zu neuen Sklaven hochgefüttert.

Ich war selbst im Waisenhaus groß geworden und wusste, was Menschen anderen Menschen antaten. Später im Generalstudium zu Köln hatten Dominikaner mir die Lehre Christi eingebläut, gemäß derer alle Menschen Kinder Gottes sind. Ich brauchte mir nur das Leben einer Sklavin in einem christlichen Haushalt vorzustellen, um zu begreifen, dass diese biblische Lehre nicht das Pergament wert war, das die Finger frommer Heuchler einst beschrieben hatten. Menschen waren keine Tauben des Heiligen Geistes, die einander liebevoll umgurrten. Menschen waren Raubtiere, die ohne Reue Schwächere unterwarfen, für ihre Zwecke benutzten und hinterher wie Dreck wegwarfen. Ich hatte mein Verhalten an diese Erkenntnis angepasst. Wer unter Wölfen überleben wollte, musste mit ihnen heulen.

Die entscheidende Frage für meine Jagd nach Amerigo Peruzzi war: Was verband Pacinos Sohn mit der Sklavin? Schnell hatte ich von Küchenmägden herausgefunden, dass zwischen den beiden irgendetwas entstanden war. Keine der Bediensteten konnte Tamar ausstehen, und es war klar, warum. Tamar war ausgesprochen hübsch. Der alte Padrino ließ sie anfangs in seinen Gemächern schlafen, um sie nachts zu seiner Verfügung zu haben. Doch das kam immer seltener vor, so dass das Mädchen, beneidet wegen ihrer Schönheit und aufgrund der Bevorzugung durch den Hausherrn, Tag für Tag den Schikanen der anderen ausgesetzt war. Tamar, das hatten mir Köchinnen und Mägde freimütig gestanden, musste immer die Drecksarbeiten erledigen: Scheiße putzen, hartnäckig angebrannte Pfannen ausreiben, auf einer Leiter Spinnweben beseitigen, tote Ratten aus den Fallen holen und verbrennen. Sie war die Fremde, sie war die Sklavin.

Amerigo, der zweitjüngste Sohn Pacinos, konnte dieses Mädchen nicht übersehen. Die anderen Bediensteten hatten mir erzählt, dass Amerigo Tamar zuweilen etwas zu essen mitbrachte. Die beiden setzten sich dann zum Plaudern in eine Fensternische. Diese Gunst machte Tamar nicht beliebter. Eine alte Köchin, so erzählte mir die Frau selbst, schlug die Fremde oft mit einem großen Holzlöffel. Erst ein paar Wochen vorher war Tamar schwer gestürzt, weil eine Magd ihr auf der Treppe ein Bein gestellt hatte. Lachend rühmte sich das hässliche Mädchen, das sonst im Haushalt niemand unter sich hatte, seiner Niedertracht.

Ich schloss daraus, dass Amerigo und Tamar gemeinsam weggelaufen waren, um dem Hausrecht des Padrino über ihr Leben und ihren Tod zu entgehen. Niemals hätte der Alte seine Sklavin an seinen Sohn abgetreten; niemals hätte er einem anderen Peruzzi erlaubt, seinen Besitz wie einen fühlenden Menschen zu behandeln. Niemals also konnten Amerigo und Tamar ein Paar werden. Das Mädchen war eine Ware unter vielen, wie die Tuchballen, die Weinfässer, der Trockenfisch, die Schwerter und Rüstungen in den Kellergewölben. Als Amerigo ausnahmsweise einmal eine hohe Summe Geldes in die Hände bekam und für das Waffengeschäft außer mit dem Siegel der Bank auch noch die Schlüssel für Truhen voller Wechselbriefe zur Verfügung bekam, ging alles ganz schnell. Amerigo kannte die unterirdischen Ausgänge aus dem Palazzo, um im Dunkel der Nacht zu verschwinden. War er im Morgengrauen mit der Sklavin erst einmal bei der Porta al Prato angelangt, konnte er, sobald die Tore geöffnet wurden, gegen Bezahlung auf einem Arnoboot mitfahren. Dann waren die Flüchtigen vor dem Abend in Pisa am Hafen – lange bevor sich die ahnungslosen Peruzzi über die Vorgänge ein Bild gemacht hatten.

Woher wusste ich, dass ihr Weg die beiden nach Pisa führte? Amerigo, der außer auf die Landgüter der Peruzzi kaum jemals aus Florenz herausgekommen war, hatte sich bei seinem Bruder Ruffo nach dem Hafen von Pisa erkundigt. Wo stachen die Schiffe nach Osten in See? Kam man schneller auf einem Handelssegler voran oder auf einer Galeere? Mussten die Passagiere selber rudern? Und was waren die Tarife für eine Überfahrt nach Konstantinopel? Als Ruffo mir von diesem Gespräch berichtete, wurde mir klar, dass dieser Amerigo ein naiver Junge war. Ein hübscher Jüngling sei er, aber nichts als ein Träumer, so erklärten Arnaldo und Zanobi mit einem verächtlichen Unterton. Einen Schwächling nannte ihn Uguccione. Dieser Amerigo sei sich immer zu fein gewesen, im Regen in den Contado zu reiten, um dann triefend und in verdreckten Stiefeln mit Weinfässern oder Holz zurückzukehren. Lange hatte der Padrino diesem Sohn keine wichtigen Geschäfte anvertraut. Nur weil Arnaldo sich vor einiger Zeit einen Fuß verstaucht und Zanobi in Siena andere Geschäfte hatte, durfte Amerigo überhaupt den großen Waffentransport betreuen. Es war sein erstes großes Geschäft gewesen – und sein letztes. Einzig Palamede hatte von seinem Bruder mit Hinwendung erzählt. Oft hatte Amerigo beim Calcio auf der Piazza Santa Croce mitgespielt. In ihrem Zimmer hatten sich die Jungen Geschichten von Rittern erzählt, die für ihre Geliebten in ferne Länder aufbrachen, um Abenteuer zu erleben und sich als Helden zu bewähren. Wohin Amerigo fliehen wollte, hatte er Palamede vielleicht sogar anvertraut. Doch der verriet mir nichts.

Auch so gehörte nicht viel Phantasie dazu, dem Entflohenen auf die Schliche zu kommen. An der Porta al Prato verlor ich einen halben Tag, bis ich endlich den Torwächter vom vorigen Morgen im Dienst antraf. Er hatte die beiden in der Tat bei Sonnenaufgang dabei beobachtet, wie sie eilig zum Arno hinuntergingen, wo gerade die ersten Boote ablegten. Ich besorgte mir im Stall der Peruzzi ein gutes Pferd und ritt noch am selben Abend los, damit ich vor Einbruch der Nacht wenigstens bis Montelupo kam.

Die Beschreibung des Paares – ein gelockter Jüngling und ein schönes Mädchen mit schwarzen Haaren – half mir auch in Pisa weiter. Ich ritt sofort weiter zum Hafen am Arno, denn dort konnte man umsteigen auf eines der Hochseeschiffe, die am Kai von San Piero in alle Himmelsrichtungen ablegten. Direkt ging es von hier nach Sardinien, Korsika und weiter nach Mallorca, nach Genua und Marseille oder nach Aigues-Mortes. Oder nach Süden in Richtung Neapel und dann immer weiter ins Mare Nostrum: Sizilien, Apulien, Tunis, Alexandria, Griechenland. Oder, wenn man Glück hatte, direkt bis Konstantinopel.

Amerigo und Tamar, so erfuhr ich, hatten Glück gehabt. Gleich am Mittag ihrer Ankunft hatten sie eine Passage auf einem genuesischen Segler mit Endbestimmung Pera bekommen. Das Boot, beladen mit flämischem Tuch, mit Pelzen, mit Salz aus der Camargue und Stockfisch aus der Nordsee, stach noch vor dem Abend in See.

Ich hatte weniger Glück als Amerigo. Erst drei Tage später landete eine genuesische Galeere zum Wasserfassen an. Das große Schiff sollte Söldner aus den Alpen sowie lombardische Schwerter, Panzer, Schilde und große Mengen Armbrustpfeile in die Kolonien befördern. Denn es herrschte Krieg auf der Halbinsel Krim. Als ich mich mit drei Goldstücken um eine Passage bewarb, war der Kapitän schnell überredet. Rudern müsse ich für diesen Betrag nicht. Höchstens kämpfen, wenn diese räudigen Hunde von Venezianern es in den griechischen Gewässern wagen würden, uns zu entern. Waffen gebe es an Bord genug.

Ich holte meinen Rucksack und stieg zu. Meine Laune hatte in den Tagen des Wartens etwas gelitten, nun besserte sie sich schlagartig. Hatte meine Kerze, die ich in San Piero a Grado für den heiligen Petrus entzündet hatte, den Menschenfischer gnädig gestimmt? Wie so oft hatte eine Magie, an die ich nicht glaubte, ihre Wirkung getan. Immer schon liebte ich Fahrten auf dem Mittelmeer über alles, seit ich erstmals vor zwanzig Jahren, ebenfalls im frühen Herbst, von Aigues-Mortes kommend, genau an diesem Kai an Land gestiegen war, um später im Gewand eines deutschen Kaufmanns nach Siena weiterzureiten. Anders als in der Nord- oder Ostsee war das Wetter im September am Mittelmeer angenehm mild; Stürme standen keine zu befürchten, wenngleich das in ein paar Wochen, wenn wir durch die Ägäis, durch die Dardanellen und dann in den Pontos segeln würden, noch keine ausgemachte Sache war. Doch hätte ich es für meine Zwecke nicht besser treffen können. Ein erfahrener Kapitän, dazu hundert schwer bewaffnete Kämpfer an meiner Seite, die unser Boot sogar durch einen Orkan rudern und gegen eine Übermacht verteidigen könnten. Das Schiff sah recht neu aus, es war bisher nur einmal in den Kolonien gewesen und heil wiedergekehrt. Die genuesische Kaufmannssippe der Adorno hatte es ausgerüstet und auf den Namen eines ihrer Ahnherren getauft.

Während unser Kapitän am Ruder stand, Befehle brüllte und sein Boot aus der Arnomündung ins offene Meer navigierte, sicherte ich mir einen schönen Platz – im Bug, doch nicht zu weit vorne, wegen des Windes und des spritzenden Wassers. Aber auch nicht zu dicht bei den Masten und dem Aufbau des Kapitäns, wo sich die meisten der angstvoll dreinblickenden Söldner niedergekauert hatten. Diese Männer stammten von den Hochweiden der Alpen und hatten keine Ahnung, was sie erwartete. Von denen, die sich jetzt bereits mit gelblichen Gesichtern an den Ruderbänken festkrallten, hielt ich mich fern, damit sie mich nicht mit ihrem Auswurf verdreckten. Ich hatte reichlich Zeit gehabt, mich in Pisa mit einem gewachsten Umhang gegen den Regen auszustatten, mein bisschen Gepäck war unter der Bank verstaut. Ich hielt die Nase in den Wind und schnupperte die Salzluft. Es gefiel mir, unterwegs zu sein. Genau genommen, war das Reisen mir stets angenehmer als das Ankommen. Überall, wo wir nun anlanden würden, war ich schon einmal gewesen. Doch an keinem Ort hatte ich Wurzeln geschlagen. Ob in Gaeta, in Messina, in Brindisi, in Korfu oder in Monemvasia – nirgendwo wartete eine Frau auf mich. Kein Kind gedachte meiner und betete für die sichere Heimkunft seines Vaters. Kein Hund würde, wenn ich an Land ging, meinen Geruch erkennen und bellend an mir emporspringen. Die ruhelose Einsamkeit war kein übles Gefühl. Das Leben war eine Reise, erst der Tod bedeutete die Ankunft.

Bloß in Neapel musste ich aufpassen. Da hatte ich allen Grund, um meine Gesundheit zu fürchten, wenn mich jemand erkannte. Ich hatte freilich einen Bart getragen, während ich bei Hofe im Dienst von Andrasch, dem ungarischen Gatten der Königin Giovanna, als Kriegsknecht tätig gewesen war. Seinen grausamen Tod hatte ich mitangesehen. Seinen Mördern hatte ich in die Augen geblickt und mir auf meiner überstürzten Flucht geschworen, niemals wieder einen Fuß in diese verfluchte Stadt am Vesuv zu setzen. Nicht für die Dauer eines Vaterunsers wollte ich einem Angehörigen der blutigen Sippe von Anjou unter die Augen treten. Meinen Bart hatte ich inzwischen geschoren, und ich trug auch nicht mehr die rot-weiß gestreifte Livree eines ungarischen Söldners. Doch ich würde beim Proviantmachen in Neapel wohlweislich an Bord bleiben und mir nicht einmal an der Mole des Castel dell'Ovo die Füße vertreten. So bestand keine Gefahr. Was dann in Konstantinopel und dahinter auf mich warten würde, lief auf eine Wette mit mir selbst hinaus. Unsere Galeere war für die Kolonien Genuas im Pontos bestimmt, doch vorher würde sie genau wie der Segler von Amerigo und Tamar in Pera anlanden, wo die Genuesen am Goldenen Horn gegenüber der Hagia Sophia ihre eigene Stadt bewohnten. Ich hatte lange Zeit in der Schlangengrube Konstantinopel verbracht. Zu viel Zeit, um mir vorstellen zu können, dass mein Pärchen toscanischer Turteltauben unter Griechen, deren Sprache sie nicht verstanden, mitten im herrschenden Bürgerkrieg ein neues Leben beginnen wollte. Natürlich musste ich mich in Pera umhören, doch mir war jetzt schon klar, wohin die Reise ging.

Es war Pacino Peruzzi selbst, der mich auf die entscheidende Spur gesetzt hatte. Die Küchenmägde wussten nur, dass Tamar sich oft in den Schlaf geweint hatte. Sie litt an Heimweh, wie konnte es anders sein. Doch niemand im Palazzo Peruzzi konnte mir sagen, woher das Mädchen stammte. Niemand außer dem Padrino. Er hatte mir beiläufig erzählt, Tamar sei wohl eine Georgierin. Sie singe oft Klagelieder über die hohen Berge ihrer Heimat. Für den alten Kaufmann spielte es keine Rolle, ob die Sklavin für sein Bett aus Russland kam, aus dem Berberland oder vom Nil. Doch wenn Tamar so war, wie sie mir aus den Schilderungen erschien, nämlich ebenso klug wie schön, dann wollte sie mit Amerigo nicht einfach in die Ferne fliehen, sondern nach Hause. Wohin auch sonst?

Dieser Weg führte über Pisa, über Neapel und über Pera weiter in den Osten. Er führte nach Caffa in die Hauptstadt der ausgedehnten Küstenländer, welche die Genuesen sich unterworfen hatten und seither ihre Gazaria nannten. Von Caffas Hafen auf der Halbinsel Krim segelten regelmäßig kleinere Schiffe zu den anderen Kolonien am Pontos. Tamar hatte, gefesselt und gedemütigt, dieselbe Reise schon einmal in umgekehrter Richtung mitgemacht. Nun hatte sie einen Plan und würde versuchen, mit Amerigo bis Savastopolis zu gelangen. Ich war noch nie in jenem Hafen angelandet. Doch die Lektüre von Reisebüchern hatte mich gelehrt, dass Savastopolis als Eingangstor nach Georgien galt. Wer in die himmelhohen Berge wollte, die sie den Kaukasus nannten und die Willem van Rubroek auf seiner Reise nach Karakorum lieber umgangen hatte, der musste über Caffa nach Savastopolis an der Ostküste des Pontos gelangen.

Würden die beiden Liebenden vor mir dort sein und sofort in den Kaukasus aufbrechen, könnte ich sie auf den himmelhohen Saumpfaden nie mehr einholen. Dann wäre meine Reise gescheitert. Und besser, als mit leeren Händen nach Florenz zurückzukehren, würde ich dann wie Willem van Rubroek nach Osten ziehen bis nach Cambaluc, zur größten Stadt der Welt im Reich der Chinesen. So hatte ich es mir vorgenommen. Doch wenn alles gutging, konnte ich Amerigo lange vor dem Kaukasus aufhalten und ihm Geld und Ring wieder abnehmen, wenn ich auch noch nicht wusste, wie. Bis es so weit war, hatte ich genug Zeit, mir einen Plan zurechtzulegen. Unser Schiff wiegte sich in den Wellen. Die ersten Savoyarden kotzten über die Reling, doch die erfahrenen genuesischen Seeleute zogen fröhlich singend an den Riemen, um das Boot aus der Brandung zu rudern. Ich feuchtete einen Finger an und hielt ihn in den Wind. Mit einem Grinsen dankte ich dem heiligen Petrus. Der Fischer war sein Leben lang daheim geblieben und hatte es selber nie nach Italien geschafft. Jetzt sorgte er dafür, dass auch ich auf schnellstem Weg in den Osten gelangte. Der feuchte Libeccio von Südwest hätte uns tagelang aufgehalten, doch heute wehte der Maestrale von Norden. Weiter draußen konnten wir Segel setzen und uns vom Wind in die richtige Himmelsrichtung treiben lassen.

Ein paar Tage waren es nur, die ich aufzuholen hatte. Doch auf hoher See, wo einzig die Elemente regierten, ließ sich diese Spanne aufholen. Ich wischte mir die Gischt aus dem Gesicht und summte leise ein Lied über den Aufbruch der Matrosen, über die Sehnsucht nach der Ferne und die schönen Erinnerungen, die an Land zurückbleiben. Es war ein Lied, das ein Schiffer aus Hamburg mir vor vielen Jahren beigebracht hatte. Ich sehnte mich nach der Ferne und ließ keine schönen Erinnerungen an Land zurück. Ich war glücklich, denn zwischen Wind und Wellen gab es nichts Falsches. Hier auf der Teodoro Adorno war das richtige Leben. Meine Jagd hatte begonnen.

KAPITEL 32

Wie eine Geisterburg ragte die Zitadelle von Caffa aus dem Seenebel. Langsam näherten wir uns dem Hafen, die Ruderschläge klatschten auf den Meeresspiegel. Es war unwirklich grau und still, doch der Dunst, der alle Farben und alle Geräusche schluckte, konnte uns von Vorteil sein. Caffa wurde von den Tataren belagert. Wenn sie unser Schiff erspähten, würden sie uns mit einem Hagel aus Pfeilen empfangen. Deswegen hielt der Kapitän sich vom Ufer fern und fuhr von der offenen See aus direkt auf die Mole zu. Alle an Bord beteten, dass er sein Ziel nicht verfehlte.

In Pera, wo sich meine Vermutungen über Amerigos Ziel bestätigt hatten, sprach man über nichts anderes als das Schicksal von Caffa. Khan Janibeg hatte den Frieden aufgekündigt. Seine gefürchteten Reiterkrieger waren vor Monaten über die Berge der Krim gezogen und hatten einen Belagerungsring um Caffas Mauern gelegt. Auf der Landseite war die Hauptstadt der genuesischen Gazaria nun abgeschnitten. Doch die Tataren, die auf ihren Pferden die endlosen Steppen Asiens beherrschten, fürchteten das Meer. Sie hatten keine Schiffe. Mit Pfeil und Bogen konnten sie den Wällen von Caffa nichts anhaben, jedenfalls bisher.

Was hatte Amerigo Peruzzi in diesem Krieg zu suchen? Ich wusste es. Gewiss hoffte Amerigo, von Caffa aus noch irgendeine Verbindung zur Ostküste des Pontos zu erreichen. Ich hoffte das Gegenteil, und meine Hoffnungen waren berechtigter. Die Belagerung, so wusste man in Pera, hatte den geregelten Bootsverkehr der Händler zum Erliegen gebracht. Nur noch Waffentransporte oder Konvois mit Lebensmitteln gingen in die Stadt hinein. Und Reisende kamen aus Caffa nicht mehr heraus, denn die Stadt benötigte dringend jeden Mann zur Verteidigung. So hatte es mir der genuesische Konsul in Pera versichert. Dieser Konsul, ein ligurischer Adliger mit dem Namen Percivalle de Fregoso, hatte mit den Römern in Konstantinopel, mit denen die Republik des heiligen Georg in endloser Fehde lag, zähneknirschend Waffenruhe geschlossen, sobald ihm die Belagerung von Caffa zu Ohren kam. Alle verfügbaren Kräfte mussten jetzt Genuas Hauptstadt im Osten zu Hilfe eilen. In Pera hatten Träger und Faktoren unser Schiff mit Trockenfisch und Biscotto, mit Würsten und Käselaiben bis zur Reling vollgestopft. Ich hockte jetzt auf meiner Bank neben zwei Schafen und einer Kiste Obst. Die Enge wurde nicht erträglicher durch das niemals abreißende Gerede des Lamberto di Sambuceto. Dieser junge Patrizier aus Genua stieg gleichfalls in Pera zu. Er war vom Dogen zum Konsul von Cimbalo, einem weiteren Hafen der genuesischen Gazaria, bestimmt worden. Lamberto war ein Speichellecker. Die Republik des heiligen Georg, Schutzpatron von Genua, ging ihm über alles. Ihr Doge kam in der Rangfolge gleich hinter Jesus Christus. Und die ungläubigen Tataren, die Caffa bestürmten, waren für Lamberto nichts als Abschaum in Menschengestalt. Davon musste die Krim gereinigt werden. Denn die göttliche Vorsehung hatte die Genuesen dazu bestimmt, ganz Asien zum wahren Glauben zu bekehren – am besten bis Cambaluc und Karakorum. Gott, das wusste Lamberto di Sambuceto aus erster Hand, war mit Genua.

Lamberto hielt mich für einen Gesinnungsfreund, der nach dem Blut von Heiden nur so lechzte. Ich unterbrach sein Fabulieren auch deshalb nicht, weil ich mir mehr Wissen über Caffa und das genuesische Regiment versprach. Vor mehr als fünfzehn Jahren war ich kurz in diesem Hafen abgestiegen, um von dort mit dem Schiff bis Tana weiterzusegeln, wo die endlose Steppe begann, die bis zur Wüste Taklamakan reichte. Wie Willem van Rubroek zog es mich damals auf die Straße der Seide. Doch das ist eine andere Geschichte.

Caffa hatte ich als geschäftige Niederlassung für Genuas Handel in Erinnerung. An den Mauern wurde um 1330 noch fleißig gebaut. Im Hafen erblickte ich Schiffe, vollgestopft mit Sklavinnen, die, angekettet an Eisenringe, für die Märkte in Konstantinopel und Damaskus bestimmt waren. In unserer Karawanserei war ich seinerzeit mit einem arabischen Reisenden namens Ibn Battuta ins Gespräch gekommen, einem wunderlichen Mann mit langem Bart und strahlend blauen Augen, mit denen er noch am Herdfeuer ins Weite zu blicken schien. Dieser Ibn Battuta kam gerade aus Afrika, wo er unter den Schwarzen von

Somalia gelebt hatte. Er selbst stammte aus Marokko, war vor vielen Jahren aufgebrochen nach Mekka und hatte dann nicht mehr aufgehört zu reisen. Es war seine Sucht. Anderntags sollte sein Schiff mit einer tatarischen Prinzessin nach Konstantinopel aufbrechen, wo die Frau bei den berühmten Ärzten ihr Kind zur Welt zu bringen gedachte. Auf Konstantinopel war der Araber neugierig, wenngleich er die Christen für Barbaren und Europa – Al-Andalus natürlich ausgenommen – für einen öden und kalten Kontinent hielt, dessen Besuch sich für einen kultivierten Menschen nicht lohnte. In jener Nacht saßen wir in unserer Herberge am Herdfeuer. Ich lauschte den Erzählungen, die mir ein genuesischer Übersetzer zusammenfasste. Ibn Battuta hatte die Pyramiden Ägyptens umwandert. Er schwärmte von den Zitadellen und Moscheen seiner marokkanischen Heimat. Er kannte die Sahara, deren Sand sich in Wellen türmt wie die See und deren heiße Luft Märchenschlösser in den Himmel spiegelt. Hinter dem Meer aus Sand, so wusste Ibn Battuta, beginnt eine grüne Steppe voller Elefanten, Gazellen und Löwen. Wunderschöne Frauen mit dunkler Hautfarbe lebten dort. Mir kam es so vor, als sei Ibn Battuta schon längst nicht mehr auf Pilgerfahrt, sondern suche immer neue Abenteuer – und immer neue Frauen. Er wollte nicht lange bei den Ungläubigen in Konstantinopel ausharren, sondern unbedingt weiter bis nach Indien und vor dort in sein Sehnsuchtsland Cathay. Und wenn es danach immer noch weiterging, so erklärte er mit beseeltem Blick in die Ferne, wolle er reisen bis ans Ende der Welt. Würde ich zum wahren Glauben übertreten, so schlug Ibn Battuta mir vor, könnte ich ihn dorthin begleiten.

Während unser Übersetzer das Feuer austrat, gab ich ihm Bescheid. Den Glauben zu wechseln, das sei für mich, wie im Gefängnis von einer Zelle in die andere umzuziehen. Ich würde nur mitkommen, wenn Ibn Battuta mich lehren könne, die Mauer dieses Gefängnisses zu übersteigen. Der bärtige Mann mit den blauen Augen lächelte. Wenn er erst in Indien gewesen sei, wo die Flüsse des Paradieses entspringen, wisse er vielleicht mehr. So nahmen wir Abschied voneinander.

Von Caffa hatte ich damals nicht allzu viel gesehen, denn auch mein Schiff segelte bald weiter. Diesmal müsste ich gewiss länger bleiben, um nach Amerigo und Tamar Ausschau zu halten. In Pera, wo Durcheinander und Furcht alles beherrschten, hatte sich im Hafen anfangs niemand an das Paar erinnert. Doch als ich beim Konsul meine Urkunden vorlegte, bekam ich von einem Kanzlisten Bescheid. Amerigo hatte tatsächlich versucht, seine Wechselbriefe zu Geld zu machen. Es war vielleicht seine letzte Gelegenheit. Doch die Genuesen, die geizigsten Kaufleute im Erdenkreis, waren misstrauisch geworden und hatten ihm nicht mehr als vierhundert Florin ausbezahlt. Amerigo hatte dann tatsächlich ein Schiff mit Hilfsgütern ins belagerte Caffa bestiegen, denn alle anderen Häfen wurden nicht mehr bedient. Ob Amerigo eine Frau an seiner Seite hatte oder nicht, daran konnte sich in Pera niemand erinnern. Die Genuesen nahmen ohnehin jeden an, der jetzt noch so wagemutig oder so dumm war, in die belagerte Stadt vorzudringen. Und dann? Ich bezweifelte, dass man aus Caffa dieses Jahr noch nach Savastopolis zu den Pässen des Kaukasus oder überhaupt irgendwohin gelangte. Khan Janibeg, dessen Grausamkeit die Genuesen fürchteten wie die Rache Beelzebubs, war meinen Plänen günstig gesonnen. Amerigo saß in der Falle. Der einzige Nachteil war, dass auch ich in diese Falle gehen musste. Irgendwo im Nebel lag sie nun vor mir, ich konnte sie riechen. Unser Kapitän ging zu den Ruderbänken und gab seinen Leuten Anweisung, nicht mehr zu reden und die Blätter leise ins Wasser zu tauchen. Überall an Land lagerten Tataren. Im dichten Seenebel fuhr die Teodoro Adorno in Schrittgeschwindigkeit in den Hafen von Caffa ein. Als wir die Mole aus kurzer Entfernung endlich mit eigenen Augen erblickten, schrien alle Männer das Losungswort zum Lob des heiligen Georg. Vom Ufer erscholl Jubel, wir hatten es geschafft.

Wie immer nach einer Seereise musste ich mich, strecken und mit den Füßen stampfen. Bei meinen ersten Schritten schwankte ich, als hätten wir keinen festen Boden unter den Sohlen, sondern immer noch die grundlose See. Hinter mir begannen Lastträger, Vorräte und Waffen aus unserer Galeere zu laden, dieweil Hafenschreiber mit Wachstafeln alle Güter sorgsam verzeichneten. Genau hier waren auch Amerigo und Tamar angekommen. Sie in der Stadt unter tausenden Bewohnern und Flüchtlingen aufzustöbern, würde nicht leicht.

Mein geschwätziger Reisegefährte Lamberto di Sambuceto strebte gleich zur Zitadelle, um dem Konsul persönlich seine Aufwartung zu machen. Die Söldner aus den Alpen stellten sich in einer Kolonne auf und wurden von einem genuesischen Sergenten ebenfalls zum inneren Mauerring geführt, der mit Zinnen und Türmen aus dem Bodennebel ragte wie eine gewaltige Königskrone. Ich war der einzige Passagier im Hafen, den niemand erwartete. An einer Loggia mir gegenüber lehnte ein kleiner Mann, gehüllt in einen braunen Kaftan, auf dem Kopf eine Wollmütze nach Art der Orientalen. Als ich unschlüssig an ihm vorbeistapfte, sprach er mich auf Italienisch an: Willkommen in der Hölle!

Danke für die liebenswürdige Begrüßung, meinte ich, du machst einem Reisenden nach langer Überfahrt Mut. Allerdings finde ich es zu kühl für die Hölle, ich friere in eurem Dunst. Kannst du vielleicht den Teufel bitten, etwas Holz nachzulegen?

Der Mann kicherte und stellte sich in hohem Singsang vor: Wenn Khan Janibeg sich gnädig zeigt, verwandelt er diese Hölle vielleicht ins Fegefeuer, und dann kommen wir irgendwann mit warmen Knochen und lebend wieder heraus. Für den Moment aber sitzen wir fest wie Murmeltiere im Sack des Jägers. Ich heiße übrigens Laszlo.

Er verbeugte sich ungelenk und machte eine Geste, als wolle er mir die Stadt zu Füßen legen: Laszlo Loewenstein. Willkommen in Caffa, wo das Meer aus Gras mit dem Meer aus Wasser zusammenfließt! Mit welchem kühnen Reisenden habe ich die Ehre?

Ich stellte mich meinerseits vor, verriet allerdings nicht, woher ich kam. Dann erkundigte ich mich nach Laszlos Profession.

Ich bin Dragoman, sagte er stolz, stets zu Diensten und geübt in mehr als einem halben Dutzend Sprachen. Aber was soll ich armer Mann noch übersetzen? Die einzige Sprache, die man zurzeit in Caffa spricht, ist diese hier.

Er zog einen abgebrochenen Tatarenpfeil aus einem Balken in der Hauswand, wog ihn in der Hand und präsentierte mir den Stumpf: Damit haben sie uns in den ersten Wochen beschossen, wahllos über die Mauern hinweg. Die Dinger pfeifen unheimlich beim Fliegen, man wird ganz verrückt von dem Geräusch. Ein paar arme Teufel hat es erwischt, aber jetzt scheinen Khan Janibeg die Pfeile auszugehen. Es ist höchste Zeit für Frieden. Wenn der Konsul da oben in der Zitadelle seinen genuesischen Geiz zügelt und dem Khan einen Sack Gold und ein paar gute Pferde in Aussicht stellt, dann kommt dieser sinnlose Krieg an ein Ende, und wir können wieder arbeiten. Dann kehren die Händler zurück, und ich kann die Tataren mit meinen Worten beschießen. Pfeile sind nicht meine Sache.

Laszlo blickte mich mit traurigen Augen an und verzog dabei die Stirn, so dass sein ganzer Haarschopf in Bewegung geriet.

Und was führt dich nach Caffa?

Ich entschied mich, in der Nähe der Wahrheit zu bleiben: Ich stehe im Dienst des Bankhauses Peruzzi aus Florenz. Sie haben in Caffa Außenstände, die sie eintreiben wollen.

Laszlo lachte laut auf: Sind die Peruzzi schon wieder bankrott? Oder warum sonst wollen sie ihre Schulden mitten im Krieg beglichen haben? Wissen sie in Florenz denn nicht, dass wir belagert werden und dass in dieser Lage kein Kaufmann flüssiges Geld hergibt, außer für Waffen und Lebensmittel?

Ich habe viel Zeit, ließ ich den Mann wissen. Und wenn es über den Winter dauert. Kannst du mir ein Gasthaus empfehlen?

Laszlo nickte, sichtlich erfreut über die in Aussicht stehende Provision: Am besten wohnst du bei den Armeniern. Die stellen hier die Mehrheit und wissen auch nach vier Monaten Belagerung, wo man in der Stadt einen Krug Wein und einen Ziegenbraten auftreibt. Ich führe dich zu Hovhannes, dem Wirt vom Ararat.

Im Nebel, der sich nun lichtete, stieg ich hinter dem Dragoman den Hang hinauf. Er schritt breitbeinig wie ein Seemann und ließ dabei seine langen Arme am Rumpf niederbaumeln.

Ich sagte: In einem jüdischen Gasthaus abzusteigen wäre auch kein Problem für mich. Wenn du ein gutes weißt? Ihr Ungarn seid doch für eure herzhafte Küche berühmt.

Laszlo drehte sich um: Du hast recht. Wir Juden haben hier unsere Gasse und sogar eine Herberge. Dass ich dazugehöre, ist bei meinem Namen natürlich kein Geheimnis. Aber für einen Niederdeutschen, der bei einer toscanischen Bank arbeitet, sind unsere jüdischen Schänken viel zu armselig. Könnte ich es mir leisten, würde ich selber im Ararat essen – koscher oder nicht. Die Köchin ist nicht viel schlechter, als du es von dir zu Hause kennst, in Dortmund oder in Münster. Du bist doch Westfale?

Ich blieb stehen und war sprachlos. Laszlo mit seinem Namen Loewenstein als ungarischen Juden zu erkennen war alles andere als mein Meisterstück. Seinesgleichen gab es am Pontos viele. Doch der kleine Mann hatte im Gegenzug allein aus meinem Akzent und dem Namen Wittekind Tentronk meine Herkunft aus einer westfälischen Hansestadt erschlossen. Am Rand der Welt war ich mit diesem Übersetzer auf einen gewieften und weit gereisten Mann gestoßen. Laszlo ließ sich nichts vormachen. Er konnte vieles wissen, was meiner Suche nach Amerigo von Vorteil war. Dass seinerseits Amerigo diesen Mann in seine Dienste genommen hatte und er am Hafen stand, um mich auszuhorchen, konnte ich freilich nicht ausschließen. Ich beschloss, auf der Hut zu bleiben.

Wir gingen weiter, und mein Führer erklärte mir die Stadt: Caffa ist eingeteilt in sechzig Nachbarschaften, jede Contrada stellt eine Gruppe von Mauerwächtern, die müssen von den Nachbarn auch die Steuern einziehen. Aber sonst lässt der Konsul die Religionen und die Nationen in Ruhe, sogar wir Juden verwalten uns selbst. In der Zitadelle da oben haust der Konsul gemeinsam mit seinen Lateinern und dem Bischof. Dort siehst du unsere Kathedrale.

Laszlo wies mir den Turm einer nicht gerade großen Kirche, die ohne eine Kuppel anzeigte, dass sich dort die katholischen Lateiner und nicht die orthodoxen Griechen zum Beten trafen.

Wenn die Tataren den Mauerring stürmen, fuhr Laszlo fort, dann renne um dein Leben hoch in die Zitadelle – falls sie dich noch hineinlassen. Und da hinten links, gleich unterhalb der inneren Mauern, liegt das griechische Viertel. Die Orthodoxen haben vier Kirchen und ein eigenes Spital. Zum Geldwechseln würde ich zu einem Griechen gehen. Einige Wechsler sprechen etwas Italienisch. Oder soll ich für dich übersetzen?

Ich schüttelte den Kopf. Laszlo konnte nicht ahnen, dass ich Griechisch sprach, was bei einem Lateiner aus dem Westen die Ausnahme war. Meine Jahre beim Kaiser der Römer in Konstantinopel waren nicht vergebens gewesen. Noch auf der Galeere hatte Lamberto di Sambuceto mir missgelaunt mitgeteilt, dass die große Mehrheit in Caffa sich auf Griechisch verständigte, auch die zahlreichen Armenier, die Russen aus dem Norden, die Bulgaren aus dem Westen und zuweilen sogar die Türken vom anderen Ufer des Pontos. Lamberto war das gar nicht recht, denn er fand, dass in der Kolonie Genuas alle Menschen Italienisch zu sprechen hatten. Aber da konnte er lange warten.

Beherrschst du auch Uyghur?, erkundigte ich mich bei Laszlo.

Sicher, wie meine Muttersprache. Ich habe ein paar Jahre in Saraj am Hof von Khan Janibeg gelebt. Die Tataren haben nichts gegen Juden. Ich hätte in Saraj an der Wolga bleiben sollen – eine friedliche Stadt. Dann liefe ich jetzt nicht Gefahr, dass mir Janibegs Krieger bei lebendigem Leib die Nase abschneiden, wenn es ihnen gelingt, unsere Mauern zu stürmen. Abgeschnittene Nasen sammeln die Tataren so begierig wie deine Florentiner Banchieri Goldmünzen.

Ich hielt Laszlo zum Dank für seine Ausführungen eine Münze aus Florenz hin, allerdings kein Gold, nur einen silbernen Grosso. Wir waren angekommen. Ararat stand in griechischer Schrift auf ein Holzbrett gepinselt. Das Schild schlug im aufkommenden Wind gegen die Tür des Hauses, das den anderen einförmigen Ziegelbauten von Caffa glich: ein Erd-, ein Obergeschoss, von Holzbalken schmucklos gestützt, mit grauem Dach und halboffenen Fensterläden. Durch die zog von außen der Wind des Meeres hinein und von innen der Rauch des Kamins heraus. Was konnte ich Besseres verlangen? Caffa war erst vor dreißig Jahren von Genuesen neu gegründet worden, nachdem die Tataren die Vorgängersiedlung niedergebrannt hatten. Alles war hier provisorisch, als hätten spielende Kinder die Stadt aus Holzklötzen errichtet: die Häuser, die Kirchen, die Wallmauern, die Ställe, die Kais. Es verdankte sich einem Plan aus Genua – und der Gier der Menschen nach schnellem Geld. Bei der nächsten Eroberung, der nächsten Feuersbrunst, so stand zu hoffen, wäre ich längst wieder abgereist.

Laszlo hielt mir die Tür auf und rief auf Griechisch zum Tresen hinüber, hinter dem ich im Halbdunkel einen stämmigen Glatzkopf ausmachte: Hovhannes, alter Halsabschneider! Hier bringe ich dir frisch vom Hafen einen Lateiner, den Beutel voller Geld. Für solch einen Fang habe ich eine hübsche Belohnung verdient, ich komme sie mir heute Abend abholen. Du kannst ihm die Differenz auf die Rechnung setzen.

Ich verabschiedete mich von Laszlo auf Griechisch: Da du dich selbst so elegant eingeladen hast, schlage ich vor, dass wir bei einem georgischen Tropfen miteinander zu Abend essen. Ich übernehme gerne die Differenz. Es könnte gut sein, dass du an mir am Ende mehr verdienst als deine Provision. Evcharisto poly!

Diesmal war es Laszlo Loewenstein, der mit offenem Mund stehen blieb.

KAPITEL 33

Wenn der Gasthof des Hovhannes tatsächlich der beste in ganz Caffa war, brauchten Reisende in dieser Stadt ein dickes Fell. Das Ararat war schmutzig, zugig und eng. Einzig ein Fleischaroma aus der Küche überlagerte hier und da den Mief von Schimmel und Schweiß. Der Wirt war ein missmutiger Kerl, der mir eine Kammer unter dem Dach zuwies, wo ich das Bett mit einem Bulgaren teilen sollte. Der Mann, angeblich ein in der Stadt gestrandeter Pferdehändler, lungerte noch am späten Vormittag auf seinem Strohsack herum und starrte mich an. Sein Anblick verursachte mir Juckreiz. Mein Begehren nach einem anderen Zimmer tat Hovhannes mit einem Grunzen ab. Caffa sei überlaufen mit Flüchtlingen; ich solle froh sein, wenn ich nicht in der Gosse landete. Als ich dem Wirt einen Goldflorin vors Gesicht hielt, änderte sich sein Benehmen schlagartig. Hovhannes führte mich zu einer geräumigen Kammer am anderen Ende des Flurs. Dort hatte ich ein Bett für mich allein und sogar ein frisches Laken.

Als ich zur Zitadelle aufbrach, hatte der Nebel sich gelichtet. Die Menschen von Caffa lebten gar nicht so höllisch, wie Laszlo Loewenstein gemeint hatte. Verschleierte Frauen kamen vom Markt, Körbe voller Grünzeug auf dem Kopf. Kinder spielten auf den ungepflasterten Wegen Fangen. Scherenschleifer und Küfer saßen in der Spätsommersonne vor ihrer Werkstatt und hämmerten auf Metall oder Holz ein. Einzig die vielen Söldner, die mit klirrendem Hemd und Schwertgehänge in Gruppen zur Zitadelle und zu den Außenmauern unterwegs waren, zeugten von Gefahr. Doch trotz ihrer Allgegenwart hatten sich die Leute augenscheinlich an den Krieg gewöhnt. Oben in der Zitadelle ließen die Wächter mich nach kurzer Kontrolle ins Konsulsviertel. Außer den Hütten um die Agneskathedrale, einem etwas geräumigeren Bischofspalast aus Fachwerk und einem nach Christus benannten Donjon, der zugleich als Ausguck und Leuchtfeuer diente, gab es nur ein Steinhaus, das mit winzigen Fenstern an eine Burg erinnerte. Immerhin gab es auf dem Dach eine Loggia, von der aus der Konsul die Stadt und den Vorplatz überblicken konnte. Die Bauherren wussten, was sie sich bei alldem gedacht hatten. Caffa war als Festung geplant und zudem so schlicht gebaut, dass Genuas Kasse beim Untergang der Kolonie nicht ruiniert wäre.

Im Erdgeschoss herrschte Gedränge. Ich reichte einem Sekretär Andrea Lancias Vollmacht mit dem Liliensiegel der Priori und richtete mich auf eine lange Wartezeit ein. Zu meiner Überraschung ließ man mich schnell ins Obergeschoss, wo Gotifredo di Zoagli, der Konsul, mich sogar an der Tür begrüßte. Der Name Florenz hatte am Ende der Welt seinen guten Klang nicht eingebüßt. Ich weihte Gotifredo in das Nötigste ein und stellte Amerigos Diebstahl als eine Art Missverständnis eines unerfahrenen Banchiere dar, der aus übertriebenem Ehrgeiz auf der Straße der Seide Geschäfte machen wollte, doch den das Oberhaupt der Bank unmissverständlich in die Zentrale zurückruft.

Schwer zu sagen, ob Gotifredo di Zoagli, ein kurz gewachsener Enddreißiger mit Vollbart nach Art der Griechen, meiner Geschichte Glauben schenkte. Er gab einem Sekretär Anweisung, in der Banca di San Giorgio, also bei der genuesischen Staatskasse, einstweilen keinerlei Wechsel der Peruzzi mehr zu akzeptieren. Ob Amerigo in Caffa bei einem der vielen Wechsler aus aller Herren Länder mehr Erfolg haben würde, wusste Gotifredo nicht zu sagen. Auch machte er mir keine Hoffnung, mich bei der Suche nach Amerigo zu unterstützen: Wir haben seit vier Monaten Krieg. Es war früher schon kaum zu verstehen, wie wir über dreißigtausend Menschen im Mauerring satt bekamen. Jetzt sind es mit den Flüchtlingen vom Land mehr als vierzigtausend. Und dass keiner verhungert, dass in unserem Hafen aus Trebizond und Cimbalo, aus Pera und von der Donaumündung immer noch Schiffe anlanden, dass uns seit neuestem sogar die Türken gegen die Tataren unterstützen, das ist ein Wunder, für das ich jeden Tag der heiligen Agnes eine Kerze weihe. Sobald wir jetzt noch ein bisschen durchhalten und die Mauern nachts bewachen, dann zwingen wir Khan Janibeg in die Knie. Im Sommer hätte ich noch nicht gewagt, darauf zu hoffen. Ein Segen, dass die Tataren so wasserscheu sind. Sobald sie abziehen, kann ich mich den Problemen der Casa Peruzzi widmen. Vorher leider nicht.

Der Konsul schickte mich zum Vicarius, seinem Stellvertreter in allen juristischen Angelegenheiten, zuständig für Erbsachen, für Handelsrecht, aber auch für Mord und Totschlag. Dieser Baldassare di Garbarino hatte mehr Zeit für mich und notierte sich den Fall sowie meine Personenbeschreibung von Amerigo und Tamar. Genau wie ich selbst maß der Beamte der Spurensuche wenig Aussicht auf Erfolg bei. Meine Beschreibung war viel zu vage; ich hatte die beiden niemals mit eigenen Augen gesehen. Meine Klage war es ebenfalls, denn jenseits der kleinen Zitadelle begann die Welt der Griechen und Armenier, der Türken und Russen – eine Welt, in der man nicht für irgendwelche Urkunden aus der Toscana sein Recht bekam, sondern nur für Gold. Und Amerigo hatte genug Gold bei sich.

Wenn dieser Amerigo, so schloss Baldassare di Garbarino, sich mit seiner Sklavin ein gutes Versteck gesucht hat, wenn er wenig auf die Straße geht und seinen Wirt schmiert, dann kann es lange dauern, bis wir ihn entdecken. Dieses Caffa ist unübersichtlich wie ein Ameisenhaufen. Dein einziger Vorteil besteht darin, dass wir im Moment abgeschnitten sind von der Steppe und der Straße der Seide. Dein Mann sitzt fest. Aber wegen so einer Angelegenheit aus Florenz können wir nicht mitten im Krieg die ganze Stadt durchkämmen. Unsere Sergenten sind Tag und Nacht auf den Mauern gebunden.

Baldassare war ein leicht gebeugter Mann um die vierzig, der wie mit zugeschnürter Kehle sprach. Er forderte mich auf, ihn zur täglichen Inspektion auf den Mauerring zu begleiten; vielleicht falle ihm noch etwas ein, das mir hilfreich sein könne. Du bist ein Deutscher, der in der Toscana lebt?, erkundigte er sich auf dem Weg. Eine kluge Entscheidung nach allem, was man über das Wetter und das Essen in deinem Vaterland hört. Immer nur Bier, das kann doch nicht gesund sein.

Als ich erzählte, dass ich seit Jahren nicht mehr in meiner Heimat gewesen sei, seufzte Baldassare vor Heimweh auf: Ich könnte schon wieder zu Hause sein bei meiner Frau und bei unseren Töchtern, wenn diese verfluchten Tataren uns in Ruhe gelassen hätten. Meine Amtszeit ist seit Juli abgelaufen, aber jetzt müssen der Konsul und ich bis Kriegsende durchhalten. Wenn ich nur an meinen Gutshof denke, oberhalb von Arenzano. Da blickt man aufs Meer und den Hafen von Genua mit den Brigantinen, die geblähten Segel im Wind und den Frachtraum voller Waren. Jetzt kommt die Ernte, ich habe einen Weinberg, bepflanzt mit Vermentino, und das beste Olivenöl der Welt. Mehr braucht man nicht zum Leben. Aber man muss so ein Gut erst mal abbezahlen. Mein Vater hat all unser Vermögen am Spieltisch durchgebracht. Sonst stünde ich jetzt nicht hier, um Genuas Territorium gegen diese Wilden zu verteidigen.

Bei seinen letzten Worten waren wir auf dem Mauerring angekommen, wo zwischen zwei Türmen eine Scharte Ausblick bis in die Hügel bot. Ein Sergent informierte Baldassare, dass es heute ruhig geblieben sei. Der Vicarius teilte mich offiziell der Wache zu: Merke es dir! Wenn es zum Sturmangriff kommt, dann ist hier am Bisagnoturm deine Stellung. Das ist der höchste Platz unserer gesamten Mauern. Da hinten liegen Steine, die werfen wir den Tataren auf die Köpfe, falls sie tatsächlich wagen sollten, mit Leitern anzukommen. Sollte die Mauer fallen, was die heilige Agnes verhüte, dann ziehen wir uns geschlossen in die Zitadelle zurück. Bisher haben unsere Bogenschützen sie davon abgehalten.

Baldassare wies auf einen schweigsamen Mann mit asiatischen Gesichtszügen, vor sich einen Bogen und auf der Schulter einen Köcher. Der Söldner starrte unablässig in die Hügel, wo ich mit Mühe winzige Gestalten ausmachen konnte.

Das ist doch selber ein Tatare, flüsterte ich dem Vicarius ins Ohr.

Der grinste: Gut, dass unsere Feinde bis aufs Blut zerstritten sind. Khan Janibeg hat viele Neffen und Schwäger, denen er am liebsten den Kopf abschneiden würde. Die sind alle zu uns geflüchtet, das sind unsere verlässlichsten Kämpfer. Nur die Goten, diese Bauern aus dem Hinterland, sind ähnlich tapfer. Wenn wir auf diese griechischen und armenischen Krämer zählen müssten, wären wir verloren.

Da kommen sie!, rief der Bogenschütze plötzlich.

Und tatsächlich preschte von einem Hügel eine Schar Reiter, vielleicht zwanzig Mann, auf die Stadt zu. Zuerst war nur der aufwirbelnde Staub auszumachen. Als sie näher kamen, erhob sich über dem Stampfen der Hufe ein schrilles Geheul. Die Reiter drohten mit ihren Holzbögen und galoppierten an unserem Mauerabschnitt vorbei. Auf unserem Ausguck machte die Attacke keinen Eindruck. Baldassare zog mich nur am Ärmel in die Hocke. Selbst als die Pfeile mit pfeifendem Geräusch gegen die Zinnen klatschten und zerbrachen, rührte sich bei den Verteidigern keine Hand. Ich lugte hinunter und sah den Trupp schon wieder den Hügel hinauf preschen.

Sollen sie doch ihre Vorräte verschießen, kommentierte der Vicarius, aber manchmal zielen sie besser. Wir haben mehr als fünfzig Mann durch diese verfluchten Pfeile verloren. Und all das Leid, all die Verwüstung im Umland nur wegen einer Turmuhr. Mir wird schlecht, wenn ich daran denke.

Weswegen?, fragte ich. Was ist das für eine Uhr?

Baldassare seufzte: So hat das Elend im Winter angefangen. Khan Janibeg war unser Tribut nicht mehr genug. All die edlen Pferde aus der Zucht von Mantua, die Armbänder und Ringe von den feinsten Juwelieren Italiens, die Sklavinnen, die wir ihm zusätzlich zu dem abgemachten Gold geschickt haben – das reichte Janibeg nicht mehr. Man hat ihm erzählt, dass an unserem Christusturm eine Uhr hängt, die die

Zeit anzeigt und die Stunden schlägt. So einen Mechanismus gibt es im gesamten Orient nicht. Also wollte Janibeg auch eine Uhr haben.

Und was will der Khan damit anstellen?, wollte ich wissen.

Baldassare zuckte mit den Schultern: Er ist ein reicher Mann, der stets kriegt, was er will. Jedenfalls erzählt er das seinen Untertanen in Saraj und in der ganzen Steppe. Also musste eine Turmuhr her. Unsere eigene dürfen wir nicht abmontieren und ihm schicken, denn seine soll neu sein und noch größer. Außerdem wäre das eine Demütigung, die unser Doge in Genua nicht zulässt. Seit einem halben Jahr schreiben wir jetzt wegen dieser verfluchten Uhr nach Genua. Aber ich kann verstehen, dass bisher keine Galeere auch nur eine Schraube gebracht hat.

Warum?, fragte ich. Wenn der Khan dann glücklich ist, gibt es keinen Krieg mehr.

So eine Uhr, wusste Baldassare, hat eine komplizierte Mechanik mit Zahnrädern und Gewichten und Glocken. Die stellt keiner in ein paar Wochen her, das benötigt viel Zeit. Und welcher Uhrmacher lässt sich dann mit seinem Werk auf ein Boot verfrachten, nur um die Uhr am höchsten Minarett von Saraj anzubringen? Wenn sie dann nicht funktioniert oder dem Khan nicht gefällt, dann wird dem Meister vor der Moschee bei lebendigem Leib die Haut abgezogen. Da würde ich auch in Italien bleiben mit meiner Erfindung.

Und wegen so eines dummen Einfalls müssen viele Menschen sterben.

So sind nun einmal die Menschen, erklärte der Vicarius mit resigniertem Lächeln, alle Felder und Weinberge rund um Caffa haben die Tataren verheert, die meisten Dörfer sind niedergebrannt, viele Bauern wurden in die Sklaverei verkauft. Das fruchtbare Land! Nur weil Khan Janibeg seinen Kriegern vorführen will, wie wütend er ist. Und wie mächtig er ist, wenn er wütend ist. Dass er Caffa wirklich erobern will, glaube ich gar nicht. Er verdient zu viel Geld an unserem genuesischen Handel. Jede Woche kommt sein Tudun in die Stadt und stellt neue unverschämte Forderungen, aber bisher hat der Konsul alle abgelehnt.

Wer ist der Tudun?

Das ist in Friedenszeiten der Befehlshaber der Tataren in der Stadt.

Für den Khan gehört Caffa zu seinem Reich, wir Lateiner sind hier nur Gäste, die für ihren Aufenthalt Tribut entrichten müssen. Nach der Ansicht der Herren von Genua herrscht in Caffa jedoch unser Konsul Gotifredo im Namen des Dogen. Wenn wir keinen Krieg haben, sind alle zufrieden und verdienen viel Geld. Wir halten hier so lange durch, wie die Schäden kleiner sind als unsere Hoffnung auf Profit. Beim Khan ist es nicht anders. Er wird mit seinen Reitern abziehen, sobald seine Verluste überwiegen. Dazu zwingt ihn vielleicht ohnehin die Seuche, von der jetzt alle sprechen.

Was für eine Seuche?, wollte ich wissen.

Baldassare zog die Stirn in Falten: Aus der Steppe kommt der Tod, sagen unsere tatarischen Bundesgenossen. Mawtana nennen sie es. Das heißt in ihrer Sprache so viel wie: Es zerfrisst dich von innen. Die Menschen spucken Blut, kriegen schwarze Beulen unter den Armen und sind innerhalb von zwei Tagen tot. In Täbris und in Bukhara sollen sie daran sterben wie die Fliegen. Das haben zwei russische Ortogs dem Konsul letzte Woche erzählt.

Ortogs?, fragte ich.

So nennen die Tataren die Kaufleute, die über die Straße der Seide ziehen und mit Edelsteinen, Pelzen, Gewürzen handeln. Nun bringen die Ortogs uns die Mawtana, sagen die Tataren. Schau, da hinten der Rauch! Unsere Späher berichten, dass Khan Janibeg auf großen Stapeln die Leichen seiner Krieger verbrennen lässt, die von der Mawtana dahingerafft wurden. Wenn es zu viele werden, wird er die Belagerung aufheben. Doch wenn die Mawtana seinen Zorn erregt, dann wird er vorher umso grimmiger versuchen, uns zu töten. Und dann ...

Schneiden sie uns allen die Nase ab, vervollständigte ich Baldassares Erklärungen.

Der Vicarius nickte ernst und wollte gerade wieder gehen, da rief der Bogenschütze irgendetwas auf Uyghur. Der Mann wirkte aufgeregt. Ein Übersetzer eilte herzu und flüsterte Baldassare die Zusammenfassung ins Ohr.

Das ist gar nicht gut, gar nicht gut, murmelte der Vicarius besorgt. Unser Söldner meint, dass sie da hinten auf dem Hügel eine Art Katapult bauen. Wenn das stimmt, dann steht uns doch noch ein Großangriff bevor.

Wir kniffen die Augen zusammen und spähten lange in die Richtung, die der Bogenschütze wies. Tatsächlich meinte ich, einen großen Holzbock auf Rollen wahrzunehmen, der eine Ramme sein konnte, ein Katapult, aber auch eine Behelfsbrücke. Als wie bei einem Pendel ein Balken hochschnellte und ein Brocken weit durch die Luft flog, erscholl bei allen Söldnern aufgeregtes Gemurmel.

Da ist ein christlicher Verräter am Werk, fluchte Baldassare di Garbarino laut. Bisher hatten die Tataren noch nie ein Katapult. Vielleicht ist das Gerät Janibegs Ersatz für die Turmuhr, die er nicht erhalten hat. Unsere Mauern sind neu, aber einem schweren Beschuss halten sie nicht stand. Beim heiligen Giorgio! Wenn ich den christlichen Hund in die Finger kriege, der da hinten für die Tataren arbeitet, kastriere ich den Mann eigenhändig!

Der Vicarius, bleich vor Zorn, ließ mich stehen. Er musste sofort den Konsul informieren.

Kein Wort vom Katapult in der Stadt!, schärfte er mir noch ein, sonst bekommen wir eine Panik. Die Wachen sollen auch dichthalten! Hoffen wir, dass sich das nicht gleich herumspricht.

Tief in Gedanken stieg ich meinerseits vom Mauerring hinab. Vielleicht hatte Laszlo Loewenstein doch recht gehabt, und wir waren zwischen Mawtana und Tataren in der Hölle gelandet.

KAPITEL 34

Ich musste mich selbst in der Stadt nach Amerigo umhören, die Genuesen konnten mir unter diesen Umständen nicht helfen. Zuerst tauschte ich, wie von Laszlo empfohlen, bei einem griechischen Wechsler etwas florentinisches Geld in genuesische Münze um. Den neuen goldenen Genovino, der in Aussehen und Wert dem Florin nachgemacht war, konnte ich hier nicht gebrauchen; ich wollte in Caffa kein Haus und kein edles Pferd erwerben. Ein Säckchen kupferner Quarti und drei Dutzend genuesische Grossi reichten mir fürs Erste. Der Wechsler, ein gewisser Ajax, bot mir für einen günstigen Kurs Tarì an. Er musste mich für einen Idioten halten. Was soll ich mit dem Geld der Tataren?, fragte ich. Zieh doch in die Hügel und versuche beim Khan selbst, sie einzutauschen. Wenn du zurückkommst und hast hinterher deine Nase noch, sag mir Bescheid. Dann kommen wir ins Geschäft.

Der Grieche lachte heiser und verbeugte sich, als hätte er mir einen Gefallen getan. Ich fühlte mich schmutzig von der langen Seereise, vielleicht auch schmutzig von meinem Auftrag. Als ich im Viertel der Armenier das Schild eines Badehauses erblickte, ließ ich mir von einer Frau mit leicht ergrauten Haaren eine Wanne mit heißem Wasser füllen. Zuerst rasierte sie mich. Während sie mir danach den Rücken einseifte, fragte sie mich in gebrochenem Italienisch, ob sie sich zu mir in die Wanne setzen sollte. Die Frau wirkte angenehm, ihre Hände fühlten sich sanft an, doch ich winkte ab. Stattdessen erkundigte ich mich ohne große Hoffnung nach einem Jüngling aus Italien und einer schwarzhaarigen Frau; die beiden seien in den letzten Tagen erst angekommen.

Zu meiner Überraschung hatte die Baderin vorgestern erst ein ähnliches Paar bedient. Der Jüngling habe gut bezahlt, damit seine Begleiterin eigens mit Stutenmilch eingerieben wurde. Ihre langen schwarzen Haare ließ sie obendrein mit Mandelöl einfetten. Ein wunderschönes Mädchen, meinte die Baderin. Aber eine Italienerin sei das nicht gewesen. Wo die beiden wohnten, konnte sie mir nicht sagen.

Amerigo und Tamar waren also in der Stadt, ich hatte ihre Spur. Ich überlegte, ob ich im Badehaus eine Handvoll Quarti zurücklassen sollte, damit mich die Besitzerin informierte, sobald das Paar wiederkam. Aber ich überlegte es mir anders. So naiv, noch einmal hierherzukommen, war nicht einmal Amerigo. Ein paar Schritte neben dem Badehaus stieß ich auf einen Buchhändler. Auf die Galeere hatte ich nichts zum Lesen mitgenommen, weil mir auf See meist schlecht wurde mit Buchstaben vor Augen. Jetzt musste ich mich auf eine lange Wartezeit in

Caffa einrichten. In höchstens drei Wochen war die Zeit der Seereisen vorbei. Würde ich Amerigo nicht vorher aufspüren, wartete auf mich ein langer Winter im Gasthof Ararat. Der Buchhändler, ein alter Jude namens Ephraim, lobte mein Griechisch und bot mir Traktate von Plato und Aristoteles an, wie ich sie qualitätsvoller selbst in Konstantinopel nicht finden würde.

Ich habe kein Interesse an Philosophie, erklärte ich. Das vernebelt einem nur das Hirn. Hast du Ritterromane von König Artus und seiner Tafelrunde?

Der Alte blickte mich ratlos an, dann fiel ihm etwas ein. Er kramte unter einem Stapel ein staubiges Buch hervor, in angenehm kleinem Format: Der Roman von Tristan, aber leider in Französisch. Den wird ein Kreuzfahrer beim Fall von Akkon zurückgelassen haben. Ein Türke aus Trebizond hat mir das Buch verkauft. Hier bei mir liegt es schon seit Jahren. Du kannst sicher kein Französisch?

Ich wiegte skeptisch den Kopf. Gäbe ich zu, dass ich kein Problem mit einem französischen Roman hatte, würde sich der Kaufpreis sofort verdreifachen.

Hat es wenigstens Bilder?, fragte ich.

Ephraim zeigte mir ungelenke Kritzeleien von Pferden, die aussahen wie übergroße Schweine. Andere Zeichnungen zeigten einen Kampf, bei dem die Schwerter aussahen wie Rettiche, und eine dickliche Frau in einem Garten voller Kohlköpfe. Sollte das Isolde sein? Hier war kein Meister am Werk gewesen.

Der berühmte Chrétien de Troyes, versuchte es Ephraim, hat den Roman gedichtet. Eine Rarität. In Paris wäre das Buch ein Vermögen wert.

Wir sind aber nicht in Paris, beschied ich den Buchhändler. Wegen der schönen Malereien nehme ich das Buch vielleicht. Mach mir einen guten Preis!

Ephraim überließ mir den Roman für siebeneinhalb genuesische Grossi. Lächelnd trat ich auf die staubige Gasse – nicht nur wegen des vorteilhaften Geschäftes. War es ein Zufall, dass mir in diesem Schuppen die Liebesgeschichte von Tristan und Isolde in die Hände gefallen war? Ich hatte den Roman zwar noch nie ganz gelesen. Doch in Zypern hatte ich vor Jahren einen Trobador angehört, der die Mär aus der Welt des Königs Artus zur Laute vorgesungen hatte. Ein Liebestrank hatte Tristan und Isolde behext. Wie Geißblatt und Hasel waren seither die beiden – wenn man sie trennte, mussten sie sterben. Isoldes Mann, der alte König Marke, hatte sie nachts im Schloss Tintagel beim Liebesspiel überrascht. Blutflecken auf dem Laken verrieten die Untreue Isoldes und die Wildheit Tristans. Nun sollte die schöne Frau zur Strafe einer Truppe von Kranken – Körper und Gesichter von Lepra zerfressen – als Hure vorgeworfen werden. Tristan musste es gelingen, sie zu befreien und mit ihr zu fliehen. Vielleicht war es Amerigo und Tamar ähnlich ergangen, und der Padrino hatte sie im Palazzo Peruzzi im Bett ertappt. Vielleicht waren auch sie vor einer schlimmen Bestrafung geflohen. Der alte Mann hätte es mir nicht verraten.

Ich wunderte mich immer, dass gerade die phantastischen Geschichten von Rittern und Zauberern, von Feen und Riesen unsere Wirklichkeit am besten beschrieben. Warum auch sonst endeten die Romane der Tafelrunde stets im Unglück? Helden wurden verraten, Liebende auseinandergerissen, Herzen gebrochen. Und Geißblatt und Hasel gingen, einmal getrennt, ein wie Blüten im Frost. Liebesglück gab es nicht, weder im Roman noch in der Wirklichkeit. Wenn die Liebe von Amerigo zu Tamar der Leidenschaft von Tristan zu Isolde gleichkam, dann erwartete sie in Caffa nicht die Freiheit, sondern der Tod. Andererseits – ich war nicht der betrogene König Marke und hatte keinen Grund, mich an Amerigo zu rächen. Ich nahm mir vor, den Liebenden, die ich verfolgte, kein Leid anzutun. Es wäre nicht das erste Mal, dass ich meine Vorsätze brechen musste.

Unten am Hafen lag alles verödet. Keine Galeere aus Genua oder Pera war in Sicht. Wo sonst sechzig, siebzig Karacken und Brigantinen gleichzeitig entladen wurden, dümpelten an den Kais gerade einmal vier Kriegsgaleeren und einige Küstenboote. Draußen auf dem Meer waren noch ein paar Segler in Sicht, sicher Fischer, die mit dem Fang ihren Teil zur Versorgung von Caffa beitrugen. Dass Amerigo bald über See aus der Stadt herauskam, erschien mir unmöglich. Kein Kriegsschiff würde eine Frau an Bord nehmen, kein Fischer würde es wagen, gegen das Verbot des Konsuls draußen vor der Stadt mit zwei Flüchtigen anzulanden, bloß um sich dort von den Tataren massakrieren zu lassen.

Ich drehte mich um, überblickte die Stadt und zählte sieben Tore und fünfzehn Türme. Caffa lag genau wie Genua zwischen Hügeln und Gebirge, auf der anderen Seite die See. Ich konnte mir nicht vorstellen, dass Khan Janibeg so töricht sein würde, diesen idealen Handelsposten zu zerstören. Wer schlachtete die Kuh, die er jeden Tag melken konnte? Aber wofür, wenn nicht für einen Sturmangriff, bauten die Tataren dann das Katapult? Und was war mit der Mawtana, dieser Seuche, die aus den Weiten der Steppe kam und die Menschen noch im Sterben Blut spucken ließ? Laszlo Loewensteins Fistelstimme riss mich aus meinen Gedanken. Der kleine Mann trat aus einer Schänke auf die Gasse und fragte, ob ich drinnen nicht mitspielen wolle. Ein Mann fehle noch für einen Wettkampf zu viert im Tricktrack: Unsere Einsätze sind niedrig, nur ein Grosso pro Spiel!

Ich winkte ab: Das ist zu viel, als dass ich mich über den Verlust nicht ärgern würde. Und zu wenig, dass ich mich über den Gewinn freuen könnte.

Du bist ein Philosoph?, lächelte Laszlo. Gut, dann also kein Tricktrack. Ich lade dich zu etwas anderem ein.

Er hakte mich unter und führte mich zu einem größeren Holzgebäude, wohin bereits andere Männer strebten. Drinnen gab es drei ansteigende Sitzreihen, in der Mitte war mit Brettern eine kleine Arena abgegrenzt. Ich ahnte, was nun kommen würde. Wir hatten kaum Platz genommen, da traten zwei Männer in die Mitte und reckten ihre Vögel einander entgegen. Die Zuschauer begannen zu johlen. Münzen wechselten den Besitzer, es wurde fleißig gewettet. Laszlo bemerkte meinen Blick und sagte: Du bist vielleicht ein Philosoph, aber hier herrschen nicht die Ideen. Beim Hahnenkampf kannst du alles Notwendige über das Leben lernen. Ich komme oft hierher.

Mit einem Schrei ließen die Besitzer ihre Vögel aufeinander los. Sie flatterten wild. Es waren aufrechte Hähne mit buntem Gefieder, denen man eiserne Sporne an die Füße gebunden hatte. Ich sah nicht weg, es ging ganz schnell. Ein Hahn sprang hervor und schlitzte seinem Gegner die Brust auf, das verwundete Tier krähte und flatterte und schoss dann mit einer letzten Anstrengung auf den Hals des Widersachers zu. Der Sporn drang ein. Nach wenigen Augenblicken wälzten sich beide Vögel zitternd im Sand. Dann war der Kampf aus, alles war voller Blut.

Die Männer schrien wild durcheinander. Man wurde sich nicht einig, welcher Hahn gewonnen hatte. Die beiden Besitzer gingen mit den Fäusten aufeinander los. Laszlo schaute sich das Spektakel ausdruckslos an. Dann sagte er: Wir Menschen neigen dazu, die Gesetzmäßigkeiten unseres Daseins zu verdrängen. Darum gibt es das hier. Die Leute nehmen an, sie setzen ihr bisschen Geld auf das Leben eines Tieres. Dabei ist ihr Einsatz ein Widerschein des eigenen Lebens. Es fängt an mit Wichtigtuerei und Gekreische, dann kommt der Kampf, und dann kommt das schäbige Ende. Der Sieger ist immer der Tod.

Als wir draußen standen, legte ich Laszlo eine Hand auf die Schulter: Ich denke, du bist von uns beiden der eigentliche Philosoph. Du sinnierst über den Sinn des Lebens sogar beim Anblick von Geflügel. Ich für meinen Teil denke bei einem Hahn an den Braten fürs Abendessen. Hattest du nicht die Küche im Ararat gelobt?

Im Gasthaus war die Stube gut gefüllt. Am anderen Ende des Saals erkannte ich einige der Söldner aus Savoyen, die mit mir auf der Galeere gereist waren. Sie waren hungrig von der Reise und wollten ihren ersten Sold verzehren, bevor der Krieg sie verzehrte. Ich nahm das als gutes Zeichen; die Küche im Ararat sprach sich schnell herum. Auf der Bank an der Wand saßen drei Türken mit großen Turbanen, näher bei mir ein bärtiger Lateiner, ganz in Schwarz gekleidet, und bei der Tür ein paar gestikulierende Armenier, deren kehlige Sprache außer dem vielsprachigen Laszlo kein Mensch verstand. Zwei finster dreinblickende Männer mit langen Bärten in der Ecke erkannte mein Begleiter als russische Pelzhändler; er hatte gestern beim Konsul für sie übersetzt. Gleich neben mir hockte ein Greis mit langem weißen Haar in grellgelbem Kaftan; der abgemagerte Alte schien, das Kinn auf der Brust, tief und fest zu schlafen. Alle anderen sprachen dem Wein kräftig zu. Laszlo schenkte mir einen Becher aus einem Krug ein, den er mit gewichtiger Miene bei Hovhannes bestellt hatte: Das ist im Ararat die Vorspeise. Ein schwerer Roter aus Georgien, damit unsere Magensäfte in Gang kommen.

Dann trug Hovhannes, der Wirt, zwei große Schüsseln mit Gallert, Sehnen und zerfasertem Fleisch auf. Zuerst ekelte es mich etwas, aber dann machte der würzige Geruch mich neugierig. Das Fleisch schwamm in einer sämigen Brühe. Laszlo löffelte sich aus einem Topf grüne Kräutertunke auf ein Fladenbrot, das er dann in seine Schüssel tauchte, bevor er gierig hineinbiss.

Chasch!, schmatzte er mit leuchtenden Augen. Mein Leibgericht. Das können nur die Armenier.

Ich blickte Laszlo fragend an, während ich mit dem Löffel ein Stück Gallert aus meiner Brühe fischte.

Kuhfüße!, seufzte Laszlo glücklich. Habe ich seit Monaten keine gekriegt. Aber mit einem Reisenden, der Geld im Beutel hat, öffnen sich für einen armen Juden in Caffa alle Türen. Ich bin dir zu großem Dank verpflichtet.

Ich hatte auf meinen vielen Reisen noch niemals Kuhfüße vorgesetzt bekommen, doch ich musste zugeben, es schmeckte köstlich. Laszlo ließ mich wissen, die Knorpel und die Sehnen in der Suppe seien eine Wohltat für die Gelenke. Er zeigte mit dem Löffel auf seine Knie: Wir sind ja beide nicht mehr die Jüngsten. Vielleicht müssen wir bald wie die Hasen rennen, wenn die Tataren ihr neues Katapult einsetzen.

Der Vicarius hatte richtig vermutet. In Caffa sprachen sich gerade die unangenehmsten Neuigkeiten schnell herum. Ich grinste gequält und fragte Laszlo, ob es hier auch ein Viertel der Georgier gebe. Mir war eingefallen, wenn Tamar nach Hause wollte, hatte sie sich gewiss bei ihren Landsleuten schlaugemacht, wie man trotz der Belagerung zu den Bergen des Kaukasus gelangen könnte.

Laszlo saugte genüsslich an einem Markknochen, bevor er mich wissen ließ, dass die Georgier in Caffa nicht besonders zahlreich waren und über die ganze Stadt verstreut lebten, sogar die georgischen Juden, die höchstens am Sabbat zur Synagoge kamen. Diese Leute aus dem Kaukasus hielten zusammen, niemand verstehe ihre Sprache, niemand wage, sich in ihre Angelegenheiten zu mischen, weil ihre Messer locker im Futteral saßen. Da würden wir nichts erfahren.

Was interessieren dich die Georgier?, wollte Laszlo wissen, als wir zum Maulbeerschnaps übergegangen waren, der nach seiner Meinung unbedingt erforderlich war, um den Chasch zu verdauen. Bevor meine Sinne sich trübten, entschied ich mich, Laszlo in meinen Auftrag einzuweihen. Ohne Hilfe von jemandem, der Caffa kannte wie die Tasche seines eigenen Kaftans, würde ich Amerigo und das Geld der Peruzzi niemals finden. Ich nahm daher noch einen großen Schluck Maulbeerschnaps und erzählte Laszlo ausführlich, wieso ich nach Caffa gereist war. Der Becher Aquavita löste meine Zunge. Ich ließ nichts aus und verschwieg nicht einmal, dass Tamar die Sklavin des alten Pacino Peruzzi gewesen war, und dass dessen eigener Sohn ihm das Mädchen ausgespannt hatte. Sogar das kostbare Siegel mit den Birnen erwähnte ich. Nur wie hoch die entwendeten Summen genau waren, behielt ich für mich. Laszlo konnte sich auch so vorstellen, dass Amerigo nicht mit Kleingeld geflohen war. Das war für den Übersetzer, der eine Belohnung witterte, ein Grund mehr, mir zu helfen. Ich musste endlich weiterkommen, bevor im Spätherbst aller Schiffsverkehr eingestellt wurde, oder bevor die Tataren die Stadt stürmten. Wie hatte Laszlo beim Hahnenkampf gesagt? Am Ende siegt immer der Tod. Ich hoffte, dass ich vorher aus dem Spiel aussteigen konnte, welches in Caffa gespielt wurde. Nach dem dritten Schnaps wurde ich leutselig und versprach Laszlo eine angemessene Summe, wenn er Amerigo für mich aufspürte. Der kleine Mann wurde nachdenklich und wiegte seinen Becher in der Hand.

Plötzlich hörte ich neben mir eine Stimme.

Mein lieber Wittekind! Dass du ein guter Spürhund bist, habe ich schon damals in Avignon begriffen. Aber musst du wirklich Jagd machen auf Liebende? Hast du das nötig?

Es war der Greis im gelben Gewand. Offenbar hatte der Mann nicht geschlafen, sondern die ganze Zeit mit geschlossenen Augen unser Gespräch belauscht. Ich griff nach dem Messer in meinem Ärmel, doch der Alte sah mich aus den Augenwinkeln an und begann lauthals zu lachen. Ich kannte die Stimme, ich kannte die Stimme gut. Aber woher?

Da wandte der Mann mir im Schein der Tranlampe sein Profil zu, und ich wusste plötzlich, wen ich da vor mir hatte. Seine Adlernase, sein ironisches Lächeln und seine blauen Augen waren noch genau so wie in jener Mondnacht, da er sich vor zwanzig Jahren am Ufer der Rhone von mir verabschiedet hatte. Es erschien mir unmöglich, und doch war es wahr. Neben mir saß William von Baskerville!

KAPITEL 35

Mein alter Lehrmeister William hatte den Habit der Franziskaner abgelegt. Mit weißem Bart und Mähne, barfuß und den Körper lose umhüllt von einem gelben Kaftan, erschien er mir wie einer dieser bettelnden Asketen, die über die Fernstraßen aus dem Osten gezogen kamen und zuweilen sogar in Konstantinopel auftauchten. William musste inzwischen über siebzig Jahre zählen, und es war sonderbar. In seiner Aufmachung wirkte er viel älter, aber gleichzeitig auch viel jünger, so als habe er den gewohnten Ablauf der Zeit hinter sich gelassen. Seine Erscheinung war entrückt. War er zu einem Seher aus dem Morgenland geworden? Im selben Moment kam er, hoch aufgeschossen und mit geschmeidigem Schritt, auf mich zu und packte mich lachend bei den Schultern, wie ein Schuljunge, der freudig einen Kameraden begrüßt: Mein lieber Wittekind! Lass dich ansehen. Alt bist du geworden, und ein wenig fett. Oder sind das alles Muskeln?

Ich streckte mich unwillkürlich, übermannt von Überraschung und Freude, diesen sonderbaren Mann zu treffen – in dieser Stunde an diesem Ort.

Doch deine Augen, fuhr William fort, haben ihr Strahlen nicht verloren. Das ist gut. Das bedeutet, du bist immer noch neugierig. Nicht vielen Menschen ist das vergönnt.

Während Laszlo Loewenstein unsere Begegnung mit staunendem Blick verfolgte, konnte ich nicht anders, als William zu umarmen, wobei mein Kopf ihm nur bis zum Brustkorb reichte. Da bemerkte ich erst richtig, wie abgemagert der alte Franziskaner war. Er bestand nur mehr aus Haut und Knochen, doch seiner Spannkraft tat das keinen Abbruch.

Ich sagte: William von Baskerville, hat dein Orden dich nach Karakorum entsandt, damit du die Tataren zur Lehre des heiligen Francesco von Assisi bekehrst? Oder wurdest du von Türken gefangen und bist als Rudersklave im Hafen von Caffa gelandet?

Deine Phantasie treibt immer noch Blüten, antwortete er mir, aber sie reicht lange nicht aus, um sich meinen Lebensweg vorzustellen. Ich komme von sehr weit her und bin ein anderer geworden. Selbst meinen Namen habe ich abgelegt. William von Baskerville – das klingt für mich wie eine Erfindung aus einem Roman. Am breiten Fluss, wo ich etliche Jahre gelebt habe, nannten sie mich Vasudeva.

Eine Ahnung stieg in mir hoch: Du bist tatsächlich nach Indien gezogen? In das Land, in dem alle Religionen ihren Anfang nahmen?

Und ihr Ende, grinste William, das gilt jedenfalls für mich. Anfang und Ende, ich musste einfach herausfinden, wie das zusammenhängt. Eigentlich wollte ich in Indien sterben. Ich erzähle dir gerne von meiner Zeit dort, aber nicht jetzt. Denn wie ich gehört habe, musst du ein Problem lösen. Machen wir es wie in Avignon; vielleicht kann ich dir ein kleines bisschen weiterhelfen.

Das war eine Untertreibung, wie sie für diesen Mann aus Britannien typisch war.

Du kannst ruhig William zu mir sagen, fügte er hinzu. Ich befinde mich auf dem Rückweg in mein altes Leben, da ist es höchste Zeit, mich wieder an meinen alten Namen zu gewöhnen.

Ich stellte William und Laszlo einander vor. Der alte Mann nahm Platz an unserem Tisch. Zu meiner Überraschung schenkte er sich, ohne zu fragen, sofort seinen Becher voll mit georgischem Wein. Vorher hatte er nur Wasser getrunken, vielleicht, weil er kein Geld für einen guten Tropfen hatte. William sah zwar aus wie ein Asket, aber zum Glück war er keiner. Er griff sich sogar meinen Löffel, langte in den Napf und tat sich gütlich an den restlichen Rinderfüßen.

Er leckte sich genüsslich die Lippen: Rindfleisch habe ich seit Jahren keines mehr vorgesetzt bekommen.

Warum?, erkundigte sich Laszlo.

In Indien ist es verboten, Kühe zu schlachten. Man hält diese Tiere für heilig, also werden sie auch nicht gegessen.

Komischer Brauch, meinte Laszlo. Die Leute wissen gar nicht, was ihnen entgeht. Nichts ist köstlicher als Chasch.

William nagte in Ruhe eine Sehne ab, bevor er wohlwollend bemerkte: Ihr Juden esst keine Schweine. Euch entgeht, um nur zwei Beispiele zu nennen, der köstliche Geschmack von Schinken und von Spanferkel. Wo ist denn da der Unterschied?

In Laszlos singender Stimme war ein Unterton der Missbilligung nicht zu überhören: Wir essen nicht darum keine Schweine, weil wir glauben, dass sie heilig sind, sondern weil wir glauben, dass sie unrein sind. Das ist ein gewaltiger Unterschied.

Für die Kühe und die Schweine nicht, kommentierte William, der offenbar das Vergnügen an theologischen Haarspaltereien in Indien keineswegs eingebüßt hatte.

Verrate mir zuerst, bat ich William, wieso du nach Caffa gekommen bist. Und auf welchem Weg.

William setzte seine ironische Miene auf, die mir nach den ersten gemeinsamen Augenblicken bereits wieder vertraut zu werden begann.

Bevor ich sterbe, und das kann ja nicht mehr lange dauern, möchte ich noch einmal meinen alten Freund Occam treffen. Du kennst ihn gut. Unser Occam ist schon vor meiner Abreise in den Osten zum berühmtesten Philosophen des Abendlandes aufgestiegen. Er schreibt Jahr für Jahr ein kompliziertes Werk über Logik, er wettert gegen den Papst und preist Gottes Allmacht. Und er lebt hoffentlich immer noch in seinem zugigen Kloster in München, wo ich ihn bei diesen bayerischen Barbaren und ihrem Bier zurückgelassen habe. Da dachte ich, ich besuche ihn und verrate ihm, dass er sein ganzes Leben einem Irrtum hinterhergelaufen ist.

Was soll das für ein Irrtum sein?, wollte ich wissen.

William kraulte sich den Bart: Occam denkt, die Wahrheit steht in

Büchern, vor allem in denen, die er selbst geschrieben hat. Er glaubt, man kann die Welt mit Worten erklären und unserem Dasein einen Sinn geben, indem man diese Worte definiert. Das ist falsch.

Und was ist richtig?

Gott gibt es nicht in Gedanken. Er lebt auch nicht im Jenseits, sondern in jedem einzelnen Menschen. Gott ist wir, verstehst du?

Nun war es an mir zu lächeln: Genau das hat mein Meister damals gelehrt; der Papst hat ihn deswegen umgebracht. Vielleicht solltest du besser umkehren und zurück nach Indien ziehen. In Europa gerät man mit dergleichen Spekulationen in Lebensgefahr. Wir sind Gott – das wird dein Freund Occam gar nicht gerne hören.

Zum einen, beteuerte William, ist mir in deiner Gegenwart vor keiner Gefahr bange. Und zum anderen, mein lieber Wittekind, hängt ein magerer Greis wie ich nicht mehr am Leben. Die Zeit vergeht, ich vergehe mit ihr. Aber vorher wollen wir gemeinsam deinen großzügigen Auftraggeber zufriedenstellen, ohne dass dabei den beiden Liebenden ein Leid geschieht.

William hatte alles belauscht. Dennoch stutzte ich, denn ich hatte gegenüber Laszlo bewusst keine konkreten Geldsummen erwähnt: Wie kommst du darauf, dass mein Auftraggeber großzügig ist?

Ganz einfach, entgegnete William in der trockenen Art der Briten, an deinen Fingern sind weder Schwielen noch Blutblasen. Also musstest du für die Überfahrt in der Galeere nicht rudern. Ich musste seinerzeit rudern, die Schmerzen vergesse ich nie. Dein Privileg wird nur denjenigen Reisenden gewährt, die für die Überfahrt mindestens die vierfache Gebühr bezahlt haben. Und natürlich den genuesischen Beamten, aber zu denen zählst du nicht.

Woher weißt du, dass ich auf einer Galeere gereist bin?

Heute ist nur dieses eine Schiff angekommen, folgerte William ungerührt. Bei deinem kurzen Halt in Pera hattest du sicher keine Zeit, Konstantinopel zu besuchen, das du so gut kennst und wo du so lange gelebt hast.

Nun wurde ich wirklich stutzig. Von meinen Jahren in Konstantinopel hatte ich an diesem Abend kein Wort erwähnt. Ich traute Williams

Künsten der Deduktion, wie er sie auch in Avignon angewendet hatte, allerhand zu. Doch wie ergründete er Geheimnisse meines Lebens, von denen er nichts wissen konnte?

William nahm einen großen Schluck Rotwein und erklärte: Du bist nicht der einzige Lateiner hier im Raum, der Griechisch gelernt hat. Ich verstehe die Sprache ganz gut. Und als du bei unserem Wirt das Essen bestellt hast, konnte ich an der Aussprache den typischen Zungenschlag der Hauptstadt heraushören – nicht diesen krausen armenischen Akzent, den hier alle sprechen. Also folgere ich, dass du früher einmal länger in Konstantinopel gelebt hast. Jetzt, so hast du gesagt, kommst du aus Florenz, und da spricht kein Mensch Griechisch. Du hast dir in Italien übrigens ein wohlklingendes Italienisch angeeignet, mein Kompliment. Vor zwanzig Jahren in Avignon konntest du das noch nicht.

Ich pfiff durch die Zähne. Auch Laszlo, der als Übersetzer im Dienst Genuas unser italienisches Gespräch mühelos verfolgen konnte, wandte seinen Blick nicht von Williams eindrucksvoller Gestalt. Er hatte nichts von seinem Scharfsinn eingebüßt. Und auch die Eitelkeit, mit welcher er seine Schlussfolgerungen stolz belächelte, hatte er in Indien nicht gänzlich abgelegt.

Mit gespieltem Ernst fuhr William fort: Und nun möchte ich wissen, warum du so übereilt aus Neapel abgereist bist. Etwa im Schlepptau der Banchieri aus Florenz, die vor einem Jahr unter den Nachstellungen der Anjou davonlaufen mussten?

Das war zu viel. Ich starrte William entgeistert an. Hatte dieser Mann in Indien die Kunst des Gedankenlesens erlernt? War er mit orientalischen Zauberkünsten im Bunde? Bisher hatte ich nicht an dergleichen geglaubt. Aber es war mir unverständlich, wie dieser Mann, gerade aus der entgegengesetzten Himmelsrichtung eingetroffen, meine Lebensgeschichte erfahren konnte. Hätte er mir jetzt erklärt, er sei aus Täbris auf einem fliegenden Teppich in Caffa gelandet, ich hätte es geglaubt.

Da war es wieder, sein selbstgefälliges Lächeln: Wenn du etwas vom berühmten armenischen Schafskäse für uns bestellst, dann verrate ich dir, was du selbst mir ungewollt mitgeteilt hast.

Ich machte dem Wirt, der gerade an unserem Tisch vorbeikam, eine entsprechende Geste. William räusperte sich umständlich und begann: Du trägst um den Hals dieses rotgepunktete und mehrmals gefaltete Seidentuch, wie es in Neapel die Männer tragen, die gerne jünger wirken wollen, als sie sind. Diese Halstücher verkauft man an der Via Riparia. Ich habe eine Zeitlang unterm Vesuv gelebt und weiß genau, wie verliebt die Neapolitaner in solchen modischen Kram sind. Das Tuch ist also dein Andenken an eine recht kurze Zeit in der Stadt.

Kurze Zeit?, fragte ich.

Nicht mehr als ein paar Monate, entgegnete William. Sonst hättest du den nuschelnden Akzent von Neapel angenommen, der hinterlässt bei allen, die dort leben, unauswischbare Spuren. Als ich gestern hier eintraf, kam ich ins Gespräch mit einem genuesischen Händler, der sich immer noch freute, wie die Konkurrenten aus Florenz vor etwas mehr als einem Jahr in Neapel Unsummen verloren haben. Alle Florentiner, so erzählte er mir, mussten über Nacht fliehen, ein paar wurden sogar totgeschlagen. Nun erkenne ich an deinem Schal, er wirkt noch recht neu, dass du unlängst erst in Neapel warst. Aus Florenz kommst du hierher, um reichen Händlern zu ihrem gestohlenen Geld zu verhelfen. Also bist du wohl in derselben Funktion vor einem Jahr aus Neapel nach Florenz gelangt, als Agent eines Bankhauses in Nöten. Habe ich recht?

Laszlo erhob sich – im Stehen war er so groß wie William im Sitzen – und klatschte langsam in die Hände. Du bist der gerissenste Mensch, der mir je begegnet ist, sagte er mit ungekünstelter Bewunderung. Wenn du uns unterstützt, werden wir den verschwundenen Kaufmann in kürzester Zeit aufspüren.

William lächelte zufrieden: Wir teilen uns dann die ordentliche Belohnung, von der unser deutscher Freund gesprochen hat. Ich bin gerade etwas knapp mit Bargeld und habe bis München noch eine weite Reise vor mir. Daher muss ich auf einer verbindlichen Absprache für unser Honorar bestehen. Sagen wir hundert Florin, vierzig für Laszlo und sechzig für mich?

Das bedeutete einen ausgefuchsten Handel, vor allem für einen Asketen und einstigen Bettelmönch. Ich schluckte. Aber was für eine Wahl blieb mir? Ich streckte dem Mann aus Baskerville meine Hand entgegen, um die Abmachung zu besiegeln. William schnüffelte am Käse, den Hovhannes uns auf einem Holzbrett auftischte, steckte sich ein Stück in den Mund und sprach dann mit gewichtiger Stimme: Ich habe einen Plan.

Er holte tief Luft, krempelte die Ärmel seines Kaftans hoch und fragte mich: Wie viel ist eins und eins und eins?

Drei, antwortete ich.

William blickte Laszlo an: Und was meinst du?

Der Übersetzer dachte einen Moment nach: Alle Zahlen, nur nicht drei.

Der Mann aus Baskerville lachte zufrieden: Es macht mir immer Freude, mit einem verständigen Menschen zusammenzuarbeiten. Es ist nicht das erste Mal, dass du jemanden aufspüren willst?

Laszlo grinste: Doch, es ist das erste Mal. Aber ich bin ein Jude und weiß aus eigener Erfahrung, wie es ist, wenn Verfolger einem im Nacken sitzen. Drüben in Ungarn und in Deutschland gab es Momente, da war mir eine ganze Stadt auf den Fersen. Daher kann ich mir vorstellen, was Amerigo jetzt unternimmt, um den Kopf aus der Schlinge zu ziehen.

Ich hatte vom Rätselspiel genug: Könnt ihr mir bitte erklären, weshalb eins und eins und eins nicht drei macht?

Das ist doch ganz einfach, erklärte William. Bei dir konnte ich aus Sprache, Kleidung und anderen Merkmalen logisch folgern, woher du kommst und was du in letzter Zeit unternommen hast. Doch bei Amerigo kommen wir mit Logik nicht weiter. Wir dürfen nicht von dem ausgehen, was wir von ihm wissen. Denn er weiß seinerseits, dass man ihm auf der Spur ist. Er muss sich verwandeln und sich eine neue Wirklichkeit erschaffen, um uns immer einen Schritt voraus zu sein. Darum benötigen wir keine Logik, sondern Phantasie. Wir müssen nach dem Mann suchen, der er sein möchte, nicht nach dem Mann, der er einmal war. Die simple Addition unseres Wissens kann daher nicht die Lösung sein.

William griff sich die Kreide, mit der unser Wirt unsere Zeche auf dem Tisch markierte, und zeichnete damit ein großes M auf die Lehmwand: Das ist M, der Mann, den wir suchen. Als was wird er sich in Caffa wohl ausgeben?

Jede Nationalität, antwortete ich, nur nicht Italiener oder gar Florentiner.

Bravo, lobte mich William, du begreifst schnell. Unter den Italienern in der Zitadelle würden wir ihn mühelos finden. Weil Amerigo aber kein Armenisch und kein Türkisch spricht, wird es schwer für ihn, bei irgendeiner anderen Nation unterzuschlüpfen.

Bei den Juden?, versuchte ich es.

Laszlo schüttelte den Kopf: Meine Glaubensbrüder können es sich nicht leisten, Gesuchte zu verstecken. Wir sind schon verhasst genug und dürfen um keinen Preis auffallen. Außerdem wäre mir Amerigos Anwesenheit in einem jüdischen Haushalt längst zu Ohren gekommen.

Darum ist er bei den Griechen, sagte William. Griechisch spricht er, wie ich annehme, wohl ebenfalls nicht. Aber viele griechische Händler in Caffa stammen aus zweisprachigen Gegenden, in denen sich seit den Kreuzzügen Italiener niedergelassen haben. Inseln wie Chios oder Zypern. Oder am allerbesten die Stadt Ragusa.

Stimmt, rief Laszlo, in Ragusa reden die Leute alle Sprachen durcheinander, Slawisch, Ungarisch, Italienisch, Griechisch, Albanisch, sogar Deutsch. Wenn ich Amerigo wäre, dann würde ich so tun, als spräche ich nur gebrochen Italienisch und wäre ein albanischer Kaufmann griechischer Nationalität aus Ragusa. Und dann würde ich bei einem Gasthof im Griechenviertel anklopfen. Die Herkunft der Gäste kann im Durcheinander, das hier gerade herrscht, kein Wirt auf die Schnelle überprüfen.

William schrieb ein R wie Ragusa und ein G wie Grieche an die Wand und setzte seine Gedanken fort: Obendrein muss unser Mann sein Alter ändern. Das ist leicht. In vier Wochen auf See hat er sich gewiss einen Bart stehen lassen und mit Asche sein Haar grau eingefärbt. So wird aus dem heimlichen Liebespaar ein alter Vater, der mit seiner Tochter unterwegs ist.

Dafür ist Tamar zu alt und Amerigo zu jung, gab ich zu bedenken. Das würde ihnen niemand abnehmen. Wir suchen besser nach einem Bruder mit kleiner Schwester. Oder nach einem Onkel mit seiner Nichte, das wäre das Unverfänglichste.

William malte ein O wie Onkel an die Wand: Unser Mann wird sich wahrscheinlich Vlachos nennen, nach dem Stadtheiligen von Ragusa. Ein friedlicher Kaufmann, der mit seiner Nichte in den Osten reist, über die Flüsse nach Russland oder auf der Straße der Seide bis Karakorum – alles, nur nicht Georgien. In Pera hatten die beiden Zeit genug, sich passende Kleider zu kaufen. Tamar, da bin ich mir sicher, trägt jetzt die schwarze Tracht der Griechinnen vom Balkan mit dunklem Kopftuch und langen Zipfeln. Sie muss, um kein Aufsehen zu erregen, ihre Schönheit verbergen. Darum wird sie sich verhüllen, vielleicht sogar einen bunten Schal um Kinn und Stirn wickeln. Und Amerigo trägt einen locker gewickelten weißen Turban, ebenfalls mit langen Zipfeln, kurze Jacke und dreiviertellange Hosen wie die Albaner in Ragusa.

Laszlo fügte hinzu: Und er wird gebeugt gehen wie ein älterer Mann, das Mädchen immer züchtig drei Schritte dahinter mit dem Gepäck der beiden auf dem Rücken, so wie das alle machen in jenen Ländern.

Die beiden gehen wohl kaum vor die Tür, gab ich zu bedenken, denn sie haben Angst aufzufallen. Allenfalls besorgt Tamar auf dem Markt ein paar Lebensmittel und hört sich unauffällig nach einer Fluchtgelegenheit um. Sie wollen schließlich nicht ewig in Caffa festsitzen.

Hier liegt ihr schwacher Punkt, erklärte William, da müssen wir angreifen. Ich stelle es mir so vor: Nicht wir müssen Amerigo und Tamar finden, sie müssen uns finden.

Laszlo und ich blickten William fragend an. Der eröffnete uns seinen Plan: Ganz Caffa wird von den Tataren umzingelt. Kein Mensch kommt hinaus oder herein. Ist das wirklich so? Nein! Ich selbst bin trotz der Belagerung vorgestern Nacht ein paar Meilen von hier auf die Schaluppe eines gotischen Fischers gestiegen und ungestört durch den Nebel in den Hafen gelangt. Das hat mich zwar mein letztes Geld gekostet, das ich mir in Indien zusammengebettelt hatte, aber die kurze Seereise war recht ungefährlich. Der Gote hat mir erzählt, dass die Tataren sich bestechen lassen. Ein alter Pilger mehr in der Stadt, eine Handvoll Kaufleute weniger, die gegen gutes Schutzgeld ihrer Wege nach Osten ziehen – darauf kommt es Janibegs Leuten nicht an. Ist es nicht so?

Laszlo nickte nachdenklich: Du meinst, wir sollten auf den Märkten und in den Schänken das Angebot eines Fluchtwegs streuen? Wir bieten reichen Reisenden gegen Bezahlung eine sichere Route über Land an. Dann erklären wir das Ararat zum Treffpunkt. Und unser Liebespaar wird sich ganz von allein hier in der Gaststube einfinden.

Der Brite stimmte zu, und ich klopfte William auf die Schulter: Das ist genial! Wir locken Amerigo Peruzzi aus seinem Versteck in die Falle.

William ließ sich das Lob gerne gefallen, fügte jedoch an: Mein lieber Wittekind, du vergisst eine Winzigkeit. Diese Flucht aus Caffa ist kein Lockmittel unsererseits. Die Flucht wird stattfinden, sie muss es. Und unser Freund Laszlo wird sie organisieren.

Warum das denn?, warf ich ein. Ich brauche nur Amerigo und sein gestohlenes Geld.

Wir hatten eine Abmachung, erinnerte mich William, du bekommst deinen Siegelring, deine Wechselbriefe und das meiste vom gestohlenen Geld zurück. Doch für einen angemessenen Betrag lässt du Amerigo und Tamar weiterziehen. Sie sind schon beinahe am Ziel. Und wir beide wollen auf unsere alten Tage nicht zu Rächern im Namen der Obrigkeit werden! Vergiss nicht, dass Tamar von diesem Banchiere in Florenz versklavt wurde wie ein Stück Vieh. Amerigo Peruzzi hat sie unter Gefahren aus der Gefangenschaft befreit. Im Grunde haben die beiden das gesamte Geld verdient. Aber mit dreihundert Florin werden sie schon zufrieden sein.

Ich rechnete im Kopf nach. Hundert Florin für William und Laszlo, dreihundert für das Liebespaar. Ich fürchtete, dass mir der Padrino die fehlende Summe in Rechnung stellen würde. Wo sollte ich vierhundert Florin auftreiben?

Laszlo meldete sich: Und dann brauchen wir noch Geld für die Fluchthelfer und für die Bestechung der tatarischen Wachen.

Das kriegen wir gratis, beruhigte mich William. Wenn du im Griechenviertel unsere Karawane nach Osten anpreist, dann melden sich genügend Kaufleute. Meint ihr etwa, unsere Turteltäubchen sind die Einzigen, die einen guten Preis zahlen, um aus Caffa zu entwischen? Wir müssen nur auf die genuesischen Söldner aufpassen. Denn die werden darauf achten, dass keine Schar von Fremden aus ihrer Festung herausgelangt.

Laszlo griente: Die sind unser geringstes Problem. Die Genuesen sind derart mit Sold im Verzug, dass die Wächter auf der Mauer schon für ein paar Grossi beide Augen zudrücken. Das hat vor vier Wochen schon einmal reibungslos geklappt, da ist ein ganzer Trupp von persischen Händlern über die Hügel durchgeschlüpft, mitsamt ihren Teppichen. Ich gehe heute Abend noch zu meinem Freund Moshe in die Judengasse. Der ist unser Verbindungsmann zur jüdischen Gemeinde in Saraj und pflegt deshalb Kontakte auf beiden Seiten der Mauer. Wir Juden können es uns nicht leisten, im Krieg alles auf eine Karte zu setzen. Für den Fall, dass die Tataren die Stadt stürmen, hat Moshe unsere Flucht schon vorbereitet. Es würde uns allerdings eine Menge Geld kosten. Eine kleine Karawane zu organisieren, ist dagegen ein Kinderspiel.

William forderte Laszlo auf, in aller Frühe im Griechenviertel und den angrenzenden Straßen seine Fühler auszustrecken. Wenn die Schlussfolgerungen des Briten stimmten, dann könnten wir am Nachmittag bereits die Karawane zusammenstellen. Im günstigsten Fall wären die Flüchtigen morgen Nacht schon in der Steppe in Sicherheit. Und ich könnte tags darauf mit dem Löwenanteil des entwendeten Geldes und dem Siegelring der Peruzzi auf eine Kriegsgaleere in Richtung Westen steigen.

Eine Frage blieb für mich noch offen: Und was, wenn Amerigo und Tamar sich wehren?

William zog sein ironisches Gesicht: Sie müssen froh sein, wenn sie durch unsere Hilfe nach Georgien entkommen. Sind sie einmal aus der Stadt heraus, dann können sie mit ihrem Reisegeld in der Tasche fern vom Kriegsgebiet zur Küste weiterwandern und in einem anderen Hafen ein Schiff nach Georgien besteigen. Oder sie ziehen auf dem Landweg am Pontosmeer entlang bis Savastopolis und von dort weiter in die Berge des Kaukasus. Eine schöne Route übrigens, ich bin auf ihr hergereist. Und wenn Amerigo tatsächlich widerspenstig ist, dann haben wir immer noch dein Messer, mein lieber Wittekind. Ich erinnere mich, dass dieses Argument stets jedermann überzeugt hat.

Mit diesen Worten erhob sich William, um ein Zimmer zu beziehen, von Hovhannes im Lampenschein geleitet. Der Mann aus Baskerville, gerade noch ein namenloser Bettler, hatte sich unter meinen Augen in eine Respektsperson verwandelt. Er wirkte zufrieden. Auch Laszlo wünschte mir eine gute Nacht. Wir waren inzwischen die letzten Gäste. Der Übersetzer musste trotz der Sperrstunde noch bis ins Judenviertel gelangen, aber das wirkte für Laszlo nicht wie ein Problem. Auf der anderen Seite der Zitadelle lag, wie er mir erzählt hatte, die Synagoge gleich neben der Kirche und der Moschee der Tataren. Laszlo empfahl sich.

Ich blieb beim letzten Becher zurück, in Gedanken versunken. An diesem Abend hatte ich gut gegessen, viel getrunken und noch mehr gelernt. Caffa war gar keine Sackgasse, sondern ein Ort der kurzen Wege, die in alle Himmelsrichtungen führten. Hoffentlich war meine auch dabei.

KAPITEL 36

Am Morgen weckten mich schrille Töne. Im Hof spielte jemand auf einer Flöte, es klang nicht schön. Die hohen Melodien bohrten sich in meine Schläfen. Ich hatte mir gestern Abend zu viel vom georgischen Rotwein genehmigt. Schlaftrunken schlurfte ich zum Fenster und schob die Läden auf. Unten stand William von Baskerville und blies mit geschürzten Lippen in eine Querflöte. Barfuß wippte er in den Knien und begleitete seine langsamen Melodien mit einer Art Tanz. Ich hatte dergleichen Klänge noch nie gehört; und ich hatte nichts verpasst. William musste noch viel üben, bis er auch in dieser Disziplin Vollkommenheit erreichte.

Erinnerte sein Flötenspiel noch an die in Indien verbrachten Jahre, so hatte sich der Mann aus Britannien über Nacht verwandelt. Seinen langen Bart hatte er stutzen lassen, das Haar trug er jetzt kurz geschnitten, sogar die Tonsur war sorgsam ausrasiert. Vor allem steckte sein langer Körper wieder im Habit der Franziskaner, in dem ich ihn einst in

Avignon kennengelernt hatte. Als er mich am Fenster erblickte, setzte William die Flöte ab und winkte zu mir hoch: Schau nicht so griesgrämig, Wittekind. Heute ist ein wichtiger Tag. Ich habe ihn mit Musik begrüßt, wie sich das für einen indischen Baul gehört. Und nun komm herunter und wasch dich! Ich habe noch nicht gefrühstückt. Hovhannes wird uns einen Gerstenbrei vorsetzen und eine Kanne Dünnbier, so kannst du die üblen Dämpfe des Weins aus deinem Körper vertreiben. Vielleicht ist heute unser letzter Tag in Caffa. Wir sollten die gemeinsame Zeit nutzen.

Beim Frühstück erzählte mir William, dass er schon im Morgengrauen an der Pforte des Franziskanerklosters angeklopft habe. Als Mitbruder, der von einer Missionsreise aus dem Osten zurückkehrte, hatte er Anrecht auf Bad, Rasur und einen neuen Habit. Danach hatte er, während ich noch schlief, im Hafen herausgefunden, dass am kommenden Tag zwei Schiffe auslaufen würden. Eine Galeere in Richtung Genua beförderte wichtige Nachrichten an den Dogen Giovanni di Murta. Man munkelte, dass Khan Janibeg dem Konsul von Caffa neue Bedingungen für den Abzug der Truppen genannt hatte. Zwar musste Konsul Gotifredo allein entscheiden, doch erst wenn aus der Mutterstadt das Zugeständnis für einen höheren Tribut eintraf, war der Friede rechtskräftig. Die Zeit drängte.

Auf dieser Galeere, erklärte William, gelangst du in weniger als vier Wochen nach Pisa, wenn du vielleicht auch zwischendurch rudern musst. Ich meinerseits besteige eine Karacke in Richtung Trebizond, wo die Griechen herrschen. Das Schiff hat diese Woche Getreide für die Garnison hier angeliefert und segelt leer zurück. So eine Karacke ist schwerfällig, aber diese ist gut in Schuss. Der Kapitän hat mir versichert, dass er die Küsten meidet und quer über den Pontos segeln wird. In Trebizond finde ich bestimmt eine Überfahrt nach Venedig, wohin kein genuesisches Schiff fahren darf.

Ich zog die Stirn in Falten: Woher wissen wir, dass nicht auch Amerigo mit seiner Sklavin auf der Karacke aus Caffa flieht. Trebizond wäre für die beiden keine schlechte Zuflucht.

William schüttelte den Kopf: Mich als greisen Mönch hält hier keiner zurück. Doch kein junger Mann, der zum Kampf fähig ist, darf aus der Stadt heraus. Auf den Mauern wird jede Hand benötigt. Die Genuesen fürchten, dass Khan Janibegs Friedensangebot eine Finte ist und es doch noch zum Sturm auf die Mauern kommt. Wozu sonst das Katapult?

Und ich?, fragte ich. Darf ich überhaupt abfahren?

William grinste: Du Glückspilz hast doch deinen Freibrief, gesiegelt von den Priori von Florenz. Damit würde dich sogar der Papst aus seinem Kerker in Avignon freilassen. Ich prophezeie dir, dass du in gut drei Wochen wieder in Florenz bist. Vorausgesetzt, wir locken Amerigo heute aus seinem Versteck.

Die Uhr am Christusturm der Zitadelle schlug die dritte Stunde. William horchte auf den dumpfen Nachhall: Dieser Khan Janibeg ist kein kluger Mann. Er glaubt, er wird durch seine eigene Uhr zum Herrn der Zeit. Aber stattdessen wird die Zeit zu seiner Herrin. Jeder, der eine Uhr hat, wird zu ihrem Untertan und hält sich an den Rhythmus der Stunden. Ich ziehe meine eigene Musik vor, denn deren Rhythmus bestimme ich.

Weil ich bemerkte, dass William die Freude am Philosophieren nicht abhandengekommen war, nahm ich den Faden auf: Aristoteles schreibt in seiner Physik, dass wir die Zeit messen können durch die Bewegung von Gegenständen. Wassertropfen oder rieselnder Sand bezeichnen kurze Abschnitte der Zeit; eine Kerze brennt in einer Stunde herunter. Die Sonne bewegt sich jeden Tag einmal um die Erde, und die Sterne am Firmament kreisen im Rhythmus der Jahreszeiten. Ist also die Zeit der Materie unterworfen? Oder ist es nicht genau umgekehrt?

William lächelte anerkennend: Schon der heilige Augustinus hat festgestellt, dass kein Sterblicher das Wesen der Zeit erkennt, obgleich wir alle von ihr mitgerissen werden. Das Gestern ist schon vorbei, das Morgen ist noch nicht da, und der jetzige Moment verschwindet in dem Augenblick, in dem wir ihn uns vorzustellen versuchen. Mit all unserer Logik kommen wir keinen Schritt weiter. Genau deswegen habe ich mich entschlossen, nach Indien zu gehen.

Haben die Leute da bessere Uhren?

William wiegte den Kopf: Genau genommen ja. In Indien, als ich noch Vasudeva hieß, saß ich jeden Tag am großen Strom. Er floss vorbei und war meine Uhr. Ich lauschte dem Rauschen des Wassers und dachte an nichts. Vor einem solchen Fluss, so lehren die Inder, versagt unsere Logik. Woraus besteht er – aus dem Bett oder aus den Fluten? Aus den Fischen darin oder aus den Bäumen am Ufer? Liegt sein Wesen in der Quelle oder in der Mündung? Was ist sein Ziel, was seine Ursache? Indem ich den Strudeln und Wellen des Stroms zuhörte, begriff ich, dass der Fluss überall gleich ist. Sein Wasser fließt aus den Bergen ins Tal und dann ins Meer, aber es kehrt immer ins Gebirge zurück. Im flüchtigen Wasser fließen Anfang und Ende ineinander. Das ist das Geheimnis des Lebens.

Für ganz ähnliche Gedanken, sagte ich, ist die Lehre meines Meisters vom Papst als Ketzerei verdammt worden. Was hatte er gelehrt? Die Welt und die Zeit sind unendlich. Wir müssen die Unendlichkeit in uns finden, dann gibt es keinen Tod, und wir sind frei. Mein Meister brauchte, um das herauszufinden, keine Reise nach Indien. Er ist in Paris und Köln zu derselben Erkenntnis gekommen.

William runzelte nachdenklich die Stirn: Hätte ich diesen Mann kennengelernt, damals in Avignon, hätte mir das eine lange Reise erspart. Wir lebten sozusagen Rücken an Rücken, dein Meister und ich, und wir haben einander nicht bemerkt. Doch du, Wittekind, bist das Bindeglied zwischen uns. Alles hängt zusammen, jeder Mensch mit allen anderen. Unsere Gedanken sind wie das Wasser, sie sind überall und mischen sich.

Ich fragte: Warum kehrst du nach Europa zurück, wenn dir im Osten Erleuchtung zuteilwurde?

William hielt eine Weile inne, dann erklärte er: Ich will einigen alten Freunden von meiner Erfahrung berichten, vielleicht können sie daran teilhaben. Wir Europäer haben Erleuchtung bitter nötig. Mir sind auf meiner Reise in den Bergen, die bis zum Himmelszelt reichen, und am großen Fluss, dessen anderes Ufer man nicht sehen kann, immer wieder Europäer begegnet. Entweder waren das Kaufleute, die wollten von den Schätzen Asiens die wertvollsten erwerben und daheim mit Gewinn verkaufen. Am liebsten hätten sie alles gestohlen, Edelsteine und Seide, Gewürze und Gold. Doch noch schlimmer waren meine christlichen Mitbrüder, die Missionare. Dominikaner und Franziskaner – sie alle kommen mit der Überzeugung, dass die Menschen woanders Ungläubige sind und deshalb in der Hölle schmoren müssen. So hat es Tommaso von Aquino verordnet, und so hat es dieser fanatische Dichter aus Florenz in allen Einzelheiten beschrieben. Dante heißt der Mann, glaube ich.

Ich stimmte zu: Die Menschen sind grausam. In den letzten zwanzig Jahren bin auch ich ein wenig herumgekommen. Nun weiß ich endgültig, dass wir nichts anderes sind als Raubtiere. Keiner gönnt dem anderen seine Wahrheit. Am liebsten würden sich die Menschen gegenseitig ausrotten.

William schaute mir in die Augen: In Asien sagen die Mönche, du musst dich entscheiden, ob du als Schmetterling durch die Luft fliegst oder als Wurm durch die Erde kriechst. Mit unserer Gier sind wir nichts anderes als Würmer, die im Dreck wühlen. In Indien habe ich oft an meinen Freund und Lehrmeister Occam gedacht, wie er mit seinem logischen Rasiermesser herumfuchtelt. Alles, denkt er, kann er aus Wörtern und Zahlen erklären. Aber in Wahrheit weiß er nichts. Die Worte tun dem Sinn nicht gut. Gedanken haben keinen Geschmack; eine Feige hat Geschmack. Eine Lilie ist schön; das Wort Lilie ist fade.

Ich blickte William an: Mein Schicksal ist also deiner Meinung nach, als Wurm durch den Dreck zu kriechen, während du als Schmetterling herumfliegst. Doch wovon soll ich sonst leben? In Neapel habe ich als Söldner miterlebt, wie Könige sich gegenseitig umbringen. Nun muss ich den Reichen dabei helfen, ihr Geld in Sicherheit zu bringen. Die Banchieri und die Mächtigen von Florenz sind mir so zuwider wie die Päpste und die Könige, doch wenn ich mich da unten beim Hafen ans Ufer setze, um vom Wasser das Geheimnis der Unendlichkeit zu erlernen, dann bin ich in wenigen Tagen verhungert.

Du warst doch einmal Novize bei den Dominikanern. Warum machst du da nicht weiter?

Ich schüttelte den Kopf: Als Mönch von der Arbeit anderer Leute zu leben, widerstrebt mir. Außerdem hast du doch gerade selbst gesagt, dass es die Mönche sind, die als Missionare alle Welt bekehren wollen. Das wäre für mich das Schlimmste. Ich weiß doch selbst nicht, was Wahrheit ist.

William lächelte: Damit weißt du schon mehr als die meisten. Und außerdem bist du noch jung genug zum Lernen. Vielleicht findest du noch einmal einen Meister. Oder besser noch, du findest eine Frau, bei der du erfährst, was Liebe ist. Denn darum geht es doch: das Leben zu lieben. Das ist das Schwierigste überhaupt.

Hast du jemals einen anderen Menschen geliebt?, wollte ich wissen.

William horchte in sich hinein: Ganz früher, als junger Mönch in Oxford, da gab es die Gelegenheit. Doch ich habe sie verpasst. Es brauchte viele Jahre und weite Reisen, bis ich ohne fremde Hilfe zur Erkenntnis gelangt bin.

Und?

William sagte bedächtig: Das Leben ist ein Fluss. Du musst ein Fährmann werden und übersetzen vom Nichts ins Nichts. Diese Weisheit ist das Gepäck, mit dem ich aus Indien wiederkehre.

Ich grinste: Das ist nicht schwer zu tragen. Doch zuerst einmal müssen wir es schaffen, morgen auf unsere Fähren zu steigen, um weitab von Caffa in einem sicheren Hafen anzukommen. Du in Trebizond, ich in Pisa. Dann hätten wir unsere Ziele erreicht.

William lachte: Wir haben jetzt ein paar Stunden Zeit, da können wir etwas anderes lernen, was einem im Leben überaus nützlich ist: Geduld. Soll ich dir so lange auf meiner Flöte vorspielen?

Ich hob abwehrend die Hände: Wenn du meinst, dass du mit deinen Tönen die Zeit beim Vergehen festhältst, dann lausche ich lieber dem Tropfen einer Wasseruhr. Hast du keinen besseren Einfall?

William stand auf und kehrte vom Tresen mit einem Schachspiel zurück: Es wird Zeit, dass ich mich wieder an die Logik der Europäer gewöhne: Zug C folgt auf Zug B, wenn ich mit Zug A keinen Fehler begangen habe. Die Bauern werden massakriert, die Pferde umgestoßen, die Türme erstürmt. Und am Ende stirbt erst die Königin, dann wird der König ermordet. So läuft das doch hier.

Wir stellten unsere Figuren auf. William hatte in Indien viele Monate seine Gedanken gereinigt und nur dem Rauschen des Wassers zugehört, doch seine in jungen Jahren erlernten Fähigkeiten hatte das Dasein als indischer Baul nicht auslöschen können. Nach einer Zeit, in der selbst eine kleine Kerze nicht heruntergebrannt wäre, hatte er meinen König geschlagen. William spielte seine Züge mit erbarmungsloser Logik, schnell waren auch in unserer zweiten Partie meine Bauern weggeräumt, und meine Dame stand eingezwängt in der Ecke.

Du solltest, meinte William beim Schlagen meiner Dame, von Zeit zu Zeit eine Partie Schach mit dir selber spielen. Da lernt man zu verlieren.

Gegen dich, sagte ich, lerne ich das besser. Das Spiel mit mir selber ginge unentschieden aus. Oder kannst du mir beibringen, was schon die Dominikaner im Studium generale nicht geschafft haben: wie ich meine Begierden besiege?

William ordnete bereits wieder die Spielfiguren. Er hatte Geschmack am Gewinnen gefunden. Unvermittelt blickte er zur Tür und sagte: Da kommt der Mann, der unsere Begierden verkörpert.

Laszlo Loewenstein trat außer Atem ein; auf seinen kurzen Beinen war er aus dem Griechenviertel des heiligen Georgios zur armenischen Schänke herübergerannt. Hovhannes stellte dem Übersetzer einen Becher Wein auf den Tisch. Schnaufend begann er: Seit Sonnenaufgang bin ich auf den Beinen. Ich habe zuerst mit Percivalle Veronesi, dem Hauptmann der Mauerwache, den geeigneten Abschnitt für die Flucht festgelegt. Gleich hier hinter der armenischen Kirche des heiligen Sarchis steht der Turm, den vor ein paar Jahren der Konsul Giovanni de Scaffa erbauen ließ. Rechts und links übernehmen die Orguchi die Wache, das ist die Leibgarde des Konsuls.

Und gerade da sollen wir ausbrechen?, fragte ich.

Laszlo grinste: Die Orguchi sind fast alles weggelaufene Tataren unter Percivalles Befehl. Die Männer haben kein Problem mit einem guten Geschäft, ich habe den Preis schon ausgemacht. Was aber noch wichtiger ist: Fünfzig Schritt neben dem Turm des Giovanni di Scaffa kommt der Abschnitt, den die Armenier verteidigen. Weil die Armenier aber kein Geld für die Befestigung abzweigen wollten, ist die Mauer da ziemlich brüchig. Wo ein Bach ins Stadtgebiet fließt, gibt es sogar eine verbarrikadierte Holzpforte, gleich neben dem Turm des Khatchatur. Auf den traut sich kein Söldner mehr hinauf, so baufällig ist der. Percivalle räumt uns heute Nachmittag die Pforte frei. Draußen ist sumpfiges Gelände, unsere Flüchtlinge werden nasse Füße bekommen. Aber nach gut hundert Schritt kommen Bäume und Hügel, die man von der Mauer aus nicht überblicken kann. Dahinter holt im Schutz der Dunkelheit mein Gewährsmann Cotlobog unsere Karawane ab. Er hat ausreichend Pferde für zehn Leute, mehr dürfen nicht mit.

Wer ist Cotlobog?, wollte William wissen.

Das, erklärte Laszlo, ist ein Tatare, der in Friedenszeiten hier in der Stadt ein schönes Leben führt. Als rechte Hand des Tudun kassiert er von den Händlern Bestechungsgelder für eine sichere Reise über die Straße der Seide oder bis hinauf nach Saraj. Cotlobog unterhält mehrere Frauen unterschiedlichen Glaubens, hat aber im Moment keine Einkünfte. Aller Verkehr und Handel ruht, darum übernimmt er mit seinen Leuten für ein großzügiges Geschenk gerne die Eskorte unserer Karawane bis Solkhat. Die Stadt liegt außerhalb des Belagerungsringes, so dass von dort aus alle gesund und munter ihrer Wege ziehen können.

Ich wurde misstrauisch: Du hast einen Anführer der Tataren hier in der Stadt getroffen?

Laszlo kicherte: Nein, den Kontakt hat unser Wächter aus der Judengasse hergestellt. Moshe hat zwar vor Jahren durch einen Tatarenpfeil ein Auge verloren, aber auch einäugig schlängelt er sich mehrmals in der Woche durch die Blockade, um jüdisches Schutzgeld bei Janibeg abzuliefern. Wie gesagt: Wir Juden wollen nicht abgemetzelt werden, nur weil die Genuesen den geforderten Tribut nicht zahlen. Moshe hat für seine Vermittlung zu Cotlobog einen Freundschaftspreis verlangt, weil ich es bin.

William meinte lächelnd: Wenn du hier das Kommando hättest, mein guter Laszlo, dann hätte Khan Janibeg seine Uhr bereits bekommen.

Laszlo kicherte wieder: Wir wissen auch so, was die Stunde geschlagen hat. Hier auf der Krim sind alle Menschen Flüchtlinge. Die Tataren kommen aus der Steppe des Ostens geritten. Die Goten sind irgendwann vor den Hunnen hierher geflohen, genau wie die Georgier, denen die Mongolen auf die Haut gerückt sind. Die Genuesen sind ebenfalls Auswanderer, weil sie bei sich zu Hause nicht genug Profite machen können. Die Griechen befinden sich seit Generationen auf der Flucht, weil ihr Imperium zusammenbricht, die Bulgaren haben sie stets im Schlepptau. Nun werden die Türken bei sich auf der anderen Seite des Pontos ihrerseits von den Tataren in die Zange genommen, und viele fliehen hierher. Um von den Armeniern gar nicht zu reden. Die Armenier wurden von den Türken aus ihrer Heimat am Berg Ararat vertrieben und verteilen sich jetzt bis in die Tiefen der russischen Einöde. Es würde mich nicht wundern, wenn sich am Ende sogar die Russen die Krim unter den Nagel reißen. Es ist schön hier und fruchtbar, und gerade darum eine verfluchte Gegend.

Und ihr Juden, fragte ich. Warum seid ihr hier?

Uns Juden, sagte Laszlo, hat der römische Kaiser Titus vor bald dreizehn Jahrhunderten aus dem Land Israel vertrieben. Seitdem sind wir Flüchtlinge, und wir sind überall. Meine Eltern sind vor den Deutschen aus Worms nach Ungarn ins Gebirge geflohen. Ich bin quer durch Europa gezogen und irgendwann hier gelandet. In Caffa leben nur Flüchtlinge. Das ist der Grund, weshalb ich mich zugehörig fühle.

William fasste zusammen: Und jetzt organisieren wir eine Flucht aus der Stadt der Flüchtigen. Wie weit sind deine Vorbereitungen gediehen?

Laszlo nahm noch einen Schluck Wein: Angefangen habe ich bei Santa Maria im Basar, noch vor der Morgenmesse. Zwei Händlern habe ich hinter vorgehaltener Hand von der Fluchtkarawane erzählt, das wissen inzwischen alle anderen. Danach war ich bei den Vorstehern der griechischen Gemeinde, der eine ist ein Feigling, der könnte uns sogar verraten. Aber an wen? Die Genuesen von der Wache wissen ja sowieso Bescheid. Der zweite Vorsteher der Griechen ist ein alter Geschäftsfreund von mir, Vasili Clapotos. Er handelt mit diesen kostbaren Fischeiern, die als Liebeszauber dienen; Kaviar sagt man dazu. Ich übersetze regelmäßig für Vasili aus dem Uyghur und aus dem Persischen.

Was?, rief William, Persisch kannst du auch?

Nur das Allernötigste, meinte Laszlo bescheiden und setzte seinen Bericht fort: Nach dem griechischen Händler habe ich noch in der Contrada Ferenci bei uns Juden das Gerücht gestreut, ich war bei Kostas und Aya im besten Badehaus, da spricht sich alles herum. Unten im Hafen habe ich Mossolos, einen geschwätzigen Schiffsbauer, informiert. Unser Wirt Hovhannes weiß sowieso Bescheid und hört sich unter den Armeniern um. Zum Schluss bin ich sogar noch beim Priester von San Niccolò in der Zitadelle gewesen.

Ist das nicht gefährlich, einen Genuesen einzuweihen? Womöglich ist das der Beichtvater des Konsuls?

Laszlo lachte: Nein, der Konsul hat seine eigene Palastkapelle zum Heiligen Kreuz, mit drei Franziskanern, die nur für ihn allein singen und beten. Mein Priester dagegen ist ein fideler Säufer, der an gar nichts glaubt. Denkst du etwa, diese Genuesen sind allesamt Patrioten, die sich für ihren Dogen in Stücke hauen lassen? Lass dir gesagt sein, die Reichsten sind immer auch die Feigsten, und die bezahlen am besten. Ich bin mir sicher, dass sich auch Genuesen bei uns melden werden. Ach ja, fast hätte ich es vergessen: An beiden georgischen Kirchen habe ich mich bei den Popenfrauen nach einer georgischen Magd erkundigt, die noch nicht lange in der Stadt ist. Sollte sie Probleme haben, dann käme sie mit meiner Hilfe ohne Mühe aus der Stadt heraus.

Laszlo wischte sich den Schweiß von der Stirn, so sehr hatte ihn sein Bericht angestrengt: Ich habe genügend Köder ausgelegt und mir meine vierzig Florin redlich verdient.

William rieb sich die Hände: Jetzt müssen unsere Fische nur noch anbeißen.

KAPITEL 37

Wir mussten nicht lange warten. Als Erster schlich ein verschwitzter Kerl um die dreißig herein und erkundigte sich vorsichtig nach einem Juden namens Laszlo. Die Angst kroch dem kostbar gekleideten Mann aus den Poren. Doch es war weniger die Angst, seine Flucht könnte verraten werden, als die Furcht, noch eine Nacht länger in Caffa bleiben zu müssen. Sein Name, erklärte er uns, tue nichts zur Sache. Wenn nur die Karawane gut organisiert sei, zahle er jeden Preis. Kein guter Händler fängt ein Geschäft mit einem solchen Bekenntnis an, doch dieser Mann war alles andere als ein guter Händler. Noch bevor wir über den Preis feilschen konnten, sprudelte es aus dem Mann heraus. Sein Vater, ein Seidenhändler aus Lucca, habe ihn in den Orient geschickt, damit er Erfahrungen im Geschäft erwerbe.

Das Goldene Vlies, jammerte der Lucchese, hat mein Alter mir versprochen. Das hätten die griechischen Helden hier einst gefunden, als das Land noch Kolchis hieß. Genauso golden werde auch mein Schicksal sein. Die Rohware von der Straße der Seide, hat mein Vater erzählt, kann man in Caffa günstig einkaufen und dann in Lucca für den zehnfachen Preis auf den Markt bringen. Was mein Vater mir verschwiegen hat, ist der Fluch von Kolchis. Die Leute hier sind zu allen Zeiten grausam gewesen, Menschenopfer hat es zuhauf gegeben. Der Fluch jener Toten liegt über der Stadt. Da draußen leben Menschenfresser! Bevor ich reich geworden bin, haben mir die Tataren die Nase abgeschnitten. Ich will sofort nach Hause!

Laszlo und William führten den Verstörten in den Nebenraum, um einen angemessenen Preis für seine Flucht auszuhandeln. Schließlich wollte ich die Bestechung von Percivalles Söldnern, den Schutz der Karawane durch Cotlobog und die Kommission für Moshe nicht auch noch vom Geld der Peruzzi begleichen. Sonst hätte ich vor der Rache des Padrino gleich selbst fliehen können.

Während im Nebenraum noch verhandelt wurde, kam ein riesenhafter Kerl herein und fragte mit lauter Stimme nach Laszlo. Er sprach nur gebrochen Italienisch und gar kein Griechisch, was hier sehr rar war. Auf gut Glück redete ich den Mann auf Deutsch an. Er wirkte erstaunt und antwortete dann in einem rauen Dialekt, der mich an die Bergtäler Tirols oder der Schweiz erinnerte. Und doch war es eine andere Sprache – Gotisch. Die letzten Überlebenden des Stammes der Goten, so erzählte man in Caffa, siedelten auf der Krim in befestigten Burgen und hatten sich dort ihr germanisches Idiom bewahrt. Dieser Gote, so erfuhr ich in unserem Gespräch mithilfe vieler Gesten, hieß Fridunanth und arbeitete als Leibwächter für den reichsten genuesischen Banchiere der Stadt, Tommaso Spinola. Vor der Belagerung schien Fridunanth keine Angst zu haben. Er wollte deshalb aus der Stadt hinaus, weil seine Schwester im benachbarten Fürstentum Theodoro, wo die meisten Goten lebten, in einer Woche heiraten würde. Fridunanth durfte das Fest um keinen Preis verpassen und zeigte mir stolz einen Florin, den er in seine Flucht investieren konnte. Zur Bestätigung der Echtheit biss er kraftvoll auf die Münze.

Theina is mahts, sagte Fridunanth mehrmals hintereinander und fasste meinen Oberarm, theina is mahts! Und er nickte mir fidel zu.

Anfangs verstand ich ihn nicht. Doch er meinte wohl, ich hätte die Macht, für ihn die Angelegenheit zu regeln. Ich klopfte ihm beruhigend auf die Schulter, nahm den Florin und übergab ihn Laszlo, der unsere Schulden bei den Fluchthelfern zu bezahlen hatte. Mehr, meinte ich, sei aus diesem wackeren Mann nicht herauszuholen. Laszlo zeigte zufrieden auf einen Beutel, den der Seidenhändler aus Lucca übergeben hatte: Unsere Bilanz ist fast schon ausgeglichen. Noch so ein reicher Tölpel, und wir können unser Honorar verdoppeln.

Es kam aber nicht noch so ein Tölpel. Stattdessen klopften zwei Griechen, bärtige Männer um die vierzig, am frühen Nachmittag im Ararat an. Sie gaben vor, mit einer Lieferung Baumwolle nach Saraj unterwegs zu sein. Eine Untersuchung ihres Maultieres zeigte mir indes schon am Geruch, dass das nicht stimmte. Auch Laszlo, der mich vor die Tür begleitet hatte, schnupperte am Ballast: In den zwei Fässern ist Mastix. Das ist Baumharz von der Insel Chios. Unter den Tataren und bis nach Cathay wird Mastix mit Gold aufgewogen. Es dient als Medizin gegen

Zahnschmerz und als Schönheitsmittel für die Haut der Frauen. Sogar als Klebstoff für Juwelen und Waffen ist es zu gebrauchen. Die Genuesen, die Chios kontrollieren, bestrafen jeden Bruch ihres Handelsmonopols mit dem Abhacken der Hand.

Diese beiden, folgerte ich, fliehen also nicht vor der Belagerung, sondern vor den Genuesen. Wenn sie ihr Maultier mitnehmen dürfen, dann werden sie sich das Geschäft eine Menge kosten lassen.

So einfach war es leider nicht. William und Laszlo feilschten eine Stunde lang mit den beiden Schmugglern, sie wollten nicht mehr als fünf Florin bezahlen. Um das Schutzgeld aufzubringen, mussten wir jedoch dreißig weitere Florin einnehmen. Erst als ich mit vorgespielter Wut in die Kammer trat und das Wort Mastix fallenließ, wurden die Griechen zugänglicher. Bei fünfundzwanzig Florin bekamen sie den Zuschlag.

Eigentlich lief unser Geschäft gut, nur Amerigo und Tamar ließen sich immer noch nicht blicken. Hatte William sich mit seinen Folgerungen geirrt? Zur neunten Stunde, als die Sonne sich bereits senkte, erschien ein ganz in Dunkelgrau gekleideter Mann, am Dialekt leicht als Genuese zu erkennen. Er war gutaussehend, höflich und stellte sich vor unter dem Namen Raffo Ermino. Der Mann wurde gesprächig, sobald er die anderen Wartenden erblickte: Natürlich bin ich nicht der Einzige, der aus dieser Sperre heraus will. Soll mir doch keiner erzählen, dass der Khan die Stadt wirklich stürmt. Mürbe machen will er uns, die Geschäfte will er austrocknen, die Handelswege lahmlegen. Nur um immer mehr Geld aus uns Genuesen herauszupressen. Und wer verdient das meiste Geld am Pontos? Wir, die Sklavenhändler! Meine Geduld ist aufgebraucht. Ich muss einkaufen, sonst habe ich für den Winter keine Ware anzubieten.

Ware?, erkundigte ich mich.

Ja, Ware. Die besten Sklaven gibt es im Herbst auf dem Markt von Savastopolis. In normalen Zeiten kriege ich da Ende September Jungen oder frische Mädchen für zehn Florin das Stück. Erstklassige Qualität, gesund mit guten Zähnen und glänzendem Haar. Rechnen wir noch Steuern und Transport dazu, dann sind die fünfzig Florin, die ich für jedes Stück in Genua einhandle, ein mehr als gerechter Preis. Es sind schließlich immer welche dabei, die die Überfahrt nicht überleben. Im letzten Jahr sind mir sogar zwei Mädchen beim Pinkeln über Bord gegangen, weil dieser Idiot von Wächter vergessen hatte, sie anzubinden. Wir konnten sie nicht mehr lebend aus dem Wasser ziehen, doch so was ist noch zu verschmerzen. Nur diese vermaledeite Belagerung kostet mich ein Vermögen.

Ich wurde misstrauisch und fürchtete eine Falle, so mitteilsam war der Mann. Also stellte ich Raffo auf die Probe: Und wenn du einfach abwartest?

Dann ist es zu spät, rief Ermino empört. Wenn ich aus Caffa entwische, dann habe ich als einziger Händler im November frische Ware im Angebot. Dann, aber nur dann, hätte mir die Blockade sogar in die Karten gespielt. Vielleicht erhandle ich mehr als hundert Florin für ein frisches Mädchen.

Ich starrte den Mann entgeistert an. Und ehe ihr denkt, fuhr er ungerührt fort, was für ein Trottel ich bin, dass ich euch das alles verrate, sollt ihr eines wissen: Mir ist eine sichere Karawane nach Solkhat fünfzig Florin wert. Da staunt ihr? Mit Raffo Ermino macht man saubere Geschäfte. Ich lege meine Karten auf den Tisch, ich bin ein ehrbarer Kaufmann. Von euch erwarte ich dasselbe.

Dieser Raffo Ermino, so stellte sich heraus, hatte als Notar in genuesischen Diensten in der kleinen Handelsstation Cimbalo angefangen, hatte täglich die immensen Profite berechnet, die der Sklavenhandel bot, und war schließlich selbst ins Geschäft eingetreten. Man sah ihm an, dass er dabei wohlhabend geworden war. Als William vorsichtig zu bedenken gab, dass Erminos Ware aus unschuldigen Kindern bestand, lachte der Genuese höhnisch: Bist du ein Pfaffe mit moralischen Bedenken? Dein Papst kennt das nicht, denn die Steuern aus unserem Sklavenhandel füllen seine Geldspeicher. Und in den Betten der Kardinäle von Avignon liegt heute Nacht sicher so manches Mädchen, das ich in die Provence verkauft habe. Die Geistlichen sind die größten Heuchler. Wenn sie Bedarf haben und das Geschäft läuft, dann ist es Äbten und Bischöfen egal, woher wir die Sklaven holen. Und seit Genua Caffa gegründet und befestigt hat, läuft das Geschäft ganz außerordentlich. Alle bekommen etwas davon ab, gerade ihr Franziskaner mit eurer kostspieligen Heidenmission in Asien. Nicht euren Francesco, sondern Männer wie mich müsstet ihr heiligsprechen.

William insistierte: Ich hatte gedacht, wenigstens der Handel mit Christen sei verboten.

Was sind das für Christen?, ereiferte sich Raffo Ermino. Diese Sekten hier im Osten wollen sich dem Papst nicht unterwerfen. Griechen, Georgier, Armenier, dazu das ganze Heidenvolk. Sollen sie sich nicht wundern, wenn ihre Kinder versklavt werden. Ihre Eltern beten zum verkehrten Gott.

William ließ nicht locker: Und hast du an diese Eltern gedacht? Was die durchmachen?

Ermino lächelte, blieb aber ganz kühl: Da oben im Kaukasus gibt es Stämme, die erzeugen Kinder einzig mit dem Ziel, sie zu Geld zu machen. Die Fürsten der Tscherkessen oder der Alanen verkaufen die Brut ihrer Untertanen, um in Saus und Braus zu leben. Nur für Sklaven können sie Juwelen und Waffen einhandeln, das ist ihr einziges Gut. Und sie fangen die Kinder der Nachbarvölker. Ich nehme ihnen die Ware ab und behandle sie gut. Wenn ich es nicht machen würde, gibt es türkische und arabische Händler genug, die sich die Finger lecken und mir den Markt von Savastopolis leerkaufen. Gerade darum muss ich jetzt so dringend aus Caffa hinaus!

Der Mann hatte uns fünfzig Florin angeboten. Nicht einmal William machte Anstalten, ihn zurückzuweisen. Raffo Ermino, der ehrbare Kaufmann, hatte das nicht anders erwartet. Mit seinem Geld ließ sich die Karawane ohne weitere Probleme finanzieren. Nur Amerigo und seine entlaufene Sklavin fehlten immer noch. Es wurde langsam dunkel, und William ging in der Schankstube auf und ab. Mein Angebot, zusammen einen Becher Georgierwein zu trinken, lehnte er missmutig ab.

Wenn die beiden uns nicht finden, stieß der Franziskaner hervor, dann geraten sie womöglich in die Hände von Verbrechern, die ihre Notlage ausnutzen. In so einem Fall wird ihnen alles Geld abgenommen, ohne dass sie aus Caffa überhaupt hinausgelangen. Oder Amerigo wird getötet, und das Mädchen landet wieder in den Fängen von Sklavenhändlern. Wir bieten ihnen eine ehrliche Chance, sich zu retten.

Die elfte Stunde schlug vom Glockenturm, da traten zwei Gestalten durch die Pforte des Ararat. Der Mann schien vom Alter gebeugt, mit grauem Bart und langem Haar. Die Züge seiner Begleiterin, zierlich und jünger, waren kaum zu erkennen, so sehr hatte sie sich mit einem bunten Kopftuch verhüllt. Genau diese Verkleidung hatte William vorhergesagt. Der Mann stellte sich mit genuscheltem Akzent als Sergios vor, Italiener aus Saloniki. Er befinde sich mit seiner Nichte auf dem Weg nach Osten. In der griechischen Kolonie von Samarkand wolle er das Mädchen mit einem reichen Kaufmann verheiraten. Die Abmachung dulde keinen Aufschub. Sergios bot uns nicht weniger als fünfzig Florin Fluchtgeld an. William zog eine Augenbraue hoch. Er hatte tatsächlich alles richtig vorhergesagt. Nur hatte sich Amerigo für den Decknamen von Sergios, dem Stadtheiligen Salonikis, entschieden, und nicht für Vlachos von Ragusa. Doch das lief so ziemlich auf dasselbe hinaus.

Ich bat die beiden in die angrenzende Kammer. Der Lucchese, der Sklavenhändler, der Gote und die beiden griechischen Schmuggler saßen im Schankraum, um sich für die nächtliche Flucht zu stärken. Nachdem Laszlo die Tür geschlossen hatte, ergriff William das Wort: Wir wissen, dass ihr beide nicht aus Saloniki kommt, sondern aus Florenz. Doch keine Angst, Amerigo Peruzzi, wir wollen dir und deiner Braut nichts antun.

Als er seinen richtigen Namen hörte, sprang Amerigo auf und zog sein Messer aus dem Gürtel. Laszlo hielt ihm den Arm von hinten fest und sicherte die Waffe, doch der junge Kaufmann wand sich aus dem Griff und schlug mir, als ich herbeieilte, die Faust ins Gesicht. Ich wankte zurück, da hatte William den jungen Amerigo schon um die Hüften gefasst, warf ihn mit gekonntem Schwung auf den Boden und kniete sich auf seine Brust. Offenbar hatte der alte Mann in Asien nicht nur das Vergessen gelernt, sondern auch das Kämpfen mit bloßen Händen. Tamar ging indessen auf Laszlo los, sie kratzte ihn mit spitzen Nägeln im Gesicht und versuchte, Amerigo aus Williams Griff zu befreien. Mein Auge schmerzte, ich umklammerte das Mädchen an den Schultern und rief: So hört uns doch an! Wir tun euch nichts Böses, wir helfen euch, nach Georgien zu entkommen! Das hier ist eure einzige Gelegenheit.

Amerigo gab den Widerstand auf, auch Tamar wehrte sich nicht länger. Laszlo steckte Amerigos Messer ein. Die beiden jungen Leute standen auf, ergriffen einander bei den Händen und stellten sich an die Wand, Amerigo einen halben Schritt vor Tamar. Der Italiener war ein hübscher Kerl mit ebenmäßigem Gesicht, wenngleich das hinter dem aschgrauen Bart nur zu erahnen war.

Tamar hatte ihr Kopftuch beim Kampf eingebüßt. Sie wirkte überhaupt nicht eingeschüchtert, wie von einer entlaufenen Sklavin zu erwarten wäre. Stolz, beinahe herrisch blickte sie mich an. Mit grünen Augen und schwarzem Zopf, dessen Glanz ins Bläuliche ging, war diese junge Frau trotz ihrer jungenhaften Gestalt eine außergewöhnliche Schönheit. Ihren Blicken war anzumerken, dass sie und Amerigo mir kein Wort glaubten. Nun war Williams Autorität als Franziskaner gefragt. Er sprach: Amerigo, du konntest dir denken, dass dein Vater dich nicht mit so viel Geld, mit Wechselbriefen und dem Siegelring der Casa Peruzzi entkommen lassen würde. Er hat diesen Mann hier auf euch angesetzt. Doch nicht, um euch zu vernichten, sondern um euch ein Schlupfloch zu öffnen.

Mein Vater würde mich nie entkommen lassen, rief Amerigo, eher lässt er mich in den Stinche verrotten, als auf einen Grosso von seinem zusammengerafften Geld zu verzichten. Aber Tamar gehört ihm nicht, sie gehört niemandem. Und sie liebt mich. Wir gehen nicht zurück nach Florenz, ihr müsst uns schon töten.

Tamar nickte zu seinen Worten und hielt sich an Amerigos Schultern fest. William versuchte es mit seinem gütigsten Lächeln: Wir werden euch weder töten noch zurückbringen. Hört doch endlich unser Angebot an! Ihr gebt alles Geld und die Wechsel heraus, bis auf dreihundert Florin. Eine stolze Summe für eure Reisekasse bis nach Georgien, dort wird noch genug Geld für einen neuen Anfang übrig sein. Den gesamten Rest erstattet mein Freund Wittekind deinem Vater zurück. Ihr solltet einsehen, welchen Vorteil das für euch bedeutet. Erst wenn Pacino Peruzzi sein Eigentum wieder erhält, seid ihr sicher vor ihm. Ihr kennt die Blutrache der italienischen Kaufleute; ihre Späher sitzen überall im Osten. Meint ihr wirklich, die Mörder würden euch in Georgien nicht erreichen?

Das soll unser Vorteil sein?, fragte Amerigo höhnisch zurück. Du, Franziskaner, und dein Freund mit dem seltsamen Namen und der Kleine da drüben, ihr raubt unser Geld. Niemals gebt ihr es meinem Vater zurück. Ihr behaltet es und seid reiche Leute auf Kosten von zwei Unschuldigen.

Unschuldigen?, mischte ich mich ein. Das Geld wurde gestohlen, das ist offenkundig.

Es gehört mir, rief Tamar. Es ist eine mehr als gerechte Entschädigung für die Verbrechen, die mir angetan wurden. Wie können diese reichen Italiener von Diebstahl sprechen, wenn sie etwas viel Schlimmeres auf dem Gewissen haben? Mir wurde die Freiheit gestohlen. Von all dem anderen will ich gar nicht reden. Alte Männer zerstören mein Glück und nennen das Gerechtigkeit! Ihr seid Verbrecher, nicht wir.

Wie Tamar das sagte, die Art, in der sie aufrecht und mit flammendem Blick ihren Fall darstellte, wie sie ihr Recht betonte – all das duldete keinen Widerspruch. Ich begriff, dass die junge Frau diese Flucht geplant hatte. Sie hatte Amerigos Verliebtheit erkannt und alles ins Werk gesetzt. Schön wie sie war, hätte sie auch erfahrenere Männer als den Kaufmannssohn um den Finger gewickelt. Amerigo war ein großer Junge, der sich auf ein ritterliches Abenteuer eingelassen hatte. Tamar dagegen setzte alles auf eine Karte, jede Faser ihrer Existenz. Sie kannte die Sklaverei und würde eher sterben, als sich einfangen zu lassen. Ich musste sie nur überzeugen, dass es gar nicht unsere Absicht war, sie einzufangen.

Du vergisst, entgegnete ich, dass es in deinem Fall keineswegs um Gerechtigkeit geht, sondern ums Überleben. Hätten sie euch in Florenz erwischt, hätten sie dich als entlaufene Sklavin am Schwanz eines Esels zum Richtplatz gezerrt, und du wärst geviertteilt worden. Doch ihr wart findig und habt es fast bis an euer Ziel geschafft. Lasst ihr euch auf den vorgeschlagenen Handel ein, seid ihr frei für immer. Kehre ich aber ohne Geld zurück, schickt Pacino Peruzzi neue Häscher aus, und die sind nicht so gnädig wie mein franziskanischer Freund. Ich kann euch garantieren, dass ich das Geld bei den Peruzzi abliefern werde.

Ich zog die Legitimation mit den Siegeln der Priori von Florenz aus der Tasche und hielt sie Amerigo hin: Lies! Das beweist, dass ich die Vollmacht habe, das Geld einzutreiben. Wenn ich damit durchgehe, bin ich ein toter Mann. Versteht doch endlich, dass wir eine Möglichkeit suchen, euch aus einer aussichtslosen Lage zu befreien. Ihr zieht heute Nacht in einer bewachten Karawane nach Solkhat, danach wartet ihr in einer Herberge ab oder reist weiter nach Osten. Es gibt nur diesen einen Fluchtweg. Ihr könnt euch nicht ewig verstecken.

Ein ungutes Schweigen entstand, bis Tamar erneut das Wort ergriff: Gut, ihr habt gesiegt. Wir haben keine andere Möglichkeit, als euren Forderungen zu willfahren. Doch ihr sollt wissen, dass uns bei mir daheim kein Häscher der Peruzzi jemals das Geld abgenommen hätte. Amerigo verteidigt mich mit seinem Leben. Gegen ihn gelingt es den alanischen Räubern kein zweites Mal, ein wehrloses Mädchen beim Wasserholen zu entführen. Ich werde meine Leute in Zukunft lehren, wie wir uns wehren! Mingrelien heißt das Land, aus dem ich stamme. Wir leben seit ewigen Zeiten in befestigten Dörfern, in hohen Türmen aus Stein. Die Menschen dort sind frei. Wenn ein Mann eine Frau heiratet, dann überreicht er ihr das Krummschwert zum Zeichen für die Macht im Haus. Nicht wie in Florenz, wo sogar die Ehefrauen wie Sklavinnen leben.

Tamar hatte sich in Wut geredet und stand mit erhobenen Händen und königlicher Miene vor uns, als müsste sie ihren Fall vor Gericht verteidigen.

Ist bei uns die Ehre seiner Frau bedroht, dann kämpft der Mann bis zum letzten Blutstropfen für sie. Solch ein Mann wird Amerigo sein. Er wird lernen, mit meinen Leuten bis tief in die Nacht Lieder von den Heldentaten unserer Ahnen zu singen, wenn im Winter der Schneesturm um unsere Türme braust. Er wird im Frühjahr zur Sonnenwende den Säbeltanz tanzen und im Sommer zur Jagd auf den Steinbock in die Berge aufbrechen. Ein echter Krieger wird Amerigo sein. Bei euch hocken die Männer über Bilanzen und Geldsäcken wie die Memmen. Europäer wie ihr werden das nie begreifen: wie herrlich die Freiheit schmeckt!

Amerigo hatte Tamar bei diesen Worten in die Arme genommen und blickte sie hingerissen an. Für ihn gab es kein Leben ohne diese Frau. Wie Tristan und Isolde, die ein Zaubertrank aneinandergebunden hatte, standen die beiden umschlungen da, verliebt bis in den Tod. Hätte ich nicht genau gewusst, dass ein anderer Häscher Amerigo längst den Hals abgeschnitten und Tamar an Raffo Ermino verkauft hätte, ich hätte mich schlechter gefühlt bei unserem Handel. Konnte ich etwas ändern? Ich war der Wurm, der durch den Dreck kriechen musste. Anderen dabei zu helfen, sich durch den Schmutz dieser Welt zu wühlen, das war meine Bestimmung. Ich war Wurm unter Würmern, die Erleuchtung musste warten. Ich setzte ein väterliches Lächeln auf und streckte Amerigo die Hände entgegen. Nach einer Weile zog er aus seiner Reisetasche einen Beutel mit Goldstücken hervor, sehr vielen Goldstücken.

Als wir fertig waren und ich auch die Wechselbriefe überprüft hatte, zählte ich Amerigo dreihundert Florin ab und fragte nach dem Siegelring.

Der junge Mann schaute mir trotzig in die Augen: Den habe ich auf der Überfahrt ins Meer geworfen, wo es am tiefsten ist. Was habe ich noch mit dieser Sippe von Dieben zu schaffen?

Ich seufzte und schaute hinüber zu William. Musste ich den widerspenstigen Kaufmann auch noch durchsuchen? William und ich, wir wussten beide, dass Amerigo log. Ein solcher Siegelring konnte auf der Flucht unschätzbare Dienste leisten. Amerigo wäre das vielleicht egal gewesen, aber Tamar nicht. Ich blickte sie an. Da griff sie mit einer Hand in ihr Gewand und zog ein Beutelchen hervor, das sie an der Brust verborgen trug. Sie nestelte den Ring mit den Birnen hervor und warf ihn mit flammendem Blick auf den Tisch, ohne ein Wort zu sagen.

Wir können aufbrechen, sagte William.

KAPITEL 38

Laszlo hatte nicht zu viel versprochen. Auf dem armenischen Turm des Khatchatur ließ sich kein einziger Wächter blicken. Wir standen gedrängt an der Mauer. Im letzten Licht zeichnete sich eine schmale Holzpforte zwischen den Bruchsteinen ab. Laszlo zog einen großen Schlüssel hervor und drehte ihn mit einiger Mühe im Schloss herum. Knarrend öffnete sich das Tor in die Freiheit. Mich schmerzte zwar noch das geschwollene Auge von Amerigos Schlag, doch ich steckte als Erster den Kopf nach draußen und begriff, weshalb die Tataren an dieser Stelle nicht angreifen würden. Der Boden rechts und links vom Bachlauf war viel zu sumpfig für Pferde. Im Dämmer ließ sich ein Gehölz erahnen. Dahinter mussten die Flüchtenden noch eine Weile ausharren, dann würde Cotlobog kommen und sie mit seinen Tatarenpferden abholen.

Ich hatte Laszlo gefragt, ob wir auf die Tataren wirklich bauen konnten. Cotlobog, so versicherte mir der Jude, habe nichts anderes im Sinn als ein angenehmes Leben in Caffa. In einer tatarischen Jurte würde er keinen Winter mehr überstehen. Ein Bruch unserer Abmachung wäre außerdem sein sicherer Tod; mit einem Verräter würden Moshes Juden kurzen Prozess machen.

Laszlo flüsterte mir noch an der Pforte ins Ohr: Auf niemanden kann man sich so gut verlassen wie auf einen berufsmäßigen Verräter. Alles ist sicher.

War wirklich alles sicher? Ich ließ mir Zeit. Außer dem Glucksen des Wassers war im Gelände vor mir kein Laut zu vernehmen. Die Stunde war gut gewählt, denn es war gerade noch hell genug, so dass sich ein einigermaßen fester Fußpfad ausmachen ließ, der in einem Bogen bis zu den Bäumen verlief. War es dann endgültig dunkel, konnten weder die Wachen auf der Mauer noch tatarische Späher die Karawane im Gelände ausmachen. Als Ersten schob ich Raffo Ermino nach draußen.

Du bist, sagte ich, begierig, aus Caffa herauszukommen. Dann geh auch voran.

Im Stillen dachte ich, dass der Verlust dieses Sklavenhändlers für uns alle zu verschmerzen wäre. Der Genuese zeigte seinerseits nicht die geringste Furcht und schritt sicher durch das unwegsame Gelände. Nichts geschah. Schwieriger war es, den Seidenhändler aus Lucca durch die Pforte zu schieben. Nicht, dass sein breiter Körper nicht hindurchgepasst hätte, doch der Mann schlotterte am ganzen Leib. Angstvoll drehte er sich zu mir um. Ich machte mit den Fingern eine Geste an der Nase, als schneide eine Schere sie mir ab. Der Lucchese schloss die Augen, nickte kurz und machte sich unsicheren Schrittes auf den Weg.

Als Nächster schüttelte der Gote Fridunanth mir fest die Hand, ergriff mit der Linken sein Breitschwert und stapfte quer durch den Matsch den anderen hinterher. Danach schoben Laszlo und ich mit einiger Mühe das Maultier der beiden Griechen durch die Pforte. Die Männer trugen ächzend die Fässer mit Mastix auf den Schultern, befestigten sie dann am Tragesattel und verschwanden im Gelände.

Das alles dauerte, und mit meiner Ungeduld stieg zugleich eine unnennbare Angst in mir hoch. Um meinen Auftrag getreulich zu erfüllen, hatte ich diese Flucht gemeinsam mit William ins Werk gesetzt. Was, wenn sich alles als eine Falle entpuppte? Was, wenn diese Menschen niemals lebend nach Solkhat gelangten? Ich überlegte einen Moment, sie auf ihrem Weg zu begleiten. Doch das war ausgeschlossen. Sobald die Karawane loszog, musste ich mich darum kümmern, mit dem Gold, den Papieren und dem Ring nach Florenz zurückzukehren. Das war das Beste, was ich für die Sicherheit von Amerigo und Tamar tun konnte. Und für meine eigene sowieso.

William hatte mit den beiden Liebenden an der Mauer ausgeharrt, hatte Amerigo eine Hand auf die Schulter gelegt und mit der anderen Tamar am Arm gefasst. Er redete die ganze Zeit leise auf sie ein. Geistliche, dachte ich, lernen die richtigen Worte für solche Gelegenheiten. Hoffnung geben, Trost spenden und Zuversicht verbreiten in die Ordnung der Welt. Ich war mir nicht sicher, ob William an die Ordnung der Welt glaubte. Doch dass er Amerigo und Tamar jetzt zusprach, dafür war ich ihm dankbar. Als die Reihe an die beiden kam, schritt Amerigo dem Mächen voran, um das Gelände zu sichern. Nach zehn Schritten kehrte er um und rief ihren Namen. Ohne mich eines Blickes zu würdigen, ging Tamar an mir vorbei, um ihrem Geliebten zu folgen. Ich blickte beschämt auf meine Schuhspitzen, doch zu meiner Überraschung kam Amerigo noch einmal zu mir zurück: Ich habe nachgedacht, und dein Franziskaner hat es uns gerade noch mal erklärt. Ich will dir sagen, dass du kein so schlechter Mensch bist. Wir alle folgen den Sternen, die uns leiten. Deinen kenne ich nicht. Meiner heißt Tamar.

Ich drückte Amerigo die Hand: Sie ist der schönste Stern am Firmament.

Er strahlte mich an: Sag das meinem Vater, wenn du nach Florenz kommst. Sag ihm, dass er solches Glück niemals kennenlernen durfte.

Ich nickte. Er eilte zu Tamar, nahm sie bei der Hand und ging, immer einen Schritt voraus, mit ihr hinaus in die Freiheit. Doch es war eine andere Freiheit, als wir alle uns vorgestellt hatten.

Laszlo bemerkte noch vor mir die Gefahr: Da, der Schatten, rief er und zeigte auf eine Bewegung vor der Baumreihe. Das ist nicht Cotlobog!

Nun erblickte auch ich den Umriss eines Reiters, der in aller Ruhe seinen Bogen spannte. Amerigo und Tamar waren vielleicht fünfzig Schritt weit gekommen und hatten nur Augen für den Pfad. Ich wollte rufen, wollte sie warnen, da schnellte auch schon der Pfeil und traf mit einem kurzen Heulen den jungen Florentiner in die Brust. Er fiel um. Tamar stieß einen Schrei aus und warf sich über seinen Körper.

William stand neben mir und drängte mich durch die Pforte: Rette wenigstens das Mädchen!

Ich rannte los und achtete nicht auf den Sumpf. Viel zu langsam erreichte ich im Spritzwasser die schluchzende Tamar und zog sie von ihrem Geliebten fort. Dass Amerigo tot war, konnte ich sofort erkennen. Der Pfeil steckte tief in seiner Brust. Er lag auf dem Rücken, sein Gesicht zeigte noch denselben beseelten Ausdruck, mit dem er sich von mir verabschiedet hatte. Ich griff Tamars Arm und zerrte sie mit. Hinter uns war das Geräusch eines Pferdes zu hören, das im Schlamm stapfte. Nun war der Vorteil bei mir, denn trotz des Widerstands von Tamar kam auch der Reiter nicht schneller vorwärts als ich. Jeden Moment erwartete ich einen Pfeil im Rücken. Als wir nur noch ein paar Schritte zur Pforte vor uns hatten, griff ich mir das Mädchen und trug es auf meinen Schultern in Sicherheit. Ich setzte sie vor William ab, der sie schützend in die Arme nahm. Bevor Laszlo die Pforte schloss, blickte ich zurück und sah den Reiter im Mondlicht für einen Moment ganz deutlich: ein großer Mann mit kurzem Bart, schwarzgekleidet und ganz sicher kein Tatare. Er war abgestiegen, beugte sich über den toten Amerigo und zog ihm den Beutel mit Gold aus der Tasche. Dann richtete er sich auf, schwenkte das Geld hoch über seinem Kopf und grüßte mit einer Grimasse zu mir herüber. Danach stieg er auf sein Pferd und verschwand im Dunkel.

Warum schießt denn keiner?, stieß ich hervor. Doch weder William noch Laszlo hatten einen Bogen. Tamar war zusammengesunken, ihr Schluchzen zerriss mir das Herz. Neben mir faltete William die Hände: Der Körper ist der Bogen, die Seele ist der Pfeil, das Nirwana ist das Ziel. Amerigo ist als Liebender gestorben. Er muss nicht wiederkehren und darf für immer ein Liebender bleiben.

KAPITEL 39

Die Hände an den Schläfen, die Augen geschlossen, so hockte ich in unserer armenischen Schänke am Tisch. Wir hatten alles falsch gemacht. Oder besser: Wir hatten alles richtig gemacht, dabei aber irgendeinen Fehler begangen, irgendeine Kleinigkeit übersehen. Diese Unachtsamkeit hatte Amerigo mit dem Leben bezahlt. In Florenz gab es viele Menschen, die in meiner Lage mehr als zufrieden gewesen wären. Sie hätten sich an einem Abend wie diesem das beste Essen und den besten Wein bestellt und wären danach ins Bordell gegangen, um zu feiern. Was war mein Problem? Das veruntreute Geld befand sich in meinem Besitz. Ich konnte morgen aus der belagerten Stadt entkommen und auf schnellstem Weg zu Pacino Peruzzi zurückkehren. Und nicht einmal der hätte bestritten, dass seinen Sohn die gerechte Strafe ereilt hatte. Bilanz und

Ehre eines der mächtigsten Bankhäuser der Welt waren wiederhergestellt. Ich musste dafür kein Verbrechen begehen und konnte mich auf meine Belohnung freuen.

Ich blickte zu Tamar hinüber, die auf einer Bank an der Wand saß und ins Leere starrte. Und ich begriff, dass es an diesem Abend keinen Grund gab, glücklich zu sein. Sogar William hatte seinen gewohnten Gleichmut eingebüßt, trank mit starren Bewegungen Wasser aus seinem Becher und schwieg. Laszlo, entsetzt und wütend, hatte sich aufgemacht, um etwas über den Angriff beim Turm des Khatchatur herauszufinden. Es dauerte nicht lange, und er kehrte zurück: Das verabredete Lichtzeichen von Cotlobog ist gekommen. Die Karawane befindet sich jetzt auf dem Weg nach Solkhat. Unsere Tataren haben Wort gehalten. Wahrscheinlich haben sie von dem Mord gar nichts mitbekommen.

Und Amerigos Leiche?, fragte Tamar mit tonloser Stimme. Die wird da draußen von den Raben und den Wölfen gefressen.

Moshe wird sie noch in der Nacht bergen, erklärte Laszlo, und er wird sie mit seinen Leuten in der Steppe begraben. Da wollte der Junge auch hin. Wir können es uns nicht leisten, dass man den Toten bemerkt und der Fluchtweg den genuesischen Behörden offenbar wird.

Und er fuhr fort, zu mir und William gewandt: Was mir nicht in den Kopf will – wieso hat sich der Mörder ausgerechnet Amerigo ausgesucht? Der Sklavenhändler hatte mit Sicherheit viel mehr Geld dabei, aber den hat er ziehen lassen.

Ich fragte: Woher wusste dieser Schütze überhaupt von der Karawane?

Laszlo verzog den Mund: Es gab genug Menschen in Caffa und auch außerhalb, die unseren Plan kannten. Wir haben ihn doch überall herumerzählt. Ein unbedachtes Wort, ein Gespräch beim Wein – schon erfahren es andere. Das ist es nicht, was mich wundert, sondern dieser Mord an einem ganz bestimmten Menschen. Wenn der Schütze es gewollt hätte, säßest du nicht hier, und Tamar auch nicht. Nur ein Meister mit dem Bogen trifft derart genau bei schlechtem Licht. Er wollte nicht dich töten, und Tamar auch nicht. Nur Amerigo.

Und ihn berauben, fügte ich hinzu.

Mir lief es kalt den Rücken herunter, wenn ich daran dachte, wie er mit irrem Grinsen den Beutel über dem Kopf schwenkte. Ein Jäger, der sich vom erbeuteten Wild seine Trophäe sichert.

Es ist doch klar, schaltete William sich ein, dass es sich hier um einen Racheakt oder um einen Auftragsmord handelt. Der Mann wusste genau, wen er umbrachte.

Tamar hatte uns regungslos zugehört, nun schüttelte sie den Kopf: Niemand in Caffa hat Amerigo gekannt, nicht einmal Wittekind. Mein Geliebter hat keiner Fliege etwas zu Leide getan. Wofür sollte sich jemand an ihm rächen wollen, hier am Ende der Welt?

Vielleicht, vermutete Laszlo, ist Wittekind nicht der einzige Häscher, den der alte Peruzzi ausgesandt hat. Banchieri sind vorsichtig und setzen selten alles auf eine Karte.

Ich erklärte: Niemand konnte schneller hier eintreffen als ich. Meine Überfahrt verlief ohne jeden Aufenthalt. Und auf meiner Galeere ist der Mörder nicht gereist, sonst hätte ich ihn wiedererkannt. Der Bogenschütze kam aus der Steppe geritten. Wie passt das zusammen?

William zuckte mit den Schultern: Es gibt Dinge zwischen Himmel und Erde, die übersteigen all unsere Weisheit. Wenn ich nur wüsste, was wir falsch gemacht haben! Ich finde keinen Fehler in meinem Plan. Er trommelte mit der Faust auf den Tisch, und Laszlo fügte tonlos hinzu: Wir Juden sagen immer, der Mensch macht, Gott lacht.

Eher der Teufel, sagte ich. Wenn mich der Mörder in seinem schwarzen Umhang auf seinem Rappen an etwas erinnerte, dann an Satan persönlich.

William nahm mich auf die Seite und raunte mir zu: Du weißt, dass wir eine Verantwortung tragen für dieses Mädchen. Ehe wir abfahren, müssen wir sie in Sicherheit bringen.

Aber wie? Wenn wir sie schutzlos in Caffa zurücklassen, landet sie in zwei Tagen auf dem Sklavenmarkt. Oder im Bordell. Ob Laszlo sich ihrer annimmt?

William schüttelte den Kopf: Wie soll er das anstellen? Ein jüdischer Übersetzer mit einer Georgierin. Selbst wenn sie ihn nehmen würde – weißt du, wie kompliziert es ist, zum Judentum überzutreten?

Die Juden verhindern das mit allen Mitteln, und die georgische Gemeinde in Caffa würde Tamar als Abtrünnige abschlachten. Außerdem will sie ihre Freiheit.

Und wenn, schlug ich vor, wir sie mit Reisegeld ausstatten, damit sie es in ihr Dorf in Mingrelien schafft?

William verneinte: Noch eine Karawane können wir nicht organisieren. Ohne einen Beschützer wie Amerigo kann sie es nicht bis in den Kaukasus schaffen. Und dann gibt es noch etwas, worüber ich seit gestern nachdenke.

Was?

William wiegte den Kopf: Ich weiß nicht viel über die Bräuche jener Bergvölker. Doch ich könnte mir vorstellen, dass die Männer dort keine Frau in Ehren wieder aufnehmen, die ihnen einmal geraubt wurde. Sie wissen genau, was Tamar in der Zwischenzeit angetan wurde.

Du meinst, dass sie Tamar als Ehrlose verstoßen würden?

Mit Amerigo als Gemahl wohl nicht, gab William zurück, der hätte sie geheiratet und die Schande ausgelöscht. Doch ohne Ehemann taugt sie in ihrem Dorf nicht einmal als Magd.

Ich seufzte: Es ist, als läge ein Fluch über diesem Mädchen. Einmal ist sie zum Wasserholen an den Brunnen gegangen, und seitdem gerät sie von einer Katastrophe in die andere.

Ein Fluch?, fragte William. Es ist eher die Bosheit der Männer, deren Gier, deren krude Vorstellung von Reinheit und Ehre. Ich bin auf meinem Weg zu Fuß durch den Kaukasus gereist. Man kann die angeketteten Kinder, die über die Landstraßen geführt werden, gar nicht zählen. An den großen Flüssen in Russland läuft es ebenso und in Afrika gewiss auch. Die Annehmlichkeiten unserer Reichen werden mit Blut bezahlt.

Laszlo hatte auf mein Geheiß beim Wirt dafür gesorgt, dass Tamar ein Zimmer bekam. Er begleitete das Mädchen, das wie versteinert wirkte, nach oben. Danach gesellte er sich zu uns und meinte: Wenn wir Tamar damit helfen können, verzichte ich gerne auf meine vierzig Florin Belohnung. Ich war zeitlebens arm, da merke ich den Verlust nicht. Und wenn wir einen einzigen Menschen retten, so sagen unsere jüdischen Weisen, dann retten wir die ganze Welt.

William winkte ab: Mit Geld ist hier nicht zu helfen. Wir können Tamar auf keinen Fall sich selbst überlassen. Dabei ist sie so stark, so stolz.

Und schön, warf ich ein.

Ihre Schönheit ist für sie im Moment kein Vorteil, meinte William. So habe ich es immer wieder erlebt. Das Schöne ist kostbar und flüchtig. Und die Hässlichen sind in der Mehrheit, sie setzen alles daran, die Schönheit zu zerstören. Ich weiß auch nicht weiter. Am besten, wir begeben uns zur Ruhe. Vielleicht fällt mir über Nacht eine Lösung ein.

Die Zeit drängt, fügte ich noch hinzu. Unsere Schiffe stechen morgen in See. Nach Tagesanbruch bleiben uns gerade einmal drei Stunden. Ich kann mit dem vielen Geld der Peruzzi nicht in Caffa bleiben. Wenn es sich herumspricht, und hier spricht sich alles herum, dann komme ich kaum lebend aus der Stadt.

Laszlo verzog sich auf eine Bank neben dem Herd, wo er öfter nächtigte. William und ich gingen nach oben in unsere Zimmer, um etwas Schlaf zu finden. Tief in der Nacht klopfte es an meiner Tür. Ich hatte ohnehin gegrübelt und nicht geschlafen. Ohne mich anzuziehen, öffnete ich. Draußen stand Tamar mit einer Kerze in der Hand.

Was willst du?, flüsterte ich.

Sie antwortete nicht und schlüpfte herein. Sie zog sich ihr Gewand über den Kopf, legte sich in mein Bett und lächelte mich an: Komm!

Ich betrachtete die nackte Frau. Ihr Körper war weiß wie die Flamme der Kerze, ihr Haar schwarz wie die Nacht, die uns umgab. Ihre Augen funkelten. Ich legte mich zu ihr. Tamar nahm meinen Kopf in ihre Hände und küsste mich. Ich schloss die Augen und holte tief Luft. Seit Neapel, wo am Hof der Anjou die Liebe so leicht zu haben war wie ein Becher Wein, war ich keiner Frau mehr so nahe gekommen. Ich fühlte den schlanken Körper Tamars, die ihre Beine um mich schlang. Ich roch den Duft ihrer seidigen Haut, die Amerigo im Badehaus noch mit Stutenmilch hatte einreiben lassen. Was tat ich da? Ich war mehr als doppelt so alt wie diese Frau. Und ich war mitschuldig an ihrem Elend. Mir war klar, Tamar hatte in ihrem Zimmer Bilanz gezogen und setzte auf das einzige Kapital, das ihr verblieben war. Sie hockte sich auf mich, ergriff meine Hände und begann, wie ich es erwartete: Ich gehöre dir, Wittekind. Du hast mich von Amerigos Leiche weggezogen und mich aus der Gefahr gerettet. Du bist jetzt mein Beschützer. Wenn wir zwei uns in der Stadt verstecken, überstehen wir gemeinsam die Belagerung. Danach zeige ich dir den Weg in den Kaukasus. Und wenn du nicht zu meinen Leuten gehen willst, dann fahren wir eben mit dem Schiff nach Russland, wo uns keiner kennt. Oder sonst wohin. Du hast jetzt genug Geld, und ich tue alles für dich. Wir können glücklich leben.

Beinahe tat Tamars Schönheit meinen Augen weh. Ihr langes Haar reichte ihr bis zu den Hüften, alles an ihr war makellos. Sie beugte sich über mich und wollte mich erneut küssen. Ich ergriff ihr Kinn und drückte es weg.

Nein, erklärte ich ihr, wir können nicht glücklich miteinander leben. Wenn ich das gestohlene Geld nicht zurückbringe, kommt ein Späher der Banchieri und bringt uns um. Ich will nicht den Rest meiner Tage auf der Flucht verbringen. Doch was viel wichtiger ist: Du liebst mich nicht. Ich bin ein alter Mann, dem die Haare aus der Nase wachsen. Und du bist jung und wunderschön. Vielleicht glaubst du in diesem Moment sogar daran, dass wir zusammen überleben können. Es wäre für dich besser als ein Dasein beim alten Peruzzi. Und besser als alles, was die Männer hier mit dir anstellen. Ich dürfte dich jeden Tag bewundern, als Ersatzmann des armen Amerigo. Das geht nicht, sosehr mich dein Angebot auch verlockt.

Tamar riss angstvoll die Augen auf und sank auf mein Lager: Aber wo soll ich denn hin? Es muss doch einen Ort geben, an dem ich bleiben kann! Ich will doch nur leben!

Sie schluchzte auf, und nun war ich es, der sie in die Arme nahm. Sie zitterte. Ich spürte ihre Tränen auf meiner Brust, und ich strich ihr begütigend über das Haar. Irgendwann war sie eingeschlafen und atmete tief. Wir beide lagen da in dieser Nacht wie zwei Verlorene in einem kalten Universum, ohne Rettung, ohne Zukunft, ohne Liebe. Ich kannte das Gefühl gut.

Auch ich musste irgendwann eingeschlafen sein, erneut weckte mich ein Klopfen an der Tür, draußen war es bereits hell. Ich machte mich von

Tamar los, die mich im Schlaf umklammert hielt. Draußen stand William und flüsterte: Mir ist für das Mädchen eine Lösung eingefallen. Nichts, worauf wir stolz sein können, aber immerhin ein Schlupfloch. Doch sie ist nicht in ihrem Zimmer. Ob sie weggelaufen ist?

Ich schob meine Tür auf und wies auf die Schlafende in meinem Bett. William zog eine Augenbraue hoch und blickte mich fragend an. Ich schüttelte den Kopf, und ich las in Williams Augen, dass er die Situation erfasste.

Ich weiß nicht, sagte er mit erwachender Munterkeit, ob ich das in deinem Alter geschafft hätte. Und dabei hast du nicht einmal das Gelübde der Keuschheit abgelegt.

Mein lieber William, es geht mir gleich besser, wenn du deinen britischen Humor wiederfindest. Wenn du mir jetzt noch sagst, wie wir Tamar vor einem schlimmen Schicksal bewahren können, dann wird es allem Leid zum Trotz vielleicht noch ein guter Tag.

Jetzt erst bemerkte ich, dass William eine Schere, Seife und ein Messer bei sich trug.

Occams Rasiermesser?, fragte ich. Kann uns das tatsächlich noch einmal retten?

Eine andere Lösung gibt es nicht. Zieh dich erst einmal an, dann weckst du Tamar und schickst sie zu mir. Ich habe Laszlo mit einer Spende zum Franziskanerkloster geschickt, damit wir das Mädchen neu einkleiden können.

Mir dämmerte, worauf der Mann aus Baskerville hinauswollte. Sein Plan mit der Flucht war schiefgegangen. Nun musste ein anderer her, es war wie früher. Die Welt war unvollkommener denn je, doch ich konnte mich wenigstens auf William verlassen.

Nachdem ich Tamar hinübergeschickt hatte, wusch ich mich im Hof und bestellte bei Hovhannes warmen Brei für uns alle. Es war noch so früh, dass ich den Wirt wecken und ihm beim Anfeuern helfen musste. Alle anderen Gäste schliefen noch, doch wir hatten keine Zeit zu verlieren. Inzwischen war Laszlo zurückgekehrt und stieg mit einem Packen ins Obergeschoss, danach setzte er sich zu mir: Dieser William ist unglaublich. Immer findet er eine Lösung. Wir Juden kennen das nur aus

Märchen und Legenden. Ich muss mich kneifen, um mir sicher zu sein, dass es diesen Mann wirklich gibt.

Ich dachte daran, wie William von Baskerville mir vor zwanzig Jahren schon einmal geholfen hatte, als ich fürchtete, dass es nicht weiterging. In dem Moment kam er auch schon in Begleitung die Treppe herunter. Neben ihm ging keine Frau, sondern ein Novize im Habit der Franziskaner. William hatte Tamar ihre herrlichen Haare abgeschnitten und sogar die Tonsur nicht vergessen.

Jetzt wird erst einmal gefrühstückt, sagte William zu seiner Begleitung. Darf ich euch beiden meinen Reisegefährten vorstellen? Er nennt sich Adson.

Tamar nickte uns mit ernstem Blick zu. William hatte ihr die Rolle eingeschärft, in der sie aus Caffa entkommen konnte. Ihre knabenhafte Gestalt passte gut zum Habit, der ihre Gestalt verhüllte. William zog seinem neuen Novizen die Kapuze tief ins Gesicht.

Wenn du jetzt noch die Hände in den Ärmeln faltest, erklärte er, dann schöpft kein Mensch Verdacht.

Ich fragte: Warum nennst du Tamar ausgerechnet Adson? Wer heißt denn so?

William grinste: Da muss ich mich nicht umgewöhnen. Ich hatte vor langer Zeit einmal einen Novizen dieses Namens. Er war überaus fromm und verschimmelt heute sicher in einem Kloster in den Alpen.

Ich gehe aber nicht ins Kloster!, rief Tamar, die jetzt Adson hieß. Ihre Stimme klang viel tiefer als gestern. Sie nahm ihre Rolle ernst.

Nein, meinte William, das wäre eine Todsünde. Adson und ich – wir segeln heute über den Pontos nach Trebizond. Da gibt es ein großes Franziskanerkloster, in dem wir unterkriechen. In Trebizond leben georgische Kaufleute zuhauf. Unter denen suchen wir einen Ehemann aus, so jung und schön und reich wie möglich. Dann verwandeln wir Adson wieder zurück in Tamar und feiern Hochzeit. Mehr kann ich leider nicht erreichen. Aus These und Antithese entsteht Synthese. Ganz nach der Methode unseres alten Lehrmeisters Occam.

William wusch sich die Hände am Brunnen, vielleicht in Gedanken an Pontius Pilatus, und wandte sich zu mir: Den alten Occam werde ich endlich besuchen, sobald Tamar von ihrem Gatten das Schwert überreicht bekam, um über ihren Haushalt zu wachen. Wenn die beiden dann Kinder in diese unvollkommene Welt setzen, ist das nicht mehr meine Sache.

Ich nickte anerkennend, Laszlo tat es mir gleich. In Wahrheit, das wussten wir alle, gab es keinen Grund, stolz zu sein. Wir hatten vor dem Unrecht, das sich nicht besiegen ließ, einfach nur resigniert. Hovhannes stellte eine Schüssel mit Gerstenbrei vor Adson ab. Ich betrachtete den Novizen eingehend. Was war das Leben anderes als eine Maskerade? Den einen gelang sie besser, den anderen schlechter, wieder andere gingen an ihrer Maske zugrunde. Wusste ich, zu welcher Sorte Mensch Tamar gehörte?

Mein letzter Botengang in Caffa führte mich zum Konsulspalast, wo ich dem Vicarius Baldassare di Garbarino meine Aufwartung zu machen gedachte. Einer seiner Schreiber erklärte mir, der Vicarius sei früh am Morgen zum Corchiturm an die äußere Stadtmauer gerufen worden. Dort könne ich ihn antreffen. Ich ließ die armenische Kirche des heiligen Sarchis links liegen und ging quer durch das Voniticaviertel mit der Synagoge und der Moschee. Am Corchiturm hatte sich eine Menschenmenge versammelt. Man redete aufgeregt durcheinander. Oben auf dem Ausguck entdeckte ich die gebeugte Gestalt des Vicarius. Er erkannte mich und befahl den Wachen mit einer Geste, mich zu ihm hochzulassen.

Baldassare reichte mir die Hand: Wenn ich nur wüsste, was die Tataren vorhaben! Sie rollen seit dem Morgengrauen ihr Katapult herbei, jetzt sind sie gerade noch außer Schussweite unserer Armbrüste. Aber um uns mit dem Katapult zu beschießen, sind sie schon nahe genug.

Es wird also doch noch zum Sturm auf die Mauern kommen?, erkundigte ich mich besorgt.

Baldassare hielt sich die Hand über die Augen und starrte in die Ferne: Das ist ja gerade das Sonderbare. Khan Janibeg hat uns heute früh durch einen Boten mitgeteilt, dass die Belagerung aufgehoben wird. Sobald der Konsul Gotifredo die Nachricht bestätigt, wird der Frieden in der gesamten Stadt verkündet. Der Belagerungsring ist bereits nicht mehr geschlossen. Schau, wie sich Janibegs Truppen ums Katapult sammeln. Die große Jurte mit den Rossschweifen, das ist das Lager des Khans. Und wenn ich genau hinschaue, dann schaffen die Tataren aus den Hügeln auf Karren irgendetwas heran. Was haben sie nur vor?

Ich wusste es auch nicht und teilte dem Vicarius mit, dass meine Angelegenheit, die ich in Caffa im Namen der Priori von Florenz und der Casa Peruzzi verfolgt hatte, erledigt sei. Ich würde heute noch auf eine Galeere der Republik Genua steigen. Das gestohlene Gut befinde sich in meinem Gewahrsam und würde nach meiner Ankunft in Florenz dem Besitzer erstattet. Die Summe solle in den Büchern verzeichnet werden, der genuesische Botschafter in Florenz könne die Transaktion in einigen Wochen kontrollieren und gegenzeichnen. Ich dankte Baldassare für die gute Zusammenarbeit der beiden Republiken und empfahl mich mit einer Verbeugung.

Grüße mir Italien!, rief Baldassare, während ich schon die Holztreppe hinabstieg. Sobald dieser Spuk hier vorbei ist, komme ich nach. Ich lade dich auf ein Glas Vermentino nach Arenzano. Dann schauen wir von meiner Terrasse aus den Schiffen zu, wie sie mit geblähten Segeln in den Hafen von Genua einfahren. Und wir plaudern über unsere Abenteuer in Caffa.

Ich winkte dem Vicarius ein letztes Mal zu und begab mich zum Hafen. Laszlo würde mich dort mit meinem Gepäck erwarten. Wenn das Meer so ruhig blieb, konnte ich mich auf die Lektüre des Romans freuen, den ich beim Buchhändler Ephraim erworben hatte. Die Mär von Tristan und Isolde endete tödlich. Das war traurig, aber unendlich erträglicher als der Tod von Amerigo, der mit seiner Braut übers Meer geflohen war. Der Tod in der Literatur war eine schöne Verklärung, jedenfalls wenn der Autor seine Sache gut machte. In Wirklichkeit war der Tod nichts als dreckig und sinnlos. Deshalb hörten Menschen lieber Abenteuergeschichten, als sie selbst zu erleben.

Nachdem er mir meinen Reisesack überreicht hatte, umarmte ich Laszlo Loewenstein. Im Generalstudium zu Köln, erklärte ich, hat mich mein Meister gelehrt, dass jede neue Sprache ein neues Leben bedeutet. Du sprichst ein Dutzend Sprachen, also wird dir auch ein Dutzend

Leben zuteil. Wer weiß, ob unsere Wege sich in einem dieser zwölf Leben wieder kreuzen?

Laszlo lächelte: Ich denke nicht, dass ich noch länger in Caffa bleibe, jetzt, da ich endlich etwas Geld verdient habe. Eigentlich ist es für einen Juden egal, wohin er zieht; wir bleiben überall im Exil. Aber Cathay verlockt mich sehr, die Sprache der Chinesen würde ich gerne lernen. Und dann weiter auf die Inseln im Meer, wo noch kein Europäer jemals war.

Wir verabschiedeten uns mit einer tiefen Verbeugung voneinander. Vor der Karacke, die sie nach Trebizond bringen sollte, standen William und Adson. Der Novize, die Kapuze tief im Gesicht und in Demut gebeugt wie ein Klosterbruder seit Kindertagen, wirkte derart echt, dass kein Mensch auf die Idee gekommen wäre, dass sich die schöne Tamar unter dem Gewand verbarg. Ich streckte meine Hand aus und blickte noch einmal in die grünen Augen der Frau, die in der Nacht noch mit mir schlafen und dann nach Georgien fliehen wollte. Tamar senkte den Blick. Ich konnte nicht ausmachen, ob aus Verachtung oder aus Respekt für ihre neue Rolle. Unsere Wege würden sich nicht mehr kreuzen.

Dasselbe fürchtete ich bei William von Baskerville. Er war nun über siebzig, wenn auch so spannkräftig wie ein Fünfzigjähriger. Mit ironischem Blick zog er eine Augenbraue hoch und sprach: Wir wollen nicht sentimental werden, mein lieber Wittekind. Es war schön, dich getroffen zu haben. Ich glaubte zu wissen, das Leben sei still und eintönig wie ein Fluss. Du hingegen führst mir vor, dass es spannend ist wie ein Roman. Wer von uns beiden hat recht? Wenn wir uns wieder über den Weg laufen, müssen wir das unbedingt klären.

Sollte ich diesen Roman jemals aufschreiben, gab ich zurück, wirst du die Hauptrolle spielen. Das kann ich dir versprechen, William von Baskerville. Du bist die beste Spürnase und darfst niemals vergessen werden.

William, das war er sich schuldig, behielt das letzte Wort: Alles wird vergessen, sogar das Vergessen selbst. Und am Ende bleiben nicht einmal unsere Namen.

Ich schüttelte seine Hand. Wir gingen jeder auf ein Schiff, das uns in unterschiedliche Himmelsrichtungen tragen würde. Als ich auf der

Planke meiner Galeere stand, läuteten plötzlich alle Glocken von Caffa. Die Menschen jubelten, sie fielen einander in die Arme, sie warfen ihre Mützen in die Luft. Darauf hatten alle gehofft. Die Belagerung war zu Ende!

Als hätten sie auf dieses Signal gewartet, sandten uns die Tataren einen letzten Gruß. Aus der Luft klatschte etwas auf den Hafenkai direkt vor unseren Schiffen. Mit Entsetzen erkannte ich, was es war. Auf dem Pflaster war gerade ein Menschenleib zerplatzt. Sofort dachte ich, dass die Tataren lebendige Gefangene in die Stadt katapultieren würden. Doch dann roch ich die Fäulnis, sah den Eiter und erkannte an der zerfetzten Leiche schwarze Beulen.

Mawtana! So schoss es mir durch den Kopf. Wenn er Caffa schon nicht erobern konnte, sandte Khan Janibeg den Europäern zum Abschied die Toten der Seuche.

Schnell, oder wir werden alle sterben!, schrie ein Seemann und zog mich ins Boot. Der Kapitän gab seinen Befehl zum Auslaufen, gleichzeitig setzte sich auch Williams Karacke in Bewegung. Konnten wenigstens wir dem Beschuss entkommen? Ich schaute angstvoll in den Himmel. Diesmal waren es zwei Körper, die wie Todesvögel in hohem Bogen über die Mauern flogen und dann mit unwirklichem Geräusch auf der Hafenmole zerplatzten. Eiter und Blut spritzte in alle Richtungen. Der Jubel der Bevölkerung schlug in Entsetzen um. Die Menschen liefen schreiend auseinander und versuchten, sich in Häusern, in Schuppen, unter Vordächern in Sicherheit zu bringen. Nur wenige knieten unerschrocken nieder, hoben die Hände und flehten zum Himmel, dass die Mawtana sie verschonen möge.

Das sind die Engel der Apokalypse, flüsterte der Seemann neben mir, ein weißbärtiger Matrose mit blauen Augen, die schon alles gesehen zu haben schienen, und die nun angstvoll zum Himmel spähten. Aus der Höhe stieß der Tod auf uns hernieder, die nächsten Leichen flogen heran. Wir haben Wind aus Nordost, stieß er hervor. Unsere Männer rudern, als säße ihnen der Teufel im Genick. Noch zwei Vaterunser beten, und die Toten können uns nicht mehr erreichen. Dann sind wir gerettet.

In der Tat erreichten die Leichen weder unsere Galeere noch Williams Karacke, die mit geblähten Segeln am Horizont verschwand. Ich atmete erleichtert auf. Was ich nicht ahnen konnte: Am Himmel von Caffa hatte ich mit eigenen Augen das große Sterben kommen sehen, das Europa in ein Leichenhaus verwandeln sollte. Eine der ersten Galeeren, die nach unserem Schiff absegelte, war es, welche die Pest in den Westen brachte. Und die Turmuhr, die Khan Janibeg niemals bekam, sollte uns allen die Totenglocke schlagen.

KAPITEL 40

Über den Hügeln von Fiesole graute der Morgen, als ich mit meiner Geschichte geendet hatte. Boccaccio hatte die ganze Zeit ausgestreckt auf seinem Lager geruht und mich kein einziges Mal unterbrochen, auch nicht, wenn ich mir zwischendurch mit einem Schluck Wein die Kehle spülte. Nun sagte er lange Zeit nichts. Dann fragte er: Glaubst du, Amerigos Mörder ist aus Caffa nach Florenz gekommen, um seine Rache fortzusetzen?

Ich habe allen Anlass dazu, antwortete ich. Der schwarze Bogenschütze, der vom Dach des Palazzo Peruzzi geschossen hat, glich dem Mann vor den Mauern von Caffa, und er verwendete denselben Tatarenpfeil. Und erneut war ein Peruzzi sein Ziel, genau genommen ein Sohn des Pacino. Denn dass der Advokat Bortolo, der Wächter Uguccione und unser entlaufener Arzt Pandolfo uneheliche Kinder des Alten sind, daran habe ich keinen Zweifel mehr. Bisher starben außer Amerigo sein Bruder Ruffo am Kreuz, sein Bruder Arnaldo in der Abortgrube und sein Halbbruder, der Advokat, mit durchschnittener Kehle. Das alles kann kein Zufall sein. Und schon gar kein Fluch, der auf der Casa Peruzzi ruht. Es steckt ein Mörder dahinter, der einen teuflischen Plan verfolgt. Nur der alte Pacino will an keinen Zusammenhang glauben.

Boccaccio richtete sich auf: Oder er kennt den Zusammenhang und tut alles, damit kein anderer dahinterkommt.

Daran habe ich auch schon gedacht. Doch warum sollte ein Vater so etwas tun? Wem liegt so wenig an den eigenen Söhnen, dass er dabei zuschaut, wie sie einer nach dem anderen umgebracht werden? Es gibt in dieser Geschichte zu viele Dinge, die ich nicht begreife.

Boccaccio spuckte das Wasser aus, mit dem er sich den Mund gespült hatte: Immerhin kennen wir einen Menschen, der so viel über den Mörder weiß, dass er vor ihm davonläuft. Das ist der Arzt. Wäre er uns gestern Abend nicht durchs Fenster entwischt, dann wüssten wir jetzt vielleicht schon alles. Ich bin eigentlich nur mit dir mitgekommen, weil ich den Schuldigen am Tod meines verehrten Lehrmeisters Giovanni Villani bestraft sehen will. Doch auch sonst kann kein ehrbarer Florentiner dabei zusehen, wie dieser Teufel in Schwarz ein Opfer nach dem anderen meuchelt.

Nicht zu vergessen, fügte ich nicht ohne Hintergedanken hinzu, dass auch Cioccia direkt beim Palazzo Peruzzi wohnt. Sie hat das unheimliche Husten des Mörders in unserem Keller als Erste gehört.

Meinst du, dass auch Cioccia bedroht ist?, fragte Boccaccio erschrocken.

Jeder, der diesem Mann über den Weg läuft, ist in Gefahr. Deshalb ist es so wichtig, dass wir ihn unschädlich machen.

Dann brechen wir ohne Frühstück auf.

Wir rafften unsere Sachen zusammen und machten uns auf zum Ausgang der Villa. Der Comandante war bereits auf den Beinen, bunt wie ein Sittich und diesmal mit einer langen Fasanenfeder hinterm Ohr. Er grüßte Boccaccio mit einer Verbeugung und gab uns die Waffen zurück.

Wer auf die Jagd geht, steht mit der Sonne auf und geht mit dem Mond nicht schlafen. Die Pforte steht dir offen. Mögest du den Verführer deiner Schwester schnell finden. Wenn du mit ihm abgerechnet hast, kannst du zu uns ins Dekameron zurückkehren. Du hast schließlich bezahlt. Wir sind noch neun Tage hier, das Fest hat gerade erst begonnen.

Boccaccio nickte förmlich und wollte schnell an dem Mann vorbei. Doch der fasste ihn bei den Schultern und gab ihm, wie unter den Söldnern des Südens üblich, auf beide Wangen den Bruderkuss. Als wir hinter dem Portal waren, wischte sich Boccaccio angewidert das Gesicht ab. Bei den Stallungen stand Lapo und rief: Der böse Doktor ist gestern Abend hier vorbeigerannt. Sicher sucht er Sankt Lukas, den Schutzheiligen der Ärzte. Wenn er ihn nicht findet, wird es ihm schlecht ergehen.

Was meinst du?, fragte ich.

Lapo lächelte listig: Es war schon dunkel, aber der Mond schien hell genug. Da konnte ich einen Mann sehen, der da hinten aus dem Gehölz kam und dem Doktor folgte. Lapo zeigte auf die Landstraße.

Boccaccio und ich riefen durcheinander: Wie sah der Mann aus? Wohin sind sie gelaufen?

Lapo streckte die Zunge aus einem Mundwinkel, als müsse er erst überlegen: Der Mann war dunkel gekleidet, sonst ist mir nichts an ihm aufgefallen. Und sie sind bergauf in Richtung Fiesole gelaufen. Der eine voran, der andere fünfzig Schritte danach. Vielleicht wollten sie zum heiligen Romolo beten, der seinen eigenen Kopf in den Händen trägt.

Vielleicht kamen wir wieder zu spät. Ich verwünschte dieses sinistre Dekameron und schwang mich mit einiger Mühe in den Sattel. Mein Rücken schmerzte immer noch, obendrein hatte ich die ganze Nacht nicht geschlafen. Boccaccio war mir voraus. Ich rief Lapo zu, dass er uns zu Fuß zu folgen hatte. Treffpunkt war das Stadttor von Fiesole. Wenn wir im Lauf des Tages nicht kämen, solle er nach Florenz zu Cioccia zurückkehren. Dann drückte ich Patroklus die Fersen in die Flanken, und tatsächlich galoppierte das betagte Tier los.

Keine fünfhundert Schritt vor den Mauern von Fiesole führte nach links ein Weg in ein Wäldchen. An Pandolfos Stelle hätte ich mich dort versteckt, denn die Stadttore wurden nach Einbruch der Dunkelheit abgesperrt. Ich winkte Boccaccio abzubiegen. Hinter dem Wäldchen lag ein ebenes Gelände, das mit Holzkreuzen und Steinhaufen nach einem Pestfriedhof aussah. Ein Toter wartete dort auf seine Beerdigung. Schon von weitem entdeckte ich die Gestalt, die mit herabhängenden Beinen und gespreizten Armen wie ein riesiges Gemüse aussah, dessen Blätter sich zum Boden neigten. An der Kleidung war der Doktor sofort zu erkennen, nicht an seinem Gesicht. Der Kopf steckte bis zum Brustkorb in der Erde.

Propaggine!, rief Boccaccio. Genau wie in Dantes Inferno. Ich blickte meinen Gefährten fragend an.

Im neunzehnten Höllengesang, erklärte Boccaccio, stecken die Verdammten bis zur Brust im Boden, die Beine nach oben. Genau wie der hier.

Glaubst du wirklich, der Mörder kennt Dantes Commedia?

Boccaccio zuckte mit den Schultern: Jedenfalls passt die Strafe vortrefflich. In Dantes Inferno muss der betrügerische Heiler Simon Magus mit dem Kopf im Boden ersticken. Doch Pandolfos Strafe kennt man nicht nur aus der Literatur. In Florenz wurden früher Verräter zur Propaggine verurteilt. Der Henker fesselte die Opfer und schaufelte sie bei lebendigem Leib kopfüber in den feuchten Grund am Arno. Unser Mörder muss ein starker Mann sein, wenn er das alleine geschafft hat.

Ich nahm mein Messer und schabte die festgetretene Erde locker. Boccaccio zog sein Schwert, stocherte mit der Klinge in der Friedhofserde und schob zahlreiche Regenwürmer mit dem Fuß zur Seite. War der Grund feucht vom Tau des Morgens? Oder lockten die Säfte der Zersetzung bereits die ersten Tiere an? Rund um den Toten ragten Arme, Beine, Knochen aus der Erde, wie das bei den schnell zugeschütteten Pestfriedhöfen überall der Fall war. Vor allem Wildschweine kamen nachts an diese Orte der Pestilenz und gruben das Fleisch aus der Erde. Es stank fürchterlich, wir mussten uns Tücher um den Mund wickeln. Schließlich fassten wir die Beine und zogen Pandolfo mit vereinten Kräften heraus. Mund und Nase steckten voller Erde. Als ich ihm den Staub vom Gesicht wischte, blickte ich in Augen, die erfüllt waren von namenloser Angst. Pandolfo hatte genau gewusst, welches Ende ihn erwartete.

Dieser Mann, meinte Boccaccio nachdenklich, hätte uns bestimmt nichts verraten. Das Einzige, woran ich mich von seinen Worten erinnere: Er hatte Angst vor dem, was er den siebten Sohn nannte. Wenn wir die Brut des Pacino sorgfältig genug durchzählen, dann finden wir den Mörder.

Ich sagte: Pandolfo hat uns noch etwas anderes verraten. Nach dem Bankrott der Bank gab es eine Zusammenkunft in San Donato. Der verängstigte Doktor hat mich gefragt, ob ich dabei war, damals. Wieso fragt er das? Eigentlich müsste er es doch wissen. San Donato ist das Gehöft am Arno, das den Peruzzi gehört. Ruffo wurde dort in der Kapelle gekreuzigt. Vielleicht nimmt die Geschichte gar nicht in Florenz, sondern in San Donato ihren Anfang. Ich muss erfahren, was vor fünf Jahren beim Zusammenbruch der Casa Peruzzi geschehen ist.

Boccaccio blickte sich um: Und wir beiden müssen uns sofort aus dem Staub machen. Wenn uns die Leute von Fiesole bei dieser Leiche antreffen, dann haben wir eine Menge unangenehmer Fragen zu beantworten. Und wir können ihnen nicht einmal verraten, wo wir die Nacht verbracht haben, sonst schneidet uns der Comandante den Hals ab. Also nichts wie weg!

Oben in Fiesole läuteten die Morgenglocken, jetzt wurden die Stadttore geöffnet. Ich hievte mich in den Sattel; mein alter Patroklus musste noch einmal galoppieren. Als wir die Hauptstraße erreichten, kam uns Lapo entgegen. Bald konnten wir auf dem breiten Weg im Schritt reiten, immer bergab nach Florenz. Ich war müde, Boccaccio sicher auch. Es gab keinen Grund mehr zur Eile. Eine ganze Weile lang hingen wir unseren Gedanken nach. Dann fragte ich Boccaccio: Da oben im Dekameron hast du unsere Haut gerettet, indem du den Neapolitaner spieltest. Du sprichst den Dialekt besser als mancher Einheimische. Mir scheint, dass du dich eher als Neapolitaner fühlst und nicht so sehr als Florentiner. Warum bist du überhaupt vom Golf von Neapel weggezogen?

Boccaccio sagte lange nichts und blickte mich von der Seite an. Offenbar hatte er erraten, worauf ich hinauswollte: mehr über die gemeinsame Zeit von Cioccia und ihm zu erfahren. Schließlich seufzte er auf: Ich musste fliehen. Ganz ähnlich wie Pandolfo, nur dass ich meine Flucht überlebt habe. Wäre ich in Neapel geblieben, dann hätten sie mich umgebracht.

Ich war erstaunt. Ein Verbrechen war das Letzte, was ich diesem unbeholfenen Dichter zugetraut hätte. Ich fragte: Was hast du denn angestellt?

Es ist eine komplizierte Geschichte. Ich habe fast fünfzehn Jahre da unten gelebt. Mein Vater schickte mich nach Neapel, als ich vierzehn war. Ich sollte im Kontor der Bardi arbeiten. Leinenstoff abmessen, Zinsen von Krediten berechnen, Hafenzölle in Gaeta bezahlen. Grauenvolles Zeug. Ich habe meinem Vater immer gesagt, dass ich zum Kaufmann nicht tauge und dass ich ein Dichter bin. Er versteht das nicht, denn er kommt aus Certaldo, einem Kaff bei San Gimignano, wo unsere Ahnen Zwiebeln angebaut haben. Mein Vater hat sich im Handel hochgearbeitet und hat versucht, das Dichten aus mir herauszuprügeln. Ich bin sein Bastard und sollte wenigstens etwas Geld einbringen. Ich wollte nur eins: studieren.

Und das hast du?, fragte ich.

Anfangs leider nicht, entgegnete Boccaccio traurig, zuerst habe ich immer nur im Kontor gesessen und gelesen. Als es gar nicht mehr weiterging, hat mein Vater mich in Neapel kanonisches Recht studieren lassen. Er wollte, dass ich eine Pfründe als Domherr in Campanien bekomme. Dafür habe ich sogar die niederen Weihen genommen.

Es war dir egal, dass du als Kleriker niemals heiraten kannst, erkundigte ich mich.

Daran lag mir nichts. Stattdessen lernte ich gründlich Latein, dazu die Regeln der modernen Dichtung, und nicht zu vergessen die Kunst der Astrologie. Ich habe in tausend Nächten den Himmel studiert und die Konstellationen der Planeten berechnet, bis meine Sehkraft immer schwächer wurde. Darum kneife ich so oft die Augen zusammen. Aber das ist egal, es waren herrliche Jahre an der Universität.

Du solltest doch Kirchenrecht studieren.

Habe ich auch, jedenfalls das Nötigste. Doch du kennst Neapel. Studieren ist dort schwer, Feste feiern ist leicht, weil das alle machen, vor allem die Höflinge der Anjou. Über meine Professoren, die der König förderte, hatte ich Zugang zu den edelsten und schönsten Hofdamen. Wir haben getanzt und geschertzt. Und ich hatte endlich ein Publikum für meine Verse.

Was hast du denn geschrieben?, wollte ich wissen.

Boccaccio schaute sehnsüchtig ins Arnotal hinunter: Romane über verliebte Hirten und Nymphen, Abenteuer von getrennten Liebenden,

Intrigen mit Reisen durchs Mittelmeer von Zypern bis Spanien. Alles in Reimen.

Für so was Harmloses kriegt doch keiner die Todesstrafe?

Leider doch, seufzte Boccaccio. Ich wollte zu hoch hinaus. Ich wollte sein wie Niccolò Acciaiuoli. Mit dem bin ich in Oltrarno in derselben Nachbarschaft groß geworden, wir haben auf der Straße zusammen gespielt, wir haben in der Schule den Abakus gelernt und Handelsbriefe geschrieben. Niccolò ging zur selben Zeit wie ich nach Neapel und stieg am Hof der Anjou immer weiter die Leiter hoch. Vom Schreiber zum Kaufmann, vom Steuereintreiber zum Banchiere des Königs und schließlich zum Liebhaber der Kaiserin von Konstantinopel.

Die Konstantinopel nie gesehen hat, fügte ich an.

Das ist egal. Die Frau ist eine Cousine der Anjou und hat gut geheiratet. Diese Anjou sind die edelsten Herrscher der Christenheit, sie führen die höchsten Ehren, Heilige sind aus ihren Reihen hervorgegangen und weise Könige wie Robert, bei dem ich mich beliebt machen wollte. Niccolò Acciaiuoli ist das alles gelungen. Er ist jetzt Seneschall im größten Königreich am Mittelmeer. Er regiert Neapel, weil er schöner ist als ich und klüger und rücksichtsloser.

Ich schüttelte den Kopf: Das wärst du auch gerne geworden? Ein Mächtiger, der über Leichen geht?

Boccaccio zog den Kopf ein: Du meinst den Mord an Andrasch von Ungarn, dem Mann von Königin Giovanna? Niemand weiß, wer dahintersteckt. Die Königin hat vor dem Papst in Avignon persönlich ihre Unschuld beschworen.

Ich wusste, was dieser Schwur wert war. Giovanna hatte den Mord persönlich befohlen. Ich hatte als Leibwächter von Andrasch mit eigenen Augen miterlebt, wie die Männer der Königin den jungen Ungarn in ihrem Sommerschloss an einer Loggia aufhängten, bis sein Hals knackte. Und Niccolò Acciaiuoli hatte dabei seelenruhig zugesehen. Doch dass ich all das wusste, durfte kein Mensch je erfahren. Dieser Mord, der halb Europa mit Krieg überzog, war der Grund, warum ich aus Neapel geflohen war.

Ich erkundigte mich vorsichtig: Dein Schulfreund Niccolò Acciaiuoli ist hoch gestiegen, aber jetzt ist er tief gefallen. Die Ungarn haben das Königreich Neapel erobert, um den Mord an Andrasch zu rächen. Der Seneschall befindet sich mit Königin Giovanna und ihrem neuen Mann auf der Flucht. Im Vergleich mit denen ergeht es dir doch gar nicht übel als Einnehmer der Salzsteuer von Florenz.

Boccaccio lachte traurig: Salzsteuer, wie ein Krämer. Vor zehn Jahren lebte ich glücklich in Neapel, studierte nachts die Sterne und tags die römischen Klassiker. Und ich las meine Verse abends den Hofdamen vor. Wir feierten rauschende Feste, bei denen am Ufer des Golfs musiziert wurde. Die edlen Mädchen waren für mich die Göttinnen Griechenlands. Sie trugen Seidenkleider, die kaum etwas verschleierten. Damals in Neapel, das war die glücklichste Zeit meines Lebens. Niemals wird sie wiederkehren.

Ich wusste nicht, welche Feste Boccaccio vor zehn Jahren gefeiert hatte. Vielleicht war er gar nicht eingeladen gewesen und hatte sich das alles bloß erträumt. Die Sommerfeste vor drei, vier Jahren, bei denen ich in ungarischer Livree als Wächter zugegen war, endeten stets mit wüstem Besäufnis. Die edlen Hofdamen, die Monarchin zuerst, lagen stöhnend mit Söldnern oder Matrosen im Gebüsch. Das waren die Feste von Königin Giovanna, die jetzt beim Papst die keusche Witwe spielte. Ob die Anjou mit ihren Heiligen und Weisen das edelste Geschlecht der Christenheit waren, konnte ich nicht beurteilen. Was ich sehr wohl wusste: Ihnen war kein Preis zu teuer, um sich zu amüsieren.

Kommen wir zum Grund deiner Flucht, weckte ich Boccaccio aus seinen Träumen. Im Jahr 1340 musstest du plötzlich fort aus deinem Paradies?

Ich hielt es, so gestand er mir, irgendwann nicht mehr aus. Ich sollte ein kleiner Pfaffe werden, und mein Freund Niccolò regierte dieweil das Königreich. In meinen Romanen dachte ich mir eine edle Abkunft für mich aus, als Sohn einer Königstochter aus Paris. Dabei ist meine Mutter eine Zwiebelbäuerin aus Certaldo, die mein Vater niemals geheiratet hat. Ich weiß, dass es eine Sünde ist, wenn man sich für seine Abkunft schämt. Aber wie sagt man? Ohne Federn kann keiner fliegen.

Für so eine Hochstapelei, urteilte ich, wird auch in Neapel niemand zum Tode verurteilt. Ausgelacht haben sie dich sicher, aber mehr auch nicht.

Boccaccio schüttelte den Kopf: Wenn es nur dabei geblieben wäre! Ich musste immer an Niccolò denken und seinen Erfolg. Ich sah ihn nur noch von weitem, prächtig gekleidet auf hohem Ross im Gefolge des Königs Robert, der jetzt tot ist. Niccolò, der Große, so wurde mein Schulfreund ehrfürchtig auf der Straße genannt. Was war ich, der erfolglose Bastard, gegen diesen Mann?

Darum hast du es als Poet mit dem Seneschall aufgenommen?, fragte ich.

Boccaccio stimmte zu: Wenn du so willst, ja. In einem weiteren Roman – der Titel lautet Filocolo – schilderte ich meine Liebe zu einer Hofdame des Königs von Neapel. Auch sie stammte wie die Anjou aus der Familie eines Heiligen: Maria d'Aquino, Großnichte des Kirchenlehrers und Philosophen Tommaso. Ich schilderte unsere heimlich keimende Liebe. Ich beschrieb, wie ich ihr meine Verse vorlas und wie sie mich schließlich in ihrem Schlafzimmer erhörte.

Aber diese Maria d'Aquino hat es natürlich nie gegeben, lachte ich.

Doch! Ich bewunderte sie sehr, eine wunderschöne Frau und gut befreundet mit der Thronfolgerin.

Bist du völlig verrückt?, rief ich. Du schreibst unverblümt, dass du mit einer Adligen ins Bett gegangen bist? Ihr Vater musste die Ehre seiner Tochter rächen. Du hättest froh sein müssen, wenn dich seine Leute nur kastrieren und dir nicht gleich den Hals abschneiden.

Das, meinte Boccaccio verlegen, hat mein Onkel Vanni auch gesagt. Er war gerade in Neapel, als eines Morgens zwei tote Spatzen bei mir vor der Tür lagen. Noch am selben Tag packte Onkel Vanni meine Sachen und steckte mich auf einen Segler in Richtung Pisa. Noch drei Monate, und ich hätte mein Studium im Kirchenrecht abgeschlossen. Aber so verlor ich alles: Neapel, Laufbahn, Glück, Ruhm, Liebe. Ich habe mein Leben ruiniert, weil ich ein großer Dichter sein wollte.

Warst du denn wenigstens mit ihr im Bett?, wollte ich wissen.

Boccaccio wurde kleinlaut: Mit Maria d'Aquino? Nein, dazu ist es nie gekommen. Aber sie hat mich zuweilen angelächelt.

Angelächelt?, fragte ich kopfschüttelnd. Für ein Lächeln hast du dein Leben hergeschenkt? Jetzt will ich nur noch eines wissen: Was hat Cioccia mit alldem zu tun?

Boccaccio richtete sich im Sattel auf: Ich kaufte bei ihr mein Gemüse und mein Obst unten an der Via Riparia. Cioccia ist immer noch eine Schönheit, aber vor zehn Jahren standen die Studenten Schlange, um nur eine Orange aus Sorrent bei ihr zu ergattern. Sie war in den Monaten vor meiner Flucht, als sie bei Hof über mich tuschelten und lachten, der einzige Mensch, der ein gutes Wort für mich übrig hatte.

Und dann?

Sie war unglücklich verheiratet, das wussten alle im Viertel. Ihr Mann befand sich dauernd auf Reisen und betrog sie mit Jüngeren. Das hat sie mir sogar selbst erzählt. Und sie trauerte um ihre beiden Mädchen.

Ich atmete tief durch: Das kann nicht stimmen. Mir hat Cioccia erzählt, dass sie einen guten Ehemann hatte.

Boccaccio schüttelte den Kopf: Das ist so eine Redensart in Neapel. Wenn der Gatte seine Frau nicht allzu sehr schlägt, dann ist er ein guter Mann. Nein, Cioccia war einsam. Und ich war es auch.

Eifersucht stieg in mir hoch: Und weil du nicht zu Maria d'Aquino ins Bett steigen konntest, bist du zu Cioccia gegangen. War es so?

Boccaccio wurde rot: Das musst du Cesira selbst fragen.

Wer ist Cesira?

Das weißt du nicht?, fragte er. Cesira ist ihr richtiger Name. Cioccia war ihr Spitzname, so nannten sie alle im Viertel. Mir klang das immer zu vulgär.

Ah ja, rief ich, Cesira klingt fast schon wie eine Hofdame, nicht wie eine Gemüsefrau.

Boccaccio schaute mich traurig an: Musst du wirklich wütend werden über eine Geschichte von vor zehn Jahren? Ich weiß nicht, wo und mit wem du damals gelebt hast. In Konstantinopel oder sonst wo. In Caffa hat sich die schöne Tamar in dein Bett gelegt. Wie kannst du da eifersüchtig sein auf einen Mann wie mich? Cesira, ich meine Cioccia, sie liebt dich über alles. Was willst du mehr?

Plötzlich tat mir Boccaccio leid. Dieser Mann hatte sein letztes Geld hergegeben, um gemeinsam mit mir Dottor Pandolfo aufzustöbern und seinen Freund Villani zu rächen. Boccaccio hatte im Dekameron unseren Kopf aus der Schlinge gezogen. Und nun gestand er mir sein Missgeschick aus Neapel, ohne sich zu schonen. Ich wusste nicht, ob ich diese Größe gehabt hätte. Meine blutigen Erlebnisse in Neapel hatte ich mich noch nie zu erzählen getraut. Nicht einmal Cioccia wusste davon. Ich ritt zu Boccaccios Pferd heran, hielt es beim Zügel und ergriff ihn mit der anderen Hand bei der Schulter: Ich war ungerecht. Außerdem bist du kein gescheiterter Mann. Du bist stets deinem Traum gefolgt und bist deinem Vater zum Trotz ein Dichter geworden. Du hast Romane verfasst und nur Pech gehabt, weil du in Kreise gestrebt hast, die unseresgleichen wegwerfen wie eine Orangenschale. Auch ich musste diese Lektion lernen. Und ich finde, Cioccia soll nicht zwischen uns stehen wie Königin Guinevere zwischen Lancelot und Galeotto.

Boccaccio streckte mir seine Hand entgegen: Du weißt gar nicht, wie viel Glück du mit dieser Frau hast. Ich habe nicht nur damals in Neapel alles verspielt, später auch. Ich bin gescheitert als Sohn, als Pfaffe, als Kaufmann, als Dichter und nicht zuletzt als Liebhaber. Du sollst wissen, dass ich in Ravenna eine kleine Tochter habe, sie heißt Violante. Ich habe sie nie gesehen, ich erfuhr von ihr nur aus Briefen ihrer Mutter. Heiraten kann ich die Frau wegen meiner Gelübde nicht, doch ich habe große Sehnsucht nach meinem Kind. Ich reise nach Ravenna, sobald meine Amtszeit bei der Salzsteuer endet. Du siehst an alldem, ich bin kein Rivale für dich.

Ich lächelte ihn an: Und dieser Niccolò Acciaiuoli ist kein Rivale für dich.

Boccaccio seufzte: Ich habe ihm mehrmals geschrieben mit dem Wunsch, nach Neapel zurückzukehren. Niccolò ist als Seneschall mächtig genug, um meinen Namen reinzuwaschen. Aber er hat mir nie geantwortet. Nun habe ich es mit demselben Wunsch beim König von Ungarn versucht, der Neapel erobert hat. Ich habe ein Lobgedicht auf ihn verfasst. Was würde ich nicht dafür geben, dort unten zu leben!

Ich holte tief Luft und sagte nichts. Mir wurde klar, dass dieser Mann sich immer wieder selbst in Gefahr brachte. Boccaccio studierte den

Lauf der Sterne, und dabei geriet ihm sein eigener Lebenslauf aus den Augen. Erneut setzte er aufs falsche Pferd. Der König von Ungarn, dem Boccaccio sich an den Hals warf, konnte zwar nach dem Mord an seinem Bruder seine Schwägerin Giovanna aus dem Königreich verjagen. Doch nun starben die ungarischen Söldner im Süden wie die Fliegen an der Pest, ihr König befand sich auf dem Rückzug an die Donau. Und es war völlig unklar, wer in Zukunft in Neapel regieren würde. In solcher Lage ein Lobgedicht auf die Ungarn zu schreiben, war eine Form von Selbstmord. Wenn die Anjou an die Macht zurückkehrten, würde Niccolò Acciaiuoli sich an Boccaccio rächen. Jedem Menschen in Florenz war das klar, nur Boccaccio, dem Träumer, war es nicht klar. Vielleicht war es am besten, wenn dieser Dichter nie mehr eine Zeile schrieb.

Keine tausend Schritt vor uns erblickte ich die Mauern von Florenz. Es herrschte geschäftiges Treiben auf der Straße. Bauern karrten Grünzeug und Fässer zum Stadttor. Eine Schafherde versperrte uns den Weg. Am Wegesrand klingelten Leprakranke mit ihren Glöckchen; sie durften nicht in die Stadt hinein. Wir waren in der Wirklichkeit angekommen. Boccaccio hielt kurz an, stieg ab und suchte in seinem Beutel nach einer Spende. Ein alter Mann mit zerfressenen Gesichtszügen reckte ihm seine Bettelschale entgegen. Boccaccio warf eine Handvoll Münzen hinein. Dann stieg er wieder auf sein Pferd und sagte: Das war der letzte Rest von meinen Einkünften aus der Salzsteuer. Die Spiritualen haben recht, in der Armut liegt das Glück. Mein Vater wird schon für ein Mittagessen sorgen.

Was war das nur für ein Mann? Er half anderen, doch sein eigenes Leben hatte er immer wieder ruiniert. Vielleicht hatte gerade sein Hang zum Scheitern Cioccia beeindruckt. Ich drehte mich um und rief Lapo, der uns die ganze Zeit zu Fuß gefolgt war: Wie heißt der Schutzpatron der Poeten?

Lapo, der die ganze Zeit leise vor sich hin gesungen hatte, blickte fragend zu mir auf: Weiß nicht. Die Dichter haben keinen Schutzpatron, die müssen auf sich selber aufpassen.

Ich war entgeistert: Das kann doch nicht sein, Lapo. Du weißt doch sonst alles über die Legenden der Kirche. Unser Freund Boccaccio muss endlich erfahren, welcher Heilige für ihn zuständig ist. Vor dessen Altar zünden wir dann eine Kerze an.

Lapo zog die Schultern hoch: Fra Bernardino hat nie von Dichtern gesprochen. Vielleicht sind die nicht wichtig.

Neben mir hörte ich die Stimme von Boccaccio: Ich bin zufrieden mit Vergil. Das ist der klügste aller Römer. Der hat meinem Vorbild Dante Alighieri den Weg ins Inferno gewiesen und ihm alle Geheimnisse des Jenseits enthüllt. Der große Vergil ist mein Schutzpatron.

Du darfst, beharrte ich, nicht mit einem Heiden ins Inferno reisen. Das Paradies ist unser aller Ziel.

Boccaccio schaute mich an aus seinen traurigen braunen Augen und sagte: Den Weg dorthin muss ich wohl alleine finden.

KAPITEL 41

Vor dem Kontor des Padrino musste ich eine Zeitlang warten. Schließlich kam Salvestro, der Chirurg, mit seiner Tasche über der Schulter heraus; er zog ein besorgtes Gesicht. Drinnen thronte Pacino Peruzzi auf einem Sessel hinter seinem Schreibtisch, eingehüllt in eine Decke, die Beine hochgelegt auf einem Schemel. Er war bleich.

Pass auf, Wittekind, sagte er mit müder Stimme, dass du nicht zu alt wirst. Ab siebzig ist es kein Zuckerschlecken mehr. Mein Herz ist schwach geworden nach den vielen Jahren im Geschäft. Und die Energie des Lebens, die mit jeder Stunde verrinnt, die bringt dir kein Arzt wieder zurück. Er wies auf seine Beine: Da unten fängt es an, zuerst schlafen dir die Füße ein, dann die Hände, und wenn die Schwäche beim Kopf angekommen ist, dann … Ich hatte heute Morgen einen neuen Doktor hier, viele sind ja nicht mehr übrig in der Stadt. Zanobi hat mir einen studierten Strolch angeschleppt, aus Bologna. Der hat mit spitzem Finger an meinem Urin geleckt und mir irgendwas erzählt von einer üblen Konstellation der Sterne. Steinbock widerstreitet mit

Wassermann oder so ähnlich. Ein Aderlass würde mir guttun, noch besser ein Dutzend Blutegel. Ich habe die Hälfte von seiner unverschämten Rechnung bezahlt, ganze vier Florin. Danach habe ich den Kerl hinausgeworfen und den Chirurgen rufen lassen. Salvestro hat mir kalte Tücher um die Beine gewickelt und mir ein Glas griechischen Rotwein verordnet, fürs Blut. Jetzt geht es mir besser, doch ich sage dir eins: Altwerden ist nichts für Memmen.

Ich nahm den Faden des Gesprächs auf: Wo wir gerade von Ärzten reden. Ich habe Dottor Pandolfo gefunden, allerdings als Leiche. Sein Mörder hat ihn auf dem Pestfriedhof von Fiesole zurückgelassen, den Kopf im Dreck, die Füße nach oben.

Der Padrino wirkte keineswegs erschüttert: Das hatte ich nicht anders erwartet, es ist die richtige Strafe für Verräter. Wer so weit vom Pfad der Tugend abweicht, der stirbt nicht im Bett. Und dein Reisegeld?

Das musste ich vollständig ausgeben für die Suche. Pandolfo hatte sich in einem Landhaus versteckt, wohin sich die Reichen vor der Pest flüchten und Feste feiern. Es war nicht billig, da hineinzukommen.

Pacino schaute mich missmutig an, als schmerze ihn der Verlust meines Geldes mehr als der seines Sohnes: Schade für dich. Und sonst hast du nichts herausgefunden?

Ich wog meine Worte. Was konnte ich von meinem Wissen preisgeben? Ich erklärte: Fest steht, dass ein perfider Mörder dahintersteckt, wahrscheinlich immer derselbe. Wir können das Sterben in der Casa Peruzzi nicht länger als Zufall abtun. Es besteht ein Plan, eure Söhne umzubringen, einen nach dem anderen.

Was redest du da von Söhnen?, rief der Padrino. Pandolfo war der Bastard einer Küchenmagd. Ich habe ihn in meinen Haushalt aufgenommen und ihm ein Studium der Medizin finanziert. Du siehst, wie er mir diese Großzügigkeit vergolten hat. Genauso dieser Advokat, mit dem Pandolfo unter einer Decke steckte. Noch so ein undankbarer Verräter. Von meinen Söhnen habe ich nicht mehr als zwei eingebüßt. Ruffo wurde das Opfer von Räubern im Contado. Arnaldo hat sich das Leben genommen, nachdem er aufbegehrt hat gegen mich. Es ist nicht schön, aber ich muss es hinnehmen. Andere Banchieri haben mehr

Söhne durch die Pest verloren. Doch der Mörder, den du um unseren Palazzo herumschleichen siehst, der ist ein Gespenst in deinem Kopf.

Es war zwecklos. Pacino Peruzzi wollte nicht begreifen, in welcher Gefahr wir schwebten. Ich senkte den Kopf: Ich bin zwar anderer Meinung, aber ihr seid der Padrino. Ihr erlaubt mir hoffentlich, rund um den Palazzo die Augen aufzusperren, um mögliche Gefahren für die Unseren abzuwenden?

Das ist ohnehin deine Aufgabe, meinte der Alte, doch für heute Abend habe ich etwas anderes für dich. Niccolò Acciaiuoli wird uns hier im Palazzo seinen Besuch abstatten.

Ich konnte einen Ausruf des Erstaunens nicht unterdrücken: Der Seneschall von Neapel?

Genau der. Niccolò ist auf dem Rückweg aus der Provence und braucht Unterstützung im Krieg gegen die Ungarn, die Neapel erobert haben. Es wird keine angenehme Unterhaltung. Niccolò kommt nach Florenz, um Geld einzufordern. Der große Mann hat seine Leibwache dabei und wer weiß was noch für einen Hofstaat. Ich kann ihn nicht allein empfangen. Zanobi und mein Neffe Simone di Rinieri flankieren mich hier oben als Repräsentanten der Bank. Du holst den Seneschall mit Palamede am Portal ab und führst ihn herauf. Danach nimmst du mit Uguccione Aufstellung hinter meinem Sessel. Lass dir aus der Rüstkammer ein Prunkschwert geben.

Ich nickte gehorsam. Nachdem ich dem Padrino gute Besserung gewünscht hatte, empfahl ich mich mit einer Verbeugung. Auf der Treppe hielt ich inne. Was für ein Zufall! Dieser Niccolò Acciaiuoli war der Rivale, der Boccaccios ganzes Leben zum Schlechten gewendet hatte. Jetzt war vielleicht die Gelegenheit gekommen, dass der Seneschall Boccaccio etwas Gutes tun konnte. Mein Freund hatte keinen sehnlicheren Wunsch, als nach Neapel zurückzukehren. Nun konnte er sich persönlich für seine Parteinahme zugunsten der Ungarn entschuldigen und sich mit seinem einstigen Schulfreund versöhnen. Ich musste es so einrchten, dass Niccolò Acciaiuoli und Boccaccio miteinander sprachen, und sei es nur für einen Augenblick.

Anstatt den weiten Weg nach Oltrarno selbst zu machen, entschied ich mich, Lapo mit der überraschenden Nachricht zu Boccaccio zu schicken. Der Dichter musste sich vor der Dunkelheit im Purgatorio einfinden, dann würde mir schon etwas einfallen.

Mein Weg führte zu Cioccia. Sie stand wie immer um diese Zeit auf der Piazza Santa Croce. Ende September war die Zeit der Weintrauben. Die Frauen des Viertels reihten sich vor dem Stand und prüften die Ware mit den Augen. Dino wachte mit einem Stab in der Hand; wenn sie die Früchte anfassten, schlug er ihnen auf die Finger. Monna stand daneben und packte den Kundinnen die Trauben in ihre Körbe. Lapo spritzte dieweil aus einem Eimer Wasser über die Früchte. Ich winkte ihn heran und schärfte ihm seinen Auftrag ein. Lapo versprach, sich nach der Arbeit sofort nach Oltrarno aufzumachen. Als Cioccia mich erblickte, überließ sie dem Mädchen den Verkauf.

Schau es dir an, Wittekind! Monna hat in ein paar Tagen viel vom Geschäft gelernt. Ein unglaublich kluges Kind. Wenn sie und ihr Bruder so weitermachen, kann ich den Stand an die beiden verpachten und mich zur Ruhe setzen.

Ich wusste, dass das ein Scherz sein sollte. Doch in Cioccias Augen wich der Schalk der Besorgnis, als ihr einfiel, woher ich zurückkehrte: Was ist mit den Kindern in diesem Dekameron?

Es war nicht so schlimm wie befürchtet, log ich. Die versammeln sich da zu Tanz und Gesang. Und es gibt gutes Essen für alle. Etwas Grauenvolles ist gleichwohl geschehen. Der Mörder hat wieder zugeschlagen. Diesmal hat es Dottor Pandolfo erwischt.

Cioccia schien das Schicksal des Arztes nicht zu interessieren. Sie schüttelte mit einem verbissenen Ausdruck den Kopf: Du bist kein guter Lügner, Wittekind Tentronk. Sollten wir nicht alle Handwerker aus Santa Croce zusammentrommeln, gemeinsam nach Fiesole ziehen und die Kinder befreien?

Nun war es an mir, den Kopf zu schütteln: Es würde Tote geben. Um ein paar Leben zu retten, müsstest du über viele Leichen gehen. Das sind schwer bewaffnete Söldner, die ohne Skrupel alle niedermetzeln. Boccaccio und ich können schon froh sein, dass sie uns lebend herausgelassen haben.

Cioccias leerer Blick senkte sich aufs Pflaster. Am liebsten hätte ich sie in die Arme geschlossen, um sie zu trösten. Ein kluger Mann in Caffa, versuchte ich es, hat mir voriges Jahr ein jüdisches Sprichwort ans Herz gelegt. Wer ein Leben rettet, der rettet die ganze Welt. Du und ich, wir können nicht allen armen Kindern der Toscana helfen. Aber wir haben Lapo und Dino und Monna aufgenommen. Die drei Waisen wären sonst vielleicht auch im Dekameron gelandet.

Cioccia atmete tief durch: Wir reden heute Nacht weiter.

Das war für mich die beste Nachricht überhaupt. Gleichzeitig brauchte ich dringend etwas zu essen. Cioccia reichte mir ein Bündel süßer Trauben, von denen ich noch auf dem Weg die ersten in den Mund steckte. Daheim fand ich in der Küche noch ein Stück Brot und etwas Ziegenkäse. Ich biss davon ab, während ich die Leiter hochstieg, und warf mich kauend auf mein Lager.

Ich wusste nicht, wie lange ich geschlafen hatte. Draußen war es noch hell, ich wurde geweckt durch lautes Klopfen im Keller. Ich war mir sicher, der Mörder war wieder da. Vorsichtig stieg ich die Leiter hinunter. In der Küche stand die Bodenluke offen. Der Mann war im Haus! Ich ergriff den Schürhaken, legte mich auf den Boden und streckte langsam den Kopf durch die Öffnung. Im Keller hantierte ein großer Kerl mit einem Stock und einem Eimer. Als meine Augen sich an das Dunkel gewöhnt hatten, atmete ich erleichtert durch. Es war Dino. Ich hatte schon fast vergessen, dass ich dem Jungen aufgetragen hatte, ein Schloss an der Luke anzubringen. Monna hatte ihn bestimmt mit dem Schlüssel ins Haus gelassen, nachdem er Cioccias Stand abgebaut hatte.

Ich hüstelte, und Dino fuhr herum, den Stock erhoben. Als er mich erblickte, lächelte er scheu: Entschuldigung, ich habe mich erschrocken. Ich rühre gerade Mörtel an. Die alten Mauern sind so brüchig, anders kriege ich den Riegel nicht befestigt.

Der Riegel muss aber oben befestigt werden, sagte ich. Das weißt du hoffentlich.

Dino klopfte sich verlegen den Staub vom Schoß. Er war hochgewachsen von Gestalt, doch seine Stimme war hell, sein Gesicht noch das eines Kindes.

Ich wollte nicht die Küche verdrecken, da bin ich in den Keller gestiegen. Ich brauche noch eine gute Stunde. Heute lasse ich dann den Mörtel trocknen, und morgen bringe ich den Riegel und das Schloss an. Ich frage mich nur, wer kann von da unten überhaupt hochsteigen?

In den Gewölben, erklärte ich, treibt sich ein Mann herum, den ich für einen Mörder halte. In einer der letzten Nächte habe ich ihn hinter der Mauer rumoren gehört. Wenn er ein Loch in die Wand schlägt, steht er im Haus. Deswegen muss der Keller verriegelt werden, dasselbe drüben bei Cioccia.

Wen hat dieser Mörder umgebracht?, wollte Dino wissen.

Du hast die Fälle doch mitbekommen. Erst den Advokaten, dann Arnaldo. Es gibt sogar noch mehr Tote. Ich bin überzeugt, der Mann hat es auf alle Peruzzi abgesehen. Sie nennen ihn den siebten Sohn.

Dino blickte mich neugierig an: Was soll das bedeuten?

Ich lächelte bitter: Ich kann es dir leider nicht sagen. Irgendetwas hat es mit einem Treffen vor fünf Jahren zu tun, draußen auf dem Land in San Donato. Mehr weiß ich nicht. Nicht, wer der Mann ist. Nicht, wie er genau aussieht. Nicht, woher er kommt. Und nicht einmal, warum er mordet. Schau mich an! Da siehst du einen alten Jagdhund ohne Zähne, der schlecht sieht und kaum noch etwas hört. Und doch werde ich diesen siebten Sohn zur Strecke bringen. Aber natürlich nur, wenn du den Riegel gut befestigst.

Dino nickte ernst: Du kannst dich auf mich verlassen.

Nun, da er seine Scheu überwunden hatte, konnte Dino tatsächlich vernünftig reden. Cioccia hatte recht gehabt. Der Junge und seine Schwester waren anstellig. Ich überließ Dino seiner Arbeit und ging hinüber ins Purgatorio. Lange hatte ich keinen Lampredotto mehr gegessen. Ohne dass ich etwas bestellen musste, brachte Meo mir einen Teller voll, dazu ein Glas Rotwein.

Woher, fragte ich, weißt du, dass ich heute Abend keine Hühnersuppe mit Zwiebeln und keinen Becher Weißen will?

Ich kann eben Gedanken lesen, griente der Wirt. Außerdem gab es gestern Hühnersuppe, die ist aufgegessen. Und der Weißwein ist heute zu sauer, den schenke ich nur an Fremde aus.

Ich fragte mich, ob Boccaccio im Purgatorio als Fremder galt, wenn er gleich erscheinen würde. Dass er erscheinen würde, daran gab es keinen Zweifel. Der Besuch von Niccolò Acciaiuoli musste den Dichter in größte Aufregung versetzen. Ich spürte, wie sich eine Hand schwer auf meine Schulter legte: Erst pressen sie uns Armen die Steuern ab, bis wir fast verhungern. Dann machen sie Krieg. Und wenn das Geld weg ist, kommen die Reichen und betteln, damit sie sich weiter vom Blut des Volkes den Bauch vollsaugen können wie die Egel. Weißt du, was ich mit diesen Anjou in Neapel und ihrem feinen Kanzler machen würde?

Der das fragte und sich dabei auf mich lehnte, war Jacopo Alighieri. Für diese Stunde wirkte er regelrecht nüchtern. Sein Atem roch mehr nach Zwiebeln als nach Wein, was die Sache auch nicht besser machte. Die Nachricht vom hohen Besuch im Palazzo Peruzzi, es wunderte mich nicht, war bereits bis ins Purgatorio durchgedrungen.

Mein guter Jacopo, antwortete ich, der Mann, den du den feinen Kanzler der Anjou nennst, stammt aus Florenz und ist der Seneschall des Königreiches Neapel. Und ich weiß genau, was du am liebsten mit so einem Mann machen würdest.

Jacopo leckte sich die Lippen und achtete nicht auf die furchtsamen Fingerzeige von Michele Scalza und Meo. Er schrie: Kanzler oder Seneschall – egal. Diese reichen Rotzköpfe haben alle dasselbe verdient. Und was ist das wohl?

Propaggine, sagte ich trocken, die Umkehrung der Welt, Kopf in die Erde und Beine in die Luft, langsames Ersticken. Dazu würdest du alle Anjou verurteilen, habe ich recht?

Jacopo starrte mich aus roten Augen an. Die Todesstrafe aus dem neunzehnten Gesang von Dantes Inferno war nicht einmal ihm eingefallen. Schnell fasste er sich: Nein, das geht noch viel zu schnell. Mein Vater hat den korrupten Ahnherrn der Acciaiuoli im Inferno schmoren lassen. Ich würde den Enkel in einen Kessel mit Öl stecken und dann Feuer drunter machen. Stunden soll er sieden in der Hitze, oder besser noch Tage. Damit der hohe Herr merkt, was er den Armen antut.

Michele Scalza hielt seinem Freund einen Becher Wein unter die Nase: Trink, Jacopo, das holt dich wieder zurück auf die Erde.

Jacopo stürzte den Wein auf einen Schluck hinunter und rief: Nein, mein Kopf ist klar wie Kristall. Ich habe von meinem Vater die Sehergabe geerbt, und ich sage euch: Das Reich der Anjou wird in Feuer und Erdbeben untergehen. Die Menschen in Neapel werden vor Angst heulen und um Rettung flehen, wie die Ratten. Doch es wird keine Rettung kommen. Wie damals in Babylon, wie in Jerusalem, wie in Konstantinopel.

Ich sagte: Jacopo, schau noch einmal genau in deinem Kristall nach. Voriges Jahr erst bin ich an Konstantinopel vorbeigesegelt. Und ich kann dir versichern, die Stadt steht noch.

Der Säufer grunzte: Du weißt immer alles besser. Ich aber sage dir, was steht, muss umfallen. Es kann nicht mehr lange dauern. Mein Vater hat sie alle in der Hölle gesehen, die Päpste, die Könige, die Kaiser, die Kanzler. Sie alle braten auf ewig im Feuer. Und die Seneschalle sowieso.

Das Erste, was umfiel, war Jacopo selbst. Der schnell geleerte Becher hatte augenscheinlich nicht nur Wein, sondern auch Aquavita enthalten. Meo tat gut daran, den aufrührerischen Reden seines Gastes ein Ende zu bereiten. Nicht jede Denunziation ließ sich durch die guten Kontakte Michele Scalzas zur Obrigkeit aus der Welt schaffen. Mochte Niccolò Acciaiuoli seinen Besuch beim Padrino auch als private Angelegenheit verschleiern, der Podestà hatte mit Sicherheit dafür gesorgt, dass Santa Croce an diesem Abend vor Spitzeln nur so wimmelte. Ich blickte mich um und sah manches unbekannte Gesicht, aber niemand ließ sich Empörung anmerken über Jacopo Alighieris aufrührerisches Geschwätz. Es gab wichtigere Dinge als das Delirium eines alten Säufers.

Ich schaute zur Tür und erblickte Boccaccio. Für seinen Schulfreund, der auf der Leiter der Macht so hoch gestiegen war, hatte der Dichter sich herausgeputzt. Umhüllt von roter Samtrobe mit Pelzbesatz, eine Chaperonne in Scharlachfarben auf dem Kopf, setzte sich mein Freund zu mir. Jetzt wirkten die Blicke der unbekannten Gäste schon neugieriger.

Das, flüsterte Boccaccio, ist das beste Gewand von Onkel Vanni. Er hat es mir geliehen, als ich ihm vom Besuch Niccolòs erzählt habe. Heute Vormittag erzählte ich dir noch von dem mächtigen Mann, und nun kommt er leibhaftig hierher. Was für ein Zufall!

Zufall gibt es nicht, beteuerte ich, es sind die Gestirne, die deinen

Freund in den Palazzo Peruzzi führen. Ich habe mir von einem Astrologen sagen lassen, Wassermann und Steinbock stehen günstig.

Mach dich nicht über mich lustig! Dass du nicht an die Astrologie glaubst, gibt dir nicht das Recht, diese edle Wissenschaft anzuzweifeln. Alle gelehrten Menschen erkennen sie an.

Alle außer Petrarca, gab ich zurück. Der hält Astrologie für Scharlatanerie. Hat er mir selbst erzählt.

Boccaccio zuckte zusammen: Dir sitzt heute Abend der Teufel im Genick. Du kannst mir nicht erzählen, dass du mit dem berühmtesten aller Dichter verkehrst, wenn nicht einmal ich Petrarca je treffen durfte. Doch wenn ich ihn einmal kennenlerne, dann werde ich ihn von der Allmacht der Astrologie überzeugen. Und jetzt sag mir lieber, wie und wo ich Niccolò Acciaiuoli sprechen kann.

Meo hatte Boccaccio ungefragt einen Becher Weißwein hingestellt. Der Dichter nahm einen Schluck und verzog das Gesicht. Ich erklärte ihm, dass ich für das Treffen mit Niccolò Acciaiuoli von ihm einen Gefallen erwartete.

Ich komme morgen Vormittag nach Oltrarno. In der Schänke neben eurem Palazzo können wir gemeinsam noch einmal überdenken, was während des Bankrotts der Peruzzi im Jahr 1343 genau geschah. Du weißt wie kaum ein anderer, wie eine Bank arbeitet. Außerdem warst du – anders als ich – vor fünf Jahren hier in der Stadt. Ich muss endlich Gewissheit haben. Von den Peruzzi erzählt mir keiner ein Wort, als hätten sie einen Eid des Schweigens abgelegt.

Boccaccio war einverstanden, wir verabredeten uns für den nächsten Vormittag im Corbaccio, seinem Stammlokal. Nun erklärte ich ihm in wenigen Worten, dass mir die Aufgabe zugewiesen worden war, Niccolò Acciaiuoli gemeinsam mit Palamede am Portal abzuholen. Ich hatte mir ausgedacht, Boccaccio in einer Nische der Treppe zu postieren. Dort könnte er dem Seneschall entgegentreten, am besten mit einem Kniefall, und um die Gunst bitten, ins Königreich Neapel zurückkehren zu dürfen. Bei Boccaccios notorischem Ungeschick konnte allerhand schiefgehen.

KAPITEL 42

Das Erste, was ich erblickte, waren die Tänzerinnen. Sechs Mädchen mit schwarzer Hautfarbe schritten der Kutsche des Seneschalls voran und wiegten sich im Trommelrhythmus. Schaulustige drängten sich auf der Piazza Santa Croce, über die der Tross des Seneschalls langsam seinen Einzug nahm. Alle starrten auf den mit Lorbeerzweigen geschmückten Karren, in dem Niccolò Acciaiuoli saß. Jeder konnte den berühmten Mann erkennen. Nicht so sehr am roten Baldachin, nicht an seinem Umhang aus blauem Samt, nicht an seiner Nerzmütze. Was ihn kenntlich machte, war die Art dieses Mannes, seine amüsierte Hochnäsigkeit, mit der er auf die Gassen herabblickte, in denen er seine Kindheit verbracht hatte. An diesem Abend wirkte er wie ein Knabe, der Käfern oder Ameisen zuschaut, die weit unter ihm auf dem Boden herumkrabbeln. Würde man sie tottrampeln? Oder würden sie sich gegenseitig auffressen? Der Seneschall würde ihr Schicksal eine Weile betrachten und dann weitergehen.

Der Tross bog ab zum Palazzo Peruzzi. Hinter der Kutsche, von vier bewaffneten Arabern in weißen Umhängen flankiert, kamen Trommler, Pfeifer und Trompeter, die immer wieder Fanfaren schmetterten. Zuletzt marschierte die Menagerie: Ein alter Mann führte einen Affen an einer langen Lederleine. Es folgten zwei Falkner mit riesigen Raubvögeln auf der Schulter und ein Leopard, den sein Wärter an einer kurzen Kette zum Portal zerrte.

Palamede starrte mit leuchtenden Augen auf das Spektakel. Der exotische Prunk schien ihm zu gefallen. Als der Karren vor dem Portal hielt, eilte der Jüngste der Peruzzi herbei und stellte einen Schemel vor den Wagenschlag. Dann reichte er dem Seneschall die Hand, um ihm beim Aussteigen behilflich zu sein: Willkommen in der Casa Peruzzi! Es ist unserem Haus eine Ehre, den Seneschall des Königreichs Neapel in seinen Mauern zu begrüßen. Mein Vater erwartet dich oben.

Niccolò dankte knapp und schritt durchs Portal, den Tänzerinnen hinterdrein, begleitet von seinen arabischen Leibwächtern. Ich geleitete ihn mit der Fackel in der Hand auf die breite Treppe. Da trat Boccaccio auf den Treppenabsatz. Er machte keinen Kniefall, sondern streckte zögernd die Hand aus. Die Araber umringten ihren Herrn sofort mit gezogenen Schwertern. Doch als der Seneschall Boccaccio erkannte, besänftigte er seine Leute mit einer Gebärde und gebot dem Tross Halt.

Anstatt die Hand seines Jugendfreundes zu ergreifen, tat Niccolò einen Schritt zurück, um sein Gegenüber im Fackelschein zu betrachten: Giovanni, der Stille. Auch du in Florenz?

Boccaccio entgegnete mit einem Zittern in der Stimme: Der Stille, so hast du mich in der Schule immer genannt. Aber du meintest in Wirklichkeit: Giovanni, der Träge, Giovanni, der Trottel.

Der Seneschall lächelte: Das hast du gesagt, nicht ich. Gibt es einen besonderen Grund, der dich in den Palazzo Peruzzi führt?

Boccaccio verbeugte sich unbeholfen: Ich wollte dich um Vergebung bitten für meine Fehler. Ich hätte niemals ein gutes Wort über die Ungarn schreiben dürfen. Wenn du mich jedoch in Gnaden aufnimmst, dann kann mein sehnlichster Wunsch in Erfüllung gehen: wieder in Neapel zu leben.

In Neapel leben würde ich auch gerne, aber dafür müssen wir die Stadt erst erobern. Ich denke nicht, dass du mir dabei behilflich sein kannst.

Ich könnte für dich als Sekretär arbeiten, schlug Boccaccio vor. Mein Latein ist so gut wie perfekt. Ich tauge auch als Schreiber.

Dem Seneschall war anzumerken, wie lästig ihm diese Begegnung war: Du kannst froh sein, dass du für den Schund, den du seinerzeit geschrieben hast, nicht kastriert worden bist. Es hat mich viel Mühe gekostet, den erbosten Grafen von Aquino davon zu überzeugen, dein Leben zu verschonen.

Ich wusste nicht ... Ich danke dir, stammelte Boccaccio.

Nicht der Rede wert, winkte Acciaiuoli ungeduldig ab. Und nun gebe ich dir einen Rat, der mehr wert ist als meine Gunst. Schaffe etwas Großes, Giovanni! Arbeite an einem Werk, das du bewunderst und achtest! Erst dann kannst du dich selbst bewundern und achten und diese Achtung von anderen Menschen erwarten. So, wie du dastehst, bist du ein kleiner Schuljunge, der von seinem Lehrer gelobt werden will. Oder von seinem Vater.

Der Seneschall machte seinem Tross eine Geste mit dem Arm: Weiter!

Boccaccio stand mit gesenktem Haupt in der Nische. Tränen liefen ihm übers Gesicht. Acciaiuolis Worte waren erbarmungslos, aber seinen Ratschlag fand ich nicht verkehrt. Doch ich wusste, dass es Menschen gab, denen mit Ratschlägen nicht zu helfen ist. Im Saal drängte ich mich vorsichtig am Leoparden und am Affen vorbei, um neben dem geharnischten Uguccione meinen Posten hinter Pacino Peruzzi zu beziehen. Vor seinem Sessel hüpften die Tänzerinnen, deren bunte Gewänder nur bis zu den Waden reichten, hin und her. Flöten und Fanfaren hallten durch den Raum. Der alte Mann schaute übellaunig drein, als hätte er sich am liebsten die Ohren zugehalten. Als einer der beiden Adler mit seinen Flügeln schlug und schrill krächzte, gebot Niccolò Acciaiuoli der Vorstellung Einhalt und schickte den gesamten Trupp hinaus in den Hof, die Leibwächter ausgenommen.

Am großen Schreibtisch zu Seiten des Gastgebers saßen Zanobi, wie immer mit mehlgrauem Gesicht, und Simone di Rinieri. Soweit ich wusste, war bei wichtigen Geschäften der blonde Mann noch niemals hinzugezogen worden. Offenbar war dieser Neffe des Alten nach dem Tod von Ruffo und Arnaldo in der Hierarchie der Casa Peruzzi aufgestiegen. Gegenüber hatte der Seneschall auf einem gepolsterten Prunkstuhl Platz genommen. Er hatte die Pelzmütze abgenommen. Seine Stirnglatze, sein leicht ergrautes Haar, seine spitze Nase raubten dem Mann von Ende dreißig, der als Sohn eines unehelichen Kaufmanns geboren war, keine Unze von seiner aristokratischen Manier.

Der Padrino begann mit rauer Stimme: Du bist sehr gütig, Seneschall, dass du mich alten Mann so fürstlich unterhältst in der Kargheit meines Kontors. Solche Pracht sind wir Händler nicht gewohnt. Unsere Augen sind stumpf vom Studium der Bilanzen und unsere Ohren taub von den Wehklagen über unsere Verluste. Ich hoffe, dass ein schlichtes Nachtmahl auf toscanische Art keine Beleidigung ist für deinen verwöhnten Gaumen.

Diener brachten Holzteller herein. Der Geruch verriet mir, dass der Gastgeber sich tatsächlich getraute, zu diesem Anlass Lampredotto zu servieren. Auf mich wirkte das einfache Gericht wie eine Verhöhnung des edlen Gastes. Der sah es offenbar ebenso, stocherte im Napf herum, führte eine Messerspitze zum Mund und kaute vorsichtig: Kuhmagen? Das habe ich seit meiner Kindheit nicht mehr gegessen.

Der Padrino schluckte seinen Bissen in aller Ruhe herunter: Ich wollte dir eine Freude machen mit einer Erinnerung an alte Zeiten. Ich kann mich noch daran erinnern, wie du als kleiner Junge deinen Vater begleitet hast, als wir vor vielen Jahren hier im Saal über den Getreideexport des Königreichs Neapel berieten. Damals bist du auf einem Holzpferd herumgehüpft. Wer hätte gedacht, dass du einmal das Sagen über die Geschäfte der Anjou haben würdest! Aber das ist ja nun vorbei.

Nur zeitweise, widersprach der Gast. Der Papst in Avignon hat meine Königin Giovanna in all ihre Ämter eingesetzt und den ungarischen König zum Usurpator erklärt. Bald wird die rechtmäßige Herrscherin wieder in Neapel auf dem Thron sitzen.

Der Preis dafür war hoch, kommentierte der Padrino. Ich habe gehört, dass Königin Giovanna die Stadt Avignon für achtzigtausend Florin an den Heiligen Vater verkaufen musste. In normalen Zeiten ein Spottpreis, ja eine Frechheit. Aber wem ein Urteil wegen Gatten- und Königsmord über dem Hals hängt, der hat keine Position, um zu verhandeln.

Niccolò protestierte: Vom infamen Vorwurf des Mordes wurde meine Königin von Papst Clemens vollkommen absolviert, nach genauer Prüfung der Fakten.

Fakten? Ich hielt mich am Prunkschwert fest und musste mir Mühe geben, nicht laut zu lachen. Ich kannte die Fakten und war froh, dass ich in der Livree der Peruzzi mit gestreifter Mütze für den Seneschall kaum zu erkennen war. Zu meiner Zeit in Neapel hätte er einen einfachen Wächter wie mich sowieso nicht beachtet, zudem trug ich damals einen Bart. Vorsichtshalber zog ich mir die Mütze noch tiefer in die Stirn.

Der Padrino, dem einige Backenzähne fehlten, kaute geduldig auf seinem Lampredotto herum und lutschte an einem Zahn. Dann sagte er scharf: Ganz meine Rede. Für das Geschenk der Stadt Avignon hat die

Königin sich ihre Unschuld erkauft. Ich meine natürlich nicht die Unschuld ihres Schoßes, sondern die ihres Gewissens. Du und ich, wir beide wissen genau, dass Giovanna nie einen einzigen von den achtzigtausend Florin ausbezahlt bekommt. Wie sagt man? Wer mit dem Papst Geschäfte macht, der muss hinterher nachzählen, ob er noch alle Finger an den Händen hat. So gierig ist unser aller Mutter, die katholische Kirche.

Der Seneschall starrte den Alten entgeistert an. Derart offene Rede hatte er nicht erwartet.

Damit du nicht hungrig wieder ins Chianti zurückkehrst, fuhr der alte Peruzzi fort, bekommst du jetzt eine Spezialität aus den Hügeln vorgesetzt, in denen sich eure Sippe eingekauft hat und wo du dir gerade im Kastell von Montegufoni mit deinem Cousin, dem Bischof von Florenz, die Zeit vertreibst. Stimmen meine Informationen, und der neue Mann von Königin Giovanna, der schöne Luigi von Tarent, leistet euch Gesellschaft? Wenn er schon nicht Krieg führen kann, so taugt er sicher für die Hasenjagd.

Acciaiuoli war die aufsteigende Wut über den unverschämten Ton seines Gegenübers anzumerken. Doch er atmete tief durch, schluckte und setzte eine süße Miene auf: Deine Informanten haben sich nicht geirrt. Der Gemahl der Königin ist in unserem Stammschloss abgestiegen, um sich auf die Rückkehr nach Neapel vorzubereiten.

Der Padrino grinste breit: Den König von Ungarn verjagt man nicht so leicht aus Neapel wie ein paar Ferkel aus dem Unterholz des Chianti. Das habt ihr ja bereits erlebt. Und da wir gerade von Ferkeln sprechen, da kommt eines. Ich kann in meinem Alter nicht mehr so zulangen und begnüge mich abends meist mit einem harten Ei. Aber ich wünsche dir guten Appetit.

Diener trugen auf einem Brett ein gebratenes Gürtelschwein aus Siena herein. Das schwarze Tier mit dem hellen Bauchring, mit Honig glasiert, galt als Köstlichkeit. So roch es auch. Die Peruzzi konnten, auch unter diesen Umständen, ihren Gast nicht mit einer Suppe aus Kuhmagen abspeisen, die für meinesgleichen als Leibgericht genügen mochte. Der Koch schnitt die beiden knusprigen Schweineohren ab, die begehrtesten Teile des Tieres, und legte sie auf zwei Teller. Den einen bekam der Seneschall, den anderen der Padrino, der allerdings abwinkte und das Ohr Simone di Rinieri überließ – eine weitere Gunstbezeugung für seinen Neffen.

Niccolò Acciaiuoli ergriff mit etwas besserer Laune seinen Leckerbissen, verzehrte geräuschvoll das Ohr und erhob dann seinen Pokal, in welchen ein Diener dunklen Rotwein gefüllt hatte: Deine Gastlichkeit, Padrino, wird nur übertroffen von deinem Kredit. Machen wir keine großen Worte. Du weißt genau, weshalb ich zu dir gekommen bin. Wir, also die Anjou und ich, wollen von dir Geld leihen.

Wie viel?, fragte der Alte.

Hunderttausend Florin, besser mehr.

Zanobi Peruzzi blickte den Seneschall fassungslos an, auch Simone di Rinieri, der die ganze Zeit mit nichtssagendem Lächeln gute Miene gemacht hatte, schüttelte energisch den Kopf.

Ich weiß, sagte der Seneschall bitter. Das ist sehr viel Geld. Aber wir brauchen es.

Wer braucht es nicht?, entgegnete der Alte. Ihr habt unterschätzt, dass die Ungarn aus ihren Bergen Gold und Silber herausholen wie andere Leute Rüben und Zwiebeln aus dem Acker. Die Ungarn können sich dafür Söldner kaufen, so viele sie wollen. Solche reichen Fürsten reizt eine Königin nicht leichtfertig, nur weil sie sich einen kräftigeren Mann im Bett wünscht.

Wähle deine Worte!, rief Acciaiuoli. Ich warne dich! Ich bin nicht hierhergekommen, um mich von einem Banchiere demütigen zu lassen. Eine Königin wie Giovanna beleidigt niemand ungestraft. Hast du etwa vergessen, wie viel Gewinn die Casa Peruzzi beim Getreideexport des Königreiches Neapel gemacht hat? Wenn wir wieder die Macht übernehmen, dann könnte es damit vorbei sein.

Der Padrino schaute ungerührt: Was du mit all deinen Tänzerinnen und Schoßtieren offenbar vergessen hast: Du willst mir ein Gut verkaufen, das dir nicht mehr gehört. Erobere erst einmal Neapel zurück, dann können wir über den Getreideexport verhandeln.

Der Seneschall verbarg seine Empörung nicht länger: Verdammt sei der Geiz! Um Neapel zu erobern, brauche ich einen Kredit aus meiner Heimatstadt, deren Interessen ich während vieler Jahre am Hof der Anjou niemals aus den Augen verloren habe. Ich hatte angenommen, dass man sich an meine Dienste erinnert. Als die Banken von Florenz vor ein paar Jahren bankrottgingen, da habe ich mitgeholfen, dass eure Gläubiger in Neapel auf die Rückzahlung von siebzig, achtzig Prozent ihrer Guthaben verzichteten. Damit unser Handel weitergeht, haben wir euch aus alter Verbundenheit vor der Pfändung verschont, Und nun schlagen mir alle Banken von Florenz die Tür vor der Nase zu, die Bardi, die Albizzi, die Strozzi.

Wir alle mussten retten, was zu retten war, erklärte der Padrino. Der König von Neapel, der Großvater von deiner Giovanna, war damals ebenso säumig mit der Rückzahlung seiner Schulden wie der König von England. Wenn du wüsstest, was ich mir einfallen lassen musste, damit etwas Geld in unserer Truhe übrig blieb! Wären wir Banchieri damals untergegangen, dann wäre keines von Giovannas Festkleidern, keiner deiner vergoldeten Brustpanzer, kein Bernstein, kein Gold, kein Juwel und kein Pelz mehr ins Königreich gelangt. Das sind doch die Luxuswaren, mit denen ihr euch am Hof der Anjou die Zeit vertreibt, während wir hier über unseren Bilanzbüchern brüten. Für dich die Tänzerinnen und die Trompeter, für uns die zeitraubende Verwaltung eurer Schulden.

Acciaiuoli nippte an seinem Wein und entgegnete kalt: Du weißt genau, dass Fürsten es sich nicht leisten können zu sparen. Alle Welt erwartet, dass sie ihren Reichtum zeigen. Prunk und Verschwendung sind unsere Pflichten. Sobald ein Monarch spart, verliert er den Glauben seiner Untertanen. Bei euch ist es umgekehrt: Sobald ein Banchiere zum Verschwender wird, verliert er allen Kredit.

Pacino lächelte listig: Ich will dir gar nicht widersprechen. Unsere gegenseitigen Geschäfte laufen nach diesem Muster, und sie laufen seit Generationen prächtig. Neapel ist wie eine Kuh, deren Euter niemals schlaff wird. Du konntest beim Melken die Seiten wechseln vom Kaufmann zum Hofmann und wirst irgendwann über dein eigenes Fürstentum herrschen, da hinten in Albanien oder auf dem Peloponnes, wo die

Anjou so gerne mit unserem Geld Länder erobern. Das sollst du bekommen, das ist gar nicht das Problem.

Was ist das Problem?

Dass du von mir keine hunderttausend Florin leihen willst, stieß der Padrino hervor. Du verlangst von mir, was ich mein ganzes Leben lang noch niemals gemacht habe. Ich soll dir das Geld auf Treu und Glauben überlassen. Mit anderen Worten, ich soll es dir schenken.

Du beurteilst das falsch, beteuerte Acciaiuoli. Ich kann dir nur die Anteile am Export von Neapel nicht mit Dokumenten besiegeln, weil nach der Eroberung das ganze Königreich neu geordnet werden muss. Adlige mit riesigen Ländereien sind zu den Ungarn übergelaufen. Gebiete, wo vorher bester Weizen wuchs, wurden vom Krieg verwüstet. Unsere Flotte ist kaputt. Wir wissen gar nicht, worüber wir verhandeln, wir sind nicht einmal im Land. Deshalb müssen wir uns im Namen der Königin erst einen Überblick verschaffen. Bis dahin musst du uns vertrauen.

Vertrauen?, rief Pacino. Das ist ein Wort, das ich nicht kenne. Hätte ich es gekannt, hätte ich geendet wie die Mozzi. Die sind nach ihrem Bankrott betteln gegangen, einer hat sich aufgehängt, und ihre Erbin sitzt jetzt, eingemauert als falsche Nonne, da drüben in einer Zelle. So enden Leute, die anderen vertrauen. Vertrauen ist ein Luxus, den sich ein Peruzzi nicht leisten kann.

Der Seneschall war aufgestanden: Ich sehe, es hat keinen Zweck. Ich hoffe inständig, dass wir beide den Verlauf dieses Abends nicht noch bereuen werden.

Setz dich wieder hin, befahl ihm der Padrino. Ich habe ein Angebot für dich, das du nicht ablehnen kannst.

Lauernd blickte ihn Acciaiuoli an. Er legte seine Pelzmütze wieder auf den Tisch und ließ sich nieder. Der Padrino gab Palamede einen Wink. Der ließ von zwei Faktoren aus dem Nebenraum eine kleine, mit Metall beschlagene Kiste hereintragen. Hinterher kam Andrea Lancia, Sekretär der Priori von Florenz, der bei der Tür die ganze Verhandlung mit angehört hatte. An den Händen trug er wie immer feine Corduanerhandschuhe, die bis zu den Unterarmen reichten, damit seine Folternarben nicht zu sehen waren.

Der Padrino zeigte auf die Truhe: Da drin sind keine hunderttausend Florin, sondern zehntausend. Dieselbe Summe wird dir morgen jedes der vier anderen großen Bankhäuser von Florenz nach Montegufoni senden. Nimm es als einen Vorschuss auf künftige Geschäfte. Wie wir die restlichen fünfzigtausend zusammenbekommen, erklärt dir jetzt mein Freund Andrea Lancia. Wir haben alles vorbereitet.

Der Stadtsekretär verbeugte sich vor dem Seneschall, räusperte sich und zog ein Schriftstück aus der Brusttasche seines Gewandes: Dies ist ein verbindlicher Vertrag zwischen der Stadt Florenz und der Königin Giovanna. Darin verpflichtet sich die Monarchin, nach ihrer Machtübernahme den Händlern unserer Stadt Konditionen bei der Ein- und Ausfuhr zu gewähren, die den bisherigen Bedingungen gleichkommen. Beim Getreide wird der Ausfuhrzoll, den die Anjou kassieren, noch um zwei Prozent auf sieben gesenkt.

Das kann ich unmöglich akzeptieren, rief Acciaiuoli.

Hör mich zu Ende an, bat Lancia. Für diese Gunst erhält die Königin, hier vertreten durch ihren Seneschall, sogleich aus unserer Stadtkasse fünfzigtausend Florin, zinslos und rückzahlbar fünf Jahre nach dem Tag ihrer Krönung. Das Geld der Banken bekommst du für fünf Prozent, fällig ein Jahr nach der Krönung. Mit dieser goldenen Medizin kannst du deine kränkelnde Königin wieder gesund machen. Ihr werbt ein Heer an, und mit Gottes Hilfe besiegt ihr die Ungarn.

Der Seneschall rieb sich das Kinn: Habe ich eine Wahl?

Der Padrino prostete ihm zu: Man hat immer eine Wahl, Niccolò. Du kannst dich auch nach Montegufoni zum Hasenjagen zurückziehen und warten, ob die Venezianer oder die Genuesen trotz aller Verluste durch die Pest ein besseres Angebot machen. Aber dann könnte es zu spät sein. Ich an deiner Stelle würde unterschreiben.

Acciaiuoli sprang auf und tauchte die Gänsefeder ins Tintenfass, beides hatte Palamede herbeigetragen. Mit einer schnellen Geste unterzeichnete er und wollte aufbrechen.

Das Siegel!, rief der Padrino, sonst ist unsere Abmachung ungültig. Und überlass das Geld nicht dem schönen Luigi, der kauft sich sonst in Siena Ohrringe dafür, oder seidene Unterhosen für seine Königin.

Acciaiuoli verzog angewidert das Gesicht. Andrea Lancia brachte über einer Kerze Siegelwachs zum Tropfen, der Seneschall tauchte seinen Ring hinein wie ein Arzt, der mit glühendem Eisen eine stinkende Wunde verschließt. Dann gab er seinen Leibwächtern einen Wink, nickte dem Padrino und den beiden anderen Peruzzi förmlich zu und schritt mit erhobenem Haupt aus dem Saal. Uguccione und ich gaben ihm das Geleit.

Unten stieg der mächtige Mann in seine Kutsche, nahm die Geldkiste zwischen die Füße und gebot den Musikern sowie den Tänzerinnen einen Abzug ohne Pomp. Der neapolitanische Tross machte sich auf in Richtung Bischofspalast, wo sein Vetter dem Seneschall ein standesgemäßes Unterkommen bot. Uguccione schritt dem Zug mit einer großen Fackel voran.

Als ich wieder hochstieg, hörte ich das Lachen von Simone di Rinieri schon von weitem. Während Zanobi stumm vor seinem Weinglas hockte und auf den Tisch starrte, klopfte der Neffe seinem Onkel bewundernd auf die Schulter: Meisterlich, wie du diesen Angeber abgefertigt hast. Wer zu hoch steigt auf der Leiter, der entblößt dabei seinen Arsch. Acciaiuoli glaubt, wir verdienen unser Geld im Schlaf und werfen es nach dem Aufwachen in den Golf von Neapel. Der gesenkte Getreidezoll kann einmal Gold wert sein. Aber zehntausend sind immer noch eine Menge Geld.

Der Padrino blickte streng zu seinem Neffen: Soll das ein Tadel sein? Ich habe immer noch die Vollmacht, allein über eine solche Summe zu entscheiden. Aber ich will es dir erklären, damit du etwas lernst für die Zukunft. Und vorher will ich ausnahmsweise noch ein Glas Wein trinken, der Chirurg hat gesagt, das tut mir gut.

Onkel und Neffe stießen miteinander an, während Diener für Andrea Lancia einen prächtigen Pokal brachten. Alle schienen zufrieden wie selten. Auch Zanobi, wie immer mit ausdrucksloser Miene, erhob sein Glas. Palamede gesellte sich herbei, wobei ihm anzumerken war, dass der Aufzug des Seneschalls ihn mehr beeindruckt hatte als alle seine sparsamen Verwandten zusammen.

Pacino hub an: Ich schenke diesem neureichen Acciaiuoli doch nicht unser Geld. Es war so: Heute Nachmittag kam Andrea Lancia zu mir mit den Nachrichten unserer Spione aus Neapel. Sie sind geritten über Nacht und waren schneller als die Boote, die bei der Flaute momentan nicht vom Fleck kommen. Daher haben wir die Nachricht als Erste, dass der König von Ungarn die Verluste durch die Pest nicht länger verkraftet und sich mit seinem Heer aus Neapel zurückzieht.

Dann benötigt Königin Giovanna gar kein Heer, fragte Simone erschrocken.

Doch, begütigte ihn Andrea Lancia, die Adligen, die es mit den Ungarn halten, können nur mit Gewalt besiegt werden. Aber Giovanna und ihr Seneschall werden siegen, das wissen wir jetzt ganz sicher. In einem Jahr kriegen wir unser Geld mit fünf Prozent Zinsen wieder in die Kasse. Gut, das ist nicht viel. Aber da fängt das Geschäft erst an.

Simone betrachtete Lancia und den Padrino fragend. Der nahm den Faden auf: Für ihr neues Heer benötigen die Anjou Ausrüstung, die verkaufen wir ihnen. Schwerter, Panzer, Pferde und Proviant können wir ihnen aus den Beständen der Bardi, der Albizzi, der Strozzi und natürlich der Peruzzi jede Menge liefern. Die Anjou werden nicht lange über den Preis verhandeln, denn sie stehen mit dem Rücken zur Wand. Es wird ein glänzendes Geschäft.

Der Wein tat seine Wirkung, Andrea Lancia rieb seine Handschuhe und strahlte über das ganze Gesicht: Und wenn die Söldner für uns Neapel erobert haben, beginnt für läppische sieben Prozent Zoll unser Getreideexport, so günstig war es noch nie. Wir hatten gerade Erntezeit. Einige Gebiete sind zwar verwüstet, aber unsere Lieferanten bekommen bei uns einen besseren Preis, als wenn sie dafür Brot für ihre eigenen Hungerleider in Apulien backen. Die können den Gürtel ruhig mal enger schnallen.

Was ist mit den Fünfzigtausend aus der Stadtkasse von Florenz?, wollte Simone di Rinieri wissen.

Andrea Lancia verriet: Die lassen wir als geheime Kriegsanleihe bei der nächsten Sitzung von den Priori abzeichnen. Schließlich geht es um unseren wichtigsten Verbündeten, die edle Königin Giovanna, die der Papst gerade von allen Vorwürfen absolviert hat. Das ausgegebene Geld holen wir noch dieses Jahr mit einer Sondersteuer auf Wein und Brot wieder herein. Wie habe ich gerade gesagt? Die Armen können den Gürtel ruhig enger schnallen.

Simone lachte aus vollem Hals. Hier stand ein Peruzzi, der mit Leib und Seele Kaufmann war. Er blickte gedankenvoll zu Palamede und Zanobi: Ihr beiden wisst gar nicht, was euer Vater für ein Genie ist. Es gibt in Florenz, nein, auf der ganzen Welt keinen Mann, der solche Geschäfte macht. Und das in seinem Alter!

Zanobi erhob sich, wie immer mit ausdruckslosem Gesicht, und ging wie ein kleiner Junge zu seinem Vater. Er verbeugte sich vor Pacino: Lieber Vater, morgen hole ich die Kopie der Urkunde im Priorenpalast ab und lege sie unter unseren anderen Außenständen im Archiv ab. Darf ich mich jetzt zurückziehen?

Der Alte nickte. Auch Palamede bat seinen Vater um die Erlaubnis, schlafen zu gehen. Als außer mir nur noch Simone und Andrea Lancia im Saal waren, meinte der Padrino missmutig: Was soll ich mit solchen Söhnen anfangen? Zanobi kriegt das Maul nicht auf und hockt immer in seiner Kammer. Der andere will draußen auf dem Platz gegen eine Lederkugel treten. Das sind doch keine Männer!

Es gibt in einem Bankhaus zum Glück nicht nur Söhne, meinte Andrea Lancia listig. Es gibt zuweilen auch Neffen, die vom Onkel das Talent geerbt haben. Wichtig ist doch nur, dass der Handel weitergeht zum Wohl unserer wundervollen Stadt Florenz.

Während Simone di Rinieri in tiefem Einverständnis nickte, sank dem Padrino der Kopf auf die Brust. Er war plötzlich bleich geworden und wirkte auf einen Schlag zehn Jahre älter. Ich bin müde, sagte er leise. Es war ein guter Abend, fast wie in alten Zeiten. Willst du mich nach oben begleiten, Simone?

Der Neffe hakte seinen Onkel unter, sie gingen langsamen Schrittes zur Treppe. Die Diener begannen, die Kerzen zu löschen. Als Andrea Lancia und ich auf den Hof traten, reichte er mir zum Abschied die Hand: Der Padrino ist ein von Gott begnadeter Banchiere. Hast du gesehen, wie er diesen arroganten Seneschall gerupft hat wie ein Huhn? Die ganze Transaktion hat er allein sich ausgedacht. Es ist eine Ehre, bei seinen Geschäften dabei zu sein. Ich mag mir gar nicht vorstellen, was aus Florenz wird, wenn Pacino Peruzzi einmal nicht mehr unter uns weilt. Einen wie ihn wird es nie mehr geben.

KAPITEL 43

Liebst du mich?, fragte Cioccia.

Wir lagen verschwitzt nebeneinander. Ja, flüsterte ich. Wie niemanden sonst auf der Welt. Heiratest du mich?

Cioccia schwieg. Dann strich sie mit dem Finger über meinen Brustkorb, zeichnete Linien und Punkte, als wolle sie mir einen Brief schreiben: Nein, ich heirate dich nicht. Ich will Herrin meines Lebens bleiben. Wir haben das doch schon hundertmal besprochen.

Ich versuchte es trotzdem: Ich werde dir auch ein besserer Mann sein als dein erster, früher in Neapel. Für mich gibt es nur dich. Ich will nicht von dir weg, ich habe keine andere, ich verspiele nicht unser Geld.

Cioccia richtete sich abrupt auf: Was weißt du von meinem Mann in Neapel? Du hast in Fiesole Boccaccio ausgefragt. Gib es zu!

Ist das etwa verboten? Er hat nichts Unanständiges über euch gesagt. Ich habe Boccaccio lange mit verkehrten Augen gesehen, er ist ein feiner Mensch, bei all seinem Missgeschick.

Cioccias Stimme war sachlich geworden: Gut, dass du das endlich begreifst. Ich verstehe sowieso nicht, wie jemand eifersüchtig sein kann auf etwas, was vorher war. Das sind genau die Sachen, weswegen ich nicht mehr heiraten will. Nicht einmal dich.

Ich versuchte, Cioccia in die Arme zu schließen. Erst sträubte sie sich und stieß mich weg. Ich sank auf die Knie und entschuldigte mich für meine Neugier. Es sei alles aus Liebe zur ihr geschehen. Sie schmollte eine Weile, dann ließ sie sich umarmen und legte ihren Kopf auf meine Brust.

Sie flüsterte: Ich weiß nicht, was Giovanni dir erzählt hat. Aber du sollst es ruhig erfahren. Ja, mein Mann hat mich manchmal geschlagen und mit anderen Frauen unser Geld durchgebracht. Ich war auch nicht immer nett zu ihm nach dem Tod unserer Töchter. Aber das, was er machte, hatte ich nicht verdient. Ich war verzweifelt und fühlte mich einsam. An meinem Gemüsestand war niemand so aufmerksam zu mir wie dieser Student aus der Toscana. Kein schöner Mann, aber immer mit einem Kompliment auf den Lippen. Gnädigste hat er mich genannt. Ich fühlte mich wie eine Dame. Blumen hat er mir mitgebracht. Auch Konfekt. Du hast mir noch nie etwas geschenkt.

Ein Stich ging mir durch die Brust. Niemand sollte eifersüchtig sein auf das, was vorher war. So etwas ließ sich leicht sagen.

Du wohnst in meinem Haus, protestierte ich, seit Monaten ohne Miete.

Das ist etwas anderes. Ich meine eine Liebesgabe, eine kleine Sache, die eine Frau glücklich macht.

Nun richtete auch ich mich auf: Was hättest du wohl gesagt, wenn ich mit Blumen oder Konfekt an deinem Stand aufgetaucht wäre! Keine Blicke, keine Gesten. So wolltest du es doch. Ich höre noch deine Stimme: Die Leute reden schon genug.

Cioccia sagte: Jetzt als Witwe, ganz allein auf der Welt, muss ich auf meinen Ruf achten. Damals in Florenz war ich verheiratet und wollte meinen Mann eifersüchtig machen. Aber es hat nicht geklappt. Er hat über Giovanni gelacht. Da bin ich nachts zu ihm gegangen. Er hat mich gewärmt und aus der Verzweiflung gerettet. Jetzt weißt du es.

Und wieso bist du mit deinem Mann später nach Florenz gegangen? Hatte das auch mit Boccaccio zu tun?

Als Gennaro unser letztes Geld verspielt hatte, blieb mir nur noch Giovanni. Ich ging zu einem Schreiber und ließ Boccaccio in einem Brief fragen, was ich tun sollte. Er schickte uns über die Bank der Bardi Geld, damit wir in Florenz von neuem anfangen konnten.

Er wollte, sagte ich spitz, seine Geliebte bei sich haben. Das muss man natürlich verstehen.

Cioccia schlug mir sanft auf den Kopf: Sei nicht so giftig! Als wir hier ankamen, war Giovanni schon weg. Er hatte sich mit seinem Vater überworfen und wurde Sekretär irgendwo in der Romagna. Ich habe ihn über Jahre nicht wiedergesehen, erst jetzt, als er nach Florenz zurückgekehrt ist.

Du weißt, dass er eine kleine Tochter in Ravenna hat?

Sie nickte: Das hat er mir selbst erzählt. Du denkst immer, dass Giovanni und ich Geheimnisse vor dir haben, weil ich früher seine Geliebte war. Und weil ich dich nicht heirate.

Ihn kannst du ja nicht heiraten, er ist ein Pfaffe mit den niederen Weihen.

Jetzt wirst du schon wieder giftig. Dabei will Giovanni unbedingt dein Freund sein. Auch das hat er mir erzählt. Nimm das als Ehre, einen Dichter zum Freund zu haben.

Ich küsste Cioccia und strich ihr durchs Haar.

Heute Abend, begann ich, hat Boccaccio seinen ältesten Jugendfreund wiedergetroffen, du weißt, den Seneschall von Neapel. Er hat Acciaiuoli angefleht, dass er nach Neapel zurückkehren darf. Aber der Seneschall hat ihn nur gedemütigt.

Konntest du nicht dazwischengehen und diesem Acciaiuoli sagen, was für ein Unmensch er ist?

Ich schnaubte durch die Nase: Was du dir vorstellst! Die Leibwache hätte mich in Stücke gehackt. Kleine Leute wie wir müssen den Kopf einziehen. Das wollte dein Boccaccio niemals einsehen. Er wollte dazugehören bei den Königen und Hofdamen, er wollte als Dichter berühmt werden. Dieser Ehrgeiz hat ihn unglücklich gemacht. Ich will das nicht, ich will nur dein Mann sein.

Das bist du doch, flüsterte Cioccia und küsste mich, du bist mein Ritter Lancelot. Reicht dir das nicht?

Sie zog mich an sich. Sie hatte recht. Cioccias Ritter Lancelot zu sein war alles, was ich wollte. Als wir gegen Ende der Nacht beinahe eingeschlafen waren, fiel mir etwas ein: Wenn du willst, gehe ich morgen schon mit dir fort und schleppe in Zukunft deine Gemüsekisten. In Parma oder in Arezzo, irgendwo. Verzichten wir auf das Geld und das Haus und die Wohltaten dieser verfluchten Peruzzi. Ich bin glücklich mit dir, alles andere ist egal.

Sie legte mir eine Hand auf den Mund: So einfach ist es nicht. Denk an Monna, Dino und Lapo. Die müssten wir erst irgendwo unterbringen. Und du hast dich so lange für das Haus geplagt, damit es dein Eigentum wird. Geben wir uns noch etwas Zeit. Dann gehen wir fort und werden glücklich. Vielleicht heirate ich dich sogar.

Ich staunte über ihren Sinneswandel: In Caffa habe ich einen weisen Mann getroffen, der meinte, die Menschen müssen entweder als Schmetterling durch die Luft fliegen oder als Wurm durch den Dreck kriechen. Doch wenn ich mit dir hier liege, dann weiß ich, dass es dazwischen noch eine dritte Möglichkeit gibt. Wenn du bei mir bist, Cesira, dann fühle ich mich wie ein Mensch.

Draußen sang zögerlich ein erster Vogel.

Das ist die Lerche, meinte ich.

Nein, sagte sie und stand auf, das ist eine Amsel. Dein Gehör ist so scharf wie das einer Salatschnecke. Und sag ruhig weiter Cioccia zu mir. Das passt besser.

KAPITEL 44

Ite missa est. Die Messe war beendet, und die Franziskaner von Santa Croce zogen in Zweierreihen aus dem Chor ins Kloster hinüber. Ich stand hinter dem Lettner und hielt unter den vielen Männern im Habit Ausschau nach Buondelmonte Peruzzi, dem Inquisitor. Cioccia war in aller Frühe zum Einkauf ihrer Ware an den Arno aufgebrochen, wo an diesem Morgen Boote voller Gemüse eintreffen sollten. Ich fühlte mich frisch und hatte eine, wie ich fand, gute Idee. Dem einzigen Sohn des Padrino, der sich aus der Bank verabschiedet hatte, auf den Zahn zu fühlen. Obgleich er keine Anteile am Geschäft hielt, lebte der Inquisitor in der Nachbarschaft, diente Vater und Brüdern als geistlicher Berater und kümmerte sich um die Familienkapelle in Santa Croce. Eigentlich musste er vieles mitbekommen. Wenn die Geldleute mir gegenüber eisern schwiegen, dann war vielleicht beim Bettelmönch Auskunft zu erlangen.

Ich erspähte Buondelmonte Peruzzi nicht, doch er hatte mich längst gesehen.

Wittekind Tentronk!, ertönte seine Stimme hinter mir. Sonst kommst du nie zur Messe in unsere Kirche des Heiligen Kreuzes. Ich weiß nicht einmal, wie oft du den Leib Christi nimmst. Mir ist unbekannt, wo du zur Beichte gehst. Aber da dich dein Weg endlich zu uns führt, nehme ich das als gutes Zeichen.

Ich versuchte, mir meinen Schreck nicht anmerken zu lassen. Aus dem Mund eines Inquisitors bedeuteten diese Worte nicht einfach den milden Vorwurf eines Seelsorgers. Wer nicht regelmäßig die Messe hörte und seine Seele bei einem Beichtvater erleichterte, geriet schnell in den Verdacht der Häresie. Ich hatte lange genug unter diesem Verdikt gelebt, um diesen Vorwurf nicht auf die leichte Schulter zu nehmen. Dieser mächtige Bettelbruder, so leutselig er tat, konnte mich auf den Scheiterhaufen bringen. Das war das große Risiko, das ein Gespräch mit Buondelmonte, und sei es auch über weltliche Dinge, mit sich brachte. Darum begann ich vorsichtig: Den Bettelorden, vor allem den Jüngern des heiligen Francesco von Assisi, gehört seit Jugendzeiten meine besondere Zuneigung. Sollte ich es in Florenz verabsäumt haben, den Franziskanern, die auch noch Nachbarn und Patrone dieses Stadtviertels sind, gebührende Reverenz zu erweisen, dann bitte ich dich um Verzeihung. Meine Arbeit im Dienst deines Vaters lässt mir wenig Zeit. Doch ich werde versuchen, mich zu bessern.

Buondelmonte lächelte mich an. Milde? Spöttisch? Oder hochmütig? Ich konnte die Züge des stets etwas gequält dreinblickenden Mönches nicht deuten. Er nahm mir die Eröffnung unseres Gespräches ab: Ich kann mir denken, warum du hier bist. Du suchst nach einer Antwort auf eine Frage, auf die es keine Antwort gibt. Als Theologe kenne ich mich mit solchen Fragen aus. Für gewöhnlich stiften sie nichts als Unheil.

Ich blickte Buondelmonte erstaunt an. Konnte er Gedanken lesen?

Er nahm meinen Arm und führte mich am Lettner vorbei die paar Schritte, die uns von der Cappella Peruzzi trennten, in den Chor.

Ich bin doch nicht blind, fuhr er fort. Genau hier unter der Steinplatte liegen die Gebeine meiner Ahnen. Seit ich ein kleiner Junge war, begruben wir da alle paar Jahre einen Träger meines Namens. Wie stolz war ich, als ich vor vielen Jahren als Novize hier eintrat, weil ich einmal das geistliche Wohl der Peruzzi anvertraut bekommen würde. Sie, so dachte ich, sorgten mit Umsicht und Fleiß für ehrbaren Wohlstand auf Erden. Und ich mit Gebeten und Mildtätigkeit für den Wohlstand im Himmel. Seitdem ist viel passiert.

Willst du sagen, fragte ich, dass die Mittel, mit denen die Peruzzi ihren Reichtum gemehrt haben, nicht immer ehrbar waren?

Buondelmonte seufzte: Da unten im Grab ruhen seit ein paar Tagen mein Bruder Ruffo und mein Halbbruder Bortolo. Dass der Advokat ein Sohn des Padrino war, hast du natürlich längst herausgefunden. Mein Bruder Arnaldo bekam die Ehre dieses Grabes nicht gewährt. Ich hätte ihm und uns diese Schande gern erspart, doch unser Vater hat sich unbarmherzig gezeigt, weil er den armen Arnaldo für einen Selbstmörder hielt.

Du siehst das anders?

In der Tat, sagte Buondelmonte entschieden, jemand hat meinen Bruder umgebracht, ganz wie du vermutest. Und die anderen Todesfälle stehen damit in Zusammenhang. Inzwischen ist, wie mir zugetragen wurde, auch der Arzt Pandolfo del Bene ermordet worden. Noch ein Sohn weniger. Mein Vater mag diesen Gedanken von sich weisen. Aber ich habe es gerade schon einmal gesagt, ich bin nicht blind.

Du denkst, fragte ich, also auch an einen Fluch, der über den Söhnen des Padrino liegt? Hast du Kenntnis von dem geheimnisvollen Mann, der sich in den Gewölben der Burella, unter dem Palast deiner Familie, herumtreibt?

Buondelmonte schaute sich um, als fürchte er, dass uns jemand belauscht: Sprich nicht so laut! Ich glaube als studierter Mann nicht an die Kraft von Verwünschungen. Das Wort Rache beschreibt besser das Verhängnis, das du und ich in diesen Tagen erleben.

Ich blickte dem Mönch ins Gesicht: Was weißt du? Du musst es mir sagen.

Buondelmonte verzog schmerzvoll das Gesicht: Ich darf es nicht! Versteh doch! Mir kam in den Sinn, dass einige seiner Brüder, vielleicht sogar sein Vater selbst, bei ihm gebeichtet hatten und dass Buondelmonte seither wusste, welche Schuld auf den Peruzzi lastete. Er konnte den Sündern eine Buße auferlegen, er konnte sie hinterher freisprechen. Aber eines konnte er auf keinen Fall: mir verraten, worum es sich handelte. Ich versuchte es trotzdem. Haben die Verbrechen zu tun mit dem Treffen in San Donato a Torri? Der Doktor hat kurz vor seinem Tod mir gegenüber davon gesprochen. Damals, nach dem Bankrott, hatten die Brüder eine Zusammenkunft. Was ist bei diesem Treffen geschehen?

Buondelmonte wich meinem Blick aus und starrte ins Gewölbe der Cappella Peruzzi, von wo aus die Evangelisten des Neuen und die Propheten des Alten Testaments streng auf uns herabschauten. Lange sagte er nichts. Dann: Ich kann dir bestätigen, dass es dieses Treffen gegeben hat. Das ist kein Geheimnis. Doch mehr darf ich dir nicht enthüllen. Es würde mich mein Seelenheil kosten, ich würde damit mein Gelübde brechen. Du aber hast keinen ewigen Schwur abgelegt, mit jedem Atemzug nur noch für Gott, den Herrn, zu leben und die Gesetze unseres Ordens zu achten. Du bist frei. Und du bist kein Peruzzi.

Was willst du damit sagen?

Buondelmonte fasste meinen Ärmel und zog mich zu sich: Geh fort, flüsterte er heiser, fliehe aus Florenz, solange es noch nicht zu spät ist! Was verbindet dich mit unserem Schicksal? Das bisschen Geld? Die Loyalität eines Hausgenossen? Am Ende gar die Neugier? Das ist es doch nicht wert. Ich kann dir nicht verraten, welche Verbrechen nach unserem Bankrott geschahen. Doch ich sage dir voraus, dass das Morden weitergehen wird. Pass auf, dass du nicht der Nächste bist.

Ich bin nicht der siebte Sohn, entgegnete ich kühl. Ich habe keine Angst, denn der Mörder ist nicht hinter mir her. Er ist begierig auf sein eigenes Blut. Ruffo, Arnaldo, Bortolo, Pandolfo. Das sind schon vier. Wen noch will der siebte Sohn zur Strecke bringen. Palamede? Zanobi? Oder dich, Bruder Buondelmonte? Sag es mir!

Ich meine es gut mit dir, stieß der Mönch hervor. Du hältst mich für einen mitleidlosen Inquisitor. Ich verstehe das. So hast du unsere Kirche und unseren Orden kennengelernt. Aber es würde mir das Herz brechen, wenn ausgerechnet ein Mann wie du in den Abgrund hineingerissen würde, der meine Familie gerade verschlingt.

Was weißt du von meinem Leben? Liegt bei der Inquisition eine Anklage gegen mich vor? Ich habe mir nichts zuschulden kommen lassen.

Nein, meinte der Franziskaner gequält. Du verstehst immer alles falsch. Du siehst in uns Franziskanern deine Gegner, aber das sind wir nicht. Ich möchte dir helfen, Wittekind Tentronk. Glaube mir! Doch der einzige Weg, der für dich aus diesem Grauen führt, ist die Abreise. Sage dich los vom Padrino! Ich flehe dich an.

Die Sorge des Mannes wirkte echt. Zugleich kannte ich die Manöver der Geistlichen zur Genüge. Sie verwiesen stets auf die Pein der Hölle, sie lockten mit dem Himmelreich, und sie hüllten sich mit parfümierten Worten und Drohungen in ein Wissen, das kein Laie jemals erlangen konnte. Auch jetzt wieder hatte der Franziskaner mir die Hölle ausgemalt, mir jedoch nichts Konkretes verraten. Was war, wenn Buondelmonte mich aus dem Weg haben wollte? Was, wenn er mit dem Mörder unter einer Decke steckte?

Ich beschloss, nicht klein beizugeben: Vielleicht weißt du auch dies aus meinem Leben: Ich bin kein Mann, der vor einer Gefahr davonläuft. Wenn du mir nicht sagen willst, was ich wissen muss, dann finde ich es eben alleine heraus.

Buondelmonte richtete seine hellen Augen auf mich: Genau das hatte ich befürchtet. Ich kann dir nicht weiterhelfen. Du musst deinen Weg gehen, wohin auch immer er dich führen wird. Du sollst immerhin wissen, dass mein Segen auf dir ruht. Das ist wenig, doch mehr vermag ich nicht.

Der Inquisitor schlug das Kreuz über mich. Dann wandte er sich um und schritt eilig durch die Pforte ins Kloster der Franziskaner.

Die Glocke der Badia läutete die Terz, es war noch früh. Um nach Oltrarno zu gelangen, wählte ich den Weg durchs Getümmel beim Palast der Priori. Als ich mich abwärts zum Ponte Vecchio wandte, stand ich vor der Löwengrube. In einem tiefen Zwinger hielt die Republik gewöhnlich sechs große Raubkatzen als Symbole von Kraft und Wehrhaftigkeit. Nach der großen Pest waren noch vier Tiere übrig. Als ich mich übers Gitter beugte, starrten sie mich an, struppig und abgemagert. Wie hatte Giovanni Villani, der Chronist, gesagt? Florenz ist eine Löwin auf den Füßen einer Gans. Er meinte damit, dass der Bankrott der Banken die Republik ruiniert habe. Augenscheinlich war im Augenblick nicht einmal mehr genug Geld in der Stadtkasse, um die Tiere ausreichend zu füttern.

Zum Beginn der Pest war ein Schuster aus Santa Croce über das Gitter in die Grube geklettert, weil – so erzählte später seine Witwe – die Jungfrau Maria ihm im Traum verkündet hatte, er würde gemeinsam mit den Löwen Florenz von der Seuche befreien. Am Morgen hatte man nur noch die blutbefleckten Schuhe gefunden, sogar das Gewand hatten die Katzen aufgefressen. Zu allem Unglück hatte die Jungfrau Maria sich die verkehrten Kämpfer gegen die Pest ausgesucht, denn bald darauf waren zwei Löwinnen eingegangen, mit schwarzen Beulen unter den Achseln.

Mit einer langen Stange schob der städtische Löwenwärter gerade den Dung in ein Loch am Rand des Zwingers. Es stank bestialisch. Ich fragte den Mann, einen krummbeinigen Alten mit Glatze, ob ich die Tiere füttern dürfe. Er nickte. Ich ging zu einem Stand auf der Piazza und kaufte eine große Menge Lampredotto, ohne Brot und ohne Saft. Dann warf ich die Fetzen Kuhmagen einen nach dem anderen in die Löwengrube. Die Katzen blickten erstaunt zu mir hoch, schnüffelten an der ungewohnten Speise und ließen sie im Dreck liegen. Heruntergekommen, aber immer noch stolz, das waren die Löwen – würdige Wappentiere der Republik.

Nachdem ich den Holznapf zum Lampredottostand zurückgebracht hatte, entschied ich mich, den Arno auf dem Ponte Vecchio zu überqueren. Dass die Konstruktion unter dem Gewicht der Verkaufsbuden, der Karren und des stetigen Menschenstroms nicht jede Woche zusammenbrach, wunderte mich immer aufs Neue. Zuletzt hatte ein Hochwasser vor fünfzehn Jahren die Brücke weggerissen; man hatte sie erst vor zwei Jahren vollständig wiederaufgebaut. Beim Ponte alla Carraia, etwas flussabwärts, hatte das noch länger gedauert. Die Brücke war einst in Stücke gebrochen, als sich eine Menge Schaulustiger bei einem Ruderwettkampf auf ihr gedrängt hatte. Über hundert Menschen waren damals ertrunken. Das war der Grund, warum ich lieber über den Ponte Vecchio ging.

Dort schaute ich mich bei den Auslagen der Geschäfte um. Zuerst fielen mir schmucklos geschmiedete Silberringe auf, wie sie auch ein Wollkämmer seiner Liebsten schenken würde. Das war es nicht. Nebenan gab es Paternoster aus Nussbaum, aus Olivenkernen oder sogar aus duftendem Sandelholz. Das war auch nicht das Richtige. Wer ohne Gebete auf sein Glück vertraute, der fand hier Würfel, Tricktracksteine und diese neuartigen bunten Spielkarten aus Pappe mit den Abbildungen von Königinnen und Schwertern. Ich überlegte einen Moment, ob ein Schachbrett wohl das Richtige wäre. Doch Schach war das Letzte, was ich nachts mit Cioccia spielen wollte. Zuletzt blieb ich vor einer Bude mit bunten Tüchern stehen. Die Verkäuferin, eine dralle Frau um die fünfzig, bot mir ihre Hilfe an.

Ich suche ein Geschenk für eine Frau.

Sicher für eine sehr schöne Frau, schmeichelte mir die Verkäuferin. Sie wusste nicht, wie recht sie hatte. Sie legte mir einen Stapel fein gewebter Stoffe vor, die im Morgenlicht glänzten. Unschlüssig nahm ich ein paar Tücher in die Hand, sie waren weich wie Seide, bestanden jedoch aus gewirkter Baumwolle. Billig würde ich die Ware nicht erwerben. Die Alte riet mir zu einem golddurchwobenen Kopfputz, aber der gefiel mir nicht und war ohnehin viel zu teuer. Wenn ich diese Frau wirklich liebe, schmeichelte die Verkäuferin, dann solle ich ein rotes Halstuch nehmen. Rot sei nämlich die Farbe der Liebe.

Warum?

Sie reckte mir einen gepunkteten Schal entgegen: Weil die Liebe so kostbar ist wie das rote Blut, das durch unser Herz fließt. Wer wirklich liebt, der gibt alles für den geliebten Menschen. Sogar das eigene Leben. Du musst wissen: Die Liebe ist stärker als der Tod.

Das hatte sie schön gesagt. Ich war anderer Meinung. Für mich war der Tod stärker als alles auf der Welt, sogar stärker als die Liebe. Was kein Grund war, dass ich Cioccia dieses Geschenk nicht machen wollte – ganz im Gegenteil. Sie lehrte mich, sie mit aller Kraft zu lieben, bis der Tod kam und uns alles wegnahm. Ich kaufte das blutrote Halstuch für sechs Grossi, ohne um den Preis zu feilschen.

Der kleine Palast von Boccaccios Vater lag unweit der Kirche Santa Felicità. Neben der heiligen Glückseligkeit zu wohnen hatte dem Dichter kein Glück gebracht. Er saß in der Morgensonne vor dem Corbaccio, seiner Lieblingsschänke, und blätterte in einem Buch, ohne mich zu bemerken. Ich bestellte bei der Wirtin einen Krug Weißwein und setzte mich zu ihm. Für den unglücklichen Auftritt am Vorabend war Boccaccio in recht guter Verfassung. Er lächelte mich treuherzig an: Niccolò Acciaiuoli hat recht, ich muss irgendetwas Bedeutendes schreiben. Ich weiß nur noch nicht, was.

Der Seneschall, erwiderte ich, ist ein Widerling. Er war sehr böse zu dir, und das ohne Grund. Doch Acciaiuoli ist beim Padrino an einen Mann geraten, dem er nicht das Wasser reichen kann. Er bekam im Palazzo Peruzzi eine harte Lektion in Demut. Vielleicht ist dir das ein Trost.

Boccaccio wiegte unsicher den Kopf: Mit den Anjou in Neapel bin ich fertig. Ich weiß jetzt, dass ich da unten keine Freunde mehr habe. Wahrscheinlich habe ich auch in Florenz keine Freunde, das ist mein Schicksal. Im April hat man den einzigen guten Menschen, den ich kannte, zu Grabe getragen, Francesco da Barberino. Er starb noch vor meiner Rückkehr in die Heimat an der Pest, als einer der Ersten. Weit über achtzig war er. Ein Gefährte Dantes und unfassbar klug. Ich habe ihm einen Grabspruch auf Latein verfasst. Seit seinem Tod fühle ich mich allein. Oder glaubst du, dass man auch in unserem Alter noch Freundschaften schließen kann?

Weißt du, fragte ich, wann du und ich echte Freunde werden können? Boccaccio schüttelte mit gesenktem Blick das Haupt.

An dem Tag, an dem Cioccia und ich heiraten. Dann machst du den Zeugen und zertrittst den Teller, mit dessen Scherben das Glück des Paares beschworen wird.

Boccaccio schaute traurig: Lass uns lieber über den Bankrott der Peruzzi reden. Darum bist du doch hergekommen. Ich habe schon früh am Morgen alle Zahlen herausgeschrieben, an die ich mich selbst noch erinnern konnte. Den Rest der Geschichte hat Onkel Vanni mir aus seinen Aufzeichnungen zusammengefasst. Wo sollen wir anfangen?

Vorne, schlug ich vor, ich verstehe nicht halb so viel vom Bankwesen wie du. Eigentlich weiß ich gar nichts.

Boccaccio klappte sein Buch zu: Mein Vater sagt immer, dass es ganz einfach ist, eine Bank zu betreiben. Du leihst dir Geld, um es wieder zu verleihen. Sind die Zinsen, die du bezahlst, niedriger als die Zinsen, die du kassierst, wirst du reich. Im anderen Fall gehst du unter.

Und wie viel Geld, wollte ich wissen, hatten die Peruzzi im Jahr 1343 verliehen?

Das war eine ungeheure Summe, zwölfmal hunderttausend Florin. Ihre größten Schuldner waren der englische König Edward und Robert der Weise, König von Neapel. Alle weiteren Geschäfte sind damit verknotet wie bei einem riesigen Spinnennetz. Die Peruzzi haben es auch nicht verschmäht, einem Wollfärber fünfzig Grossi für sein frisch gedecktes Dach zu leihen, oder einer Witwe ein paar Lira für das Studium ihres Sohnes. Das Netz ihrer Kredite spannte sich von Tunis bis Flandern, von Barcelona bis Rhodos. Aber die Einkünfte mit der Wolle aus England und dem Getreide aus Neapel übertrafen alles, was man je gesehen hatte. Dieselben Geschäfte betrieben auch die Acciaiuoli und die Bardi. Die sind dann im Sog der Peruzzi ebenso bankrott gegangen.

Ich fragte: Geschah das, weil die Könige ihre Schulden nicht zurückzahlten? Oder weil die Banken mit Wolle und Getreide nicht mehr genug hereinbekamen?

Beides kam zusammen. Die Einsätze des Spiels waren schlicht zu hoch. Du musst bedenken, dass Pacino Peruzzi die zwölfmal hunderttausend Florin, die er verliehen hatte, gar nicht besaß. Das kam heraus, als nach dem Zusammenbruch sein Hauptbuch in der Mercanzia öffentlich ausgelegt wurde. Das bedeutete eine ungeheure Schande für die Bank. Onkel Vanni hat damals ausgerechnet, dass das eigene Kapital der Peruzzi höchstens ein Fünftel der Schulden ausmachte. Der Rest war Geld, das andere Anleger den Peruzzi überlassen hatten und das sie dann einfach nach London und Neapel weiterleiteten. Wie Wein, der aus vollen Fässern in leere Fässer geschüttet wird. Nur hatten die Fässer in London und Neapel irgendwann keinen Boden mehr.

Ich glaubte, verstanden zu haben: Dann waren die dreihunderttausend Florin der Peruzzi ebenso verschwunden wie die neunhunderttausend ihrer Leihgeber, die auf Zinsen hofften.

Wieder schüttelte Boccaccio den Kopf: Über ihre eigenen dreihunderttausend Florin verfügten die Peruzzi zu keiner Zeit in bar. Da waren große Summen dabei, die sie sich selbst bei anderen Banken geliehen hatten. Letztlich konnten sie aus der eigenen Kasse nicht einmal für hunderttausend Florin geradestehen.

Ich nickte: Und die anderen Banken hatten sich ihr Geld wieder bei anderen Banken geliehen, und so weiter, immer in der Hoffnung auf die sieben Prozent Zinsen oder mehr, die gewöhnlich am Jahresende ausbezahlt wurden. Meo, der Wirt, hat es mir beschrieben.

Genau so war es, bestätigte Boccaccio. Unter den Geldgebern der Banken, die nun ihr gesamtes Kapital eingebüßt hatten, waren Grafen aus der Emilia, die ihren Geliebten mit dem Gewinn Juwelen kaufen wollten. Aber auch Äbte aus Latium, die gerade das Kloster neu erbauten; das liegt nun in Ruinen. Waisenhäuser und Spitäler, betrieben von Stiftungen, mussten schließen, weil kein Geld mehr da war. Viele hundert Gläubiger hatten sich an dem Glücksspiel mit den hohen Zinsen beteiligt. Es gab großes Geheul allerorten, sogar Selbstmorde. Doch dann geschah etwas Unfassbares.

Was?

Alle diese Leute waren ruiniert, nur nicht die Peruzzi. Der Padrino erklärte sein Haus am 27. Oktober 1343 für zahlungsunfähig. Das bedeutete nach den Gesetzen von Florenz, dass er sein Geld, seine Habe, den Palazzo, alle Häuser in der Stadt und alle Ländereien verkaufen musste, um seine Geldgeber zufriedenzustellen. Doch das geschah nicht.

Ich staunte: Warum nicht?

Die Priori veröffentlichten tags darauf ein Dekret. Es besagte, dass die Peruzzi an ihrem Bankrott keine Schuld trugen. Der König von

England sei seinen Verpflichtungen nicht nachgekommen, und in Neapel herrsche Krieg. Es sei ein Fall von höherer Gewalt.

Stimmte das?

Onkel Vanni hat es, wie viele andere Kaufleute, zuerst geglaubt. Heute wissen wir, dass König Edward nur einen kleinen Aufschub für die Rückzahlung verlangte. Und Neapel führte damals gar keinen Krieg. Es war alles gelogen. Das Ergebnis war allerdings ungemein günstig. Pacino Peruzzi schloss im März 1344 einen Schlichtungsvertrag. Für einen Florin bekam jeder Schuldner, der das akzeptierte, vier Lira. Das waren nicht einmal zwanzig Prozent. Um nicht alles zu verlieren, ließen sich viele Geldgeber mit diesen zwanzig Prozent abspeisen.

Und die anderen warteten einfach ab?

Boccaccio rieb sich das Kinn: Man muss Geduld haben und einen kühlen Kopf im Bankgeschäft. Das haben viele Leute nicht. Der Padrino hatte Geduld im Überfluss. Genau vor einem Jahr, im September 1347, ratifizierten die Priori die endgültige Schlichtung mit allen Gläubigern. Wer lange genug gewartet hatte, bekam sechsunddreißig Prozent, ausbezahlt aus Besitz und Guthaben der Peruzzi. Der Rest wurde in Papieren auf den Woll- und Getreideexport verbürgt, die sich später als wertlos erwiesen. Doch die Peruzzi waren absolviert.

Aber der Bank war auch nichts mehr verblieben, warf ich ein.

Denkst du! Der König von England zahlte im April letzten Jahres zwanzigtausend Pfund an die Casa Peruzzi. In bar! Du musst bedenken, dass die Peruzzi das verliehene Geld nie besessen hatten, sondern nur geliehen. Nun hatten fast alle Geldgeber auf ihre Forderungen verzichtet, und viele andere starben an der Pest. Die Rückzahlung aus London jedoch landete in klingender Münze in den Truhen der Peruzzi. Der Padrino war wieder reich.

Ist das denn niemandem aufgefallen?

Boccaccio lachte leise: Es war alles legal. Die Priori schlossen den Fall für alle Zeiten ab. Und als der Papst und der Orden der Hospitaliter gegen den betrügerischen Bankrott bei den Priori Anklage erhoben und vierhunderttausend Florin von den bankrotten Florentiner Banken wiederhaben wollten – was geschah da wohl?

Nichts, vermutete ich.

Erst einmal nichts, da hast du recht. Der Papst sperrte eine Zeitlang den Bardi und Peruzzi die Konten in Avignon. Doch der Heilige Vater ist angewiesen auf seine Banchieri, die ihm Luxusgüter aus aller Welt besorgen und seine Geldgeschäfte erledigen. Die Republik Florenz hat Papst Clemens vor der Pest noch etliche tausend Florin überwiesen, um ihn zu besänftigen. Aus der Stadtkasse wohlgemerkt, nicht aus dem Guthaben der Banken. Auch die Bardi und die Acciaiuoli und die Albizzi wurden auf diese Weise verschont, wenn auch die Bedingungen nicht ganz so vorteilhaft waren wie bei den Peruzzi. Doch stets wurden die größten Banken am gnädigsten behandelt.

Weil sie selbst mit in der Regierung der Republik sitzen?, vermutete ich.

Boccaccio nickte: In der Tat. Die Staatskasse von Florenz jedoch hatte Unsummen verloren, weil sie für die Banken in die Bresche gesprungen war. Die Stadt ist seit jeher durch ein Geflecht von Schulden und Guthaben mit den Banken vernetzt. Alle Guthaben waren mit dem großen Bankrott weg. Und die Schulden der Stadt hatten sich sprunghaft vermehrt. Aber das ist ja eine alte Gewohnheit, dass die Republik bis über die Ohren verschuldet ist.

Giovanni Villani, sagte ich, hat in seiner Chronik doch die riesigen Einnahmen der Stadt aufgelistet. Zölle, Abgaben, Mieten, Steuern. Das sind viele hunderttausend Florin in jedem Jahr.

Boccaccio schüttelte den Kopf: Die Priori sorgen schon dafür, dass hunderttausende Florin nicht ausreichen. Mit weit geöffneten Geldbörsen haben die Herren der Stadt über Jahre einen erfolglosen Krieg um den Besitz von Lucca geführt, an dem einzig die Waffenlieferanten verdienten – also die Banken selbst. Oder sie genehmigten Prunkbauten wie die Stadtmauern, wie die Kathedrale, wie Orsanmichele mit dem Getreidemarkt. Oder nimm unseren neuen Palazzo der Priori mit seinem riesigen Turm. Das alles kostet Unsummen, die Florenz gar nicht einnimmt.

Was in der Kasse fehlt, warf ich ein, leiht sich die Republik dann bei den Banken?

Boccaccio antwortete: Darin besteht das System. Donato Bardi, der als Einziger noch reicher ist als Pacino Peruzzi, sagt immer: Der Staat muss mager bleiben, damit die Banken fett werden. Es gibt eine eigene Schuldenkommission der Priori. Dort sitzen vor allem Banchieri. Und die billigen sich selbst für die Kredite, die sie der Stadt gewähren, außergewöhnliche Zinsen zu. Bis zu zwanzig Prozent. Das würden sie auf dem Geldmarkt in Mailand oder Venedig niemals bekommen.

Doch schließlich, so folgerte ich, war die Republik Florenz selbst bankrott. Meo hat es mir erzählt. Florenz zahlt heute den Bürgern keinen einzigen Quattrino mehr zurück und fasste alle Außenstände in einer Bank namens Monte zusammen. Und dessen Papiere gehören bereits wieder den Reichen; die dürfen sich über hohe Zinsen freuen.

Boccaccio wurde ernst: Hereingeholt werden alle noch so hohen Verluste der Republik über neue Steuern. Aber auch dabei bleiben die Reichen wundersam verschont. Alles, sagt man, wird in Florenz besteuert. Der Wein und das Brot, die Waschplätze am Arno, die Betten der Huren und sogar die Scheiße aus den Abortgruben. Nur drei Dinge sind steuerfrei. Weißt du, welche das sind?

Ich schüttelte den Kopf.

Das Sonnenlicht, das Wasser des Arno und das Vermögen der Reichen. Als vor über dreißig Jahren nach einem Umsturz von den neuen Machthabern Listen mit allem Besitz der Banchieri und Großhändler aufgestellt wurden, setzten die Reichen alles daran, dass diese Aufstellungen schnell wieder verschwinden. Bei einer Revolte 1315 ließen sie alle Vermögenslisten verbrennen, und 1343 geschah dasselbe noch mal. Niemand darf erfahren, was den Banken wirklich gehört. Heute zahlen alle Bürger eine pauschale Herdsteuer, die ist für den Maurer ebenso hoch wie für den Banchiere. Während die Reichen ungeheure Gewinne in London und Neapel machen, ist das Brot wegen der Steuern inzwischen sechsmal so teuer wie vor zwanzig Jahren. Onkel Vanni erzählt, dass die Wirte vor dreißig Jahren sechs Prozent Abgaben für den Wein entrichteten. Um 1340 waren es sechsunddreißig Prozent. Inzwischen sind es achtundvierzig. Da können sich die armen Leute den Trunk nicht mehr leisten, obwohl sie ihn mit ihren Sorgen am nötigsten brauchen.

Du meinst also, fragte ich, dass die Armen die gesamten Schulden der Republik bezahlen? Und die Reichen mästen sich an den Zinsen, nachdem sie den Staat vorher absichtlich heruntergewirtschaftet haben?

Das meine ich nicht, betonte Boccaccio, diese Ungerechtigkeit kann ich genau belegen. Aber so etwas sagt man in Florenz besser nicht zu laut, sonst landet man im Kerker. Ciuto Brandini, den Wollkämmer, haben sie mit seinen Söhnen hingerichtet, als er Gerechtigkeit einforderte.

Die Wirtin kam und erkundigte sich, ob wir etwas essen wollten. Boccaccio wirkte nach seinen Ausführungen hungrig, ich hatte selber kaum gefrühstückt. Also lud ich ihn ein auf eine Suppe aus Kichererbsen und Linsen, gespickt mit Blutwurststücken. Die Wirtin brachte zwei große Näpfe, dazu noch einmal Wein. Es war ein köstliches Mahl. Ich konnte mich nicht beschweren. Für diejenigen, die Geld im Beutel hatten, blieb Florenz ein gutes Pflaster.

Boccaccio schaufelte die Suppe mit dem Löffel in sich hinein und kaute genüsslich an seiner Blutwurst. Dabei schielte er bereits auf das Zuckerkonfekt, das ich als Nachtisch bestellt hatte.

Aber völlig ungeschoren, so beharrte ich, konnten auch die Reichsten wie die Peruzzi aus dem Bankrott nicht hervorgehen. Der Padrino klagt jeden Tag über die Verluste. Er musste Landgüter verkaufen und viel Geld zurückzahlen, allem Betrug zum Trotz.

Boccaccio schmatzte: Da kennst du die Händler von Florenz schlecht. Das Klagen liegt ihnen im Blut. Sie gehen zum Orsanmichele, bevor sie Getreide verkaufen, und berichten, dass ihnen zwei Schiffe mit Weizen untergegangen sind. Das treibt den Preis sofort hoch, und sie verdienen an der Lüge. Auf dem Markt kaufen sie immer nur wenig, damit niemand bemerkt, wie viel Geld sie eigentlich haben. Dann gibt es noch Methoden, um in Gefahr den Verlust zu senken. Willst du ein Beispiel? Nach dem Bankrott forderten Händler aus Rimini oder Spoleto, von denen kein Mensch jemals gehört hatte, plötzlich Unsummen von den Peruzzi und den Bardi zurück. Ihre Schuldentitel waren gesiegelt, alles stimmte.

Und?

Das waren natürlich Strohmänner, denen die Banchieri für eine kleine Gebühr die Urkunden zustellten, als sie die Pleite kommen sahen. Das viele Geld war nie bei den Banken einbezahlt worden. Doch die geforderte Summe floss nun ganz legal aus dem Vermögen ab – und über die Strohmänner direkt zurück in die Taschen der Banken. Das meiste Geld haben die Bardi und die Peruzzi vor dem Bankrott ohnehin mit dem Kauf von Ländereien gemacht. Die standen als Landwirtschaft der Familie nicht im Guthaben der Bank und wurden nicht gepfändet. So gehören jetzt etliche Dörfer und Kastelle den Banchieri. Man muss nur Phantasie haben. Und der Padrino hat so viel Phantasie, dass er sogar dich übers Ohr haut.

Ich stutzte: Was willst du damit sagen?

Boccaccio erklärte: Ich habe über das Haus nachgedacht, diese Doppelbehausung, wo du wohnst und Cioccia deine Nachbarin ist. Klar, dass du das Gebäude gerne besitzt, es hat unleugbare Vorteile.

Willst du Cioccia in Verruf bringen?

Das fällt mir im Traum nicht ein, beteuerte Boccaccio. Ich habe nur über den Preis nachgedacht, als Onkel Vanni mir erzählte, dass der Padrino der einzige Banchiere ist, der seit letztem Herbst seine Häuser in großer Zahl wieder abgestoßen hat. Alle wunderten sich darüber.

Mein Haus hat achthundert Florin gekostet, gestand ich, leider musste ich nach meinen Verlusten in Caffa noch mehr als vierhundert davon abbezahlen. Ich habe es immer noch nicht ganz geschafft.

Nun schaute Boccaccio mich mitleidig an: Achthundert waren im letzten Oktober in der Tat der korrekte Preis. Du warst nicht der Einzige, der damals für Grund und Boden so viel bezahlt hat. Alle wollten Häuser besitzen nach dem Zusammenbruch der Banken. Doch nun, nach den Toten der Pest und den vielen leerstehenden Häusern, ist der Wert dafür auf die Hälfte gesunken. Du plagst dich also ab für ein Gut, das du viel zu teuer erworben hast.

Ich widersprach: Das konnte der Padrino im letzten Oktober doch noch gar nicht wissen.

Doch, grinste Boccaccio, du hast ihm selbst die Informationen geliefert.

Ich verstand nicht und nahm noch einen Schluck Wein. Der Tropfen, der auf dieser Seite des Arno im reichen Viertel der Bardi, Rossi, Frescobaldi ausgeschenkt wurde, war viel besser als der Krätzer, den Meo den Färbern und Wollwebern von Santa Croce vorsetzte.

Boccaccio fragte: Hast du dem Padrino bei deiner Rückkehr aus Caffa von den Pestleichen erzählt, die Khan Janibeg mit dem Katapult in die Stadt schießen ließ?

Natürlich, sagte ich, ich habe ihm alles getreulich berichtet. Ob er mir alles geglaubt hat, weiß ich nicht.

Boccaccio schaute mich bedeutungsvoll an: Die Geschichte mit den Pestleichen hat er ganz sicher geglaubt. Sonst hätte er nicht begonnen, gleich nach deiner Rückkehr seine Häuser abzustoßen. Pacino Peruzzi hat aus deinem Bericht das große Sterben der Pest vorhergesehen und durchgerechnet, dass vermietete Häuser – anders als Felder und Weinberge – sich nicht mehr lohnen, wenn erst die Hälfte der Mieter gestorben ist. Also hat er dir als Belohnung für deine Dienste ein Haus aufgeschwatzt, von dem er wusste, dass es bald kaum die Hälfte wert sein würde. Wenn ich bedenke, das den Peruzzi nach dem Bankrott ganze Straßen mit Palästen in bester Lage gehörten und er all das zu Geld gemacht hat, dann muss er mit dem Verkauf ein paar hunderttausend Florin erwirtschaftet haben, wenn nicht mehr. Die Käufer sitzen jetzt vor leeren Mauern und weinen.

Ich war wie vor den Kopf geschlagen und musste erst einmal durchatmen. Dann bekannte ich: Ich bin so ein Trottel. Der Padrino hat mich mit meinem eigenen Wissen übers Ohr gehauen. Und er erzählt mir heute noch, was für einen guten Preis er mir damals gewährt hat.

Wer weiß, meinte Boccaccio, wo er seinen Gewinn versteckt? Du darfst nicht vergessen: Einkünfte aus Hausbesitz sind steuerfrei. Der Mann ist alt, aber er rafft Vermögen zusammen wie ein junger Mann, als plane er für eine glorreiche Zukunft.

Das habe ich gestern Abend mitbekommen, als er den Seneschall ausgezogen hat bis auf die seidenen Unterhosen von Königin Giovanna.

Unterhosen? Boccaccio schaute mich fragend an. Ich wechselte lieber das Thema: Kommen wir noch einmal zurück zum Bankrott. Was könnte es gewesen sein, das die Brüder vor fünf Jahren zu ihrem Treffen nach San Donato a Torri geführt hat?

Boccaccio rückte an mich heran und flüsterte: Das ist doch sonnenklar. Die haben Geld aus der Stadt geschmuggelt. Sehr viel Geld, wahrscheinlich das gesamte bewegliche Kapital, das ihr Vater aus den Büchern weggezaubert hatte.

Denkst du, fragte ich, dass für solch ein Delikt jemand zum Mörder werden kann?

Boccaccio zog die Schultern hoch: Wer damals viel Geld verloren hat, der möchte sich heute möglicherweise immer noch an den Peruzzi rächen. Doch wieso dann das Gerede vom siebten Sohn?

Ich schlug vor: Rekonstruieren wir die Geschehnisse genau! Ende Oktober 1343 erklärt Pacino Peruzzi seine Compagnia für bankrott. Aller Handel, aller Geldverleih liegt von einem Augenblick auf den nächsten still. Und dann?

Daran erinnere ich mich noch genau, erklärte Boccaccio, die ganze Stadt redete davon. Bis Ende November verschwanden etliche Teilhaber, Buchhalter und vor allem die Söhne des Padrino auf geheimnisvolle Weise aus der Stadt. Nach unseren Gesetzen hätten sie vor dem Handelsgericht der Mercanzia Rede und Antwort stehen müssen, aber sie waren wie vom Erdboden verschluckt.

Ich rechnete nach: Also muss das Treffen irgendwann Anfang November 1343 stattgefunden haben. Wenn du richtig liegst, horteten sie damals eine riesige Menge Geld im unscheinbaren Gehöft San Donato, weit genug weg von den Häschern des Podestà, aber nah genug bei der Stadt, so dass nichts verlorenging.

Boccaccio fügte an: Und die Söhne konnten es später problemlos wieder in den Palazzo Peruzzi zurückschaffen, nachdem ihr Vater schon im März 1344 die Schlichtung vereinbart hatte. Danach durfte er wieder ganz legal Geld besitzen. Das versteckte Gold ließ sich über den Arno fast bis vor die Tür des Palastes rudern. Niemand konnte herausfinden, woher das Kapital stammte. Das war ein großartiges Manöver, ganz nach der Art des alten Peruzzi.

Ich verzog das Gesicht: Ich will hoffen, du bewunderst diesen Mann nicht im Ernst. Dank deiner Aufzeichnungen wissen wir jetzt, dass die Morde mit dem Geld zusammenhängen, welches die Peruzzi 1343 veruntreut haben. Zigtausende von Florin auf einem Haufen, ohne die eiserne Kontrolle des Vaters, der in Florenz blieb. Eine solche Summe kann einen Buchhalter in einen Mörder verwandeln.

Boccaccio wirkte nicht überzeugt: Alles Geld lag bald wieder bei den Peruzzi in den Truhen. Die Bank ist gut im Geschäft, es kann nicht viel vom versteckten Kapital abhandengekommen sein. Dieser Mörder sucht auch gar nicht nach Gold, wenn er den einen Peruzzi kreuzigt oder den anderen im Pestfriedhof ersticken lässt. Es geht ihm um etwas anderes.

Mir fiel ein: Bruder Buondelmonte hat heute Morgen mir gegenüber das Wort Rache ausgesprochen. Mehr konnte er wegen des Beichtgeheimnisses nicht verraten. Wahrscheinlich hat ihm einer der Brüder unter dem Siegel der Beichte gestanden, was damals passierte. Ein Beteiligter an jenem Tag im November 1343 wurde vielleicht benachteiligt. Er bekam seinen Anteil nicht, er wurde beleidigt, was weiß ich. Und nun rächt er sich.

Boccaccio schaute zweifelnd drein: Und wer soll dein mysteriöser Bruder Nummer sieben sein? Der sanfte Palamede etwa? Oder Uguccione, der nicht bis drei zählen kann? Vielleicht handelt es sich um jemand, der Wind gekriegt hat von dem versteckten Schatz und der den Padrino jetzt erpresst. Für jede Woche, die der Alte nicht zahlt, wird ein Sohn ermordet. Das würde auch erklären, warum Pacino nichts unternimmt. Er rechnet durch, wie viel ihm das Leben seiner Söhne wert ist. Und was er an die Kasse der Mercanzia nachzahlen muss, wenn die Unterschlagung ruchbar wird.

Ich war beeindruckt: Lieber Boccaccio, du entwickelst ein Talent als Spürnase. Sogar mein Freund William von Baskerville könnte seine Folgerungen nicht logischer vorbringen. Ich denke aber, unsere Spekulationen am Schanktisch bringen uns nicht weiter. Genug für heute. Anstatt Zahlen nachzurechnen wie ein Kaufmann, kannst du in dein Buch jetzt wieder Zitate deiner lateinischen Klassiker eintragen. Da geht es friedlicher zu.

Genau, grinste mein Gegenüber. Wie beim Trojanischen Krieg oder bei den Heldentaten des Aeneas. Auf jeder Seite bei Homer oder bei Livius werden Krieger abgemetzelt. Cäsar wurde von seinen Freunden erstochen, Cicero totgeschlagen, und Seneca zum Selbstmord gezwungen. Das ist ein Bildungsgut, das mich zu friedlicher Poesie anregt. Ganz anders als diese blutrünstigen Peruzzi.

Wir lachten. Ich bezahlte die Zeche und verabschiedete mich von dem Mann, der mein Freund sein wollte. So gern ich Boccaccio inzwischen hatte, wusste ich nicht, ob nicht Cioccia immer zwischen uns stehen würde. Was ich dagegen sehr genau wusste: Ich musste einen der Söhne Pacinos, die vor fünf Jahren bei Nacht und Nebel nach San Donato geflohen waren, zum Reden bringen. Und ich wusste, mit wem ich beginnen konnte.

KAPITEL 45

Uguccione del Pozzo saß, wie oft um diese Tageszeit, am Brunnen und machte nichts. Vom Randstein aus dem Plätschern des Wassers zuzuhören, das ein Junge immer neu aus einem Eimer aus der Erde hervorzog und dann ins Becken goss, erfüllte Ugucciones tiefe Sehnsucht nach Frieden. Während er über das Gewimmel auf der Piazza Santa Croce hinwegblickte und nichts Besonderes wahrnahm, lächelte er selig. Der massige Mann hatte von seinem Vater wenig geerbt. Nicht den Reichtum, nicht die Schönheit, nicht die Klugheit, doch immerhin den Geiz. Weil ich das wusste, schreckte ich ihn aus seiner Gedankenlosigkeit auf und lud ihn zu einem Becher Wein ins Purgatorio. Wir trinken zur Versöhnung den besten, fügte ich hinzu. Dabei gab es aus Meos gepanschten Fässern – von seltenen Ausnahmen abgesehen – gar keinen besten Wein, sondern fast immer denselben schlechten. Doch das konnte Uguccione nicht wissen, weil er geizig war und lieber in der Küche der Peruzzi das verdünnte Gesöff trank, das ihn nichts kostete.

Bevor ich in die Schänke ging, hatte ich daheim das rote Tuch für Cioccia in der Truhe verstaut und gegen das Beutelchen mit dem Wahrheitspulver eingetauscht, mit dem Jacopo Alighieri zuweilen seinen Trunk würzte. Er hatte es mir, als er selbst nichts mehr wahrnahm, im Purgatorio willenlos überlassen. Wie mir Jacopo selbst vorgeführt hatte, öffnete diese Medizin allen, die davon kosteten, eine Vision in ihre innere Welt, mochte sie von Liebe oder Hass erfüllt sein, von Angst oder von Hoffnung. Und dann erzählten sie ohne Hemmungen von dem, was sie in ihrem Inneren sahen. Jacopos Vater Dante mochte das Rezept von einem arabischen Heilkundigen, einem jüdischen Apotheker oder von einer Pilzsammlerin aus der Toscana erfahren haben. Sein magisches Pulver ließ den Poeten ins Jenseits reisen, wo er alle Menschen, die er hasste, geißelte, verbrannte oder in Scheiße ertränkte. An besseren Tagen konnte der Dichter dann alle im Jenseits umarmen und belobhudeln, die er liebte. Wenn Dantes Wahrheitspulver den widerspenstigen Uguccione auch nur halb so redselig machte wie den Dichter der Commedia, dann würde ich erfahren, was ich zu wissen begehrte.

Uguccione war groß und stark. Vorsorglich schüttete ich am Tresen, wo um diese Zeit kein Mensch herumstand, in seinen Wein die doppelte Menge Pulver, die der dürre Säufer Jacopo sich selbst verordnete. Dann nahm ich die Becher, setzte mich zu Uguccione in die hinterste Ecke und prostete ihm zu: Auf die Gesundheit! Die ist doch immer das Wichtigste.

Uguccione zog die Brauen zusammen, schnupperte an seinem Trunk und schlürfte genüsslich einen halben Becher in sich hinein. Dann den Rest.

Du weißt, verkündete er, dass mir an deiner Gesundheit nicht viel liegt, Deutscher. Aber wenn dich dein Geld im Beutel juckt und du es unbedingt loswerden willst, dann sage ich nicht nein. Du wirst schon wissen, warum du mich einlädst.

Ich lächelte ihn an: Wir sollten uns versöhnen. Warum sich stets belauern im Dienst des Padrino? Wir haben dieselben Interessen, denn wir beide sorgen für die Sicherheit der Casa Peruzzi. Wir sind beinahe wie Brüder.

Brüder?, grunzte Uguccione. Du bist kein Bruder, du bist ein Fremder. Ich weiß genau, dass du mich verdrängen willst von meinem Posten als Aufpasser, weil du Geld brauchst für deine mannstolle Witwe. Aber da kannst du mir noch so viele Versöhnungsbecher vorsetzen, ich bin auf der Hut. Ich kann einen Bruder immer noch von einem Rivalen unterscheiden.

Seine Augen wurden trübe; das Pulver wirkte. Erst blinzelte er, dann fielen ihm die Lider zu. Ich fürchtete schon, dass die hohe Dosis ihn einschläfern würde. Doch dann riss Uguccione urplötzlich die Augen auf, sein Blick war starr, die Pupillen traten hervor, und er blickte an mir vorbei zur Wand – tief hinein in seine innere Welt.

Ich musste seine Visionen in die richtige Richtung lenken: Wer deine Brüder sind, Uguccione, das weiß ich. Es sind die Söhne des Padrino. Ohne euren Vater habt ihr euch vor fünf Jahren in San Donato getroffen. Damals, als ihr das viele Gold aus der Stadt geschmuggelt habt, was ist da passiert?

Der massige Mann verzog den Mund; Speichel tropfte auf sein Kinn: Was hast du mir in den Wein getan, Deutscher? Ich sage dir gar nichts.

Danach fielen ihm wieder die Augen zu, sein Oberkörper bewegte sich hin und her wie bei einem Besessenen. Als er die Lider wieder aufriss, waren seine Augen rot gerändert. Angst erfüllte seine Züge: San Donato, da hat alles Unglück angefangen. Vorher war es gut, aber dann hat Ruffo uns alle verdorben. Wir hätten das niemals machen dürfen! Wir werden dafür büßen.

Ich ergriff seine Schultern und blickte ihn direkt an: Was ist damals passiert im November vor fünf Jahren? Sag es mir!

Uguccione dämmerte wieder weg, im Halbschlaf begann er zu brabbeln: Das viele Gold hat uns alle verrückt gemacht. Ruffo hat gesagt, Blutsbrüder sollten wir werden, für alle Ewigkeit. Ich wollte endlich dazugehören. Mit seinem Verbrechen hat er uns alle zum Schweigen gezwungen. Aber die einzige Ewigkeit, die so ein Verbrechen bedeutet, das ist die Hölle.

Ich schüttelte Uguccione und schlug ihm auf die Wangen: Wer ist der siebte Sohn? Der siebte Sohn, ich muss es wissen!

Er lachte auf: Der schwarze Mann? Ja, dieser Bruder war auch dabei, als wollte er uns zum Schafott führen. Er tauchte auf aus dem Nichts, und keiner wusste, wer er war. Und dann war er wieder weg. Bist du etwa der siebte Sohn?

Das hatte Dottor Pandolfo mich auch gefragt. Meo, der die ganze Zeit in der Küche an den Töpfen hantiert hatte, stand jetzt hinter dem Schanktisch und schaute besorgt zu Uguccione und mir herüber. Ich unternahm einen letzten Versuch: Welche Söhne waren dabei in San Donato?

Uguccione murmelte: Pandolfo und Bortolo, dann Arnaldo und Zanobi, der hat als Erster mitgemacht. Und Ruffo natürlich, und ich. Dann noch dieser schwarze Rabe, den keiner kannte. Der hat zu niemandem ein Wort gesagt.

Uguccione schrie auf, als sehe er in seiner inneren Welt etwas Grauenhaftes: Überall Blut! Es wird nie mehr wie vorher!

Meo eilte herbei. Bevor Uguccione der Kopf auf die Brust sank, riss er noch ein Auge auf, fixierte mich mühsam und lallte: Du Schwein, du hast mich vergiftet. Das wirst du bezahlen!

Meo ergriff die breiten Schultern des Mannes und legte ihn mit Mühe auf der Bank ab. Der Wirt blickte mich fragend an.

Ich kratzte mich am Kopf und sagte: Dem armen Uguccione ist dein Wein nicht bekommen. Was hast du da bloß in deinen Fässern? Meo, du musst aufpassen, dass der Podestà nicht deine Schänke schließt.

Der Wirt blickte den schnarchenden Uguccione an und schüttelte den Kopf. Dann band er seine Schürze ab und breitete sie über den Schlafenden. Ich warf eine Münze auf den Tisch und wandte mich zum Ausgang: Kennst du nicht das elfte Gebot, das Moses auf dem Berg Sinai vergessen hat, auf die Gesetzestafeln zu schreiben? Du sollst deinem Nächsten reinen Wein einschenken! Verstehst du? Reinen Wein! An dieses elfte Gebot hat Uguccione mich gerade erinnert.

Draußen auf der Piazza lief mir Palamede über den Weg. Er fiel mir schon von weitem auf mit seinen enganliegenden Beinkleidern, die ihm nur bis zu den Waden reichten. Sein Obergewand war veilchenfarben, und unter dem Arm trug er einen Lederball.

Schon fertig mit der Arbeit?, wollte ich wissen.

Der Jüngste der Peruzzi schaute mich erfreut an: Ich gehe hinunter zum Arno und übe mich im Calcio. Der Padrino hat allen im Kontor den Nachmittag freigegeben. Er fühlt sich nicht wohl und wünscht Ruhe im Palazzo. Für heute Abend hat er Zanobi und mich einbestellt, um uns eine wichtige Mitteilung zu machen.

Was könnte das für eine Mitteilung sein?

Palamede zuckte mit den Schultern: Was schon? Die Bank wird er an seinen Ältesten, also an Zanobi, übergeben. Und mir wird er einschärfen, dass ich meinem Bruder treu zu dienen habe. Aber was nach dem Tod des Padrino passiert, ist nicht mehr seine Sache.

Ich fragte: Du meinst, dass dein Vater nicht mehr lange zu leben hat?

Er fühlt seinen Tod nahen, antwortete Palamede. Es mag dich entsetzen, aber ich empfinde keine Trauer. Der Alte hat sein Leben gelebt und dabei keine Rücksichten genommen, auf niemanden. Wenn er tot ist, dann kann ich endlich fort aus dem Palazzo Peruzzi.

Was willst du mit deinem Leben machen? Calcio spielen?

Das auch, lachte Palamede. Vorher lasse ich mir aber eine gehörige Summe aus unserem Vermögen auszahlen. Zanobi ist nicht so geizig wie unser Vater.

Er trat seine Lederkugel gegen die Wand des Purgatorio, so dass sie wieder zu ihm zurücksprang: Morgen Nachmittag gibt es einen Wettkampf gegen die Jungen von Santo Spirito. Dein Ratschlag, dass wir nicht mit der Hand, sondern nur mit den Füßen spielen sollen, war ausgezeichnet. Mit dieser Regel gewinnen nicht mehr die Muskeln, sondern Geschicklichkeit und Strategie. Übrigens, wie gefällt dir unser neues Gewand? Diese Farben tragen jetzt alle Mitspieler aus Santa Croce.

Mir gefielen weder Gewand noch Farbe, aber ich sagte: Das sieht recht schön aus. Hoffentlich regnet es morgen nicht, sonst werden die Hemden nass und dreckig. Und ich habe noch einen Rat für dich: Nehmt ein härteres Leder für den Ball, dann springt er besser.

Palamede untersuchte die Kugel, drückte sie hier und da und warf sie auf den Boden, wo sie liegen blieb.

Du hast recht, meinte er. Warum kommst du morgen nicht und

spielst mit? Du bist zwar ein Deutscher, aber du wohnst hier. Also hast du volles Recht, mitzumachen.

Ich bin ein alter Mann mit Rückenschmerzen, sagte ich, und ich bin von Sorgen geplagt. Ich habe mich gerade mit deinem Hausgenossen Uguccione herumgemüht. Ich muss unbedingt herausfinden, was die Söhne der Peruzzi vor fünf Jahren in San Donato angestellt haben. Du weißt, dass ihr deswegen alle in Gefahr schwebt?

Palamede verzog den Mund: Ich nicht. Vor fünf Jahren war ich noch klein, da musste ich das Kontor fegen und durfte danach mit Holzpferden und Ritterfiguren spielen. Mit diesen alten Geschichten habe ich nichts zu schaffen. Ich wollte nie ein Peruzzi sein, lieber ein Lancelot oder ein Tristan oder wenigstens ein Galeotto.

Mir fiel etwas ein: Du arbeitest doch im Kontor und hast einen Überblick über die Geschäftsbücher. Als es 1343 zum Bankrott kam, ist da irgendwas Ungewöhnliches in den Bilanzen aufgetaucht? Eine Transaktion vielleicht, die keinen Sinn ergibt?

Palamede dachte kurz nach: Das wird Uguccione dir nicht verraten haben, der kann keine Bilanzen lesen. Aber du hast recht, ich bin erst neulich noch einmal darauf gestoßen. Im Sommer und Herbst 1343 zahlte die Bank riesige Summen aus, immer in bar und an Gläubiger, deren Namen später nicht mehr auftauchten. Ich kann dir sogar die genaue Summe sagen: Es waren siebzigtausend Florin.

Und dann war das Geld verschwunden?

Zuerst ja, genau wie unser restliches Geld, das in die Rückzahlungen floss. Alles war nach dem Bankrott weg; die Bilanz war verheerend. Der Padrino ließ etliche unserer Häuser verkaufen und zwei Dörfer im Casentino, damit wir den ersten Ansturm überstehen konnten. Und dann, im Sommer 1344, waren die siebzigtausend Florin plötzlich wieder da, in bar eingezahlt. Von dem Geld konnte der Padrino ein Getreidemonopol in Apulien erwerben, dass die Albizzi verloren hatten. So kamen wir wieder ins Geschäft.

Und die siebzigtausend, erkundigte ich mich, tauchten gewiss erst nach der Schlichtung wieder auf, als die Gläubiger euch nicht mehr pfänden konnten?

Genau so war es. Das Handelsgericht hatte kein Recht mehr, unser Geschäftsbuch einzusehen. Und ich habe bis heute keine Ahnung, woher das viele Geld stammte. Ich habe Zanobi danach gefragt, aber der hat einfach in die andere Richtung geschaut und geschwiegen. Das macht er oft.

Palamede, den Ball unterm Arm, brach auf zum Calcio in den Wiesen am Arno. Ich stand noch eine Weile und dachte nach. Siebzigtausend Florin – diese Menge Gold ließ sich nicht so einfach aus der Stadt schmuggeln. Ein Mann konnte allerhöchstens zehntausend Florin in Kleidung und Gepäck verstecken. Und gewöhnliche Kontoristen durfte Pacino unmöglich mit dieser Aufgabe betrauen. Bei einem schlecht bezahlten Faktor war zu befürchten, dass er mit dem Geld durchging, zumal die Peruzzi später keinen Verlust einklagen konnten. Nur bei Leuten, die mit Leib und Blut für die Bank einstanden, war der Padrino sicher, dass das Geld in seine Bilanz zurückfloss. Um den Bankrott zu überleben, brauchte Pacino Peruzzi als Geldboten seine Söhne. Sechs von diesen Geldboten kannte ich jetzt.

KAPITEL 46

Knarrend fiel die Eichentür ins Schloss. Palamede und Zanobi hatten lange vor dem Kontor ihres Vaters warten müssen, bis sie – der Abend war schon weit fortgeschritten – endlich eingelassen wurden. Wie jeder im Palazzo fragte ich mich, ob der Padrino heute die Kontrolle über seine Bank abgeben wollte.

Ich hatte den Nachmittag damit verbracht, nachzudenken und zu schlafen. Dann gab ich Cioccia Bescheid, dass ich in dieser Nacht beschäftigt sein würde. Vor Sonnenuntergang fand ich mich im Palazzo Peruzzi ein, als wollte ich sämtliche Pforten zu den Gewölben, die Dachluken und die Zugänge zum Innenhof noch einmal überprüfen. Uguccione kümmerte sich sonst darum, doch er würde an diesem Abend nicht auftauchen. Der Wächter, dem er seinen Befehl übergeben hatte, erzählte mir grinsend, sein Vorgesetzter habe im Suff kaum noch stehen können, als er heimkam. Ich nickte voller Verständnis. Schließlich tat ich so, als wolle ich das Treppenhaus vor den Gemächern Pacino Peruzzis noch einmal kontrollieren. Ich musste die Stufen bis fast ins Obergeschoss hochsteigen und mit besorgter Miene in die Gemächer spähen. Als ich mich schließlich zu Palamede und Zanobi gesellte, kam von innen ein Signal. Der Türhüter gab ihnen den Durchgang frei. Das war der Moment, auf den ich gewartet hatte.

Zanobi war der einzige Sohn, mit dem ich noch nicht über das Treffen in San Donato gesprochen hatte. Ich hatte wenig Hoffnung, dass dieser schweigsame Sprössling mir etwas über die Geschehnisse verraten würde. Wenn Uguccione seinen Bruder noch nicht vor meiner Neugier gewarnt hatte, würde das spätestens morgen geschehen. Ich musste vorher mehr über Zanobi herausfinden. Seine Zimmer lagen, abgesondert von den übrigen, im obersten Stockwerk des riesigen Palastes. Ich stieg die Treppen hinauf. Hier oben, mit Weitblick über die vom Mond beschienenen Dächer von Florenz, war den Räumen noch am ehesten anzumerken, wofür sie vor drei Generationen einmal errichtet worden waren: als Wehrturm, in den sich alle Mitglieder der Sippe mit Schwert und Knüppel zurückzogen, sobald Feinde die Häuser der Peruzzi zu stürmen versuchten. Erst nach der Machtübernahme durch die Guelfen hatten die Herrschenden beschlossen, die himmelhohen Türme der Geschlechter, die Florenz das Aussehen eines riesigen Igels gegeben hatten, ein für alle Mal zu kappen. Niemand verfügte heute noch über das Recht, mehr als hundert Ellen hoch zu bauen. Doch immer noch durfte, wer unterm Dach eines gestutzten Wehrturms hauste, keine Angst haben vor der Tiefe.

Ich hatte Zanobis Räume verschlossen erwartet, doch seine Tür ließ sich mit einem Ruck aufschieben. Mit einer Öllampe ausgestattet, schaute ich mich um. Im Raum standen ein Bett, eine Truhe, ein Stuhl. Kein Tisch, kein Bord, kein Buch, keine Pflanze, kein Hausaltar. Alles war so kahl, als hause hier kein Lebender, sondern ein Geist. Nur der winzige Raum neben der Tür mit einem Wasserkrug aus Zinn an einer

Seilwinde, einer Schüssel zum Waschen und einem Abort mit Loch wiesen darauf hin, dass ein Mensch mit menschlichen Bedürfnissen diese himmelhohen Gemächer nutzte. Zanobi arbeitete von früh bis spät im Kontor, er nahm seine Mahlzeiten in der Küche oder am Tisch seines Vaters ein. Dann stieg er hundert Stufen hoch, um zu ruhen. Was für ein Leben führte dieser Mann?

Ich nahm die schmale Tür in Augenschein, die zu einem angrenzenden Verschlag führen musste. Ich rüttelte, nichts bewegte sich. Mit meinem Messer hatte ich schon manches Schloss geöffnet, aber dieses hier war derart massiv, dass ich nicht weiterkam. Ich stocherte noch im Schlüsselloch, als ich Schritte auf der Treppe vernahm. Die Audienz beim Padrino hatte nicht einmal so lange gedauert wie die Messe eines Priesters mit Durchfall. Erschrocken blies ich mein Licht aus. Es gab hier oben keinen Fluchtweg, durch die Fenster schon gar nicht. Als ich hörte, wie jemand schnaufend an der Tür fuhrwerkte, rollte ich mich kurzerhand unters Bett.

Zanobi kam herein, versunken in ein unverständliches Selbstgespräch. Ich schielte unterm Bett hervor. In einer Hand hielt der Mann seine Lampe, in der anderen ein zusammengerolltes Pergament. Zanobi legte seinen Umhang und seine Kappe auf die Truhe. Dann nestelte er einen Schlüssel vom Gürtel und machte sich an der Tür zum Nebengemach zu schaffen, bis diese quietschend aufging. Der Mann verschwand nach nebenan. Ich hörte, wie er von innen einen Riegel vorschob. Dann wurde es still. Ich schob den Kopf unterm Bett hervor und bemerkte im Mondlicht Dutzende von Fledermäusen, die mit spitzen Schreien durch die Abendluft um den Turm jagten. Ganz ohne Nachbarn musste Zanobi nicht auskommen.

Als der Riegel zurückgeschoben wurde, versteckte ich mich wieder unterm Bett. Wahrscheinlich hatte der Sonderling nun sein Nachtgewand übergezogen, würde sein Abendgebet sprechen, sich hinlegen und mir eine ungemütliche Nacht auf dem Kachelboden bescheren. Im Stillen verfluchte ich meine Neugier. Doch es kam anders. Der Mann, der aus dem Gemach herauskam, war ein vollkommen anderer als der, der eingetreten war. Statt der unscheinbaren Tracht des Buchhalters trug Zanobi jetzt die Montur eines jugendlichen Nichtstuers, wie sie in den teuren Schänken beim Mercato Nuovo mit dem Geld ihrer Väter die Zeit totschlugen. Im Schein der Lampe schillerte sein purpurner Seidenumhang; enge Beinkleider aus Samt gaben den Umriss dünner Waden preis. Seine Schuhspitzen bogen sich vorne zu Schnäbeln. Zum Schluss zog sich Zanobi eine gelbe Zipfelmütze über den Kopf, wie sie einst in Paris unter den Höflingen des Königs Mode gewesen war. Er stellte einen Spiegel auf die Truhe, drehte sich davor im Kreis, wippte in den Knien und summte mit hoher Stimme vor sich hin. Es schien mir sogar, als habe er sich die Wangen und die Lippen rot angemalt, um jünger zu wirken. Zum Schluss versperrte er aufs Neue den Nebenraum und wollte den Schlüssel neben dem Beutel am Gürtel festbinden. Doch dessen Größe schien ihn zu stören. Er schaute sich um, ging zum Fenster und hebelte vorsichtig einen Ziegelstein aus der Wand. In die Öffnung legte er den Schlüssel und schob den Backstein wieder davor. Niemand konnte dieses Versteck entdecken – es sei denn, er lag unterm Bett und beobachtete den Hausherrn. Zanobi strich über die Wand, gluckste vor Vergnügen, ergriff seine Kerze und ging ins Treppenhaus, wo seine Schritte in der Tiefe verhallten.

Ich kroch hervor. War dieser Mann eine Gefahr? Oder war er in Gefahr? Ich beschloss, dass die Antwort auf beide Fragen im Nebenraum zu finden war. Ich entzündete mit Zanobis Feuerstein und Zunder meine Lampe und zog den Ziegel, hinter dem der Schlüssel lag, aus der Wand. Jetzt ließ sich die Tür problemlos öffnen. Der Raum war nicht groß, doch anders als das Schlafzimmer war er vollgestopft mit allerlei Sachen. Der Türflügel stieß beim Öffnen an eine Gestalt, die mir entgegentaumelte, dann schwankte sie wieder zurück. Ich zuckte zusammen. Im Gegenlicht des Mondes baumelte ein Gehenkter! Doch dann erkannte ich, dass kein Mensch am Seil von der Decke hing, sondern eine Puppe mit wehendem Gewand. Lange Haare aus Wollfäden hingen wirr vom Kopf herab, der Körper, aufgebauscht an den Brüsten, bestand aus Lumpen, und der Kopf war aus Holz. Das Erschreckendste an der Figur war das Gesicht. Riesige Augen mit Pupillen aus rotem Glas starrten mich an. Die Lippen zogen sich herab zu einer greinenden Fratze.

Ich blickte mich um. Überall im Raum hingen oder standen ähnliche Puppen, große und kleine, in bunten oder einfarbigen Kleidern, an die Wand gelehnt oder auf einem Bord versammelt, doch stets mit demselben toten Blick. Mich fröstelte. Das also war Zanobis Beschäftigung, wenn er die Gänsefeder des Buchhalters aus der Hand legte: Er spielte mit Puppen. Oder spielten die Puppen mit ihm? Auf dem Tisch lagen Nähzeug, Lumpen, ein paar Stoffbahnen. Daneben stand ein Eimerchen mit Sägespänen, dazu etwas Farbe samt Pinsel. Rote Glaskugeln, mit denen Zanobi seine blutigen Pupillen fertigte, schimmerten in einem Napf. Auf dem Tisch starrte mich aus leeren Augenhöhlen eine Puppe an, die noch nicht fertig war. Im Sägemehl des offenen Schädels steckte wie ein Dolch das zusammengerollte Dokument, das Zanobi von unten mitgebracht hatte. Ich zog es heraus, rollte es auf und las im flackernden Licht:

Willst du die Glorie der Peruzzi sehn?

Dann finde des Vorgängers Namensvetter,

der sich zu Drusiana in die Lüfte hebt,

wo ein leerer Leuchter von der Decke hängt,

und die Menschen sich verneigen vor dem Heil.

Elfsilber, so fiel mir auf. Der klassische Vers von Dantes Himmels- und Höllenreisen, allerdings nicht sonderlich elegant komponiert. Dafür aber eigenhändig geschrieben in der steilen und fehlerlosen Manier, in welcher der Padrino stets die Schuldverschreibungen meines Hauses ausfertigte. Was der alte Mann seinen Söhnen überreicht hatte, war nicht die Macht über die Bank, sondern ein Rätsel, ein Spiel für Kinder in den klassischen Versen von Pacinos Jugendzeit. Deswegen hatte die Audienz nur so kurz gedauert. Willst du die Glorie der Peruzzi sehn? Was sollte dieser Unsinn bedeuten? Wer war des Vorgängers Namensvetter, der sich in die Lüfte hebt? Ich steckte das Pergament ein.

Dann ging ich zu einem Schrank an der Schmalseite der Kammer. Darin hingen Frauenkleider. Einige waren auffällig groß geschnitten, so dass Zanobi sie selber hätte tragen können. Andere waren viel kleiner, wie für Mädchen, dreizehnjährige Mädchen, dachte ich, im Alter seiner Stiefmutter. Unten lagen haufenweise Puppenkleider, samtene

Gewänder, lange Röcke aus Spitze und duftige Schleier. Zanobi gab ein Vermögen aus für feine Stoffe, mit denen er seine kleinen oder größeren Schöpfungen ausstattete. So schuf er sich in der Einsamkeit seiner Dachkammer einen Kreis von Freundinnen, die nur für ihn da waren. Als ich den Schrank schließen wollte, entdeckte ich an Nägeln der Innentür aufgespießte Zeichnungen. Es handelte sich stets um Mädchen mit langen Haaren, rundem Kopf und spitzen Beinen. Immer starrten die Augen weit und rot, und der weit aufgesperrte Mund mit herabgezogenen Lippen weinte stumm. Die Figuren waren mit wüsten Strichen aus roter Farbe eingekreist, zuweilen auch vollständig durchgestrichen. Wen sollten diese Bilder darstellen?

Ich wusste immer noch nicht, ob der Mann, der das gemalt hatte, eine Gefahr für andere darstellte, oder ob er sich selbst in Gefahr begab. Ich schloss das Gemach ab, versteckte den Schlüssel wieder hinter dem Backstein und schlich die Treppe hinunter. Im Innenhof stieß ich auf einen Wächter, der auf einer Steinbank eingenickt war. Als ich ihn an der Schulter packte, schrak er hoch und beteuerte, er habe die ganze Zeit aufgepasst. Kein Unbefugter sei hereingekommen.

Ich will nicht wissen, ob jemand hereingekommen ist, sondern ob jemand sich hinausgeschlichen hat. Wo ist Zanobi?

Der Mann grinste verlegen, als habe er meine Frage nicht verstanden. Ich nahm ihn scharf in den Blick und drohte, dass er am kommenden Tag seinen Posten los sein würde – es sei denn, er würde mir endlich Auskunft geben. Der Wächter druckste herum: Zanobi hat heute eine seiner Verabredungen. Nicht viele wissen davon, eigentlich nur ich. Und ich darf es nicht verraten.

Du hast die Wahl.

Der Mann jammerte: Das Geld, das ich von den Peruzzi für den Dienst bekomme, reicht kaum zum Leben. Ohne das Zubrot von Zanobi wären meine Kinder schon verhungert. Wenn ich es dir schon verraten muss, können wir wenigstens teilen. Acht Grossi alle vierzehn Tage, das ist doch ein Wort?

Deine Grossi kannst du behalten, aber rede endlich!

Der Wächter blickte scheu zum Portal hinaus, in Richtung Arno: Da hinten hat er sich mit der kleinen Hure getroffen. Ich habe sie beide im Mondlicht gesehen. Dann sind sie zum Fluss hinunter, zu den Wiesen. Es ist ja nichts dabei, nicht jeder Mann mag reife Frauen. Gewöhnlich ist Zanobi nach einer Stunde wieder hier, und ich kriege mein Geld.

Ich entzündete einen geteerten Kienspan am Feuerbecken und ging zur Via dei Tintori. Die Leute, die hier Wollstoffe in großen Kesseln eintunkten, befleckten das Pflaster in allen Farben. Doch in der Nacht lagen die Färber bei ihren Frauen in den Betten und träumten vom bunten Tuch, wie es die Krieger der Mamlukken in Alexandria oder die verwöhnten Frauen von Konstantinopel liebten. Die Bottiche standen umgedreht auf der Gasse, nur ein paar herrenlose Hunde schnüffelten an den Farbresten. Im Fackelschein huschte eine Ratte weiter zum Fluss, wo nach dem Regen der Dreck der Stadt ins Wasser gespült wurde. Ratten hatten ein gutes Leben unten am Arno. Männer wie Zanobi auch? Ich ging auf und ab und blieb irgendwann ratlos am Ufer stehen. Zu dieser Nachtzeit war kein Mensch mehr unterwegs. Die Wachen des Podestà hätten jeden verhaftet, der nicht ein Bestechungsgeld für sie bereithielt. Wenn sie sich am Fluss überhaupt ins Revier der Huren und ihrer Beschützer hineintrauten. Doch von den Hütern der Gesetze war heute ebenso wenig zu sehen wie von denen, die diese Gesetze brachen. Da hörte ich im Rauschen der Wellen ein Wimmern, doch nicht vom Ufer, sondern vom Wasser her. Da draußen schwammen Aale und Neunaugen, doch die waren stumm. Eine Ratte, ein Biber? Ich horchte ins Dunkel und bemerkte erst ein Rauschen, dann erneut ein todeswehes Stöhnen.

Ich kniff die Augen zusammen und erkannte draußen, beinahe am anderen Ufer, eine Flussmühle, die an der Ankerkette hin und her trieb. Langsam drehte sich das große Rad. Da kam wieder das Wimmern, wie ein Hilferuf durch die schwarze Nacht. Ich riss mir das Gewand über die Schultern, zog die Schuhe aus, überprüfte den Sitz meines Messers im Futteral und stürzte mich in den Arno. Es war nicht leicht, gegen die Strömung Kurs zu halten. Doch in den eisigen Flüssen Litauens und in der reißenden Rhone hatte ich zu schwimmen gelernt, sogar das Schwimmen gegen den Strom. Ich tauchte mit dem Kopf unter und trieb mich mit den Füßen voran. Nach etlichen Zügen war ich beim Holzfloß der Mühle angelangt und zog mich hinauf.

Normalerweise standen die Mühlräder, mit denen die große Stadt das Mehl für ihr Brot erzeugte, nachts still. Doch dieses hier drehte sich in der Strömung, knarrend und widerstrebend. Ich traute meinen Augen kaum, ans Mühlrad hatte jemand einen Körper gebunden, der mit jeder Umdrehung kopfunter im Wasser verschwand und dann auf der Rückseite kopfüber wieder auftauchte. Von dieser Gestalt rührte das Wimmern her, das jetzt dicht neben mir wieder ertönte. Im Dunkeln tastete ich nach dem Hebel, der das Mühlrad stillstellte. Als ich ihn gefunden hatte, stemmte ich mich mit aller Kraft dagegen. Zuerst half es nichts, dann rastete das Zahnrad ein, und die Mühle kam mit einem Ächzen zum Stehen. Die festgebundene Gestalt hing über mir mit dem Kopf nach unten und gab keinen Laut von sich. Ich kletterte ins Rad und schnitt die Seile durch. Gleichzeitig griff ich dem Mann unter die Schultern und hievte ihn auf das Floß.

Der Mond kam hinter einer Wolke hervor. Vor mir lag, nackt und regungslos, einen Knebel im Mund, Zanobi Peruzzi. Seine Augen waren geschlossen, sein Bauch gebläht vom vielen Wasser, das er geschluckt hatte. Ich riss den Knebel weg und drückte immer wieder auf seine Brust, bis Wasser aus dem Mund schoss. Wie viel Zanobi davon geschluckt hatte, wollte ich mir nicht vorstellen. Es war ein Wunder, dass dieser Mann nach zahllosen Tauchfahrten überhaupt noch lebte. Irgendwann riss er die Augen weit auf, starrte mich an und drehte sich zur Seite. Eimerweise erbrach er Wasser auf das Floß. Ich riss ihn an den Schultern hoch und klopfte ihm auf die Wangen, doch sein Kopf fiel immer wieder zur Seite.

Ich ließ Zanobi langsam in den Arno gleiten, fasste ihn an Kinn und Schultern und schleppte ihn über den Fluss. Es war mühsam; die Strömung trieb uns ab. Doch irgendwann knirschte Kies unter meinen Sohlen. Ich legte Zanobi am Ufer ab und rannte los, um mein Gewand und meine Schuhe herbeizuholen. In dem Moment, als ich zu Zanobi zurückkehrte, flammte eine Fackel in der Straße der Färber auf. Man hatte mich gesehen. Ich rief um Hilfe, ein Mann eilte herbei und überblickte die Lage. Ich schrie, er solle zum Palazzo Peruzzi laufen und Wächter holen, am besten auch ein Tragebrett. Ein Sohn des Padrino sei überfallen worden und brauche dringend Hilfe.

Der Mann verschwand im Dunkeln, während ich Zanobi im Nacken betastete. Ich fand dieselbe Beule wie schon bei Ruffo und bei Arnaldo, das Markenzeichen des Mörders. Ich ergriff Zanobi an den Füßen und stellte ihn auf den Kopf. Noch einmal lief ihm Wasser aus Mund und Nase. Doch ich wusste nicht, ob ich einem Lebenden beistand oder einem Toten. Zanobi, die Augen gerötet und den Mund schmerzlich verzogen, war genauso schlaff wie eine seiner Puppen.

KAPITEL 47

Die Sonne stand hoch am Horizont. Zanobi lag noch immer auf seinem Lager im Kontor und war nicht zu Bewusstsein gelangt. Den Mann bis unters Dach in sein Bett zu tragen war angesichts seines Zustands unmöglich. Also dämmerte er jetzt, zwei Kissen untergelegt, auf der Ruhebank seines Vaters. Der Padrino kniete nebenan in der Hauskapelle vor dem Altar des heiligen Tommaso. Ob er für sein eigenes Seelenheil betete oder das seines Sohnes, wusste nur er selbst.

Ich stand am Fenster, blickte auf die Corte Peruzzi hinunter und dachte nach. Der Wächter, der Zanobi gestern Nacht herausgelassen hatte, war unter den Männern gewesen, die ihn gemeinsam mit mir nach Hause trugen. Sobald Zanobi versorgt war, hatte ich noch einmal eindringlich nach der Frau gefragt, mit welcher der Kaufmann sich getroffen hatte. Sie habe, erklärte der Wächter, ausgesehen wie alle diese Mädchen, mit denen sich Zanobi seit Jahren heimlich abgab: klein, zierlich, fast noch ein Kind. Huren jeden Alters gehörten zum Alltag einer großen Stadt wie Florenz. Für ein paar Grossi wäre jede bereit gewesen, einen Freier zum Arno zu locken und sich dann aus dem Staub zu machen.

Was dann geschehen war, konnte ich mir vorstellen. Den aufgeregten Zanobi, der keine Augen hatte für seine Umgebung, hatte sein Angreifer mit demselben Schlag ins Genick bewusstlos gemacht wie bei Ruffo und Arnaldo. Danach wurde der Körper des Opfers im Wasser zur Mühle geschleppt und zum langsamen Sterben aufs Rad gebunden. Anfangs wunderte ich mich über die Riesenkräfte, wie sie der Mörder bereits bei Ruffos Kreuzigung und dem Ersticken Pandolfos im Pestgrab an den Tag gelegt hatte. War vielleicht doch mehr als ein Täter am Werk? Dann fiel mir ein, dass selbst ein stattlicher Mann wie Zanobi im Wasser viel leicher war als an Land. Sein Angreifer konnte ihn mühelos am Mühlrad festbinden. Danach war es kein Kunststück, sich aufs Floß zu hieven und die Mühle in Gang zu bringen, damit sie das Opfer im Rhythmus des Rades ersäufte. Nein, es handelte sich gewiss um einen einzigen Täter. Er ging nach einer perfiden Ordnung vor, um die Peruzzi einen nach dem anderen zu Tode zu quälen.

Aber diesmal war ich dem Tod zuvorgekommen. Ich drehte mich um zum Lager Zanobis. Zuweilen warf er seinen schweißnassen Kopf auf dem Kissen herum und delirierte mit stummen Lippen. Auf einem Hocker daneben saß Buondelmonte. Der Inquisitor betete nicht, sondern betrachtete – die Hände im Schoß – seinen Bruder mit mitleidigem Blick. Ich dachte an den Arzt, den Palamede im Morgengrauen aus der Nachbarschaft von Santa Maria Novella herbeigebracht hatte. Es war ein alter Mann mit grauen Locken und mürben Hängebacken. Sechs Monate Pest konnten den Greis nicht umbringen, nun gehörte er zu den wenigen Verbliebenen seiner Zunft. Er nahm neben dem Lager des Kranken Aufstellung und schaute sich aus schlauen Äuglein alles an. Als er sich überzeugt hatte, dass keine Ansteckung drohte, horchte er seinem Patienten sogar mit dem Ohr die Brust ab. Zu guter Letzt verordnete er für die Lunge eine Salbe aus Froschlaich und geriebenen Schwarzwurzeln. Palamedes Frage, ob sein Bruder überleben werde, beantwortete der Doktor mit einem bedächtigen Nicken. Dann hielt er die Hand auf.

Palamede hatte danach gemeinsam mit den Faktoren das Handelskontor geöffnet, als wäre nichts geschehen. Doch die Nachricht vom Überfall auf den Sohn des Padrino hatte sich sogleich im Viertel herumgesprochen. Jederzeit konnte der Podestà mit seinen Leuten erscheinen, um den Fall an sich zu ziehen. Einige Färber in bunten Kitteln standen, als ich aus dem Fenster schaute, immer noch auf der Corte Peruzzi. Sie blickten zu den Fenstern des Saales hoch und steckten die Köpfe zusammen. Ein kleiner Junge hatte die gelbe Zipfelmütze am Ufer des Arno gefunden, die sich Zanobi bei seinem Weggang über den Kopf gezogen hatte. Palamede schaute mich fragend an, ich zuckte mit den Schultern. Er schickte den Jungen weg; derart auffällige Kleidung trage sein Bruder nicht.

Als schließlich Buondelmonte erschienen war, um nach dem Bewusstlosen zu sehen, fragte er mich besorgt nach Uguccione. Vermutete er, der massige Aufpasser könne etwas mit dem Mordversuch zu tun haben? Ich bekundete, Uguccione liege seit gestern krank auf seinem Zimmer und habe sich noch nicht blicken lassen. Die Sorgen des Mönchs schienen durch diese Auskunft nicht beseitigt. Ich wusste, dass er etwas wusste, was ich nicht wissen durfte. Und seine zerfurchte Stirn zeugte von dieser Wissenslast. Als Buondelmonte aufbrach, um seinen geistlichen Pflichten im Franziskanerkloster nachzukommen, setzte ich mich an Zanobis Lager. Mir war wichtig, ihn sofort nach dem Aufwachen zu befragen. Ich war mir sicher: Nach dem, was man ihm angetan hatte, konnte er nichts mehr verschweigen. Endlich war der Augenblick gekommen, dass ich die Wahrheit erfuhr über das Treffen in San Donato a Torri.

Unvermittelt riss Zanobi die Augen auf. Als er mich erblickte, hielt er sich schützend die Arme vors Gesicht. Er stierte mich durch seine Finger an und keuchte. Schließlich beruhigte er sich, und sein Blick verlor sich nach oben, als könne er durch die Balkendecke des Kontors bis in den Himmel schauen.

Ich sehe sie, flüsterte er.

Wen siehst du?

Zanobi holte tief Luft: Ich sehe die Glorie der Peruzzi. Aber das sind keine funkelnden Edelsteine, wie mein Vater glaubt. Unsere Glorie, das sind die Kinder, die unschuldigen Kinder. So viel Blut! Ruffo hat gesagt, dass uns niemand sieht. Aber die Toten sehen uns doch. Sie kommen aus dem Jenseits zurück, wo sie keine Ruhe finden, und sie starren mich an mit ihren blutigen Augen. Immer starren sie mich an.

Was habt ihr gemacht, du und deine Brüder, damals in San Donato? Zanobi verzog das Gesicht: Schlimme Sachen. Wir waren böse. Viel zu böse, um nicht bestraft zu werden. Ich will es dir sagen. Komm her!

Er winkte mich mit einem unheimlichen Lächeln ganz nah zu sich heran und legte seine Hand auf meinen Arm. Dann griff er in meinen Ärmel, riss mit einem Ruck das Messer aus dem Futteral und rammte es sich selbst in den Hals. Überall war Blut, es quoll Zanobi aus der Wunde, aus dem Mund und der Nase. Er röchelte und verdrehte die Augen. Dann sperrte er seinen blutigen Mund noch einmal weit auf und starrte mich aus riesigen Augäpfeln an wie im Triumph. Als sein Kopf nach hinten fiel, zog ich das Messer aus seinem Hals. Der Tote blutete immer weiter.

Ich stand da, wie vom Donner getroffen, als eine raue Stimme mich ins Diesseits zurückrief: Der Deutsche, auf frischer Tat erwischt!

Ich fuhr herum und erblickte Neroccio da Gubbio. Der Podestà stand einen Schritt im Raum, hinter ihm zwei seiner Berovieri mit Schwert und Lanze. Aus der anderen Türöffnung starrte der Padrino mich an. Er musste im selben Moment aus der Kapelle herübergekommen sein. Ich ließ mein Messer sinken und sagte, was zu sagen war: Zanobi hat sich mein Messer selbst in den Hals gestoßen. Es ging ganz schnell, ich konnte nichts machen.

Neroccio wirkte bester Laune: Natürlich, natürlich. Zanobi liegt halbtot und bewusstlos auf dem Lager, alle sind zufällig aus dem Raum gegangen. Und dann springt der Kranke auf, überwältigt seinen Wächter und hat die glanzvolle Idee, schnell das zu vollenden, was sein Attentäter gestern Nacht nicht geschafft hat. Ihr Deutschen, heißt es, seid große Märchenerzähler. Jetzt weiß ich, warum.

Er gab seinen Schergen einen Wink. Sie packten mich, drehten mir die Arme auf den Rücken und hoben das Messer, das ich fallen lassen hatte, vom Boden auf. Der Podestà beugte sich über die Leiche, schloss Zanobi mit einer nachlässigen Handbewegung die Augen und drehte sich dann zu mir: Schau, was für eine Schweinerei du angerichtet hast.

Dafür wirst du geviertteilt. Und weißt du, wer darüber entscheidet? Ich, Neroccio da Gubbio.

Ich unternahm noch einen Versuch: Wieso sollte ich hier im Palazzo den Mann töten, den ich vor ein paar Stunden mit größter Mühe vor dem Ertrinken gerettet habe?

Das kann ich dir erklären, grinste der Podestà, du hast ihn selber an die Mühle gebunden und später nachgesehen, ob dein Opfer schon tot ist. Du wolltest nämlich die Leiche mit großer Geste durch den Arno herbeischleppen und dich feiern lassen. So wie du bei jedem Mord in der Nähe auftauchst. Aber als du merktest, dass der arme Kerl noch lebte, hast du ihm einen Hieb in den Nacken verabreicht. So warst du dir sicher, dass Zanobi dich nicht verraten konnte. Du hast den Beschützer gespielt, um dein Werk später zu vollenden. Und bevor dein Opfer aufwachte und die Wahrheit erzählen konnte, hast du eiskalt zugestochen.

Wie ich es bereits in der Nacht gemacht hatte, befühlte Neroccio Zanobis Nacken. Er wischte sich die Hand am Bettlaken sauber und rief: Das ist der Beweis. Jeder kann kommen und nachsehen. Da ist die Schwellung, die von deinem Schlag herrührt. Führt ihn ab!

In diesem Moment erhob Pacino Peruzzi den Stock, auf den er sich seit heute Morgen stützte. Wie ein Prophet des Alten Testaments stand der alte Mann da, hager, mit stechenden Augen und mit einer brüchigen, doch klaren Stimme: Haltet ein! Dieser Deutsche ist unschuldig. Ich habe mit eigenen Augen gesehen, wie mein Sohn Zanobi sich selbst mit dem Messer eines anderen zu Tode gebracht hat, verwirrt und verängstigt vom Anschlag auf sein Leben. Es war genau so, wie Wittekind es gerade beschrieben hat. Ich, der Padrino, kann das beschwören vor den Priori und vor Gott!

Der Podestà blickte den Greis ungläubig an: Ich werde diesen überführten Mörder in den Kerker sperren und richten, wie er es verdient.

Gar nichts wirst du!, schrie Pacino. Du kommst aus Gubbio, du bist ein Fremder in Florenz und schändest mit deinem falschen Eifer die Gerechtigkeit unserer Republik. Wenn ich, der Vater des Toten, beschwöre, dass dieser Deutsche unschuldig ist, dann wiegt das mehr als hundert Beulen, die du in Zanobis Nacken findest.

Aber die Gesetze ..., stammelte Neroccio.

Der Padrino fiel ihm scharf ins Wort: Ich kenne die Gesetze von Florenz, denn ich habe sie selber gemacht. Und nun verschwinde aus meinem Haus!

Der Podestà ließ seine Schultern hängen und winkte den beiden Berovieri, mich loszulassen. Die Hüter der Ordnung verzogen sich über die Treppe. Vom Geschrei alarmiert, kam Palamede herauf und blickte entsetzt auf die Leiche seines Bruders, aus der blutige Tropfen auf die Kacheln fielen. Pacino humpelte zum Bett, gestützt auf seinen Stock. Er war so schwach und krumm, wie ich ihn noch nie erlebt hatte. Er schaute auf die entstellte Leiche seines Sohnes, kam noch einen Schritt näher und beugte sich tief über Zanobi, als wolle er von ihm Abschied nehmen. Doch seine Augen blieben kalt wie die eines Metzgers bei der Fleischbeschau. Dann schritt er zu mir, der ich die ganze Zeit auf demselben Fleck stehen geblieben war. Der Padrino ergriff meine Rechte, hielt sie lange und wehrte mit einem Kopfschütteln jeden Versuch ab, ihm zu danken.

Wenn wir, flüsterte der Alte mir ins Ohr, nachher die Tür neben Zanobis Gemach aufbrechen, dann weiß ich, was wir da finden: Mädchenpuppen, Frauenkleider, Nähzeug, rote Murmeln. Und ich denke, du weißt das auch schon. Mein Sohn war krank. Es ist gut, dass er tot ist.

Dann schritt Pacino Peruzzi gemessen zurück in die Hauskapelle. Das harte Geräusch des Stocks, den er auf den Terracottaboden stemmte, hallte durch den Saal. In meinem Kopf drehten sich die Gedanken wie eine Schiffsmühle auf dem Arno. Ich war mir sicher, dass der Padrino noch in der Hauskapelle gewesen war, als Zanobi sich mit meinem Messer getötet hatte. Der Alte konnte gar nicht gesehen haben, was er gegenüber dem Podestà bezeugte. Warum entlastete Pacino Peruzzi mich? Ich bedachte Wort für Wort, was er gesagt hatte. Es ist gut, dass er tot ist. Dieser Satz erklärte alles: Dem Vater war es gleich, wer Zanobi umgebracht hatte, egal ob auf dem Arno oder hier in seinem Palast. Hauptsache, sein Sohn war tot.

KAPITEL 48

Der Schnaps war so scharf, dass ich husten musste. Ich hatte einen großen Schluck vom Traubenbrand heruntergestürzt, den Meo in kleinen Krügen ausschenkte. Der Fusel, der sich tief in die Kehle brannte, war genau das, was ich an diesem Morgen brauchte. Ich schnappte noch nach Luft, während ich darüber nachdachte, wie knapp ich dem Tod im Kerker des Podestà entronnen war.

Zanobi hingegen war in den Schatten getreten, aus dem er sich sein Leben lang kaum herausgetraut hatte. Sein Geheimnis hatte er mit sich ins Dunkel genommen. Immerhin konnte ich mir nach seinen letzten Worten sicher sein, dass beim Zusammentreffen der Brüder in San Donato ein Verbrechen begangen worden war. Ein so fürchterliches Verbrechen, dass bis heute niemand darüber reden wollte. Die Kinder sehen uns an, hatte Zanobi im Wahn geflüstert. Den Anblick konnte er nie mehr vergessen. Um welche Kinder ging es? Außerdem hatte Zanobi noch etwas zur Glorie der Peruzzi gesagt. Er benutzte den selben Begriff wie der Padrino, als er den Söhnen sein Rätsel aufgab. Ich versuchte, mich an jedes einzelne Wort zu erinnern. Die Glorie leuchtete für Zanobi rot, doch wie Blut – und nicht wie Edelsteine. Ging es bei diesem Rätsel etwa um einen Schatz von Juwelen? Außer Zanobi wurde auch Palamede gestern bei Pacino zur Audienz geladen; gewiss war er ebenfalls eingeweiht worden. Ich nahm mir vor, ihn so bald wie möglich zu befragen.

Dann fiel mir ein, dass es außer Uguccione noch einen weiteren Überlebenden aus San Donato gab. Das war der geheimnisvolle siebte Sohn, den ich allen Grund hatte, für den Mörder der Peruzzi zu halten. Nichts sprach dagegen, dass der Padrino in der größten Not alle seine Söhne zur Rettung der verbliebenen siebzigtausend Florin einspannte. Wenn, wie ich annahm, dieser Mann der Ehe einer angesehenen Frau entsprang, musste seine Person vor der Öffentlichkeit ein Geheimnis bleiben. Andernfalls wäre Pacino der Blutrache durch den entehrten Ehemann verfallen.

Ich nahm noch einen Schluck vom Schnaps und spürte den scharfen Fusel bis in meinem Magen. Dann bilanzierte ich weiter. Der Mann, den keiner kennen durfte, war schwarz gekleidet gewesen und maskiert. Es gab da noch einen Hinweis. Irgendetwas hatte mir einer der Brüder unabsichtlich verraten, aber ich konnte mich nicht mehr erinnern. Ich grübelte und spürte zugleich, wie der Schnaps mir das Hirn vernebelte, so dass ich mich mit dem Kopf zwischen den Händen auf die Tischplatte stützen musste. Da setzte sich ein Mann zu mir, der ebenfalls einen Krug von Meos Schnaps in der Hand hielt. Ich war überrascht, wie selbstverständlich Buondelmonte sich den Fusel aus dem Krug in die Kehle schüttete, so wie das nur die geübten Trinker im Purgatorio machten. Der Franziskaner bemerkte meinen staunenden Blick: Du wunderst dich, dass ein Mönch am Morgen schon Aquavita trinkt? Nun, ich weiß keine bessere Medizin gegen die Übelkeit, die mir das viele Blut bei der Leiche meines Bruders verursacht hat. Dir offenbar auch, oder ist das dein übliches Frühstück?

Ich nahm meinen Krug und stieß mit Buondelmonte an: Wo wird Zanobi begraben?

Er war im Leben niemals aufsässig. Darum darf er am Rand unseres Kirchhofs ruhen. Und er muss nicht ins Gehölz der Gehenkten wie Arnaldo, den du im Abort gefunden hast. Es kommt mir inzwischen so vor, als ob alle meine Brüder in der Jauche umgekommen sind, jeder in seiner eigenen.

Oder alle in derselben, schlug ich vor. Ich weiß, du darfst mir nichts verraten. Aber ich bin auch ohne deine Hilfe auf das geheime Treffen in San Donato gekommen. Ich weiß vom geschmuggelten Geld nach dem Bankrott, ich kenne sogar die Summe: siebzigtausend Florin. Und ich weiß vom schwarzen Mann mit der Maske.

Buondelmonte zog die Brauen hoch und sagte nichts. Er wusste besser als ich, was geschehen war. Der, dem sie gebeichtet wurde, brauchte sich die Geschichte nicht zusammenzureimen. Ich dagegen musste meine Vorstellungskraft anstrengen. Ich hatte angenommen, dass Maskierte nur in bösen Träumen vorkommen. Oder in Ritterromanen, wenn der Held unterm dunklen Helm auf seinem Rappen zum Turnier reitet, um die Ehre seiner Dame zu retten. Da fiel mir etwas ein. Es gab schwarze Männer in Florenz, es gab sie in Wirklichkeit! Ich ergriff Buondelmonte am Arm: Seit wann existiert die Bruderschaft der Buonomini in den Stinche? Und wo haben die Männer, die im Kerker die Kranken pflegen, ihren Sitz?

Buondelmontes Blick verriet Anerkennung: Das Oratorium von Santa Maria della Croce liegt direkt neben meiner Kirche, keine hundert Schritte rechts vom Nordportal. Ein Bau, so bescheiden wie die Brüder, die darin beten. Es gibt ihre Fraternität jetzt fünf Jahre.

Dann laufen also hier in Santa Croce seit 1343 diese Rabenbrüder mit schwarzen Kapuzenmasken durchs Viertel? Und sie betreuen auch die zum Tod Verurteilten?

Buondelmonte nickte ernst.

Dann ist der siebte Sohn ein Angehöriger jener Bruderschaft, das hat Uguccione mir unabsichtlich verraten. Er gestand mir gestern im Rausch, dass er sich beim Treffen der Brüder in San Donato fühlte, als würde er zum Schafott geführt. Das waren seine Worte. Warum erwähnte er das Schafott? Weil er das verband mit der Tracht der Buonomini. In deren schwarzer Montur konnte der Unbekannte 1343 die Stadt ohne Kontrollen mit dem Geld verlassen. Und nachdem er sich die Kapuze übergezogen hatte, konnte er in San Donato erscheinen, ohne den anderen zu verraten, wer er ist. Das war genial ausgedacht, bestimmt vom Padrino selbst. So fanden alle Brüder mit dem Geld zueinander, doch das Geheimnis des siebten Sohns blieb gewahrt.

Buondelmonte waren meine Folgerungen sichtlich unangenehm. Er rückte während meiner Worte auf der Bank hin und her und biss sich auf die Lippen. Schließlich nahm er seinen Krug und verabschiedete sich. Ich versuchte, meine Gedanken weiter zu ordnen. Meine Erkenntnisse hatten zwei schwache Stellen. Erstens kannte unter den Buonomini niemand außer dem Prior die Namen seiner Mitbrüder. Sie wahrten, soweit das möglich war, auch untereinander das Geheimnis ihrer Herkunft. Gleichzeitig war es auch anderen Männern möglich, in der schwarzen Tracht der Buonomini herumzulaufen, ohne selber einer zu sein. Welches Rachegelüst brachte den siebten Sohn dazu, in diesen

Tagen erneut die schwarze Kapuze überzuziehen, um seine Brüder zu ermorden? Und weshalb unternahm der Vater nichts? War das Geheimnis so fürchterlich, dass Pacino es um keinen Preis enthüllen konnte? War die Mutter des siebten Sohns vielleicht eine Äbtissin, deren ganzes Kloster im Fall der Enthüllung ihrer Sünde in Schande gefallen wäre? Es gab nur einen, den ich das alles fragen konnte, und das war der Padrino.

Da erkannte ich Lapos Gestalt, die sich durch die Schanktische drängte. Als er mich sah, rief er schon von weitem: Cioccia ist verschwunden! Bestimmt tut er ihr was Böses. Das ist ein ganz böser Mann!

Ich griff den Jungen bei der Schulter: Lapo, was ist los?

Er biss sich vor Aufregung auf die Zunge. Was ich nach und nach aus ihm herausbekam: Uguccione hatte Cioccia zum Padrino bestellt. Es gebe Vorwürfe, dass sie verdorbenes Gemüse verkaufe. Im Palazzo Peruzzi seien mehrere Faktoren erkrankt, nachdem sie von ihren Trauben gegessen hatten. Der Podestà drohe, den Stand zu beschlagnahmen. Cioccia müsse sich sofort im Palazzo rechtfertigen.

Der Junge schloss seinen Bericht: Cioccia war furchtbar wütend und vielleicht auch ängstlich. Sie ist gleich mitgegangen.

Ich schüttelte Lapo: Wann genau war das?

Lapo überlegte: Die große Glocke schlug kurz danach, und seitdem hat sie nicht mehr geschlagen.

Fast eine Stunde! Seit beinahe einer Stunde war Cioccia in der Gewalt dieses hirnlosen Kraftprotzes. Das war die Rache, die er mir angedroht hatte. Mich selbst, das wusste der Feigling, konnte ich schützen. Cioccia nicht.

Ohne meinen Schnaps zu bezahlen, stürzte ich zum Palazzo Peruzzi. Dort fand ich einen Torwächter, der Uguccione dabei beobachtet hatte, wie er vor geraumer Zeit einen Karren in Richtung Porta Santa Croce schob. Was unter der Plane lag, konnte der Wächter nicht erkennen. Als er sich mit zweien seiner Kumpane lustig machte und sie sich fragten, ob Uguccione wohl unter die Fuhrleute gegangen sei, habe der nur mit den Schultern gezuckt: Befehl vom Padrino. Verdorbenes Fleisch, das zum Abdecker muss. Sagt das auch dem Deutschen, wenn er nach mir fragt.

Diese Botschaft galt mir. Natürlich gab es keinen Befehl vom Padrino, es gab kein verdorbenes Fleisch, und es gab auch keine Erkrankten, die verdorbene Trauben gegessen hatten. Es gab nur Cioccias Leben, das in Gefahr war. Ich lief los zur Porta Santa Croce, immer wieder aufgehalten durch das Gedränge der Menschen. Am Stadttor erfuhr ich von den Wächtern, dass Uguccione tatsächlich mit dem Karren hier durchgekommen war. Er konnte nur ein Ziel haben: das Gehölz der Gehenkten.

Das war ein verrufenes Wäldchen am Arno, ein ganzes Stück außerhalb der Stadtmauern. Dorthin brachte der Henker die Leichen der Selbstmörder und der öffentlich Hingerichteten. Und – so munkelte man – auch die Körper der heimlich auf Befehl der Priori Beseitigten. Hier wurden die Extremitäten und der Rumpf der Gevierteilten begraben, ebenso wie die abgehackten Häupter der Geköpften und sogar das lose Fleisch, das beim Foltertod den Opfern vom Körper gerissen wurde. Irgendwann, so erzählten die Leute, grub der Henker die verfluchten Toten wieder aus und warf die Überreste in den Arno. Die Legende um das Gehölz der Gehenkten sorgte dafür, dass kein noch so mutiger Bürger sich getraut hätte, bei Tag oder bei Nacht einen Fuß dorthin zu setzen. Nicht einmal Liebespaare auf der Suche nach einem ungestörten Platz wären auf den Einfall gekommen, sich im Gehölz der Gehenkten zum Stelldichein zu verabreden. Das Gelände war verflucht.

Ich rannte keuchend über die Landstraße, die abseits vom Ufer des Arno Richtung San Salvi verlief. Vor dem Flüsschen Affrico hielt ich mich auf einem Karrenweg rechts. Ich war wie fast alle Florentiner noch niemals hier gewesen, doch ließ sich das dunkle Geäst des Wäldchens im Sumpf nicht verfehlen. Als ich an das Gehölz kam, schlug ich einen Bogen nach links zum Affrico. Ich wollte Uguccione zwischen den dicht stehenden Weiden und Pappeln nicht direkt in die Arme laufen. Doch die Besorgnis war unnötig; er wartete bereits auf mich.

Mitten im Gehölz befand sich eine Lichtung mit den Gräbern der Verfemten. Ich schlich mich geduckt an und erkannte Cioccia, an einen Weidenstamm gefesselt, mit einem Knebel im Mund. Uguccione hatte ihr an der Brust das Gewand zerrissen. Ihre Unterlippe war angeschwollen. Sie starrte vor sich hin, Uguccione stand neben ihr und blickte in meine Richtung, wo er offenbar Geräusche vernommen hatte.

Komm heraus wie ein Mann!, rief er. Hier wird ehrlich gekämpft. Ich gehöre nicht zu den Feiglingen, die anderen Leuten Gift in den Wein schütten.

Ich richtete mich auf und trat auf die Lichtung. Uguccione hatte ein Kurzschwert gezückt und hielt die Klinge an Cioccias Hals: Wirf dein Messer auf den Boden, sonst stoße ich das hier deiner schönen Cioccia in den Hals. So wie du es heute früh mit meinem Bruder Zanobi gemacht hast.

Ich holte das Messer aus dem Futteral und warf es vorsichtig vor Uguccione ins Laub. Cioccias verzweifelte Blicke flogen hin und her zwischen uns. Der massige Wächter beförderte mein Messer mit einem Tritt ins Unterholz und ließ sein Schwert sinken: Nun können wir zwei um diese Schönheit kämpfen, wie einst die Ritter im Turnier. Und du gestattest mir sicher, dass ich meine Waffe behalte.

Ich sagte nichts und ging auf Uguccione los, um ihn zu locken. Kurz vor ihm blieb ich stehen und machte eine Scheinbewegung. Ich hatte in Litauen gelernt, wie man ohne Waffen mit einem Schwertträger kämpft. Ich war behänder und klüger als dieser Fleischkloß und hatte keine Angst. Außerdem war ich wütend, doch gerade diese Wut geriet mir zum Nachteil. Wahrscheinlich hatte Meos Schnaps mir das Urteil getrübt. Ich vergaß, dass man zwar zu allem entschlossen sein muss im Zweikampf, doch zugleich kalt und fühllos.

Als Uguccione mit dem Schwert ausholte, traf ihn mein Tritt am Arm. Er schrie auf und ließ seine Waffe fallen. Ich bückte mich, doch bevor ich das Schwert fassen konnte, zog mein Widersacher von hinten aus dem Gürtel eine kurze Keule und ließ sie auf mich niedersausen. Ich konnte meinen Kopf eben noch wegziehen, doch der Hieb auf die Schulter warf mich zu Boden. Ich rappelte mich auf, da schlug mir Uguccione mit dem Knüppel die Beine weg. Ich kippte um, der Dicke warf sich auf mich. Ich versuchte, mich zur Seite wegzurollen. Aber da hielt er bereits einen Dolch an meine Kehle. Seine dritte Waffe war eine zu viel für mich.

Geschickter, als ihm zuzutrauen war, fesselte Uguccione mit einer

Kordel aus seiner Tasche meine Hände mit der Rechten, ohne seine Linke mit dem Dolch je von meinem Hals abzusetzen. Er riss mich hoch, band mir mit einem Seil, das er hinterm Baum verwahrte, die Beine zusammen und zerrte mich zu einer Weide, gleich neben dem Stamm, an dem Cioccia durch ihren Knebel stöhnte.

Uguccione zog ihr den Stoffklumpen aus dem Mund: Sobald du schreist, schneide ich dir die Zunge heraus! Wenn du mir etwas zu sagen hast, dann höflich, bescheiden und vor allem leise.

Mach mit mir, was du willst. Aber tu ihm nichts zuleide!

Ihr Turteltäubchen, grinste Uguccione, wie rührend! Keines will, dass dem anderen ein Flügelchen gebrochen wird. Aber keine Angst, ihr werdet heute gemeinsam davonfliegen. Ganz weit, bis ins Reich, aus dem niemand wiederkehrt. Wo der Henker die Reste seiner Kundschaft im Fluss versenkt, da wird kein Mensch nach euch suchen. Niemand demütigt straflos einen Uguccione del Pozzo!

Und zu mir gewandt: Du bist mein Zeuge, Deutscher. Ich habe deine geile Witwe gewonnen. Es war ein ehrlicher Zweikampf. Jetzt sollst du vor deinem Tod noch dabei zusehen, wie ein Italiener sie in Wallung bringt!

Er streckte obszön den Knüppel aus, mit dem er mich niedergeschlagen hatte. Dann ergriff er sein Messer und streifte mit der Spitze über mein Gesicht. Ich versuchte, hinter meinem Rücken die Schnüre zu lockern, mit denen meine Hände an den Stamm gefesselt waren. Besonders fest hatte unser Peiniger nicht zugezogen. Doch es brauchte Zeit, bis ich einen Finger an den Knoten bekam. Zeit, die wir nicht hatten.

Was meinst du, fragte er über die Schulter in Cioccias Richtung, soll ich ihm vorher die Nase abschneiden? Damit er den Gestank deines Kadavers nicht riecht?

Lass die Frau gehen, töte mich einfach!, sagte ich.

Keine Sorge, meinte Uguccione, ich töte dich ja! Ich habe euch versprochen, dass ihr beiden vereint werdet. Allerdings erst nach eurem Tod. Vorher müsst ihr noch ein Weilchen mit mir spielen.

Er nahm das Messer und ritzte mir mit einem wohlbedachten Schnitt die Haut am Kinn auf. Cioccia konnte einen Schrei nicht unterdrücken. Ich spürte, wie Blut auf meinen Hals rieselte. Uguccione kicherte zufrieden und weidete sich an Cioccias Entsetzen.

Und nun ein Ohr! Fangen wir mit dem rechten an? Oder nehmen wir das linke? Wie ein Schlachter setzte er die Klinge an mein linkes Ohr. Im selben Augenblick hörte ich ein dumpfes Geräusch, wie wenn man einen Zapfen aus einem Fass zieht. Der massige Mann ließ das Messer fallen und stierte nach unten, wo der Bolzen einer Armbrust sich in seine Brust gebohrt hatte. Mit einem Ruck des Oberkörpers griff sich Uguccione den Pfeil am gefiederten Ende. Er rüttelte mit beiden Händen daran, bis sein Kinn zu zucken begann.

Was?, stotterte er. Warum?

Dann ging er in die Knie und kippte mit dem Gesicht nach unten auf den Boden. Die Spitze des Bolzens presste sich durch seine Brust und trat auf dem Rücken wieder hervor. Ein Blutfleck erschien und vergrößerte sich langsam zwischen den Schultern.

Cioccia und ich blickten in die Richtung, aus welcher der Bolzen geflogen war. Aus dem Gebüsch trat ein Mann, groß und schlank, auf der Schulter eine Armbrust, das Gesicht von einer Kapuze verhüllt und gekleidet in das schwarze Gewand der Buonomini. Wieder einmal hatte ein Angehöriger dieser Bruderschaft einen Todgeweihten zum Richtplatz begleitet. Nur hatte der Bruder diesmal das Amt des Henkers übernommen, nicht das des Trösters. Der Mann trat zu Ugucciones Leiche, wendete sie mit dem Fuß, wie ein Jäger die erlegte Wildsau umdreht. Durch die Schlitze in der Kapuze schaute der Jäger sich sein Opfer an. Dann verbeugte er sich vor Cioccia, grüßte mich mit der Hand und verschwand im Gebüsch. Wir hatten Bekanntschaft gemacht mit dem siebten Sohn.

KAPITEL 49

Nach einer Weile bekam ich den Knoten auf. Ich band Cioccia los, und wir fielen einander um den Hals. Ich untersuchte ihre geschwollene Lippe. Sie bestrich ihrerseits den Schnitt unter meinem Kinn mit Speichel, bis es zu bluten aufhörte. Als ich mein Messer einsteckte, vernahm ich im Gebüsch Pferdegetrappel. Ich ahnte, wer da auf die Lichtung traben würde, und ich hatte recht. Neroccio da Gubbio hatte dieselben Bewaffneten dabei wie heute Morgen. Der Podestà stieg vom Pferd und überschaute in aller Ruhe das Bild mit dem toten Uguccione: Du hast ein Talent für Leichen, Deutscher. Wo du auftauchst, ist ein toter Mann aus der Casa Peruzzi nicht weit. Morgens Zanobi mit dem Messer. Und wen haben wir jetzt? Uguccione del Pozzo, niedergestreckt mit der Armbrust. Es ist immer dieselbe Geschichte mit dir. Du willst ein paar harmlose Worte mit einem Mann wechseln, und schon rammt er sich einen spitzen Gegenstand in den Leib.

So war es nicht, rief Cioccia dazwischen. Jemand hat Uguccione mit der Armbrust niedergestreckt. Er hatte uns an die Bäume gefesselt und wollte uns töten.

Neroccio zog die Brauen hoch: Ein edler Retter ist erschienen aus dem Wald? Das wird ja immer besser. Sicher ein schwarzer Mann mit Maske. Er kam aus dem Gebüsch da hinten, ihr konntet ihn nicht erkennen, und ihr wisst auch nicht, wer er ist. War es nicht so?

Cioccia nickte heftig: Genau so war es.

Der Podestà schaute Cioccia derart eindringlich an, dass sie ihr zerrissenes Gewand an der Brust zusammenraffte und die Augen niederschlug.

Diese schwarzen Männer werden noch zur Plage in Florenz, fuhr Neroccio ungerührt fort. Wenn ein Freier bei den Huren von Santa Maria Novella erschlagen in der Gosse liegt, oder wenn die betrunkenen Wollkämmer sich so lange geprügelt haben, bis einer von ihnen nicht mehr aufsteht, dann komme ich mit meinen Leuten. Und immer hören wir dieselbe Geschichte. Der schwarze Mann war es! Er kam aus einem

Hauseingang, beging den Mord und verschwand dann spurlos um die Ecke. Die Augenzeugen sagen es, die Nachbarn sagen es, die Verwandten sagen es. Und jetzt hat der schwarze Mann auch euch seinen Besuch abgestattet.

Ich sagte: Versteh doch! Das muss derselbe Mörder sein, der gestern Nacht Zanobi Peruzzi auf die Mühle gebunden hat. Es geht um eine Rache an den Söhnen des Padrino, das ist augenfällig.

Der Podestà biss sich ein Stück Fingernagel ab, kaute darauf herum, spuckte es aus und nickte: Ich muss dir recht geben, Deutscher. Jemand tötet reihenweise Söhne oder Hausgenossen des Padrino. Und dieser Rächer bist du. Jetzt sage ich dir, wie es gewesen ist. Ihr lockt diesen Dickwanst in den abgelegensten Wald von Florenz. Das war nicht schwer, denn dass Uguccione scharf war auf diese Frau, das kann ich gut verstehen. Ich wäre auch mitgegangen. Ihr Liebhaber lauert im Gebüsch und schießt. Und nun wolltet ihr beide mit dem Geld, das ihr eurem Opfer abgenommen habt, über alle Berge fliehen.

Welches Geld denn, rief Cioccia empört. Es war umgekehrt! Uguccione hat mich geschlagen und gefesselt und auf diesem Karren da an den Arno verschleppt. Wittekind ist gekommen, um mich zu retten. Aber Uguccione hat ihn überwältigt und gleichfalls gefesselt. Bis ...

Neroccio hob die Hand: Bis der schwarze Mann dem Spuk ein Ende machte. Wie oft willst du es noch erzählen? Eure Armbrust liegt jetzt gewiss im Fluss, das Geld habt ihr versteckt. Aber ihr habt euch in einem Punkt verrechnet. Der Podestà war schneller.

Er wandte sich zu mir: Ich habe nämlich die Wachen an der Porta Santa Croce auf dich angesetzt. Ich hatte schon vermutet, dass du abhauen wolltest, und ich hatte recht. Nur für den armen Uguccione kann ich leider nichts mehr tun. Doch ihm wird Gerechtigkeit zuteil. Fesselt dem Deutschen die Hände!

Wem das Pferd gehörte, das gerade im Gebüsch wieherte, konnte ich nicht vorhersagen. Und auch der Podestà, das war seinem überraschten Blick anzumerken, war nicht vorbereitet auf einen Besuch. Auf einem stattlichen Braunen kam Meo, der Wirt, ins Gehölz der Gehenkten geritten. Hinter ihm klammerte sich Buondelmonte Peruzzi an den hageren Mann. Der Franziskaner sprang als Erster ab: Gott sei gelobt, sie leben noch!

Der Podestà, das war seinem lauernden Blick anzumerken, kannte den Inquisitor genau. Neroccio hatte den Fall abgeschlossen, doch erneut kündigten sich Komplikationen an, diesmal mit der Kirche. Der Podestà wagte einen Widerspruch: Sie leben noch, aber ihr Opfer ist tot.

Meo mischte sich ein: Wieso Opfer? Ich kann in Santa Croce ein Dutzend Zeugen anbringen, die gesehen haben, wie Uguccione diese unbescholtene Witwe auf einem Karren entführt hat. Schau sie dir an! Er hat sie geschlagen und ihr das Kleid zerrissen.

Und der Mann hier?, beharrte Neroccio.

Ich war dabei, sagte Meo, als ihn ein Junge in meiner Schänke von der Entführung benachrichtigt hat. Als Hausherr von Cioccia hat sich Wittekind sofort auf die Verfolgung begeben. Ich kann gleichfalls bezeugen, dass Uguccione gestern Abend in meiner Schänke Wittekind mit dem Tod bedroht hat. Du solltest dem Deutschen Anerkennung zollen für seinen Mut, anstatt ihn zu fesseln!

Neroccio machte keine Anstalten, mich loszubinden. Wir werden den Fall in meinem Palast aufklären, beschloss er.

Da erklang mit ungewohnter Schärfe die Stimme Buondelmontes: Damit du Wittekind so lange folterst, bis er alles gesteht? Und deine Knechte dürfen sich dieweil mit Cioccia verlustieren? Ich kenne dich, Neroccio da Gubbio. Ich bin der Inquisitor, und ich stehe über deinesgleichen.

Es wurde still im Gehölz der Gehenkten. Nur die Mücken summten im Gegenlicht der Mittagssonne. Neroccio und Buondelmonte maßen einander lange mit Blicken. Schließlich ging der Podestà zu mir und löste meine Fesseln. Er schnaufte: Wenn die göttliche Gerichtsbarkeit spricht, muss die weltliche schweigen. Und leise in mein Ohr: Du hast mächtige Freunde, Deutscher. Aber ich kriege dich.

Nachdem Neroccio und seine Männer davongeritten waren, kniete Cioccia vor Buondelmonte nieder, um ihm zum Dank die Hand zu küssen. Er wehrte sie ab und drehte sich zu mir: Ich habe dich gewarnt, Wittekind. Du hast dir im Dienst des Padrino Feinde gemacht, und du machst dir jeden Tag neue. Irgendwann triumphieren sie, vielleicht schon beim nächsten Mal.

Wann wird das nächste Mal sein?, fragte ich. Wie viele Morde sollen noch geschehen?

Buondelmonte wies zum Himmel: Das weiß allein die Vorsehung, ich kann es dir nicht sagen. Ich weiß nur, dass nicht immer jemand kommen kann, um dich aus der Gefahr zu retten.

Ich sagte: Du bist ein sonderbarer Inquisitor. Dein Amt wurde geschaffen, um Menschen zu verdammen, nicht um ihnen zu helfen.

Der Mönch senkte den Kopf: Lange werde ich nicht mehr Inquisitor sein. Ich habe das Amt nur stellvertretend übernommen. Bald kehrt der rechtmäßige Inhaber des Amtes zurück, der vor der Pest in die Berge geflohen ist. Wenn er von meinen Entscheidungen erfährt, werde ich versetzt in die Sümpfe der Maremma, wo kein Mitbruder die Malaria lange überlebt.

Buondelmonte bat uns, ihn im Gehölz allein zu lassen. Im Boden lägen die Gebeine vieler Opfer, die seine Vorgänger zu Tode foltern ließen. Er wolle den Ausritt nutzen, um für ihr Seelenheil zu beten. Meo und ich halfen Cioccia aufs Pferd. Uguccione hatte ihr, als er sie überwältigte, vors Knie getreten, so dass sie vor Schmerzen schlecht laufen konnte. Mir tat auch alles weh, aber ich war noch glimpflich davongekommen. Höchstens eine Narbe unterm Kinn würde zurückbleiben. Als wir aus dem Gebüsch in die Sonne hinaustraten, blickte sich Meo noch einmal um: Einen wie Buondelmonte können sie unmöglich im Amt lassen. Bis zu diesem Frühjahr traute sich der Inquisitor von Florenz nur mit einer Leibwache von zehn Schwerbewaffneten auf die Straße, sonst hätten sie ihn totgeschlagen. Und dieser Mönch hier wagt sich alleine heraus. Er betet im Wald, als wäre er der heilige Francesco persönlich.

Ich lächelte: Francesco war ein Fanatiker, vollkommen von seiner Mission überzeugt. Buondelmonte zweifelt ständig, das sieht man ihm an. Doch das Kirchenrecht hat keinen Inquisitor vorgesehen, der nicht die anderen verhört, sondern sich selbst.

KAPITEL 50

Ein heißes Bad, das war es, was Cioccia jetzt brauchte. Verschmutzt, verschwitzt, mitgenommen von der Verschleppung – so hockte sie auf Meos Pferd, als wir auf der Piazza Santa Croce eintrafen. Bevor ich sie nach Hause brachte, wollte Cioccia noch nach ihrem Stand sehen. Lapo und Monna waren gerade dabei, die Bretter im Verschlag nebenan zu verstauen. Erschrocken blickten sie Cioccia an. Sie lächelte nur und lobte die Kinder. Dann bat sie Lapo, auch noch die Gemüsekisten wegzustellen. Gleich danach, so fügte ich hinzu, sollte er Salvestro, den Chirurgen, bei den Kerkern der Stinche suchen und zu uns bitten. Ich nahm Monna beiseite und trug ihr auf, in Cioccias Wohnstatt den Wasserkessel zu erhitzen. Dino sollte vom Brunnen ein paar Eimer herbeischleppen, dann hatten wir für Cioccias Bad alles beisammen. Ich würde meinen Zuber hinübertragen. Monna berichtete, dass Dino bei mir im Keller gerade den Riegel an der Luke anbringe.

Gemeinsam mit Monna führte ich die humpelnde Cioccia zu unserem Haus in der Via Torta. Erstmals, seit wir uns kannten, bat sie mich zu sich herein. Die Zeit der Heimlichkeiten war vorbei. Auf dem Heimweg bereits hatten wir eine Entscheidung getroffen: Wir wollten die Stadt, in der wir unseres Lebens nicht mehr sicher waren, gemeinsam verlassen. Am besten schon am nächsten Tag. Ich half Cioccia, sich hinzulegen. Sie sah müde aus, ihre Lippe war geschwollen, sie hielt sich den Kopf. Ich ging hinüber zu mir, um den Zuber zu holen und um Dino Bescheid zu sagen.

Die Luke zum Keller hatte einen neuen Riegel, stand aber offen, Hammer und Nägel lagen auf dem Boden. Als ich mich bückte, um nachzusehen, wusste ich, dass Cioccia heute kein heißes Bad bekommen würde. Auf dem Boden lag neben einem Stemmeisen Dino auf dem Bauch, die Beine und der Rumpf in meinem Keller. Schultern und Kopf verschwanden in einem Loch der Wand, hinter welcher ich vor ein paar Tagen den geheimnisvollen Mann husten gehört hatte. Ich stieg die Leiter hinunter, rüttelte an Dinos Beinen, doch der bewegte sich nicht. Ich zog den ganzen Körper durch das Loch zu mir herüber. Dinos Gesicht war von Staub bedeckt, seine Augen blickten stumpf, seine Leiche hatte noch nicht alle Wärme eingebüßt. Am Hals fand ich rote Würgemale. Ich kniete nieder. Der Junge war höchstens siebzehn. Erst vor einer Woche war er als Waisenkind nach Florenz gekommen, um in der großen Stadt ein Auskommen zu finden. Er und seine Schwester besaßen nichts und hatten vom ersten Tag an hart gearbeitet. Nie hatte Dino jemandem etwas zuleide getan. Und nun war auch er tot, mitgerissen in den Strudel, der die Sippe der Peruzzi verschlang. Was hatte dieser arme Junge mit der Abrechnung unter den Reichsten von Florenz zu schaffen? Oder hatte ich selbst Dino ins Verderben geführt?

Ich untersuchte den Keller und fand meine Befürchtung bestätigt. Der Schutt der Mauer lag auf der anderen Seite. Nicht der Mörder war also in meinen Keller eingedrungen, Dino hatte mit dem Stemmeisen ein Loch geschlagen und versucht, in den Nachbarkeller zu gelangen. Ich war so unvorsichtig gewesen, dem Jungen vom schwarzen Mann zu erzählen, der dort unten sein Unwesen trieb und eine Gefahr bedeutete für Cioccia und uns alle. Ich hatte nicht bedacht, dass ein junger Kerl wie Dino sich auf eigene Faust auf die Suche machen könnte. Mit siebzehn hatte auch ich mich für unbesiegbar gehalten. Was für einen Triumph hätte es für den Jungen bedeutet, den Unbekannten im Keller zu überwältigen. Die Wirklichkeit holte ihn ein, noch bevor er ganz nach drüben geschlüpft war. Sicher hatte der Täter gehört, wie Dino das Loch aufstemmte. Er musste nur hinter der Mauer warten, bis ihm sein Opfer auf allen vieren in die Arme kroch. Seit diesem Morgen wusste ich, wie kräftig der Mann war. Er kam gerade aus dem Gehölz der Gehenkten zurück, hörte im Keller den Lärm und beging in meinen Wänden seinen nächsten Mord. Dino war zwar stark, aber für einen geübten Kämpfer wie den Rabenbruder eine leichte Beute. Ich schlug die Hände vor den Kopf. Das hier war meine Schuld. Ich selbst hatte Dino in die Gefahr gebracht, in der er umgekommen war.

Die paar Schritte zurück zu Cioccia waren für mich ein langer Weg. Als ich ihr und dem Mädchen berichtete, wie es drüben aussah, fing Cioccia an zu schreien und die Peruzzi zu verwünschen. Sie warf sich schluchzend auf ihr Lager. Monna nahm die Nachricht gefasster auf. Sie wollte zu Dino, ich nahm sie am Arm, führte sie bis zur Luke, ließ sie aber nur hineinsehen.

Wer hat das getan?, fragte sie leise.

Ich glaube, Cioccia und ich haben den Mann heute gesehen. In der Tracht eines Rabenbruders nimmt er Rache an den Söhnen des Padrino. Es geht um eine alte Geschichte, und Dino ist zufällig dazwischengeraten.

Wie heißt der Mann?

Ich seufzte: Wenn ich das wüsste! Ich kann dir nur versprechen, dass ich alles tun werde, um den Mörder aufzuspüren.

Monna senkte den Kopf; sonst war dem Mädchen keine Regung anzumerken. Ich begleitete sie zurück ins Nebenhaus, wo inzwischen der Chirurg Salvestro mit Lapo eingetroffen war. Lapo kniete neben Cioccias Bett nieder und betete leise. Vielleicht kannte der Junge den Schutzheiligen, der Dinos Seele den Weg ins Himmelreich bahnen konnte. Salvestro, gebeugt und mit traurigem Blick wie immer, erklärte mir, dass er Cioccia einen Schlaftrunk aus Mohnsamen verabreicht habe: Sie ist eine starke Frau, aber das alles war zu viel. Am Kopf hat sie eine große Beule, es hat unterm Haar sogar geblutet. Sie dürfte einen schweren Schlag abbekommen haben und muss jetzt zwei, am besten drei Tage liegen und viel schlafen. Zu essen gib ihr am besten Hühnerbrühe.

Ich wollte Salvestro ein Honorar geben, doch er lehnte ab: Solange die Reichen sich untereinander umbrachten, konnte ich abends unbesorgt einschlafen. Aber so ein unschuldiger Junge! Cioccia hat vor dem Einschlafen gesagt, dass die Peruzzi verflucht sind, und dass sie mit dir weggehen will aus Florenz. Wenn sie wieder zu Kräften kommt, solltet ihr aufbrechen.

Und du?

Der Chirurg nahm seine Tasche und zog die Schultern hoch: Ich bleibe. Wo gibt es mehr Bedürftige und Kranke als in der großen Stadt? Ohne die Not der Menschen müsste ich verhungern.

Indes Lapo bei der schlafenden Cioccia wachte, ging ich mit Monna zum Friedhof hinter Santa Croce. Dort gewährten die Franziskaner den Armen ein Grab, wie es ihnen ihr Patron aus Assisi geboten hatte. Während der Pest, als jeden Tag hunderte Menschen starben, hatte der Platz nicht ausgereicht. Nun hatte sich die Lage gebessert, und wir konnten hoffen, für Dino ein Grab zu finden. Der Laienbruder, der über den Friedhof die Aufsicht führte, lehnte zuerst ab. Doch als ich ihm acht Grossi in die Hand zählte, wies er auf einen öden Streifen an der Mauer. In einer Stunde würden wir dort ein Loch ausgehoben finden und für weitere zwei Grossi einen Mönch für die Gebete. Ich zahlte. In der Stadt des Geldes war nicht einmal der Tod umsonst.

Eine Stunde später folgten Monna und ich dem Totenbrett, auf dem zwei Leichenträger Dinos Körper, gehüllt in eines meiner Bettlaken, zum Friedhof brachten. Der Mönch leierte seine Gebete und war in der schwülen Luft des Nachmittags schnell mit seiner Arbeit fertig. Monna hatte keine Träne vergossen, sondern mit starrem Blick das Ritual verfolgt. Dino war aus dem Nichts in die Stadt gekommen, er würde ins Nichts verschwinden. Er hatte keinen Nachnamen, er hatte keine Eltern. Außer seiner Schwester und uns würde sich bald niemand erinnern, dass es ihn überhaupt gegeben hatte. Als die letzten Gebete verhallten und die Totengräber alles zugeschaufelt hatten, kniete Monna am Grab ihres Bruders nieder, legte die Hand auf die frische Erde und sprach ein paar Worte, die ich nicht verstand. Dann gingen wir wieder zurück.

Cioccia war wach geworden. Ich brachte ihr ein Mahl aus Meos Küche. Hühnersuppe gab es an diesem Tag keine, aber Hirsebrei war auch gut. Cioccia aß ohne Appetit ein paar Löffel und blickte mich aus leeren Augen an: Wenn ich wieder gesund bin, gehen wir gemeinsam fort, Wittekind. Das verspreche ich dir. Aber du musst mir auch etwas versprechen.

Was?

Wir werden uns um Lapo und Monna kümmern. Wir haben Dino zu den Peruzzi gebracht und tragen eine Mitschuld an seinem Ende. Jetzt müssen wir seiner Schwester und Lapo die Eltern ersetzen, damit es wenigstens ihnen besser ergeht.

Nie hätte ich daran gedacht, mich in meinem Alter noch um Kinder zu kümmern. Doch vor ein paar Monaten hatte ich es ebenfalls nicht für möglich gehalten, mich zu verlieben. Ich nahm Cioccias Hand und versprach ihr alles: Ich werde dieses Haus irgendwie zu Geld machen. Sonst haben wir ja nichts. Es gibt in der Nachbarschaft einen Wollfärber, Guido, der hat ein Auge darauf geworfen. Vielleicht kann ich den Padrino oder Palamede überreden, Guido das Haus mitsamt meinen Schulden zu überschreiben. Und ich lasse mir vom Käufer die Differenz auszahlen. Mit dem Wertverlust der Häuser nach der Pest und abzüglich meiner Schuld bekämen wir dann dreihundert Florin. Wenn es schlecht läuft, zweihundert. Aber dann war wenigstens nicht alles vergebens.

Dieses verfluchte Haus, meinte Cioccia und blickte sich um.

Ich legte ihr sanft die Hand auf den Mund: Rede nicht so! Hier haben wir uns kennengelernt. Mag sein, dass das viele Geld die Peruzzi verdorben hat. Aber wir sind anders, wir kommen mit wenig aus, und wir suchen uns einen neuen Ort zum Leben. Mit Lapo und Monna.

Cioccia lächelte mich an, trank in kleinen Schlucken einen weiteren Becher von Salvestros Gebräu leer und legte ihren Kopf aufs Kissen. Ich nahm ihre Hand und wartete, bis sie eingeschlafen war. Dann merkte ich, wie sehr auch mich dieser Tag ermüdet hatte. Mein Kopf brummte, meine Schulter schmerzte. Ich bat Monna und Lapo, bei Cioccia zu schlafen und auf sie aufzupassen. Ich war, wenn sie etwas brauchten, gleich nebenan.

Noch vor der Dunkelheit lag ich auf meinem Bett. Bevor ich wegdämmerte, schreckte ich zusammen und kletterte noch einmal die Stiege hinab ins Erdgeschoss. Ich hatte vergessen, in der Küche die Luke zum Keller zu verriegeln.

KAPITEL 51

Ich wachte auf vom Geräusch des Regens, der aufs Dach prasselte. Ein Gewitter zog über Florenz hinweg, der Donner rollte vom Monte Amiata herüber, Blitze zuckten durchs Morgengrauen, aus den Wolken ergoss sich eine Sintflut. Ich stellte mir vor, wie das Wasser jetzt die Gossen sauberspülte, in denen sich der Mist von Pferden, der Abfall der Märkte, das erste Herbstlaub und die toten Ratten gesammelt hatten. Später kämen die Barattieri mit ihren Stangen und Besen und würden allen Schmutz in den Arno kehren. Aber der Regen der ganzen Welt reichte nicht aus, um die Sünden von Florenz fortzuspülen. Ich drehte mich noch einmal auf die Seite, doch ich konnte nicht mehr einschlafen. Ich dachte an das rote Halstuch, das ich für Cioccia gekauft hatte und das unten in meiner Truhe lag. Sobald meine Geliebte wieder gesund war, würde ich es ihr zum Geschenk machen. Ein Liebespfand – so nannte man das in den Ritterromanen. Ich stellte mir vor, wie schön Cioccia mit dem roten Schal aussehen würde. Dann stand ich auf, um nach ihr zu sehen.

Nebenan war bereits Salvestro. Cioccia schlief unruhig, und der Chirurg examinierte noch einmal die Beule an ihrem Kopf. Er las ihren Puls und schaute in ihren Nachttopf, bevor Lapo ihn wegbrachte.

Ist es schlimmer?, wollte ich wissen.

Salvestro beruhigte mich: Etwas, aber sie kommt wieder auf die Beine. Du musst ein paar Tage Geduld haben.

Ich fragte Lapo nach Monna. Sie war trotz des Gewitters zum Morgengebet zu den Pinzocchere gegangen, wo es auch etwas zu essen gab. Vielleicht, dachte ich, fand sie bei Margherita Mozzi und den anderen Beginen, was wir ihr nicht spenden konnten: Trost für den Verlust ihres Bruders. Lapo kaute auf einem Kanten Brot herum. Ich versprach, ihm und Cioccia im Purgatorio ein Frühstück zu besorgen.

Der Regen fiel wie ein Sturzbach, man konnte kaum fünf Schritt weit sehen. Ich stapfte, gehüllt in meinen Filzmantel, von einer Pfütze in die andere. Zum Glück lag Meos Schänke gleich um die Ecke. Bei diesem Wetter hatte ich keinen Menschen in der Schankstube erwartet.

Doch ich hatte mich getäuscht. An einem Tisch an der Wand saß Francesco Landini, der Musiker, und spielte gedankenverloren einige Töne auf seiner Handorgel. Offenbar hatte Meo den Blinden beim aufziehenden Gewitter in der Nacht nicht heimgehen lassen. Seine Kleider und sein Haar waren trocken; er hatte gewiss auf einer Bank am Ofen geschlafen. Es gab Schlimmeres, denn nun stand bereits ein Teller mit heißem Brei vor Francesco. Sein Hund nagte unter dem Tisch an einem Knochen.

Am anderen Ende der Schankstube hockte Michele Scalza, durchnässt und zerzaust wie ein Spatz im Wind. Der Possenreißer, neben sich seine tropfende Mütze, blickte erfreut zu mir auf. Er brauchte an diesem trüben Morgen Gesellschaft, mir ging es nicht anders. Ich setzte mich zu ihm. Meo stellte uns beiden jeweils einen Napf Brei und einen gewärmten Wein hin. Ich bat den Wirt um eine Hühnersuppe für Cioccia; er verschwand in der Küche.

Das Leben ist ein Witz, aber ein schlechter, begann Michele. Morgens wurde er gewöhnlich von seiner philosophischen Neigung gepackt. Ich schlürfte meinen warmen Wein und nickte. Was gab es da zu widersprechen?

Michele fuhr fort: Mein Freund Jacopo, der Sohn von Dante Alighieri, der liegt jetzt bei sich zu Hause und verreckt. Gestern Abend hat er Pestbeulen bei sich unter den Achseln entdeckt. Er hat es mir durchs Fenster zugerufen und mich gewarnt, ihn zu besuchen. Ich bin ja sein Nachbar. Noch vor dem Gewitter ist dann das Schreien losgegangen, ich habe mir die Ohren zugehalten, aber es hat nichts genützt. Jetzt ist es still, und Jacopo ist vielleicht schon tot. Wie findest du das?

Ich trank Michele zu: Fürchterlich, wie so vieles. Die Pest ist zurück?

Sie war nie ganz weg. Sie hat sich nur etwas ausgeruht in der Spätsommersonne, und jetzt hat sie neue Kraft geschöpft und schlägt wieder zu. Was für ein gottverdammter Dreck!

Ich meinte: Die Pest hatte ich beinahe schon vergessen. Wozu brauchen wir sie überhaupt, wenn die Menschen sich auch ohne Seuche ins Jenseits befördern? Seit einer Woche sind sechs Männer aus der Casa Peruzzi umgebracht worden, und gestern noch ein unschuldiger Junge vom Land dazu.

Michele leckte seinen Löffel ab: Die haben es hinter sich, die kann die Pest nicht mehr holen. Letztlich geht es denen besser als uns. Sage ich immer schon.

Wir schwiegen eine Weile und lauschten auf den Regen, der aufs Dach trommelte.

Der Tod ist ein Furz, rief Michele plötzlich. Wir haben Angst vor ihm, dabei sollten wir ihn auslachen. Kennst du die Geschichte von Salvetto aus San Gimignano? Der lag im Sterben, und ein Pfaffe wollte ihm unbedingt sein Haus abschwatzen, damit er schneller in den Himmel kommt. Doch Salvetto weigerte sich standhaft. Und wie erklärte Salvetto das dem gierigen Pfaffen? Ich gebe der Kirche nichts, denn ich will bei der Auferstehung doch nicht zur Miete wohnen!

Ich musste lachen, denn diese Geschichte kannte ich noch nicht. Michele wollte einen Schluck nehmen, doch sein Becher war leer. Bevor ich aufstehen konnte, um für Nachschub zu sorgen, fasste er mich am Ärmel: Oder die Witwe Rosetta aus Pistoia. Die war so liebestoll, die brachte fünf Männer nacheinander entkräftet unter die Erde. Jaja, so was gibt es. Und jetzt frage ich dich, wenn der Tag des Jüngsten Gerichts kommt und die Toten auferstehen aus der Erde – welchen von den fünf holt sich Rosetta im Paradies in ihr Bett? Den Jüngsten oder den Ältesten, den Dicksten oder den Schlanken, den Reichen oder den Armen?

Da haben die Theologen in Paris und Bologna eine harte Nuss zu knacken, rief ich vom Schanktisch herüber. Vielleicht heiratet deine Rosetta im Paradies ja den heiligen Petrus.

Michele kicherte: Nein, mein Lieber. Ich kenne die Antwort. Sie nimmt sich alle fünf gleichzeitig. Das ist ihre Seligkeit. Was sollen die Leute im Paradies denn anderes machen, als miteinander ins Bett zu gehen? Sonst ist es langweilig. Die schlauen Leute wie ich, die den ganzen Tag saufen und Witze erzählen, die sitzen für ewig in der Hölle und lachen sich kaputt. Dante hat das in seinem Werk säuberlich aufgeteilt. Die prüden Heiligen nach oben, die heidnischen Philosophen und Spötter nach unten. Also, ich für meinen Teil unterhalte mich lieber mit Horatius und Martialis als mit Tommaso von Aquino oder dem Kirchenvater Hieronymus.

Woher kennst du denn Horatius und Martialis?

Michele warf sich in die Brust: Was denkst du? Ich habe in allen Schänken von Bologna studiert, sogar Metaphysik. Und ich weiß etwas, was du nicht weißt, nämlich wie die Pest aussieht.

Ich meinte: Bestimmt nicht besonders appetitlich.

Da hast du recht, grinste er. Sie ist ein altes Weib, das mit einer Sense durch den Himmel fliegt und tödliche Ernte hält unter den Menschen. Mein Freund Buffalmacco, der schon lange in der Hölle brät, der hat sie gemalt auf dem Camposanto in Pisa. Da hat er die Teufel und die Pest abgebildet. Ich habe Buffalmacco damals immer Wein geholt und ihm beim Malen Geschichten erzählt, damit ihm nicht langweilig wird. Bei ihm fliegen die Teufel mit den Menschen in den Krallen durch die Luft, wie riesige Fledermäuse mit spitzen Zähnen. Kennst du das Gemälde?

Ich schüttelte den Kopf.

Was aber das eigentlich Grauenhafte an der Greisin der Pest ist, fuhr Michele fort, das sind ihre Augen. Die Pest schaut auf uns Menschen mit riesigen grauen Augen, als wäre sie vom Töten gelangweilt. Wir sind ihr ganz egal. So kalte Augen sind schrecklich. Vorgestern Abend war hier im Purgatorio einer, der hatte genau solche Augen wie die Pest auf dem Gemälde von Buffalmacco. Grau und kalt, als würde er dich durch einen Block Eis anschauen. Und dazu dieses schwarze Gewand, wie ein Rabenbruder, der dich zur Hinrichtung geleitet.

Ich fuhr auf: Was wollte der Mann hier im Purgatorio?

Er hat Jacopo Alighieri einen Wein nach dem anderen ausgegeben und ihn ausgefragt.

Kannst du dir denken, warum?

Michele dachte einen Moment lang nach: Der Mann wollte von Jacopo alles über Dante erfahren. Aber nichts von seinen Werken, sondern Dinge aus der Jugend des Dichters. Geschichten von vor fünfzig Jahren. Aber da war Jacopo noch ein kleiner Junge. Er wusste nichts und hat immer nur herumgekräht, dass Dante als Prior von Florenz alle Ratten ausgerottet hätte. Nur so könnten wir die Pest besiegen. Und jetzt stirbt der arme Jacopo selber dran.

Kannst du mir den Mann im schwarzen Gewand genauer beschreiben?, fragte ich.

Habe ich doch. Groß, schlank, eisgraue Augen. Unnahbar wie der Tod persönlich. Der Junge mit der Orgel dahinten, der saß die ganze Zeit neben ihm.

Francesco Landini hatte uns zugehört. Nun spielte er auf der Orgel seine Todesmelodie. Vier Töne, bei denen mir das Blut in den Adern gefror.

Michele hielt sich die Ohren zu: Hör auf damit! Das hält kein Mensch aus. Willst du den Fremden mit deinen Tönen beschreiben?

Francesco stellte die Orgel ab und sagte: Die Stimme des Mannes habe ich genau gehört. Sie war rau, fast wie bei einem Greis. Sicher hat er irgendwas mit der Lunge. Er hat sich andauernd geräuspert und hatte immer mal wieder Anfälle von Husten.

Würdet ihr den Mann wiedererkennen?, fragte ich aufgeregt. Ich meine, du, Michele, mit den Augen und du, Francesco, mit den Ohren?

Francesco nickte, Michele ebenso. Nun mischte sich auch Meo ein, der mit einem Topf voller Suppe aus der Küche gekommen war: Ich habe diesen Kerl auch gesehen. Ich erinnere mich noch, dass er ein gutes Trinkgeld gegeben hat. Trotzdem war das ein unangenehmer Gast. Ich glaube nicht, dass der früher schon einmal hier war. Wenn das der Mörder ist, den du suchst, dann macht er beim nächsten Besuch Bekanntschaft mit meinem Knüppel.

Meo zog eine mit Leder überzogene Holzkeule hinter dem Tresen hervor und streichelte sie. Bei Schlägereien seiner Kunden tat sie ihm gute Dienste. Ich warnte den Wirt: Der Mann ist gefährlich wie das Beil eines Henkers. Er mordet so genüsslich, wie du Lampredotto kochst. Ich habe ihn heute dabei erlebt. Sag mir lieber sofort Bescheid, wenn er auftaucht. Der Mann ist ein Fall für mich.

Und wieso, wollte Meo wissen, schnüffelt der Kerl hier herum und fragt Jacopo nach seinem Vater aus? Der Sohn hat sich doch längst um den Verstand gesoffen. Ich hätte ihm mehr erzählen können, vor allem von Dantes Tod. Du weißt doch, während seiner letzten Jahre in Ravenna war der Dichter Gast in meiner Schänke.

Und, fragte ich, hatte Dante dir etwas zu beichten? Oder immer nur dieselben Höllenvisionen?

Meo zögerte: Vor seinem Tod war dieser Alighieri nur noch verbittert. Sein ganzes Leben, so sagte er, war schiefgegangen. Nur in seiner Jugend in Florenz sei er glücklich gewesen, aber aus diesem Paradies hätten die Banchieri ihn vertrieben. Und dann trank er am Tresen Unmengen von diesem scharfen Aquavita, wie man ihn in der Ebene des Po brennt. Manchmal mussten wir Dante nach Hause tragen, zu seiner Frau Gemma. Der sang er dann von seiner großen Liebe vor, die er nicht heiraten durfte. Mir war das immer peinlich.

Ich nahm von Meo den Topf mit Hühnersuppe in Empfang, da trat Palamede Peruzzi herein und schüttelte seinen Regenmantel aus. Auf dem Kopf trug er einen breiten Strohhut, der ihn gegen Regen schützte. Palamede schaute sich neugierig um, als wäre er noch nie im Purgatorio gewesen. In der Tat hatte ich den jungen Mann kaum jemals bei Meo einen Wein trinken sehen. Sicher war ihm die Schänke zu gewöhnlich. Als er mich erblickte, winkte er mir zu: Ich war schon bei dir zu Hause, aber da hat keiner aufgemacht. Ich dachte mir, ich finde dich hier. Man sagt ja, dass diese Schänke dein Wohnzimmer ist. Der Padrino möchte dich sprechen, es duldet keinen Aufschub.

Ich blickte Meo unentschlossen an. Der nahm mir die Suppe wieder ab und versprach, sie selbst zu Cioccia hinüberzubringen.

Auf dem Weg in den Palazzo Peruzzi – der Regen hatte etwas nachgelassen – fragte ich Palamede nach dem Rätsel, das ich bei Zanobi gefunden hatte. Er grinste:

Willst du die Glorie der Peruzzi sehn?

Dann finde des Vorgängers Namensvetter,

der sich zu Drusiana in die Lüfte hebt ...

Den Rest habe ich vergessen. Ja, ich habe von meinem Vater auch solch ein Pergament bekommen. Der Alte wird kurz vor seinem Tod noch wunderlich. Er hat uns feierlich erklärt, dass sich dahinter ein Schatz verbirgt, Juwelen von großem Wert.

Woher sollen die stammen?

Ich kann es mir vorstellen, erklärte Palamede. Mein Vater hat vor der Pest viele Häuser vorteilhaft verkauft. Das Geld steht aber nicht in unseren Bilanzen. Der Padrino scheint die ganze Summe in Juwelen gesteckt zu haben. Wie ein Kaufmann, der zu fliehen plant und festen Besitz gegen beweglichen eintauscht.

Und suchst du jetzt diesen Schatz?, fragte ich, immerhin ist es das Geld der Bank.

Das könnte meinem Vater so passen, mich in seine Geschäfte zu ziehen. Ich habe das Pergament weggeworfen, in die Abortgrube. Noch etwas Geduld, dann ist der Alte tot. Dann brauche ich keinen Schatz, dann kann ich machen, was ich will.

Du bist jetzt der einzige Erbe, gab ich zu bedenken. Du musst die Bank leiten.

Ich übergebe die Casa Peruzzi an meinen Vetter Simone di Rinieri, gegen eine gute Abfindung. Und dann werde ich endlich leben.

Ich fragte: Hast du keine Angst vor dem Mörder?

Wieso? Du hast es mir doch gestern selbst erklärt. Es geht um eine Abrechnung aus den Tagen des Bankrotts. Sechs Söhne haben vor fünf Jahren Geld unterschlagen oder sonst irgendein Verbrechen begangen. Mir ist das gleichgültig. Ich war nicht dabei und habe darum nichts zu befürchten.

Ich blieb stehen und fasste Palamedes Arm: Der Mörder ist noch nicht aus Florenz verschwunden. Er hat gestern in den Kellern der Burella einen arglosen Jungen umgebracht. Nimm dich in Acht!

Palamede schüttelte den Kopf: Was treibt sich der Junge auch da unten herum. Jeder weiß, dass es da spukt. Mir wäre das nicht passiert. Mein Vater tritt endlich ab, darauf habe ich lange genug gewartet. Ich gehe heute Abend ins Malebolge und werde mit meinen Freunden feiern.

Was ist das Malebolge?

Er lächelte: Ein ganz besonderes Wirtshaus drüben in San Frediano. Wenn du Lust hast, kannst du mitkommen. Ich bin jetzt frei, ich habe nichts mehr zu verbergen. Wir sehen uns bei Sonnenuntergang an der Pforte zum Borgo de' Greci. Wenn du nicht da bist, gehe ich alleine.

Mir war klar, dass ihn nichts auf der Welt von seinem Plan abbringen konnte.

Wir stiegen die Treppen hoch, diesmal bis ins zweitoberste Stockwerk, wo sich die Schlafgemächer des Padrino befanden. Dort hatte ich noch niemals Zutritt erhalten. Vor der Tür stand ein Wächter und gebot mir zu warten. Nach geraumer Zeit wurde von innen geöffnet, und Andrea Lancia trat zu mir heraus.

Er ist sehr schwach. Du musst noch etwas warten, flüsterte der Sekretär der Priori mir zu. Er trug das Prunkgewand der Republik Florenz, auf seinem weißen Barett prangte eine rote Lilie. Seine Hände steckten wie stets in Handschuhen aus feinstem Leder. Andrea hatte Tränen in den Augen. Betrübt erklärte er: Ich hatte gehofft, diesen Tag niemals zu erleben. Der Padrino stirbt. Und ich weiß nicht, wie es mit der Republik weitergehen soll. Ohne ihn sind wir verloren. Wenn du wüsstest, wie er noch vor ein paar Monaten unser Florenz vor dem Bankrott gerettet hat. Nicht einmal Donato Bardi hatte eine Idee. Unsere Kasse lief leer wie ein leckes Fass. Da bestellte mich der Padrino zu sich und befahl, dass wir sofort den Silbergrosso entwerten. Wir hatten kaum noch Silber, so haben wir für die neuen Münzen nur die Hälfte vom Edelmetall genommen.

Deswegen ist jetzt alles doppelt so teuer?

Erst einmal war das nicht so, sagte Lancia mit listigem Lächeln. Die Leute haben es nicht gleich gemerkt und fleißig mit der neuen Münze eingekauft. Der Silbergrosso ist das Geld der einfachen Leute, die kriegen niemals Gold in die Finger. Und den Goldflorin, mit dem Banken und Großhandel arbeiten, durften wir nicht antasten. Im Gegenzug hat der Padrino dann noch angeordnet, dass wir die Münzgebühr verdreifachen. Wir hatten plötzlich wieder sprudelnde Einnahmen, aber wir gaben nur die Hälfte an Metall dafür heraus. Damit hat der Padrino die Banken gerettet, wie so oft. Was für ein großer Mann!

Und die einfachen Leute, meinte ich, die haben durch diese List viel weniger Geld im Beutel. Alles wird jetzt teurer, obwohl so viele gestorben sind.

Andrea Lancia strich sich die Handschuhe glatt: Das war der Leitspruch des Padrino. Die Armen müssen bluten, damit die Wunden der Reichen heilen. Am Ende profitieren wir doch alle, wenn es unserer glorreichen Republik Florenz gut geht.

Ich blickte den Sekretär an. Er schien seinen eigenen Worten zu glauben.

Ich habe, sagte er feierlich, einen Vorschlag für dich an diesem traurigen Tag. Komm nächste Woche zu mir in den Palazzo dei Priori. Wir sollten die Zitate des Padrino schriftlich zusammentragen, damit sie nicht vergessen werden. Oder wir verfassen seine Biographie, was meinst du? Meine Hände sind leider lahm und können keine Abhandlungen aufschreiben. Das übernimmst du, und ich diktiere. Wir beide kannten den Padrino gut und haben die Pflicht, die Nachwelt an diesen großen Mann zu erinnern.

Lancia hielt sich erschrocken den Handschuh vor den Mund: Was rede ich! Noch lebt der Padrino ja. Vielleicht tut Gott ein Wunder, und er wird wieder gesund. Und wenn nicht, dann sehen wir uns nächste Woche in meinem Kontor!

Der kleine Mann rückte sich das Barett mit dem Wappen von Florenz zurecht und eilte die Treppe hinunter. Die rote Lilie auf der Mütze sah aus wie die Spitze eines blutigen Speeres, der alle Feinde der Republik aus dem Weg geräumt hatte. Wer würde mit diesem Speer zustechen, wenn der Padrino es nicht mehr tat?

KAPITEL 52

Pacino Peruzzi lag im Bett, einem breiten Lager mit vier prächtig geschnitzten Pfosten. Er schlief, oder er tat so, als ob er schliefe, und ruhte mit geschlossenen Augen. Seine Haut war grau wie Pergament, auf dem Kopf trug er eine rote Wollmütze, gesäumt von Hermelin. Ich war noch nie in diesen Raum vorgelassen worden und schaute mir die Gemälde an, die sich oben an der Wand hinzogen. Es war die Legende von Tristan und Isolde. Ein guter Maler, vielleicht Meister Taddeo Gaddi persönlich, hatte die wichtigsten Einzelheiten der Handlung ausgestaltet. Ich erkannte die Begegnung von Tristan und Isolde, die einander mit weit geöffneten Armen entgegengeschritten. Auf einem Schiff mit geblähten Segeln reichte Isolde ihrem Tristan auf Knien den Liebestrank, der die beiden für immer aneinanderfesselte. Nach der Landung in Cornwall betörte Tristan die schöne Isolde mit seinem Spiel auf einer großen Harfe. Ein Bild weiter lagen die beiden bereits eng umschlungen im Bett, nackt bis auf identische Wollkappen, die sie im Winter Britanniens bei der Liebe wohlweislich aufbehielten. Draußen vor dem Turm stand der alte König Marke mit weißem Bart im Schnee und spähte durchs Fenster. Er wusste, dass er auf einen Schlag seine Ehefrau und seinen besten Ritter verloren hatte. Die letzten Bilder zeigten Tristans Flucht übers Meer. Am Ende kniete Isolde am Bett des toten Ritters, der die Trennung von seiner Geliebten nicht ertragen hatte und vor Gram gestorben war. Das letzte Bild hatte der Maler weggelassen, doch ich wusste, wie die Geschichte ausging. Isolde würde über Tristans Leiche tot zusammenbrechen.

Nur im Tod fand die Liebe Erfüllung; im Leben gab es kein Glück. Wie kam jemand auf die Idee, diese traurige Mär in seinem Schlafzimmer an die Wand malen zu lassen? War Pacino Peruzzi ein Mann, der wie Tristan die Liebe bis zum Wahnsinn kennengelernt und dann die Frau seines Lebens verloren hatte? Mir wurde deutlich, wie wenig ich von meinem Patron wusste. Stets sprach er vom Geld und von den Geschäften seiner Jugendjahre. Im Namen Gottes und des Geschäfts – das war der Leitspruch seiner Bank, die er zu einer der größten der Welt gemacht hatte.

Hier, im Innersten seines Palastes, erinnerte nichts an Bilanzen und Truhen voller Gold. Keine Wappen der Päpste, Könige, Fürsten, mit denen Pacino Geschäfte machte, waren an die Wände gemalt, und schon gar keine Heiligen. Stattdessen erblickte ich unter dem Tristanfresko die bunten Farben einer Laube voller Vögel, die mit aufgesperrten Schnäbeln sangen, inmitten von einem Meer blühender Blumen. Dieser Raum war die Liebeslaube, in der Tristan auf seine Isolde wartete. Der Held sehnte sich nach dem Anblick eines Schiffs mit weißen Segeln, das seine Geliebte zu ihm zurückbringen sollte. Doch das Schiff kam nicht.

Der Padrino schlug die Augen auf und lächelte schwach: Gut, dass ich dich noch einmal sehe, Wittekind. Morgen um diese Zeit bin ich nicht mehr am Leben. Mein Herz hat genug geschlagen; es will nicht mehr.

Vielleicht kommt euch das nur so vor, sagte ich ohne große Überzeugung. Euer Wundarzt Salvestro bereitet euch einen Heiltrunk, dazu ein Glas Zypernwein fürs Blut. Und dann geht es weiter.

Nein, Wittekind. Das Leben fließt dahin wie Wasser aus einem großen Krug. Ich bin bei den letzten Tropfen angekommen. Aber vorher wollte ich dich noch einmal sehen.

Warum?

Er holte mühsam Luft und hustete. Die Haut des Padrino wirkte durchscheinend. Er drehte seinen Kopf zu mir: Ich habe in den letzten Tagen fast alle meine Söhne verloren. Aber dich gibt es noch. Du musst wissen, dass ich dich liebgewonnen habe wie einen leiblichen Sohn.

Und weil ihr mich so schätzt, habt ihr mich beim Kauf meines Hauses betrogen? Ihr wusstet von mir, dass eine verheerende Seuche im Anzug war. Doch selbst diese schlimme Nachricht habt ihr in Geld verwandelt und fleißig Häuser verkauft. Ihr habt den Ertrag mir, der nichts hat, weggenommen. Und ihr habt ihn euch gutgeschrieben.

Wieder lächelte der Padrino: Endlich bekommst du einen Sinn fürs Geschäft, endlich fängst du an zu rechnen. Kraft, Klugheit, Mut – das ist dir eigen. Nur Rechnen musst du noch lernen, um ein guter Kaufmann zu werden.

Ich will kein guter Kaufmann sein. Euren Söhnen hat das Gewerbe kein Glück gebracht.

Meine Söhne, die jetzt tot sind, waren keine guten Kaufleute, äußerte der Padrino mit brüchiger Stimme. Sie waren schwach, jeder auf seine Art. Auch Palamede, der Ballspieler, ist dem Geschäft nicht gewachsen. Er ist ein Sodomit, wusstest du das?

Was tut das zur Sache? Jeder Mensch muss auf seine Art glücklich werden.

Pacino Peruzzi schüttelte unmerklich das Haupt: Ich durfte nicht auf meine Art glücklich werden. Ich konnte noch so viele Schätze anhäufen, aber der größte Schatz meines Lebens wurde mir geraubt, schon vor langer Zeit.

Er stemmte sich mühsam in den Kissen hoch und starrte mich mit fiebrigen Augen an: Und doch war nicht alles vergebens. Einen Sohn hatte ich, einen richtigen. Er war das Kind, das meine Geliebte von mir bekam. Sie, die ich nicht heiraten durfte.

Wie bei Tristan und Isolde?, fragte ich.

Schlimmer, viel schlimmer. Tristan und Isolde hatten eine glückliche Zeit in ihrem Schloss, doch uns blieben nur ein paar heimliche Treffen. Es war ein schäbiger Rahmen für unsere Liebe. Und doch waren es die glücklichsten Stunden meines Lebens. Die einzigen glücklichen Stunden, verstehst du?

Wer war diese Frau?

Der Padrino blickte verklärt an mir vorbei: Wenn ich dir das verrate, dann bleibt in Florenz kein Stein auf dem anderen. Dann gibt es Bürgerkrieg. Deshalb musste ich unseren Sohn irgendwann von hier wegschicken. Der Ehemann seiner Mutter – nur er kennt unser Geheimnis – hätte meinen Sohn beseitigt. Doch nun erlebe ich das Glück jener Stunden noch einmal. Mein einziger Sohn ist zurückgekehrt und tritt mein Erbe an.

Ich fragte: Ist es der Mann in der schwarzen Tracht der Buonomini? Hat er vom Dach mit dem Bogen geschossen? Ist er es, der vor meinen Augen Uguccione erschossen hat?

Ja, das ist er, strahlte Pacino Peruzzi. Vor meinem Tod schickt er mir Grüße.

Seine Grüße sind tödlich. Sechs Männer aus der Casa Peruzzi mussten sterben. Und zuletzt hat dein geliebter Sohn einen unschuldigen Jungen erwürgt.

Dann ging es wohl nicht anders, sagte der Padrino tonlos. Außerdem hast du einen Toten vergessen: Amerigo, der mit der Sklavin weggelaufen ist.

Ich fuhr zusammen, denn genau diesen Gedanken hatte ich bis jetzt verdrängt: Wie kann das sein? Amerigo wurde in Caffa von einem Tatarenpfeil getötet!

Es war kein Zufall, sagte der Alte. Aus Caffa erreichten mich die letzten Nachrichten meines Sohnes, nachdem ich ihn aus Florenz fortgeschickt hatte. Als du mir erzähltest, wie der weggelaufene Amerigo umkam, da ahnte ich: Mein starker Sohn hat das getan. Er nimmt Rache an all den Schwächlingen und Verrätern, die ich an meiner Brust genährt habe. Dafür ist er nach Florenz zurückgekehrt.

Mich schauderte. Der Alte hatte die ganze Zeit alles gewusst! Er hatte dem Morden, von dem ich ihm getreulich Bericht zu erstatten hatte, zugesehen wie einem Hahnenkampf. Zerfetzt lagen die Tiere im Sand, das Blut floss. Doch der Padrino war glücklich, weil sein Lieblingshahn sie alle aufgeschlitzt hatte. Ich griff ihm an die Schulter: Ihr müsst mir verraten, wer der Mann ist! Wie heißt seine Mutter?

Die Antwort kam laut und vernehmlich: Das werde ich dir nie sagen. Nie! Hörst du? Du hast deine Aufgabe erfüllt und mich stets auf dem Laufenden gehalten. Jeder der Toten war ein Gruß an mich. Verhindern konntest du die Rache nicht, das wusste ich die ganze Zeit. Du bist stark, Wittekind. Doch er ist stärker. Er ist der einzige Sohn, der meine Liebe verdient. Weil er so ist wie ich.

Am liebsten hätte ich den Alten an seinem Nachthemd gepackt, ihm die Mütze vom Kopf gerissen und ihm für seine Bosheit ins Gesicht geschlagen. Doch dann würde er kein Wort mehr verraten. Ich musste es anders versuchen: Dein Sohn hat sich bei Jacopo Alighieri nach Dantes Jugend erkundigt. Das waren die Jahre, in der du seine Mutter geliebt hast. Ist es nicht so?

Pacino lächelte selig: Vor fünfzig Jahren. Wir waren das schönste Paar, das Florenz je gesehen hatte. Alle beneideten mich. Auch dieser Griesgram Dante war hinter ihr her. Doch sie wollte keinen anderen, sie hatte nur Augen für mich. Ich habe ihr damals ein Gedicht geschrieben und es ihr ins Herz geritzt.

Mit brüchiger Stimme begann der Alte zu singen:
La dispietata mente che pur mira
di retro al tempo che se n'è andato,
da l'un de lati mi combatte il core:
e l'disio amoroso, che mir tira
ver lo dolce paese c'ho lasciato,
d'altra part è con la forza d'Amore.

Ich versuchte, die komplizierten Worte in mich aufzunehmen:
Mitleidlose Erinnerung, die zurückschaut
zur vergangenen Zeit. Sie bestürmt mein Herz
auf einer Seite. Auf der anderen, mit Liebeskräften,
lebt das Herzenssehnen, das mich zieht
zum süßen Land, das ich verlassen musste.

Pacino rief: Aus diesen Worten spricht meine Liebe. Wenigstens im Geist darf ich zurückblicken auf das süße Land des Begehrens. Und niemals kann ich diese Zeit vergessen, so erbarmungslos sie auch vor meinen Augen schwebt. Meine Liebste hat mich für immer verlassen, denn sie musste einen anderen heiraten. Er schloss die Augen im Schmerz: Nur in der Erinnerung gibt es Glück, Wittekind. Das weißt du noch nicht, aber du wirst es erfahren. Die schönste Frau von Florenz war meine einzige Liebe.

Ich wollte aufstehen und Pacino mit seinen Visionen aus dem süßen Land des Begehrens allein lassen. Der Mann hatte nur noch ein paar Stunden zu leben. Der Griff seiner Hand hielt mich zurück: Wir haben noch nicht über den Grund geredet, aus dem ich dich gerufen habe. Schau auf den Tisch! Da liegt ein Pergament für dich.

Ich fand ein Dokument über den vollständigen Besitz meines Hauses. Alle Schulden hatte der Padrino mit einem Strich seiner Feder getilgt. Ganz am Ende hielt er Wort. So wenig mir das am Totenbett dieses Mannes gefiel – ich konnte die Freude nicht völlig unterdrücken. Endlich gehörte das Haus mir. Kein Dank?, krächzte der Alte. Gut, ich habe keinen Dank verdient. Stattdessen danke ich dir für deine Arbeit. Bald gibt es mich nicht mehr. Dann bist du frei und kannst gehen, wohin du willst.

Ich nickte ihm zum Abschied zu, da griff der Padrino unter sein Laken, zog eine kleine Rolle hervor und streckte sie mir hin: Nimm dies noch mit! Das ist kein Geschäft, sondern ein Abschiedsgeschenk. Du bist nicht mein Sohn, aber wenn ich einen Sohn gehabt hätte wie dich, dann wären meine letzten Jahre glücklicher gewesen. Du sollst dich immer an mich erinnern. Wenn du dich klug anstellst, dann kannst du mit diesen Zeilen das Glück deines Lebens machen.

Ich las. Es handelte sich um dasselbe Rätsel, das er auch Zanobi und Palamede zukommen ließ:
Willst du die Glorie der Peruzzi sehn?
Dann finde des Vorgängers Namensvetter,
der sich zu Drusiana in die Lüfte hebt,
wo ein leerer Leuchter von der Decke hängt,
und die Menschen sich verneigen vor dem Heil.
Dies war der letzte Einsatz eines Spielers, der sein Leben lang immer nur gewonnen hatte. Gewonnen und gewonnen und gewonnen – mit einer Ausnahme. Seine Liebe hatte er verloren. Ich dachte an Cioccia und stellte mir vor, dass es bei mir andersherum war. Ich hatte viel verloren, doch dieses eine Mal hatte ich den Gewinn errungen. Ich musste nicht im Geist zurückblicken auf das süße Land des Begehrens. Ich durfte dort leben.

Schweißperlen traten auf Pacino Peruzzis Stirn, ich wischte sie ihm nicht ab. Er fieberte mit geschlossenen Augen: Wenn ich nur ein paar Jahre jünger wäre, ich würde in Florenz heute noch alles verkaufen und nach Lissabon gehen. Der König von Portugal segelt gerade mit seinen Schiffen nach Afrika. Das ist der klügste Mann auf Erden. Der Handel im Osten mit Arabern, Tataren, Türken – das bringt doch alles nichts mehr ein. Wir müssen selber Kolonien gründen, wo es warm ist. Und wir dürfen unseren Arbeitern keinen Lohn bezahlen wie diesen undankbaren Wollkämmern, das ist viel zu teuer. Wir müssen die Schwarzen zu unseren Sklaven machen, damit sie Zuckerrohr anbauen und Baumwolle. Der Gewinn wird gewaltig sein, ich habe alles durchgerechnet. Wittekind, verkauf dein Haus und mach dein Glück in Portugal! Wittekind, so hör doch!

Ich drehte mich nicht mehr um und schritt langsam zur Tür. Draußen saß auf einem Schemel Pacinos Frau. Ihr Ehemann ließ sie nicht ins Sterbezimmer. Bilia starrte mit großen blauen Augen auf den Boden und wartete auf den Moment, an dem sie Witwe sein würde. Ein junges Mädchen, dem Tristan nicht begegnet war und das niemals lieben durfte wie Isolde. Morgen schon würden die Peruzzi sie hinter den Mauern eines Klosters einsperren, aus dem sie ihr Leben lang nicht mehr herauskam. Ich strich dem Kind über die Wange. Die Kleine schreckte aus ihren Gedanken auf und blickte mich an wie ein Reh, das im finsteren Wald vor Angst schier vergeht. Sie hatte allen Grund dazu.

KAPITEL 53

Cioccia wälzte sich im Bett von einer Seite auf die andere. Das Gewitter mit Blitz und Donner war endlich vorbei, doch sie träumte immer noch schlecht. Ich war der Letzte, der das nicht verstand. Florenz war eine Stadt der Albträume. Der Padrino hatte mir offenbart, was diese Peruzzi wirklich waren: eine Meute, die von ihrem eigenen Bluthund zerrissen wurde. Wo in der Welt hatte es dergleichen je gegeben? In griechischen Sagen wurde den Frevlern zur Rache das Fleisch ihrer eigenen Kinder zum Fraß vorgesetzt. Ich hatte gedacht, dass dies alte Legenden waren, die nichts mit der Wirklichkeit zu tun hatten. Das war ein Irrtum. Die Wirklichkeit war schlimmer als jede Geschichte. Für Cioccia und mich gab es nur eine Möglichkeit, ihr zu entkommen. Wir mussten weglaufen.

Als Cioccia in Schweiß gebadet erwachte, strich ich ihr mit der Hand die schlimmen Träume von der Stirn. Ich hatte eine Überraschung für sie: das Pergament, das mich vor den Gesetzen von Florenz unwiderruflich als Besitzer des Hauses bestätigte. Ich erklärte Cioccia, dass ich unser Haus noch am nächsten Tag verkaufen würde, ob an Guido, den Wollfärber, oder an einen anderen, der mehr Geld dafür auf den Tisch legte. Sobald sie wieder gesund war, würden wir beiden mit Monna und Lapo aus Florenz verschwinden und nie mehr wiederkehren.

Was hat der Padrino dir erzählt, dass du so entschieden bist?, wollte Cioccia wissen.

Ich beschloss, dass sie die blutige Tragödie noch nicht verkraften konnte. Ich musste vorher für sie herausfinden, ob der letzte Akt bereits gespielt war oder ob es noch einen Epilog gab. Der verrückte Alte, erklärte ich, hat mir ein Rätsel aufgegeben. Es geht um einen Schatz von Juwelen.

Cioccia fragte: Und wer das Rätsel löst, der bekommt den Schatz?

Ich zuckte mit den Schultern: Pacino Peruzzi ist ein schlechter Mensch. Ich glaube ihm kein Wort mehr. Das Geld, das ich für unser Haus bekomme, reicht für uns alle. Hör einmal, was er sich ausgedacht hat: Willst du die Glorie der Peruzzi sehn? Dann finde des Vorgängers Namensvetter, der sich zu Drusiana in die Lüfte hebt. Wenn er denkt, dass mich dieser Unsinn in der Stadt festhält, dann hat er sich verrechnet.

Das ist das ganze Rätsel?, fragte Lapo.

Ich rezitierte auch noch den Rest mit dem leeren Leuchter unter der Decke und den Menschen, die sich vor dem Heil verneigen. Cioccia schüttelte den Kopf: Das klingt nicht wie ein Rätsel, sondern wie eine Teufelsbeschwörung. Es würde auch besser zum Padrino passen. Im Palazzo Peruzzi opfern sie dem Satan, deshalb mussten so viele sterben. Wir werden, bevor wir gehen, den Pinzocchere eine Spende zurücklassen, damit uns der Fluch nicht verfolgt.

Ich stimmte ihr zu. Cioccias Deutung lag nicht weit entfernt von der Wahrheit. Und doch hatte ich außer Buondelmonte in all dem Grauen einen Peruzzi kennengelernt, den ich nicht der Rache des Mannes in Schwarz ausliefern wollte. Was immer in San Donato damals zwischen den Brüdern vorgefallen war, Palamede hatte nichts damit zu tun. Der jüngste von Pacinos Söhnen wusste nichts vom Bruder, den sein Vater mehr liebte als alle anderen und der nun zurückgekehrt war, um sich zu rächen. Palamede war so unschuldig und so ahnungslos wie Dino. Ich konnte nicht zulassen, dass er wie Dino starb. Einmal noch wollte ich ihm an diesem Abend ins Gewissen reden. Wenn er mir nach den Enthüllungen seines Vaters immer noch nicht glaubte, war ihm nicht zu helfen. Aber dann hatte ich es immerhin versucht.

Monna kam vom Brunnen herein mit einem Eimer Wasser; sie hatte vor, Cioccia kühlende Umschläge zu bereiten, während Lapo vor der Dämmerung noch in Santa Croce für Dinos Seelenheil eine Kerze anzünden wollte. Cioccia bekam von Monna noch ein paar Löffel Suppe, dann musste sie Salvestros Schlafmittel trinken, um in der Nacht Ruhe zu finden für ihren schmerzenden Kopf und die bösen Träume darin. Als ich ihr eröffnete, dass ich noch ein letztes Geschäft mit Palamede zu erledigen hatte, hielt sie meinen Arm fest: Wittekind, wir sind mit diesen Leuten fertig. Du hast mit diesem Palamede nichts zu schaffen, mag er auch ein lieber Kerl sein. Aber vielleicht ist er wie sein Vater und verstellt sich nur. Geh nicht, Wittekind! Ich gebe mir Mühe und schlafe ganz fest, damit ich bald gesund bin und wir zusammen aus Florenz weggehen können. Ich bitte dich, bleib heute Abend bei mir!

Ich nickte Cioccia begütigend zu und wartete, bis Monna den Strohsack aufgeschüttelt hatte. Dann reichte ich Cioccia Salvestros Schlaftrunk und wartete an ihrem Bett, bis sie eingeschlafen war. Diesmal lächelte sie im Traum. Ich nahm das als gutes Zeichen und schärfte Monna ein, dass sie die Tür hinter mir abschließen und einzig Lapo einlassen sollte. Ich würde noch vor Cioccias Erwachen wieder zurück sein. Ich küsste Cioccia auf die Stirn. Dann nahm ich meinen Umhang vom Haken und machte mich auf zum verabredeten Treffpunkt hinter dem Palazzo Peruzzi.

In der frischen Luft nach dem Gewitter musste ich nicht lange warten. Ich hörte, wie Palamede dem Torwächter einen Gruß zurief. Ich roch den Duft eines schweren Parfüms, das mich an die Märkte des Orients erinnerte. Dann stand der Letzte der Peruzzi vor mir, gekleidet in einen lavendelfarbenen Seidenumhang mit einem Saum aus Luchspelz, darunter ein hellblaues Obergewand, das er mit einem gepunzten Gürtel eng an seine Hüften gebunden hatte. Die Beine steckten nach Pariser Mode in grauen Wollhosen, seine Schuhe aus rotem Leder liefen vorne spitz zu wie Mäusezähne. Auf Palamedes Kopf prangte ein hoher, in sich gefalteter Samthut dunkelblauer Färbung mit einer Häherfeder, die keck zur Seite wies. Mit seinem gebräunten Gesicht, seinem scharfen Profil, seinen tiefbraunen Augen und vor allem mit fünf Diamantringen an den Fingern sah er so majestätisch aus wie ein König auf dem Weg zur Krönung.

Hast du keine Waffe dabei?, fragte ich.

Wozu brauche ich eine Waffe?, lachte Palamede. Ich gehe doch nicht zum Kämpfen.

Ich schaute ihn ernst an: Sobald dein Vater tot ist, und das wird sehr bald geschehen, ändert sich dein Leben vollständig. Dann bist du nicht mehr der Bilanzschreiber aus dem Kontor, sondern das Oberhaupt einer großen Bank. Mach endlich deine Augen auf und schau den Verhältnissen ins Gesicht! Ab sofort darfst du niemandem mehr trauen! Wenn dich einer anlächelt, dann zeigt er dir die Zähne, mit denen er dich beißen will.

Palamede blickte unwirsch. Doch er besann sich und ging noch einmal in den Palazzo zurück, um sich zu bewaffnen. Als er zurückkehrte, baumelte an seinem Gürtel ein Dolch in einer Prunkscheide aus perlenbesetztem Brokat, die im Abendlicht funkelte wie ein Diadem. Ich zog die Waffe heraus und wog sie in der Hand. Die Klinge bestand aus ziseliertem Damaszenerstahl, lang, spitz und geschwungen wie Meereswellen. Doch die Waffe war so schmal, dass sie besser zum Öffnen eines Briefs oder zum Zerlegen einer Taube taugte als zum Nahkampf. Ich ließ nicht locker: Nimm ein Schwert mit! Mit solch einem Dolch macht sich der Mörder, der es auf dein Leben abgesehen hat, die Fingernägel sauber.

Palamede stampfte mit dem Fuß auf. Nun wirkte er nicht mehr wie der junge Kontorist, der nach der Arbeit zum Ballspielen geht. In seiner neuen Tracht war er bereits zum Oberhaupt der Peruzzi aufgestiegen, und er ließ mich das mit scharfen Worten spüren: Wozu ein Schwert? Auf mein Leben hat es niemand abgesehen. Du siehst Gespenster und willst mich ausstatten wie einen Söldner des Podestà? Ich denke nicht daran! Meine Freunde würden sich totlachen über mich. Wenn du nicht mitkommen willst, dann bleibst du eben hier.

Er drehte sich um und war hinter der Ecke verschwunden, bevor ich ihm widersprechen konnte. Ich rannte hinterdrein. Palamede wandte immer wieder mit gerecktem Kinn den Kopf, als wolle er kontrollieren, wie er auf die Menschen auf der Straße wirkte. Er konnte zufrieden sein. Jeder Mann und jede Frau drehten sich nach ihm um, einige blieben sogar stehen und starrten ihm nach. Nach San Frediano am anderen Ende der Stadt wählte er den Weg über die Brücke des Rubaconte, damit er sich auf der anderen Arnoseite ohne den abendlichen Menschenauflauf am Priorenpalast die feinen roten Schuhe nicht schmutzig machte.

Bei Palamedes Geschwindigkeit geriet ich außer Atem. Meine Beine taten noch weh von den Schlägen Uguccions, so dass ich mit meinem Humpeln neben diesem königlichen Jüngling wirkte wie ein vom Leben gegerbter Diener, der seinem Herrn kaum mehr folgen kann. Sobald wir über die Brücke nach Oltrarno kamen, hatte Palamede ein Einsehen. Die Sonne, die sich nach dem Gewitter noch kurz gezeigt und die Dachziegel zum Dampfen gebracht hatte, war gerade untergegangen. Im tiefroten Dämmerlicht hielt Palamede beim Stand eines Weinhändlers an und bestellte zwei Becher vom besten Tropfen für uns. Mein Begleiter war in Feierlaune und reckte mir huldvoll den Holzbecher entgegen – wie ein Adliger, der sich unters Volk gemischt hatte, doch der zugleich wusste, dass ihm eigentlich ein Prunkpokal aus gefärbtem Glas zustand.

Der Weiße schmeckte mir vorzüglich, leicht süßlich und mit einer öligen Note. Palamede verzog den Mund: Diese neue Mode mit den Trauben aus unserem eigenen Contado, ich weiß nicht. Irgendwie wirkt so ein Chianti immer sauer, genau wie ein Bauer aus Gaiole oder Cavriglia. Wir haben da unten seit kurzem eigene Weinberge. Mein Bruder Arnaldo hat immer gesagt, wir sollten das Zeug nicht einmal unseren Pferden zu saufen geben. Aber um die Kehle für den Weg zu befeuchten, mag es angehen. Nachher im Malebolge trinken wir Schwarzen aus Cahors oder diesen Roten aus Kreta, den jetzt alle in den Himmel loben.

Ich musste staunen über die Veränderung, die sich vor meinen Augen mit dem Jüngling vollzogen hatte. Der Tod seiner Brüder, mit denen ihn wenig verband, hatte ihn zu einem erwachsenen Mann gemacht. Und zu einem sehr reichen Mann obendrein. Täuschte ich mich in Palamede, der früher immer so scheu und träumerisch wirkte? Vielleicht hatte er recht, und er befand sich gar nicht in Gefahr, und sein Leben als verwöhnter Erbe begann genau jetzt, ohne Geldnöte und ohne Arbeit. Geld konnte vieles verändern, das hatte der Padrino sein ganzes Leben lang allen vorgeführt. Geld machte aus einem Bettler einen König, es machte aus einem buckligen Alten einen begehrten Heiratskandidaten, es machte aus einem Bettelmönch einen Bischof. Aus dem kleinen Palamede machte es vor meinen Augen einen großen Mann, dem Florenz zu Füßen lag. Doch einen Makel, den er mit keinem Gold der Welt abwaschen konnte, hatte dieser schöne Jüngling im Rausch seines neuen Lebens übersehen. Er war ein Peruzzi.

Willst du nicht fortgehen aus Florenz?, schlug ich vor. Schön ist es auch anderswo. Mit deinem Auftreten und einem Beutel voller Gold könntest du in Konstantinopel die Freundschaft des römischen Kaisers erringen. In Alexandria und Damaskus leben Kaufleute aus Florenz, die führen dich ein bei den Herrschern der Heiden, die ganz anders zu leben verstehen als wir Christen. Da sind die Abende unterm Sternenhimmel erfüllt von Poesie und Tanz. Schöne Frauen umschwärmen dich. Und Männer natürlich auch.

Palamede blickte mich von oben an: Woher willst du das wissen? Du bist ein Deutscher, und du hast schon deine Gründe, dass du aus dem nebligen Elend deiner Heimat zu uns an den Arno gekommen bist, in die schönste Stadt der Welt. Nein, ich werde nicht aus Florenz weggehen. Hier leben meine Freunde, hier kann ich Calcio spielen und mir einen Palazzo nach eigenen Wünschen einrichten.

Mein Begleiter sprang auf, warf dem Weinschenk einen Silbergrosso hin und hob lässig die Hand, als der Wirt ihm den Rest herausgeben wollte. Die Nacht brach herein, und Palamede versorgte uns an einem anderen Stand mit zwei Öllampen, wie sie findige Straßenhändler den Vorschriften zum Trotz für Nachtschwärmer bereithielten. Denn eigentlich brach nach der Schließung der Tore die Ausgangssperre an, bei der jedermann verhaftet wurde, den die Wachen des Podestà um diese Stunde noch auf verdächtigen Pfaden in der Dunkelheit antrafen. Ich wagte mich um diese Zeit nur die paar Schritte vom Purgatorio nach Hause, und das am liebsten über den Hinterhof. Palamede jedoch hatte die Taschen voller Silbergeld. Er würde die Wächter einfach bestechen und lachend seines Weges ziehen.

Dieser Weg führte heute steil nach unten. Am Anfang die Gipfel des Reichtums – und am Ende in San Frediano der Schlamm der Armut, der für meinen Begleiter trotzdem Verlockungen barg. Zuerst kamen wir am Palazzo Bardi vorbei, viereckig, düster und ebenso einschüchternd wie der Stammsitz der Peruzzi. Gleich um die Ecke lebte Boccaccio unter lauter Banchieri. Dahinter begann das Viertel des Augustinerklosters Santo Spirito. Hier wohnten Handwerker; die Pflastersteine waren gekehrt, die Läden hochgeklappt und alle Fenster dunkel. Hier wollte niemand auffallen, nicht bei den Schergen des Podestà, nicht bei den neugierigen Nachbarn und schon gar nicht bei den Steuereintreibern. Weiter östlich, im Viertel der Carmeliter, wurden die Straßen schmutziger, wir mussten immer wieder innehalten und unsere Lampen vor uns ausstrecken, um nicht in Pferdeäpfel, Hundekot oder Erbrochenes zu treten. In engen Seitengassen huschte Lichtschein von einer Wand zur anderen; unterdrücktes Lachen drang aus Portalen. Die Arnoschiffer, die rechter Hand über Nacht ihre Barken ans Ufer zogen, schnarchten längst nicht alle unterm Segeltuch ihrer Boote. Etliche brachen nach getaner Arbeit auf in die finsteren Gassen, wo die Töchter verarmter Handwerker sich ein paar Quattrini für das Essen des kommenden Tages verdienten.

Ich dachte, immer zwei Schritte hinter Palamede, an Rimini oder Ancona, wo ich bald leben würde. Cioccia liebte das Meer, und diese beiden Städte erschienen mir, obgleich ich sie kaum kannte, ein guter Ort für einen glücklichen Neuanfang. Frischer Wind, der Blick auf Meereswellen, Frieden im Alltag – mehr war es nicht, was ich für Cioccia und mich erträumte. Hatten wir, die wir anders als Palamede keine Goldringe und keine Seidengewänder trugen, nicht auch ein Recht auf Glück? In einer kleinen Stadt wie Rimini war natürlich alles viel langweiliger als in Florenz, da gab es keine riesigen Paläste der Banken, keine Löwenzwinger, keine Feste mit Pferderennen und Regatta und schon gar kein geheimes Leben auf den nächtlichen Gassen. Doch Cioccia und ich waren alt genug, um ohne solche Aufregungen noch älter zu werden. Lapo und Monna konnten, waren sie erst erwachsen, selbst entscheiden, wohin sie gehören wollten.

Als ein streunender Hund mit Gebell auf uns zusprang, zog Palamede seinen Dolch und wedelte unsicher mit der Klinge hin und her. Ich drängte ihn zur Seite, wartete, bis das hungrige Tier angerannt kam, und versetzte ihm einen Tritt zwischen die Beine. Jaulend rannte der Hund davon. Mir an einem meiner letzten Abende in Florenz die Tollwut zu holen, war das Letzte, was ich gebrauchen konnte. Bei der kleinen Kirche San Frediano raffte Palamede seinen Seidenumhang und band ihn sich am Luchspelzsaum um die Hüften. Hier endete das Pflaster, die Gassen wurden schlammig, alle paar Schritte traten wir in Pfützen. San Frediano war eines der ärmsten Viertel von Florenz und zugleich das einzige, wo die Verwüstungen der Pest kaum auffielen. Sicher starben hier in den überfüllten Holzhütten der Armen noch mehr Menschen als in den Steinpalästen des Zentrums. Doch durch das Stadttor strömten jeden Tag neue Bewohner nach Florenz und ersetzten die Toten. Für zehn Leichen, die draußen ins Massengrab geworfen wurden, kamen zwölf Arme, die den Hunger und die Plünderungen in den Städten am Arno nicht länger aushielten. San Frediano mit seinen strohgedeckten Hütten war der Hafen, in dem die Menschen landeten, die alle Hoffnung verloren hatten außer einer: in Florenz zu Brot und Obdach zu kommen.

An der Kirchenwand von San Frediano, wo sich der einzige Platz des zugebauten Viertels öffnete, flackerte aus einem heruntergeklappten Laden eine Kerze. Als wir vorbeigingen, streckte eine Alte den Kopf heraus. Ihr gebräuntes Gesicht war voller Falten, sie hatte einen Fetzen um den Kopf gebunden und rief: Für zwei Quattrini lese ich euch die Zukunft aus der Hand.

Ich wäre Palamede beinahe in die Hacken gelaufen. Er hielt schlagartig bei der Wahrsagerin an, zählte ihr aus dem Beutel zehn Quattrini in die Hand, streckte die Rechte aus und drehte sich zu mir um: Wenn mein Leben in Gefahr ist, wie du sagst, dann erfahre ich es von dieser Frau. Vor zwei Wochen hat sie mir den Tod meines Vaters und ein großes Erbe vorhergesagt.

In den Linien unserer Hände, unkte die Alte, steht unser Schicksal geschrieben. Doch die Lebenslinien zu lesen ist nur wenigen erlaubt.

Ich warf ein: Der Philosoph Aristoteles sieht das anders. Für ihn ist unsere Seele bei der Geburt ein leeres Blatt. Wir müssen es selber beschreiben – mit unseren Taten und mit unseren Gedanken. Nur wenn wir uns anstrengen, ergibt das Geschriebene einen Sinn.

Das ist mir zu kompliziert, meinte Palamede über die Schulter hinweg, während sich die Alte im Schein der Öllampe murmelnd in seine Handfläche vertiefte. Nach einer Weile richtete sie sich auf und erklärte triumphierend: Deine Lebenslinie ist stark, schöner Jüngling. Sie reicht fast bis zu deinem Puls. Das ist sehr selten. Du wirst ein langes und glückliches Leben führen. Bestimmt wirst du hundert Jahre alt.

Sie hielt plötzlich inne: Doch wehe, ich lese auch etwas Fürchterliches. Ein Fluch liegt auf dir!

Palamede zuckte zurück: Sag mir alles! Ich kann die Wahrheit vertragen.

Du wirst niemals Kinder haben. Keine Frau wird dir jemals einen Sohn entgegenrecken, kein Erbe jemals deine Geschäfte übernehmen.

Da musste Palamede lachen: Natürlich nicht. Kein Sohn, kein Erbe, keine Frau. Das hätte ich auch ohne Handlesen gewusst.

Er fasste nochmals in seinen Beutel und zog diesmal einen Silbergrosso hervor. Die Alte schnappte sich die Münze wie eine Katze die Maus.

Palamede frohlockte: Hundert Jahre, da hast du es! Deine Ängste sind unbegründet. Heute ist ein Tag zum Feiern. Jetzt gehen wir schweren Wein aus Kreta trinken, gewürzt mit Nelken und Zimt. Du hast meinem Vater zu lange gedient, da erscheint dir die Zukunft so schwarz wie die Seele des Padrino. Aber das ist jetzt Vergangenheit.

Wir bogen ein in ein winziges Gässchen. Es gab hier anders als im Zentrum keine geraden Straßen. In San Frediano wanden sich die Wege wie krummes Gehölz. Die Menschen hatten ihre Hütten hochgezogen, wo die Nachbarn es ihnen gestatteten. Ich dachte, wenn es jemand auf Palamedes Leben abgesehen hatte, dann brauchte er sich nur hinter eine Ecke zu stellen und zuzuschlagen. Niemand würde den Angreifer finden. Vielleicht würde das Opfer nie entdeckt, weil hungrige Hunde die Leiche zum Arno schleppen und sie im Ufergestrüpp bis auf die Knochen abnagen würden.

Nach gut fünfzig Schritten bogen wir nach links ab, dann sofort wieder nach rechts. Ich folgte Palamedes schnellen Schritten. Er kannte sich aus und wurde immer aufgeregter wie ein Jagdhund, der die Spur seiner Beute aufgenommen hat. Als wir ins nächste Gässchen abbogen, hatte ich jede Orientierung verloren. Wie sollte ich aus diesem Gewirr wieder hinausfinden? Mit einem Mal standen wir in einer Art Hof, von einem Bretterzaun umgeben. Ein paar Pferde warteten im Dunkel. Palamede klopfte sich den Schmutz von seinem Umhang und rieb sich an einem Pfosten die Sohlen sauber. Vor dem Eingang brannte in einem Kessel ein Holzfeuer. Ein hünenhafter Kahlkopf mit einem Knüppel in der Hand öffnete uns die Flügeltür. Palamedes Augen glänzten. Auf seinen Gesichtszügen zeichnete sich das jungenhafte Lächeln ab, das ich den ganzen Abend an ihm vermisst hatte. Bevor er mir voranging, schaute er sich noch einmal zu mir um: Das ist das Malebolge, du wirst Augen machen.

KAPITEL 54

Die Schänke war voller Gäste, doch Palamede bahnte sich einen Weg. Hier und da erkannte mein Begleiter jemanden und klopfte ihm freundschaftlich auf die Schulter. Andere winkten ihm zu, Palamede lachte zurück. Derart fröhlich hatte ich ihn selbst beim Ballspiel nicht erlebt. Schließlich drangen wir zum Schanktisch durch. Palamede stellte mich einem Weißhaarigen vor, der Wein abzapfte und den Schankknechten Anweisungen gab.

Das ist Bandinella, der Wirt, erklärte mein Begleiter. Ich habe ihm angezeigt, dass du mein Gast bist. Trink, was du willst, es geht alles auf meine Rechnung.

Ich gehörte mit dem Tod des Padrino nicht mehr zur Casa Peruzzi. Doch wenn der Wein im Malebolge das letzte Geschenk der großen Bank bedeutete, dann hatte ich nichts dagegen. Der Würzwein aus Kreta hielt alle Versprechungen, die mir Palamede gemacht hatte. Ich musste mich bezwingen, um nach dem weiten Weg meinen Becher nicht in zwei Zügen auszutrinken. Palamede vertiefte sich ins Gespräch mit zwei Jünglingen, die genau wie er kostbar in Samt und Pelz gekleidet waren. Die Männer gaben sich einen Kuss, doch nicht den Friedenskuss der Kirche. Auch nicht den Freundschaftskuss von Handelspartnern, die ein Geschäft besiegelten. Im Malebolge küssten sich die Männer auf den Mund und nahmen sich dabei in die Arme.

Ein Sodomit sei sein jüngster Sohn, hatte Pacino verächtlich gesagt. In Florenz war die Liebe unter Männer weiter verbreitet als in jeder anderen Stadt des Abendlandes. Allerdings begriff ich anfangs nicht, warum das so war. Mit der Zeit wurde mir klar, dass die Gesetze der Stadt die Liebe unter Männern offiziell zwar unter Strafe stellten, unter der Hand aber hatten die Priori und die Kaufherren durchaus ihre Vorteile davon. Wo das Familienoberhaupt auch mit siebzig noch eine Zwölfjährige zur Frau nehmen konnte und wie der Padrino seinen erwachsenen Söhnen zugleich verbot, sich zu verheiraten, gab es für die jungen Männer nur zwei Möglichkeiten: das Bordell oder die Freunde. Die Patriarchen schauten in beiden Fällen lieber weg, als eine Revolte der Jungen zu riskieren.

Ich war überzeugt, dass sich kein Mann allein durch ein Eheverbot zu anderen Männern hingezogen fühlte. Doch die Gesetze zum Vorteil der Alten hatten mit den Jahren wie von selbst eine Kultur entstehen lassen, in der Männerliebe blühen konnte. Florenzen wurde das in Deutschland genannt. Mit dem Unterschied, dass dort die Männer, die man bei Männern fand, von der Justiz zu Tode gefoltert wurden. Hier dagegen duldete die Obrigkeit Schänken wie das Malebolge. Hier gab es Seitengemächer, in die sich Paare oder Gruppen zurückzogen, wenn man einander näherkam. Kenntlich an ihrer Tonsur, erblickte ich bärtige Mönche, die sich für diesen Ausflug nach Art der Fuhrleute in Lederhemden gezwängt und dazu Schminke aufgetragen hatten. Andere trugen um den Hals Ketten und Peitschen in der Hand, als wären sie Viehtreiber in der Maremma.

Nicht nur Gäste, auch einige Schankknechte waren gekleidet in Frauentracht mit gebauschten Röcken, gestärkten weißen Hauben und einem Ausschnitt bis auf die behaarte Brust. Ihre Augen hatten sie schwarz umrandet und warfen feurige Blicke in die Runde. Vor Spitzeln schien keiner Angst zu haben, sicher zahlte Bandinella an den Podestà eine hohe Summe, mit welcher er sich Schutz erkaufte. Ich war schon beim dritten Becher, da begann die Musik. Eine Gruppe von drei schwarzen Musikern trat auf ein Podest im Raum, zwei bliesen in Schalmeien, der dritte schlug dazu eine Trommel unter seinem Arm. Ich sprang auf, weil ich glaubte, Charles, Artur und Johann, meine alten Freunde aus der Pasture des Oiseaux in Avignon, vor mir zu haben. Ich ging näher hin und wurde enttäuscht. Die Musiker waren viel jünger. Mir wurde klar, wie viele Jahre seither vergangen waren.

Nun befand ich mich zwischen den Tanzenden und wurde vom Rhythmus mitgerissen. Es war der erste unbeschwerte Abend seit langem. Ich hatte endlich das Haus bekommen; meine Geliebte schlief behütet daheim; dem Dienst des Padrino war ich entronnen. Ich tanzte eine Weile in der Menge, bis ich meine Waden und meine Knie spürte. Als ich den vierten Becher leerte, leerte sich auch die Schänke. Die Musiker hatten aufgehört zu spielen. Nun erklangen nur mehr die wehmütigen Melodien einer Handorgel. Ich traute meinen Augen nicht, doch auf einem Schemel an der Wand saß Francesco Landini. Der junge Musiker war dabei, sich einen Namen zu machen. Wer in einer großen Schänke wie dem Malebolge aufspielen durfte, der hatte es in Florenz geschafft. Ich war mir sicher, dass ich Francesco im Purgatorio nicht mehr treffen würde. Da fiel mir ein, dass er auch mich dort nicht mehr anträfe. Ich musste Meo morgen noch einen Abschiedsbesuch abstatten.

Ich setzte mich zu Francesco, und er erkannte mich sogleich an der Stimme. Der Musiker spielte Melodien in schleppenden Rhythmen, die bestens zur blauen Nachtstunde passten. Ich betrachtete Palamede. Der Jüngste der Peruzzi ging mit dem Becher in der Hand zwischen den verbliebenen Gästen im Raum umher, um zu plaudern. Seine gute Laune wirkte noch beim Zuschauen ansteckend. Irgendwann setzte er sich zu mir, und ich fragte ihn, ob wir nicht langsam nach Hause gehen sollten. Er schaute mich überrascht an: Nach Hause? Aber doch nicht an einem Abend wie diesem. Ich bleibe über Nacht. Wir haben hier auf dem Gelände Zimmer, oder ich bekomme bei einem Freund ein Nachtlager. Du findest den Weg nach Santa Croce auch alleine.

Palamede hatte recht. Ich war übervorsichtig gewesen mit meinen

Warnungen. Das Blatt seines Schicksals musste er fortan selbst beschreiben. Es gab nur noch eines, was ich für ihn tun konnte, nämlich die engen Gassen rund ums Malebolge zu sichern. Wenn der Mörder Palamede auflauerte, dann in den finstern Winkeln von San Frediano. Das war meine letzte Möglichkeit, den Mann mit den grauen Augen zu stellen. Immer war er mir einen Schritt voraus gewesen. Diesmal wollte ich es sein, der ihn überraschte.

Ich verabschiedete mich von Francesco Landini mit einem Kompliment für seine Musik. Er improvisierte eine Melodie und lächelte. Um ihn musste ich mir keine Sorgen machen; auf dem Blatt seiner Seele stand bereits der Anfang einer Geschichte mit großem Erfolg verzeichnet. Zum Abschied klopfte ich Palamede, der bereits wieder mit einem Gast ins Gespräch vertieft war, auf die Schulter. Er blickte sich kurz um und lachte mir ins Gesicht.

Draußen nahm ich zuerst die Pferde in Augenschein. Keine Taschen für Waffen, kein Harnisch. Die Besitzer waren friedliche Leute und würden in einem der Nachtlager rund um die Schänke unterkommen. Ich versuchte, einmal ums Malebolge herumzugehen, die Rückseite war von der Stadtmauer versperrt; da kam niemand hindurch. Nur nach rechts und links vom Eingang lagen ein paar Pfade, doch die führten zu Hütten, in denen Gäste übernachteten. Blieb die Gasse zum Eingang. Ich ging vorsichtig hindurch und lugte in ein Portal, bis ich nach vielleicht vierzig Schritten zu einem Steinhaus gelangte. Es lag düster und massiv zwischen den Holzbehausungen und wirkte wie ein guter Ort für einen Hinterhalt. Ein Attentäter konnte sicher sein, dass sein Opfer auf dem Heimweg hier entlangkäme; es gab keinen anderen Weg. Dann hätte er leichtes Spiel und wäre im Gewirr der Gassen unauffindbar.

Ich zog mein Messer, hinter der Ecke knurrte es leise. Ich spürte, dass hier irgendjemand war. Auf Zehenspitzen näherte ich mich und sprang dann schnell wie der Blitz ums Haus. Ich sah gerade noch einen Schatten hinter der Ecke verschwinden. War es ein großer Hund, der davonlief? Vielleicht derselbe, den ich vorhin mit einem Fußtritt verjagt hatte. Ich horchte weiter ins Dunkel, denn ich war immer noch überzeugt, dass sich Menschen in den Winkeln versteckt hielten. Da hörte ich aus der Ferne etwas Merkwürdiges. Zuerst fiel es mir kaum auf. Dann erschien es mir vertraut, dann standen mir die Haare zu Berge. Vier Töne, immer wieder vier unangenehm schrille Töne – die Todesmelodie des Francesco Landini! Der Musiker rief mich mit seinem Instrument herbei. Seine Botschaft war grauenvoll: Der Mörder befand sich nicht hier draußen, er saß im Malebolge, und der blinde Organist hatte seine Stimme erkannt. Ich rannte los, stolperte und rutschte auf dem feuchten Lehmboden aus. Als ich mich wieder aufgerappelt hatte, war die Melodie verklungen. Ich lief mit pochendem Herzen auf den Hof des Malebolge. Das Holzfeuer am Eingang brannte nicht mehr, kein Mensch war zu sehen. Ich trat ein, lief zu Francesco Landini und fragte nach Palamede. Der Blinde wies mit der Hand nach hinten. Ich fand eine Tür, stemmte sie auf und bemerkte von der Seite Fackelschein.

Als ich um die Ecke bog, erblickte ich auf einem Pfad zwei Männer im flackernden Licht. Der eine war Palamede. Der andere, groß und schlank und bärtig, hatte den Arm um Palamedes Schultern gelegt und beugte sich lächelnd über sein Gesicht. Dann geschah alles ganz langsam, als hätte jemand für mich die Zeit angehalten. Ich sah, wie der Mann Palamede in den Gürtel fasste. Der ließ das lachend geschehen. Ich riss den Mund auf und schrie: Nein! Nein! Da drehte sich Palamede zu mir um, und im gleichen Moment rammte ihm der Mörder den ziselierten Dolch in den Bauch. Einmal, zweimal, dreimal. Danach richtete er sich auf und schaute mir direkt ins Gesicht. Ich sah seinen Bart, seine hageren Züge, seine schmale Nase und vor allem sein siegesgewisses Grinsen. Die eisgraue Farbe seiner Augen sah ich nicht.

Der Mörder schwang sich über den Zaun. Ich lief zu Palamede, der sich röchelnd den Bauch hielt und zu mir emporschaute. Über seine Hände lief Blut, immer mehr Blut. Ich umarmte ihn, als könnte ich damit seine Wunden schließen. Palamedes schönes Gesicht wurde bleich, die Nase spitz. Bevor seine Augen brachen, schaffte er es noch, mich wehmütig anzulächeln: Lass dir von der Wahrsagerin das Geld zurückgeben.

KAPITEL 55

Ein gebratenes Schwein hat keine Angst vor dem Feuer. Das Sprichwort ist dir wie auf den Leib geschrieben, Deutscher. Wo sich in Florenz der Schlund der Hölle öffnet, da bist du nicht weit. Wen hat es denn diesmal erwischt? Ich verschenke meinen Sold an den Orden der reuigen Huren, wenn es kein Peruzzi ist.

Die heisere Stimme des Podestà riss mich in die Gegenwart zurück. Und die stillgestellte Zeit holte mich mit unbarmherziger Geschwindigkeit ein. Um mich herum standen sechs Männer des Podestà, mit Helm, Kettenhemd und gezogenen Schwertern. Neroccio da Gubbio hob den Dolch, den der Mörder fallen lassen hatte, vom Boden auf. Mit anerkennendem Nicken fuhr er über die Damaszenerklinge. Dann sagte er: Das Blut, das dem Toten fehlt, klebt an diesem Dolch und an deinen Kleidern. Du siehst aus wie ein Schlachter. Kannst du mir das erklären?

Ich richtete mich auf: Ich habe Palamede nicht umgebracht. Ich kam zu spät, er wurde vor meinen Augen erstochen.

Wohl wieder von deinem schwarzen Mann? Ich weiß, ich weiß. Er kam aus dem Nichts, verschwand über den Zaun, und du weißt nicht, wohin.

Er trug diesmal keine schwarze Kleidung, erklärte ich. Es war eine unauffällige Tracht, braunes Gewand, grauer Umhang, glaube ich.

Neroccio grinste: Natürlich, der Mann muss sich auch mal umziehen. Sicher ist er schon ganz verschwitzt vom vielen Töten. Und außer dir hat ihn niemand gesehen, nehme ich an?

In der Schänke sitzt ein Organist, der hat ihn erkannt. Er heißt Francesco Landini. Der Musiker ist blind, doch die Stimme des Mörders hat er früher schon einmal gehört.

Nun stemmte Neroccio die Arme in die Seiten und baute sich breitbeinig vor mir auf: Ich mache diese Arbeit schon lange, und ich dachte, ich habe alles erlebt, was Menschen an Ausflüchten in den Sinn kommen kann. Aber mir einen Blinden als Augenzeugen aufzutischen – auf diese Dreistigkeit musste ich bis heute Abend warten. Was sagt ihr dazu, Männer?

Die Berovieri lachten. Neroccio da Gubbio beugte sich zu Palamede, zog ihm einen nach dem anderen die Ringe ab und steckte sie ein.

Schöner Junge, sagte er, hässliche Gesellschaft. Der Wirt hat mir hoch und heilig erklärt, dass er nichts gesehen hat. Es war kein einziger Gast mehr in der Schänke, als wir kamen – nur der zitternde Musiker, der sich an seiner Orgel festklammerte. Ich habe ihn nach Hause geschickt, der findet seinen Weg auch in der Nacht.

Der Podestà nahm mein Messer an sich und band mir eigenhändig die Arme auf dem Rücken zusammen: Und nun zu dir! Ich habe gut daran getan, dass ich diese Sodomitenschänke überwachen ließ. Palamede hat kein Geheimnis daraus gemacht, dass er hier verkehrte. Ich war mir sicher, dass du mitkommst und wir nur warten müssen, bis du wieder einen deiner Anfälle kriegst.

Ich war es nicht!, beteuerte ich noch einmal.

Halt dein Maul!, schrie Neroccio. Bisher standest du unter dem Schutz des Padrino. Aber der ist jetzt Geschichte. Pacino Peruzzi ist heute Abend gestorben. Diesmal kommt auch kein Inquisitor angeritten, um dich aus meinen Händen zu befreien. Du gehörst mir.

Zwei seiner Berovieri schleppten mich zu einem Maulesel und banden mich bäuchlings darauf fest. Alle schwangen sich auf ihre Pferde. Der Ritt entlang des Arno ins Innere der Stadt ging schnell, denn der Mond war aufgegangen und beleuchtete unseren Weg. Vom Hof des Palazzo del Podestà zerrten mich die Schergen in den Keller, wo ich an einen schweren Eisenring gekettet wurde. Begleitet von zwei Fackelträgern und dem Kerkermeister, stand nach kurzer Zeit der Podestà vor mir.

Du hast immer noch Bekannte in Florenz. Nur dass sie dir diesmal nicht helfen, sondern für deine schnelle Hinrichtung sorgen. Simone di Rinieri Peruzzi, das neue Oberhaupt der Bank, hat mich persönlich gebeten, dich bei Sonnenaufgang am Fenster meines Palastes aufzuhängen. Du kannst stolz sein, diese Gunst wird nur ganz besonderen Verbrechern zuteil.

Bekomme ich keinen Prozess?

Der Podestà schüttelte den Kopf: Simone di Rinieri ist davon überzeugt, dass du der böse Geist bist, der seine Verwandten einen nach dem anderen ausgerottet hat. Du bist die Pest in Menschengestalt. Bei einem derartigen Verbrechen gegen eine unserer größten Banken muss schnell gehandelt werden. Mir reicht fürs Todesurteil dein Geständnis. Im Gegenzug verspreche ich dir, dass du nicht lange leiden musst.

Ich kann nicht gestehen, was ich nicht getan habe, stieß ich hervor.

Jeder kann das, lächelte Neroccio sanft, ich werde nur ein bisschen nachhelfen.

Er wandte sich zum Kerkermeister, einem Kerl im Hemd mit kräftigen Oberarmen, und rief: An die Girella mit ihm.

Nein, nicht die Girella!, bat ich ihn. Bitte nicht!

Doch der Kerkermeister hatte mich schon losgekettet und zu einem Seil gezerrt, an dem er meine auf den Rücken gefesselten Handgelenke festband. Ich wusste, was jetzt kam. Er warf das Seil über einen Balken und zog mich langsam hoch. Sofort wurde mir schwarz vor Augen. Der Schmerz züngelte wie eine Flamme von den Schultern bis in die Fußnägel. Und er wurde immer größer, bis ich wie von Sinnen zu schreien begann.

Auf einen Wink des Podestà ließ mich der Kerkermeister nach einer Weile unsanft herunter. Ich sackte zusammen und lag keuchend auf dem Boden.

Neroccio überprüfte meine Schulterblätter mit dem Daumen: Du bist stark gebaut, Deutscher. Anderen reißt die Girella schon beim ersten Mal die Arme aus den Gelenken, dann hört das Geschrei überhaupt nicht mehr auf. Aber du kannst es dir und mir ersparen, wenn du laut vor Zeugen deine Untaten gestehst und ein Kreuz unter dein Urteil machst. Vielleicht bin ich dann auch netter zu deiner Cioccia.

Was ist mit Cioccia?, stöhnte ich. Hast du sie in deiner Gewalt?

Noch nicht, das Vögelchen ist ausgeflogen. Aber ich werde sie schon kriegen, denn ich übernehme dein Haus, dein Eigentum und deine Arbeit. Dann kann ich doch auch deine Hure übernehmen, findest du nicht?

Lass Cioccia in Ruhe, flehte ich ihn an. Was du mit mir machst, ist mir egal.

Der Podestà weidete sich an meiner Verzweiflung: Bevor du nachher zur Hölle fährst, sollst du erfahren, dass Simone di Rinieri einen neuen Aufpasser für die Casa Peruzzi suchte. Das viele Geld braucht bessere Bewachung als durch einen Trottel wie Uguccione oder durch einen Verbrecher wie dich. Ich habe nicht lange überlegt, denn in zwei Wochen kommt der neue Podestà nach Florenz. Den Priori bin ich nicht mehr fein genug; sie lassen sich einen Grafen aus Pesaro kommen.

Ich konnte mir nicht die Ohren zuhalten, um mir Neroccios Worte zu ersparen. Doch nun wusste ich: Ich hatte unwiederbringlich alles verloren. Das Böse hatte gesiegt. Da gab ich den Widerstand auf: Gut, ich gestehe den Mord an Palamede. Immerhin ist Cioccia dir entkommen. Sie ist zu gut für einen Dreckskerl wie dich.

Der Podestà schlug mir mit der Faust ins Gesicht und rieb sich danach die Hand. Dann band er mich los und schob mich zu seinen Schergen. Sie beförderten mich mit Fußtritten die Treppen hinauf bis in den großen Saal. Ich war im Winter mit dem Padrino hier gewesen, als ein entlaufener Faktor, der ein paar Florin veruntreut hatte, vom Podestà zu Peitschenhieben verurteilt wurde. Jetzt saß der Stadtsekretär Andrea Lancia im Schein großer Fackeln am Tisch und blickte mich an wie einen Unbekannten. Vor ein paar Stunden erst wollte er gemeinsam mit mir Pacino Peruzzis Lebensgeschichte aufschreiben. Jetzt musste er mitten in der Nacht aufstehen, um mein Todesurteil zu unterzeichnen. Wie jeder Machtmensch änderte auch Andrea Lancia seine Pläne so schnell, wie der Wind sich drehte. Neroccio da Gubbio setzte sich auf seinen Amtssessel an der Wand: Deutscher, du hast hier nicht nur den Mord an Palamede zu gestehen. Alle hast du sie umgebracht, darum will ich ihre Namen hören, der Reihe nach. Ich sage sie dir vor: Zuerst Amerigo, Ruffo, Arnaldo, Zanobi und Palamede, allesamt Söhne des Pacino Peruzzi. Dann noch die ehrbaren Hausgenossen Pandolfo del Bene, Bortolo Pratese und Uguccione dal Pozzo. Den Knaben, den du in deinem Keller erwürgt hast, zählen wir nicht mit, der ist uns egal. So viele Morde, das ist sogar für einen Ghibellinen wie dich außergewöhnlich.

Es kam nicht mehr darauf an. Ich wollte nicht unnötig leiden und leierte die Namen herunter. Auf dem Tisch lag bereits mein Geständnis ausgefertigt, samt dem Todesurteil. Neroccio da Gubbio und Andrea Lancia schauten sich, als ich zu Ende kam, wortlos an. Beide schritten zum Tisch, tauchten die Gänsefeder ins Tintenfass und unterzeichneten. Lancia ging ohne Gruß aus dem Saal. Der Podestà ließ mich ein Zeichen unter mein Geständnis setzen und schob mich in die angrenzende Kapelle: Bete da drin ruhig für das Heil deiner Seele, wenn es dir auch nichts nützt. Einer wie du entkommt der Verdammnis nicht. Meister Giottos Höllenbilder geben dir einen Vorgeschmack von dem, was dich im Inferno erwartet.

Die Tür fiel zu, ich schaute mich um. So lebensecht sie auch wirkten, Giottos Höllenvisionen mit einem dreiköpfigen Teufel und einem Flammenmeer schreckten mich kein bisschen. Die Hölle war etwas für Kinder. Wenn es sie gab, dann hatte ich sie bereits erlebt und entkam ihr heute Nacht durch meinen Tod. Überrascht zuckte ich zusammen. Im Licht der Fackeln schaute niemand anderer als der Padrino zu mir herab. Das gestrenge Gesicht mit einer Scharlachkappe, der erhobene Zeigefinger, die listigen Augen – das war unzweifelhaft Pacino Peruzzi, wenn auch gut zehn Jahre jünger. Giotto hatte seinen Freund dort verewigt, wo sich die Mächtigen der Stadt an den höchsten Feiertagen zur Messe versammelten. Über Pacinos Bildnis stand in großen Lettern geschrieben: Das gute Regiment.

Der Padrino lebte weiter über seinen Tod hinaus. Andrea Lancia hatte es mir bei meinem Besuch im Priorenpalast erklärt. Gott hatte weise Männer zur Herrschaft der Republik vorherbestimmt. In ihren Händen ruhte das Wohlergehen der Bürger. Das war die Botschaft, die jetzt an allen Straßenecken durch Bilder und Parolen verkündet wurde, damit keiner in Florenz auf die Idee kam, gegen die Priori aufzubegehren. Andrea Lancia machte sich unnötige Sorgen über das Schicksal der Republik nach dem Tod des Padrino. Giotto, der Maler, hatte es besser gewusst: Stirbt ein großer Mann, rückt ein anderer auf den Thron. Das gute Regiment währte ewig.

Auf der Stirnseite der Kapelle, oberhalb vom kleinen Altar, knieten die Garanten der Macht inmitten der Seligen des Paradieses. Links betete der Podestà, rechts der Bischof für das Fortbestehen der Ordnung. Der Glanz vergoldeter Heiligenscheine funkelte im Flammenschein. Da fiel mir noch eine Gestalt direkt hinter dem Bischof auf, der es gleichfalls bis ins Paradies geschafft hatte. Dunkelrote Amtsrobe, Adlernase, harter Blick, dünne Lippen. Es war tatsächlich Dante Alighieri, der Dichter der Commedia! Sein Name stand unter dem Bild. Der Poet wurde zu Lebzeiten aus Florenz verjagt, doch weil er die Feinde von Florenz in die Hölle verdammte, nahm ihn seine Vaterstadt gnädig in ihren Schoß auf. Ob Jacopo, der Säufer, die unerhörte Ehrung seines Vaters mitbekommen hatte?

Ich ging, die Arme auf dem Rücken gefesselt, umher. Meine Schultern schmerzten höllisch, aber ich hatte keine Möglichkeit, sie zu lockern. Eigentlich war es auch egal. In einer Stunde, wenn die Sonne aufging, würde ich keine Schmerzen mehr verspüren. Dann würden sich die Bürger von Florenz draußen vor dem Palazzo versammeln und voller Abscheu mit den Fingern auf den deutschen Mörder zeigen, der beinahe das Bankhaus der Peruzzi in den Abgrund gerissen hätte und der nun ehrlos an der Fassade baumelte, hingerichtet vom guten Regiment.

Ich dachte an Cioccia. Wo war sie in diesem Moment? Wusste sie von meinem grausamen Ende? Ich würde sterben, nur ein paar Schritte entfernt vom Haus, in dem ich mit ihr glücklich war. Das Leben, hatte William von Baskerville gesagt, ist ein breiter Fluss. Meine Überfahrt vom Nichts ins Nichts hatte begonnen. Ich musste nicht einmal rudern.

Das war ein hehrer Gedanke. Doch ich war in dieser Nacht zu schwach, zu zerschlagen und zu gedemütigt, um mich nicht verzweifelt ans Leben zu klammern. Ich träumte von Rimini, wo Cioccia und ich tagsüber gemeinsam Gemüse verkauft und abends das Ehebett miteinander geteilt hätten. Ich dachte an Cioccias Körper, ihren Atem. Ich stellte mir ihre Augen vor, die mich liebevoll anblickten. Ich atmete den Geruch ihrer Haare, ich fühlte ihre Haut, ich hörte ihre Stimme. Ich fing an zu weinen und konnte nicht mehr aufhören.

Ein erster Schein zeichnete sich am Horizont ab, da kam der Podestà in die Kapelle. Er hielt mein Messer in der Hand und schaute eine

Weile zu, wie mir die Tränen über das Gesicht liefen. Dann kam er auf mich zu, zerschnitt meine Fesseln und überreichte mir mein Messer: Draußen vor dem Tor wartet dein Knecht. Du hast bis heute Mittag Gnadenfrist. Trifft dich dann noch einer meiner Männer in der Stadt an, wirst du totgeschlagen wie ein räudiger Hund. Und jetzt hör auf zu heulen, du bist frei.

Ich starrte Neroccio an. War das eine neue Folter, die meine Qualen vergrößern sollte? Wollte er sich noch einmal an meiner Verwirrung weiden, um mich dann genüsslich aufzuhängen?

Warum?, stammelte ich.

Neroccio kam dicht zu mir heran und sagte leise, ohne die Zähne zu öffnen: Jemand hat Geld für dich bezahlt, Deutscher, sehr viel Geld. Fünftausend Florin, ich hätte nicht gedacht, dass dein jämmerliches Leben so viel wert ist.

Ich rieb meine tauben Arme, steckte das Messer ins Futteral und stolperte hinunter zum Portal. Draußen vor dem Tor stand Lapo, Patroklus am Zügel. Im Hauseingang gegenüber sah ich den Umriss einer Gestalt. Als sie heraus auf die Straße trat, erkannte ich, wer es war: Boccaccio.

Ich tat einen Schritt auf ihn zu: Hast du mich freigekauft?

Er nickte.

Aber du hast doch gar kein Geld!

Boccaccio seufzte: Die Pest hat mich reich gemacht, Wittekind. Gestern sind innerhalb weniger Stunden alle gestorben. Erst mein Vater, dann meine Stiefmutter, zum Schluss Onkel Vanni. Jetzt gehört alles mir, das Geld, der Palast, das Land – und die Sorge um meinen kleinen Bruder. Ich wollte euch gestern Abend die Nachricht überbringen, da brachen Männer des Podestà deine Tür auf. Ich konnte gerade noch Cioccia in Sicherheit bringen.

Aus deinem neuen Vermögen hast du fünftausend Florin ausgegeben, um mich zu retten? Für den Podestà ist mein Leben diese Summe nicht wert.

Für Cioccia aber schon, erklärte Boccaccio. Als sie mich anflehte, dich zu retten, habe ich keinen Augenblick gezögert.

So ist das also, nickte ich. Du hast mein Leben freigekauft, damit du Cioccia bekommst.

Was sagst du da, Wittekind? Du musst dich nicht dafür entschuldigen, dass ich leben darf. Ich hätte es genauso gemacht. Und jetzt ist Cioccia dir auf immer verpflichtet.

Du bist verrückt!, rief er.

Nein, sagte ich, undankbar bin ich. Ich habe nicht die Größe, dir zu gratulieren, dass du meine Frau bekommst im Tauschgeschäft für mein Leben. Ich bin jetzt vogelfrei und kann nie mehr nach Florenz zurück. Gut möglich, dass das Leben, das du mir gerettet hast, schlimmer ist als der Tod.

Boccaccio rang die Hände: Du willst mich nicht verstehen.

Er streckte mir einen Beutel entgegen: Hier ist Geld für die Reise.

Das kannst du behalten, meinte ich, der Kaufpreis war schon hoch genug. Ich komme allein durch. Sag Cioccia, ich wünsche euch, was ich ihr nicht bieten konnte: ein glückliches Leben.

Der Blick, den Boccaccio mir zuwarf, enthielt alles zugleich: Mitleid, Angst, Verzweiflung, Zuneigung, Zorn. Er biss sich auf die Lippe und holte Atem, um noch etwas zu entgegnen. Doch er sagte nichts, sondern drehte sich um und ging fort.

Ich strich Lapo übers Haar, der uns die ganze Zeit mit offenem Mund zugesehen hatte. Dann ließ ich mir von dem Jungen in den Sattel helfen. Patroklus zockelte los, Lapo nebenher, wir alle dem Morgenrot entgegen.

Als wir uns im Schritt über die Piazza Santa Croce bewegten, fragte mich Lapo: Ich bin doch immer noch dein Knappe, oder?

Natürlich bist du das.

Ein treuer Knappe muss überallhin gehen, wo der Ritter seine Abenteuer erlebt?

Ich nickte müde.

Das habe ich geschworen, beteuerte Lapo, also gehe ich mit dir.

Ich schüttelte den Kopf: Nein, Lapo, das Ritterspiel ist vorbei. Ich muss aus Florenz verschwinden und kehre nie mehr zurück. Ich habe nichts mehr außer meinem Gewand und Patroklus. Ich habe nicht einmal ein paar Quattrini, um dich zu bezahlen. Du bist aus meinem Dienst in allen Ehren entlassen, ich danke dir, du warst ein braver Knappe. Aber am Stadttor trennen sich unsere Wege.

Lapo blickte mich unsicher an: Und wenn ich einen Weg weiß, wie wir so viel Geld verdienen, dass Cioccia zu dir zurückkehrt?

Ich schaute Lapo müde an: So etwas gibt es nur in Ritterromanen.

Lapo holte tief Luft: Ich habe das Rätsel gelöst. Ich weiß, wo wir den Schatz des Padrino finden.

KAPITEL 56

In meinem Leben hatte ich so manche Profession ausgeübt. Ich hatte von der Mönchskutte über die Kaufmannstracht bis zur Rüstung jedes erdenkliche Gewand angelegt. Ich war in Schiffen bis ans Ende der Welt gesegelt und auf Pferden über die Steppe geritten. Ich hatte in Palästen und Schlössern ebenso geschlafen wie in Hütten oder unter freiem Himmel. Nur eines lernte ich erst jetzt in Florenz: das Leben als Einsiedler. Die zugemauerte Klause der Margherita Mozzi war geräumiger, als sie von außen wirkte. Ein Tisch mit Wasserkrug und einem Stück Brot, ein Stuhl, ein Strohsack, in der Ecke ein Eimer für die Bedürfnisse – das war, was die Leute in der Via delle Pinzocchere von draußen durch die kleine Klappe erblickten. Im blinden Winkel jedoch gab es mehr. Einen zweiten Stuhl, einen zweiten Strohsack, eine Truhe mit Decken und Kleidungsstücken, einen großen Weinkrug, einen Schrank mit Fliegengitter, in dem Käse, Schinken, Wurst und Speck lagerten. Und das Wichtigste: Margherita Mozzis Klause war nicht überall zugemauert. Das war meine Rettung.

Nachdem Lapo mir das Geheimnis des Schatzes aufgedeckt hatte, bat er für mich um ein Unterkommen bei der alten Begine. Ich wartete unterdessen mit Patroklus in einem Stall hinter Santa Croce; für das untergestellte Reittier bezahlte Lapo mit seinem ersparten Lohn. Mein Obdach in der Zelle von Margherita Mozzi bekam ich umsonst. Lapo führte mich gleich nach Anbruch des Tages dorthin.

Vom Versammlungsraum, in dem die Laudesi bei schlechtem Wetter ihre Lieder sangen, führte eine Hintertür auf einen kleinen Hof, der wiederum an die Zelle der Einsiedlerin grenzte. Durch eine Bodenluke stieg ich in den Keller und über eine Strickleiter hinauf in die Klause, wo mich niemand suchen würde. Ihren Strohsack deckte die Hausherrin über die Luke und schärfte mir ein, dass ich in der Ecke sitzen bleiben und leise reden müsse. Margherita gestand mir, dass sie anfangs selbst über die Geheimtür ins Freie gestiegen sei, wenn es ihr zu eng wurde und sie im Habit einer Clarissin zur Dämmerstunde durch die Gassen von Florenz spazieren wollte.

Nun, erklärte sie nüchtern, gehe ich nicht mehr hinaus. Mir genügen die Kinder und die anderen Beginen, um Neuigkeiten aus der Stadt zu erfahren. Sie sind meine Augen und Ohren. Außerdem erzählen mir die Leute alles Wissenswerte, wenn sie zum Beichten an meiner Klappe stehen. Ich habe die Welt verlassen, doch ihre Welt kommt zu mir, sobald ich die Klappe zur Straße öffne.

Durch eine Dachluke fiel gedämpftes Licht in die Klause, und Margherita konnte sehen, dass ich in den Klauen des Podestà allerhand abbekommen hatte. Die geschwollene Wange kühlte sie mit feuchten Kamillenwickeln. Meine schmerzenden Schultern behandelte sie mit einem von ihr zubereiteten Balsam aus Beinwell und Brennnessel, den sie auch für ihre schmerzenden Knie benutzte. Während sie meinen Rücken einrieb, erzählte ich Margherita, wie Lapo das Rätsel des Padrino gelöst hatte. Er als Einziger hatte herausgefunden, was die ominösen Worte bedeuteten:

Willst du die Glorie der Peruzzi sehn?
Dann finde des Vorgängers Namensvetter,
der sich zu Drusiana in die Lüfte hebt,
wo ein leerer Leuchter von der Decke hängt,
und die Menschen sich verneigen vor dem Heil.

Lapo hatte mir den Hergang erzählt. Nachdem er abends in Santa

Croce für Dinos Seele eine Lampe angezündet hatte, ging mein Knappe noch zum Beten in die Cappella Peruzzi, an deren Wände Giotto seine Fresken mit den Geschichten von Johannes dem Täufer und von Johannes dem Evangelisten gemalt hatte. Vor den Bildern hatte Lapo die Erleuchtung, wer der Namensvetter des Vorläufers war: niemand anderer als Johannes der Evangelist, der denselben Namen trug wie der Täufer, den die Bibel zum Vorläufer des Erlösers erklärte. Johannes, der Evangelist erhob sich auf dem untersten Gemälde rechts tatsächlich in die Lüfte, wie es der Rätselvers verlangte. Und Drusiana, so erinnerte sich Lapo nun, war die Frau, die der Heilige der Legende nach in Ephesus von den Toten auferweckt hatte. Das Geschehnis war in einem anderen Gemälde direkt darüber dargestellt, doch aus der Ferne wirkte der schwebende Johannes so, als steige er zu Drusiana auf. Neben dem Abbild von Johannes, so erzählte Lapo noch aufgeregt, hing ein leerer Leuchter von der Decke. Darunter standen Christen, die sich vor der Himmelfahrt des Heiligen verneigten. Alles passte zusammen.

Und der Schatz?, wollte Margherita wissen.

Die letzten Strahlen des Abendlichts fielen bei Lapos Gebet genau auf den Leuchter, der im Rätselvers erwähnt ist. Dort finden sich merkwürdige Linien und Erhebungen, die nicht zum Bild passen. Lapo ist sich sicher, dass sich dahinter ein Fach verbirgt, in dem die Juwelen versteckt sind.

Margherita wirkte nicht überzeugt: Wie kann Pacino Peruzzi in einem alten Wandgemälde Edelsteine verstecken, die er gerade erst erworben hat? Und wie kam der Alte dorthin? Er vermochte zu Lebzeiten so manches, aber er konnte nicht die Wände hochklettern wie eine Eidechse.

Du vergisst, gab ich zu bedenken, dass er die Fresken in dieser Woche erst von Meister Taddeo ausbessern ließ. Lapo und Dino mussten dafür ein Gerüst aufbauen. Ich war dabei, wie der Padrino mühsam zu den Fresken emporstieg – unter dem Vorwand, dass er sie noch einmal aus der Nähe bewundern wolle. Es reichte eine kurze Zeitspanne, in welcher Meister Taddeo aus dem Palazzo Peruzzi kostbares Lapislazuli holte, damit Pacino die Lade öffnen und die Juwelen hineinlegen konnte. Danach überwachte Pacino auf dem Gerüst, wie der Maler die abgebröckelte Farbe und die Risse wieder ausbesserte. Zum Schluss stiegen sie gemeinsam herunter, das Gerüst wurde abgebaut, und der Schatz war versteckt.

Und wofür der ganze Aufwand?, fragte Margherita.

Ich stellte es mir so vor: Der Alte hatte am Lebensende nur noch ein Ziel. Er wollte den einen, den richtigen Sohn mit einem riesigen Vermögen ausstatten. Doch Vater und Sohn konnten einander nicht begegnen, denn niemand durfte den verlorenen Sohn erkennen. Es gab keinen Kontakt zwischen den beiden. Wie also konnte die Übergabe des Schatzes erfolgen?

Du denkst, folgerte Margherita, dass er die Juwelen in seiner eigenen Grabkapelle deponiert hat, damit sein verschollener Sohn sie nach dem Tod des Vaters dort findet?

Ich nickte: Das passt zu dem Alten. Er spielt aus dem eigenen Grab heraus weiter Schicksal. Nur dem stärksten und klügsten seiner Söhne standen die Juwelen zu, jetzt soll er sie sich verdienen.

Und warum hat Pacino sein Rätsel dann Zanobi und Palamede offenbart? Die hätten den Schatz auch heben können. Und hat er nicht sogar dir ein Pergament mit den Zeilen in die Hand gedrückt?

Ich erklärte: Pacino war felsenfest davon überzeugt, dass der Schatz am Ende in die richtigen Hände gerät, einzig durch seinen Plan. Er dachte, Zanobi oder Palamede oder ich würden das Gerücht vom Schatz herumerzählen. Überall bei den Peruzzi würde man sich den Kopf zerbrechen, aber nichts herausbekommen. Und anders als Zanobi oder Palamede, die das Rätsel gar nicht interessierte, traute der Alte seinem geheimen Sohn zu, dass er so klug ist, das Rätsel zu lösen. Der Beste, so war seine Überzeugung, setzt sich immer durch. Aber diesmal hat er sich geirrt.

Wieso?

Ich weiß mit Sicherheit, dass keiner das Rätsel herumerzählt hat, weder Zanobi noch Palamede. Zanobi hat das Pergament einer seiner Puppen in den Kopf gespießt, so angewidert war er von dem Spiel. Und Palamede hat mir selbst erzählt, dass er sein Pergament in den Abort geworfen hat. Von mir erfuhr außer Lapo und dir niemand den Wortlaut.

Und Cioccia, verbesserte mich die Begine.

Cioccia hält das Rätsel für Teufelswerk. Sie ist die Letzte, von der der Mörder etwas erfahren konnte. Nein, nur Lapo und ich kennen das Geheimnis, jetzt, da der Padrino nicht mehr da ist. Sein Tod kam zu schnell für seine Pläne. Sicher wollte er noch weitere Pergamente verteilen, vielleicht an Buondelmonte oder Simone di Rinieri. Aber sein Herz hat nicht mitgespielt. Und deshalb werde ich mir jetzt die Juwelen holen.

Wofür brauchst du Reichtum?, wollte Margherita wissen. Du siehst doch, was Geld mit der Seele der Menschen anrichtet.

Bis gestern, erklärte ich, hätte ich auch so geredet. Gestern hatte ich noch eine Zukunft. Heute haben sie mir alles weggenommen, und Cioccia musste in Boccaccios Palazzo einziehen. Wenn ich sie wiedergewinnen will, brauche ich Geld.

Margherita blickte mich traurig an: Auf die Flucht kann man nichts mitnehmen, nicht einmal seine Träume, und eine Frau schon gar nicht. Ich kenne Cioccia. Warum hast du keine Geduld und lässt sie eine Zeitlang mit Boccaccio leben? Du kannst ihr nichts bieten außer Gefahr und Elend.

Entgeistert starrte ich die Begine an: Ich liebe Cioccia und werde sie niemals einem anderen überlassen. Schon gar nicht Boccaccio.

Margherita erhob warnend die Hand: Weißt du, was zwischen Cioccia und Boccaccio vorgefallen ist? Denk an das Sprichwort: Eine Geschichte ist so lange unwahr, wie sie nur ein Mensch erzählt. Vielleicht tust du Boccaccio unrecht, und er will Cioccia gar nicht für sich. Schließlich hat der Mann ein Vermögen ausgegeben, um dich zu retten.

Ich schüttelte den Kopf: Wenn ich erst den Schatz habe, werde ich ihm seine fünftausend Florin bis auf den letzten Quattrino zurückbezahlen. Er hat kein Recht, sich Cioccia zu kaufen.

Margherita legte einen Finger auf den Mund: Nicht so laut! Bedenke, dass Cioccia keine Frau ist, die sich kaufen lässt. Du weißt nicht, was sie fühlt. Aber du führst dich auf, als wärst du ihr Ehemann. Genau davor hatte sie Angst. Du hast kein Recht auf sie, vergiss das nicht!

Warum ist sie dann bei Boccaccio?

Weil der sie beschützen kann, beharrte Margherita. Cioccia lag krank im Bett, und du bist mit Palamede losgezogen, anstatt dich um sie zu kümmern. Es ist alles deine Schuld.

Dann, sagte ich leise, muss ich meine Schuld zurückbezahlen, und dafür brauche ich den Schatz.

Von draußen dröhnten die Glocken von Santa Croce so laut, dass die Mauern erbebten. Margherita öffnete die Klappe zur Straße und streckte den Kopf hinaus.

Sie tragen den Padrino zu Grabe. Alle Glocken von Florenz läuten, das haben die Priori angeordnet. Ich kann mir vorstellen, was da drüben in der Kirche jetzt für ein Auflauf ist. Alle Gilden treten geschlossen an mit ihren Fahnen, voran die Arte di Cambio, der die Peruzzi angehören. Direkt hinter dem Totenbrett marschieren die Priori mit dem Lilienbanner von Florenz. Andrea Lancia wird vor der Kirche eine lateinische Lobrede halten, und Bischof Acciaiuoli liest persönlich die Totenmesse. Ganz Florenz liegt auf den Knien.

Gewiss, fügte ich hinzu, wird Palamede gleichzeitig beerdigt. Wenn der Junge geahnt hätte, dass er seinen Vater in die Gruft der Familie begleitet!

Margherita lachte bitter: Aus einem Rabenei kann keine Taube schlüpfen. Um seiner Familie zu entkommen, hätte er schon zum Bettelmönch werden und auf alles verzichten müssen, wie Bruder Buondelmonte.

Woher kennst du die eigentlich alle so genau?, fragte ich. Den Sekretär Lancia, den Bischof Acciaiuoli, den Inquisitor?

Ich habe es dir doch erklärt. Meine Augen und Ohren sind überall in der Stadt. Wenn ich nicht Bescheid wüsste, könnte ich niemandem Rat spenden und den Armen keine Predigt halten.

Ich fragte: Bereust du manchmal, dass dir kein sorgloses Leben zuteilwurde?

Sie lachte: Ich sage immer, lieber mit Geld unglücklich als ohne. Als asketische Büßerin wäre mir das Leben wohl sauer geworden. Aber schau mich an! Ich habe genug zu essen und sogar Wein, mir fehlt es an nichts. Den Alten da drüben in seinem Leichentuch, den hätte ich vor vierzig Jahren vielleicht heiraten müssen, wenn mein Vater nicht bankrottgegangen wäre. Und dann? Ich wäre spätestens bei der dritten Geburt im Kindbett gestorben. Oder mein Mann hätte jede Sklavin und jede Magd besprungen, und ich wäre bei Todesstrafe verpflichtet gewesen, ihm treu zu bleiben, eingesperrt im Palazzo wie ein kostbarer Vogel im Käfig. Nein, da sperre ich mich lieber in meine Klause und bleibe mir selber treu.

Und das Leben in kostbaren Gewändern, geschmückt mit Juwelen? Wäre das nichts gewesen?, wollte ich wissen.

Sie schüttelte den Kopf: Wenn ich an diese aufgeplusterten Kaufmannskinder in ihren Brigate denke, wie sie zu meiner Jugendzeit die armen Leute gedemütigt haben, da wird mir heute noch übel.

Brigate?, erkundigte ich mich. Das sind doch die Mannschaften beim Calcio.

Margherita schüttelte den Kopf: Zu meiner Zeit nannten sich so die Gruppen der reichen Söhne, die sich aus lauter Eitelkeit in eigenen Farben kleideten, eigene Feste feierten und mit festlichen Umzügen den einfachen Leuten ihre Überlegenheit kundtaten. Am schlimmsten trieben es die Fedeli d'Amore, die Getreuen der Liebe. Es ist über fünfzig Jahre her, aber solche Leute vergisst man nicht.

Wer gehörte dazu?

Der Wichtigste war der reiche Stutzer Guido Cavalcanti, der umgab sich mit einem ganzen Hofstaat schöner Jungen. Außer ihm führte Dante Alighieri, der Dichter, das große Wort. Auch Giovanni Villani, der Chronist, war dabei, aber nur am Rande. Dazu gab es noch ein paar Schreiberlinge, an deren Namen ich mich nicht mehr erinnere. Vor fünfzig Jahren hatte man es noch nicht so mit der Kirche und ihren Doktrinen. Damals schrieb Dante ausschließlich Liebesgedichte und stieg jedem Rock hinterher, so mager und krummnasig er auch war. Dieser Dante hielt sich für unwiderstehlich. Genau wie Pacino Peruzzi, der machte natürlich auch bei den Fedeli d'Amore mit. Wenn die aufgeblasenen Jünglinge auf ihren Schimmeln durch die Gassen trabten, alle ganz in Weiß gekleidet, dann ritten sie jeden Arbeiter über den Haufen, der nicht schnell genug wegsprang. Zu ihrer Belustigung warfen sie Huren in den Arno, mit denen sie ihren Spaß gehabt hatten. Einmal hielten sie nachts ein Bankett ab direkt vor dem Priorenpalast und ließen auf der Piazza halbnackte Frauen für sich tanzen.

Also waren Dante und der Padrino damals befreundet?

So würde ich das nicht sagen, schränkte Margherita ein. Die Fedeli d'Amore machten großes Aufhebens um ihre Sterndeuterei, sie saßen nachts auf den Dächern und stellten einander Horoskope. Oder sie deklamierten Liebesgedichte unter den Fenstern der begehrtesten Jungfrauen. Sie überschütteten Kaufmannsgattinnen beim Kirchgang mit Blumen und machten dadurch die Ehemänner wild. Unschuldige Mädchen erklärten sie zu Liebesgöttinnen, spielten unter ihren Fenstern Musik und blamierten sie damit vor der ganzen Stadt. Aber im Grunde liebte jeder der Fedeli nur sich selbst. Untereinander herrschte Misstrauen, keiner gönnte dem anderen den Ruhm, jeder wollte der Größte sein. Dieser Wesenszug ist Pacino Peruzzi ein Leben lang geblieben. Und Dante auch. Nur dass die Priori Dante aus der Stadt geworfen haben, als er ihnen zu großmäulig wurde.

Wann war das?

Sie überlegte einen Moment: Die Fedeli hatten ihre große Zeit um 1295. Ich war noch keine zehn Jahre alt, ein paar Jahre später starb Guido Cavalcanti. Dante ging als Prior in die Stadtregierung. Damit war die Zeit der Liebesgedichte vorbei, und der Bürgerkrieg begann. Papst gegen Kaiser, Guelfen gegen Ghibellinen, Arme gegen Reiche, am Ende jeder gegen jeden. Viel Blut floss. Die Banken haben die Revolten von damals alle überlebt, außer der meines Vaters. Wir hatten keinen mächtigen Schutzherrn, Dante ebenso wenig. Der Dichter wurde aus der Stadt verbannt und zum Tode verurteilt. Als schließlich der Bürgerkrieg zugunsten der päpstlichen Banken entschieden war, begann das große Geldverdienen. Da saß ich schon bei den Pinzocchere und aß die Kost der Armen. Willst du gekochte Kichererbsen?

Ich spürte erst jetzt, wie viel Hunger ich hatte. Die mit Petersilie gewürzten Kichererbsen mit einem Becher klaren Wassers waren nach der Folter genau das Richtige für meinen Magen. Margherita untersuchte noch einmal meine Schultern und meinte, dass ich von Glück sagen konnte, dass meine Arme nicht herabhingen wie bei einem Vogel mit gebrochenen Flügeln.

Ich brauchte dringend Schlaf, bevor ich nach Mitternacht mit Lapo in die Cappella Peruzzi einsteigen würde. Ich hatte Lapo beauftragt, bei den Bauleuten eine Leiter aufzutreiben und einen Zugang zum Inneren der Kirche auszukundschaften. Allzu schwierig konnte das nicht sein, denn Santa Croce war eine große Baustelle mit Gerüsten und Flaschenzügen, mit Ziegelhaufen und Bretterwänden. Wir würden als arme Teufel hineinschlüpfen und als reiche Männer wieder heraus.

Als Margherita mir den letzten Löffel Kichererbsen auftat, durchfuhr mich eine Erkenntnis: Der Podestà und dieser neue Herr der Casa Peruzzi, die glauben überhaupt nicht daran, dass ich die Söhne des Padrino umgebracht habe. Sonst hätten gestern Abend, als Boccaccio zu meinem Haus kam, die Männer des Podestà nicht bereits meine Tür aufgebrochen. Da war Palamede noch am Leben. Aber Simone di Rinieri und Neroccio da Gubbio hatten meinen Besitz und mein Amt bereits unter sich verteilt. Dann wartete der Podestà noch in aller Ruhe ab, bis der Mörder auch Palamede beseitigte. So muss das neue Oberhaupt der Bank niemanden mehr ausbezahlen. Und mich konnten sie der Stadt als Schuldigen präsentieren.

Margherita Mozzi nickte: Wenn die Herren feiern, muss immer ein Bauer geschlachtet werden. Dieser Bauer bist du, Wittekind. Als Fremder hast du keine Freunde, dich kann man getrost opfern oder für fünftausend Florin verkaufen. Zweieinhalbtausend für jeden, das bedeutet ein hübsches Vermögen für die alten Tage des Podestà und ein angemessenes Anfangskapital für die Geschäfte des Simone di Rinieri.

Ich verzog mich auf den Strohsack in der Ecke. Die alte Begine öffnete ihre Klappe, um sich die Sorgen der Armen und der Kranken anzuhören, die bereits auf der Gasse Schlange standen. Von draußen ertönten aufs Neue die Glocken von Santa Croce. Die Totenmesse war zu Ende. Der Padrino ruhte bei seinen Ahnen in der Gruft und wachte über den Schatz, den er in seiner Kapelle versteckt hatte. Ich konnte es kaum erwarten, die Glorie der Peruzzi mit eigenen Augen zu sehen.

KAPITEL 57

Santa Croce, das berühmte Kloster der Bettelmönche, war auch eine Bank. Die Bank des heiligen Francesco. Wie in den umliegenden Palästen anderer Handelshäuser liefen ab dem frühen Morgen auch hier zahlreiche Kontoristen durchs Kirchenschiff, um Gottes Bilanz zu führen. In ihren braunen Kutten achteten diese Männer darauf, dass kein Guthaben und keine Schuld vergessen wurde. Sie notierten sorgfältig die Zinsen, welche die Kunden für ihre Einlagen erhofften – genau wie die Verluste. Dann verkündeten sie mit lauter Stimme den Preis des Gutes, das sie in ihrem Sakramentshaus verwahrten. Es gab Hostien zu essen und für die Kontoristen auch Wein. Dazu priesen die Banchieri in ihren Kutten mit Gesängen und Ritualen den Gründer der Bank. Sie hatte Filialen in der ganzen Welt, um immer neue Kunden zu werben. Einmal täglich stiegen Buchhalter auf die Kanzel, um den aktuellen Wert der Ware zu verkünden, welche die Bank des Francesco in Santa Croce verwahrte. Es gab paradiesische Gewinne, aber auch das Risiko höllischen Verlustes. Abends schloss das Bankhaus von Santa Croce seine Pforten. Es wurde still, doch es waren immer noch Kunden da. Das waren die Toten. Genau wie in den anderen Banken Truhen voller Gold in Kellergewölben lagerten, so ruhten hier die Gebeine Verstorbener in ihren steinernen Gräbern. Diese Toten warteten geduldig darauf, dass am Tag der Abrechnung ihre Rendite ausbezahlt würde. Die Namen der Teilhaber standen in Stein gemeißelt auf den Grabplatten. So gut wie alle Ahnen der mächtigsten Familien von Florenz hatten in Santa Croce ihr Vermögen angelegt. Etliche waren auf den prächtigen Gemälden an den Wänden abgebildet, wie sie mit dem Papst oder dem heiligen Francesco persönlich um den Gewinn feilschten, der ihnen zustand. Seit heute ruhte auch Pacino Peruzzi nach einem ertragreichen Leben im Grab seiner Sippe.

In tiefster Nacht war ich erschienen, um ein Guthaben abzuholen, welches Pacino in seiner Familienkapelle deponiert hatte. Ich trug die Leiter, Lapo leuchtete mir mit einer Öllampe den Weg. Doch in die

Kirche hineinzukommen war schwieriger, als ich es mir vorgestellt hatte. Das kleine Tor in einem Holzverschlag, das Lapo tagsüber ausgekundschaftet hatte, fanden wir von den Bauarbeitern verschlossen. Vielleicht hatten es auch die Mönche von innen verriegelt. Ich musste die Leiter an die Bretterwand lehnen und hinüberklettern. Beim Sprung ins Kirchenschiff rollte ich mich ab, doch meine lädierten Knöchel schmerzten höllisch. Ich richtete mich mühsam auf und fand die Pforte von innen mit einem Eisenschloss versperrt. Hier kamen wir nicht durch.

In dem Moment hörte ich ein Husten, ich schrak zusammen. Bei der Pforte zur Klosterklausur machte sich jemand an einem Schloss zu schaffen. Schlüssel klirrten, Eisen schlug auf Eisen. Dann erahnte ich im Schein einer Kerze eine krumme Gestalt. Ein Mönch humpelte zum Hauptportal, wo er gewichtig am Tor rüttelte, wohl um zu überprüfen, ob es abgeschlossen war. Zum Glück lag ich hinter einem Stapel Holz auf dem Boden, und der Weg des Alten, der dabei Gebete vor sich hin murmelte, führte sicher zwanzig Schritte an mir vorbei. Würde er auf dem Rückweg auch die Seitenpforten überwachen? Ich griff nach meinem Messer im Ärmel. Zu meiner Erleichterung schlurfte der Beschließer quer durch die riesige Halle zurück zur Klosterpforte im Querschiff, wo er mit einem Ruck das Tor hinter sich zuzog. Ich war allein.

Ohne Licht tastete ich mich hinüber zum Seitenportal, auch das fand ich fest verschlossen. Als der Mond das Innere von Santa Croce etwas erhellte, fiel mir unter einem Gerüst eine Luke auf, durch welche die Bauleute Steine zu einem Kran hereinschieben konnten. Ich kniete mich hin und ertastete einen Riegel, den ich mit etwas Mühe zur Seite schob. Mit einem Knarren tat sich eine Öffnung auf. Ich schob den Kopf hinaus und stellte fest, dass ich durch diese Luke passte und kriechend wieder nach draußen gelangen konnte. Lapo sah mich nicht, doch als ich leise nach ihm rief, eilte er mit seiner Lampe die paar Schritte herbei und schob unsere Leiter zu mir in die Kirche. Dann kam er nach.

Als wir die Richtung zur Apsis einschlugen, zog eine dunkle Wolke vor den Mond, und wir standen eine Weile still, bis unsere Augen im Dunkel Pfeiler, Altäre und Chorfenster auseinanderhalten konnten. Ich wies Lapo mit dem Arm die Richtung, da hörten wir ein fiependes Geräusch aus dem Gewölbe. Schwarze Schatten stürzten sich auf uns. Lapo ging in die Knie, und auch ich riss einen Arm hoch, um meinen Kopf zu schützen. Ich atmete durch; es waren dutzende von Fledermäusen, die an einem Durchlass aus dem Dachstuhl ins Kirchenschiff geflogen kamen, um dann über den Bauzaun hinweg in die Gassen von Florenz vorzudringen und dort zu jagen. Auch wir waren auf Beute aus.

Ich nahm Lapo, der mit seiner flackernden Lampe auf dem Boden hockte, bei der Hand und zog ihn weiter zu unserem Ziel. Die Cappella Peruzzi war hinter dem Lettner die zweite rechts. Beim Begräbnis hatte man mitten im Raum eine Statue des Padrino aufgebaut. Die lebensgroße Figur, die am Altar der Kapelle thronte, war auch im schwachen Schein der Kerze nicht zu übersehen. Das Reiterbildnis aus Wachs, auf dem Kopf ein Drachenhelm, warf einen riesigen Schatten auf die Wand. Fast hätte ich mit unserer Leiter Schild und Speer umgestoßen, die an Pacinos Skulptur lehnten. Lapo konnte die große Wappentafel, bemalt mit den Birnen der Peruzzi, gerade noch festhalten, bevor sie mitsamt der ganzen Figur umkippte und das ganze Kloster aufgeweckt hätte. Der Padrino machte den Seinen den Abschied wahrlich nicht leicht. Hier, in der Bank des heiligen Francesco, blieb er auch nach seinem Tod so präsent wie nebenan ein Wächter, der die Schatzkisten im Palazzo Peruzzi mit dem Schwert behütete. Hatte der Alte ein Auge geöffnet und mich erkannt, der ich kam, um ihn zu bestehlen? Ich drehte mich um, denn ich hatte ein Geräusch vernommen und fühlte mich mit einem Mal beobachtet. Doch hinter mir gähnte nur das riesige Kirchenschiff, menschenleer und schwarz wie die Nacht über Florenz.

Lapo reckte seine Funzel und wies nach oben zur Stelle, wo der Schatz des Padrino versteckt sein musste. Ich kniff meine Augen zusammen und erkannte nach einer Weile die Figuren, wie Lapo sie mir beschrieben hatte. Tatsächlich zeichneten sich neben dem heiligen Johannes, der zum Himmel schwebte, die Umrisse einer Ausbesserung ab, nicht viel größer als ein Ziegelstein und getarnt durch die schwarzen Lineamente des Leuchters. Lapo legte die Leiter an. Ich stieg gleich dem Evangelisten in höhere Sphären auf und versuchte, mit dem Messer die übermalte Stelle freizukratzen. Farbe blätterte ab, und statt auf

Stein stieß ich auf Holz. Doch nichts bewegte sich, sosehr ich auch mit der Klinge im Zwischenraum stocherte. Erst als ich nicht mehr zog, sondern drückte, sprang das Versteck auf. Meister Giotto musste, als er vor zwanzig Jahren für den Padrino den Mechanismus ersann, tief in der Wand eine Feder installiert haben, die auf Druck das Holzkästchen herausschob.

Ich griff in die Lade und bekam einen Stoffbeutel zu fassen, dessen Inhalt beim Herausziehen ein leises Klimpern von sich gab. Ich stieg von der Leiter, und Lapo beleuchtete den Inhalt. Diamanten, Rubine, Saphire, aber auch große Perlen funkelten im Dämmerschein. Das war die Glorie der Peruzzi, ich war am Ziel.

Lapo wollte die Leiter wegräumen. Doch wir mussten so schnell wie möglich aus Santa Croce verschwinden. Als wir unweit der unfertigen Westfassade wieder durch unsere Luke schlüpfen wollten, nahm ich über mir ein Geräusch wahr, allerdings zu spät. Eine Gestalt löste sich vom Gerüst und sprang mir in den Rücken. Sofort war der Schmerz wieder da. Ich rollte mich zur Seite und wollte mein Messer ziehen. Doch bevor ich mich aufrappeln konnte, stand die Gestalt bereits über mir, versetzte mir einen Fußtritt vor den Arm, entriss mir den Beutel und holte mit einem kurzen Schwert zum Schlag aus.

Der Hieb sauste herab, doch er traf nicht mich. Lapo hatte sich dazwischengeworfen. Er stürzte ohne einen Laut wie ein Sack auf mich nieder. Ich schrie auf, und mein Widersacher drehte sich noch einmal um. Ich konnte ihn im Dunkel nicht erkennen, doch das war auch gar nicht nötig. Ich wusste, wer das war. Mit derselben Geste wie in Caffa über Amerigos Leichnam reckte er seine Beute triumphierend in die Höhe und rief: Diese Juwelen sind für mich bestimmt. Hör auf, mich zu verfolgen, dann wirst du leben!

Er verschwand ins Dunkel. Ich spürte, wie Lapos Blut über meine Hände rann. Der Schlag hatte ihn am Kopf getroffen, eine tiefe Scharte zog sich über seine Stirn. Doch der Junge lebte noch. Er öffnete die Augen und blickte mich an: War ich ein guter Knappe?

Ich drückte Lapo fest an mich und flüsterte: Du bist der mutigste Knappe auf der Welt!

Dann fiel Lapos Kopf zur Seite, und ich stöhnte auf: Nicht auch noch dieses Kind!

In dem Moment spürte ich eine Hand auf der Schulter. Bruder Buondelmonte stand, eine Fackel in der Hand, mit zwei weiteren Franziskanern hinter uns.

Der Junge muss sofort in unsere Krankenstube. Vielleicht ist noch nicht alles verloren.

Einer der Mönche und ich trugen Lapo durchs Kirchenschiff ins Kloster hinüber. Buondelmonte bettete den Kopf des bewusstlosen Jungen in seine Hände, die Wunde blutete weiter. Im Kloster weckte Buondelmonte einen heilkundigen Mitbruder. Wir legten Lapo auf einen Tisch, Lampen loderten auf, und der graubärtige Franziskaner beugte sich mit besorgtem Gesicht über den Jungen. Ich befürchtete das Schlimmste. Die beiden Mönche begannen leise zu beten, während Buondelmonte mich aus dem Raum zog: Lass Bruder Salvatore seine Arbeit tun. Wir können nichts machen. Ich hatte dich gewarnt, Wittekind. Nur musstest nicht du selbst, sondern ein unschuldiges Kind den Preis für deine Neugier bezahlen. Es ist nicht das erste Mal.

Warum tust du das alles für mich? Welchen Grund gibt es, einem wie mir zu helfen?, fragte ich ausdruckslos.

Zuerst einmal gebietet unser Gelübde, dass wir alles tun, damit dieser arme Junge nicht stirbt. Und dann habe ich als Diener des heiligen Francesco eine Verpflichtung dir gegenüber.

Ich horchte auf. Buondelmonte zögerte, bevor er fortfuhr: Als ich vor über zwanzig Jahren diesen Habit überzog, nahm ich mir vor, den gesamten Weg in die entgegengesetzte Richtung zu gehen, vom größten Reichtum in die größtmögliche Armut. Ich wandte mich mit tiefster Seele dem Zweig unseres Ordens zu, der das Gold des Papstes und den Prunk der Kirche geißelte.

Du bist ein Spirituale?, fragte ich.

Bis Papst Joan unser Bekenntnis verbot, war ich einer. Du weißt, dass auf seinen Befehl die Spiritualen unterdrückt und grausam verfolgt wurden. Ich wollte nicht auf dem Scheiterhaufen enden und schwor ab. Doch im Geheimen einiger Klöster leben immer noch Spiritualen. Wir erkennen uns an bestimmten Zeichen, wir stehen den Brüdern in Gefahr bei, und wir versuchen, die Essenz der Lehre des heiligen Francesco zu retten: Demut, Nächstenliebe, Armut.

Das erklärt noch nicht, warum du mir beistehst.

Doch, meinte Buondelmonte, wir Spiritualen haben nicht vergessen, wer vor zwanzig Jahren unseren verehrten Ordensgeneral Michele da Cesena aus dem päpstlichen Kerker von Avignon befreite. Michele entkam damals gemeinsam mit William von Occam, der heute immer noch gegen die weltliche Macht und die Gier des Papstes ankämpft, wenn auch auf aussichtslosem Posten. Aber das muss ich dir nicht ausführlich erzählen. Du hast damals die Spiritualen aus tödlicher Gefahr gerettet. Jetzt helfen wir dir.

Bruder Salvatore trat aus der Krankenstube und schüttelte den Kopf.

Ist Lapo tot?, rief ich verzweifelt.

Salvatore schüttelte erneut den Kopf: Es steht schlimm um ihn. Ich habe ihm einen Trunk aus Mohnsamen eingeflößt. Wenn der Junge die nächsten zwei Tage übersteht und kein Wundfieber bekommt, dann kann er vielleicht leben. Doch ich weiß nicht, ob sein Geist nach dem Schlag getrübt bleiben wird. Wir müssen beten, dass er den Transport übersteht.

Transport?, fragte ich mit einem Blick auf Buondelmonte.

Diese Brüder, erklärte er, sind allesamt seit Jahren im Geheimen meine Mitstreiter. Doch wenn es Tag wird, können wir die Anwesenheit des Jungen bei uns im Konvent nicht verbergen, und dann wird der Podestà über seine Spitzel von Lapo und dem Raub des Schatzes erfahren. Dein Leben ist dann verwirkt, denn deine Verbannung wurde gestern in der ganzen Stadt verkündet. Lapo muss fort aus Santa Croce.

Wohin denn?

Buondelmonte lächelte ernst: Nicht nur der Podestà hat große Ohren in Florenz. Ich weiß, wer dich versteckt. Margherita Mozzi wohnt, Gott sei gedankt, nur ein paar Schritte von hier. Wenn Lapo bei den Pinzocchere liegt und du dich mit Margheritas Hilfe um ihn kümmerst, dann könnt ihr eine Weile im Versteck überleben. Wir beten dieweil für die Genesung des Jungen. Und danach sehen wir weiter.

Zu viert trugen wir den bewusstlosen Lapo, dem Bruder Salvatore den Kopf mit Leinen verbunden hatte, aus dem Nordportal zur Zelle von Margherita. Ich klopfte an. Als ich ihr durch die Klappe vom Überfall erzählte, rief Margherita andere Pinzocchere vom Hinterhof heraus, damit sie uns das Tor aufschlossen. Auch bat sie die anderen, bei Tagesanbruch den Chirurgen Salvestro herbeizuholen.

Und Monna soll kommen, denn ich kann den Jungen nicht pflegen. Das würde auffallen.

Monna?, fragte ich.

Margherita schaute auf: Ja, dasselbe Mädchen, das für Cioccia und dich gearbeitet hat. Sie fühlt sich angezogen von unserem Leben und will eine Begine werden. Sie hat drüben bei den Laudesi ihr Nachtlager und ist anstellig genug, sich um den armen Jungen zu kümmern. Nimm es mir nicht übel, aber wie ein guter Krankenpfleger wirkst du nicht.

Margherita hatte recht. Ich versprach ihr, bald zurückzukommen. Ich wollte in der Stadt noch etwas erledigen. Als Buondelmonte das hörte, fragte er: Was hast du vor? Du bist in Florenz in Lebensgefahr. Sobald man dich erkennt, bereitet dir der Podestà einen grausamen Tod.

Darum benötige ich noch einmal deine Hilfe, erklärte ich. Lass uns die Kleidung tauschen. Mein Gewand ist mit Blut besudelt, aber das ist nicht der eigentliche Grund. In deinem Habit wird man mich nicht erkennen, vor allem wenn ich die Kapuze tief ins Gesicht ziehe. Sobald ich meine Angelegenheit erledigt habe, komme ich zurück.

Buondelmonte seufzte tief: Was hast du vor, Wittekind? Ist denn noch nicht genug Blut geflossen?

Ich kann nicht zulassen, dass der Mann, der all die Morde begangen hat, ungestraft davonkommt. Ich bin es auch Lapo schuldig. Mir ist gerade jemand eingefallen, der mir verraten kann, wer der Mörder ist. Leider ist mein Zeuge seit bald zwanzig Jahren tot.

KAPITEL 58

Das Purgatorio war noch geschlossen. Doch niemand wusste besser als ich, dass Meo Angiolieri vor dem Morgengrauen bereits auf den Beinen war, um das Feuer unter seinen Töpfen zu schüren, um die Schankstube auszufegen und für den Abwasch eimerweise Wasser aus dem Brunnen in die Wanne zu schöpfen. Meo war ein fleißiger Mann, der immer ein passendes Wort fand für seine Stammgäste. Nur mir hatte er das Entscheidende verschwiegen.

Ich kannte die Pforte zum Abort und klopfte an der Hintertür. Viermal schnell, dann dreimal langsam; es war das Signal, mit dem ich im Sommer Einlass gefunden hatte, als die Priori alle Schänken wegen der Pest schlossen. Meo öffnete die Tür einen Spalt, in der Morgenkühle trug er noch seine Schlafhaube mit den langen Bändern. Als er mich im Habit eines Franziskaners erkannte, wollte er die Tür schnell wieder schließen. Meine Verbannung hatte sich bis ins Purgatorio herumgesprochen, und Meo war bekannt dafür, dass er keinen Ärger mit dem Podestà wollte. Meine Anwesenheit bedeutete gewaltigen Ärger. Ich wusste das am besten, daher hatte ich meinen Fuß in Meos Tür gestellt.

Bist du lebensmüde, stieß er hervor. Wenn sie dich hier bei mir erwischen, bist du ein toter Mann. Und mir sperrt der Podestà für immer die Schänke zu.

Ich stemmte mich gegen die Tür und wand mich durch den Spalt hinein. Wenn du mir Auskunft gibst, bist du mich schnell wieder los.

Meo wischte sich die feuchten Hände an seiner Schürze ab. Spindeldürr und unrasiert, wie er war, wirkte er mehr wie ein alter Bettler als wie ein wohlhabender Schankwirt. Von den Kaufleuten, deren Paläste das Purgatorio umgaben, hatte dieser schlaue Sienese gelernt, wie man seinen Reichtum vor den Augen der Nachbarn und der Steuereintreiber verbirgt. Er schaute mir nicht in die Augen, als er fragte: Was für eine Auskunft kann ich dir schon geben? Jetzt liegen alle Peruzzi aus Pacinos Linie unter der Erde. Es gibt nichts mehr zu sagen.

Ich baute mich vor Meo auf und zwang ihn, mich anzuschauen:

Doch! Ein verborgener Sohn des Padrino lebt noch. Der Alte hat mir vor seinem Tod von ihm erzählt. Er hat das Kind vor fünfzig Jahren mit einer Frau erzeugt, über die er mir nichts verraten wollte. Es liegt ein furchtbares Geheimnis darauf. Der Mörder selbst versuchte hier im Purgatorio, Jacopo Alighieri über dessen Vater auszufragen, wohl weil er endlich mehr erfahren wollte über die verbotene Liebe seiner Eltern. Jetzt habe ich obendrein erfahren, dass Dante mit seinen Fedeli d'Amore damals in die Sache verwickelt war. Die Kinder der Reichen haben nachts auf den Straßen getanzt, haben Gedichte geschrieben und sie ihrer Liebsten beim Stelldichein vorgesungen. Jeder jungen Frau, hat man mir erzählt, ist Dante damals hinterhergestiegen. Genau wie Pacino Peruzzi.

Und was soll ich davon wissen?, fragte Meo ängstlich. Ich lebte vor fünfzig Jahren als Kind in Siena. Mein Vater war auch Dichter, er hat seinen ganzen Besitz versoffen und musste fort. Ich bin mit ihm nach Ravenna gegangen, weil ich von Liebesgedichten und Poeten nichts mehr hören wollte.

Ich half ihm auf die Sprünge: Genau, du gingst nach Ravenna. Und dort ist ausgerechnet der alte Dante zum Saufen in deine Schänke getaumelt. Ein Dichter, ein alter Freund deines Vaters, ein ins Exil Vertriebener. Das muss für euch beide eine Überraschung gewesen sein.

Ich habe dir doch vorgestern erzählt, dass dieser Dante ein unglücklicher Mensch war. Er hat Tränke gemischt aus Pulver von Pilzen und diesem Harz der Glückseligen, das sie im Orient kauen. Seine Höllenvisionen mit den Qualen der Verdammten waren dann immer schwer zu ertragen. Ich musste aufpassen, dass er mir die anderen Gäste nicht vergraulte.

Ich spann den Faden weiter: Und deshalb hast du mit Dante lieber über seine Jugend gesprochen, über die schönen Zeiten in Florenz, über die große Liebe seines Lebens. Wie hieß sie noch gleich?

Beatrice, sagte Meo und biss sich sofort auf die Lippen. Sie könnte auch anders geheißen haben. Das ist alles so lange her. Dante ist bald zwanzig Jahre tot. Was weiß ich, von welchen Frauen der Alte am Schluss geträumt hat?

Nein, beharrte ich, du erinnerst dich genau. Du willst es mir nur nicht sagen. Der Padrino war auf dem Sterbebett gesprächiger als du. Er hat mir erzählt, dass auch Dante nach seiner großen Liebe gelechzt hat. Doch allein den Padrino hat diese Frau geliebt, nur dass sie dann an einen anderen verheiratet wurde. Es war die Zeit, da die Träume der Fedeli d'Amore zugrunde gingen. Statt Liebe gab es Ehe, statt Gedichten gab es Bürgerkrieg, und statt Florenz gab es das Exil. Genau damals, kurz vor oder sogar nach der Hochzeit, wurde unser Mörder erzeugt, irgendwann um 1300. So viel habe ich inzwischen begriffen. Nun will ich von dir hören, was damals geschehen ist.

Meo schaute sich ängstlich um, obwohl außer uns niemand im Schankraum war. Ich packte ihn bei der Schürze und schob ihn gegen die Wand: Sollen noch mehr unschuldige Menschen sterben? Der kleine Lapo kämpft da drüben bei Santa Croce um sein Leben. Der Padrino hat seelenruhig zugeschaut, wie der Sohn seiner großen Liebe die anderen Peruzzi umbrachte. Der Alte hat sogar einen Schatz aus Juwelen in seiner Grabkapelle versteckt, damit sein geliebter Sohn seinen Reichtum erben kann, obwohl er nicht Peruzzi heißt. Ich muss diesen Mann finden!

Meo wand sich: Pacino Peruzzi hatte gute Gründe, dass er dir nichts verraten wollte.

Pacino Peruzzi ist tot und begraben. Er kann dir nichts mehr anhaben und seinen letzten Sohn nicht mehr schützen. Du weißt doch, das Einzige, was ein Toter noch schwängert, sind die Radieschen.

Ich lockerte meinen Griff. Meo ließ sich auf einen Hocker sinken, den Kopf auf die Hände gestützt: Wenn ich herumerzähle, dass die Frau des reichsten Mannes von Florenz einen Sohn von einem anderen hat, dann kann das fünfzig Jahre her sein. Aber es ist immer noch Grund genug, dass die Sippe des betrogenen Ehemanns kommt und mich in meinem Weinfass ersäuft. Und die Zunge schneiden sie mir vorher noch heraus, es ist eine Frage der Ehre.

Der reichste Mann von Florenz?, rief ich. Also die Bardi! Donato Bardi hat die Frau geheiratet, die Pacino Peruzzi liebte. Und sie haben ein halbes Jahrhundert lang das Geheimnis gehütet, dass der älteste Bardi eigentlich ein Peruzzi ist!

Meo schaute mich gequält an: Diese Beatrice, von der Dante noch als alter Mann in Ravenna geschwärmt hat, muss eine sehr schöne Frau gewesen sein. Ursprünglich kam sie aus der Sippe der Strozzi. Alle, erzählte mir Dante an meinem Tresen, wollten sie heiraten oder wenigstens eine Nacht mit ihr verbringen. Sie war so schön, dass die Liebe zu ihr auch den Dichter ins Unglück riss. Dante schrieb nur noch über Beatrice. Beatrice, die Liebesgöttin. Beatrice, die schönste Frau der Welt. Beatrice, die Wegweiserin ins Paradies. Dante hat ihre Identität zwar verschleiert, er hat von einem kleinen Mädchen aus der Nachbarschaft gefaselt. Als es brenzlig wurde, hat er sogar behauptet, Beatrice sei gestorben. Doch die Männer der Bardi konnte er damit nicht besänftigen. Sie haben dafür gesorgt, dass Dante ins Exil verbannt und zum Tod verurteilt wurde. Das ist der Preis, den man bezahlt, wenn man die Ehre des Donato Bardi in Frage stellt.

Ich war wie vor den Kopf geschlagen.

Der Padrino hat mir erzählt, dass er seinen geheimen Sohn aus Florenz weggeschickt hat. Und ich weiß sogar, wann das war: 1343, beim Bankrott, schmuggelten die Söhne siebzigtausend Florin aus der Stadt. Dieses eine Mal, als seiner Bank höchste Gefahr drohte, ließ der Padrino auch den geheimen Sohn zu sich kommen und schickte ihn maskiert mit weiteren zehntausend Florin zum Treffpunkt nach San Donato a Torri. Doch Pacino gab ihm noch mehr Geld mit, damit er endlich den Fängen der Bardi entkam. Aus Caffa, so erzählte Pacino mir, erhielt er die letzten Nachrichten des geheimen Sohnes. Und aus Caffa ist er jetzt zurückgekehrt, um sich an seinen Brüdern zu rächen.

Aber warum das ganze Gemetzel?, fragte Meo.

Ich antwortete: Kannst du es dir nicht vorstellen? Der Mann hat viel erduldet, bis er endlich wegging. Er wäre der Erbe der größten Bank der Welt geworden. Aber Donato Bardi wusste, dass er nicht der leibliche Vater war, und hat den Ältesten schlechter behandelt als seine Söhne, die er mit Beatrice bekam. Irgendwann fürchtete der Padrino um das Leben seines Sohns im Palazzo Bardi, und er schickte ihn fort. Doch hoffte der Vater immer, sein verlorener Sohn werde irgendwann zurückkehren. Am Ende hat Pacino sogar einen Schatz hinterlegt, damit sein Sohn ein Banchiere werden konnte. Die anderen hielt er für Schwächlinge und Verräter. Und sein verlorener Sohn hat ihm die Auserwähltheit bewiesen, indem er seine Halbbrüder aus dem Weg räumte.

Meo schüttelte den Kopf: Das ist alles fürchterlich! Diese Raubvögel hacken einander die Augen aus und stürzen ihre Geschwister aus dem Nest in die Tiefe. Mein Vater Cecco, der kein schlechter Dichter war, hätte darüber ein Epos geschrieben. Und keiner hätte ihm die Geschichte geglaubt.

Wie heißt der älteste Sohn der Beatrice Bardi?, fragte ich. Das ist unser Mann.

Meo schüttelte den Kopf: Ich bin erst seit ein paar Jahren in Florenz und kenne nicht alle Sprösslinge der Banchieri. In meiner Schänke würde sich so einer nie blicken lassen.

Da hielt er sich erschrocken die Hand vor den Mund: Nein, der Mörder war ja erst vor kurzem hier. Er hat meinen Wein getrunken und den armen Jacopo ausgefragt. Aber ich kann dir trotzdem nicht sagen, wie der Mann mit den eisgrauen Augen heißt. Am besten fragst du im Palazzo Bardi nach.

Ich hatte genug gehört. Vorne rüttelten die ersten Gäste an der Tür. Sie würden sich an diesem Morgen gedulden müssen, denn Meo war nicht dazu gekommen, den Brei zu kochen und den Würzwein zu wärmen.

Als ich schon an der Hintertür stand, fiel mir noch etwas ein. Ich winkte Meo noch einmal herbei und deklamierte leise:

La dispietata mente che pur mira
di retro al tempo che se n'è andato,
da l'un de lati mi combatte il core:
e l'disio amoroso, che mir tira
ver lo dolce paese c'ho lasciato,
d'altra part è con la forza d'Amore.

Das sind die Liebesverse, die der Padrino für seine Beatrice gedichtet hat. Er hat mir das Lied auf dem Sterbebett mit Tränen in den Augen vorgesungen. Hast du das Gedicht vielleicht schon einmal gehört?

Aber das ist nicht vom Padrino!, stieß der Wirt hervor. Das ist ein Gedicht von Dante Alighieri. Ich weiß es genau.

Ich lachte bitter: Also hat der alte Peruzzi seinem Rivalen Dante auch noch die Verse gestohlen, mit der er seine Geliebte betörte.

Meo schüttelte den Kopf: Nein, es war sicher anders. Dante wollte hoch hinaus und wollte Prior werden. Aber er hatte mit den Fedeli d'Amore sein ganzes Erbe verschwendet. Es war kein Geld mehr da, um Ämter zu kaufen. Das hat er mir selbst erzählt.

Du meinst also, fragte ich, Dante hat seine Gefühle für Beatrice zu Geld gemacht? Er hat dem reichen Rivalen, der die Frau unbedingt verführen wollte, das Gedicht verkauft – und damit seine Liebe? Das wäre in der Tat ein Grund, sich als alter Poet zu Tode zu saufen.

Bevor Meo die Tür hinter mir schloss, flüsterte er: Verrate mich nicht! Dieser verfluchte Dichter hatte unrecht. Das Leben ist alles andere als eine göttliche Komödie. Dante hat den Teufel unterschätzt.

KAPITEL 59

Donato Bardi saß an seinem Schreibtisch und spielte mit dem Rechenbrett. Sein Zeigefinger streichelte über den Abakus, schob schwungvoll Reihen von Kugeln von rechts nach links und von links nach rechts. Mit sanftem Klicken stießen die Knochenperlen gegeneinander. Sie prallten zurück und beschrieben an ihren Drähten eine imaginäre Zahl, die keiner Berechnung diente. An diesem sonnigen Morgen waren die Gedanken des reichsten Mannes von Florenz nicht beim Geschäft. Seine Knollennase leuchtete in der Morgensonne wie eine Mohrrübe. Und seine braunen Augen schauten traurig ins Leere, vorbei an den Schränken voller Urkunden und Verträge, vorbei an der Goldwaage und ihren Gewichten, vorbei an den Truhen voller Münzen, vorbei am großen Bilanzbuch der Bardi, welches zugeschlagen auf der Tischplatte ruhte.

Ein Wächter hatte mich in Donato Bardis Kontor eingelassen, nachdem ich am Eingang des Palazzo eine Geschichte erzählt hatte, von der nicht alle Einzelheiten frei erfunden waren. Ich sei, erklärte ich, der Beichtvater des jüngst verstorbenen Pacino Peruzzi. Der Padrino habe mir auf dem Totenbett eine Botschaft an Donato Bardi anvertraut, die ich nur ihm persönlich überbringen dürfe. Zu meiner Überraschung wurde ich ohne Visitation meines Habits und ohne weitere Fragen zum Oberhaupt des Bankhauses durchgelassen. Der alte Mann schaute kurz zu mir auf und wandte sich dann wieder seinem Abakus zu. Ohne mich anzuschauen, fragte er: Du bist ein einfacher Franziskaner. Warum hat Pacino nicht bei seinem Sohn Buondelmonte gebeichtet?

Die beiden, erklärte ich, verstanden sich zum Schluss nicht gut. Buondelmonte griff seinen Vater wegen seines Reichtums an und wegen der Mittel, mit denen dieser Reichtum erworben wurde. Ich bin ein Ausländer und verstehe nichts von den Geschäften in Florenz, da hat er mich als Beichtvater ausgewählt.

Der alte Pacino hatte sicher eine Menge Sünden zu beichten, meinte Donato Bardi trocken. Und von denen, die er vor Scham weggelassen oder längst vergessen hat, könnte ich dir allerhand erzählen. Aber das würde zu lange dauern. Lassen wir die Toten ruhen. Ich habe heute genug Mühe, meine eigenen Toten zu betrauern.

Welche Toten?, erkundigte ich mich.

Der alte Mann legte seine Handflächen an die Schläfen und seufzte: Gestern Nacht sind zwei meiner Söhne an der Pest gestorben. Zum Abendessen waren sie noch munter, vor dem Schlafengehen entdeckten sie Beulen an den Achseln, kurz nach Mitternacht spuckten sie Blut, vor dem Morgengrauen lagen sie verrenkt in ihren Betten, tot wie die Wachteln, die sie noch nicht verdaut hatten.

Das tut mir leid, sagte ich. Gott wird sich ihrer Seelen erbarmen.

Donato schrie auf: Schluss mit diesem Salbadern! Das bringen sie euch im Studium bei, das ist euer erbärmliches Geschäft. Ihr kümmert euch um die Seelen der Menschen, während ihre Körper im Grab verfaulen. Aber weißt du was? Ich will nicht, dass Gott sich der Seelen meiner Söhne erbarmt. Ich will, dass sie leben und bei mir sind!

Diese Gnade könnt ihr nicht erlangen, verkündete ich feierlich, kein Mensch ist je aus dem Reich der Toten zurückgekehrt. Ihr müsst lernen, mit dem Schmerz zu leben. Bedenkt, dass Pacino Peruzzi noch mehr Söhne verloren hat als ihr.

Donato lachte bitter: Die Peruzzi sind mir gleichgültig. Das Leid eines anderen bietet dir keine Linderung, wenn du selbst vor Schmerz vergehst. Die Hoffnungen meines Lebens sind so gut wie zerstört. Mir bleibt jetzt nur noch mein Sohn Lino, und der ist in unserem Kontor in Brügge. Wenn ihm etwas zustößt, dann weiß ich nicht, was ich tue.

Ich wusste nicht, ob es der richtige Moment für meine Frage war, doch einen anderen würde es nicht geben: Was ist mit eurem ältesten Sohn? Der ist auch noch am Leben.

Donato Bardi blickte mich hasserfüllt an: Das also war es, womit der Padrino mich noch in seiner letzten Stunde quälen wollte. Einen Gruß von Modreto solltest du überbringen. Aber dafür hättest du nicht kommen müssen. Modreto hat mein Haus vor fünf Jahren ohne Gruß verlassen, ich will nichts von ihm wissen. Und wenn er hier anklopft, dann werden meine Wachen ihn aus dem Haus prügeln.

Er richtete sich auf und blickte mir in die Augen: Oder dachte Pacino, dass sein Bastard meine Bank erben kann? Das wird nie geschehen. Eher stecke ich den Kerl in die Stinche, bis er verrottet. Oder besser, ich töte ihn mit meinen eigenen Händen! Schade, dass du das deinem Beichtkind nicht mehr mitteilen kannst.

Ich faltete die Hände vor dem Bauch und setzte ein salbungsvolles Gesicht auf, wie ich es im Generalstudium zu Köln den Mönchen abgeschaut hatte, die anders als ich zum Amt des Seelenhirten berufen waren: Bedenket, dass die Rache einem Christenmenschen nicht ansteht. Unser Herr Jesus hat seinen Peinigern vergeben, als sie ihn ans Kreuz schlugen. Vor dem Tod sind wir alle gleich, das sollte euch zur Milde ermahnen.

Niemals werde ich Pacino Peruzzi vergeben! Und wenn ich dafür ins Fegefeuer muss.

Ich schüttelte betrübt den Kopf: Es gibt hier im Palazzo noch jemanden, der ein Recht hat, die Botschaft des Pacino Peruzzi zu erfahren. Wenn ihr sie nicht hören wollt, so lasst sie mich wenigstens eurer Frau überbringen.

Der Alte schaute lauernd: So also weht der Wind. Du gerissener Franziskaner bist nicht meinetwegen gekommen, sondern wegen Beatrice. Aber da hat sich Pacino Peruzzi ausnahmsweise einmal überschätzt. Meine Frau lässt seit geraumer Zeit keine Nachrichten an ihr Ohr gelangen. Sie öffnet außer ihrer Dienerin niemandem die Tür, mir schon gar nicht.

Donato besann sich kurz: Eigentlich kannst du ruhig nach oben gehen und dein Glück versuchen. Ich wünsche dir Erfolg. Denn es ist dir ohne dein Zutun gelungen, mich zu trösten. Du hast mich in meinem Elend an etwas Schönes erinnert. Pacino Peruzzi ist mitsamt seiner Brut vom Erdboden verschwunden. Und ich bin noch da.

Der Alte gab seinem Wächter mit dem Kinn einen Wink und wandte sich wieder seinem Abakus zu. Das Klicken der knöchernen Kugeln war das Letzte, das ich aus seinem Kontor vernahm.

Wir mussten viele Stufen steigen bis ins oberste Geschoss des Palazzo Bardi. Vor einer mächtigen Tür ließ der Wächter mich allein. Ich klopfte an, und es geschah nichts. Erst bei meinem dritten Klopfen vernahm ich von drinnen die Stimme einer alten Frau: Lass mich in Ruhe, Donato! Es sind deine Söhne, die gestorben sind. Mir bedeuten sie nichts.

Ich bin nicht dein Mann, rief ich. Ich komme aus dem Palazzo Peruzzi mit einer Botschaft von Pacino. Er ist tot, aber er wollte dir noch etwas mitteilen.

Lange blieb es still, dann hörte ich ein Räuspern, dann wieder die Stimme: Was immer Pacino mir mitzuteilen hat – es kommt zu spät. Fünfzig Jahre zu spät. Wer immer du bist – geh!

Ich hörte Schritte sich entfernen. Da begann ich zu singen:
La dispietata mente che pur mira
di retro al tempo che se n'è andato,
da l'un de lati mi combatte il core:
e l'disio amoroso, che mir tira
ver lo dolce paese c'ho lasciato,
d'altra part è con la forza d'Amore.

Nach einer Weile öffnete sich knarrend die Tür. Ich trat ein und stand in einer anderen Welt. Hinter einem Gang weitete sich der Raum mit großen Fenstern nach allen Seiten. Die Läden standen auf, und die Sonne wärmte ein Dutzend Vogelkäfige, in denen Stieglitze aufgeregt herumhüpften. Dazwischen stand eine schlanke Frau mit zurückgekämmtem weißen Haar. Sie trug ein schlichtes braunes Gewand mit Brokatborte und starrte mich an, als wäre ich ein Geist. Vielleicht war aber auch sie der Geist, das musste sich noch entscheiden. Lange betrachtete sie mich aus ihren grauen Augen.

Pacino hat dir mein Lied vorgesungen, konstatierte sie schließlich. Hast du ihm die Beichte abgenommen?

So kann man es sagen, stimmte ich zu. Und er hat mir von seinem ersten Sohn erzählt, den er mehr liebte als die anderen. Pacino hat immer gehofft, dass dieser Sohn vor seinem Tod zurückkehrt. Sein Wunsch wurde erhört.

Was hat Modreto davon?, fragte sie. Von den Peruzzi kann er nichts erben. Und von Donato bekam er nichts als Prügel. Wenn ich nicht für ihn gesorgt hätte, wäre ihm nicht einmal das Landgut oben in Vernio verblieben.

Du bist ungerecht. Sein Vater hat ihm vor fünf Jahren Geld gegeben, damit er Florenz verlassen konnte. Das hat der Padrino mir erzählt.

Beatrice lachte bitter: Damit hat er mir die einzige Freude meines Lebens geraubt. Vorher wusste ich wenigstens, dass er in der Nähe war. Seither vermisse ich Modreto jeden Tag. Du sagst, er sei zurückgekehrt. Nur erfährt seine Mutter nichts davon. Hast du ihn gesehen?

Ich nickte: Ja, er ist schlank und groß und stark. Seine Augen sind so klar wie die seiner Mutter. Außer einem Husten dann und wann zeigt er keine Schwäche und wirkt trotz seines Alters wie ein Mann von dreißig Jahren. Du kannst stolz auf ihn sein. Dein Modreto erreicht, was er will.

Über das ebenmäßige Gesicht der alten Frau huschte ein Lächeln: Ja, stark ist er und schön. Nicht wie Donatos Söhne mit ihren falschen Augen und ihrer riesigen Nase. Sollen sie alle sterben, die Bardi. Sollen sie sterben, die Strozzi. Alle sollen sie sterben, außer Modreto!

Die alte Frau nahm eine Handvoll Körner aus einer Schachtel und streute sie ihren Vögeln hin. Die bunten Tierchen pickten ihr Futter auf und fiepten aufgeregt, während ihre Herrin nach draußen schritt. Ich folgte ihr und stand auf einer Dachterrasse, vollgestellt mit Vasen und Schalen aus Terracotta. Beatrice Bardi hatte sich, als sie ihre Schönheit vor der Welt verbergen musste, ihren eigenen Garten hoch über den Dächern von Florenz erschaffen. Ich roch den Duft von Salbei und Minze, die aus kleinen Töpfen der Sonne entgegenwucherten. Ich sah Zitronenbäumchen, deren goldene Früchte unterm Laub hingen. Durch das graugrüne Geäst von Oleander und Ölbäumen, die sich sanft im Wind bewegten, blickte ich über den Arno auf die Türme der Stadt, auf den Palast der Priori, auf den Campanile des Doms und die Kuppel des Baptisteriums. Florenz war die schönste Stadt der Welt, und Beatrice Bardi war einmal die schönste Frau von Florenz gewesen. Doch ihre Stadt durfte sie nach ihrer Heirat kaum jemals betreten. Nun hatte sie nur noch Oleander, der in roter und weißer Pracht für sie blühte, und Distelfinken, die aus voller Kehle für sie sangen. Mit allem hatte sie abgeschlossen, doch sie besaß noch einen geliebten Sohn. Sie wollte, dass dieser Sohn lebte. Ich wollte, dass dieser Sohn für seine Taten starb. In gewisser Weise verband Modreto uns miteinander.

Beatrice sprach wie mit sich selbst: Ich war siebzehn, als mein Vater den Heiratsvertrag mit Donato Bardi schloss. Pacino und ich konnten uns danach nur noch einmal treffen, in einem Garten meiner Familie unten am Arno. Danach bin ich für die Welt gestorben. Nur Modreto hielt mich am Leben. Jemand wie du kann sich nicht vorstellen, was eine Frau empfindet, wenn ihr das Kind weggenommen wird. Tag für Tag tat Donato mir Gewalt an, um Söhne für seine Bank zu zeugen. Und ich musste sie ihm gebären, diese Bälger, die alle dieselbe dicke Nase hatten wie ihr Vater.

Donato kannte das Geheimnis?

Sie lachte bitter: Natürlich kannte er es. Aber er hielt den Waffenstillstand. Hätte er sich an Pacino gerächt, wären beide Banken im Bürgerkrieg untergegangen. Es gab den ungeschriebenen Eid zwischen den beiden Männern: kein Wort, niemals. So blieb die Ehre unserer Häuser gewahrt, während ich bei lebendigem Leib vertrocknete.

Ich blickte mich um: Du hattest es immerhin gut. Du musstest keine Not leiden wie eine Sklavin, die von ihrem Herrn geschwängert wird.

Was weißt denn du?, rief sie. Egal ob Magd oder Herrin – es bedeutet die Hölle auf Erden, als Frau in Florenz geboren zu werden. Alles haben uns die Männer genommen. Wir besitzen nichts, wir dürfen nichts erwerben, wir dürfen nichts vererben, wir dürfen nicht lesen oder schreiben. Nicht einmal auf die Straße dürfen wir, ohne unser Gesicht zu verschleiern. Andere Männer könnten uns sehen und die Ehre unseres Gemahls in Frage stellen.

Aber zur Messe hat dein Mann dich doch gehen lassen?

Wieder lachte sie hämisch: Das war nicht Donatos Art. Er stellte einen Kaplan an für unsere Familienkapelle. Über Jahre durfte ich keinen Schritt auf die Gasse tun. Irgendwann, als ich keine Kinder mehr bekam, ließ er mich endlich in Ruhe und gewährte mir dieses Gefängnis unterm Dach. Ich lebe nicht besser als die Stieglitze. Ich werde gefüttert, mein Käfig wird gesäubert. Es gibt nur einen Unterschied: Ich bin schon lange verstummt.

Und deine anderen Kinder?, wollte ich wissen.

Donato nahm sie mir gleich nach der Geburt weg und ließ sie bei Ammen oben im Mugello aufziehen. Da kaufte er ein Landgut für seine Brut. Weißt du, weshalb die Reichen von Florenz ihre Kinder sofort nach der Geburt aus dem Haus geben?

Ich habe noch nie darüber nachgedacht, gab ich zu.

Du bist ja auch ein Pfaffe. Aber du könntest wissen, dass eine Frau, die nicht stillt, sofort wieder schwanger werden kann. So bekommen die ehrbaren Gattinnen jedes Jahr ein Kind. Bei den Albizzi gab es eine Frau mit dreißig Geburten. Bei der einunddreißigsten ist sie endlich gestorben, und ihr Mann konnte sich eine Zwölfjährige nehmen. Ich erfuhr manchmal nicht einmal, ob ich ein Mädchen geboren hatte oder einen Jungen. Die Mädchen kamen ins Kloster oder wurden zu Ehefrauen für Geschäftsallianzen hochgefüttert. Die Jungen sollten Donatos Geschäft führen, wenn sie nicht bei ihren Ammen krepiert waren. Diese Kaufleute mit ihrer Ehre und ihren Erben, das sind nicht einmal Tiere. Tiere empfinden Liebe für ihre Brut.

Durfte wenigstens dein Sohn Modreto dich besuchen?, fragte ich.

Niemals! Donato Bardi hätte ihn totgeschlagen, wenn er es versucht hätte. Von meinen Dienerinnen erfuhr ich, dass mein Gatte Modreto immer schlechter behandelte. Er wurde nicht unterrichtet, sondern musste im Kontor Säcke schleppen wie die letzten Lastträger. Er aß nicht an Donatos Tafel, sondern in der Küche bei der Dienerschaft. Jeden Tag war ich in Todesangst, dass meinem Sohn etwas zustößt.

Aber Donato hat sich an seinen Vertrag mit Pacino gehalten und Modreto am Leben gelassen.

Beatrice verzog den Mund: Vielleicht war gerade das seine Rache. Das Kind meiner Liebe wie einen Sklaven für sich arbeiten zu lassen. Modreto hatte ein fürchterliches Leben. Als er endlich von Pacino Geld für die Flucht bekam, war er schon fast ein alter Mann. Er hat mich einmal heimlich besucht, wie ein Dieb ist er über die Dächer geklettert. Aber dann war er weg.

Ich habe dir gesagt, versicherte ich ihr, dein Modreto ist stark und gesund. Glaubst du, dass er jetzt versucht, dich zu sehen?

Sie schüttelte den Kopf: Er hat mich nie wirklich kennengelernt, und jetzt bin ich leer wie das Grab, das mich erwartet. Was sollte ich meinem Sohn schon erzählen? Dass Pacino mir sein wunderschönes Lied gesungen hat, bevor er ihn unten am Arno in einer Frühlingsnacht zeugte? Dass ich für meinen Sohn gebetet habe, als ich noch geglaubt habe, dass Gebete etwas nützen? Mein einziger Stolz ist, dass ich Modreto das Landgut in Vernio aus meiner Mitgift bewahren konnte. Hätte Donato uns das auch noch weggenommen, ich hätte seine Schande über die Dächer geschrien und mich von hier oben aufs Pflaster gestürzt.

Mir tat die Frau leid. Was hätte es genützt, ihr zu erklären, welches Monstrum Modreto geworden war? Was sie brauchte, war Trost. Aber gibt es Trost für ein Leben, das nicht gelebt werden durfte?

Ich sagte: Immerhin hast du einen deiner Söhne sehr geliebt. Diese Liebe kann dir niemand nehmen.

Er weiß es nicht!, schrie sie. Kannst du ihm sagen, wie sehr ich ihn liebe?

Ich wandte mich zur Treppe. Ich hatte erfahren, wo ich Modreto Bardi finden würde. Der Weg war lang. Ich hatte Zeit genug, mir eine Antwort auf Beatrices Frage zu überlegen.

KAPITEL 60

Lapos Zustand war unverändert. Der Chirurg tauschte gerade den Verband aus. Die Wunde blutete nicht mehr, doch Salvestro wirkte keineswegs zufrieden. Er bestrich die Scharte über der Stirn mit einer übelriechenden Tinktur.

Es darf sich auf keinen Fall entzünden, murmelte der Chirurg, sonst überlebt Lapo den heutigen Tag nicht. Was ist das bloß für eine Stadt! Nirgendwo verdienen die Menschen so viel Geld, und dann schlagen sie wehrlose Kinder fast tot. Die Hebammen, die Lehrer und wir Chirurgen verdienen kaum das Öl auf unserem Brot. Und die Reichen, die sich um keine Seele kümmern, die horten Berge von Gold. Irgendwas stimmt da nicht.

Ich betrachtete Lapo, der unruhig schlief. Er warf seinen Kopf hin und her, seine Lippen bewegten sich im Traum. An seinem Lager saß Monna und befeuchtete dem Jungen dann und wann mit einem Tuch die Lippen. Ich setzte mich auf die Bettkante und drückte lange Lapos Hand. Dann wandte ich mich Monna zu: Ich breche jetzt auf ins Gebirge, um den Mann zu finden, der Lapo das angetan hat. Derselbe Mann hat auch deinen Bruder umgebracht. Dieser Mörder darf nicht ungestraft bleiben.

Wann kommst du zurück?

Ich weiß nicht, ob ich überhaupt zurückkomme. Der Mann ist gefährlich, vielleicht tötet er mich.

Monna schaute mich ernst an: Weißt du, wer er ist?

Ja, er heißt Modreto Bardi. Aber er ist nicht mehr in Florenz.

Wo ist er jetzt?

Ich denke, antwortete ich, er versteckt sich auf seinem Landgut in Vernio. Das ist ein Dorf in den Bergen weit oberhalb von Prato, die Bardi haben dort ausgedehnte Besitztümer. Ich erzähle dir das, damit du Cioccia sagen kannst, wo ich hingegangen bin. Sie wird Lapo besuchen. Vielleicht will sie ja wissen, was aus mir geworden ist.

Monna wiegte den Kopf: Und wenn sie nicht nach dir fragt?

Ich überlegte eine Weile: Dann sag ihr nichts.

Buondelmonte hatte bei den Pinzocchere ein Paket mit Kleidung abgeben lassen. Es war nicht mein schlichtes Gewand, befleckt mit Lapos Blut und zerrissen vom Kampf. Der Franziskaner sandte mir ein feines Oberkleid aus flämischem Tuch, braun mit schwarzen Streifen. Dazu ein Beinkleid, einen gewalkten Mantel und eine Wollmütze mit kurzer Schleppe. Wahrscheinlich gehörte die feine Montur einem Kaufmann, der sich nach den Schrecken der Pest für ein Leben bei den Bettelmönchen entschieden und sein früheres Dasein mitsamt seiner Kleidung an der Pforte von Santa Croce zurückgelassen hatte. Viele machten das, vor allem, wenn ihre Liebsten an der Seuche gestorben waren und sie keinen Sinn mehr sahen im weltlichen Treiben. Meine Liebste war nicht gestorben, doch für mich blieb sie unerreichbar. Boccaccio tat gut daran, Cioccia noch eine Weile zu verstecken, sonst würde sie den Schergen des Podestà in die Hände fallen. Genau wie ich, wenn ich die Dummheit beginge, mich in Oltrarno blicken zu lassen.

Ich packte das Kleiderbündel wieder zusammen und behielt den braunen Habit der Franziskaner an. Bevor ich Patroklus im Stall abholte, ging ich noch einmal zu Lapos Bett und gab dem schlafenden Jungen einen Kuss auf die Stirn. Im Stall band ich die Kleider auf mein Reittier. Mein Rücken schmerzte, ich fühlte mich zerschlagen. Zu Fuß wäre ich heute keine fünf Meilen weit gekommen. Mit Patroklus hoffte ich, vor Einbruch der Nacht Prato zu erreichen.

Zuletzt wartete ich vor Margherita Mozzis Klause, bis ich an der Reihe war. Ihr Mondgesicht verfinsterte sich, als sie meiner gewahr wurde: Willst du einen Rat von mir? Den kannst du haben, dafür ist eine Eremitin da.

Ich schüttelte den Kopf.

Nein?, sagte sie grimmig. Ich gebe dir den Rat trotzdem. Hör auf mit deiner Jagd nach dem Mörder. Du siehst doch, wozu das führt. Wenn wir Lapo morgen begraben müssen, bist du nicht da. Obwohl nicht er, sondern du da drüben auf dem Lager liegen und mit dem Tod kämpfen müsstest. Hast du immer noch nicht genug vom Blutvergießen?

Du weißt, dass ich deinen Rat nicht befolgen werde. Ich habe zu viel erduldet, um jetzt aufzuhören. Ich muss den Mörder finden, und ich weiß jetzt, wo ich ihn finde.

Ich will nichts davon wissen, flüsterte die Begine. Diesmal soll niemand mit seinem Blut deine Rechnung begleichen.

Ich schüttelte den Kopf: Keine Sorge, diesmal gehe ich allein. Ich wollte dich nur um etwas Geld bitten. Ich habe nichts mehr außer meinem Maulesel, und den brauche ich.

Margherita Mozzi schaute mich mitleidig an: Geld ist das Einzige, um das du eine Einsiedlerin nicht bitten darfst. Ich habe keines, weil ich keines brauche.

Sie hob die Hand für einen Gruß, der auch ein Segen sein konnte. Dann schloss sie die Klappe und ließ mich auf der Gasse stehen.

In meinem Habit fiel ich den Torwachen an der Porta al Prato nicht auf. Prediger aus den Bettelorden, die auf ihrem Maultier von einer Gemeinde zur nächsten zogen, um die Menschen mit feurigen Worten zur Buße aufzurufen, waren in diesen Tagen keine Seltenheit. Ich kletterte unter dem Feixen der Wächter auf mein Reittier, und wir überquerten in langsamem Schritt die Brücke über den Mugnone. In einem Wäldchen abseits der Landstraße tauschte ich den Habit gegen die Kaufmannstracht.

Patroklus brachte mich in wenigen Stunden nach Prato. Kurz vor Sonnenuntergang zockelten wir zum Palazzo Pretorio. Eine weitere Trennung stand mir bevor. Auf dem Platz vor dem Stadtpalast stand ein Junge und wartete, vielleicht zwölf oder dreizehn Jahre alt. Er streckte die Hand aus, um Patroklus am Zügel zu fassen: Ich führe dich in eine gute Herberge, es ist nicht weit.

Ich habe kein Geld für eine Herberge, sagte ich. Vielleicht weißt du, wo ich mein Maultier verkaufen kann.

Der Knabe, schmächtig und mit Augen voller Unrast, überlegte kurz und bot mir an, Patroklus zu kaufen.

Wie viel willst du geben?, fragte ich.

Wie viel willst du haben?, fragte er.

Acht Silbergrossi erschienen mir ein angemessener Betrag, zumal mit dem Zaumzeug und dem Sattel. Als ich dem Jungen die Summe vorschlug, schüttelte er den Kopf: Das Maultier ist alt wie Methusalem. Wenn ich einen Schlachter finde, der es noch für die Salami will und mir zehn Quattrini gibt, dann habe ich Glück. Und Sättel haben wir in Prato genug, seit jeder zweite Reiter an der Pest gestorben ist. Ich biete dir zwei Silbergrossi.

Ich habe, fügte ich hinzu, im Gepäck noch einen Habit der Franziskaner.

Wer kann die Bettelbrüder schon ausstehen?, meinte der Junge. Damit will keiner den Boden wischen.

Das war eine Unverschämtheit, doch der Knabe brachte sein Gebot mit der größten Ruhe vor. Ich war müde und hatte keine Lust zu feilschen, doch ich brauchte Geld. Ich hoffte, dass mir der Junge nicht ansah, dass ich nicht einmal mehr das Futter für Patroklus aufbringen konnte. Ich schlug sechs Grossi vor, dann fünf. Der Junge schüttelte ungerührt den Kopf. Ich machte Anstalten wegzureiten. Der Junge ließ es geschehen. Ich kehrte wieder um und schlug ihm drei Silbergrossi vor. Der Junge schüttelte den Kopf und hielt zwei Finger hoch. Ich stieg ab, überreichte ihm die Zügel und steckte meine zwei Silbergrossi ein.

Wie heißt du?, fragte ich.

Francesco Datini.

Und was willst du später werden? Sicher Pferdehändler.

Der Junge verzog den Mund: Hier in Prato ist nichts zu verdienen. Meine Eltern sind an der Pest gestorben, mein Onkel hat mich mit dem Erbe betrogen. Aber wenn ich spare, kann ich vielleicht in Florenz bei einer Bank in den Handel einsteigen. Du kommst aus Florenz und bist angezogen wie ein Kaufmann. Kann man da schnell reich werden?

Ich schaute an meiner Montur hinab: Mir ist es nicht gelungen. Florenz ist eine gefährliche Stadt. Du gehst besser nach Avignon zum Papst. Die Pfaffen da sind zwar auch gierig wie die Geier, aber nicht ganz so gerissen wie die Bardi oder die Peruzzi. Du hast Talent für den Handel. In Avignon wirst du es weit bringen.

Soll ich dich nun zu einer guten Herberge führen?, schlug der Junge vor. Gar nicht teuer, und ein Abendessen bekommst du auch.

Ich schüttelte den Kopf, nahm meine Tasche, klopfte Patroklus auf den Hals und ließ den Jungen stehen. Ich konnte mir nicht leisten, auch noch meine zwei Silbergrossi an diesen Francesco Datini zu verlieren, der gewiss bereits Provisionen, Zuschläge und Zusatzkosten mit dem Gastwirt zu seinen Gunsten ausgehandelt hatte. Ich suchte mir bei der Stadtmauer ein Nachtlager und einen Gerstenbrei für zwei Quattrini in einer Herberge, deren Wirtin einigermaßen sauber wirkte.

Morgens wusch ich mich am Brunnen, deckte mich ein mit einem Kanten Brot und einem Stück Schafskäse. Dann füllte ich meinen Ziegenbalg mit Wasser. Ich würde den ganzen Tag Gelegenheit bekommen, den Trinkbeutel aufzufüllen, denn ich musste hinter Prato ein Flusstal ins Gebirge hinauf wandern. Bisenzio hieß das Gewässer, und es führte auch nach dem Sommer noch Wasser. Hinter den Mauern von Prato hatte man es aufgestaut, um Walkmühlen zu betreiben. Färber nutzten das schöne Wetter, Tuchbahnen auf den Wiesen am Flussufer zu trocknen. Doch es gab viel weniger Betrieb als in Florenz.

Nach ein paar Meilen wurde es kühler. In den Windungen des Bisenzio standen kleine Forellen, Libellen huschten über das Wasser. Ich erblickte im Vorbeigehen sogar eine Wasseramsel, die sich in die Tümpel stürzte. Nur Menschen traf ich, je höher ich stieg, kaum mehr. Hier und da hörte ich die Rufe von Hirten, die Schafe oder Ziegen von den Weiden in die Dörfer trieben. Sicher gab es in den Bergen Wölfe, vielleicht sogar Bären, die während der Pest nicht gejagt worden waren. Ich passierte einen zahnlosen Greis, der am Ufer saß und bewegungslos ins Wasser starrte. Seine Hütte stand offen, aber es kam trotz der Kühle des Nachmittags kein Rauch aus seinem Kamin. Dann traf ich niemanden mehr. Es wirkte, als hätten die Menschen diese Gegend aufgegeben. Nur ein einsamer Jäger, Vogelnetze und Fallen auf dem Rücken, kreuzte kurz meinen Weg und gab mir Bescheid, dass ich in einer halben Stunde nach Vernio gelangen könne: Was willst du denn da? In Vernio leben keine Menschen mehr. Wer die Pest überstanden hat, ist ins Tal gezogen. Wenn du ein Nachtlager willst, kehrst du um. Da oben ist es nicht geheuer.

Ich suchte kein Nachtlager, sondern Modreto Bardi. Also zog ich weiter. Vernio selbst war ein Ort, an dem nur mehr Geister wohnten.

Kalter Wind rauschte aus den Bergen durch die einzige Gasse des Dorfes. Ein Hund humpelte über den Weg und verzog sich im Gebüsch, sobald er mich bemerkte. Die Tür eines der Gehöfte schlug im Wind auf und zu. Auf dem Platz vor der Kirche entdeckte ich frisch zugeschüttete Gräber. Die Kirche hatte man geplündert. Der Altar war umgestürzt, und der Opferstock lag aufgebrochen auf dem Lehmboden. Als ich wieder draußen stand, war mir, als beobachte mich jemand aus einem der Fenster. Ich blickte mich aus den Augenwinkeln um, doch die Läden, so wurmstichig sie wirkten, waren überall verrammelt. Wenn hier noch Menschen wohnten, dann versteckten sie sich vor jedem Fremden. Sie wussten, warum.

Ich band meinen Mantel unterm Kinn fest und zog mir die Mütze in die Stirn, um nicht schon von weitem erkannt zu werden. Aus dem Brunnen vor der verlassenen Kirche zog ich einen Eimer Wasser hoch und setzte ihn mir an die Lippen. Der Marsch hatte mich durstig gemacht. Doch mein Rücken und meine Beine schmerzten viel weniger als am Morgen. Ich schnitt mir mit dem Messer einen Kanten Brot ab und biss in den Käse. Ganz oben auf dem Gebirgskamm lag die Burg der Bardi, die vom Kaiser die kleine Grafschaft Vernio und damit die Macht über das Tal erworben hatten. Mein Plan war, dem Kastellan die Geschichte eines verirrten Kaufmanns aufzutischen und ihn dann vorsichtig nach Modreto auszufragen. Zuerst aber wollte ich mir ein Bild des Ortes machen, in dem der Sohn von Pacino Peruzzi und Beatrice Bardi einen Gutshof besaß.

Hör auf, mich zu verfolgen! Dann wirst du leben. Das hatte Modreto mir zugerufen, als er die Juwelen an sich raffte. Ich hatte nicht aufgehört, ihn zu verfolgen. Ich war kein furchtsamer Buchhalter, kein feiger Arzt, kein prügelnder Idiot, kein ballspielender Träumer und schon gar kein wehrloses Kind – wie die anderen, die gegen Modretos Blutdurst nicht angekommen waren. Ich wollte meine Haut so teuer wie möglich verkaufen. Ich hatte nur ein einziges Ziel: den Tod von Pacino Peruzzis letztem Sohn. Ich würde dieses Gebirge verlassen, nachdem ich vor seiner Leiche gestanden hatte. Oder ich würde selbst sterben.

Auf einem Hügel lag ein flaches Gehöft, das mir schon vorher aufgefallen war. Einigermaßen stattlich mit einem Obergeschoss und einer Loggia auf der Seite, dennoch verwahrlost mit moosigen Dachziegeln und einer schiefen Esse. Nun kam aus diesem Kamin Rauch. Jemand schürte das Feuer wie zu einem späten Mittagsmahl. Ich stieg nicht den Weg hoch, der sich in einem Bogen den Hügel entlangzog, sondern bahnte mir einen Pfad quer durch den Wald. In der Höhenluft des Gebirges war der Boden feucht, Feuersalamander und Frösche hockten im Laub. Doch kein Vogel sang. Als ich aus dem Gebüsch trat, stand ich beinahe an der Rückwand des Gehöftes. Ein Pfad führte von hinten zum Eingang, doch zog ich es vor, in der anderen Richtung das Gebäude zu umrunden. Als ich neben der dicht mit Efeu bewachsenen Loggia zu stehen kam, musste ich nur noch drei Schritte tun, um mich am Stamm hochzuziehen und einen Blick ins Obergeschoss zu werfen. Beim zweiten Schritt raschelte es im Laub, ich sackte ein, ein Seil zog sich blitzschnell um meinen Fuß, und ich wurde an einem Bein in die Luft gerissen.

Wie ein Kaninchen am Gürtel des Jägers hing ich kopfüber. Zuerst sah ich nur die Beine des Fallenstellers, der sich mit dem Zugseil von der Brüstung gestürzt hatte, um mich mit der Schlinge am Fuß in die Luft zu hieven. Als der Mann vor mir stand und sich grinsend zu mir herunterbeugte, erkannte ich Modreto Bardi.

KAPITEL 61

Du suchst Juwelen, doch du findest den Tod.

Modreto Bardi saß mit gespreizten Beinen auf einer Bank und betrachtete mich zufrieden. Der hochgewachsene Mann hatte die ganze Zeit kein Wort gesagt, während er mich, an Händen und Füßen gefesselt, zur Erde herabgelassen und wie einen Ballen Tuch auf der Schulter ins Obergeschoss geschleppt hatte. Sorgsam band er mich mit einem Seil an zwei Ringen an die Wand. Ich konnte nur noch den Kopf bewegen.

Zum ersten Mal betrachtete ich den Mörder der Peruzzi aus der Nähe. Er musste ein paar Jahre älter sein als ich und wirkte dennoch jünger. Für einen fast Fünfzigjährigen sah er hervorragend aus. Groß, schlank und beweglich, keine Zahnlücken und gerader Rücken. Er trug einen kurzen Bart, in seinem dunklen Haarschopf fand sich kaum ein graues Haar. Seine Eltern waren schön gewesen, er hatte die grauen Augen der Mutter, dazu die braune Haut und die scharfe Nase des Vaters geerbt. Er wirkte einnehmend. Wer ihm begegnete, hätte niemals vermutet, dass dieser Mann über Leichen ging wie Jesus übers Wasser.

Modreto erklärte gewichtig: Den weißen Wildesel fängt man so. Der Wildesel ist das scheueste Tier der Steppe. Du legst bei einer Wasserstelle ein paar Äpfel auf den Boden, davor die Schlinge, unter etwas Laub versteckt. Dann steigst du auf den Baum und wartest. Stundenlang, bis der Esel kommt und mit einem Bein in die Schlinge tritt. Du lässt dich mit dem Seil vom Ast fallen, und zack!

Modreto war in der Stimmung zu plaudern; ich spürte das. Menschen, die lange allein sind und zudem noch eitel, wollen die Genugtuung nicht missen, jemand anderem von ihren Taten zu erzählen. Dieser andere war ich, denn alle anderen Gesprächspartner, die Modreto Bardi behagt hätten, waren tot. Und solange Modreto mit mir sprach, ließ er mich am Leben. Er wog in der Rechten eine handliche Armbrust, wie man sie seit kurzem auch in Florenz fertigte, und richtete den Bolzen auf meine Stirn. Ich wusste, dass er den Hebel nicht lösen würde. Es gab noch einiges zu klären zwischen uns. Nachdem Modreto die Waffe neben sich auf die Bank gelegt hatte, warf er seinen schwarzen Umhang darüber und begann, hustend vor mir auf und ab zu gehen. Es war nicht mehr das hungrige Bellen eines Wolfshundes, das ich vor ein paar Tagen in meinem Keller vernommen hatte. Doch gesund war der Mann nicht.

Diese verdammte Seuche nimmt einem den Atem!, sagte er mehr zu sich selbst als zu mir. Ein Vierteljahr habe ich in Messina im Hospital gelegen und kaum Luft gekriegt. Doch als ich wieder aufstehen konnte, wusste ich, dass ich nicht an der Pest sterben würde. Wer überlebt, der ist gefeit für immer. Sei froh, dass du nicht an der Pest stirbst, sondern durch meine Hand.

Ich bin nicht wegen Pacino Peruzzis Juwelen gekommen, erklärte ich. Ich wollte dich töten.

Aus seinen grauen Augen, die sonst kalt an mir vorbei starrten, funkelte so etwas wie Stolz: Dein Mut ehrt dich, aber es war Wahnsinn. Niemand nimmt es mit mir auf. Ich habe dich gewarnt.

Modreto holte aus dem Nebenraum einen Becher und flößte mir etwas Wasser ein. Ich hatte ihn richtig eingeschätzt. Er gönnte sich, bevor er mich tötete, noch eine Weile das Vergnügen, von seinen Taten zu prahlen. Diese Spanne war alles, was mir an Hoffnung blieb. Doch auf wen sollte ich hoffen? Ich wusste nicht, ob Cioccia sich an Lapos Krankenbett nach mir erkundigt hatte. Ich wusste nicht, ob Monna sich gemerkt hatte, wohin ich gegangen war. Und am allerwenigsten wusste ich, ob mir überhaupt irgendjemand folgen wollte. Es gab nur eine Gewissheit: Ich würde genau so lange leben, wie es mir gelang, Modreto ins Gespräch zu verwickeln.

Ich versuchte es: Du kannst nur feige aus dem Hinterhalt zuschlagen. Palamede hatte keine Waffe, als du ihn tötetest. Und Lapo ist ein wehrloses Kind. Du bist ein Fallensteller, kein Kämpfer.

Was weißt denn du von mir?, lachte Modreto heiser. Du hast nicht einmal mitbekommen, dass ich allein deinetwegen nach Florenz zurückgekommen bin. Es ist alles deine Schuld. Ohne dich wäre ich nicht hier.

Ich riss die Augen auf und schüttelte den Kopf: Was soll diese Lüge bedeuten?

Letzten Herbst, erzählte er, saß ich in Caffa in dieser armenischen Schänke, um für Khan Janibeg zu spionieren. Ich wollte herausfinden, ob die Belagerung noch einen Sinn hatte. Und was höre ich am Nebentisch? Du erzählst einem kleinen Juden, dass du einen Peruzzi suchst, der dem Padrino eine Menge Geld und das Siegel gestohlen hat. Von dir erfuhr ich, dass der schöne Amerigo sich mit einer Sklavin davongemacht hatte.

Also warst du es, fragte ich, der Amerigo mit dem Pfeil aus dem Hinterhalt erschossen hat!

Natürlich war ich das. Als dieser indische Asket mit dem weißen Bart an deinem Tisch den Plan mit der Karawane ausgeheckt hat, wusste ich genug und ging wieder über die Mauer zu den Tataren zurück. Ich hatte ohnehin abgeschlossen mit diesem Leben als Spion. Khan Janibeg bezahlte mich schlecht, bald würde er sich meiner entledigen. Du brachtest mir die Eingebung. Ich würde Amerigo auflauern, danach nach Florenz zurückkehren und mich an den anderen Peruzzi rächen. Diese Männer hatten alles, was mir das Schicksal verwehrte. Sie durften mit meinem Vater das Bankhaus führen. Ich wusste, dass ich das alles besser konnte. Von Amerigo holte ich mir das Geld, das ich für meine Reise in die Heimat brauchte.

Wie konntest du dich verstecken?

Niemand in Florenz erinnerte sich an mich. Zeitlebens hatte kein Mensch mich länger angeschaut als nötig. Ich war ein Knecht im Haus der Bardi. Und von den hochmütigen Söhnen des Pacino Peruzzi wusste keiner meinen Namen. Für einen Unsichtbaren wie mich war es nicht schwer, in Santa Croce alles über die Sippe der Peruzzi herauszufinden. Als sie sich nach Ruffos Tod versammelten, bin ich aufs Dach geklettert, habe allen Angst eingejagt und mich dem Padrino gezeigt. Und weil ich vor Jahren bereits die Kerkerräume der Burella ausgekundschaftet hatte, gelangte ich mit Leichtigkeit in die Gewölbe unter dem Palazzo Peruzzi.

Wo dein Husten dich beinahe verraten hätte, fügte ich hinzu.

Modreto fletschte die Zähne: Beinahe! Dieser Knabe, der in deinem Keller werkelte, war der Einzige, der mir auf die Spur gekommen ist. Er hat die Gefahr erkannt, aber er hat seine Kräfte überschätzt. Als er zu mir herüberstieg, musste ich ihn erwürgen. Er war stärker als erwartet.

Modreto schaute aus leeren Augen an mir vorbei und hustete. Er hatte sich so gut angewöhnt, seine Gefühle zu verbergen, dass er keine Gefühle mehr hatte. Die einzige Regung, die ihm blieb, war der Hass. Sein Hustenanfall wollte nicht enden, er ging mit verkrampften Händen auf und ab und schüttelte sich. Als es vorbei war, lachte er grimmig.

Wenn ich in Messina an der Pest krepiert wäre, wäre ich mein eigener Mörder gewesen.

Wie meinst du das?

Das verstehst du nicht, erklärte er. Denn du siehst nur, was du vor

Augen hast. Und du hast immer nur an der Oberfläche herumgeschnüffelt, um die Leben dieser Peruzzi zu bewahren. Dabei hatten sie alle den Tod verdient. Ebenso wie alle anderen, denen ich die Pest auf den Hals gebracht habe.

Ich schüttelte den Kopf: Du fieberst.

Nein!, rief er. Da liegen die Leute auf den Knien und beten, dass die Seuche sie verschont. Da geißeln sie sich und veranstalten Prozessionen zur Buße. Und trotzdem verrecken Hunderttausende wie die Ratten im Dreck. Und der Mörder, der ihnen dieses große Sterben beschert hat, lebt mitten unter ihnen. Ich war es! Ich habe mehr Menschen auf dem Gewissen als Nero, Attila und Dschingis Khan zusammen!

Mir dämmerte, was Modreto meinte: Du hast das Katapult bauen lassen, mit dem Khan Janibeg die Pestleichen nach Caffa geschossen hat?

Mein Gegenüber lächelte zufrieden: Endlich kommst du drauf. Du warst damals doch dabei. Als mich mein Vater vor fünf Jahren mit einer Menge Gold aus Florenz wegschickte, da lebte ich zuerst in Mailand. Die Wucherer haben mich um meine fünftausend Florin gebracht. Und die Huren und die Glücksspieler und die Schneider und die Juweliere. Als ich nichts mehr hatte, arbeitete ich in einer Waffenschmiede. Da habe ich auch gelernt, wie Katapulte gebaut werden. Später dann ging ich zu den Tataren, um zu kämpfen.

Ich sagte: Und als der Khan es leid war, Caffa zu belagern, da hast du als sein Ratgeber den eitlen Janibeg überredet, die Stadt mit Leichen zu beschießen. So wurdest du zum Todesengel der Pest!

Modreto knetete seine Hände: Es ist besser gelungen, als ich jemals hoffen konnte. Nach ein paar Tagen begann in Caffa das große Sterben. Auf den genuesischen Schiffen gelangte die Seuche schnell übers Meer, zuerst nach Genua und Marseille. Ich hatte nur nicht damit gerechnet, dass ich mich selbst anstecken könnte. Aber ich bin stärker als alle anderen, ich habe überlebt. Es ist nur schade, dass außer dir niemand von meiner Tat weiß. Und du musst heute sterben.

Ich spuckte auf den Boden: Dein Vater, von dem du mit so viel Ehrfurcht sprichst, hätte dich dafür verflucht.

Mein Vater, rief Modreto mit rauer Stimme, wäre stolz auf mich! Er dachte wie ich. Die Pest ist keine Krankheit, sie ist eine Gnade Gottes. Die wahre Seuche, das sind die Menschen. Die Pest erlöst die Erde von dieser Geißel. Je mehr Schwächlinge sterben, desto besser. Doch wer die Pest kennt, der kann ihre Möglichkeiten nutzen und Geschäfte mit dem Sterben machen. Mein Vater und ich, zusammen hätten wir alle Banken der Welt übertrumpft. Du warst am Ende beim Padrino, nachdem ich den letzten seiner unwürdigen Söhne erledigt habe. Mein Vater muss dir auf seinem Sterbebett erklärt haben, wie stolz er auf mich ist.

Nein, dein Vater hat mit keinem Wort von dir gesprochen. Mir hat er vorgeschlagen, in Lissabon ein Geschäft aufzumachen und mit dem König von Portugal nach Afrika zu segeln.

Modreto schrie: Das ist eine Lüge! Ich bin der einzige Sohn, den mein Vater liebte. Sein Trost vor dem Ende war das Wissen, dass ich, sein wahrer Erbe, zu ihm zurückgekommen bin.

Ich schüttelte den Kopf: Keiner redet noch von dir, alle haben sie dich vergessen, du bist nichts. Ich habe gestern sogar deine Mutter im Palazzo Bardi aufgesucht. Sie hat mir den Weg nach Vernio gewiesen. Aber sie hat mit keinem Wort gesagt, dass sie dich liebt. Sie denkt nur noch an ihre Blumen und ihre Singvögel. Dich gibt es nicht mehr für sie!

Modreto trat zu mir, legte seine Hände um meinen Hals und drückte zu. Er war sehr kräftig. Als ich keine Luft mehr bekam und röchelte, ließ er los: Du willst mich reizen, damit ich dich schnell umbringe. Aber vorher will ich von dir hören, was meine Eltern wirklich gesagt haben. Ich weiß genau, dass du lügst. Ein einziges Mal habe ich meinen Vater von Angesicht zu Angesicht sprechen dürfen. Und er hat mir damals eingeprägt, dass ich ein echter Peruzzi bin, dass ich stark bin und dass ich alles erreichen kann, was ich will.

Ich schluckte schwer und musste husten. Mein Widersacher flößte mir Wasser ein.

Ich sagte: Vor fünf Jahren, nach dem Bankrott, da war dein Vater für einen kurzen Moment auf deine Hilfe angewiesen. Deshalb hat er dich zu sich gerufen und zum Geldboten gemacht. Aber nachdem du das Gold brav in San Donato abliefertest, hattest du deine Schuldigkeit getan. Der Padrino brauchte dich nicht mehr und schickte dich weit fort.

Nein, rief Modreto, mein Vater wollte mich schützen, sonst hätte er mir nicht befohlen, in Gegenwart der Brüder die schwarze Kapuze der Buonomini zu tragen. Niemand sollte wissen, dass ich sein Sohn war. Unser Geheimnis wurde gewahrt, die Ehre meiner Mutter blieb unbefleckt und ihre Liebe rein.

Ich widersprach: Kein Vater ist so grausam, den Mörder seiner Söhne zu lieben. Du hast die Peruzzi einen nach dem anderen umgebracht, weil du nicht weißt, was Liebe ist.

Modreto hustete und starrte lange ins Leere. Irgendwann fragte er: Verstellst du dich? Oder hast du es wirklich die ganze Zeit nicht mitbekommen?

Was habe ich nicht mitbekommen?

Modreto lachte heiser: Es ist unfassbar. Du bist vollkommen ahnungslos. Aber ich will es dir vor deinem Tod noch erklären. Als ich aus Caffa nach Hause zurückkehrte, wollte ich die Söhne des Padrino ausrotten, einen nach dem anderen. Doch es gab in Florenz jemand anderen, der genau dasselbe vorhatte. Nicht ich tötete die Söhne des Padrino. Die meiste Arbeit wurde mir abgenommen.

Jetzt willst du die Schuld auch noch von dir abwälzen, rief ich. Aber das wird dir nicht gelingen.

Nun blickte Modreto wieder an mir vorbei, mit Augen so leer wie das Grab Christi. Seine Lippen zuckten, so dass ich die kräftigen Zähne sehen konnte. Schließlich blinzelte er und rieb sich die Augen, als müsse er aus einem bösen Traum wieder zu sich kommen: Von welcher Schuld sprichst du? Ich habe das größte Verbrechen auf dem Gewissen, das ein Mensch jemals begangen hat. Ich habe die Pest nach Europa gesandt und viele Hunderttausende getötet. Meinst du, ein paar Morde im Palazzo Peruzzi machen für mich einen Unterschied? Und doch habe ich sie nicht begangen.

Ich starrte ihn fassungslos an. Er fuhr fort: Willst du oder kannst du es nicht verstehen? Ich habe es allerdings auch nicht gleich begriffen. Aber irgendwann fiel es mir wie Schuppen von den Augen. Da wusste ich, wer Ruffo gekreuzigt hat. Ich sah es förmlich vor meinen Augen, wer dem Advokaten die Kehle durchschnitt. Ich stellte mir vor, wer Arnaldo in der

Scheiße ertränkt und wer Zanobi am Mühlrad festgebunden hat. Nur der Arzt Pandolfo wäre fast entwischt; ich musste euch nach Fiesole folgen, um ihn lebendig zu begraben. Und Uguccione verpasste ich einen Pfeil. Aber die Mörder der anderen Peruzzi waren die ganze Zeit in deiner Nähe. Sie haben getötet, und du hast sie nicht bemerkt.

Ich dachte angestrengt nach. Wen wollte dieser Verrückte beschuldigen? Ich wusste es nicht. Modreto lachte aus vollem Hals, bis er husten musste: Kommst du immer noch nicht drauf? Dann will ich es dir verraten. Du hast das Mädchen doch selbst in deinem Haus als Dienerin beschäftigt. Anfangs habe ich die Kleine nicht wiedererkannt und ihren Bruder auch nicht. Fünf Jahre sind eine lange Zeit. Dino ist stark geworden, Monna beinahe eine Frau. Doch für den, der abgrundtief hasst, sind fünf Jahre eine kurze Zeit. Die beiden haben niemals vergessen, was die Peruzzi ihnen in San Donato a Torri angetan haben. Als ich nach Florenz kam, nahm auch ihre Rache ihren Anfang.

Monna und Dino?, rief ich. Du bist wahnsinnig, die beiden sind unschuldige Waisenkinder.

Dass sie Waisen sind, will ich gerne glauben. Aber unschuldig sind sie ganz und gar nicht. Ihre Mutter, die sie damals für ein paar Grossi an die Peruzzi verkauft hat, haben sie gewiss ebenfalls umgebracht. Ich hätte es genauso gemacht.

Was ist in San Donato geschehen, im November vor fünf Jahren?

Modreto setzte sich wieder auf seine Bank und begann: Ich kam damals als Letzer mit meinem Anteil angeritten. Als ich den Beutel mit zehntausend Florin bei Ruffo ablieferte, hatte der seinen Plan schon fertig. Er kaufte einer Bäuerin ein Zwillingspaar ab, es waren Mädchen, vielleicht acht oder neun Jahre alt. Sie standen verschreckt an der Mauer, starrten uns aus großen Augen an und hielten einander bei der Hand. Ihr Bruder kam angelaufen und wollte Ruffo schlagen, weil er ahnte, was passieren würde. Aber der schlug den Jungen nieder und band ihn am Tisch fest. Dino sollte ruhig mitansehen, wie die Gebrüder Peruzzi die Mädchen vergewaltigten. Einer nach dem anderen.

Aber das waren doch Kinder!

Modreto blickte an mir mit leerem Gesicht vorbei, als erlebe er alles aufs Neue: Für Ruffo war das ein großer Spaß. Der machte so etwas nicht zum ersten Mal. Aber nun waren alle Söhne des Padrino an der Reihe, geflohen aus der Stadt und fern der Aufsicht ihres Vaters. Ruffo meinte wohl, dass diese Tat ihren Zusammenhalt für immer besiegelt. Alle mussten wir schwören, dass niemals ein Wort nach außen dringt.

Du auch?

Ja, nickte Modreto, ich habe mitgemacht. Es war der einzige Moment in meinem Leben, in dem ich aufgenommen wurde, wohin ich gehörte: in die Sippe der Peruzzi. Die Brüder, alle von unterschiedlichen Müttern, wussten nicht, wer ich war. Sie konnten sich höchstens vorstellen, dass ihr Vater ein Geheimnis bewahrte, das niemand lüften durfte. Ich musste ein Fremder bleiben. Aber im Blut der Mädchen wurde ich als Sohn von Pacino Peruzzi getauft. Einmal, ein einziges Mal gehörte ich zur Bruderschaft! Und ich sage dir, ich habe es genossen.

Ihr seid schlimmer als die gierigsten Bestien, stieß ich hervor. Wie können so kleine Mädchen diese Tortur überleben?

Eine hat es ja auch nicht überlebt. Ein Mädchen war tot, als es vorbei war. Sie lag wie ein Bündel auf dem Lager und rührte sich nicht mehr. Die andere lag im eigenen Blut und atmete noch. Ruffo hat gelacht, er löste dem Bruder die Fesseln und beförderte ihn mit einem Tritt zu seiner Schwester. Es ist für dich eine Ehre, die großen Peruzzi kennenzulernen, rief er. Schaufle ein Grab für deine Schwestern, und dann verzieh dich. Sonst schlage ich dich eigenhändig tot.

Und dann?

Ich weiß es nicht, sagte Modreto. Ich bin noch in der Nacht fortgeritten mit dem Geld, das mein Vater mir überlassen hatte. Aber ich stelle mir vor, dass die Brüder in den Tagen danach alle abgehauen sind. Das Geld war bei Ruffo in Sicherheit. Doch diesem Dino ist es offenbar gelungen, seine kleine Schwester gesundzupflegen. Dann haben sie ein paar Jahre gewartet, bis sie stark genug waren für ihre Rache.

Ich schloss die Augen. Modreto hatte keinen Grund, mich anzulügen. Mir fiel plötzlich ein, wie begeistert Monna vor den Bildern Giottos die Bluttat der Salome gutgeheißen hatte. Das Gefühl der Rache war ihr vertraut. Dino und sie waren bei allen Morden in der Nähe; sie gingen im Palazzo Peruzzi ein und aus. Und der Junge hatte Kraft genug, Ruffo ans Kreuz zu nageln, nachdem Monna ihn in die Kapelle gelockt hatte. Auch das kleine Straßenmädchen, das Zanobi zum Arno geführt hatte, war niemand anderes gewesen als Monna. Mir ging auf, dass Dino unter meinem Haus nicht in die Gewölbe der Burella gestiegen war, um mir bei meiner Suche nach dem schwarzen Mann behilflich zu sein. Dino konnte vielmehr aus meinen Worten erschließen, wer der Maskierte bei der Vergewaltigung gewesen war. Nun wollte Dino seine Rache vollenden. All das war unter meinen Augen geschehen. Und ich war blind gewesen.

Und Palamede?, fragte ich. Der war bei der Vergewaltigung nicht dabei. Und er hat dir nicht das Geringste getan.

Ein Sodomit weniger, antwortete Modreto kalt. Dieser Schönling hätte das ganze Geld geerbt, er hätte das Leben gehabt, das mir immer verwehrt wurde. Nein, außer dem Bettelmönch, der auf alles verzichtet hatte, durfte keiner meiner Brüder überleben. Und weißt du, wie es weitergeht, wenn ich dich heute Abend hier im Garten verscharrt habe?

Ich schüttelte den Kopf, aber mir war klar, dass Modreto es genoss, mir den Rest seiner Pläne zu offenbaren: Ich reise nach Brügge und räume den letzten Sohn von Donato Bardi aus dem Weg. Bei den anderen hat die Pest mir die Arbeit abgenommen. Dann fordere ich als legitimer Sohn der Bardi von Donato das ganze Vermögen. Er muss es mir vor der Mercanzia herausgeben, da alle anderen tot sind. Donato ist alt und wird über den Schmerz nicht hinwegkommen, andernfalls helfe ich nach. Dann bin ich Graf von Vernio. Ich werde der reichste Mann von Florenz sein. Und ich verfüge über den Beutel mit Pacinos Juwelen. Die sind hier auf meinem Hof gut versteckt. Hättest du es geschafft, mich zu überwältigen, du würdest sie niemals finden. Nur mir gehören sie! Und bald, wenn ich ein Mädchen aus einer der verbliebenen Familien geheiratet habe, irgendeine Pazzi oder Medici, dann gehört mir die Stadt, und ich begründe eine neue Sippe von Söhnen. Dann bin ich der Herrscher von Florenz und mache ganz allein da weiter, wo mein Vater noch von seinen Konkurrenten aufgehalten wurde. Ich mache aus der Toscana ein Fürstentum und stehe auf einer Stufe mit Papst und Kaiser.

Er stand von seiner Bank auf, ballte die Fäuste und blickte aus leeren Augen an mir vorbei. Er sah in diesem Augenblick nicht aus wie ein Triumphator, sondern wie ein Verrückter im Fiebertraum. Modreto lachte mit rauer Stimme: Und was das Lustigste ist an der Geschichte. Dieses Mädchen, das ich selbst vergewaltigt habe, hat mir mit ihrem Bruder sehr geholfen. Wer weiß, ob die Wachen der Peruzzi mich bei einem Mord nicht doch erwischt hätten. Aber so musste ich einfach nur abwarten und jeden Tag einen Namen von meiner Liste streichen. Diese aufgeblasenen Banchieri haben das Kind unterschätzt! Keiner konnte sich vorstellen, dass ihr Körper die Gewalt von sieben Männern überleben könnte.

Modreto hatte sich in Verzückung geredet und sank nun kraftlos auf seine Sitzbank. Er schloss die Augen und bemerkte nicht, was ich hinter seinem Rücken sah. Ein Kopf streckte sich vorsichtig über das Geländer der Loggia. Ich konnte Monna erkennen, sie war am Efeu emporgeklettert. Gewandt, doch leise stemmte sie sich über die Brüstung und schritt barfuß von hinten auf Modreto zu. Sie nahm den Dolch, den sie zwischen die Zähne geklemmt hatte, in die Hand und holte aus. Ich riss die Augen weit auf. Modreto kam gerade wieder zu sich und bemerkte meine Aufregung. Er drehte den Kopf. Doch bevor er auch nur eine Bewegung machen konnte, traf ihn Monnas Dolch zwischen die Schultern. Sein Kinn fiel auf die Brust, er rutschte auf die Knie und brach vor der Bank zusammen.

Alle Söhne des Padrino hatten Monna unterschätzt. Nicht nur die Peruzzi, sondern auch Modreto Bardi. Sie ging mit festem Schritt an dem Sterbenden vorbei, direkt auf mich zu, das blutige Messer erhoben. In ihrem Blick las ich eine Freude, die nichts Lebendem mehr gewidmet war.

Und wie immer, wenn der Tod einen Raum betritt, verlangsamte sich die Zeit für ein paar quälende Momente. Ich ahnte im Geist voraus, was nun geschehen würde. Mit teuflischer Klarheit sah ich die Klinge in ihrer Hand funkeln, ich sah, wie sie den Arm erhob, um mir das Metall ins Herz zu stoßen. Denn ich glaubte nicht daran, dass sie mich – den einzigen Mitwisser – von meinen Fesseln losschneiden wollte. Monna war gekommen, um auch mich zu töten.

Mit letzter Kraft richtete sich Modreto auf, Blut trat ihm aus den Mundwinkeln. Er holte mit einer Hand die gespannte Armbrust unter dem Mantel hervor, zielte in Monnas Richtung und zog am Haken. Der Bolzen traf das Mädchen, das mit erhobenem Dolch vor mir stand, von hinten in den Nacken und trat beim Kehlkopf wieder hervor. Vor meinen Füßen schlug ihr Körper auf den Boden. Anders als Modreto, der noch eine Weile mit den Beinen zuckte, röchelte sie nicht einmal.

Dann wurde es still im Raum. Zwei Tote lagen vor mir auf den Kacheln. Die dritte Leiche, die sich bald zu ihnen gesellen würde, war ich selbst.

KAPITEL 62

Schnell brach die Nacht herein. Die beiden Körper auf dem Boden vor mir verschwammen zu Umrissen, dann verschwanden sie in der Dunkelheit. Die Stricke um meine Hände und Füße banden mir das Blut ab. Erst schliefen meine Finger ein, dann fühlte ich, wie mir die Fesseln tief ins Fleisch schnitten. Jeder Versuch, mich frei zu machen, vergrößerte nur den Schmerz. Draußen zirpten Zikaden im Gras, drinnen summten Mücken um meinen Kopf. Irgendwann spürte ich Tiere auf meiner Stirn herumkrabbeln. Ich verzog mein Gesicht, schüttelte den Kopf, um diese Ameisen oder Schaben zu vertreiben, es nützte nichts. Als etwas an meinen nackten Füßen vorbeistreifte, bekam ich Angst. In meinem wehrlosen Zustand könnten mich Ratten bei lebendigem Leib auffressen. Ich hoffte, dass die blutigen Leichen von Modreto und Monna ein verlockenderes Futter abgäben als ich. Zuweilen fiel mir das Kinn auf die Brust, doch so zerschlagen ich mich auch fühlte, ich konnte nicht schlafen, der Schmerz ließ mir keine Ruhe. Er zog von Händen und Füßen in meine Wirbelsäule, dann nistete er sich ein in meinem Kopf, wurde immer stärker und nahm von meinem ganzen Hirn Besitz. Längst spürte ich meine Arme und Beine nur noch als taube Gewichte.

Dann kam der Durst. Mund, Zunge, Kehle trockneten aus. Das Schlucken gesellte sich zu dem anderen Schmerz, und ich dachte mit peinvoller Genauigkeit an den Becher mit Wasser, der irgendwo im Dunkel auf der Bank stehen musste, keine fünf Schritte von mir, doch ebenso unerreichbar für mich wie unten im Tal die kühlen Tümpel des Bisenzio, deren herrliches Nass den Forellen durch die Kiemen strömte. In meinen Ohren rauschten Wasserfälle, die niemals meine zersprungenen Lippen erreichten. Irgendwann verließen mich die Kräfte, und ich ließ alles fahren. Warm rann es an mir hinab. Ich roch meinen eigenen Gestank und fing an, die beiden Toten auf dem Boden zu beneiden.

Meine Gedanken kreisten nur noch um die Möglichkeit, dass jemand kam, um mich zu befreien. Vielleicht ein versprengter Reisender, ein Jäger oder ein Dienstmann der Bardi, der sich um das Gehöft kümmerte. Doch das waren verzweifelte Hoffnungen, denn die Landstraße führte weit unten am Fluss entlang. Und Modreto hatte gewiss Vorsorge getroffen, in seinem Versteck nicht gestört zu werden. Wie lange konnte ich so durchhalten? Gefesselt, gelähmt, beschmutzt, mit den Kräften am Ende, würde ich den Tag nicht überleben.

Das Letzte, das ich im Frühlicht wahrnahm, waren Unmengen von Fliegen und Kakerlaken, die sich an den Säften der Leichen gütlich taten. Statt mit grauen Augen starrte Modretos Blick mich nun aus einer zuckenden und geflügelten Masse schwarzer Leiber an, die aus dem Inneren seines Kopfes hervorzukriechen schienen. Monna lag mit dem Gesicht zum Boden. Das Ende des Bolzens ragte aus ihrem Nacken, ihre Hand hielt immer noch den Dolch umklammert. Unter meinen Achseln spürte ich einen ungekannten Schmerz. Dann trübte sich mein Blick, und ich wurde ohnmächtig.

Ich kam wieder zu mir, als ich meinen Namen rufen hörte. Ich lag auf einem Bett, das spürte ich. Doch ich war zu schwach, um die Augen zu öffnen. Ich holte tief Luft und stemmte die Lider hoch. Dicht vor mir war Cioccias Gesicht, sie flößte mir Wasser ein und schrie vor Freude: Er lebt! Wittekind, du lebst!

Dann nahm sie meinen Kopf in ihre Hände und küsste mich auf Mund und Stirn und Wangen. Sie weinte hemmungslos. Ich hatte keine

Tränen, ich konnte sie nicht einmal umarmen, sondern lag kraftlos auf dem Kissen und ließ alles geschehen. Ich hob mühsam den Kopf, als ich fühlte, wie das Blut in meine Füße zurückkehrte, weil sie geknetet wurden. Vor dem Bett kniete Boccaccio, neben ihm ein Eimer Wasser und Lappen, mit denen er mich gewaschen hatte. Sonne fiel durchs Fenster, ich war nackt, doch mir war trotz der Spätsommerwärme so kalt, dass ich zitterte. Ich nahm ein paar Schluck Wasser, bis ich mich kräftig genug fühlte, um zu sprechen: Monna ist gekommen, sie hat dem Mörder in den Rücken gestochen. Er hatte eine Armbrust neben sich versteckt, dann waren sie beide tot. Modreto hatte mich vorher festgebunden. Und ihr?

Cioccia hielt mir eine Hand vor den Mund: Ruh dich aus, Wittekind. Du bist sehr schwach. Es ist alles so furchtbar. Warum nur musste Monna auf eigene Faust hierherkommen? Sie war unfassbar mutig, aber sie hätte uns Bescheid sagen müssen. Jetzt sind Dino und seine kleine Schwester tot, zwei unschuldige Kinder, die uns immer nur helfen wollten. Wie konnte Gott das zulassen?

Ich sagte nichts. Was hätte es verändert? Stattdessen fragte ich: Was ist mit Lapo?

Cioccia schaute mich aus ihren braunen Augen an: Das ist die gute Nachricht. Lapo geht es viel besser. Er wird überleben. Genau wie du.

Wie habt ihr mich gefunden?

Ein Wunder musste dafür geschehen, erklärte Cioccia. Lapo hat halb im Schlaf gehört, wie du Monna von dem Ort der Bardi im Gebirge erzähltest. Der gute Junge konnte sich alles merken. Als Boccaccio gestern nach ihm sah, war Monna weg. Doch Lapo war wach und berichtete, wohin du gezogen bist. Wir sind sofort losgeritten, aber abends nur noch bis Prato gelangt. Es ist grauenvoll, dass wir zu spät gekommen sind, um Monna zu retten. Jetzt können wir nur noch für ihre Seele beten.

Ich nickte: Die Heiligen im Paradies werden sie für ihre Taten belohnen.

Boccaccio trug den Eimer und die Lappen nach draußen. Wie viel Unrecht hatte ich diesem Mann getan! Als Lapo ihm von Vernio erzählte, hätte der Dichter mit den Schultern zucken und Cioccia für sich behalten können. Doch das tat Boccaccio nicht, sondern brach sofort mit ihr auf, um mir beizustehen. Nun kam er zu meiner Bettstatt mit einem Teller kleingeschnittenem Obst, doch ich schüttelte nur müde den Kopf.

Den Sohn von Donato Bardi, diesen Teufel in Menschengestalt, habe ich schon verscharrt, berichtete er mit traurigem Lächeln. Es war nicht schwer, er hatte draußen im Wald bereits eine Grube ausgehoben, die war sicher für dich bestimmt. Aber ich bringe es nicht übers Herz, das arme Mädchen gemeinsam mit diesem Monstrum zu beerdigen. Das hat Monna nicht verdient. Sie handelte ebenso selbstlos wie ihr Bruder, und sie ist als Heldin gestorben. Von hinten hat das feige Schwein die arme Monna getötet. Ich suche einen sonnigen Platz für ihr Grab.

Cioccia kam Boccaccio in der Tür entgegen. Sie trug ein buntes Tuch um den Kopf gewickelt, von ihrer Schwäche nach Ugucciones Schlägen war nichts mehr zu spüren. Diese Frau mit ihrer Kraft und ihrer Wärme gab mir das Leben zurück, das in dieser Nacht beinahe aus meinen Adern geschwunden war. Ich blickte sie dankbar an und fühlte zugleich die Schwäche meiner Glieder, die Kälte in meinem Leib und das Ziehen unter den Achseln.

Ich habe dir in Florenz ein Geschenk gekauft, erzählte ich leise. Auf dem Ponte Vecchio gibt es wundervoll weiche Halstücher. Ich habe ein rotes ausgewählt, mit Punkten. Rot ist die Farbe der Liebe, wie das Blut, das durch unsere Herzen fließt. Du hättest wunderschön damit ausgesehen.

Sie gab mir einen Kuss auf die Stirn und befahl: Du musst noch ein, zwei Tage schlafen, Wittekind. Das ist wichtiger als jedes Halstuch. Ich koche dir Kräutersuppe, da draußen im Wald gibt es alles, was für dich gut ist. Minze, Brennnesseln, Steinpilze. Außerdem hat dieser Mörder seine Speisekammer gut gefüllt. Wir sind mit Brot und Schinken, Wurst, Käse und Rotwein versorgt. Was wäre ich für eine Frau, wenn ich meinen kranken Mann nicht wieder auf die Beine brächte?

Deinen Mann?, fragte ich.

Cioccia lächelte: Wir gehen über die Berge und kehren nie mehr in diese verfluchte Toscana zurück. Boccaccio will uns etwas Geld leihen, dann fangen wir irgendwo mit einem neuen Geschäft von vorne an. Wir holen Lapo zu uns und versuchen, diesen Albtraum zu vergessen.

Und du heiratest mich?

Cioccia verzog unschlüssig den Mund: Vielleicht. Aber nur, wenn du dich besser benimmst als vorher. Und wenn du dein Messer für immer weglegst. Einen Krieger will ich nicht zum Mann haben.

Ich grinste. Cioccia hatte recht. War ich ein geschickter Kämpfer gewesen? Ich wusste es nicht. Modreto und sogar Uguccione waren zu stark für mich. Nun lag ich da wie ein Sack und würde es ohne Cioccia nicht einmal die Treppe hinunter schaffen. Doch ihre Kraft würde mich ins Leben zurückholen. Ich versuchte, mich aufzurichten und zuckte zurück, weil mit einem Mal ein furchtbarer Schmerz meinen Brustkorb durchfuhr. Cioccia legte mir ihre Hand auf die Stirn und ging hinaus.

Vorsichtig hob ich erst den einen Arm und schielte unter meine Achsel, dann den andern. Da wusste ich, dass ich niemals Cioccias Mann werden könnte. Mich hatte nicht allein Modretos Tortur geschwächt. Auf meinem Körper zeichnete sich das Todesurteil ab: zwei schwarze Beulen, deren Ziehen immer unerträglicher wurde. Als Cioccia an mein Bett zurückkehrte, nahm ich alle Kraft zusammen: Fass mich nicht an! Du darfst dich nicht um mich kümmern.

Sie riss die Augen weit auf.

Du und Boccaccio, fuhr ich fort, ihr müsst sofort wegreiten. Ich werde sterben. Aber wenigstens ihr sollt leben.

Ich hob den rechten Arm und wies auf die Pestbeule unter der Achsel.

Cioccia schrie kurz auf und legte sich die Hand vors Gesicht. Dann atmete sie tief durch und blickte mir in die Augen: Ich werde dich nicht verlassen, Wittekind. Und ich kann mir auch nicht vorstellen, dass Boccaccio es tut. Ich habe dir gerade schon versprochen, dass ich dich pflegen werde, bis du gesund bist. Die Pest ist kein Todesurteil, du musst überleben. Verstehst du, du musst.

Warum muss ich überleben?

Sie schrie laut auf: Weil ich dich liebe! Weil du das Einzige bist, was ich im Leben habe! Weil du mein Mann bist, im Glück und in der Not! Wenn ich bei dir bin, kann die Pest dir nichts anhaben.

Während Cioccia in Schluchzen ausbrach, konnte ich bereits nicht mehr den Arm ausstrecken, um sie zu trösten. Ein Fieberschub trieb mir den Schweiß aus den Poren, ich zitterte am ganzen Körper. Der Druck der Beulen wurde immer unerträglicher. Ich wusste, welche Qualen jetzt folgen würden. Irgendwann würden die Beulen aufbrechen, und mein Gestank würde die Luft erfüllen. Dann kam der Tod. Geschwächt, wie ich war, würde ich nicht durchkommen. Aber das konnte ich Cioccia nicht sagen. Stattdessen versuchte ich, ihre Schönheit, die Blicke ihres tränenüberströmten Gesichts, ihre hilflosen Gesten in mich aufzunehmen. Cioccia sollte das Letzte sein, was ich in diesem Leben wahrnahm. Dafür allein hatte es sich gelohnt. Diese Frau lehrte mich, was ich in all den Jahren nicht erkannt hatte: dass es in diesem Leben gegen alle Angst und allen Schmerz und alle Hoffnungslosigkeit und alle Vergeblichkeit eine Kraft gibt, die unser Dasein erhellt und dem Leiden einen Sinn verleiht. Diese Kraft ist die Liebe.

Cioccia rieb sich die Tränen aus dem Gesicht. Sie kniete an meinem Bett nieder und nahm mein Gesicht in ihre Hände. Die Berührung schmerzte furchtbar, doch es war wundervoll. Sie küsste mich auf den Mund und sagte mit heiligem Ernst: Wittekind, du musst mir jetzt versprechen, dass du alles aushältst, was die Pest dir antut. Du wirst leiden und schreien, aber du wirst das für mich erdulden. Denk immer daran! Ich bin bei dir und werde dich niemals verlassen. Ich werde deine Wunden waschen und dir Wasser geben. Ich werde dich wärmen, wenn dir kalt ist, und ich werde dich kühlen, wenn dir heiß ist. Denk immer an uns! Hörst du? Ich bin deine Frau. Ich bin bis zum letzten Atemzug für dich da.

Ich versuchte zu nicken, während mir die Sinne schwanden. Wie durch einen finsteren Wald hörte ich Cioccia nach mir rufen: Wittekind, ich bete für uns. Du wirst die Pest überleben! Der Tod kann uns nicht trennen!

Cioccias Gebet wurde erhört, wenn auch nur zum Teil.

KAPITEL 63

Wo ist Cioccia?, rief ich, als ich wieder erwachte. Boccaccio saß auf einem Schemel bei der Tür. Er hob den Kopf von seinem Buch und schaute mich lange an. Sein verzweifelter Blick sagte mir alles. Ich schloss die Augen.

Wann?, fragte ich.

Gestern Abend. Es ging sehr schnell, ein paar Stunden nur. Sie hat nicht lange leiden müssen. Und sie hat die ganze Zeit nur von dir gesprochen. Trotzdem kannst du froh sein, dass du es nicht miterlebt hast.

Wie lange habe ich geschlafen?

Drei Tage. Zuerst hast du wie wahnsinnig geschrien, dann warst du weg. Da konnte Cioccia sich noch um dich kümmern. Aber dann bekam sie plötzlich auch diese Beulen. Sie hat Blut gehustet. Und wenn das vielleicht für dich wie Hohn klingt – sie sah glücklich aus, als sie starb. Ich habe sie neben Monna begraben.

Die Leere, die sich in mir ausbreitete, war schlimmer als der Schmerz. Schmerzen lassen dich fühlen, dass es dich gibt, sie bohren sich in dein Fleisch und in dein Hirn. In der Leere jedoch löst du dich auf, bis es dich nicht mehr gibt. Gab es mich noch, ohne Cioccia? Ich atmete pfeifend, das Blut pochte in meinen Schläfen, und unter den Achseln bemerkte ich dort, wo die Beulen gewesen waren, rotgerandete Löcher, die bald vernarbt sein würden. Das war der Körper, der die Pest überlebt hatte. Die Leere meiner Seele konnte nicht vernarben.

Ich fiel zurück in dumpfen Schlaf, ohne Träume und ohne Hoffnungen. Boccaccio brachte mir, wenn ich aufwachte, Brot, das er in einer Kräuterbrühe eingeweicht hatte. Irgendwann verschwand er und kehrte mit einem Huhn zurück. Die Suppe, die er daraus bereitete, war Poesie und brachte mich halbwegs auf die Beine. Wir redeten nur das Nötigste und hingen unseren Gedanken nach. Niemand von uns verspürte Lust, nach Pacinos Juwelen zu suchen. Und beide dachten wir an denselben Menschen. Doch das brachte uns einander nicht näher.

Am dritten Tag half mir Boccaccio die Treppe hinunter. Im Hof wartete eine Überraschung. Patroklus stand angebunden an der Wand, das Maul in einem Hafersack. Als er mich sah, wieherte er und gab mir einen Nasenstüber an die Schulter. Ich fragte Boccaccio, wo er das Tier aufgetrieben habe.

In unserer Herberge in Prato bot ein Junge den Maulesel an. Ich habe Patroklus sofort erkannt. Und weil ich dachte, du würdest dich freuen, habe ich ihn gekauft.

Zu welchem Preis?

Zwölf Sibergrossi. Und zwei fürs Zaumzeug. Das ist nicht billig, aber das Tier passt zu dir. In der Satteltasche ist etwas Geld für die nächsten Wochen. Falls du wirklich heute schon aufbrechen willst.

Ich wollte aufbrechen. Wir waren schon viel zu lange in diesem verfluchten Gehöft. Ich ging auf Boccaccio zu und wollte ihn umarmen, aber er trat einen Schritt zurück und reichte mir nur die Hand.

Ich sagte: Ich weiß, was du denkst. Du denkst, ohne mich wäre dieser Deutsche schon lange tot. Und ohne ihn würde Cioccia noch leben. Ist es nicht so?

Er nickte.

Aber das kannst du nicht wissen, fuhr ich fort. Das ist vom Leben am schwersten auszuhalten. Es gibt keine Gewissheit, wir tasten uns ins Dunkel vor. Und dann geschieht etwas Fürchterliches, das wir nicht beherrschen können.

Willst du ihr Grab sehen?, fragte Boccaccio.

Ich schüttelte den Kopf und zeigte auf meine Brust: Ihr Grab ist da drin, ich habe es immer bei mir.

Wo gehst du jetzt hin?, wollte Boccaccio wissen.

Ich blickte in die sinkende Sonne. Über mir lag der Bergpass in die Emilia, unter mir die Landstraße in die Toscana. Es war eine leichte Wahl: Ich lasse mich irgendwo bei Bologna in einer Herberge wieder zu Kräften füttern. Wenn das meinen Körper in Gang bringt, trottet der Geist vielleicht hinterher.

Und dann?

Ich überlegte: Wenn es mir nicht gelingt, in die Welt zurückzukehren, finde ich genügend Einsiedlerzellen im Gebirge.

Boccaccio lächelte traurig: Du wirst nie ein Einsiedler, Wittekind. Das weißt du selbst am besten.

Ich nickte: Mein alter Freund William von Baskerville hat es mir in Caffa geweissagt. Ich bin der Wurm, der durch den Dreck kriecht. Das ist mein Schicksal. Und jetzt ist dem Wurm der schönste Schmetterling davongeflogen.

Boccaccio stand da mit nach innen gekehrtem Blick, in den Schultern gebeugt, sein Buch unter dem Arm. Er war in diesen Tagen gealtert und wirkte nicht mehr wie der linkische Sprössling eines Kaufmanns. Ich suchte nach dem richtigen Wort: Du siehst aus wie ein Poet. Das wolltest du doch immer.

Findest du wirklich?, fragte er ungläubig. Ich hoffe, du behältst recht. Ich hatte hier oben viel Zeit zum Nachdenken. Ich habe mich entschlossen, ein Buch zu schreiben, etwas, das es noch nie zuvor gab. Nicht mehr diesen gereimten Unsinn über Nymphen und Hirten. Ich werde getreu berichten, was in diesen schrecklichen Zeiten mit uns allen geschehen ist. Ich werde erzählen vom großen Sterben, von unserer Angst, von den Heldentaten und von der Niedertracht. Vor allem aber werde ich über die Frauen schreiben, die in dieser Welt der Männer leben müssen. Und in jeder der Frauen wirst du etwas von Cioccia erkennen.

Wie wird dein Buch heißen?, fragte ich.

Boccaccio kratzte sich hinterm Ohr: Zuerst wollte ich es nach dir benennen, weil du uns alle in dieses Abenteuer hereingezogen hast. Lancelot, der Ritter, der gegen das Böse kämpft und dabei die Liebe einer wundervollen Frau gewinnt. Aber dann habe ich es mir anders überlegt.

Ich blickte ihn fragend an.

Das Buch wird Principe Galeotto heißen, also nach mir selbst. Ich habe erkannt, dass kein Buch etwas taugt, das nicht von den Erfahrungen und Überzeugungen des Poeten handelt. Niemand anderer als ich, Giovanni Boccaccio, ist dieser Principe Galeotto. Ich bin der ungeschickte Bote zwischen Ritter Lancelot und Königin Guinevere. Ich habe sie beide geliebt, und ich habe sie beide verloren. Doch ich kann davon erzählen.

Es gelang mir nun doch, Boccaccio zu umarmen. Es war nach der

Krankheit das erste Mal, das ich wieder Tränen hatte. Der Dichter schwang sich auf sein Pferd und lenkte es zur Talseite. Ich kletterte in den Sattel von Patroklus und machte mich auf ins Gebirge. Im Gegenlicht drehte sich Boccaccio noch einmal um und rief: Du bist ein glücklicher Mann; du wurdest geliebt bis in den Tod.

DRAMATIS PERSONAE

Florenz, September 1348

Das Bankhaus Peruzzi:
Pacino – der Padrino
Seine Söhne:
Ruffo – Geldeintreiber
Arnaldo – Prior der Republik Florenz
Zanobi – Hüter des Bilanzbuches
Palamede – Ballspieler
Buondelmonte – Bettelmönch, Inquisitor
Amerigo – verlorener Sohn

Die Hausgenossen:
Bortolo Pratese – Advokat der Casa Peruzzi
Pandolfo del Bene – Arzt der Casa Peruzzi
Uguccione dal Pozzo – Aufseher im Palazzo Peruzzi
Wittekind Tentronk – Agent für spezielle Aufgaben

Des Weiteren:
Cioccia – Gemüsehändlerin aus Neapel
Meo – Schankwirt, Sohn des Dichters Cecco Angiolieri
Jacopo Alighieri – Sohn von Dante, kann ins Inferno sehen
Michele Scalza – Säufer, Spaßmacher, Spitzel
Giovanni Boccaccio – Steuereinnehmer, erfolgloser Dichter
Margherita Mozzi – Klausnerin, predigt den Armen
Andrea Lancia – Sekretär der Prioren von Florenz
Niccolò Acciaiuoli – Seneschall des Königreichs Neapel

Taddeo Gaddi – Maler, Giottos Meisterschüler
Francesco Landini – blinder Organist
Donato Bardi – reichster Bankier von Florenz
Mauro Brandini – Wollkämmer, verstümmelter Sohn von Ciuto
Salvestro – Chirurg im Kerker der Stinche

Lapo
Monna – Waisenkinder der Pest
Dino

Die Toten:
Dante Alighieri – größter Dichter von Florenz, gestorben 1321
Giotto di Bondone – größter Maler von Florenz, gestorben 1337
Ciuto Brandini – größter Revolutionär von Florenz, gestorben 1345
Giovanni Villani – größter Chronist von Florenz, gestorben 1348

Caffa am Schwarzen Meer, ein Jahr zuvor

Gotifredo di Zoagli – Konsul der Republik Genua
Baldassare di Garbarino – Vicarius des Konsuls
Laszlo Loewenstein – Übersetzer
Vasudeva – Asket aus Indien
Tamar – entflohene Sklavin aus Georgien
Hovhannes – armenischer Herbergswirt
Janibeg – Khan der Tataren, Belagerer von Caffa